Heart Of A Warrior

von
Amelia Blackwood

AMELIA BLACKWOOD

HEART *of a* WARRIOR

Amelia BLACKWOOD

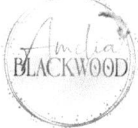

Impressum

1. Auflage 2025
Copyright © 2025 Amelia Blackwood

Umschlaggestaltung: Constanze Kramer, coverboutique.de

Bildnachweise:
©Piotr Krzeslak, ©Volodymyr TVERDOKHLIB,
©marchcllo74 – shutterstock.com, freepik.com, rawpixel.com

Satz: Constanze Kramer, coverboutique.de

Verlag: BoD · Books on Demand GmbH, In de Tarpen 42,
22848 Norderstedt, bod@bod.de
Druck: Libri Plureos GmbH, Friedensallee 273, 22763 Hamburg
ISBN: 978-3-7693-5069-2

Prolog

Vergangenheit

Pazifik, irgendwo, Anfang 1950

Wie schön das Atoll hätte sein können, wenn hier nicht solche unverzeihbaren Sünden begangen worden wären.

Er saß am Strand, schmeckte die salzhaltige Luft und genoss die Sonnenstrahlen auf seiner Haut. Viele Jahre hatte er auf Sonnenschein und frische Luft verzichten müssen. Jetzt war es eine bittersüße Erfahrung, in Anbetracht dessen, dass er gleich sterben würde.

Er stellte sich vor, wie es sich anfühlte, durch das Wasser zu gehen und den Sand zwischen den Zehen zu spüren. Entspannt legte er den Kopf zurück und schloss die Augen. Bald, dachte er, bald war seine Qual vorbei.

Endlich kam der Moment, auf den er sehnlichst gewartet und den er doch gefürchtet hatte. Das Rumoren, die Erschütterungen. Dann traf ihn die Druckwelle und warf ihn aus dem Rollstuhl. Die Luft brannte und schälte ihm die Haut vom Fleisch. Seine Lungen verglühten und er war froh. Er wusste, dass all das nur ein Hundertstel einer Sekunde dauerte, doch er genoss diesen kurzen Augenblick. Er war endlich frei ... und tot.

Vor fünfundzwanzig Jahren ...

Die fünf Jungs im Alter von vier bis acht Jahren spielten zusammen, weil sie es schon immer getan hatten und weil sie so etwas wie Brüder waren. Sie alle waren Waisenkinder, die bei Pflegefamilien in derselben Kleinstadt ein neues Zuhause gefunden hatten.

Ihre leiblichen Eltern waren durch einen Chemieunfall ums Leben gekommen. Vergiftetes Wasser hatte die Gegend verseucht und viele Todesopfer gefordert. So lauteten die Berichte.

Die fünf Jungs teilten das gleiche Schicksal. Ohne Eltern und mit einer ungewissen Zukunft. Was sollte aus ihnen werden? Sie wussten, dass sie etwas Besonderes waren. Anders als andere Kinder.

Doch während ihres Spiels vergaßen sie alles. Sie waren Piraten, Superhelden und Geheimagenten. Sie schworen sich, für immer beste Freunde zu sein. Sie wussten, dass sie gemeinsam stark und unbesiegbar waren.

Dann kamen die fremden Männer. Sie trugen dunkle Anzüge und wirkten wie eine Gruppe James Bonds. Was die Männer zu ihnen und ihren Pflegeeltern sagten, verstanden sie nicht. Doch das war egal, solange sie nur zusammenbleiben konnten.

Vor vier Jahren …

Sean blickte durch die Windschutzscheibe des Lastwagens, auf dessen Beifahrersitz er saß. Er war froh über die Sonnenbrille, denn das Sonnenlicht wurde grell von der Wüstenlandschaft reflektiert. Alles war karg und lebensfeindlich. Die Natur, das Wetter und die Rebellen.

Sie fuhren im Konvoi. Er zusammen mit Danny vorn und die andere Hälfte seines Teams am Ende. Ihr Auftrag war der Schutz von Lebensmittel- und Krankentransporten in Afghanistan. Eigentlich gefiel ihm seine Mission, aber die ständige Gefahr von Angriffen der Taliban hatte ihn geprägt. Ein Kribbeln im Nacken ließ seinen inneren Alarm losgehen, doch es war schon zu spät. Sie waren in einen Hinterhalt geraten. Sean spürte, wie der Laster von etwas getroffen wurde. Die Welt um ihn herum schien sich in ihre Bestandteile aufzulösen. Er fühlte sich zunehmend benommen und Danny rief ihm zu, er solle seinen Hintern bewegen. Denn die Rettungshubschrauber seien da. Dann wurde alles schwarz um ihn herum.

Als er wieder zu sich kam, lag er in einem Lazarett. Er würde Zeit seines Lebens mit den physischen und psychischen Narben leben müssen. Eines Tages trat ein Kerl an sein Krankenbett, der alles andere als vertrauenerweckend wirkte. Das Angebot dieses Typen konnte er nicht ablehnen, denn der Fremde erwartete eine Zusage. Sean wollte eigentlich nichts mehr mit diesem Zirkus zu tun haben, doch ihm wurde keine Wahl gelassen. Der Besucher hatte sich klar ausgedrückt. So erklärte er sich einverstanden, jedoch nicht bedingungslos. Er wollte sein Team bei sich haben. Chris, Alec und Danny sollten mit von der Partie sein. Sein Herz zog sich zusammen, als er daran dachte, dass Ian nicht mehr bei ihnen war. Der Geheimagent-Imitator hatte mit zusammengekniffenem Kiefer eingewilligt. Irgendwie kam ihm der Typ bekannt vor, was natürlich unmöglich war.

Mitgefangen, mitgehangen . . .

Gegenwart

Sean saß jetzt schon seit Stunden in diesem Hühnerstall von einer Wohnung und beobachtete das Gebäude nebenan. Die alte Kriegsverletzung rebellierte wegen der Regungslosigkeit, zu der er gezwungen war. Instinktiv rieb er über die lange Narbe auf seinem rechten Oberschenkel. Damals hätte er beinahe sein Bein verloren. Noch heute schauderte es ihn bei der Erinnerung. Er hatte oft Albträume deswegen. Ihm war aber auch bewusst, dass es den anderen Mitgliedern des Teams auch so ging. Mehr als einmal hatte er mitbekommen, wie Alec unruhig durch sein Zimmer getigert war, weil ihn die Dämonen der Vergangenheit verfolgten.

Sie lebten seither eine Existenz in den Schatten, am Rande der Gesellschaft. Zwangsläufig waren sie auch einsam. Keine Beziehung außerhalb des Teams, kaum andere soziale Kontakte. Ihm machte das nicht so viel aus, doch Alec hatte deutlich mehr damit zu kämpfen.

Er war aus dem aktiven Dienst an der Front ausgetreten, hatte die US Army Rangers verlassen und war jetzt Teil einer geheimen Spezialeinheit, von der wahrscheinlich nicht mal der Präsident etwas wusste. Sein jetziger Auftrag war klar definiert: Zielobjekt finden, eliminieren und Beweismaterial sichern. In diesem Fall einen Aluminiumkoffer, dessen Inhalt Sean nicht kannte, der scheinbar aber eine gewisse Brisanz besitzen musste. Wahrscheinlich hatte es mit den illegalen Waffenhändlern zu tun, denen er und sein Team seit Monaten auf den Fersen waren. Was der Inhalt auch war, es war ihm egal.

Sean fragte nie nach den Hintergründen eines Auftrags. Zum Ersten, weil man ihm sowieso keine Antwort darauf geben würde, und zum Zweiten war es für das eigene Überleben besser, nicht zu viel zu wissen. Hauptsache er bekam seinen Lohn. Manch einer würde ihn einen Söldner schimpfen, doch so verhielt es sich nicht. Er wurde offiziell aus der Staatskasse bezahlt, als *Auslands- und Sonderaufwendungen*. Dass er nicht lachte.

Er hatte einfach die Schnauze voll von all dem *wenn, warum* und *aber*. Er tat seinen Job, riskierte dabei seinen Arsch und versuchte danach, traumlos zu schlafen. Ohne Erfolg, denn die Erlebnisse der Vergangenheit hatten ihn geprägt und ließen ihn auch im Schlaf nicht los. Ein Gehirn- und Nervenklempner würde es wohl posttraumatisches Stresssyndrom nennen. Er selbst hatte noch keinen Namen dafür gefunden. Er wusste nur, dass er total hinüber war. Es wurde Zeit, diesen Job an den Nagel zu hängen. Doch bei diesem Verein konnte man nicht einfach kündigen.

Eine Bewegung vor dem Haus, das er beobachtete, erdete ihn wieder. Sean blickte durch das Zielfernrohr seines Gewehrs und schätzte die Lage ein. Zwei Männer stiegen aus einem BMW und betraten selbstsicher das Gebäude. Es handelte sich bei keinem der beiden um seine Zielperson. Einen Augenblick später kamen sie auf die Dachterrasse, die ein Stockwerk unter seinem Versteck lag. Sie setzten sich dort auf die Loungestühle und schienen abzuwarten. So wie Sean. Alle warteten auf den Hauptprotagonisten.

Eine junge Frau betrat die Bildfläche. Sie war nur knapp bekleidet. Ihre blonden, glatten Haare fielen ihr glänzend auf die

Schultern. Sie war hübsch anzusehen. Sie trug ein Tablett mit Getränken und musste Grapschereien über sich ergehen lassen, als sie die Drinks auf dem niedrigen Tisch abstellte.

Er hasste Typen, die ihre Griffel nicht bei sich behalten konnten. Andererseits musste eine Frau, die sich in solchen Kreisen bewegte, mit Übergriffen dieser Art rechnen. Im Übrigen fragte er sich zwangsläufig, was ein hübsches Ding wie das, das er gerade durch das Zielfernrohr ansah, hier tat. Entweder war sie ein Junkie, eine Nutte oder einfach nur blöd, und er hasste blöde Tussis.

Ein weiteres Gesicht erschien auf der Bildfläche. Ramirez war endlich aufgetaucht. Seine Zielperson. Sean sah, wie Ramirez ein paar Worte mit der Frau wechselte und er war erstaunt über den tödlichen Blick, den sie Ramirez' Rücken zusandte, als er sich seinen Besuchern widmete. Nein, sie war nicht blöd und ein Junkie war sie auch nicht. In ihren Augen lag etwas Lauerndes und Intelligentes. Faszinierend.

Inzwischen hatte er sie aus dem Blickfeld verloren, da sie das Haus betreten hatte. *Fokussier dich, Mann.* Er konzentrierte sich wieder auf die Dachterrassenszene und kontrollierte seine Atmung. Sean wartete, bis der gesuchte Koffer auf den Tisch gestellt wurde, den er seinem Auftraggeber übergeben sollte. Er kannte wie gesagt den Inhalt nicht, doch man hatte ihm nahegelegt, vorsichtig damit umzugehen. Er stellte niemals Fragen, das war sein Prinzip. Das sicherte ihm Folgeaufträge und das weitere Überleben. Denn so wie niemand von ihm und seinem Team wusste, so wusste er nicht, wer ihm im Fall von Unsicherheiten auf die Fersen gehetzt wurde.

Er war sich sicher, dass seinem Team und ihm ein Ablaufdatum auf den Rücken geheftet war. Sein Instinkt sagte ihm, dass dieser Tag nicht mehr weit entfernt war. Die Aufträge wurden immer gefährlicher und fragwürdiger. Sie würden sich um einen Ausweg aus dieser Sache kümmern müssen. Doch das musste bis später warten.

Sean visierte Ramirez an und drückte ruhig den Abzug. Er verfehlte äußerst selten sein Ziel und auch dieses Mal traf er präzise und tödlich. Ramirez sackte in sich zusammen. Seine Geschäftspartner sprangen auf und suchten auf der offenen Dachterrasse Deckung. Idioten! Sie hatten sich zu sicher in ihrer Sache gefühlt und sich deshalb an dieser exponierten Stelle getroffen. Wären sie gescheit gewesen, hätten sie ihre Geschäfte im Haus abgewickelt. Diese Arroganz kam Sean nun zugute. Innerhalb von zwei Atemzügen hatte er auch die beiden anderen ausgeschaltet.

Ehe er sich erheben konnte, sah er, wie die blonde Kleine aus dem Gebäude rannte und in den Gassen verschwand. Schlaues Mädchen. Er musste jetzt unbedingt den Koffer sicherstellen und wenn sie ihm dabei in die Quere gekommen wäre, hätte er sie ebenfalls eliminieren müssen, und das wäre ihm nicht leichtgefallen. Er hasste es, wenn Unbeteiligte zu Schaden kamen. Kollateralschäden waren, wenn möglich immer zu vermeiden.

Sean versteckte das Gewehr unter dem Gerümpel, der in dieser Absteige überall herumlag. Er würde es holen, wenn er den Koffer in seinem Besitz hatte. Er sprang die Treppe hinunter, überquerte die Straße und schlüpfte ins Innere des Hauses, aus dem die Frau gerade geflohen war.

Von außen machte es nicht allzu viel her. Es war ein Haus wie alle anderen in dieser Gegend. Unscheinbar, angegraute Fassade und vergitterte Fenster. Innen jedoch zeigte es seinen wahren Charakter. Zumindest den des Besitzers. Der Boden und die gewundene Treppe waren aus weißem Marmor. Das Treppengeländer aus kunstvoll geschmiedetem Messing und auch die Klinken der mit Tiffanyglas eingearbeiteten Türen in die angrenzenden Räume waren aus dem goldfarbenen Metall.

Sean rannte durch den Prunk die Treppe hoch und gelangte schließlich auf die Dachterrasse. Er sah sich nicht weiter um. Sondern griff nach dem Koffer. Er eilte zurück ins Erdgeschoss, wo sein Blick auf eine Damenhandtasche fiel. Die Kleine musste sie in der Panik vergessen haben. Er schnappte sich das Ding und sah zu, dass er Land gewann. Es war nur eine Frage der Zeit, bis die Polizei hier aufkreuzte und ihm war klar, dass, wenn diese Tasche hier gefunden wurde, die junge Frau als wichtige Zeugin oder im schlimmsten Fall als Tatverdächtige galt. Beides waren Szenarien, die für Sean inakzeptabel waren.

Er entspannte sich erst, als er den Schutz des Gebäudes erreicht hatte, aus dem er die Schüsse abgegeben hatte. Dort holte er das Gewehr, seine Lady, die größte, treueste und einzige Liebe, die er je gehabt hatte, und verließ das Loch durch den Hintereingang.

Sein Auto hatte er nur eine Seitenstraße weiter abgestellt. Ohne Verzögerung schaffte er es dorthin und legte alles in den Kofferraum. Blieb nur noch eine Sache zu erledigen. Er holte sein Mobiltelefon heraus und rief die verschlüsselte Nummer an, damit man ihm Zeit und Ort der Übergabe bekanntgab.

•

Als auf der Dachterrasse Schüsse fielen, erstarrte Noa. Verdammte Scheiße! Sowie sie wieder Kontrolle über ihre Motorik erlangt hatte, rannte sie so schnell, wie es ihr möglich war, davon. Sie achtete nicht darauf, wohin sie ihre Füße trugen und sie blieb erst stehen, als ihre Lungen brannten und ihre Beine die Konsistenz von Quallen hatten. Schwer atmend lehnte sie sich gegen eine Hauswand und versuchte, sich zu beruhigen.

Wo war ihre Handtasche? Sie hatte sie im Haus liegen lassen. Hatte ihr Herz vorhin hart gegen die Rippen gedonnert, weil sie gerannt war, so galoppierte es jetzt vor Angst. Wenn ihre Tasche in die falschen Hände geriet, war sie geliefert. Dabei spielte es keine Rolle, ob die Gangsterfreunde ihres Chefs oder die Polizei ihre Tasche fanden. Der Polizei vertraute sie auch keinen Meter.

»Verfluchter Mist!« Sie drehte sich um und rannte den gleichen Weg wieder zurück. Sie ignorierte ihre schmerzenden Füße, die in High Heels steckten und bei dieser Belastung heftig rebellierten. Sie bog um die letzte Ecke und kam stolpernd zum Stehen. Vor dem Haus parkten bereits zwei Polizeiautos und bei genauerer Beobachtung der Umgebung glaubte sie auch ein paar Schläger ihres Chefs zu erkennen, die sich unter die Schaulustigen gemischt hatten. Zu spät. Nun stand ihr die Scheiße bis zum Kinn. Wie hatte sie nur so dämlich sein können? Sie war doch sonst nicht derart kopflos? Mit einem unguten Gefühl im Bauch ging sie unauffällig davon und bei der nächsten Haltestelle sprang sie in die Metrorail Richtung Overtown, den Stadtteil, in welchem sie wohnte.

An der Culmer Station stieg sie wieder aus und ging rasch Richtung Henry Reeves Park. Dort in der Nähe hatte sie ihre kleine Wohnung. Da es in diesem Stadtteil alles andere als sicher war und einem jederzeit die Tasche abhandenkommen konnte, hatte sie sich angewöhnt, ihren Wohnungsschlüssel hinter einem losen Backstein zu verstecken. So kam sie im Notfall immer nach Hause. Jetzt war sie auf jeden Fall sehr dankbar für den Tipp, den ihr ein Kollege vom Jugendzentrum, in dem sie nebenbei noch arbeitete, gegeben hatte.

Tagsüber arbeitete sie in diesem Zentrum als Sozialarbeiterin. Unentgeltlich, und da sie von ihren Eltern keine Unterstützung bekam, war sie gezwungen, ihren Lebensunterhalt in einem Stripclub-*Schrägstrich*-Puff in Downtown zu verdienen. Nicht nur des Geldes wegen. Sie hatte keine andere Wahl, wenn sie noch weiter atmen wollte. Der Bruch mit ihrer Familie war so vorhersehbar gewesen wie Eisbildung bei Minusgraden und sie trauerte auch nicht deswegen. Sie hatte immer schon das Gefühl gehabt, ein Alien in diesem Clan zu sein. Sie war immer anders gewesen.

Sie schloss die Tür hinter sich und zog sich die blonde Perücke vom Kopf. Diese trug sie, wenn sie im »Auftrag« des Clubs arbeitete. Niemand vom Jugendzentrum durfte sie erkennen und umgekehrt verhielt es sich natürlich genauso.

Sie schlief selten für Geld mit Männern oder auch Frauen. Sie zog sich hauptsächlich für Dollars aus und tanzte im Adamskostüm. Nicht dass es einen großen Unterschied machte. Sie fühlte sich auch so als Hure.

Noa kontrollierte ein weiteres Mal, ob die Tür auch tatsächlich abgeschlossen war und erlaubte sich danach, sich etwas zu entspannen.

Verdammt! Sie hatte so gehofft, endlich aus dieser Hölle fliehen zu können. Wie dumm war sie vor ein paar Jahren gewesen. War mit offenen Augen in die Falle getappt. Naiv wie ein Kleinkind.

Die Bekannte, die sie damals am Miami International Airport hätte abholen sollen, war nicht aufgetaucht. Stattdessen hatte ein gutaussehender Latino in Maßanzug und Sonnenbrille auf sie gewartet. Er hatte etwas Verruchtes an sich gehabt und war deshalb umso anziehender gewesen. Seine schulterlangen Haare hatten wie Ebenholz geglänzt und die sonnengebräunte Haut verlieh ihm das Image eines Unterwäschemodels.

»Guten Tag, Frau De Wit. Melanie Roth hat mich geschickt, um Sie abzuholen.«

Noa war geblendet gewesen von seiner Erscheinung und durch seine samtige Stimme wie eingelullt. Sie war deshalb ohne Wenn und Aber mit dem Mann mitgegangen.

»Was ist denn mit Melanie?«, hatte sie in einer der raren klaren Sekunden noch gefragt.

Das Grinsen, das sich auf seinem Gesicht breit gemacht hatte, hatte seltsam angemutet. »Sie ist unabkömmlich. Ich soll dir ausrichten, dass es ihr leidtut.«

Noa war der seltsame Unterton in seinen Worten sofort aufgefallen. Misstrauen und Unsicherheit hatten sich durch ihre Eingeweide gewunden, doch es war bereits zu spät gewesen. Sie saß in der Falle.

»Und wie heißt du?« Sie hatte beschlossen, dass es besser war, in die Offensive zu gehen.

Wieder trat das überhebliche Lächeln auf sein Gesicht. »Ich werde Inocente Gomez genannt.«

Wie sprach der denn? Und *Inocente*? Der war alles andere als unschuldig. Aber gerade das war es gewesen, was sie damals angesprochen hatte. Als fast fertig studierte Psychologin wusste sie verdammt gut, warum das so war.

Noch am selben Abend war sie mit Inocente im Bett gelandet. Und ja, er war alles andere als ein Unschuldsknabe gewesen. Er hatte sie alle Ecken des Zimmers sehen lassen. Er war schonungslos gewesen und dennoch hatte Noa noch nie besseren Sex gehabt. Dumm, grenzenlos dumm. Sie hatte bis dahin an die Liebe auf den ersten Blick geglaubt. War blöd genug gewesen, zu glauben, dass Inocente sie liebte. Sie hätte nicht weiter daneben liegen können.

Nach zwei oder drei Wochen hatte er angefangen, sie herumzukommandieren. Es waren die Tage gewesen, an denen sie bemerkt hatte, dass ihr Pass und ihr Flugticket nach Rio verschwunden waren und sie hatte ihn zur Rede gestellt. Er hatte sich vor ihr aufgebaut und sie würde nie den kalten Ausdruck in seinem Gesicht vergessen. Es war, als stünde ein Fremder vor ihr.

»Du, liebe Noa, bist mein Eigentum. Du hast den Platz von Mel eingenommen. Sie hat im Austausch für dich ihre Freiheit bekommen. Was du tagsüber tust, wenn ich dich nicht brauche, ist mir einerlei. Du stehst auf Abruf. Befolgst du meine Befehle nicht, wirst du es bereuen. Gehst du zu den Cops oder zum Konsulat, siehst du kein Tageslicht mehr, verstanden?«

Auch wenn er ihr diese fadenscheinige Erklärung abgegeben hatte, blieb doch ein großes Fragezeichen in der Luft hängen. Irgendwie ging die Geschichte nicht auf. Gomez verschwieg ihr etwas, da war sie sich sicher gewesen.

Was hätte sie anderes tun sollen, als sich zu fügen? Ihre Eltern anrufen wollte sie unter keinen Umständen. Das hatte ihr falscher Stolz nicht zugelassen. Sie musste selbst einen Weg aus dieser Misere finden. Und damit war sie noch immer beschäftigt. Sie wusste, dass ihr Gomez' Männer wie Schatten folgten, nur um sicher zu sein, dass sie nicht auf falsche Ideen kam.

Sie hatte sich bei einem Jugendzentrum als freiwillige Mitarbeiterin beworben und die Stelle tatsächlich bekommen. Aber wahrscheinlich nur, weil niemand von ihrer nächtlichen Tätigkeit wusste.

Inocente brauchte sie für seinen Stripclub als Tänzerin, Servierkraft und hin und wieder für horizontale Tätigkeiten, welche Gott sei Dank nur auf ausdrücklichen Wunsch eines Kunden vorkamen. Sie durfte das Trinkgeld behalten, alles andere musste sie abliefern, wenn er nicht bereits selbst das Finanzielle abgewickelt hatte. Sie hasste sich dafür, dass sie sich selbst in diese Lage gebracht hatte. Dass sie naiv wie ein Schaf einem gänzlich Fremden vertraut hatte.

Sie hatte gerade das Haus durchsucht, als die Schüsse fielen. Sie wollte etwas finden, das sie gegen Gomez und Ramirez einsetzen konnte, um endlich freizukommen. Jetzt musste sie einen anderen Weg finden. Inzwischen war sie, leider Gottes, erfahren genug, um geduldig zu sein. Ihr Tag würde kommen.

Sie stieß sich von der Tür ab und ging durch die spärlich eingerichtete und in die Jahre gekommene 1,5-Zimmerwohnung zur Kochnische. Ihre Hände zitterten immer noch wie Espenlaub, als sie sich ein Glas Wasser einfüllte. Was war heute nur geschehen? Wer hatte genug Eier gehabt, um einen der größten Drogenbosse und Waffenhändler um die Ecke zu bringen? Und was geschah, wenn die falschen Personen ihre Tasche in die Hände bekamen?

•

Chris und Danny befanden sich auf dem Balkon des Appartements, das das Team derzeit bewohnte. Sie saßen so nahe beisammen, dass sie sich an den Schultern berührten.

Chris blickte über das Geländer und betrachtete den Verkehr, der sich unter ihnen durch die Straße schlängelte. Danny hielt den Kopf gesenkt und rieb sich nervös die Handflächen.

»Wir können es ihm nicht sagen«, sagte Danny vehement und Chris konnte es ihm nicht wirklich verdenken. Selbst ihm war klar, dass er keine Ahnung hatte, wie er es Sean mitteilen sollte. Er wusste, dass irgendwann die Wahrheit ans Licht kommen würde, doch ihm war bewusst, dass jetzt nicht der richtige Zeitpunkt war. Aber wann war er das schon? Danny und er trugen dieses Geheimnis jetzt schon so lange mit sich herum, da kam es auf ein paar weitere Wochen, Monate oder noch lieber Jahre nicht mehr an. Bis zu diesem Punkt hatte er sich nie für einen Schlappschwanz gehalten. Ein Novum.

Der Gedanke, Sean reinen Wein einzuschenken, versetzte ihn jedoch in absolute Alarmbereitschaft. Sie waren alle seit einer Ewigkeit unzertrennlich. Eine Familie. Was würde mit dieser Verbindung geschehen, wenn er und Danny aus dem Schatten traten und die Bombe platzen ließen?

»Irgendwann müssen wir es tun, Danny.« Er sah, wie sein Gegenüber stumm nickte und dabei den Kopf einzog. Danny war schon immer der sanfteste und empfindsamste von ihnen allen gewesen. Vielleicht war es deshalb so weit gekommen.

»Ich weiß«, entgegnete er, »aber ich möchte nicht, dass er enttäuscht von uns ist. Ich habe nicht mal eine Ahnung, wie er überhaupt zu diesem Thema steht.«

Ja, das mit der möglichen Enttäuschung lastete auch schwer auf seinen Schultern. Doch das ließ sich nicht ändern.

»Chris, Danny!«, hörte er Alec vom anderen Ende des Gangs rufen, der ihm damit eine mentale Verschnaufpause verschaffte. War etwas mit Seans Auftrag schiefgelaufen? Wo ihm gerade eine Banalität Kopfzerbrechen bereitet hatte, beschäftigte ihn jetzt Sorge um seinen Captain.

•

Sean wartete am vereinbarten Treffpunkt auf den Boten seines Auftraggebers. Der Parkplatz eines Einkaufszentrums. Es war nach Ladenschluss und das Gelände war leer. Anonym und verlassen.

In der Innentasche der Jacke vibrierte sein Handy. Ohne die Umgebung aus den Augen zu lassen, holte er das Telefon heraus und nahm den Anruf entgegen.

»Ja.« Seine Stimme war leise, schon fast tonlos. Er hatte nicht nachgeschaut, wer der Anrufer war, bevor er abgenommen hatte. Es konnte nur sein Boss oder jemand seines Teams sein.

»Bist du bereits am Treffpunkt?« Alec klang besorgt und schürte damit Seans Alarmbereitschaft.

»Ja, was ist los?« Sein Blick wanderte über die Dächer der umliegenden Gebäude. Das ungute Gefühl wuchs zu einer Vorahnung an. Das Kribbeln in seinem Nacken machte ihn alert.

»Ein Vöglein hat mir zugezwitschert, dass du nach der Übergabe die Kündigung bekommst.«

Das überraschte Sean nicht im Geringsten. Er hatte schon als der Befehl gekommen war, den Koffer zu sichern, vermutet, dass es seine letzte Mission sein könnte. So viel zum Thema Ablaufdatum. Er wusste langsam zu viel und wurde zur Gefahr. Diese Kündigung, wie Alec es so nett ausgedrückt hatte, war eine Kugel zwischen die Augen. Er würde als Erster fallen, danach seine Mannschaft. Einer nach dem anderen.

Er vermutete, dass es sich bei diesem Vöglein um Callahan handelte. Sicher konnte er sich jedoch nicht sein, da Alec penibel auf die Sicherheit seiner Quellen achtete.

»Danke für die Warnung, Kumpel. Ich werde mich vorsehen.« Kaum hatte er aufgelegt, sah er auch schon das verdächtige Aufblitzen eines Zielfernrohrs auf dem Dach des gegenüberliegenden Gebäudes. Anfänger. Wenn die glaubten, dass er wie ein blinder Idiot in diese Falle stolperte, hatten sie sich ganz gewaltig getäuscht.

Er setzte sich ins Auto, drehte den Zündschlüssel und legte den Gang ein. Während er vom Parkplatz herunter fuhr, rief er seinen Auftraggeber an.

»Was ist los?«, meldete sich die heisere Stimme des Mannes, von dem Sean wusste, dass er Malcolm Thorpe genannt wurde. Gesehen hatte er ihn nur einmal, aus der Ferne. Er war ein Zivilist, so viel war klar.

»Ihr haltet euch nicht an die Abmachung. Am Übergabeort wurde ich bereits von einer Gewehrmündung erwartet.« Er wusste, dass er nicht mehr sagen musste. Thorpe war alles andere als ein Schwachkopf. »Wir werden neu verhandeln müssen.«

»Wie lauten deine Bedingungen, Patrick?«

Bingo! Jetzt wurde er schon beim Nachnamen genannt. »Ihr verfolgt mich nicht. Ich werde mich bei euch melden, wenn ich es für den richtigen Zeitpunkt halte. Sollte mir oder jemandem aus meinem Team etwas zustoßen, werde ich den Koffer inklusive Inhalt vernichten. Verstanden?«

»Verstanden.« Thorpes knappe Antwort ließ Sean triumphierend grinsen.

Sean fuhr kreuz und quer durch die Stadt, um allfällige Verfolger abzuschütteln. Er vertraute den Säcken keine Sekunde lang. Zwei Mal wechselte er sogar das Auto.

Als er sicher war, dass er nicht beobachtet wurde, lenkte er den Wagen zum Busbahnhof. Bevor er ausstieg, zog er sich ein Baseball-Cap an und schlüpfte aus seiner Jacke. Er wusste, dass überall auf dem Gelände Überwachungskameras hingen. Und genauso war ihm bewusst, dass Thorpe und seine Leute jederzeit alle möglichen Aufnahmen öffentlicher Gebäude und Plätze kontrollieren konnten. Der Job hatte ihn paranoid gemacht.

Sean ließ nur ungern seine Waffen im Auto, doch ihm blieb keine andere Wahl. Ohne seine Jacke konnte er nicht unauffällig eine Halbautomatik oder ein Messer mitnehmen. Wenn er aber seine Jacke, die er schon seit Jahren bei jedem Einsatz trug, anhatte, könnte er sich gleich ein Reklameschild um den Hals hängen. *Hier bin ich, holt mich doch!*

Er nahm den Koffer vom Rücksitz und ging mit gesenktem Kopf durch die Halle. Er achtete nicht auf die vorbeieilenden Reisenden. Er ließ seine anderen Sinne übernehmen. Seine

Sensoren scannten die Umgebung. Es waren weder seine Augen noch seine Ohren. Er hatte es sich nie erklären können, doch immer, wenn Gefahr drohte, begann es in seiner Magengegend und im Nacken zu vibrieren. Als hätte er einen Ameisenbau verschluckt. Seine Instinkte hatten ihn in dieser Hinsicht noch nie im Stich gelassen. Nur ein Mal hatte er zu spät reagiert und das wäre beinahe fatal geworden und hatte einem Mitglied seines Teams das Leben gekostet. Eine Tatsache, die er sich bis heute nicht verzeihen konnte. Ian fehlte ihnen allen tagtäglich.

Bei den Schließfächern ging er auf das nächste freie Fach zu und stellte den Koffer hinein. Er holte eine Münze hervor, schloss das Fach ab und für die nächsten zweiundsiebzig Stunden war der Koffer sicher.

Der Weg zurück zu seinem aktuellen Unterschlupf gestaltete sich ähnlich kompliziert, da er immer peinlich genau darauf achtete, dass niemand herausfand, wo er während seiner Aufträge jeweils untertauchte. Ebenso war seine feste Wohnadresse für alle unbekannt. Er hatte ein Postfach, wo er ein bis zweimal die Woche seine Post abholte und nur ein sicheres Mobiltelefon. Er und sein Team hatten hier in der Stadt ein Safe House, das aber nur im äußersten Notfall benutzt werden sollte.

Als er aus der Dusche des schäbigen Motels gekommen war und sich angezogen hatte, widmete er sich als erstes der Damenhandtasche, die er mitgenommen hatte. Er kippte den Inhalt kurzerhand aufs Bett. Zum Vorschein kamen ein Portemonnaie, ein Schminktäschchen, ein Pfefferspray, eine angebrochene Packung Kaugummi, ein Smartphone und ein Schlüsselbund. Eine magere Ausbeute für die Tasche einer Frau.

Sean griff nach der Geldbörse und nahm deren Innenleben in Augenschein. Er fand fünfundsiebzig US-Dollar plus ein paar Cent und einen ausländischen Führerschein. Sonst war sie leer. Eigenartig. Jeder führte irgendwelchen persönlichen Krimskrams wie Fotos oder Visitenkarten mit sich. Er fand es auch überaus merkwürdig, dass die junge Frau keinerlei Kreditkarten oder eine andere Bankkarte zu besitzen schien. Es war, als existierte sie nicht wirklich.

Er betrachtete den Führerschein genauer. Es handelte sich um ein niederländisches Exemplar. Sean warf einen Blick auf das Foto. Die dunkelhaarige Frau machte ein ernstes Gesicht. Sie hatte schöne, geschwungene Lippen und grüne Augen, die durch die schwarzen Haare besonders leuchteten. Moment mal, war die Frau, die aus dem Haus geflohen war und von der er dachte, dass sie die Besitzerin dieser Tasche war, nicht blond gewesen? Er betrachtete die Aufnahme eingehender. Ja, das war eindeutig dieselbe Frau. Die Farbe der Haare konnte man schließlich ändern.

Sean hatte noch nie verstanden, warum sich so hübsche Dinger mit Verbrechern wie Ramirez einließen. *Noa De Wit, wer bist du?*

Er durchsuchte den Rest ihrer Habseligkeiten, fand aber keinen Hinweis auf ihre Adresse. Von leichtem Frust erfüllt, packte er alle Gegenstände wieder in die Tasche und rief Alec an. Die schöne Noa musste sich noch ein wenig gedulden. Er hatte momentan andere Dinge am Hals.

»Wie ich höre, atmest du noch.«

Sean war Alecs Sinn für Humor schon lange gewöhnt und die trockene Art seines Freundes hatte Sean schon öfters vor dem Absturz bewahrt. »Ja, alles noch heil und voll funktionsfähig. Wir müssen uns treffen. Ich bin nicht sicher, ob nicht das ganze Team in Gefahr ist.« Sean hörte, wie Alec ausatmete, bevor er etwas entgegnete.

»Aber weshalb sollte Thorpe und Co. uns aus dem Weg haben wollen?«

Darauf fielen Sean auf Anhieb mehrere Gründe ein. »Das sollten wir nicht am Telefon besprechen. Wo treffen wir uns?« Er stand auf und zog den großen Seesack mit seinen Sachen unter dem Bett hervor. Er war immer für einen schnellen Aufbruch gerüstet.

»Auf dem Parkplatz beim Bayside. Von da aus schnappen wir uns Dannys Boot und fahren ein bisschen herum. So sollten wir uns ungestört unterhalten können.«

»Gut, dann trommle die anderen Männer zusammen. Jeder soll einzeln und unauffällig anrücken. Ich komme als letzter. Ich muss noch etwas erledigen.«

»Roger. Dann beginnen wir in einer Stunde mit Danny. Alle fünfzehn Minuten kommt ein anderer von uns an.«

»Pass auf dich auf, Alec. Ach ja, bring bitte dein Zaubermaschinchen mit.« Nachdem Alec bestätigt und aufgelegt hatte, packte Sean seine sieben Sachen zusammen und verließ das Motel, ohne auch nur die kleinste Spur zu hinterlassen. Er hatte das Zimmer unter falschem Namen gebucht und bar bezahlt. Den Wagen, der vor der Tür stand, hatte er auf der Flucht vor Thorpe geklaut. Ein unauffälliger Infinitiy i30, silberfarben, mit ein paar Beulen und Kratzern dekoriert. Sean warf seinen Seesack auf den Beifahrersitz und seine Lady, die bis zu ihrem nächsten Einsatz in ihrer gepolsterten Tasche schlummerte, fand ihren Platz auf der Rückbank. Ihre kleine Schwester, die Heckler & Koch USP, saß in ihrem Holster unter seiner Schulter. Seine Gedanken kreisten abwechselnd um sein Team, Thorpe und Miss De Wit.

Sean lenkte den Wagen durch den Verkehr in Richtung Flughafen. Dort stellte er das Auto auf einen freien Parkplatz und ging zum Autoverleih. Die freundliche mittfünfziger Dame am Hertz-Schalter nahm ohne Bedenken seinen gefälschten Führerschein, der auf den Namen John Dallas ausgestellt worden war, entgegen.

»Hier finden Sie eine Auswahl unserer zur Verfügung stehenden Fahrzeuge, Mr. Dallas.« Sie schenkte ihm ein geschäftig-freundliches Lächeln. Er nahm den Prospekt und sah ihn gespielt interessiert an. Es war ihm ehrlich gesagt egal, was für ein Auto er hier bekam. Hauptsache es hatte vier Räder, ein Lenkrad und einen Motor mit mindestens 250 PS. Ach ja, ein voller Tank war auch noch nützlich. Er wählte einen BMW M5. Ein bisschen Spaß musste drin liegen.

Nachdem er den administrativen Mist mit der Dame hinter sich hatte, eilte er in die Abteilung in der Parkgarage, wo man ihm das

Auto aushändigte. Das dauerte alles viel zu lange. Wenn er während seines aktiven Diensts auch so lahmarschig gearbeitet hätte, wäre er bereits in der ersten Woche seines ersten Afghanistan-Einsatzes hops gegangen.

Als er endlich die Rampe hochfuhr und die Sonne ihn blendete, wagte er es, kurz durchzuatmen. Er fuhr zur Einfahrt des Parkhauses und hielt vor dem Infinitiy an, um seinen Kram umzuladen. Danach verließ er sofort dieses heiße Pflaster. Überall Kameras und Sicherheitsleute. Es war nur eine Frage der Zeit, bis Thorpe ihn aufspürte.

Er würde sich erst entspannen, wenn er auf dieser gottverdammten Nussschale von Danny war und auf dem offenen Meer herumtuckerte.

Auf dem Parkplatz des Outdoor-Shoppingcenters Bayside schnappte er sich seine Taschen und schlenderte so unauffällig und touristenmäßig, wie es ihm möglich war, an den Shops vorbei. Er ging direkt zum Hard Rock Cafe und setzte sich da an einen freien Tisch in der Nähe des Ausgangs. Er saß mit dem Rücken zur Wand, damit er das ganze Restaurant im Blick hatte und bestellte sich eine Cola. Er war noch zu früh, um zum Boot zu gehen.

Er beobachtete die anderen Gäste. Seine Erfahrung sagte ihm, dass 99,9 Prozent der Anwesenden Touristen waren. Er machte die restlichen 0,1 Prozent in dieser Statistik aus. Trotzdem blieb er auf der Hut. Die Leute, denen er ans Bein gepisst hatte, hatten ihre Augen, Ohren und Gewehrmündungen überall.

Er hatte seinen Handyalarm gestellt, damit er seinen Slot nicht verpasste. Als der Wecker leise losträllerte, zuckte Sean innerlich zusammen, weil er in Gedanken wieder bei Miss De Wit gewesen war. Er zählte die Dollars ab, legte alles mit dem Trinkgeld auf den Tisch und verließ das Restaurant, ohne sich noch einmal umzusehen.

Dann lief er ohne Umweg zum Schiffsteg, wo das Boot seines Freundes lag. Niemand war an Deck zu sehen. Sie würden sich erst blicken lassen, wenn sie in sicherer Distanz zum Land waren. Er ging an Bord und stieg ohne Zögern die kurze Treppe hinunter, die ins Unterdeck führte. Die Luft war stickig, aber dafür waren alle seine Kumpels bereits da und hatten es sich bequem gemacht. Die drei Männer standen auf, um Sean zu begrüßen. Sie waren die einzige Familie, die er je gehabt hatte und sie hatten schon viel zu viel zusammen durchgestanden.

»Was denn? Ihr habt ohne mich mit der Party angefangen?«, spottete Sean mit einem Nicken in Richtung der Bierdosen, die auf dem kleinen Tisch standen.

»Sollten wir etwa verdursten, bis du endlich deinen Arsch hierher bewegst?«, warf Alec lachend zurück und klopfte ihm brüderlich auf den Rücken.

»Dann werde ich mein Baby mal anwerfen und uns in die neutrale Zone bringen«, sagte Danny und stieg die Stufen hoch. Kurz darauf hörte Sean das Röcheln der Twin-Diesel-Motoren der SeaRay 48 Sundancer. Sean fand, dass dieser Kahn lächerlich teuer war und viel zu viel Luxus bot. Ledersitze, zwei große Schlafkabinen, eine modern eingerichtete Kombüse, ein Wohn- und ein Essbereich. Alles in hochwertigen Materialien und mit glänzenden Holzoberflächen. Zu viel Schnickschnack. Immerhin hatte diese Nussschale einen derzeitigen Verkehrswert von 450.000 US-Dollar. Nicht zu bezahlen für Typen wie sie es waren. Danny hatte noch einen Nebenjob bei einer Überwachungsfirma, um den Unterhalt und den Sprit für dieses Unding bezahlen zu können. So sehr Sean schon versucht hatte, Danny zu überreden, das Boot zu verkaufen, sträubte sich dieser jedoch vehement. Er liebte sein Boot über alles.

Sean nahm seine Tasche und ging damit nach oben. Der Fahrtwind fuhr durch seine Haare und die salzhaltige Luft kitzelte ihn in der Nase. Er setzte sich zu Danny und blickte über das Meer.

Danny schwieg und er sagte auch nichts. So war es immer zwischen ihnen gewesen. Sie waren beide keine Männer der vielen und großen Worte. Er sah sich um und genoss den Frieden auf See. Aber die ganze Aussicht half nicht, die Gedanken von Noa De Wit abzulenken. Sie geisterte konstant durch seinen Kopf. Irgendetwas verstörte ihn. Sie passte einfach nicht in das Bild einer Nutte. Ihre intelligenten Augen sprachen eine andere Sprache. Also, was zum Teufel hatte sie in diesen Kreisen verloren? Er konnte sich nicht erklären, was ihn antrieb. Weshalb warf er diese Tasche nicht einfach über Bord? Warum musste er diesem Gespenst nachjagen? Er hatte die Frau gerade mal zehn Sekunden gesehen. Sein Instinkt sagte ihm, dass mit diesem Mädchen etwas los war. Aber was hatte das mit ihm zu tun?

»Was machst du die ganze Zeit?« Dannys Frage katapultierte ihn wieder in die Realität zurück.

»Was mache ich denn?« Sean war sich nicht bewusst gewesen, dass er überhaupt etwas gemacht hatte.

Danny hob belustigt seine braune Augenbraue. »Du drehst diesen Schlüssel ständig zwischen deinen Fingern hin und her und dabei murmelst du unverständlichen Quatsch vor dich hin.« Er grinste breit und fuhr dann fort: »Muss ich jetzt Angst haben, dass du mir das ganze Deck vollsabberst, weil du deinen Verstand verloren hast?«

»Sehr witzig, Idiot. Ich bin noch nicht senil. Aber auf diesen Schlüssel müssen wir aufpassen. Er gehört zum Schließfach, in dem der Koffer liegt.«

●

Die Schicht im Jugendzentrum begann turbulent. Kaum war sie dort angekommen, kam eine Mutter auf sie zu gerannt. Gefolgt von drei Teenager-Mädchen. Noa kannte alle vier Frauen.

»Noa!«, rief ihr die Mutter schon von weitem entgegen.

Ihr fiel sofort auf, dass alle aschfahl im Gesicht waren. Irgendetwas musste passiert sein, weshalb sie die Gruppe in ein freies Zimmer lenkte und die Tür hinter sich schloss. »Was ist los?«

»Amy ist verschwunden«, keuchte eines der Mädchen und Amys Mutter, Dorothy, hielt die Luft an.

Noa hingegen wurde elend. Das war jetzt schon der vierte oder fünfte Fall eines verschwundenen Mädchens innerhalb der letzten drei Monate. Alle waren mehr oder weniger regelmäßig im Jugendzentrum gewesen. Was war da nur los? Sie sollte damit zu den Cops gehen, doch mit ihrem Status als Illegale war das Risiko zu groß und Gomez hätte das Gefühl, sie würde ihn verpfeifen, und das wiederum würde sich ziemlich negativ auf ihre Lebenserwartung auswirken.

»Wann habt ihr sie das letzte Mal gesehen?«

Dorothy knetete nervös ihre Hände. »Vor zwei Tagen. Sie ging los und wollte sich mit einem Mann treffen, der angeblich ein Jobangebot für sie hatte.«

Vor zwei Tagen, und ihre Mutter wurde erst jetzt aktiv? Sie verstand die Lebenseinstellung dieser Menschen nicht. Aber für Vorwürfe war jetzt nicht der richtige Zeitpunkt. »Hat sie gesagt, wo sie sich mit ihm treffen wollte oder einen Namen genannt?«

Dorothy schüttelte betroffen den Kopf. In diesen Kreisen, wo Arbeitslosigkeit an der Tagesordnung war, hatten die Leute so viele Sorgen, dass sie ihre Kinder, meist zwar unbewusst, vernachlässigten. Die Kids waren zu früh auf sich allein gestellt und es kam öfter mal vor, dass sie eine Zeitlang von der Bildfläche verschwanden. Genau aus diesem Grund gab es das Jugendzentrum, um den Jugendlichen eine Basis zu bieten.

»Du musst zur Polizei gehen und eine Vermisstenanzeige machen. Das ist dir doch klar?«

»Wir hatten gehofft, dass sie sich in der Zwischenzeit hier hat blicken lassen. Oder dass sie dir eventuell erzählt hat, dass sie ausreißen möchte oder so was in der Art.« Nun hatte eine von Amys Freundinnen das Wort ergriffen. Sie war die älteste der Mädchen und nannte sich Cat.

»Nein, ich habe sie schon ein oder zwei Wochen nicht mehr allein gesprochen. Tut mir leid.« Das plötzliche Klingeln ihres

Handys erschreckte sie. Der Anruf kam völlig ungelegen. Eigentlich kam genau dieser Anrufer immer ungelegen. Es war Gomez. Das verriet ihr der Motorsägen-Klingelton. Sie versuchte, ihn zu ignorieren und konzentrierte sich umso mehr auf Dorothy. »Geh zur Polizei, da bleibt dir keine andere Wahl.«

Die Mutter schüttelte den Kopf. »Die werden mich weder ernst nehmen noch werden sie mir helfen.«

Das verdammte Mobiltelefon plärrte schon wieder los und Noa blieb nichts anderes übrig, als den Anruf entgegenzunehmen. »Entschuldige bitte einen Augenblick, Dorothy.« Dann nahm sie ab. »Ja.«

»Warum nimmst du nicht gleich ab? Du kennst die Regeln.«

Noa wandte sich ab. »Es ist gerade etwas ungünstig.«

Gomez lachte freudlos ins Telefon. »Ungünstig? Du hast auf Abruf bereitzustehen. So sind die Absprachen. Alles andere kann warten. Merk dir das für die Zukunft. Sonst muss ich unser Arrangement noch einmal überdenken. Verstanden?«

Oh, dieser verdammte Mistkerl. Hurensohn. Tyrann. Wie oft hatte sie sich schon gewünscht, er würde vom Blitz getroffen oder von einem Zug überrollt oder am besten beides gleichzeitig.

»Ja, kapiert«, lenkte sie zerknirscht ein.

»Gut, dann kommen wir zum Geschäftlichen. Ich will dich umgehend in meinem Büro sprechen. Und wenn ich umgehend sage, meine ich das wortwörtlich. Deine Gören im Jugendzentrum gehen mir am Arsch vorbei.«

Dann beendete er das Gespräch ohne Abschied oder weiteren Kommentar. Arschloch! Der Teufel sollte ihn holen. Aber wahrscheinlich hatte selbst der Lord der Unterwelt an einem solchen Grottenmolch kein Interesse.

Noa drehte sich zu Dorothy und den Mädchen um. Sie sammelte sich kurz, bevor sie den Mund aufmachte. »Es tut mir leid, Dorothy, aber ich muss dringend weg. Bitte geh jetzt gleich zur Polizei. Sie werden dir bestimmt helfen.«

Die Mutter nickte wenig überzeugt, doch sie drehte sich ohne ein weiteres Wort um und verließ das Jugendzentrum. Noa krümmte sich fast vor schlechtem Gewissen. Aber was hätte sie anderes machen können? Sie hatte selbst zu viel Mist im Hinterhof, als dass sie bei der Suche nach Amy eine Hilfe hätte sein können.

Draußen schlug ihr die feuchte Spätnachmittagshitze Miamis entgegen. Sie hatte kein Geld für ein Taxi, weshalb sie sich zu Fuß auf den Weg zum Tittenschuppen machte, der Gomez gehörte. Gott sei Dank war es nicht so weit und Noa kannte inzwischen auch sämtliche Abkürzungen und Schleichwege. Diese führten sie zwar meist an die dunklen, zwielichtigen Orte der Stadt, doch Noa hatte jede Angst und Unsicherheit abgelegt. Gomez sei Dank.

Sie war etwa zehn Minuten unterwegs, als das vermaledeite Handy wieder die Motorsäge vom Stapel ließ. »Was!« Sie war gereizt und hätte am liebsten jede und jeden umgebracht.

»Wo bleibst du? Ich warte nicht gern.«

»Hey! Ich muss zu dir laufen. Wenn du zu wenig Geduld hast, um ein paar Minuten zu warten, hättest du mir eben einen verdammten Wagen schicken sollen. Aber so viel bin ich dir dann wohl doch nicht wert. Also, halt mich nicht länger auf. Ich bin in fünf Minuten da.« Sie drückte ihn weg und stampfte weiter. Sie wusste, dass sie diese Aufmüpfigkeit bereuen würde, aber es hatte sich verdammt gut angefühlt, diesem Wichser mal Paroli zu bieten.

Noa ging auf ihren Flip-Flops weiter, bog um die Ecke und überquerte den noch leeren Parkplatz, der zum Club gehörte. Sie betrat das Gebäude durch den Hintereingang und ging direkt hoch in Gomez' Büro.

Der Club war zweistöckig. In der oberen Etage waren eben jenes Büro und ein weiteres großes Zimmer, das von Geschäftsleuten gemietet wurde, wenn sie diskreteres und exklusiveres Programm wünschten. Und für Gomez gab es in dieser Hinsicht keinerlei Tabu.

Sie klopfte am Büro an und trat ohne Aufforderung ein. Der Faustschlag kam so schnell, dass sie keine Zeit hatte, auch nur mit den Augen zu blinzeln. Die Faust landete mitten in ihrem Gesicht und nahm ihr sowohl die Sicht als auch den Atem. Sie schmeckte Blut und fand sich auf dem Boden wieder.

»Du elende Schlampe. Dir hat wohl niemand Anstand beigebracht.« Gomez war stinksauer, aber das hatte sie bereits erwartet. Sie hatte nur nicht damit gerechnet, dass er sie schlagen könnte. Blaue Flecken und aufgeplatzte Lippen schadeten schließlich dem Geschäft.

•

Thorpe kochte innerlich. Wenn er den Koffer nicht endlich in die Finger bekam, würde die Welt ihn kennenlernen. Die ganze Aktion war von vornherein eine traurige Veranstaltung gewesen.

Ramirez sollte in Gomez' Auftrag den Koffer an zwei ausländische Interessenten verkaufen. Thorpe hatte jedoch über seine eigenen Quellen erfahren, dass Ramirez ihn und Gomez bescheißen wollte. Darum hatte er den besten Scharfschützen organisiert, den er kannte. Sean Patrick. Bei dieser Gelegenheit hatte er den Captain auch gleich ausschalten wollen. Captain Patrick und sein Team waren zur Gefahr für sein Vorhaben geworden.

Er hatte vor Kurzem einen durchbrechenden Erfolg in seinen Forschungen erzielt, weshalb Patrick und die anderen obsolet geworden waren. Schon bald war sein Produkt fertig und würde ihm unendliche Macht in die Hände legen. Er hätte alle Präsidenten und Diktatoren unter seiner Gewalt.

Er strebte nicht die Weltherrschaft an. Das war ihm zu blöd. Er wollte einfach nur Geld, und das am besten haufenweise. Er war bestrebt, seine Produkte erst an den Höchstbietenden zu verkaufen. Später dann kamen alle anderen, die bereit waren, zu zahlen, in den Genuss seiner Erfindung.

Jetzt aber, durch den Verlust des Koffers, war dieser Plan in höchstem Grad gefährdet.

Um etwas Dampf abzulassen und sich ein wenig abzulenken, hatte er es sich in Gomez' Nachtclub gemütlich gemacht. Er hatte für sich und seine Begleiter mehrere Mädchen reserviert. Unter ihnen befand sich eine ganz spezielle junge Frau. Sie war eine Kandidatin für sein Programm. Eigentlich die vielversprechendste von allen. Doch bevor er sie in die Klinik schickte, wollte er sich erst mit ihr vergnügen und dabei testen, wie viel sie einstecken konnte. Für das, was ihr bevorstand, musste sie widerstandsfähig und hart im Nehmen sein. Die Klinik war nichts für Schwächlinge und Zartbesaitete. Und ein wenig Spaß war ja auch erlaubt.

•

Sean saß am Bug der Sundancer und sah zum Horizont, wo man deutlich die Lichter an der Küste Floridas erkennen konnte. Er und seine Jungs hatten immer noch nicht über die jüngsten Ereignisse geredet. Er konnte die anderen vom Heck her ausgelassen reden hören und wollte ihnen diesen seltenen heiteren Moment noch nicht nehmen. Er selbst war auch noch gar nicht bereit, das alles in Worte zu fassen.

Sean drehte den Führerschein von Noa De Wit fortwährend in seinen Händen hin und her. Sie ging ihm einfach nicht aus dem Kopf, denn er fühlte genau, dass irgendetwas einfach faul war. Er wurde das Gefühl nicht los, dass mehr hinter dieser Geschichte steckte, als man auf den ersten Blick sah. Es war ein großes Etwas, das sagten ihm seine Eingeweide und verdammt wollte er sein, wenn er dem nicht auf den Grund ging.

Ein Kribbeln in seinem Nacken ließ ihn wissen, dass jemand kam. Er erkannte die Energiesignatur des Ankömmlings. Noch eines dieser speziellen Talente, die er besaß. Tatsächlich setzte sich keine Sekunde später Alec neben ihn. Ein Bier erschien vor seinem Gesicht.

»Was grübelst du vor dich hin?«

Ja, was zermarterte er sich das Gehirn eigentlich wegen dieser fremden Prostituierten?

»Kannst du mir einen Gefallen tun, Alec? Würdest du für mich Nachforschungen über diese Frau machen? Sie ist der Grund, weshalb ich dich gebeten habe, deinen Computer mitzubringen.«

Alec nahm den Führerschein entgegen und sah ihn kurz an. »Was ist mit ihr?«

Sean hatte inzwischen ein paar Schluck Bier genommen. »Sie war ebenfalls bei Ramirez.«

»Sie wird eine von diesen Nutten sein«, warf Alec ein.

»Ja und nein. Irgendetwas stört mich, Alec. Ich kann nur noch nicht sagen, was es ist. Sie hat nicht den Eindruck auf mich gemacht, als wäre sie eine von denen. Und glaub mir, sie war definitiv keine von Ramirez' Mädchen.«

Alec schwieg einen Moment. Dann stand er auf. »Ich lasse sie mal durch alle Datenbanken laufen. Die offiziellen und inoffiziellen.«

Alec hatte sich bei sämtlichen staatlichen Hauptcomputern eingehackt und hatte nun uneingeschränkten Zugriff auf geheime Daten. Vielleicht waren sie danach schlauer.

»Lass uns reingehen. Chris hat sein berüchtigtes Chili gemacht und dann solltest du uns endlich mal darüber informieren, was sich heute abgespielt hat.«

Ja, es hatte keinen Sinn mehr, es vor sich herzuschieben und Kohldampf hatte er auch. Chris' Chili war jetzt genau das richtige. Es war lecker und so höllisch scharf, dass es zwei Mal brannte.

Danny und Chris saßen bereits am Tisch und futterten, als hätten sie eine Hungersnot hinter sich. Sean und Alec ließen sich auf die Bank fallen und bedienten sich ebenfalls. Er genoss das Gefühl, wie Chris' Chili sich durch seine Eingeweide brannte. Es gab ihm Wärme, wo sich Kälte eingenistet hatte.

Nach dem Essen lehnte sich Sean zurück und betrachtete die Bande. Chris mit seinem geschorenen Schädel und den rotbraunen

Augen. Alec mit den ultrakurzen schwarzen Haaren und den dunkelblauen Augen. Und zum Schluss Danny mit der schulterlangen braunen Mähne und den blauen Augen. Er hatte schon so manches Frauenherz auf dem Gewissen. Er hielt es nie länger mit ein- und derselben Frau über mehrere Wochen aus. Warum auch immer. Bei diesem Gedanken fiel ihm auf, dass Danny schon mehrere Monate keine Frau mehr angeschleppt hatte.

Sie waren schon ein Trupp Höllenhunde. Er fühlte sich für sie verantwortlich und musste alles tun, um sie zu schützen. Er war zwar ihr Vorgesetzter, aber dennoch war er in ihrem Alter und sie waren für ihn wie die leiblichen Brüder, die er nie gehabt hatte. Er kannte weder seine Wurzeln, noch seinen richtigen Namen. Sie waren damals als Kinder zu Pflegefamilien gekommen. Man hatte ihnen erzählt, dass ihre Eltern bei einem Chemieunfall ums Leben gekommen waren. Die Ärzte hatten befürchtet, dass sie durch den Kontakt mit dem Gift schon bald an Krebs oder ähnlichem erkranken und sterben würden. Doch nichts von dieser Prophezeiung war eingetreten. Im Gegenteil, durch das verseuchte Wasser und begünstigt durch sein kindliches Wachstum wurden seine Sensoren und die damit verbundene Reizverarbeitung verändert. Ob es nun an diesem Chemieunfall oder an etwas anderem gelegen hatte, war ihm ziemlich egal.

Er fühlte gewisse Dinge besser als alle anderen. So zum Beispiel spürte er nahende Gefahr vor allen und hatte so schon oft Leben retten können. Er hatte seinen inneren Gefahrenradar und die Sensoren, die erkannten, wer sich näherte. Er hatte auch mehr Maximalkraft als andere Männer. Die setzte er jedoch nur in seltenen Notfällen ein, denn es kostete ihn eine Menge Energie, die ihm danach noch einige Tage fehlte. Alec war der kluge Kopf der Gruppe. Das Genie, wenn es um IT und solchen Kram ging und er war Wikipedia auf zwei muskelbepackten Beinen. Sie alle besaßen ihre einzigartigen Begabungen. Alec war hyperintelligent, Chris überaus schnell und stark, so wie Sean und

Danny auch. Sie alle waren auch mit einem überdurchschnittlichen Gehör gesegnet.

»Wenn du mich weiterhin so verliebt anglotzt, werde ich noch verlegen!«, rief Chris auf einmal quer über den Tisch.

Sean zuckte zusammen, weil er so rüde aus seinen Gedanken gerissen worden war. »Ja, sorry. Du bist eben ein ganz Süßer«, gab Sean lachend zurück. Doch dann wurde er wieder ernst. »Ich denke, wir sollten uns nun über die Ereignisse des Tages unterhalten.«

Sie nickten alle bestätigend und Danny zauberte wie aus dem Nichts Tequila, vier Gläser und Bier hervor. Dann berichtete Sean von seinem Auftrag, der Flucht und der Schnippe, die er Thorpe geschlagen hatte.

»Wie lange kann der Koffer in diesem Schließfach bleiben?« Danny hatte mit Stirnrunzeln zugehört.

»Bis übermorgen Mittag. Ich werde ihn aber morgen schon abholen. Ich will kein Risiko eingehen.« Sean nahm sich ein Tequilaglas und kippte den Inhalt mit Schwung hinunter.

»Wissen wir eigentlich, was in diesem Koffer ist?« Wieder war Danny derjenige, der die Fakten als erster wissen wollte.

Sean exte den nächsten Tequila und genoss die Wärme, die sich von seiner Kehle bis in seinen Magen ausbreitete. »Nein, ich habe noch nicht hineingeschaut. Aber Thorpe ist der Koffer mindestens vier Morde wert. Ich stelle mir die Frage, warum ich, oder wie ich eher vermute, warum wir plötzlich auf seiner Abschussliste stehen. Alec, hast du vielleicht mehr Informationen? Schließlich hast du mich auf dem Parkplatz gewarnt.«

Alec lehnte sich vor und stützte sich auf seine Unterarme. »Bisher nicht. Callahan hat mir lediglich zugeflüstert, dass du am Übergabeort bereits erwartet wirst.«

Sean wusste, dass Alec ein Netzwerk aus Informanten aufgebaut hatte. Alles Leute, die in Regierung, Militär und Geheimdiensten arbeiten. Wie er zu diesen Kontakten gekommen war und wer sie waren, wusste Sean nicht. Zum Schutz der Informanten, aber auch zum Schutz des Teams. Er wachte über seine Quellen wie eine Glucke über ihr Gelege. »Kannst du dich vielleicht mal in die Rechner der Geheimdienste und der Regierung hacken und nach Hinweisen suchen?«

Alec nickte, wirkte aber wenig überzeugt. »Klar, aber ich muss warten, bis dein erster Auftrag erledigt ist. Mach dir einfach nicht zu viel Hoffnung. Thorpe ist nur sich selbst verpflichtet.«

Gut, Alec hatte die Suche nach dem Mädchen bereits gestartet. Hoffentlich erfuhr er dadurch etwas mehr über diese Miss De Wit. Verdammt, die Tatsache, dass sie ihm ständig im Kopf herumgeisterte, verwirrte ihn. »Also, dann sind wir uns einig, dass wir uns vorläufig bedeckt halten. Wir beziehen unser geheimes Safe House hier in der Nähe und wir nehmen in nächster Zeit keine Aufträge an, denn sie könnten allesamt eine Falle sein.«

Damit waren alle einverstanden. Alec stand auf und verabschiedete sich. Sean wusste, dass er zu seinem Computer ging. Das Teil lief über Satellit. Sean verstand nicht allzu viel von diesem IT-Mist. Ihm war eine Waffe in der Hand lieber, als in die Tasten zu hauen und stundenlang auf das Ergebnis warten zu müssen. Er stieg hoch und legte sich auf die Matratze auf dem Sonnendeck. Er sah zum inzwischen nächtlichen Himmel und betrachtete das Band der Milchstraße, das sich über das Firmament erstreckte. Dieser Anblick beruhigte ihn und er schloss die Augen, in der Hoffnung auf einen traumlosen Schlaf.

Die Straße vor ihm war steinig und Staubpartikel segelten durch die Luft. Die Sonne brannte unbarmherzig auf sie nieder. Die Hitze im Truck war fast unmenschlich und die Luft war stickig. Hinter ihm fuhr der Lastwagen mit den Medikamenten für das Krankenhaus, das sich circa hundertfünfzig Kilometer nordwestlich von Kandahar befand. Sie fuhren im Konvoi. Er bildete mit Danny die Vorhut, hinter ihnen folgten die beiden Lastwagen und Alec und die anderen waren die Rückendeckung.

Das Kribbeln in seinen Nervenenden und Eingeweiden nahm explosiv zu. Noch ehe er seine Männer über Funk vor der drohenden Gefahr warnen konnte, schlugen auch schon zwei oder drei Granaten ein.

Er verlor das Bewusstsein und kam erst wieder zu sich, als Danny ihn aus dem Wagen zerrte. »Sean! Beweg deinen verfluchten Arsch! Wir müssen in Deckung gehen. Die Taliban reißen uns sonst in Stücke …!«

Der Schmerz war grausam und er drohte zu verbluten … die Schüsse zerrissen die Nacht und ließen seine Ohren klingeln … dann sah er, wie Ian in die Knie ging …

»Ich habe etwas gefunden.«

Sean zuckte zusammen und brauchte einen Moment, um sich zu orientieren. Ach ja, das Boot und Alec. Afghanistan war weit weg … »Entschuldige, was hast du gesagt?« Sean spürte, wie ihm der kalte Schweiß auf der Stirn stand. Es war immer dasselbe. Die ewig gleiche Leier, wenn ihn der Schlaf übermannte.

»Ich habe etwas über die Frau gefunden.«

•

Noas Schädel brummte und ihr war schwindlig. Dennoch musste sie im Oberzimmer für eine Gruppe Schlipsträger tanzen. Sie hatten mehrere Mädchen bestellt. Drei davon waren gerade dabei, den Kerlen einen zu blasen.

Noa zwang sich ein laszives Lächeln aufs Gesicht und versuchte, sich in sich selbst zu verkriechen. Ihr Gesicht tat weh. Unter einem gefühlten Zentimeter Schminke hatte sie ein riesiges Hämatom. Wahrscheinlich war ihr Jochbein angeknackst.

Gomez war stinksauer gewesen. Er hatte sie zweimal heftig geschlagen. Als erzieherische Maßnahme, wie er gemeint hatte. Danach hatte er sie zum katastrophalen Ausgang von Ramirez' Geschäftstreffen befragt. Ramirez war für Gomez ein wichtiger Geschäftspartner gewesen, der viele Kontakte hatte. Es wurde sogar gemunkelt, dass Ramirez' Finger bis ins Weiße Haus gereicht hatten.

Zu Noas Unglück hatte sie Gomez' Fragen nicht beantworten können, da sie, kaum hatte sie die Schüsse gehört, die Flucht ergriffen hatte. Gomez hatte sie nach der Befragung zum Dienst im Spezialzimmer geschickt. Er wusste ganz genau, wie sie die kranken Spiele, die hier immer abgingen, verabscheute. Anscheinend hatte man sie explizit bestellt und er erfüllte diesen Wunsch natürlich liebend gern.

»Hey, Schnecke«, grölte sie einer dieser sogenannten feinen Herren an. »Komm da runter und sei etwas nett zu mir.«

Sie erschauderte, als sie den Typen mit der Halbglatze und dem Bierbauch genauer anschaute. Sie wusste jetzt schon, was der von ihr wollte. Sie sollte in seinem Schoß tanzen und sich dabei an ihm reiben. Sie zögerte und warf dabei einen unsicheren Blick auf Gomez' Schläger, der im Schatten an der Tür stand. Er nickte ihr auffordernd zu und es blieb Noa nichts anderes übrig, als sich zu überwinden.

Sie ging mit wiegenden Hüften zu dem Kerl, der sich locker im Sessel zurücklehnte. Die Selbstzufriedenheit drang ihm stinkend aus jeder Pore. Noa musste unwillkürlich an *Jabba den Hutten* aus *Star Wars* denken und wurde von Ekel geschüttelt.

Sie war nackt. Alles, was sie trug, waren ihre roten High Heels. Je näher sie kam, desto breiter grinste Jabba. Seine Knopfaugen wanderten an ihrem Körper auf und ab, dabei fasste er sich in den Schritt, was nicht gerade zu Noas Wohlbefinden beitrug.

»Ja, Kätzchen, zeig mir deinen geilen Körper. Ich will alles von dir sehen.« Während er das sagte, sammelte sich Spucke als weiße Ablagerung in seinen Mundecken. »Oh, dein Arsch ist so scharf, der gehört verboten.« Er unterstrich seinen Kommentar mit einem schwungvollen Klaps auf ihre Hinterbacke. Sie musste sich zusammenreißen, damit sie dem Saftsack nicht eine schmierte. Hier oben im »Chambre Séparée« war alles erlaubt: anfassen, benutzen, alle möglichen und unmöglichen Perversitäten. Es war schon vorgekommen, dass Frauen nach dem Dienst in diesem Zimmer ins Krankenhaus gebracht werden mussten.

Noa tanzte zum Takt der Musik, rieb ihren Po und auch ihre Brüste an dem Mistkerl. Sie versuchte dabei, alle Gefühle auszublenden und die Machenschaften um sich herum zu ignorieren. Sie verschloss sich vor den Geräuschen und den Gerüchen in diesen vier Wänden.

Ihr Kunde packte sie roh am Busen und kniff sie brutal in die Brustwarzen. »Ja, du Schlampe. Das gefällt dir so gut wie mir, was?«, keuchte er. Ihr Kopfkino ließ Bilder von Kastrationen mit schmutzigen Messern entstehen.

Noa spürte die harte Erektion in seiner Hose. Sie wollte das Ganze so schnell wie möglich hinter sich bringen und setzte sich auf seinen Schoß, sie gab sich kühn. Sie ließ rhythmisch ihr Becken kreisen und erzeugte dadurch noch mehr Reibung in seinem Schritt. Er ließ den Kopf nach hinten fallen, beobachtete sie jedoch weiterhin mit seinen Schweineaugen.

»Oh ja, Kätzchen. Das war gut. Wie heißt du? Du hast dir gerade einen Stammkunden dazuverdient.« Auch das noch. Der sollte lieber schauen, dass er sich trockenlegte. Noa beschloss, ihn links liegen zu lassen und wollte gerade weggehen, als er sie rüde am Arm packte. »Ich habe dich was gefragt, Schlampe.«

Sie riss sich los und wollte ihm gerade Schimpf und Schande sagen, als Gomez' Schläger drohend den Zeigefinger hob. Zeichen genug für Noa, sich zu fügen. Sie hatte an diesem Tag schon genug Schläge einstecken müssen.

»Entschuldige bitte«, sagte sie leise, »ich habe dich nicht gehört. Es ist etwas laut hier.« Das schien ihn zu besänftigen.

»Ich habe dich nach deinem Namen gefragt, damit ich bei meinem nächsten Besuch wieder deine Dienste in Anspruch nehmen kann.« Er ließ dabei seine Finger über die Innenseite ihres nackten Oberschenkels nach oben gleiten.

Noa schluckte. »Angelina. Man nennt mich Angelina. Und wer bist du?« Sie nannte ihm ihren Künstlernamen.

Er lächelte gierig. »Dass du mich nicht kennst, enttäuscht mich ein wenig. Aber wir werden genug Zeit miteinander verbringen, damit ich dir Nachhilfe geben kann. Ich bin Senator Bill Stanton.« Dann ließ er sie los und sie eilte in Richtung Toilette davon. Ein Senator? Scheinheilige Brut.

Sie wollte sich anziehen, diese juckende blonde Perücke in den Müll schmeißen und gefühlte fünf Stunden duschen. Sie musste das Gefühl dieser ekelhaften Finger loswerden.

»Deine Schicht ist noch nicht zu Ende.« Na toll. Der hirnlose Gorilla vom Chef machte noch nicht einmal vor dem Damenklo Halt.

»Das weiß ich auch, Klugscheißer. Ich musste mal, das ist ja wohl erlaubt.«

»Klar, aber jetzt ist genug gepisst. Die Herren warten auf deinen Einsatz an der Stange. Und danach will einer dich durchficken. Er hat schon dafür bezahlt.«

Konnte es noch schlimmer werden? Nein.

Als Noa so gegen vier Uhr morgens von ihrer Schicht nach Hause kam, stellte sie sich als erstes unter die Dusche, wo sie heulend zusammenbrach. Sie würde nicht mehr lange durchhalten. Es ging einfach nicht mehr. Würgend übergab sie sich und auch als ihr Magen schon leer war, zog sich ihr Zwerchfell immer noch krampfartig zusammen. Sie konnte nicht mehr.

•

Thorpe verließ einigermaßen zufrieden Gomez' Etablissement. Er hatte sich erstens gut amüsiert und zweitens hatte er das Mädchen, welches er für seine Sache rekrutieren wollte, genau beobachtet. Erfreut hatte er feststellen können, dass sie seinen Kriterien entsprach. Sie hatte einen guten Körperbau, wirkte gesund und robust.

Für den nächsten Tag war ein Termin mit Gomez arrangiert, um das Geschäftliche zu regeln. Er wusste, dass er sie für einen guten Preis bei Gomez freikaufen konnte. Derart beflügelt stieg er in seinen Wagen und fuhr zur Klinik. Er musste alles für die neue Stute herrichten und er wollte unbedingt noch einmal nach Nummer 35 sehen. Bald war es so weit.

Austausch

Sean las aufmerksam Alecs Bericht über die hübsche Fremde. Noa De Wit, geboren und aufgewachsen in Amsterdam, vor circa vier Jahren als Touristin in die USA gekommen. Sie hätte nach Rio weiterreisen sollen, wo sie in einem Jugendzentrum ein Praktikum hätte absolvieren sollen. Sie hatte Psychologie studiert und stammte aus einer wohlhabenden Familie.

Er lehnte sich zurück und betrachtete das Foto auf dem großen Monitor. Was hatte dazu geführt, dass Noa, aus gut situierter Familie und mit Universitätsausbildung, hier in solchen Umständen gestrandet war?

Er und sein Team hatten sich inzwischen im besprochenen Safe House eingerichtet. Es lag nicht ganz im Zentrum Miamis. Sean hatte Chris losgeschickt, um den Koffer aus dem Schließfach zu holen und erwartete dessen Ankunft jede Minute.

Sean druckte alle nötigen Informationen über die Frau aus. Das Einzige, was er nicht herausgefunden hatte, war die Adresse der jungen Holländerin. Laut Aufzeichnungen im Internet galt sie für ihre Familie als vermisst. Sollte er ihre Eltern kontaktieren und ihnen sagen, dass er die verlorene Tochter gesehen hatte? Vielleicht kam er auf diese Weise an weitere Informationen. Er verwarf diesen Gedanken jedoch gleich wieder. Es war gut möglich, dass Noa De Wit gar nicht gefunden werden wollte.

Das Safe House war nichts anderes als eine leerstehende Autowerkstatt, die er über eine Scheinfirma erstanden hatte. Es war alles andere als gemütlich, bot jedoch das Nötigste, um eine Zeitlang von der Bildfläche verschwinden zu können. Das ganze Gebäude war hochmodern gesichert und nur die besten Profis konnten das System überlisten. Doch dafür bräuchten sie Stunden. Alec sei Dank.

Sean fasste den Entschluss, Gomez' beziehungsweise Ramirez' Firmen und Nachtclubs zu durchleuchten. Vielleicht fand er dort eine Spur zu der Fremden. Er setzte sich noch einmal an den PC und begann mit der Suche.

Er wusste nicht, wie lange er bereits am Computer saß. So wie seine Nackenmuskeln rebellierten, mussten es Stunden gewesen sein. Wo zum Teufel blieb Chris mit dem Koffer? Er sah auf die Uhr. Chris war schon seit mehr als eineinhalb Stunden überfällig und das sah seinem Freund gar nicht ähnlich.

Sean schnappte sich sein Mobiltelefon und rief Chris an. Nach sechsmal Klingeln schaltete sich die Voicemail-Box ein. Verflucht noch mal!

»Danny! Alec! Wir haben ein Problem!« Er lief durch die ganze Garage und seine Stiefel verursachten ein knirschendes Geräusch, das an seinen Nerven zerrte.

Er fand die beiden im Hof, der sichtgeschützt umringt von einer Mauer auf der rückwärtigen Seite des Gebäudes lag. Sie spielten Karten und grillierten gerade vier monströs große Steaks auf dem Holzkohlegrill.

»'tschuldige, was hast du gesagt?«, fragte Alec ohne von den Karten aufzusehen, die er gerade in der Hand hatte.

»Chris ist schon lange überfällig. Hat jemand von euch von ihm gehört?« Danny und Alec legten nun beide die Spielkarten beiseite. Danny blickte auf die Uhr und machte ein höchst alarmiertes Gesicht.

»Nein, bei uns hat er sich nicht gemeldet.« Alec stand auf und ging in die Garage, von wo er kurze Zeit später mit seinem Laptop zurückkam. »Ich werde versuchen, sein Handy zu orten.«

Während Alec in die Tasten hieb, trat Danny zu Sean. »Was hast du da?«

Sean drehte sich verwirrt zu Danny um. »Wie bitte?«

Danny deutete stumm auf Seans Hand. Ach so, das. Er hatte den Ausdruck von Noas Vermisstenfoto in der Hand, ihn aber wegen der Sorge um Chris völlig vergessen.

Sean gab seinem Kumpel das Bild, der es einen kurzen Moment ansah. »Ich kenne die Kleine.«

Sean blieb fast das Herz stehen. Er hatte so viele Stunden damit verbracht, über Noa De Wit nachzuforschen, dass sie für ihn schon fast zum Mythos geworden war.

»Woher? Wieso?« Die Fragen überschlugen sich in seinem Kopf buchstäblich. Hatte der Schwerenöter Danny etwas mit ihr gehabt? Und weshalb verspürte er bei diesem Gedanken einen gemeinen Stich in der Brust?

Danny runzelte verwirrt über Seans Reaktion die Stirn. Sean behielt meist einen kühlen Kopf und verlor nur ganz selten die Beherrschung. »Sie arbeitet in einem Strip Club unten in Miami Beach, Pennsylvania Ave und 13. Straße. Ich war da mal einen trinken und da hat sie getanzt. Sie hatte damals zwar blonde Haare, ich bin mir aber sicher, dass es dasselbe Mädchen ist.«

Er wäre liebend gern gleich losgezogen, um diesem Club einen Besuch abzustatten. »Schreib mir die Adresse von diesem Strip-Schuppen auf. Dann kann ich mich später um sie kümmern. Jetzt müssen wir erst schauen, dass wir Chris finden.« Daraufhin erntete er ein dankbares Nicken. Sean wurde das Gefühl nicht los, dass Danny etwas zu verbergen versuchte.

Er hörte schnelle Schritte auf ihn zukommen. »Ich hab sein Handysignal geortet. Er bewegt sich auf uns zu. Er sollte in wenigen Minuten hier ankommen.« Kaum hatte Alec einen Punkt hinter seine Aussage gemacht, war Danny bereits davongeeilt.

Sean und die beiden anderen bewaffneten sich. Danny und Alec stellten sich links und rechts neben der Tür auf. Nur für den Fall, dass Chris geschnappt worden war und das ein Hinterhalt war. Er blieb mitten im Raum stehen, die HK USP im Anschlag, und warf einen kurzen Blick auf Danny, der ihm mit einem Mal ungewöhnlich unruhig vorkam. Er schien geradezu zu vibrieren.

Keine zwei Minuten später wurde die Eingangstür geöffnet und gleich wieder geschlossen. Chris fiel auf die Knie und stützte sich mit den Händen am Boden ab. Er atmete keuchend und Sean erkannte, dass Chris' T-Shirt schweißnass war. Danny atmete erleichtert auf. Sie alle waren froh, ihren Freund in einem Stück zu sehen.

Er steckte die Waffe weg und kniete sich zu seinem Freund. »Was ist passiert? Bist du verletzt?«

Chris schüttelte den Kopf. »Nicht der Rede wert. Ich wurde am Busbahnhof bereits erwartet und konnte nur knapp entkommen. Den Wagen musste ich stehen lassen und bin im Zick Zack durch die Stadt gerannt, um sie abzuhängen.« Er hielt einen Moment inne und hustete atemlos. »Die Kerle ließen nicht locker. Es waren zehn Mann und jedes Mal, wenn ich geglaubt habe, sie endlich abgeschüttelt zu haben, tauchten sie eine Kurve später wieder auf. Die Typen waren schnell, sage ich dir.«

In Sean schrillten alle Alarmglocken los. Wenn Chris schon sagte, dass die Gegner schnell waren, verhieß das nichts Gutes. Chris war von Natur aus sehr schnell. Er rannte schneller und weiter als jeder andere. Sean hatte sogar einmal mitbekommen, wie Chris einer Kugel, die aus nächster Entfernung abgefeuert worden war, ausgewichen war. Und das war Stoff aus einem Hollywood-Film.

»Wo ist der Koffer?« Sean war aufgefallen, dass das Teil nirgends zu sehen war. Er wollte gar nicht darüber nachdenken, dass der Koffer in Thorpes Hände gefallen sein könnte. Der Inhalt dieses Behälters war ihre Lebensversicherung.

Chris kam mit Dannys Hilfe wieder auf die Beine und klopfte sich Staub von den Kleidern. »Den musste ich zurücklassen.«

»Shit, er ist also noch im Schließfach?« Sean war erleichtert und schlecht zugleich.

»Nein, der Koffer liegt in irgendeinem Müllcontainer. Aber ich habe die Ware hier. Das Ding hat mich behindert, weshalb ich ihn aufgebrochen habe.« Er kramte in seiner Cargohose herum und holte drei USB-Sticks hervor.

Die Daten darauf mussten verdammt viel wert sein, wenn Thorpe und Ramirez so viel Aufhebens darum gemacht hatten.

Alec trat vor, wie ein Hund, der einen Knochen gerochen hatte. »Gib die mal her. Ich werde sie mir anschauen. Schließlich wollen wir ja wissen, weshalb wir zu sterben haben.«

Sean widmete sich inzwischen wieder Chris. »Alles okay?«

Chris nickte knapp. »Ja, nur ein paar kleinere Schrammen. Aber ich habe Kohldampf.«

Danny lachte erleichtert und klopfte ihm auf die Schultern. »Dann komm mit. Wir haben ein kühles Bier und Mutantensteaks vom Grill.«

Sean war froh, dass Chris okay war. Chris und Danny standen sich in letzter Zeit sehr nah.

Er beschloss, nachzusehen, was Alec ans Tageslicht beförderte und betrat dessen Zimmer. Das Computergenie saß gebeugt über der Tastatur. Das Klickgeräusch, das seine tippenden Finger verursachten, ließ Seans Schläfen pochen und die Welt vor seinen Augen verschwimmen.

»Du musst gar nicht so ungeduldig in der Tür stehen, Captain. Das hier kann noch Stunden dauern. Die Daten sind kompliziert verschlüsselt und da ich den Code nicht habe, muss ich zuerst versuchen, ihn zu knacken. Du hörst von mir, sobald ich was habe«, vermeldete Alec ohne vom Monitor aufzusehen.

So zum Warten verdammt, ging er zurück in den Hinterhof, wo Chris und Danny sich über die Steaks hermachten. »Mann, das war vielleicht eine Höllenjagd«, hörte Sean Chris mit vollem Mund sagen. Sean hätte es sich niemals verziehen, wenn Chris etwas zugestoßen wäre. Sofort tauchte Ians Gesicht in seinem Kopf auf, das er rabiat wieder in den Untergrund zwang.

Sean setzte sich zu den beiden Männern und griff in die offene Chipstüte, die verwaist auf dem Tisch lag. »Kennen wir die Typen, die dir gefolgt sind?«

Chris kratzte sich nachdenklich am Kinn. Das schabende Geräusch war Beweis genug, dass diese Wangen dringend ein Rendezvous mit einer Rasierklinge nötig hatten. »Ich denke nicht. Die Kerle sahen aus, als machten sie einen auf *Men in Black*. Die haben Anzüge und Schlipse getragen, Mann. So schräg, sage ich dir.« Ein weiteres Stück Fleisch wanderte in Chris' Mund.

»Wie bist du ihnen entkommen?« Sean befürchtete, dass der Standort dieser Zufluchtsstätte aufgeflogen sein könnte.

»Ich bin in letzter Sekunde in eine Metrorail gesprungen. Dann bin ich damit eine Weile herumgefahren. Nach rund einer Stunde habe ich die Bahn verlassen und bin über Seitenstraßen und kleine Gassen hierher gerannt. Ich konnte dich nicht anrufen, weil ich sie nicht auf meine Spur lenken wollte. Ich hatte einfach ein Scheißglück.«

So konnte man es wohl nennen. Dann drehte sich Sean zu Danny um. »Wie lautet die Adresse dieses Clubs?« Er musste so schnell wie möglich da hin. Er ignorierte das verwirrte Gesicht Dannys und forderte ihn mit einem Nicken auf, endlich den Mund aufzumachen. Tatsächlich nannte dieser ihm dann Namen und Anschrift.

Er wusste, dass er ein großes Risiko einging, jetzt auf die Straße zu gehen. Doch er wollte, nein, er musste dieser Frau ihre Tasche zurückbringen. Natürlich war das nur ein Vorwand. Die Faszination, die diese Frau auf ihn ausübte, war doch totaler Unsinn. Wieso hatte er derart einen Narren an ihr gefressen?

Er schnappte sich die Tasche, steckte sie in einen Rucksack, verließ die Garage und bestieg die Honda CTX700N. Er drückte den Starter, setzte den Helm auf und fuhr davon. Die Maschine war für seinen Geschmack viel zu lahm und hatte eindeutig zu wenig PS. Aber für die Stadt reichte sie völlig.

Vor dem Club stieg er ab und ließ die Umgebung erst einmal auf sich wirken. Es hing ein Schleier von Not und Verderb in der Luft, doch es war nichts, was seinen inneren Alarm aktivierte. Das gedrungene zweistöckige Gebäude wirkte kalt und hatte nichts mit den tollen Art-Deco-Bauten gemein, für die Miami bekannt war.

Es war früher Abend und wahrscheinlich war dieses Etablissement noch geschlossen. Am Haupteingang wurde seine Vermutung bestätigt. Der Club öffnete erst um 21 Uhr. Oder nach Vereinbarung. Super. Wer außerhalb der Öffnungszeiten nackte Titten sehen wollte, brauchte nur anzurufen. Es war der reinste Viehmarkt. Seans Blick wanderte umher.

Neben dem Eingang entdeckte er eine Vitrine, in der die Fotos von allen Mädchen, die hier arbeiteten, ausgestellt waren. Natürlich waren sie allesamt nur spärlich bekleidet. Junge Dinger, die für ihr Alter schon zu viel erlebt und gesehen hatten. Dementsprechend waren ihre Blicke so tot wie der einer Wasserleiche. Dann stach ihm ein Bild in der unteren Reihe ins Auge. Eine Blondine mit störrisch gerecktem Kinn und einem rebellischen Ausdruck im Gesicht. Über der Aufnahme stand der Name Angelina.

Sean betrachtete die Aufnahme genauer. Angelina war Noa. Ein kleines Triumphgefühl erfüllte ihn. Er hatte sie gefunden. Ihre vollen Lippen ließen viel Raum für Männerfantasien und die zierliche Figur trieb einen Kerl dazu, den Beschützer zu spielen. Herr im Himmel, er begann schon jetzt, die Unbekannte zu begehren. Das durfte nicht sein. Er wollte das nicht. Nicht in seinem verkorksten Leben. Er konnte sein Leben nicht noch komplizierter machen, indem er sich auf eine kaputte junge Frau einließ, die sich ihren Lebensunterhalt mit Strippen und Sex verdiente. Er hatte gerade vor, sich vom Acker zu machen, als er Schritte neben sich hörte. Instinktiv machte er sich für einen möglichen Angriff bereit.

»Hallo, mein Schöner«, schnurrte eine Frauenstimme neben ihm. »Der Laden ist zwar noch zu, aber es gibt bestimmt etwas, was ich für dich tun kann.«

Betont langsam drehte er sich um und entdeckte eine kleine, viel zu dünne Frau. Ihr rot gefärbtes Haar war straff zurückgebunden und im Gesicht trug sie eine Zentimeter dicke Schicht Make-up. Sie trug Hot Pants und ein bauchfreies Tank Top. Sie sah so billig aus wie alle, die in diesem Milieu arbeiteten. Eine leise Stimme in seinem Kopf flüsterte ihm zu, dass Noa bestimmt eine Ausnahme bildete.

Ja. Genau.

Warum spielte das überhaupt eine Rolle? Und seit wann war er ein Heuchler? Er sollte diese Frauen nicht verurteilen. Schließlich hatte er die Dienste von Prostituierten auch schon in Anspruch genommen.

»Ja, in der Tat«, griff er nun den Faden auf. »Du kannst mir bestimmt helfen.«

In den Augen der Frau entstand ein professionelles Leuchten, da sie mit einem schnellen Nebenverdienst rechnete. Bevor sie jedoch ihre langen, pink lackierten Fingernägel auf ihn legen konnte, hob er abwehrend die Hände. »Ich brauche nur eine Information.«

Es dauerte einen Augenblick, bis sie zu verstehen schien. Dann stützte sie verärgert die Hände in die Hüften und funkelte ihn kalt an. »Das macht fünfzig Dollar«, sagte sie berechnend und hielt ihm dann die offene Hand hin.

Unverschämtes Biest. Er zückte trotzdem sein Portemonnaie und holte einen Fünfziger heraus. Er behielt ihn aber noch in seiner Hand und hielt ihn für sie sichtbar hoch. »Erst will ich die Auskunft haben.«

Die Nutte hob widerspenstig den Kopf. »Was willst du wissen?«

Sean zeigte auf Noas Foto, ließ dabei aber sein Gegenüber nicht aus den Augen. »Wo finde ich sie?«

Die Rothaarige machte ein säuerliches Gesicht. Anscheinend war sie nicht gerade gut auf Noa zu sprechen.

»Was kannst du von ihr bekommen, was ich dir nicht auch bieten könnte?«, fragte sie mit vor Frust triefender Stimme.

»Glaub mir, ich will nichts von ihr, was ich von dir nicht auch haben könnte. Ich habe etwas, das ihr gehört, und das möchte ich ihr zurückgeben. Das ist alles.« Sie ließ erleichtert die Schultern fallen. War da jemand wegen Noa verunsichert oder herrschte hier ein Konkurrenzkampf unter Katzen?

»Du findest sie um diese Zeit meistens im Jugendzentrum in Overtown. Sie arbeitet da tagsüber.«

Eine Prostituierte und Stripperin leistete Jugendarbeit? Was für ein Doppelleben. Aber es machte Sinn, da Noa De Wit Psychologie studiert hatte und in Rio in einem vergleichbaren Zentrum hätte arbeiten sollen. Wieder fragte er sich, weshalb sie hier hängengeblieben war.

Er gab der Frau den Geldschein, den sie sofort in ihrem Ausschnitt verschwinden ließ.

Ihm war nicht wohl bei dem Gedanken, dass Noa in Overtown, einem der gefährlichsten Viertel der Stadt, arbeitete. Ohne noch einmal auf seine Informantin zurückzuschauen, stieg er aufs Motorrad und fuhr los.

∙

»Du hast mich mindestens fünf Jahre meines Lebens gekostet, Mann! Mach so etwas nie wieder.« Danny hätte Chris am liebsten eine reingehauen und ihn gleichzeitig an sich gedrückt. »Ich musste mich derart zusammenreißen, damit man mir nicht ansah, wie krank ich war vor Sorge um dich.«

In Momenten wie diesen wünschte er sich, jemand anderer zu sein. Ein anderes Leben zu führen und an einem anderen Ort zu sein. Ja, und manchmal wünschte er sich, dass er Chris nie kennengelernt hätte. Der Kerl brachte vieles in seinen Alltag. Darunter auch Chaos und Sorgen. Aber leider Gottes auch viel Positives.

Chris war herrisch und dominant und Danny hätte ohne dessen Druck und Vehemenz wahrscheinlich niemals den Schritt gewagt, den sie gegangen waren. Er hätte Sean gern eingeweiht, doch er hatte null Ahnung, wie er es, wie sie es, anstellen sollten.

»Ach, komm schon. So schlimm war es nun auch wieder nicht«, entgegnete Chris und setzte damit seiner inneren Litanei ein Ende.

Danny hob den Kopf und sah Chris an, der gerade dabei war, das schmutzige T-Shirt auszuziehen. Unter dem Textil kam braun gebrannte, straffe Haut zum Vorschein, welche Chris' fitten, wohlgeformten Körper überzog. Im selben Moment entdeckte Danny natürlich auch die vielen Spuren der unzähligen Kampfeinsätze, die sie gemeinsam durchstanden hatten.

Unglücklicherweise konnte Danny bei jeder Narbe, die Chris am Leibe trug, den Einsatz, den Tag, das Datum und vermutlich auch die Uhrzeit benennen, wenn er sich Mühe gab. Doch er wollte lieber vergessen, wollte sich nicht an die konstante Gefahr im Leben seiner Brüder und seiner selbst erinnern.

»Ich mache mir eben Sorgen um dich. Wie würde es dir an meiner Stelle gehen, hm?«

Chris drehte sich um und sah ihn mit hochgezogenen Augenbrauen an. »Sorry, ich wollte mich nicht über dich lustig machen. Und ja, die Typen waren wirklich nicht zu unterschätzen.« Er trat einen Schritt näher. »Ich werde in Zukunft vorsichtiger sein. Versprochen.«

Danny streckte die Hand aus, um sie Chris auf die Brust zu legen, als Alec zur Tür hereinkam. Er war kreidebleich. Als er sie beide sah, blieb er verwirrt stehen. Er wirkte, als hätte er kurz die Orientierung verloren.

Danny ließ die Hand fallen und sah verlegen zu Boden. Er fühlte sich auf unangenehme Weise ertappt.

»Gibt's ein Problem, Alec?«, durchbrach Chris das peinliche Schweigen.

Alec blinzelte wie ein Schaf und schaute noch einmal kurz zwischen ihnen beiden hin und her. Danach fand er anscheinend seine Stimme wieder. »Ich … ähm …« Er räusperte sich. »Ich konnte den Code der Verschlüsselung knacken und während die

Dechiffrierung läuft, wollte ich mit euch ein Bier trinken. Das ist … hm … alles.«

Danny sah, dass Chris grinste während er sich ein frisches Shirt überzog. Dann ging er zu dem verstört wirkenden Alec hin und legte ihm brüderlich den Arm um die Schultern.

»Na, dann machen wir das doch. Kommst du, Danny?«, rief er ihm nach. Er blieb jedoch, wo er war. Er hatte einfach keine Kraft mehr, dieses Versteckspiel weiter aufrecht zu halten. Wenn er hätte schauspielern wollen, wäre er zum Broadway gegangen.

Kurze Zeit später hörte er, wie das Telefon ging und Alec eilig das Haus verließ.

●

Noa saß im Aufenthaltsraum des Jugendzentrums. Sie hatte Aufsicht über die Teenies, die in mehreren Gruppen zusammensaßen oder Spiele spielten. Zum Glück gab es heute niemanden, der bei ihr das Herz ausschütten wollte oder musste. Dazu wäre sie jetzt nicht imstande gewesen.

Sie war mit dem Kopf nicht bei der Sache. Eine Hirnhälfte war mit dem verschwundenen Teenagermädchen beschäftigt und die andere mit ihrer eigenen miserablen Situation. Der Vorabend hatte ihr deutlich vor Augen geführt, dass es nicht mehr so weitergehen konnte. Gomez würde sie früher oder später umbringen. Spätestens wenn er ihrer überdrüssig war. Und ihre sogenannten Kunden ertrug sie auch nicht mehr.

Sie blickte auf die Uhr an der Wand. Ihre Schicht dauerte noch eine halbe Stunde, danach würde sie sich auf die Nacht im Club vorbereiten müssen. Eineinhalb Stunden Schlaf, Abendessen, duschen und danach die Metamorphose zur Hure durchlaufen. Sechs von sieben Tagen in der Woche verliefen nach diesem Muster. Nur sonntags war die Ausnahme, weil sowohl der Club, als auch das Zentrum geschlossen hatten.

Jemand tippte ihr auf die Schulter. »Was machst du denn noch hier, Noa? Du hast doch seit einer viertel Stunde Feierabend.«

Eine der anderen freiwilligen Helferinnen, Noa vergaß ständig deren Namen, Mary, Mandy oder so etwas Ähnliches, stand neben ihr. Wieder sah Noa auf das große Zifferblatt ihr gegenüber. Verdammt, wo war denn die Zeit geblieben? Fünfundvierzig Minuten waren einfach weg. »Oh ja«, stammelte sie, »ich habe wohl die Zeit vergessen.« Dann stand sie auf und ging auf steifen Beinen davon. Sie fühlte sich wie ferngesteuert.

Sie ärgerte sich über sich selbst. Sie hatte wertvolle Schlafzeit vergeudet. Auch wenn es nur fünfzehn Minuten waren. Sie ging auf die Toilette, um zu prüfen, ob ihr Make-up die Spuren vom vorigen Tag nach wie vor gut verdeckte. Ihr Gesicht schmerzte immer noch und auch sonst hatte sie das Gefühl, von einer Herde Elefanten überrannt worden zu sein. Obwohl es ja nur ein einziger Dickhäuter gewesen war. Sie wurde erneut von Ekel erfasst, als sie an den Drecksack von letzter Nacht dachte.

Die Spachtelmasse saß wider Erwarten perfekt, nur ihr Haar sah etwas zerzaust aus. Wahrscheinlich hatte sie sich während ihrer Gedankengänge immer mal wieder die Haare gerauft. Sie nahm sie kurzerhand zu einem lockeren Dutt zusammen und verließ so, mit der Sonnenbrille auf der Nase, das Jugendzentrum. Die frühabendliche Sonne tauchte alles in goldenes Licht und wärmte die Welt auf angenehme Weise. Noa versuchte, diese Wärme in ihr Herz zu lassen, damit sie wieder besser durchatmen konnte.

Sie wandte sich nach rechts, um zur nächsten Haltestelle zu gehen. Dabei fiel ihr ein Typ auf, der auf der anderen Straßenseite lässig an sein Motorrad gelehnt dastand. Er war groß und athletisch gebaut. Das graue enge Shirt ließ weibliche Fantasien auf Hochtouren laufen. Die langen Beine steckten in verwaschenen Jeans und an den Füßen trug er schwere Militärstiefel. Auf seinem linken Oberarm blitzte ein Tattoo unter dem Saum des Ärmels hervor. Das Motiv konnte sie aber leider nicht erkennen. In ihr keimte der Wunsch, genauer zu überprüfen, was sich der Hüne in die Dermis hatte stechen lassen.

Das blonde Haar hing ihm leicht schräg ins Gesicht und darunter blitzten wache Augen in ihre Richtung. Die Farbe der Iriden konnte sie nicht sehen, denn dafür war er zu weit weg. Er strahlte ein Feuer aus, das ihr direkt unter die Haut ging. Ihr wurde heiß und das hatte nichts mit dem Wetter zu tun.

Sie klammerte sich an ihre Tasche und zwang sich, sich abzuwenden. Hatte der Typ einen Magneten verschluckt, der auf sie gepolt war? Oder hatte er in Pheromonen gebadet? Sie fühlte sich nämlich ziemlich zu ihm hingezogen. Das Einzige, was sie in ihrer Situation nicht gebrauchen konnte, war eine weitere Komplikation in männlicher Form. Und eine Affäre wäre der ultimative Super-GAU. Endlich kam die Haltestelle in Sicht und das Glück schien ihr einmal hold zu sein, denn der Bus fuhr gerade ein. Sie beschleunigte ihre Schritte und schaffte es in letzter Sekunde, einzusteigen.

Das Gefühl, verfolgt zu werden, war übermächtig und sie drehte sich noch einmal um, um einen Blick auf den blonden Fremden mit dem Motorrad zu werfen. Er war verschwunden.

Obwohl er nicht mehr zu sehen war, wollte sich das seltsame bohrende Gefühl in ihrer Magengegend nicht verziehen. Schneller als ihr lieb war, tauchte ihre Bushaltestelle, in der Nähe ihrer kleinen Wohnung, auf.

Nachdem sie ausgestiegen war, warf sie einen prüfenden Blick nach rechts und links. Niemand Verdächtiges war zu sehen. Sie ging ohne Umwege zu ihrer Wohnung. Als Noa gerade die wenigen Stufen zur Haustür hochgehen wollte, hörte sie ein Motorrad, das hinter ihr am Gehsteig anhielt und zum Schweigen gebracht wurde. Sie erstarrte. Eiskalter Schweiß trat auf ihre Stirn. Sie warf einen Blick über ihre Schulter und fühlte sich vom Blitz getroffen.

Der blonde Kerl von vorhin stieg vom Bike und kam mit beängstigender Selbstsicherheit auf sie zu. Der einseitig geschulterte

Rucksack ließ ihn locker wirken, doch das Feuer in seinen Augen strafte diesen Eindruck Lügen.

Wer auch immer er war und so anziehend er auch auf sie wirken mochte, Noa wirbelte auf den Absätzen herum und rannte davon. Ihr Fluchtreflex übernahm die Kontrolle. Sie hatte ihre Lektion gelernt und würde nie mehr einem Fremden blind vertrauen. Sie hörte ihn fluchen und die schweren Schritte hinter ihr machten deutlich, dass er die Verfolgung aufgenommen hatte. Sie kam keine zwei Straßen weit. Dann packte er sie an der Schulter und zog sie in eine Gasse. Als sie um Hilfe schreien wollte, drückte er ihr seine schwielige Hand auf den Mund.

»Sei still, Mädchen. Ich tu dir nichts.« Er hatte zischend geflüstert und sah sich alarmiert um, als erwarte er einen Angriff. Dann blickte er sie eindringlich an. Sein goldbrauner Blick bohrte sich in ihre Augen. Als Reaktion auf seine Nähe wurden ihre Knie weich und zwischen ihren Beinen sammelten sich Wärme und Begierde. »Wirst du schreien, wenn ich dich loslasse, oder kann ich dir in dieser Hinsicht vertrauen?«

Sie nickte andeutungsweise. Seine Stimme hatte ein dunkles Timbre und erfüllte sie bis ins Mark. Der Typ hatte etwas Verstörendes an sich. Dann ließ er sie langsam los und noch ehe er einen Schritt zurück machen konnte, trat sie ihm gegen den rechten Oberschenkel. Er fluchte unter dem Angriff, doch das scherte sie nicht. Sie drehte sich abrupt um und stürmte davon.

Noa schaute sich um und stellte erleichtert fest, dass er verschwunden war. Plötzlich wurde sie von Gewissensbissen geplagt. Hatte sie ihn verletzt? Ein Typ wie er gab doch bestimmt nicht so schnell auf? Ach was, das war überhaupt nicht ihr Problem. Schließlich hatte er sie verfolgt, also war er auch selbst schuld, wenn er einen auf den Sack bekam.

Erleichtert über ihren kleinen Sieg, ging sie mit einem kleinen Umweg zu ihrer Wohnung zurück. Sie holte den Schlüssel aus seinem Versteck und gerade, als sie aufgeschlossen hatte, wurde sie erneut von hinten gepackt und durch die Tür geschleudert. Ihr Herz drohte, ihr aus der Brust zu springen und sie suchte krampfhaft nach einem Weg, den Idioten zu überwältigen. Sie wusste instinktiv, dass das nicht der Mann mit den goldbraunen Augen war. Dieser neue Angreifer ging viel zu aggressiv vor. Und vor allem roch er anders.

●

Sie war wunderschön. Sean schaute Noa hinterher, während sie vor ihm floh. Sie hatte ihn mit ihrem Tritt gegen das Bein kurz außer Gefecht gesetzt, weil sie die Seite mit der Kriegsverletzung getroffen hatte, die ihm nach wie vor Beschwerden machte. Er würde ein paar Minuten nicht rennen können, deshalb entschied er sich, direkt zu Noas Wohnung zurückzukehren. Früher oder später musste sie da ja wieder auftauchen.

Er versteckte sich um die Hausecke und musste tatsächlich nicht lange warten. Er beobachtete sie, wie sie sich an einem losen Backstein in der Wand zu schaffen machte. Als er sah, wie sie einen Schlüssel zum Vorschein brachte, musste er lächeln. Sie war ein cleveres Mädchen, doch ihr fehlte jede Spur von kriminellem Denken. Jeder Mensch, der etwas in ihrer Wohnung oder mit ihr vorhatte, würde das Versteck finden, oder sich auf anderem Weg Zutritt verschaffen.

Völlig unerwartet und heftig wurde er von einem Beschützerinstinkt übermannt. Er fragte sich, warum. Sie war eine vollkommen Fremde für ihn, er hatte gerade mal fünf Worte mit ihr gewechselt. Als er sie gepackt und zum Schweigen gebracht hatte, war ein Feuer in ihm aufgelodert, das gänzlich neu für ihn war. Ein Verlangen jenseits von bloßem Sex. Noa hatte sich so gut angefühlt. Er wollte sie gerade noch mal aus der Distanz ansprechen, als ein vermummter Kerl über den Gehsteig rannte und sie mit Gewalt durch die inzwischen offene Tür schleuderte.

Sean wurde von siedender Wut erfüllt und er rannte los. Wenn sich jemand an einer wehrlosen Person, egal ob Frau, Mann oder Kind vergriff, sah er rot. Er vergaß sein schmerzendes, streikendes Bein und seinen ursprünglichen Plan. Mit der Wucht eines Bulldozers trat er die Tür ein und bekam gerade mit, wie Noa von diesem Wichser niedergeschlagen wurde.

Was dann geschah, erlebte er in Zeitlupe und aus der Perspektive eines Außenstehenden. Er hatte keine Kontrolle mehr über sein Handeln und es war ihm auch egal.

Er beobachtete sich dabei, wie er den Kerl am Kragen packte und von Noa wegzerrte. Er hätte ihm am liebsten das Messer in den Leib gerammt und ein ganzes Magazin in den Schädel gepumpt. Aber die beiden Möglichkeiten machten entweder zu viel Lärm oder zu viel Schweinerei. Deshalb schleuderte er den Sack zu Boden und drehte ihm den Kopf herum. Mit gebrochenem Genick fiel der Mistkerl in sich zusammen wie ein leerer Mehlsack. Sean kümmerte sich nicht weiter um ihn, eilte zu Noa und suchte nach einem Lebenszeichen.

Gott sei Dank, sie atmete. Er hob sie hoch und legte sie auf die Couch. Auf der Suche nach einer Decke stieß er mit dem Schuh gegen etwas, das auf dem Boden lag. Im Reflex sah er nach unten und entdeckte eine Spritze, deren Kolben zu dreiviertel hinuntergedrückt war. Er bückte sich und nahm das Ding in die Hand. Er schnupperte daran, konnte den Geruch jedoch nicht zuordnen. Sean ging zu Noa zurück und schob ihr die Ärmel hoch. Er entdeckte tatsächlich eine Punktionswunde am rechten Oberarm. Der Bastard wollte sie betäuben, doch durch ihre Gegenwehr musste er sich anscheinend anderweitig helfen und hatte sie niedergeschlagen.

Glücklicherweise hatte Noa nicht die ganze Dosis abbekommen. Dennoch war sie wohl noch für Stunden außer Gefecht gesetzt. Zeit genug, den Müll zu beseitigen und sie in Sicherheit zu bringen. Er musste Alec zu Hilfe holen.

Zwei Stunden später hob Sean Noa aus Alecs Auto und trug sie ins Safe House. Dort legte er sie auf sein Bett und deckte sie zu. Ihre Atmung war regelmäßig und der Puls kräftig. Deshalb hatte er entschieden, sie vorläufig nicht zu einem Arzt zu bringen. Je weniger Aufmerksamkeit sie erregten, desto besser. Er wollte sich gerade in die Küche aufmachen, um ein Glas Wasser zu holen, als sich Noa wimmernd regte. Er setzte sich auf den Bettrand und sah ihr zu, wie sie die Augen aufmachte. Sie schaute sich blinzelnd um und als ihr Blick auf ihn fiel, setzte sie sich ruckartig auf.

»Du«, sagte sie atemlos, »wo bin ich? Was willst du von mir?« Sie war verständlicherweise aufgebracht und er musste sie unbedingt irgendwie beruhigen.

»Mein Name ist Sean Patrick. Du bist an einem sicheren Ort.«

Sie sah sich noch einmal um, bevor sie ihn mit ihren grünen Augen fixierte. »Und weshalb bin ich hier? Warum hast du mich verfolgt und entführt?«

Die Sache würde sich als schwieriger gestalten als gedacht. Er war an die Rationalität von Soldaten gewöhnt, nicht die Gefühls-duselei von Zivilfrauen. Obwohl es ihm nie in den Sinn käme, Noa De Wit als schwach oder gar weinerlich zu betiteln. Sie war aufgeweckt und wehrhaft. »Ich habe dich nicht entführt. Du bist in meiner Obhut, bis alles wieder in Ordnung ist.«

Sie schlug die Augen nieder und murmelte etwas, das sich für Sean anhörte wie: »Es wird nie mehr alles in Ordnung sein.« Dann sagte sie laut: »Und warum hast du mich dann verfolgt? Ich meine, bevor man mich niedergeschlagen hat?«

Das war das Stichwort, ihr endlich reinen Wein einzuschenken. Er erhob sich, ging zum Stuhl, auf dem sein Rucksack stand, und nahm ihre Handtasche heraus. Er kehrte zu ihr zurück und als sie ihr Eigentum erkannte, wurden ihre Augen groß.

»Woher hast du die?«

Er setzte sich wieder und gab ihr die Sachen. Er hatte nicht vor, ihr zu sagen, dass er der Grund war, weshalb sie aus dem Haus hatte fliehen müssen. »Ich glaube, die gehört dir«, entgegnete er stattdessen ausweichend. Sie schien nicht zu bemerken, dass er ihr gar nicht geantwortet hatte, denn sie hatte ihre Nase bereits in ihre Tasche gesteckt.

»Ich hätte nicht gedacht, dass ich das alles wiederbekommen würde. Und vor allem, dass alles noch da ist! Vielen Dank.« Ihre leuchtenden Augen und der Ausdruck kindlicher Freude in ihrem Gesicht ließen sein Herz auf ungekannte Weise höherschlagen. Es war, als hätte sie ein Vermögen zurückbekommen, dabei war der Inhalt weniger als spärlich.

Dann wurde sie mit einem Mal ganz blass um die Nase und sie warf einen Blick auf die Uhr. »Verdammte Scheiße! Ich muss zur Arbeit!«

Noch bevor er sie aufhalten konnte, sprang sie aus dem Bett und kam gefährlich ins Wanken.

»Das glaube ich eher nicht«, entgegnete er, während er nach ihr griff, um sie zu stützen. »Du hast ziemlich was abbekommen und solange wir nicht wissen, wer, was und warum er etwas von dir wollte, solltest du lieber hierbleiben.« *Hier bei mir*, setzte er in Gedanken hinterher.

Sie riss sich los und fuhr sich danach genervt über das Gesicht. Dabei verwischte sie die Schminke, die sie trug, und ein riesiges Hämatom kam zum Vorschein. Sean wurde ganz anders zumute. Er wusste, dass diese Frauen ein hartes Los hatten, aber es an ihr zu sehen? Eine alles verdrängende Mordlust ergriff Besitz von ihm.

»Du verstehst das nicht. Ich muss in fünfzehn Minuten anfangen, andernfalls habe ich weitaus größere Probleme als einen Fremden, der mich unter Drogen setzt.« Sie wirkte verzweifelt, doch er sah nur noch den großen blauen Fleck auf ihrer Wange.

»Wer hat dich zusammengeschlagen?« Er hatte Mühe, einen ruhigen Ton anzuschlagen und er wusste, dass nicht mehr viel fehlte und er würde ausrasten. Niemand fasste Noa auf diese Weise an!

»Was geht dich das an? Du hast gesagt, dass ich nicht deine Gefangene bin, also dann lass mich gehen. Sonst bin ich wirklich tot.«

Er beobachtete wie paralysiert, wie sie ihre Tasche fest an sich drückte und sich anschickte, das Zimmer zu verlassen. Ein Gefühl der Resignation überfiel ihn und er musste ihr recht geben. Er konnte sie nicht gegen ihren Willen hier festhalten. Auch wenn es zu ihrem Besten wäre.

»Okay, aber ich werde dich begleiten. Es muss einen Grund geben, dass dich jemand in seine Gewalt bringen wollte. Und deshalb werde ich dir folgen wie ein Schatten.« Sean sah, wie sie die Augen verdrehte. Sie wirkte dadurch jünger als sie war.

»Ja, klar«, motzte sie, »wie stellst du dir das vor? Weißt du überhaupt, was ich arbeite?«

Er trat auf sie zu, zwang sich aber, sie nicht anzufassen. Sie war wie eine Droge, die ihn lockte. Dennoch, oder vielleicht gerade deshalb, durfte er sie nicht bedrängen. »Ich weiß nicht nur, was du arbeitest, sondern auch wo.«

Ihre Augen weiteten sich und sie wurde schlagartig weiß im Gesicht. »Das solltest du nicht wissen. Das ist nicht gut.«

Noch ehe er etwas hätte unternehmen können, stürmte sie mit Tränen in den Augen aus dem Zimmer.

»Mist, elender!« Er fluchte laut und setzte ihr nach. Kurz vor dem Ausgang bekam er sie zu fassen und schlang die Arme um ihre Taille. »Beruhige dich …«

Ein Geräusch, das sich wie eine Motorsäge anhörte, unterbrach ihn. Selbst Noa hielt in ihrer Gegenwehr inne und verlor jede Körperspannung. Er konnte ihre Verzweiflung fast physisch spüren und das machte ihn mehr fertig, als er sich jemals vorstellen hätte können.

•

Der Herr stehe ihr bei! Dieser Sean Patrick war ein sturer Bock und dazu noch verdammt attraktiv. Eine fatale Kombination, die ihr nicht gut bekommen würde. Sie hatte diese Lektion bereits schmerzhaft gelernt.

Mit seiner Sturheit hatte er wahrscheinlich ihr Todesurteil unterzeichnet. Oder ihr zumindest eine weitere Runde als Gomez' Boxsack eingebrockt. Sie war sich nicht schlüssig, welche der beiden Möglichkeiten sie gerade als wünschenswerter empfand.

Das Motorsägen-Klingeln ihres Handys ließ ihre Magensäure hochbrodeln. Gomez. Sie griff in ihre Jeanstasche und zog das Smartphone heraus. Sie hatte keine andere Wahl, als ranzugehen.

»Du Miststück! Wo bleibst du? Hast du gestern nicht genug Lehrgeld gezahlt?«

In ihrem Kopf drehte sich alles und da war nicht der Schlag schuld, den sie abbekommen hatte. »Sorry, ich bin gerade unterwegs zum Club, glaub mir bitte. Ich habe verschlafen, weil bei … meinem Wecker die Batterie ihren Geist aufgegeben hat.« Hoffentlich bemerkte Gomez ihr kurzes Zögern nicht.

Sie warf Sean einen flehenden Blick zu, damit er seine Klappe hielt.

»Und das soll ich dir glauben? Erspar mir deine elenden Kapriolen. Schieb deinen Arsch hierher, und zwar subito. Du hast nämlich einen Kunden, der explizit nach dir verlangt hat.«

Bevor er auflegte, schrie er noch »Ich hoffe für dich, dass du in fünfzehn Minuten hier bist!« ins Telefon.

Noa ließ ihr Smartphone sinken und wusste nicht, ob sie kotzen oder heulen sollte. Wie sollte sie in einer Viertelstunde in ihre Wohnung kommen, ihre Sachen holen und es danach zum Club schaffen? Gomez musste gewusst haben, dass das unmöglich war. Selbst von ihrer Wohnung zum Club brauchte sie gute zwanzig Minuten.

»Ich bin tot«, entwich es ihr leise.

»Sprich mit mir, Noa. Was kann ich tun?«, hörte sie Sean besorgt sagen.

Wieso eigentlich nicht? Er wusste sowieso schon viel zu viel. »Das war der Clubbesitzer. Oder sollte ich besser Zuhälter sagen? Ich bin zu spät dran und ich werde es auch nicht in seiner vorgegebenen Zeit schaffen, da ich erst noch meine Sachen in meiner Wohnung holen muss.«

Ein Schatten glitt über Seans Züge. Dann packte er sie mit einer Hand am Arm, mit der anderen holte er sein Telefon heraus und rief jemanden an.

»Was brauchst du?«, fragte er energisch, während er sie mit ins Freie zog. Sie sah ihn verwirrt an. »Na los, Süße, gib mir eine Antwort. Die Zeit läuft dir davon.«

»Perücke, Kleidung, Schuhe, Schminke …« Sie hörte, wie er alles an die Person am anderen Ende der Verbindung weitergab.

»Wo sind die Sachen in deiner Wohnung?«

»In der Tasche im Flur, neben der Eingangstür. Wer ist da in meiner Wohnung?« Sean gab ihr keine Antwort. Wieso war jemand von Seans Männern in ihrer Wohnung? Aber er hatte recht, wenn er sagte, dass sie keine Zeit für eine Rebellion hatte. Sie würde ihn später zur Rede stellen, sofern Gomez sie nicht vorher umbrachte.

Sean gab die Anweisung weiter und schob sie zu einem Ford Explorer. Er zwang sie, sich auf den Beifahrersitz zu setzen. Noch bevor sie Zeit hatte, sich anzuschnallen, hatte er bereits den Motor gestartet und den Rückwärtsgang ins Getriebe geknallt. Sie krallte sich am Sitz fest, während Sean wie ein vom Teufel Besessener durch den Stadtverkehr raste.

Sie beobachtete ihn von der Seite. Er war beeindruckend. Sie würde ihn kaum als schön bezeichnen, denn dafür wirkte er zu hart. Dennoch waren seine Züge ebenmäßig. Sie erkannte hinter dieser hochkonzentrierten Fassade eine Leidenschaft, die sie nicht in Worte fassen konnte. Vielleicht, weil er durch und durch Kämpfer war? War er das denn? Sie wusste nichts von ihm oder über ihn.

Wer auch immer dieser Sean Patrick war, er schien allzeit gewissenhaft vorzugehen. Eine Mischung zwischen D'Artagnan und Robin Hood. Bei diesem Gedanken musste sie sich trotz ihrer Not ein Schmunzeln verkneifen.

»Warum arbeitest du für Gomez?« Seine Frage durchdrang ihren Schutzmantel aus mädchenhafter Träumerei und ließ sie kurz die Luft anhalten.

»Weil ich keine andere Wahl habe«, erwiderte sie lahm, als sie wieder Kontrolle über ihre Atmung hatte. Was hätte sie auch sonst anderes entgegnen sollen, ohne zu viel zu verraten? Er durfte es nicht wissen und würde es wohl ohnehin nicht verstehen. Er warf ihr einen kurzen Blick zu und sie zuckte wegen des Ausdrucks darin zusammen. Wie so oft schämte sie sich fast zu Tode und ihre Haut wurde ihr zu eng.

»Man hat immer eine Wahl. Die Frage ist nur, ob man den Mut hat, die Entscheidung zu treffen.«

Diese Aussage war für Noa wie eine Ohrfeige. Sie wusste, dass er recht hatte und es war ihr auch klar, dass sie zu feige war, ihre Situation zu ändern.

»So einfach ist das nun auch wieder nicht.« Wieso rechtfertigte sie sich eigentlich vor diesem Fremden? Denn mehr war er nicht für sie. Doch in ihr keimte der Wunsch auf, ihn näher kennenzulernen und ein zaghaftes Sehnen breitete sich in ihr aus. Wie war dieser Mann, wenn er entspannt war? Irgendwie hoffte sie, das einmal erleben zu dürfen.

»Was hat er gegen dich in der Hand? Und jetzt leugne es nicht, ich habe dein Gesicht gesehen, als er dich vorhin angerufen hat.«

Er setzte den Blinker und bog auf den Parkplatz vor dem Club. Dort wartete auch schon ein Mann auf einem Motorrad, der abstieg, sobald er sie sah. Bei genauerem Hinsehen entdeckte Noa die Tasche mit ihren Arbeitsutensilien. Das musste Sean Patricks Partner sein. Derjenige, der sich in ihrer Wohnung herumgetrieben hatte. Was war eigentlich mit dem Angreifer passiert? Die Antwort darauf konnte sie erahnen. Sie musste jedoch Gewissheit haben. »Was ist mit dem Typ passiert, der mich überfallen hat?«

Sean biss die Zähne zusammen und atmete dann resigniert aus. »Beseitigt.«

Wie sie vermutet hatte. Die Tatsache, dass sie deswegen nicht schockiert war, verunsicherte sie. War sie bereits derart abgestumpft, dass ein Mord, der ihretwegen begangen worden war, ihr nichts ausmachte?

Als sie aussteigen wollte, hielt Sean sie zurück. »Du hast meine Frage nicht beantwortet.«

Sie senkte die Lider, denn diese goldbraunen Augen sabotierten ihre Selbstbeherrschung immens. »Ich werde sie dir auch nicht beantworten, denn es geht dich nichts an. Wir kennen uns nicht und deshalb muss es auch nicht deine Sorge sein.«

Seine Finger schlossen sich so fest um das Lenkrad, dass die Knöchel weiß hervortraten. Er war es eindeutig nicht gewohnt Widerrede zu bekommen. Ihre Vermutung, dass er beim Militär war, festigte sich.

»Na schön, wie du meinst.« Sean hob unerwartet die Hand und strich ihr eine Haarsträhne aus dem Gesicht. »Ich komme dich nach deiner Schicht abholen. Wann bist du fertig?«

Noa blieb die Luft weg. Was sollte sie denn von diesem Vorschlag wieder halten? Dennoch gab ihr Seans Fürsorge ein wohliges Kribbeln im Bauch. *Hör auf damit, Noa! Er bedeutet nichts als Ärger.*

»Du wirst bestimmt besseres zu tun haben als eine Stripperin und Prostituierte im Morgengrauen abzuholen.« Ihre eigenen Worte schnitten sie in ihre Seele, denn sie fühlte sich mit einem Mal minderwertig.

Er packte sie sanft am Kinn und zwang sie, ihn anzusehen. »Beantwortest du eigentlich nie irgendwelche Fragen, die man dir stellt? Also, wann bist du fertig?«

Sie erschrak wegen des vehementen Tons, der in seinen Worten mitschwang. »Um vier Uhr morgens, spätestens. Aber …«

Sean bedachte sie mit einem finsteren Blick und brachte sie zum Schweigen, in dem er ihr zwei Finger auf die Lippen legte. Sie wusste echt nicht, was sie von dem Typen halten sollte. Einerseits fand sie ihn unbestreitbar attraktiv, doch auf der anderen Seite hatte sie Angst vor ihm.

Ein Klopfen an der Fahrertür beendete diesen unerwartet magischen Moment und sie flüchtete regelrecht aus der beengenden Situation des Wagens.

•

Sean hatte ein ungutes Gefühl, als er Noa dabei beobachtete, wie sie den Club betrat. In den wenigen Momenten, in denen er sie bisher erlebt hatte, hatte sie immer unerschütterlich gewirkt. Doch sobald Gomez oder dieses Etablissement in irgendeiner Form auf der Bildfläche auftauchten, war sie sofort verunsichert und zog die Schultern hoch. So, als wollte sie sich unsichtbar machen. Er würde herausfinden, wie Gomez diese faszinierende Frau an der kurzen Leine hielt. Denn irgendetwas musste er gegen sie als Erpressungsmittel benutzen. Noa machte auf ihn einen zu intelligenten Eindruck. Dass sie sich nicht freiwillig für dieses Milieu entschieden hatte, hatte er ja bereits geahnt. Ihre Reaktion auf Gomez hatte diese Vermutung nun bestätigt.

»Wir sollten uns lieber vom Acker machen. Hier liegen wir für Thorpes Leute auf dem Präsentierteller.« Alec hatte recht, wie üblich.

Alec hatte sich in Noas Wohnung nach Hinweisen umgesehen und die restlichen Spuren des Kampfes beseitigt, als Sean ihn vorhin angerufen und gebeten hatte, Noas Sachen zu bringen.

»Lass uns zur *Garage* fahren. Vielleicht spuckt dein Computer gerade ein paar Daten aus, die uns etwas Licht ins Dunkel bringen können.« Alec nickte und drehte sich um, schien sich es sich jedoch anders überlegt zu haben und wandte sich noch einmal Sean zu.

»Kannst du mir erklären, was dich an dieser Frau so fasziniert? Irgendwie verstehe ich das Ganze nicht wirklich.«

Das hatte Sean gerade noch gefehlt. Wie sollte er es Alec begreiflich machen, wenn er selbst nicht wusste, was mit ihm los war?

»Wir besprechen das später, Alec, versprochen. Aber jetzt lass uns von hier verschwinden, 'kay?«

Damit schien Alec fürs Erste zufriedengestellt und Sean hatte sich eine kurze Galgenfrist verschafft. Seine Gedanken drehten sich während des ganzen Rückwegs im Kreis. Noa ergab für ihn keinen Sinn, und zwar in jeder Hinsicht. Aber auch die Sache mit Thorpe war seltsam. Warum jetzt? Warum standen sie gerade jetzt auf dessen Abschussliste? Und warum tauchte genau in dem Moment Noa De Wit auf? War das alles ein Zufall oder steckte mehr dahinter?

Zurück in der *Garage*, ging Alec tatsächlich als erstes zu seinem Rechner und tauchte eine Zeitlang nicht mehr auf. Sean machte sich auf die Suche nach Danny und Chris. Er fand sie im Garten und bemerkte, dass die zwei die Köpfe zusammensteckten. Als sie ihn hörten, richteten sie sich wie zwei aufgeschreckte Teenager auf.

»Hey, Boss. Willst du auch ein Bier?« Danny klang ungewohnt nervös.

»Nein, danke. Ich habe später noch was zu erledigen. Ich verzieh mich dann mal.« Wieso kam er sich plötzlich wie das fünfte Rad am Wagen vor?

Gerade als er sich zum Gehen umdrehen wollte, kam Alec mit düsterer Miene auf ihn zu. »Ihr solltet mit mir kommen. Es gibt Neuigkeiten und die sind alles andere als gut.«

Sie folgten Alec schweigend zu seinem behelfsmäßigen Büro, das er sich in einem der Schlafzimmer dieser Zuflucht eingerichtet hatte. Der Raum war so penibel aufgeräumt, wie der Rest des Hauses und wahrscheinlich hätte sich niemand vorstellen können, dass hier ein Haufen Kerle hauste.

»Ich konnte die Daten, die Thorpe unbedingt will, entschlüsseln. Nur so als Fußnote: Wir sind total am Arsch.«

Sean wurde von einer fast schmerzhaften Unruhe gepackt. Er hatte seinen Freund selten in so einer resignierten Verfassung erlebt und er kannte ihn schon sein ganzes Leben lang. »Sag es uns, Kumpel. Aber so, dass wir Nicht-Genies es auch verstehen.«

Alec stand auf und begann, hin und her zu wandern. »Wenn ich nur wüsste, wo ich beginnen soll.«

»Wie wäre es mit dem Anfang?« Es war Chris' tiefer Bass gewesen, der Alec auf den Boden dieses Augenblicks zurückholte. Sean erkannte es daran, dass Alecs Blick wieder fokussiert war.

»Ja, der Anfang«, startete er und raufte sich die Haare. »Dieser Mist beginnt mit unserer Geburt.«

Sean fühlte, wie sich sein Magen verknotete. Ein seltsames Gefühl der Erkenntnis überkam ihn.

»Spann uns nicht so auf die Folter«, knurrte Danny für ihn so untypisch gereizt.

»Na schön«, begann er und holte tief Luft. »Wir sind nichts anderes als ein Experiment, das nicht die gewünschten Resultate gebracht hat.«

»Was soll das heißen?« Sean wurde schlecht und sein Herz schlug unregelmäßig in der Brust, als wollte es die Worte, die Alec aussprach, nicht hören.

»Das heißt so viel, dass uns kurz nach der Geburt Fremd-DNS verabreicht wurde, die uns zu willenlosen, übermenschlich starken Kampfrobotern hätte machen sollen.«

Herrgott, war er zu dumm oder warum verstand er nur Bahnhof von dem, was Alec hier vom Stapel ließ? Oder wehrte sich sein Verstand gegen diese Information und trat deshalb in allgemeinen Streik? »Kannst du mir bitte erklären, was du hier faselst? Ich kapier's nämlich nicht im Geringsten.«

»Also gut«, begann Alec erneut, »gleich nach unserer Geburt wurde uns Fremd-DNS mittels Stammzellentransplantation verabreicht. Leider haben wir uns nicht wie erwartet entwickelt.

Unsere Kräfte haben sich zwar vergrößert, aber wir denken und handeln noch stets autonom.«

»Woher stammt diese DNS?« Chris' Stimme war dunkel wie die Nacht.

»Das war aus den Dateien nicht ersichtlich. Ich werde es aber herausfinden«, antwortete Alec ruhig.

Eine seltsame Schwere befiel Sean. Er hatte schon länger vermutet, dass mit ihm und seinen Jungs etwas nicht stimmte. Doch er hatte diesen unsinnigen Gedanken stets als Humbug beiseitegeschoben. Er hatte ihre besonderen Talente als Laune der Natur abgetan.

»Und unsere Eltern? Ich meine unsere Erzeuger. Haben sie davon gewusst?«

Alec schüttelte den Kopf. »Aus den Unterlagen geht hervor, dass sie mit Gift beseitigt wurden. In etwa zur selben Zeit, als bei uns die Fremdgene durch Radioaktivität stimuliert wurden. Man wollte wohl verhindern, dass sie Fragen stellten, sobald wir uns nicht normal entwickelten.«

Der Chemieunfall, schoss es Sean durch den Kopf. Alles inszeniert, alles eine Lüge. Schmerz und Zorn erfüllten ihn alternierend. Beide brennend und alles zerstörend. Er konnte den Drang auf etwas einzuschlagen kaum unterdrücken.

»Da wir als gescheitertes Experiment gelten, sollen wir jetzt eliminiert werden. Sie haben unsere Fähigkeiten genutzt, solange sie uns als nützlich empfunden haben. Nun haben sie allem Anschein nach, die Methode weiterentwickelt.« Sean sah, wie Alec erbleichte und hart schluckte.

»Inwiefern, Alec? Wie machen sie es jetzt?«

»Sie bringen die DNS in eine unbefruchtete Eizelle. Dann setzen sie diese Eizelle kurz Gammastrahlung aus, um die Fremd-Gene mit dem mütterlichen Chromosomensatz zu verschmelzen. Danach wird diese veränderte Eizelle mit Spermien befruchtet.«

Babys aus dem Reagenzglas. Das war eigentlich nichts Neues. Doch welche Frau würde ihren Körper freiwillig einer solchen zu verachtenden Sache zur Verfügung stellen? Alec schien seinen Gedanken gelesen zu haben, denn er kam mit einer Erklärung.

»Das Abstoßendste kommt noch. Sie entführen junge Frauen und betäuben sie. Ihnen pflanzen sie die befruchteten Eizellen ein. Die Frauen bleiben stark sediert für die gesamte Dauer der Schwangerschaft. Sie sind nichts anderes als Gebärmaschinen. Überleben sie die Prozedur, wird ihnen nach einer gewissen Zeit wieder eine solche Schwangerschaft aufgezwungen.«

Sean sah rot vor Zorn. Was für Bestien waren Thorpe und diese Schlipsträger von Regierungstypen eigentlich?

»Unfassbar!«, rief Danny neben ihm ungläubig. »Wir müssen diese Schweine aus der Welt schaffen. Bevor sie uns erwischen oder mehr Unschuldige missbrauchen.«

Sean hatte Danny selten so aufgebracht erlebt. Er war sonst immer der ruhige Pol der Truppe. Der mit der meisten Empathie.

»Was ist mit den Säuglingen passiert?« Auch Sean hatte Mühe, sich zu beherrschen.

»Die erste Generation dieser Neugeborenen der neuen Versuchsreihe war nicht lebensfähig. Die zweite Generation wird gerade ausgebildet. Die dritte und vierte Generation ist in Produktion.« Alec klang, als würde er jeden Moment kotzen.

Sie alle verfielen in betroffenes Schweigen. Wie konnten sie dieses Wissen nutzen? Eine Frage schrie wiederum laut in Seans Kopf. Warum wurden sie gerade jetzt auf die Abschussliste gesetzt?

»Leider war das nur die Spitze des Eisbergs«, beendete Alec seinen Rapport. »Wahrscheinlich kommt noch mehr Müll. Ich bin nämlich noch nicht durch alle Daten durch.« Er schwieg einen kurzen Augenblick, dann straffte er die Schultern. »Was ich aber mit Sicherheit sagen kann, ist, dass die Regierung früher die ganze Scheiße subventioniert hat. Durch die wirtschaftlichen Engpässe wurde Thorpe dann jedoch weitgehend der Hahn zugedreht. Das heißt, sie müssen sich anderweitig finanzieren.«

Eins plus eins ergibt …

Gomez hatte ihr bei ihrer Ankunft nur einen kalten Blick geschenkt. Sie hatte sich vor seiner Reaktion gefürchtet, weshalb sie in die Garderobe eilte, wo sie sich so schnell wie möglich umzog und den Schaden in ihrem Gesicht kaschierte. Zum Abschluss nahm sie die Perücke, kämmte sie und setzte sie auf. Die Verwandlung von der Jugendarbeiterin zur Hure war komplett. Zumindest äußerlich, in ihrem Inneren würde sie nie damit zurechtkommen. Wenn sie doch nur die Zeit zurückdrehen könnte …

Sie gestattete sich kein Gefühl, nur ein einziger Gedanke begleitete sie durch diese Mutation, die für sie immer eine Tortur war. Sean geisterte durch ihren Kopf. Flüchtig, wie eine sanfte Berührung, dennoch so real wie der Boden unter ihren Füßen. An ihn zu denken, bewahrte sie vor dem Absturz. Er blieb imaginär auch an ihrer Seite, als sie die Umkleide verließ und von Gomez' Schläger Curt in die obere Etage geführt wurde.

Noa fühlte, wie ihr die Magensäure hochkochte und in ihrem Kopf drehte sich alles. Sie wollte das nicht mehr, hatte es nie gewollt. Sie musste weg. Sie wünschte sich ein normales Leben. Langweilig und ohne jeden Luxus. Denn auch eine Rückkehr in ihr altes Dasein als Millionärstochter kam für sie nicht mehr in Frage. Doch wie sollte sie Gomez und seinem Netz entkommen?

Sie konnte noch nicht einmal auf normalem Weg ausreisen, denn sie hatte keinen Pass. Sie hatte einmal mit dem Gedanken gespielt zum niederländischen Konsulat zu gehen. Doch diese Idee hatte sie in dem Moment verworfen, als sie eines Nachts für den Konsul tanzen musste und Gomez diesen Tanz spendiert hatte. Noa hatte diesen Fingerzeig verstanden. Gomez' Beziehungen reichten weit.

Der Riesenaffe schubste sie ins Amüsierzimmer, in dem sie bereits die Nacht zuvor Dienst gehabt hatte. Panik überkam sie. Wer auch immer ihr Kunde war, er musste explizit nach ihr verlangt und auch einen ausgefallenen Geschmack haben.

Sie würgte und stürzte in die angrenzende Toilette. Sie beugte sich über die Schüssel, doch alles, was hochkam, war der Schluck Wasser, den sie vorhin genommen hatte. Als die Tür schwungvoll aufflog, zuckte sie zusammen.

»So, jetzt wird gearbeitet, du nutzloses Stück. Los, steh auf, deine Kunden warten auf dich.« Gomez stand in der Tür und grinste bösartig. Hätte sie genug Energie gehabt, sie hätte ihm die Fresse poliert.

Sie folgte ihm zurück ins Zimmer und erkannte Bill Stanton und noch einen anderen Mann, der mindestens genauso hässlich war wie der Senator. Er kam ihr vage bekannt vor. Dann dämmerte es ihr. Der Typ hatte sich mit ihrer Kollegin am Vorabend vergnügt. Von ihr wusste sie, dass er nicht sehr vorsichtig vorging. Er mochte es anscheinend hart und brutal. Er war einer von Stantons Begleitern gewesen.

»Die beiden Herren haben dich die ganze Nacht gemietet. Ich will dich also nicht vor Schichtende unten sehen. Danach kommst du in mein Büro. Wir haben noch ein Hühnchen miteinander zu rupfen.«

Während Noa richtig schlecht wurde, wandte sich Gomez an die beiden Kerle. »Sie wird Ihnen jeden erdenklichen Wunsch erfüllen, meine Herren. Sollte etwas nicht nach Ihren Vorstellungen laufen, wenden Sie sich ruhig an Curt. Er bleibt hier bei der Tür, um für einen sorgenfreien Aufenthalt zu sorgen.«

Nachdem Gomez den Raum verlassen hatte, positionierte sich der Gorilla Curt wieder vor dem Ausgang und zerstörte damit Noas einzigen Fluchtweg. So in der Falle sitzend, drehte sie sich langsam zu Stanton und seinem Begleiter um. Sie setzte ihr gekünsteltes Profilächeln auf und hoffte, dass es saß. Dann ging sie auf die beiden zu. Das Herz donnerte ihr bis zum Schädeldach und ihre Knie drohten, ihr den Dienst zu versagen.

Die Männer hatten es sich bereits in den Sesseln bequem gemacht. Krawatten gelockert, oberster Hemdknopf geöffnet und die Gürtel lose.

Noa schluckte bittere Galle hinunter und versuchte, ihrer Angst Herr zu werden.

»Wie kann ich euch zu Diensten sein?« Wieder dachte sie an Sean und sie stellte fest, dass sie in ihm so etwas wie einen Ritter in glänzender Rüstung sah. Wo blieb ihr heldenhafter Retter, wenn sie ihn brauchte? Sie wurde tatsächlich langsam verrückt, wenn sie in einem Fremden die Lösung ihrer Probleme suchte.

Der Senator lächelte und sein Begleiter lehnte sich zu Stanton hinüber. »Du hast recht, Bill. Sie ist genau das, was wir suchen. Ich hatte gestern schon eine optische Kostprobe.« Dann flüsterte er noch etwas, das sie nicht verstand. Alles, was sie hörte, war das Wort *Entnahme*.

Noas Wangen glühten vor Scham und Selbstverachtung. Dennoch versuchte sie, ihre Professionalität zu wahren. Was blieb ihr denn auch anderes übrig, wenn Curt den Aufseher raushängte?

»Oh, wir haben eine ganze Menge Wünsche, die du uns heute erfüllen sollst. Aber erst einmal wollen wir, dass du für uns tanzt. Ach ja, bevor du anfängst, zieh dich aus. Nur die High Heels bleiben an und nimm diese hässliche Perücke ab.« Stanton grinste verschlagen und hob auffordernd die Hand.

»Mr. Stanton, ich erfülle gern Ihre Wünsche. Aber die Perücke würde ich lieber anbehalten.« Noa hatte das Gefühl, bis zum Hals in Eiswasser zu stehen. Das Atmen fiel ihr schwer und die kleinsten Bewegungen waren mühsam.

»Angelina«, begann der Senator in fast väterlichem Ton, »bei dem, was wir heute Nacht noch mit dir vorhaben, wird die Perücke sowieso nicht lange halten.«

Bei dem, was wir mit dir noch vorhaben … Noas Finger zitterten, als sie begann, aus ihren Dessous zu schlüpfen und es wurde noch schlimmer, als sie anfing, die Klammern herauszuziehen, die die Perücke fixierten. Sie warf das Haarteil auf den Haufen mit ihren Kleidern, schüttelte die Haare aus und drehte sich mit unregelmäßig schlagendem Herzen um. Sie wusste, dass sie gerade dabei war, ihre Tarnung auffliegen zu lassen und sie wusste gleichzeitig, dass dies ihr letzter Abend im Club war. Gomez würde sie hier opfern und sollte sie die Nacht überstehen, würde er ihr nachher in seinem Büro den Rest geben.

Erneut tauchte Seans Bild in ihrem Bewusstsein auf. Sie klammerte sich daran, während sie sich zur Musik bewegte. Sie kämpfte mit den Tränen, die niemand sehen durfte und verabschiedete sich stumm von allen, die ihr lieb und teuer waren.

»Genug jetzt!«, rief der andere Typ, vom dem sie inzwischen wusste, dass er Malcolm hieß. »Du hast vorläufig genug getanzt. Knie dich vor mir auf den Boden und blas mir einen.« Dann lehnte er sich zu Stanton rüber und sagte: »Ich will sie selbst noch ausprobieren, bevor sie zu nichts mehr zu gebrauchen ist.« Noa kam kurz ins Stolpern, fing sich jedoch schnell wieder. Wollten die sie etwa umbringen?

Nach einer Ewigkeit ließen sie von ihr ab und verabschiedeten sich von ihrem neuen Kumpel Curt mit einem High Five. Noa blieb liegen. Sie wollte sterben, einfach Augen schließen und Licht aus für immer. Doch auch diese Gnade war ihr nicht vergönnt, denn der Schläger packte sie grob am Arm und zog sie auf die Beine.

»Los, geh dich waschen und zieh dich an. Der Chef wartet auf dich.«

Sie schwankte erst und ging auf wackeligen Beinen ins Bad, um sich zu säubern. Dann zog sie sich an und versuchte, etwas zu fühlen. Doch sie war leer, alles dumpf und seelenlos. Sie hatte sich nicht im Spiegel ansehen wollen. Sie hatte ein für alle Mal aufgegeben. Der Kampf war verloren und sie war bereit, zu gehen.

Sie registrierte kaum, wie sie von Curt die Treppe hinunter geschleift wurde. Erst als er sie in Gomez' Büro schob, fand sie ihre Orientierung wieder. Gomez blickte von seinen Büchern auf und lehnte sich zurück.

»Du bist härter im Nehmen als ich erwartet habe. Die meisten Mädchen, die mit Bill und Malcolm in Kontakt kommen, stehen eine Woche lang nicht mehr auf.« Der Wichser schien sich blendend zu amüsieren.

Noa war schwindlig und schlecht und sie fühlte, dass sie eigentlich einen Arzt aufsuchen sollte. Doch wie sollte sie den bezahlen, geschweige denn erklären, was passiert war. Sie wollte sich in eine Ecke verkriechen, um zu heulen.

»Du bist an dieser Misere selbst schuld deine Aufsässigkeit langweilt mich langsam.« Gomez klang gleichgültig und das wiederum ließ Noa das Blut in den Adern stocken. Er hatte sie offensichtlich zum Tode verurteilt, wie sie erwartet hatte. Ihr Instinkt hatte sie nicht im Stich gelassen.

Sie stolperte auf ihren Gummibeinen zu ihm hin und fiel vor ihm auf die Knie. Ein Funke Lebenswille flackerte in ihrem Herzen auf. Sie wusste, dass sie ein armseliges Bild abgab und Gomez durch ihr Flehen zu viel Macht in die Hand gab. Wenn sie noch Energie in ihrem Körper gehabt hätte, wäre sie ihm hocherhobenen Hauptes gegenübergetreten.

»Bitte, Gomez, lass mich gehen. Du brauchst mich doch gar nicht. Du hast die anderen.«

Er stieß sie angewidert von sich. »Ich hab dich nie gebraucht, das ist wahr. So wie ich Mel auch nie gebraucht habe. Aber es macht Spaß, euch verwöhnte Gören zu brechen. Du musst verstehen, dass ich dich nicht einfach gehen lassen kann. Mel hat's auch nicht geschafft, mich zu überzeugen. Die wurde zu Alligatorenfutter. Aber keine Sorge. Für dich habe ich andere Pläne.«

Noa stand der kalte Schweiß auf der Stirn und ihr eigener Herzschlag drohte, sie zu erschlagen. Wenn sie sich nur nicht so elend und schwach fühlen würde. Vielleicht könnte sie dann fliehen. Ach, was dachte sie sich hier eigentlich? Sie hatte es auch in den letzten Jahren nicht geschafft, zu verschwinden.

Sie beobachtete Gomez, wie er um den Schreibtisch herumging und etwas aus einer Schublade nahm.

»Halt sie fest«, wies er Curt an. Dieser fackelte nicht lange und warf sie zu Boden. Er drückte ihren Kopf auf die Fliesen und kniete sich auf ihren Rücken.

Voller Entsetzen sah sie, wie Gomez eine Spritze aufzog und sie ihr ohne zu Zögern in den Hals stieß. Wollte er sie betäuben oder vergiften? Sie hatte den Gedanken kaum zu Ende gedacht, als sie bereits die Wirkung der Substanz fühlte. Ihr Herz begann, zu rasen und sie nahm alles verstärkt wahr.

»Was hast du mir gegeben, du *Klootzak*!«, fauchte sie.

Curt hatte sie inzwischen losgelassen, doch sie konnte sich nicht aufrichten. Beim Versuch prallte sie mit dem Kopf auf den Boden und sah Sternchen. Sie konnte kaum noch klar denken und ihr Blickfeld verzerrte sich.

»Ach, das ist nur ein Cocktail aus Heroin, Ketamin und Benzodiazepin. Meine Kreation für aufsässige Schlampen.« Dann nahm er eine andere Ampulle, zog die Spritze erneut auf und verpasste ihr noch einen zweiten Schuss. »Und das hier kriegst du im Auftrag von Thorpe.« Thorpe? Wer war Thorpe?

Sie bekam mit, wie er neben ihr in die Hocke ging. »Weißt du, Malcolm Thorpe und Bill Stanton waren von dir begeistert. Sie haben sich das Exklusivrecht auf dich gesichert. Sie nehmen dich zu sich, damit du ihnen jederzeit zur Verfügung stehst. Und ich warne dich, keine deiner Kapriolen und keinen Ungehorsam.

Thorpe kann das nicht leiden und er wird dich in diesem Fall vom Erdboden verschwinden lassen. Die beiden haben anscheinend weitreichende Pläne mit dir.«

Sie war doch kein Stück Ware, das man einfach so verkaufte? »Du hast mich einfach verscherbelt wie eine Sklavin?«, fragte sie ungläubig und stellte fest, dass ihr ihre Zunge nicht recht gehorchen wollte.

Gomez grinste kühl und berechnend. »Wenn der Preis stimmt?«

Eine Welle von Übelkeit überkam sie. Ob jetzt vom Rauschmittel, das Gomez ihr gegeben hatte oder von der Aussicht, den Brutalitäten von Stanton und Thorpe ausgeliefert zu sein, wusste sie nicht. Bevor sie vollends wegtrat, hörte sie noch, wie Gomez Curt anwies, sie in den Schuppen zu bringen und ihr in drei Stunden eine weitere Dosis zu verabreichen. Das andere Mittel musste alle vierundzwanzig Stunden injiziert werden. Thorpe würde sie zu gegebener Zeit da abholen.

•

Sean starrte, wie seine Kumpels auch, auf die Tischplatte. Keiner sagte ein Wort und alle versuchten, dem Schock auf eigene Weise Herr zu werden. Ihr gesamtes Leben war eine Lüge gewesen. Sie alle waren nicht mehr wert als eine Laborratte, die bei einem Experiment versagt hatte.

Er würde die Verantwortlichen zur Rechenschaft ziehen. Doch wer steckte dahinter? Thorpe konnte das nicht initiiert haben. Dafür fehlten ihm das Wissen und das Kapital und zu jung war er im Übrigen auch. Er konnte höchstens zehn Jahre älter als Sean sein. Also, bei wem liefen die Fäden zusammen? Oder irrte er sich hier komplett?

Der Alarm seines Handys holte ihn aus seiner Starre. Es war an der Zeit, Noa abzuholen. Der Gedanke an die junge Frau brachte sein Blut auf ungekannte Weise in Wallung und ihm fiel ein, dass er noch immer Alec eine Erklärung schuldete. Aber das musste noch einen Moment warten. Er hatte jetzt ein anderes Versprechen zu erfüllen. Sean stand auf und nahm seine Jacke vom Stuhl.

»Wohin gehst du?«, fragte Chris.

»Ich bin bald zurück. Ich hole nur schnell Noa vom Club ab. Ich habe es versprochen.« Er überprüfte den Sitz seiner HK und warf sich die Jacke über.

»Sie ist ein Sicherheitsrisiko, das weißt du, oder?« Alec war jetzt auch aus der Trance erwacht.

»Ja, das ist mir klar. Aber sie ist in Gefahr und solange wir nicht wissen, was jemand von ihr will, bleibt sie bei uns.« Er duldete keine Widerrede und seine Männer kannten ihn zu gut, als dass sie jetzt mit ihm argumentierten.

»Ich komm mit. Es ist zu gefährlich mit Thorpes Leuten da draußen.« Chris stand ebenfalls auf und fuhr sich über seinen kahlgeschorenen Schädel.

Sean wollte protestieren, doch sowohl Danny als auch Alec schoben dem einen Riegel vor, in dem sie beide »Halt die Klappe!« riefen.

Als sie auf den Parkplatz des Nachtclubs bogen, beschlich ihn ein beunruhigendes Gefühl. Irgendetwas lag in der Luft. Er stieg aus und ging auf den Eingang des Etablissements zu, gefolgt von Chris. Alles wirkte wie ausgestorben und es herrschte kaum mehr Verkehr. Die Temperatur war zwar etwas gesunken, aber die allgegenwärtige Feuchtigkeit hing über allem und jedem.

Sean roch Abfall, Teer und das Meer, das nicht allzu weit entfernt auf Land traf. Nur wenige Gehminuten von hier war der Ocean Drive mit seinen schönen Art-Deco-Bauten und gleich dahinter war der Strand. South Beach, einer der Touristenmagnete. Sobald die Sonne untergegangen war, wimmelte es da von Menschen. Einheimische mit getunten Autos und Reisende, die sich dieses Spektakel nicht entgehen lassen wollten. Er war nur zwei oder drei Straßen weiter und die Welt sah schon anders aus.

Chris zog an der Eingangstür, doch sie war verschlossen. Sie tauschten einen kurzen Blick. Nach all der Zeit im Kriegsgebiet verstanden sie sich auch ohne Worte. Sie gingen schweigend um das Gebäude herum. Seans Nerven waren zum Zerreißen gespannt. Seine Sinne aufs Äußerste geschärft.

Eine Tür ging auf und fiel wieder zu. Sean beschleunigte seine Schritte und sah gerade noch, wie ein grobschlächtiger Mann zu einem Pick-up ging. Dabei hatte er sich einen Körper über die Schulter geworfen, den er auf die Ladefläche des Wagens fallen ließ.

Sein Unterbewusstsein begriff sofort, was es da sah. Leider hinkte sein Verstand dieser Erkenntnis hinterher. Wieder ging die Tür auf und gleich darauf wurde er am Arm gepackt.

»Du bist Angelinas Freund.« Die rothaarige Kleine, die er schon einmal hier getroffen hatte, stand vor ihm und ließ ihn nicht mal antworten. »Du musst ihr helfen. Sie ist in Schwierigkeiten.«

Seans Herz setzte einen Schlag aus. »Gomez«, knurrte er. Der Mistkerl würde an seinen eigenen Eiern ersticken.

»Ja, und er lässt sie gerade wegbringen!«, rief das Mädchen.

»Wohin?« Ein Gefühl, das er erst selten in seinem bewegten Leben verspürt hatte, erfüllte ihn. Angst, eiskalt und doch versengend. Er hatte gar nicht bemerkt, dass er die Rothaarige gepackt hatte. Erst als Chris ihm die Hand auf die Schulter legte, realisierte er, dass er der Kleinen Schmerzen zufügte und ließ sie sofort los.

»Wohin lässt er sie bringen?« Er versuchte ruhig und beherrscht zu wirken, obwohl er gerade instabiler als Nitroglycerin war.

»Ich habe nur gehört, wie er zu Curt gesagt hat, dass er sie zur Scheune bringen soll. Ich weiß aber nicht, wo die sein soll.« Sie hielt kurz inne und ein schmerzvoller Ausdruck trat in ihr Gesicht. »Da ist noch etwas. Er hat ihr seine Spezialdroge gespritzt und Curt angewiesen, ihr bald noch eine Dosis zu verpassen. Dieses Dreckszeug macht ganz schnell abhängig. Er hat sie anscheinend an einen speziellen Kunden verkauft oder so, der nun jederzeit ganz einfach über sie verfügen kann.«

Sean wurde simpelweg schlecht. Ruckartig drehte er sich um, um nach dem Pick-up Ausschau zu halten, der gerade noch hinter ihm auf dem Parkplatz gestanden hatte. Er war verschwunden und Sean hatte keine Ahnung, in welcher Richtung er suchen sollte.

»Verdammte Scheiße!« Sein Fluch hallte von den Wänden der umliegenden Häuser wider. Er hätte jetzt gern auf etwas oder jemanden eingeschlagen. Vorzugsweise auf Gomez.

Er ging auf den Eingang zu, aus dem die Rote gekommen war. Seine Hand griff zielstrebend zum Knauf und drehte ihn. Eine menschliche Wand stellte sich ihm in den Weg.

»Was hast du vor?«

Sean versuchte, sich an Chris vorbeizudrücken. Ein aussichtsloses Unterfangen. »Geh mir aus dem Weg, Chris. Ich werde diesem Sack die Eingeweide aus dem Leib prügeln. So lange, bis er mir sagt, was er mit Noa gemacht hat.«

Chris schüttelte den Kopf und goss auf diese Weise Öl in Seans persönliches Höllenfeuer. Chris legte ihm den Arm um die Schulter und führte ihn weg. Just in dem Augenblick ging die Tür zum Hintereingang wieder auf und ein geleckter Latino kam heraus. Sean wusste sofort, wen er vor sich hatte und schüttelte Chris ab. Er stürmte los, doch bevor er Gomez zu fassen bekam, hatte Chris bereits seine Arme um Seans Taille geschlungen und dadurch zurückgehalten.

»Du verdammtes Stück Scheiße! Wo hast du sie hinbringen lassen?« Seine Stimme klang fremd in seinen Ohren. Klirrendes Eis und geballter Hass.

Gomez sah ihn erst verwirrt an, doch dann schien er zu verstehen. »Was haben wir denn hier? Hat die holländische Nutte einen glühenden Verehrer?« Er sah sich zwischen allen Anwesenden um. Erst die Rothaarige. Ihr schenkte er einen tödlichen Blick. Dann Chris und Sean.

»Sie gehört mir, du Anabolika-Schlucker, verstanden? Ich kann mit ihr machen, was ich will.« Er drängte sich an ihnen vorbei und stolzierte wie ein Kranich davon.

Sean gelang es, sich loszureißen und er packte Gomez am Kragen. »Sie gehört dir nicht, du Arschloch. Du hältst sie gefangen. Wenn du mir nicht sofort sagst, wo sie ist, breche ich dir das Genick.«

Gomez musterte ihn mit gelangweiltem Ausdruck. »Und was dann? Glaubst du, du findest sie, wenn du mich tötest und ich das Wissen um ihren Aufenthaltsort mit ins Grab nehme? Finde dich damit ab, dass du sie nie wieder siehst.«

Chris packte Sean an den Oberarmen und zog ihn von Gomez weg. »Komm, lass uns gehen. Wir erregen zu viel Aufmerksamkeit. Wir brauchen diesen Winzling nicht.«

Sean wusste, dass Chris recht hatte. Genauso war ihm klar, dass Gomez und Thorpe irgendwie unter einer Decke steckten und auch Noas Entführung und die Daten auf den Sticks irgendwie einen Zusammenhang hatten. Er musste sich zusammenreißen, wenn er dieses Rätsel lösen und Noa retten wollte.

●

Noa kam zu sich. Langsam, zögernd, wie durch eine zähe Flüssigkeit auftauchend. Sie nahm ihre Umwelt verzerrt und undeutlich wahr. Der Untergrund schien sich wellenartig zu bewegen und ihr Gehirn kam nur stotternd und träge in Gang.

Ein Schatten näherte sich und sie erkannte erst im letzten Augenblick, dass es Curt war. Sie wollte von ihm wegkriechen, doch ihre Glieder gehorchten ihr nicht und ihr Körper schien zentnerschwer. Durch den Schleier der Benommenheit beobachtete sie ihn dabei, wie er eine Spritze aufzog. Nein, nicht schon wieder! Eine weitere Dosis von diesem Teufelszeug ertrug sie nicht. Sie begann, zu jammern, obwohl ihre Laute selbst in ihren eigenen Ohren schwach klangen. Sie versuchte, um sich zu schlagen. Doch nicht einmal der kleine Finger rührte sich.

»Sei ruhig. Solange ich hier mit dir allein bin, habe ich das Sagen. Und ich will, dass du die Klappe hältst.« Mit diesen Worten drückte er ihr die Nadel am Hals in die Haut und es breitete sich ein Brennen von der Einstichstelle in alle Richtungen aus.

Sie hörte, wie er noch etwas sagte, das sich wie »Stanton und sein Kumpel kommen frühestens in ein paar Stunden … schau, dass du dann wieder klar bist!« anhörte. Als ob sie darauf einen Einfluss hatte, wenn man ihr das Gift aufzwang. Sie schloss mit allem ab und ließ sich in die aufkommende Dunkelheit fallen.

Sie fiel in einen Zustand zwischen wach und tot. Mal hörte oder spürte sie etwas, doch sie konnte nicht einordnen, was um sie herum abging. Wenn sie langsam aus den Phasen der Bewusstlosigkeit auftauchte, begleitete sie stets Sean wie ein persönliches Licht im Dunkeln.

Sie hatte das Gefühl, zwischen zwei Dimensionen gefangen zu sein. Zwischen Realität und Traum, Leben und Tod. Letzteres hieß sie in den wenigen wachen Momenten willkommen und jedes Mal, wenn sie wieder in die Schwärze abglitt, hoffte sie, es wäre das letzte Mal. In der Dunkelheit empfand sie weder Kälte noch Schmerzen noch Angst. Ein Zustand, den sie schon lange nicht mehr gehabt hatte. Wohliger Frieden. Zwischendurch glaubte sie, wiederum die Nadel der Spritze zu spüren. Aber das konnte auch eine Halluzination gewesen sein.

Als sie das nächste Mal an die Grenze des klaren Bewusstseins stieß, bemerkte sie, dass ihr jemand Ohrfeigen gab.

»Wach auf, du Miststück! Du stirbst mir nicht einfach weg. Hörst du?«

●

Sean saß auf dem Beifahrersitz und hatte Chris das Steuer überlassen. Er war nicht fähig zu fahren. So, wie er gerade drauf war, würde er alle anderen Verkehrsteilnehmer von der Straße katapultieren.

Er rief Alec an. »Überprüf bitte einen silbernen F150 mit dem Kennzeichen CLF150 und mit deinem anderen Computer musst du dich in die Datenbank der Stadtverwaltung hacken. Ich muss wissen, was für Immobilien und Grundstücke Gomez hier in der Nähe besitzt.« Alec bearbeitete bereits die Tastatur, denn Sean konnte das typische Klicken hören. Alles schien in Zeitlupe abzulaufen und das zerrte an seinen Nerven.

»Was ist passiert?«, fragte Alec dann in so beiläufigem Ton, dass Sean drohte, die Beherrschung zu verlieren.

»Was passiert ist, willst du wissen? Dieser Idiot Gomez hat Noa entführt. Einfach so vor meiner Nase.« Das war alles seine Schuld. Zum einen, weil er Noa zu diesem korrupten, menschenhandelndem Maisfresser gebracht hatte. Er hätte in diesem Fall nicht nachgeben dürfen. Und zum anderen, weil er nicht seinem Instinkt gefolgt war. Er hatte deutlich gespürt, dass mit dem Typ auf dem Parkplatz etwas faul gewesen war. Es wäre die einzig richtige Entscheidung gewesen, diesem Kerl mal auf den Zahn zu fühlen. Wäre einer seiner Männer so dämlich gewesen, hätte er ihm eine Tracht Prügel verpasst.

Alec gab einen wütenden Laut von sich. »Du hast mir immer noch nicht erzählt, was es mit dieser Frau auf sich hat, Captain.«

Seans Finger schlossen sich fester um das Smartphone, sodass zu befürchten war, dass er es in seiner Faust pulverisierte.

»Nicht der richtige Zeitpunkt.« Warum dauerte das alles so lange?

»Sehr wohl ein guter Zeitpunkt. Es dauert etwas, bis ich die Suchläufe beenden kann. Also, ich höre.« Wieder drang das Klicken der Tasten an sein Ohr.

»Himmel Herrgott noch mal! Na schön. Ich mag sie.« *Seit ich sie das erste Mal gesehen habe, krieg ich sie nicht mehr aus meinem Kopf.* Doch das sagte er nicht laut. Und jetzt war sie weg, er war schuld und ihr durfte nichts passieren. Gomez war so was von tot. Er konnte schon mal anfangen, seine Beerdigung zu planen. »Wir müssen sie finden, Mann. Wenn ich ihr die blöde Handtasche nicht zurückgebracht hätte und damit in ihr Leben getreten wäre, wäre das alles nicht passiert.« Sean fühlte sich zweigespalten. Zum einen kämpfte der Soldat in ihm um die Oberhand. Doch zum anderen sah er sich als den weltgrößten Versager.

»Du weißt, dass das absoluter Blödsinn ist, oder?«, drang Alecs ruhige Stimme zu ihm durch. »Sie wurde bereits angegriffen, bevor du ihr die Tasche gegeben hast. Du hast ihr damit wahrscheinlich das Leben gerettet. Sie hat bereits bevor du in ihr Leben getreten bist für Gomez gearbeitet. Also wäre sie früher oder später sowieso auf seiner Abschussliste gelandet.«

Alec, der kühle, analytische Denker hatte natürlich recht. Doch das beruhigte Sean kein bisschen.

»Ihr darf nichts passieren, Alec«, wiederholte er seinen Gedanken laut. »Lass deine Computer rauchen. Wir sind gleich bei der Garage.« Dann legte er auf und rieb sich mit seiner Hand über das Gesicht. Die Handfläche war schwielig und erinnerte ihn daran, wie viele Waffen er benutzt hatte, und an die unzähligen Leben, die er damit genommen hatte. Er hatte sich nie gefragt, ob er einen Auftrag erfolgreich erledigen konnte. Das war nie eine Option gewesen. Er war ein an Arroganz grenzender, selbstsicherer Kerl. Doch jetzt, in diesem Augenblick, verspürte er eiskalte Angst. Das erste Mal in seinem Leben zweifelte er an sich und rechnete damit, zu versagen.

Chris lenkte den Wagen hinter das Gebäude. Sean sprang aus dem Auto, noch bevor es zum Stillstand gekommen war. Er rannte beinahe ins Haus und zu Alec.

»Sag mir, dass du was gefunden hast.«

Alec stand auf und schnappte sich seine Jacke. »Nicht viel, aber zumindest habe ich die Adresse des Ford-F150-Besitzers. Die Suche nach Gomez' Immobilien dauert noch. Ich nehme den Laptop mit und mache über Satellit weiter.«

Sean hätte Alec am liebsten abgeknutscht, wenn das nicht völlig unpassend gewesen wäre. Sie gingen zur Küche und schoben den monströsen Kühlschrank zur Seite. Dahinter versteckte sich eine Tür, die zu ihrer geheimen Waffenkammer führte. Chris und

Danny schlossen auf und sie gingen gemeinsam hinein. Sie bestückten sich mit Reservemagazinen, halbautomatischen Pistolen und Sean griff nach seiner Lady, der Barrett M82, die HK hatte er ja bereits umgeschnallt. Doch dann überlegte er es sich anders und legte die Lady wieder zurück.

Er beobachtete die anderen, wie sie ihre Taschen füllten, die Holster und Waffengurte festzurrten und die Schutzwesten überzogen. Sie waren hochkonzentriert und machten grimmige Gesichter. Sean war noch nie so dankbar gewesen, sie zu kennen. Fühlte sich geehrt, sie führen zu dürfen. Seit ihrer Kindheit waren sie eine Einheit gewesen.

Chris setzte sich, als sie so weit waren, wieder ans Steuer und fuhr sie alle zu der Adresse, die Alec für sie herausgefunden hatte. Er hielt vor einem heruntergekommenen einstöckigen Bungalow in einem noch schäbigeren Quartier am Rand Miamis.

Die Fenster waren verdunkelt, was jedoch nicht bedeuten musste, dass das Haus verwaist war. Obwohl die Abwesenheit des Trucks Bände sprach.

Alec, der sich auf dem Weg weiterhin durch sämtliche offiziellen Datenbanken der Stadt geklickt hatte, legte den Computer weg und stieg als Erster aus. Sean tat es ihm nach und nacheinander folgten Danny und Chris.

Sean ließ die Umgebung auf sich wirken. Alles schien ruhig und unverdächtig. Sie gingen in lockerer Formation auf den Bungalow zu. Chris und Danny gingen zur Vorderseite. Alec nach rechts und Sean nach links zur Rückseite.

Mit der Präzision eines Schweizer Uhrwerks traten vorn Danny und hinten Sean die Türen ein und stürmten das Haus. Sie hielten mit gezogenen Waffen einen Moment inne und Sean lauschte in die Dunkelheit. Falls jemand zu Hause war, hätte er durch den Lärm, den sie veranstaltet hatten, aufgeschreckt werden müssen. Doch nichts war zu hören. Einzig und allein das Tropfen eines Wasserhahns war zu vernehmen.

Sean und Alec trafen im Korridor auf ihre beiden Kumpels. Sie gaben sich Handzeichen und teilten sich auf, um das Haus nach etwas Brauchbarem zu durchsuchen.

Sean ging auf der Suche nach dem Schlafzimmer durch das Haus. Überall lag Dreck herum. Dieser Typ hatte anscheinend noch nie etwas von Aufräumen gehört. Das Schlafzimmer machte in dieser Hinsicht auch keine Ausnahme.

Er ging zu einer großen Kommode, öffnete alle Schubladen, sah deren Inhalt durch und schloss sie wieder. Außer dass dieser Sack ein unordentlicher Bastard war, war nichts Auffälliges zu finden. Dann nahm er sich den Kleiderschrank und den Raum unter dem Bett vor und fand nur Wollmäuse und Schmutzwäsche.

Der Gestank, der im ganzen Haus die Luft dick werden ließ, setzte sich in seinen Schleimhäuten fest. Wurde hier eigentlich nie gelüftet?

Anschließend nahm er sich den Nachttisch vor und stieß auf eine beachtliche Sammlung abgegriffener Pornohefte. Alles in Sean sträubte sich dagegen, die Magazine auch nur mit einem Finger zu berühren. Doch wenn er so wie der Bewohner hier dachte, wäre eine wichtige Information oder dergleichen sicher aufgehoben bei seinen anderen Schätzen. Also überwand er seinen Ekel und hob den Stapel heraus. Er war Mann genug, um zu wissen, was ein Schwein wie das, das hier hauste, mit den Heften und über ihnen tat.

Schließlich fand er zwischen zwei Ausgaben eine gelbe Haftnotiz mit zwei Zahlenreihen mit jeweils drei Nummern. Ein- und zweistellig.

Sean konnte sich keinen Reim darauf machen, machte aber trotzdem mit seinem Smartphone ein Foto. Vielleicht hatte einer der Anderen eine Idee, was es damit auf sich hatte.

Danach legte er alles wieder auf seinen Platz und verließ das Schlafzimmer. Er ging Richtung Küche, um auf sein Team zu warten. Auf der Anrichte stand ein Telefon, dessen Anrufbeantworter eine abgehörte Nachricht anzeigte.

Sean drückte auf PLAY.

Curt, ich bin es. Ich brauche dich heute Abend. Bill Stanton und sein Freund kommen. Sie haben Angelina gebucht und du musst sicherstellen, dass sie sich fügt. Du kennst ja die beiden Kerle …

Ihm wurde heiß vor Zorn und das Blut schien in seinen Adern zu kochen. Er wollte sich gar nicht vorstellen, durch welche Hölle Noa hatte gehen müssen, nachdem sie sein Auto verlassen hatte. Wieder überkam ihn das Gefühl, an dieser Situation schuld zu sein. Er hätte wirklich darauf bestehen müssen, dass Noa bei ihm blieb. Ob jetzt zu ihrer Sicherheit oder einfach nur, weil er sie in seiner Nähe haben wollte, diese Frage wollte er sich selbst jetzt nicht beantworten.

»Hier ist nicht Brauchbares. Der Kerl ist zwar ein Schweinehund, aber zu finden ist trotzdem nichts.« Alec war zu ihm gestoßen und runzelte die Stirn, als er Sean ansah. »Was ist los?«

Sean antwortete nicht, sondern ließ die Nachricht auf dem AB noch einmal laufen. Er rührte sich nicht und wagte es auch nicht, seinen Freund anzusehen. Er war zu aufgewühlt.

»Stanton? Der Senator?« Alec war schon wieder dabei, die Lösung zu diesem Rätsel zu suchen. Alecs Gehirn wollte immer eine Antwort auf alle Fragen finden, auch wenn es schwierig bis aussichtslos erschien. Das war der Nachteil, wenn man ein Superhirn war.

Sean brachte nur ein Schnauben zustande. Er fühlte, wie er die Fäuste ballte bis sie schmerzten und er schwor sich, jeden dieser Blindgänger abzuknallen, die es gewagt hatten, Hand an Noa zu legen.

Er griff in seine Tasche und holte das Handy hervor, um Alex das Foto zu zeigen.

»Sagt dir das etwas?«

Alec nahm das Telefon entgegen und betrachtete die Aufnahme. Zwischen seine Augenbrauen bildete sich eine tiefe Falte. Dann griff er in seine Tasche und nahm sich sein eigenes Smartphone.

Sean beobachtete ihn dabei, wie er eine App öffnete und die Zahlen eingab. Als das Ergebnis auf dem Display erschien, erhellten sich Alecs Züge.

»Das sind Koordinaten. Längen- und Breitengrade. Wenn wir Glück haben, ist es die Adresse, die wir suchen.«

Sean wollte keine Sekunde verschwenden und rief die anderen zu sich. Er brachte sie auf den neuesten Stand, während sie zum Wagen liefen.

Inzwischen lugte die Sonne am Horizont hervor. Er war müde, so wie die anderen bestimmt auch. Sie waren seit mehr als vierundzwanzig Stunden auf den Beinen. Doch sie waren solche Situationen gewohnt und konnten trotz der Umstände noch funktionieren. Verdammt wollte er sein, wenn er schlafen ging, bevor Noa in Sicherheit war.

•

Sie musste einen Anzug aus Blei tragen, denn ihr Körper war viel zu schwer, um sich zu bewegen. Sie hatte höllische Kopfschmerzen und der Geruch ihres eigenen Erbrochenen tat sein Übriges. Dennoch fühlte sie, wie sich der Nebel der Drogen langsam wieder lichtete.

Sie hörte ein Geräusch und versuchte, die Augen zu öffnen. Nur mit Mühe schaffte sie es, die Lider zu heben. Vor ihr stand Curt und sah sie angewidert an.

»Mann, warum musstest du dich vollkotzen? Jetzt müssen wir den Scheiß beseitigen, bis deine beiden Freunde kommen, um dich abzuholen.« Er ging weg und kam gleich darauf mit einer weiteren Spritze in der Hand zurück.

Noa wollte schreien und sich zur Wehr setzen. Doch ihre Motorik gehorchte ihr nicht. Ehe sie sich versah, hatte sich bereits die Nadel in ihr versenkt und wieder spürte sie das Brennen in ihrer Vene.

»Damit du wieder etwas auf Touren kommst«, sagte Curt spöttisch.

Sie wartete, bis der Dämmerzustand wieder eintrat. Sie freute sich beinahe darauf. Alles war besser als diesen Mist bei vollem Bewusstsein miterleben zu müssen. Doch entgegen allen Erwartungen bekam sie so etwas wie einen Energieschub. Sie fühlte sich plötzlich wach, war aber dennoch nicht sie selbst. Was hatte man ihr denn jetzt gegeben?

»Steh auf und mach dich gefälligst sauber.« Er warf ihr ein Bündel saubere Kleider hin. »Aber ich warne dich, nicht auf dumme Ideen zu kommen.« Er unterstrich seine Aussage, indem er seine Waffe zog und sie ihr an die Schläfe hielt.

Sollte er doch schießen, dann wäre sie wenigstens erlöst. Doch kaum hatte sie den Gedanken zu Ende gedacht, schob sich Seans Bild in ihr Bewusstsein. Was mochte er gedacht haben, als er sie abholen kam und sie nicht vorgefunden hatte? Würde er nach ihr suchen? Quatsch. Er kannte sie kaum. Wieso sollte er sie suchen? War er überhaupt zum Club gekommen? Dennoch glühte ein Fünkchen Hoffnung auf.

Ihr fielen plötzlich alle möglichen Details ein. Wie sein Haar in der Miamisonne golden geglänzt hatte, wie seine goldbraunen Augen wie Honig geleuchtet hatten, als er sie angesehen hatte. Sie dachte an das Hinken, das ihr aufgefallen war, als sie ihn getreten hatte. Was mochte dahinterstecken? Ein hünenhafter Mann wie er einer war würde sich von einem Tritt wie dem ihren nicht beeinträchtigen lassen.

Sean Patrick war ein beindruckender Mann, dessen Anziehungskraft auf sie wirkte, als bestünde sein Inneres aus einem kosmischen schwarzen Loch. Das war vielleicht nicht ganz der richtige Ausdruck. Ihr fiel nur nichts vergleichbares Anderes ein. Nicht dass sie dachte, er wäre leer. Nein, im Gegenteil. Sein Wesen war so einnehmend und von einer Komplexität, wie ihr noch kaum jemand begegnet war.

Sie schüttelte den Kopf über sich selbst. Was dachte sie hier derart über einen Fremden nach? Vor allem, da sie gerade bis zum Kinn in der Scheiße steckte. Sie hatte sich wohl kaum in den kurzen Momenten, in denen sie mit Sean zusammen war, verknallt. Für so etwas war in ihrem Leben keinen Platz.

Nachdem sie sich einigermaßen saubergemacht hatte, zog sie sich die frische Kleidung über, die ihr Curt hingeworfen hatte und versuchte, der Unruhe Herr zu werden, die sie erfüllte. Was auch immer Curt ihr verpasst hatte, es wirkte enorm aufpeitschend.

Plötzlich hörte sie, wie draußen ein Wagen hielt. Sie ging Schritt für Schritt rückwärts, bis sie gegen die Wand der Scheune stieß. Dann langsam seitwärts Richtung Tür. Vielleicht, so hoffte sie, konnte sie, wenn der Besucher hereinkam, durch den offenen Eingang fliehen. Die Chance war klein, das wusste sie, doch sie musste es einfach versuchen.

Es wurde angeklopft und Curt, der sie nicht mehr beachtete, öffnete die Tür, um den Besucher einzulassen. Als sie sah, wer eintrat, wurde sie von Entsetzen gepackt. Stanton stand selbstsicher in der Scheune und sah sich um.

»Hübsch. Für mich aber zu rustikal, befürchte ich.« Es war wohl als Scherz gedacht, doch Noa hörte nicht mehr zu. Sie beschleunigte ihre Schritte und drückte sich durch die Türöffnung. Sie wollte sich gerade triumphierend freuen, als sie gegen eine Wand aus Fleisch und Knochen prallte und noch im gleichen Augenblick schlossen sich stählerne Arme um sie.

»Na, wo wollen wir denn so schnell hin? Die Party hat doch noch gar nicht angefangen.« Sie war blindlings in Malcolm Thorpe gerannt. So viel zum Thema Flucht. Er brachte sie zappelnd wieder zurück in die Scheune.

»Das ist ja eine kleine Wildkatze. Das gefällt mir immer besser.« Stanton, das Arschloch, wagte es, sie am Kinn zu packen. »Der Deal mit Gomez steht. Wir nehmen sie schon mal mit.«

Curt nickte artig und gab Thorpe das Etui mit Spritze und Gift in die Hand.

»Hiermit könnte ihr sie ruhigstellen. Sie ist dann gut zu handhaben. Ich habe ihr vorher einen Muntermacher verpasst, weil ich dachte, die Show steigt hier.«

Thorpe öffnete den Reißverschluss und sah sich die Ampullen an. »Sehr gut. Ich glaube, sie könnte eine kleine Dosis brauchen. Sonst rennt sie uns noch einmal davon und könnte sich dabei verletzen. Und das wollen wir doch nicht.« Das Lächeln auf Thorpes Gesicht war böse und berechnend. Noa schlug um sich, trat nach allem, was in ihre Nähe kam, doch nichts zeigte Wirkung.

Als sie das nächste Mal die Augen öffnete, lag sie in einem Raum, dessen Fenster verbarrikadiert waren. Zusammen mit vier anderen Frauen, die ebenfalls sediert worden waren und die so reglos wie sie selbst dalagen. Sie wollte sich aufsetzen, bemerkte dann aber, dass man sie ans Bett gefesselt hatte und ihr einen venösen Zugang gelegt hatte. Was für ein Gift wurde denn nun schon wieder in ihren Körper gepumpt?

Sie war hochoffiziell am Arsch. In völliger Verzweiflung rollte sie sich zusammen, so gut es ging, und hielt ihre Tränen nicht mehr zurück.

Plötzlich ging die Tür auf und eine Frau in OP-Kleidung und Mundschutz trat ein.

»Wo bin ich hier?«, fragte Noa, als die Tür wieder zuging und die Fremde auf sie zukam. Sie bekam keine Antwort. Stattdessen überprüfte sie die Infusion und ging wortlos wieder. »Was wollt ihr von mir?«, rief sie ihr hinterher.

•

Der Wagen kam rutschend zum Stehen. Sie hatten den F150 schon von weitem gesehen und sprangen aus dem Auto. Sean lief los, flankiert von seinem Team. Sie gruppierten sich um den Scheuneneingang. Er lauschte und ließ seinen Sensoren und seinem Instinkt freien Lauf.

Es war ruhig. Fast zu ruhig für seinen Geschmack. Er wollte gerade die Tür einen Spalt öffnen, um sich ein Bild vom Innenraum zu machen, als sie gleichzeitig von der anderen Seite aufgestoßen wurde.

Der grobschlächtige, fette Kerl, den er vor ein paar Stunden kurz vor dem Club gesehen hatte, kam heraus. Er war völlig in sein Handy vertieft und sah nicht, welche Gefahr in Form von Seans Team auf ihn zukam.

Sean zögerte nicht eine Sekunde und hielt dem Aas die Waffe zwischen die Augen. Dabei bemerkte er im Augenwinkel eine Bewegung.

»Das lässt du schön bleiben.« Alec war aus dem Schatten getreten und presste dem Fettsack die Spitze seines Kampfmessers in Höhe der Leber in den Bauch. Der Typ ließ sofort seine Waffe fallen. Sean war dankbar für Alecs Rückendeckung.

»Was wollt ihr von mir?« Oh Wunder, das Fettpolster auf zwei Beinen konnte sprechen. Sean rang immer noch mit seiner inneren Kampfsau. Am liebsten hätte er den Idioten an den Händen an die Decke gehängt und eine Runde Boxtraining veranstaltet.

»Du hast etwas, das mir gehört«, beantwortete Sean die Frage. Chris und Danny waren in der Zwischenzeit in die Scheune gegangen, um diese zu durchsuchen.

»Ich weiß nicht, wovon du redest«, stotterte der Fatboy.

»Ich spreche von Noa, oder vielleicht sagt dir der Name Angelina eher etwas. Also, sing mir ein Liedchen, du Arschgeige. Ich weiß, dass du sie hierhergebracht hast.«

Über die hässliche Visage des Mannes glitt ein Schimmer des Verstehens. »Du kommst zu spät. Die kleine Hure wurde vor einer halben Stunde abgeholt und ich habe keine Ahnung, wann oder ob sie überhaupt zurückgebracht wird.«

90

Sean senkte seine Waffe und schoss dem Kerl, ohne mit der Wimper zu zucken, die Kniescheibe weg. Das Weichei schrie auf und fiel zu Boden.

»Falsche Antwort, Schlappschwanz. Aber da ich nicht so bin, kriegst du noch eine Chance. Überleg es dir gut, bevor du den Mund aufmachst. Du hast nämlich noch eine zweite Kniescheibe.« Sean wartete, bis dieser Curt zustimmend genickt hatte, und fuhr fort: »Wer hat Noa geholt?«

»Gomez wird mich umbringen, wenn ich rede«, wimmerte Curt.

»Zweite Kniescheibe, nur zur Erinnerung.« Sean ging in die Hocke und hielt die Mündung seiner HK gegen das andere Knie.

»Nein, bitte! Bill Stanton und Malcolm Thorpe haben sie geholt. Aber wohin sie sie gebracht haben, weiß ich wirklich nicht.« Curt jammerte und heulte um sein Leben.

Malcolm Thorpe? Handelte es sich bei ihm um denselben Thorpe, der seinen Kopf wollte und den des ganzen Teams? Wie um alles in der Welt sollte er Noa in diesem Fall freibekommen?

»Wer ist dieser Thorpe? Was weißt du über ihn?« Alec hatte wieder den analytischen Teil übernommen und Sean war mehr als dankbar. Er war gerade nicht im Stande, rational zu denken, geschweige denn zu handeln.

»Er ist irgend so ein hohes Tier beim Militär oder Geheimdienst oder so.«

Niemand sagte mehr etwas. Danny und Chris waren wieder von ihrer Erkundungstour zurück und hatten den letzten Teil der Unterhaltung gehört. Sie alle sahen sich wortlos an. Sie wussten, dass sie hier gerade in ein Wespennest gestochen hatten. Doch nun waren sie von den Gejagten zu Jägern geworden und das war auf jeden Fall besser als umgekehrt.

Sie konnten Curt nicht am Leben lassen, so viel war sicher. Er würde Gomez informieren und der wiederum würde Stanton und Thorpe warnen. Deshalb hob Sean die Waffe und drückte ab. Der Dicke hatte nicht mal mehr Zeit gehabt, zu schreien.

Hinter der Scheune verlief eines der Gewässer, von denen man am Rande Miamis genug fand. Einige dieser Flüsse und Bäche mündeten in die Everglades und deshalb warfen sie den Leichnam hinein. Auf die Alligatoren war Verlass und Curt würde nie mehr auftauchen.

Sean wandte sich an Danny und Chris. »Habt ihr etwas gefunden?«

Beide nickten und gaben ihm ein Bündel verdreckter Kleidung und drei leere, unbeschriftete Ampullen. Die Saftsäcke hatten Noa unter Drogen gesetzt. So sehr, dass sie sich übergeben haben musste. In einem Anflug von Zorn schleuderte er die Ampullen gegen die Scheunenwand.

»Alec, ich habe eine Idee. Du kopierst die Daten von den USB-Sticks, die Thorpe so gern möchte, auf deinen Computer und formatierst die Speichermedien danach. Chris, du besorgst einen Koffer, ähnlich jenem, in dem die Sticks lagen. Ich nehme Kontakt zu unserem Freund Thorpe auf und biete ihm einen Handel an. Danny, du richtest in der Garage ein Notlazarett ein. Noa wurde unter Drogen gesetzt und wir müssen vom Schlimmsten ausgehen.«

Sean war froh, dass er endlich wieder klar denken und dadurch seine Truppe kommandieren konnte, so wie es sein Job war. Diesen kurzen Moment der Desorientiertheit wollte er so schnell wie möglich vergessen.

Sie fuhren schweigend zurück zur Basis und jeder ging seiner ihm zugeteilten Aufgabe nach. Sean ging in den Hinterhof und rief Thorpe auf der geheimen Nummer an. Es klingelte eine Ewigkeit. Sean legte auf und versuchte es gleich noch einmal. Er wollte dem Hurensohn so richtig auf den Sack gehen, nach allem, was geschehen war.

Schließlich nahm Thorpe ab. Gleichzeitig hörte er hinter sich Schritte und drehte sich um. Chris war zu ihm gekommen, woraufhin Sean die Hand hob, damit Chris einen Moment still war.

»Hast du dich entschieden, was du mit meiner Ware tun willst, Patrick?« Thorpe klang über alle Maßen angepisst, was Sean fast ein Lächeln entlockt hätte, wäre die Lage nicht so ernst gewesen.

»Einem Wink des Schicksals zum Dank weiß ich jetzt, wie wir beide miteinander weiter verfahren sollten.«

Thorpe schien sich gesetzt zu haben, den Hintergrundgeräuschen nach zu urteilen. »Ich bin ganz Ohr.«

»Die Lösung für dieses Problem ist eigentlich ganz simpel. Ich habe etwas, das dir gehört und du bist im Besitz von etwas, das mir gehört.« Sean blieb erstaunlich ruhig. Seine Stimme war fest und auch sein Körper war entspannt.

»Und was sollte das sein? Was könnte ich haben, was du gern hättest?«

Seans Herz zog sich auf die Größe und Härte eines Kieselsteins zusammen und die Entspannung von vorhin war wie weggeblasen. Würde der Typ vor ihm stehen, er würde ihm ein ganzes Magazin in den Schädel jagen.

»Du hast heute eine Frau mitgenommen. Du und Senator Stanton haben sie von Gomez übernommen. Sie gehört mir, verstanden?« Das blöde Lachen, das Thorpe ausstieß, brachte Seans Blut zum Kochen.

»Wie ich sehe, haben wir denselben Geschmack, was Frauen angeht. Und ich hab schon gedacht, dass du und die anderen einen auf flotten Vierer machen.«

Was für ein grenzdebiles Arschloch! »Du und ich haben kaum die gleichen Vorlieben, das kann ich dir versichern. Also kommen wir zur Sache. Du bekommst den Koffer mitsamt Inhalt im Austausch für das Mädchen, das unter dem Namen Angelina für Gomez arbeitet. Es versteht sich von selbst, dass sie unversehrt bleibt. Keine Schläge, keine Vergewaltigung oder dergleichen. Haben wir uns verstanden?«

Thorpe schwieg zehn Sekunden, zwanzig, dreißig … doch dann holte er tief Luft. »Was bedeutet dir dieses Flittchen?«

»Ich wüsste nicht, was dich das angeht. Haben wir einen Deal, oder nicht? Wenn du den Koffer haben willst, spielst du mit. Es liegt allein bei dir.« Sean fühlte, wie sich seine Finger immer enger um das Handy schlossen. Nicht mehr lange und das Teil würde zerbrechen. Was würde er tun, wenn er falschlag? Wenn er Thorpe verkehrt eingeschätzt hatte? Was, wenn er gerade Noas Todesurteil unterzeichnete?

»Ich kann das nicht allein entscheiden. Stanton hat für sie bezahlt. Also gehört sie de facto dem Senator.« Thorpe log. So viel hörte er heraus. Er wollte lediglich Zeit schinden.

»Nein, du Bastard. Sie ist ein Mensch und nicht irgendjemandes Eigentum.« Er verdrängte die Tatsache, dass er vor kurzem selbst gesagt hatte, dass sie ihm gehörte. »Du bringst sie in zwei Stunden zum Busbahnhof. Die Übergabe findet bei den Schließfächern statt. Und merk dir eines: Kommst du nicht oder tauchst ohne sie auf, oder stellst uns eine Falle, wandert der Koffer an die größte Nachrichtenstation des ganzen Staats. Wir wissen, was im Koffer ist, und es gefällt uns gar nicht. Also halt dich an die Bedingungen, sonst hast du die beste Zeit deines Lebens gehabt.« Dann legte er auf.

»Du hast ihm gesagt, dass wir den Inhalt kennen? Hältst du das für eine gute Idee?« Chris hatte recht. Sean war damit ein gewisses Risiko eingegangen. Aber er musste hoch pokern, wenn er einem Mann von Thorpes Format Herr werden wollte.

»Ich musste es tun, Chris. Ich habe aber nicht geblufft, als ich gesagt habe, dass ich die Daten an die Medien weitergebe. Es ist unsere Lebensversicherung. Deshalb habe ich Alec gebeten, die Daten zu auf seinen Rechner zu kopieren. Ich habe eine Freundin bei der Times. Bei ihr werde ich die Dinge mit genauen Instruktionen hinterlegen. Sie ist vertrauenswürdig und ich kennen sie seit Jahren.«

Sie trafen bewusst zu früh am Busbahnhof ein, um die Lage zu sondieren. Bis jetzt war keiner von den *MIB*s zu sehen und auch sonst wirkte alles unauffällig.

In Seans Magengegend und in seinem Nacken begann es auf einmal zu kribbeln. Alles roch nach Falle. Es war ihm schon klar gewesen, dass Thorpe nicht so einfach in eine Ecke zu drängen war. Er schickte Chris mit einem Gewehr mit Schalldämpfer nach oben auf die Galerie, die gegenüber den Schließfächern lag. Danny tauchte in den Passanten unter, um die Umgebung zu sichern und Alec hielt ihm den Rücken frei. Sean öffnete eines der Schließ-fächer und deponierte den Koffer darin. Nachdem er das Fach wieder verschlossen hatte, ließ er den Schlüssel in seiner Tasche verschwinden.

Die Minuten verstrichen zäh wie Teer und er hatte Mühe, ruhig zu bleiben. Er konnte jetzt nur noch warten und hoffen, dass sich Thorpe blicken ließ.

•

Thorpe stieg, noch immer schäumend vor Wut, aus dem Wagen. Er hatte auf der ganzen Fahrt mit Stanton telefoniert. Der Senator war ein kompletter Schwachkopf: triebgesteuert und kurzsichtig. Wie hatte so jemand überhaupt gewählt werden können?

Der Dummkopf hatte sich vehement dagegen ausgesprochen, Noa De Wit aka Hure Angelina herauszugeben. Thorpe wurde das Gefühl nicht los, dass der Senator einen perversen Narren an der Frau gefressen hatte. Er hatte allem Anschein nach noch nicht gecheckt, dass sie seit der ersten Injektion tabu für ihn und seine kranken Spiele war. Sie war jetzt fixer Teil seines Projekts. Zu-mindest war sie es gewesen, bis Captain Patrick sich eingemischt hatte.

Thorpe konnte schlecht mit Niederlagen umgehen. So war es schon immer gewesen. Das war eine seiner größten Schwächen und er hatte sie bisher nicht ablegen können. Zusammen mit seiner chronischen Ungeduld und dem Jähzorn. Als Einzelkind hatte er es auch nicht lernen müssen, demütig zu sein. Er war erst zu mehr

Ruhe gezwungen worden, als sein Vater ihn in dieses Projekt eingeführt und ihm später die Leitung übergeben hatte. Das war die beste Schule für ihn gewesen. Inzwischen war sein alter Herr seit fünfzehn Jahren tot. Eines seiner missratenen Experimente, ein vierzehnjähriges männliches Exemplar der dritten Generation, hatte ihn umgebracht.

Mittlerweile hatte er das Obergeschoss der Zuchtklinik betreten, wo sich das Zimmer von Inkubator 55, Noa De Wit, befand. Doch bevor er der Forderung von Sean Patrick nachkam, stattete er Soldat 35 einen Besuch ab. Dieser Hybrid war einfach perfekt und es dauerte nicht mehr allzu lange, bis er zum Einsatz kam.

Seit er mit der Firma HMN zusammenarbeitete, hatte er deutlich mehr Kontrolle über seine Produkte. *H*uman *M*ind *N*etwork arbeitete mit den neuesten Technologien, um menschliche Wesen der Gedankenkontrolle von außen zu unterwerfen. Assimilierte Subjekte konnten mittels Schlüsselworte oder sogar Smartphones und Computern gesteuert werden. Das war auch das grundlegende Problem bei Captain Patrick und allen Männern seiner Generation. Bei ihnen funktionierte diese Unterwerfung aufgrund einer genetischen Variation gar nicht oder nur unzureichend.

•

Für Noa schien die Zeit stillzustehen. Selbst als sie vom Korridor her ein Geräusch hörte, hatte sie keine Energie mehr, darauf zu reagieren.

Die Tür zu ihrem Gefängnis ging wieder einmal auf und Malcolm Thorpe erschien mit finsterer Miene. Er kam direkt auf sie zu, löste die Fesseln und den Tropf und zerrte sie grob von ihrer Pritsche.

»Steh auf! Wir machen eine kleine Ausfahrt.« Er zog sie hinter sich her und verschloss danach die Tür wieder sorgfältig.

Noas Brustkorb wurde so eng, als hätte sich ein Eisenring darum geschlossen und zusammengezogen. Sie wollte mit dem

Kerl nirgendwo hingehen. Sie wusste, dass das nur wieder Schmerz und Elend bedeutete. Ihr Magen und ihr Kopf rebellierten und ihr rasendes Herz drohte, ihr aus der Brust zu springen.

»Lass mich in Ruhe, du Arschloch!« Sie konnte sich nicht mehr zurückhalten und schlug wie wild um sich. Mit Genugtuung bemerkte sie, dass sie ihn im Gesicht erwischt hatte und sich nun drei blutende Striemen auf seiner Wange befanden. Woher sie die Kraft für diese Gegenwehr nahm, war ihr schleierhaft.

»Hör auf, dich zu wehren, du Stück Scheiße, oder ich vergesse mich. Es geht mir am Arsch vorbei, ob dein Lover dich an einem Stück bekommt oder nicht.«

Lover? Sie hatte nichts dergleichen. Das ungute Gefühl wurde noch stärker.

»Ich weiß nicht, wen du meinst?« Ihre Stimme überschlug sich.

»Dann wird's wohl einer deiner Kunden sein, der so begeistert von dir war, dass er alles daransetzt, dich zurückzubekommen. Und glaub mir, seine Argumente waren leider ziemlich überzeugend.«

Er stieß sie in ein Badezimmer. Sie kam ins Stolpern und als sie sich wieder gefangen hatte, wurde sie beinahe hysterisch. Blanke Panik ergriff sie und Angstschweiß lief ihren Rücken hinab. Erst wurde sie von Gomez misshandelt, dann in ihrer eigenen Wohnung überfallen, von Sean erst verfolgt und dann gerettet. Danach von Stanton und Thorpe vergewaltigt, denn nichts anderes war dieses Treffen gewesen, nur um dann von Gomez und Curt unter Drogen gesetzt und wie ein Stück Vieh verkauft zu werden. Und jetzt sollte sie an einen weiteren Fremden verscherbelt werden. Das war einfach zu viel. Ihr Sichtfeld wurde rot und sie hatte sich nicht mehr unter Kontrolle

Sie sprang Thorpe an den Hals und trat ihm in die Weichteile. Dieser ging in die Knie und fluchte, während er gleichzeitig um Luft rang. Sie stieg schleunigst über ihn hinweg und rannte durch einen langen Korridor. Sie hatte keine Zeit, darüber nachzudenken, wo sie war oder in welche Richtung sie sich wenden sollte. Sie musste weg. Einfach nur weg. Ihr war klar, dass eine erfolgreiche Flucht kaum gelingen würde. Aber sie würde nicht kampflos aufgeben.

Sie traf auf eine Flügeltür mit Drahtverglasung. Sie schmiss sich dagegen, die beiden Teile der Tür flogen krachend gegen die Wände und gaben den Durchgang frei. Wo um alles in der Welt war sie? Das Gebäude sah so aus, als wäre es eine leerstehende Schule oder ein aufgegebenes Krankenhaus. Auf jeden Fall war es mal ein öffentliches Gebäude gewesen.

Sie rannte weiter die Treppe hinunter. Ein möglicher Ausgang musste sich im Erdgeschoss befinden. Plötzlich vernahm sie hinter sich Schritte. Mist, der Typ war ihr schon wieder auf den Fersen. Sie ignorierte die Übelkeit und die eigenartigen Gliederschmerzen und rannte so schnell es ihre Verfassung zuließ weiter. Ihre Lungen brannten und ihre Pumpe stolperte über ihre eigenen Schläge.

Einen Augenblick später fand sie tatsächlich den Haupteingang, doch der war verschlossen. »Scheiße!«, rief sie viel zu laut in Anbetracht der Tatsache, dass sie verfolgt wurde.

Sie kehrte um und nahm die nächste Treppe nach unten ins Untergeschoss. Die Schritte kamen näher. Sie riss an einer der Türen, die in Reih und Glied den Gang entlangführten. Auch die ließ sich nicht öffnen und sie versuchte die nächste und die nächste. Alle waren zugesperrt. Hier war jemand verdammt gründlich gewesen.

Am Ende des Korridors bog sie um die Ecke und fand sich vor einer weiteren Flügeltür wieder. Was sie durch das Drahtglas sah, ließ sie zur Salzsäule erstarren. Zehn Krankenhausbetten waren in zwei Reihen einander gegenüberstehend aufgestellt. In jedem dieser Betten lag eine reglose Frau. Infusionsschläuche steckten in deren Armen und etwas, das wie eine Nahrungssonde aussah, in deren Nasen. An jeder dieser Liegestätten befand sich ein Monitor, mit dem die Vitalfunktionen überwacht wurden. Einige der Frauen hatten zudem auffallende Rundungen unter den Decken.

»Das war ein großer Fehler.« Thorpes Stimme riss sie aus ihrer Paralyse und sie wirbelte herum. »Das, was du eben glaubst, gesehen zu haben, war nur eine Halluzination. Eine Nebenwirkung der Drogen, die du hochdosiert konsumierst.«

Sie wollte widersprechen, denn sie nahm das Mistzeug ja nicht freiwillig. Noch bevor sie den Mund öffnen konnte, zog Thorpe eine aufgezogene Spritze aus seiner Jackentasche. Noa fühlte, wie ihre Hände zu zittern begannen und sie konnte den Blick nicht mehr von der Flüssigkeit im Zylinder abwenden. Sie erschrak über den Drang, der sie erfüllte. Wollte sie das Zeug etwa? Brauchte sie den Stoff? Hatten die Bastarde sie abhängig gemacht? Sie hatte nicht gedacht, dass das so schnell gehen konnte. Sie hatte immer gedacht, Ausbildung hin oder her, dass die Bereitschaft, den Schritt in die Abhängigkeit zu machen, eine große Rolle spielte. Aber das schien nicht der Fall zu sein. Ihr Körper sprach eine klare Sprache.

»Ja, du brauchst es, nicht wahr? Du fühlst sie deutlich, die Entzugserscheinungen. Das Zittern, die Magen- und Gliederschmerzen.«

Noa verbot sich jede Reaktion. Thorpe durfte nicht wissen, wie sehr er sie in der Hand hatte. Durfte nicht einmal ahnen, dass sie sich wie eine Verdurstende nach dem nächsten Schuss verzehrte. Ob sie es nun wollte oder nicht.

Sie wusste, wenn sie ein paar Tage auf Entzug ging, war alles vorbei. Denn für die psychische Abhängigkeit war zu wenig Zeit vergangen.

Sie verbarg ebenfalls vor ihm, dass sie ihm die Sache mit der Halluzination nicht abnahm. Sie vermied es aber, sich noch einmal umzusehen. Sie wusste mit Sicherheit, was sie gesehen hatte.

Während ihre Gedanken rasten und ihr Herz hart gegen ihre Rippen schlug, trat Thorpe noch näher an sie heran.

»Weißt du, eigentlich finde ich es schade, dass wir keine Zeit mehr für ein kleines Intermezzo haben. Aber dein Stecher wartet und ich gehe nicht das Risiko ein, dass du mir auf dem Weg abhaust. Das wäre ganz schlecht.«

Den Fremden hatte sie total vergessen. Sie wurde wieder von Panik ergriffen, doch sie kam nicht dazu, sich zu wehren. Thorpe hatte ihr bereits den Inhalt der Spritze in den Hals gejagt. Dieser künstlich erzeugte Frieden kam ihr sehr gelegen und sie hieß ihn willkommen. Fast im selben Augenblick tauchte sie in eine Art Schwebezustand und bemerkte nichts mehr von ihrer Umwelt.

•

Es kostete Sean alles an Selbstbeherrschung, was er aufbieten konnte. Er beobachtete ununterbrochen die Passanten und hielt mit den anderen Funkkontakt. Er war fokussiert, doch die Angst, konnte man es wirklich als Angst bezeichnen, was er empfand? Die Angst um Noa war allgegenwärtig. Er hatte noch nie so für einen anderen Menschen gefühlt. Auch nicht für seine Jungs, und die standen ihm näher als irgendjemand sonst.

Noa hatte seine Seele auf eine Art berührt, wie noch niemand zuvor. Sie hatte eine Seite in ihm zum Leben erweckt, von der er nicht einmal gewusst hatte, dass es sie gab.

Sean sah auf die Uhr. Thorpe war schon über dreißig Minuten überfällig. Verdammt, eigentlich sollte er die Aktion abblasen. Doch Noa zuliebe entschied er, noch weitere zehn Minuten zu warten.

»Ich schlag hier langsam Wurzeln«, meckerte Danny über Funk.

»Nur noch zehn Minuten«, gab Sean zurück. Wo blieb Thorpe, zum Teufel noch mal?

»Achtung«, meldete sich Danny noch einmal. »Das Paket wird gerade von drei Boten geliefert.«

Sean blickte sich um und sah Thorpe und zwei seiner *MIB*s auf ihn zukommen. Dann erblickte er Noa und alles in ihm schrie auf. Er wusste, dass sein Pokerface saß und niemand sein episches Gefühlschaos bemerkte. Die jahrelange Kampferfahrung half ihm dabei. Doch bei Noas Anblick hätte er am liebsten alles niedergemetzelt.

Sie sah schrecklich aus. Die dunklen Haare hingen ihr strähnig ins Gesicht und massive Hämatome verunstalteten ihre feinen Züge. Sie wirkte völlig apathisch und konnte sich kaum auf den Beinen halten.

»Hab gerade eine Kakerlake gegenüber erledigt.« Chris schien einen Schützen entdeckt und unschädlich gemacht zu haben. Sean sah sich schnell um. Keiner der unschuldigen Passanten schien etwas von der Liquidation bemerkt zu haben.

Sean richtete sich auf und stellte sich mit Alec im Rücken den Ankömmlingen entgegen. Er ermahnte sich, nicht zu oft und zu lange in Noas Richtung zu schauen. Er würde sich nachher um sie kümmern.

»Was hat dich aufgehalten? Du bist doch sonst immer so pünktlich, Thorpe.« *Und warum ist meine Frau in so schlechter Verfassung?* Das hätte er am liebsten laut herausgeschrien.

»Die kleine Wildkatze hier hat mir kurzzeitig das Leben ziemlich schwer gemacht. Aber jetzt ist sie brav und fügsam. Nicht wahr, Baby?« Er gab ihr einen Klaps auf den Hintern und Noa wimmerte schwach.

Sean kochte vor Wut, doch er musste seinen Kopf klar halten. Zumindest so lange, bis Noa in Sicherheit und versorgt war. Sein Moment der Rache würde kommen.

»Bring sie zu mir. Im Austausch bekommst du den Schlüssel zum Schließfach, in dem der Koffer ist.«

»Und wer sagt mir, dass du mich nicht über den Tisch ziehst?«, frage Thorpe in eisiger Ruhe. Der Kerl war nicht von gestern.

Sean holte den Schlüssel hervor und gab ihn Alec. Dieser ging zum entsprechenden Fach, schloss es auf und zeigte Thorpe den Koffer. Dann stellte er ihn wieder hinein und verriegelte die Tür des Abteils wieder. Als Sean den Schlüssel wieder in Händen hatte, hielt er ihn hoch.

»Ich lege den Schlüssel hier auf den Boden und du schickst Noa zu mir rüber. Sobald wir außer Gefahr sind, darfst du dir den Schlüssel nehmen und der Koffer gehört dir.«

Thorpe zögerte kurz und Sean verlor langsam die Geduld. Er wollte nur noch mit seinen Männern und Noa in seinen Armen den Rückzug antreten.

Endlich nickte Thorpe. »Also gut. Aber wenn du mich verarschst, finde ich dich und bringe dich eigenhändig um.«

»Das wirst du früher oder später sowieso tun. Da mache ich mir keine Illusionen.« Damit war alles gesagt.

Noa wankte unsicher in seine Richtung. Gleichzeitig legte er den Schlüssel auf den Boden. Als Noa bei ihm angekommen war, hob er sie auf seine Arme und ging davon. Alec sorgte dafür, dass er nicht doch noch von hinten angegriffen wurde.

»Ich an deiner Stelle würde ein oder zwei Monate warten, bis du sie vögelst!«, rief ihm Thorpe hinterher. Sean reagierte nicht darauf. Es war ihm einfach zu blöd.

»Sean«, hörte er Noa wispern und er hätte Thorpe am liebsten dafür getötet, dass er sie so misshandelt hatte.

Während der Fahrt zurück ins Safe House sagte niemand ein Wort. Sean saß auf der Rückbank. Er hatte Noa auf dem Schoß und schwor sich, dass er sie nie mehr losließ. Sie fühlte sich einfach zu gut in seinen Armen an.

Sie hatte sich nicht mehr gerührt und Sean befürchtete, dass sie bewusstlos war. Ihre Haut fühlte sich klamm an und ihr Puls war schwach.

Bei der Garage angekommen, trug er sie ins extra für sie eingerichtete Krankenzimmer. Dort legte er sie auf das Bett und er verbot sich jeden Gedanken daran, dass es für sie zu spät sein könnte.

Er legte ihr, wie er es gelernt hatte, einen venösen Zugang für Kochsalzlösung und Glucose. Er wollte damit ihren Kreislauf stabilisieren. Dann griff er zur Sauerstoffmaske und streifte sie ihr über, um ihr das Atmen zu erleichtern. Danach schloss er sie an den Herzmonitor an, damit er ihre Vitalwerte überwachen konnte.

Seine Handgriffe waren routiniert und sicher. Er hatte sich das alles in Afghanistan angeeignet, als der leitende Lazarettarzt ums

Leben gekommen war und jeder hatte mit anpacken müssen. Die dortige Oberschwester hatte ihm alles für die Erstversorgung im Notfall beigebracht. Jetzt dankte er ihr im Stillen. Denn diese Routine half ihm jetzt, seine amoklaufenden und verwirrenden Gefühle für den Moment zu unterdrücken.

Er schälte Noa aus ihren Kleidern und machte eine Bestandsaufnahme. Ihr Körper war übersät von Hämatomen und Schürfungen. Knapp über ihrem Beckenkamm auf der linken Seite entdeckte er eine circa sechs Zentimeter lange frische Narbe. Die Fäden waren noch vorhanden und der Schnitt konnte nicht älter als zwölf Stunden sein. Er sah nicht entzündet aus, weshalb Sean sich nicht weiter Gedanken darüber machte.

Er holte einen Waschlappen und eine Schüssel mit warmem Wasser und wusch vorsichtig Noas Gesicht, Hals, Arme und Beine. Sie zeigte dabei kaum eine Reaktion.

Danny, Chris und Alec schauten schnell bei ihm vorbei, doch er wollte allein sein, um seine Emotionen und Gedanken zu ordnen. Deshalb gab er ihnen den Auftrag, alles für einen baldigen Abmarsch bereit zu machen. Sobald Noa transportstabil war, würden sie hoch in die Adirondacks fahren. Ein Berggebiet im Staat New York. Er hatte da ein Blockhaus, von dem niemand wusste. Nicht mal seine Freunde. Es war immer sein Rückzugsort gewesen. Vor allem dann, wenn er wieder einmal von den schlimmen Albträumen heimgesucht wurde. Dort würden sie fürs Erste in Sicherheit sein und konnten in Ruhe darüber nachdenken, wie es weitergehen sollte. Denn eines war klar, sie mussten Thorpe und sein grausiges Experiment für immer stoppen. Thorpe würde schon bald bemerken, dass die Sticks leer waren. Das hatte ihnen eine gewisse Zeit verschafft, doch auch Thorpes Zorn hervorgerufen.

»Was ist mit ihr?« Alec zeigte auf Noa.

»Was soll mit ihr sein?« Sean war zu müde, um genervt zu sein. Schließlich sollte wohl klar sein, dass sie sie begleitete.

»Nun ja, wir haben hier weder Frauenkleidung noch andere Dinge, die Noa braucht.« Ach so, das hatte Alec gemeint.

»Sobald sie wach ist und aufstehen kann, verlassen wir diesen Ort und fahren hoch in den Norden. Auf dem Weg machen wir kurz bei ihrer Wohnung halt und packen ein, was sie braucht.« Ja, das war ein guter Plan. Er hatte nur einen kleinen Haken: Sean wusste nicht, wie Noa darauf reagieren würde, in der Wildnis untertauchen zu müssen. Doch Alec schien fürs Erste zufrieden und verließ mit den anderen das Zimmer.

Sean schnappte sich einen Stuhl, setzte sich neben Noas Bett und wachte an ihrer Seite über sie. Es würde ein paar Stunden dauern, bis ihr Körper die Drogen abgebaut hatte und danach würde der wahre Tanz beginnen. Sean befürchtete, dass Noa schon bald Entzugserscheinungen bekommen könnte. Wenn man bedachte, dass sie in den letzten achtundvierzig Stunden mit Gift vollgepumpt worden war. Er wusste zwar nicht, was man ihr gegeben hatte, aber das spielte in diesem Augenblick auch keine Rolle. Er lehnte sich zurück und schloss kurz die Augen.

●

Sie erwachte, weil sie dachte, in Flammen zu stehen. Alles tat ihr weh und die Magenschmerzen waren kaum zu ertragen. Ihr Leib schrie nach etwas, das Noa ihm nicht geben konnte und auch nicht geben wollte. Stimmte das so? Eigentlich hätte sie nichts gegen eine Dosis Taubheit und Schwärze einzuwenden gehabt, wenn sie dadurch keine Schmerzen mehr hatte und nicht mit ihrem Verstand miterleben musste, wie sie missbraucht wurde.

Noa weigerte sich, die Augen zu öffnen, denn sie wollte nicht sehen, in welcher Scheiße sie nun steckte. Doch als sie jemand an der Wange berührte, zuckte sie zusammen und schrie kurz auf.

»Fass mich nicht an, du Bastard!« Ihre Stimme überschlug sich. Sie sah sich panisch um, doch ihre Augen hatten Mühe, klar zu sehen. Alles wirkte verschwommen und trübe. Ihr Herz raste, während sie versuchte, ihre Lage einzuschätzen. Sie hatte sich selten so orientierungslos gefühlt.

Als sie endlich scharf sehen konnte, erkannte sie Sean an ihrem Bett, der sie besorgt anschaute. Was machte er denn hier? Doch dann fiel ihr vage wieder ein, dass er sie aus dem Busbahnhof getragen hatte.

Sie verstand die Zusammenhänge nicht im Geringsten. Thorpe hatte doch gesagt, dass sie an jemanden übergeben hätte werden sollen. An einen *Lover*, den sie nicht hatte. Wie hatte Sean es angestellt, sie aus den Klauen dieses Satans zu retten?

»Keine Angst, ich tu dir nichts«, sagte er beruhigend und lächelte. »Hatten wir doch schon mal, dieses Thema?«

Noa hatte das Gefühl, einen Engel vor sich zu haben. Sean hatte sie nun schon zum zweiten Mal gerettet. Er stand auf und holte eine Flasche Mineralwasser und ein Glas. Noa fiel auf, dass er dabei leicht hinkte. Hatte er sich bei ihrer Rettung verletzt? Doch dann erinnerte sie sich, dass ihr das Hinken schon einmal aufgefallen war. Es war sehr subtil und nur bei genauerem Hinsehen zu erkennen.

»Hier, du musst viel trinken, damit das Gift aus deinem Körper gespült wird.« Er hielt ihr das inzwischen gefüllte Glas hin. Bei dem Anblick zog sich ihr bereits rebellierender Magen noch mehr zusammen.

»Nein, danke. Ich glaube, ich bringe jetzt gerade nichts hinunter.« Sie versuchte, die Gliederschmerzen und das Zittern ihrer Hände zu ignorieren.

Sean setzte sich zu ihr auf den Bettrand. Er schob ihr eine Haarsträhne hinters Ohr. Bei dieser sanften Berührung zuckte sie erneut zusammen. Von einem Mann angefasst zu werden, erfüllte sie mit Widerwillen, stellte sie mit Entsetzen fest. Würde das jemals wieder vorübergehen? Oder würde sie für den Rest ihres Lebens in der Nähe eines Mannes Ekel empfinden?

Sie beobachtete Sean, wie er betroffen die Hand sinken ließ und ihr wurde schwer ums Herz. Er war für sie dagewesen, obwohl er sie doch gar nicht kannte und sie dankte es ihm mit Ablehnung. Sie konnte nicht abstreiten, dass sie ihn anziehend fand, und genauso ernüchternd war die Tatsache, dass sie in den Stunden, in denen sie durch die Hölle gegangen war, nur an ihn gedacht hatte.

Um die Situation zu entspannen, griff sie nach dem Wasser, das er ihr angeboten hatte.

»Warte«, sagte er mit einem kleinen Lächeln. »Versuch dich erst aufzusetzen. Wenn du kannst.«

Sie bemerkte, dass er es bewusst vermied, sie zu berühren und ein seltsames Gefühl des Verlusts erfüllte sie. Wenn jemand sie anfassen durfte, dann wohl Sean, der ihr bisher nur geholfen hatte und nett zu ihr gewesen war. Sie würde wieder lernen, Berührungen zu ertragen und genießen. Und wenn es nur für ihn war.

Sie stützte sich auf ihre Arme und versuchte, sich aufzurichten. Doch ihr Körper ließ sie unter Schmerzen und Schwäche im Stich. Ihr Kopf dröhnte und ihr Gehirn schien Karussell zu fahren.

»Darf ich dir helfen?«, fragte Sean vorsichtig.

»Ja, da wäre ich froh«, antwortete Noa ehrlich und ließ sich von Sean helfen, sich aufzusetzen. Er hatte ihr behutsam den Arm um die Schultern gelegt. Seine Nähe und die Wärme, die er ausstrahlte, machten sie unruhig und entspannt zugleich. Sie lehnte sich an ihn und erlaubte sich, sich bei ihm geborgen und umsorgt zu fühlen.

Er gab ihr das Glas und sie nahm einen vorsichtigen Schluck. Ihr trockener Mund hieß die Flüssigkeit willkommen, doch ihr Magen war alles andere als glücklich darüber und krampfte sich schmerzhaft zusammen.

»Schön langsam. Durch die Entzugserscheinungen sind deine Organe gereizt.« Seans Güte trieb ihr die Tränen in die Augen. »Wann hast du das letzte Mal etwas gegessen?«

Das war eine gute Frage. Das musste … wie lange war sie eigentlich vom Erdboden verschwunden gewesen? Sie zuckte mit den Schultern.

»Genau weiß ich es nicht. Aber es war, bevor du vor meiner Wohnung aufgekreuzt bist.« Seans Griff um ihre Schultern verstärkte sich und widererwarten gefiel es ihr.

»Das ist jetzt mehr als drei Tage her«, knurrte er. »Ich werde dir etwas bringen.« Bevor sie ihn aufhalten konnte, hatte er sie bereits wieder vorsichtig aufs Kissen gebettet und das Zimmer verlassen. In der nun entstandenen Einsamkeit brach alles über ihr zusammen und sie hatte das Gefühl, zu ersticken.

Tränen bahnten sich ihren Weg an die Oberfläche und ihr fehlte die Kraft, sie zurückzudrängen. Obwohl sie nur aus Schmerz zu bestehen schien, fühlte sie sich dumpf. Sie empfand Scham und steckte bis zum Hals im Selbstmitleid. Sie war ausgefüllt von einer alles umfassenden Leere und war seelenlos. Einem Zombie gleich. Sie hatte das Gefühl, nackt beim stärksten Sturm auf der äußeren Kante einer Klippe zu stehen und die Böen drohten, sie in die Tiefe zu stoßen.

Sie drehte sich auf die Seite und zog sich die Decke über den Kopf. Sie bekam kaum Luft, weil sie das Gefühl hatte, dass ihr ein Unsichtbarer die Kehle zudrückte. Sie war zerstört, in Milliarden Stücke zerschmettert. Was hatte sie verbrochen, um so bestraft zu werden?

Reiß dich zusammen!, hörte sie eine Stimme in ihrem Kopf. *Du bekommst deine Rache, wenn die Zeit gekommen ist.*

Rache? An Gomez und an einem Senator? Wäre sie fähig, so etwas zu tun? Jemanden zu quälen und umzubringen? Niemals. Doch dann flammte etwas in ihrer Brust auf. Ein Funken puren Hasses, welcher sich ausbreitete und sie bald ganz erfüllte. Ja, ihre Zeit würde kommen.

Sie musste eingeschlafen sein, denn als sie sich irgendwann umdrehte, stand ein Tablett mit Crackern und einer Thermoskanne auf dem Nachttisch. Die heiße Flüssigkeit darin entpuppte sich als Brühe. Ein leichter Snack für ihren rebellierenden Magen. Von Sean fehlte jede Spur. Auf der einen Seite bedauerte sie seine Abwesenheit, denn sie fühlte sich seltsamerweise sicher in seiner Gegenwart. Auf der anderen Seite jedoch schätzte sie die momentane Stille und Einsamkeit. Sie half ihr, sich zu sammeln und zu heilen.

•

Nummer 21 blickte auf Inkubator 51 hinunter. Die schöne Frau lag schlafend wie Dornröschen da. Sie war sediert, damit sie sich nicht gegen das wehrte, was hier mit ihr geschah. Seit er sie vom Flughafen hierhergebracht hatte, zog sie ihn magisch an. Er wusste, dass er nicht so empfinden sollte. Es war verboten. Dennoch, je länger er sie betrachtete, desto mehr fiel eine eigenartige Schwere von ihm ab.

Er konnte es sich nicht erklären. Er fühlte sich frei, wenn er in ihrer Gegenwart war. Er musste ihre Stimme hören.

»Wach auf.« Er schüttelte sie sacht. 21 hatte ihr Sedativum verdünnt, damit ihr Schlummer nicht zu tief und zu lange dauerte. Sie reagierte nicht. Deshalb schüttelte er sie noch einmal. So lange, bis ihre Lider sich flatternd hoben.

»Lass mich in Ruhe!«, fauchte sie schwach, als sie erkannte, dass sie sich ihrem Entführer gegenübersah. »Warum hast du das getan?« Sie schluchzte plötzlich und drückte ihm damit sein Herz ab. Er wusste, durch welche Qualen sie hatte gehen müssen, seit sie hier war. Man hatte sie betäubt, ihr die Haare abgeschoren, hatte ihr verschiedene Hormone und andere Substanzen verabreicht. Es würde nicht mehr lange dauern, bis man ihr reife Eizellen entnahm und sie ihr nach einer IVF wieder einsetzte. Das Zuchtprogramm kannte keine Gnade mit den Frauen, die hier lagen.

Eine Gefühlsregung, die er schon lange nicht mehr gespürt hatte, schoss durch seine Brust. Schlechtes Gewissen? Er konnte es nicht genau sagen.

»Darf ich mich setzen?« Er wollte es ihr erklären.

Sie funkelte ihn an, als wollte sie ihn mit ihrem Blick tausendmal erdolchen. »Nein.«

Was hatte er sonst erwartet? »Ich verstehe«, begann er vorsichtig. »Du musst etwas wissen, und bitte hör mir zu.«

Sie drehte trotzig den Kopf weg.

»Ich wollte nicht, dass dir etwas zustößt. Ich musste seinem Befehl gehorchen. Wenn ich mich nicht füge, bringt er mich um.«

Sie sah ihn wieder an und der Ausdruck in ihrem Gesicht hätte einen Vulkan einfrieren können. »Soll ich Mitleid mit dir haben? Das kannst du vergessen.«

Er konnte es ihr nicht verübeln. Er konnte sie aber auch nicht gehen lassen. Es war ihm aus einem ihm unerfindlichen Grund wichtig, dass sie ihn verstand. »Ich habe einen Empfänger in meinem Kopf. Wenn ich mich meinem Boss verweigere, jagt er mein Gehirn in die Luft.«

Sie lachte kalt auf. »Verarschen kann ich mich selbst. Wie wäre es, wenn wir die Märchenstunde auf ein anderes Mal verlegen und du mich freilässt?« Ihre Wut war beinahe greifbar. Er spürte, dass sie ihn auf der Stelle umgebracht hätte, hätte sie die Möglichkeit gehabt.

»So gerne ich das machen würde, es geht nicht. Ich wollte das alles nicht. Nicht für dich und nicht für die anderen Frauen hier.« Und auch das war die Wahrheit.

»Da kommen mir doch glatt die Tränen«, schnaubte sie.

»Ich werde mich um dich kümmern. Vertrau mir.« Was war nur los mit ihm? Seit wann fühlte er sich überhaupt verantwortlich für irgendjemanden? Diese Zeiten waren schon lange vorbei.

»Nein, danke. Ich verzichte liebend gerne.«

Sie würde sich schon beruhigen, redete er sich ein und stand dann mit eigenartig schwerem Herzen auf.

Die Hütte im Wald

Noa saß nur zwei Tage nach ihrer Rettung neben Sean im Auto. Er hatte beschlossen, Chris und Danny im anderen Wagen voraus zu einem Treffpunkt fahren zu lassen. Er selbst und Alec waren mit Noa unterwegs zu ihrer Wohnung, um ein paar persönliche Sachen zu holen.

Sie war anfangs nicht damit einverstanden gewesen, unterzutauchen. Doch Alec hatte alles auf seine nüchterne Art und Weise erklärt und sie hatte verstanden. Alec hatte nichts ausgelassen. Weder die Experimente, die man mit ihnen gemacht hatte, noch die entführten Frauen, noch den Zusammenhang mit Thorpe.

Als Alec Thorpe erwähnt hatte, war sie leichenblass geworden. Sean wollte den Kerl vernichten für das, was er Noa angetan hatte. Er hatte es deutlich und schmerzhaft gemerkt, wie sie sich verspannt hatte, als er sie berührt hatte. Umso mehr hatte er es genossen, als sie dann doch seine Hilfe angenommen hatte. Sie hatte sich so gut angefühlt. Zu gut für seinen Geschmack. Nie zuvor war ihm eine Frau begegnet, die ihn in so kurzer Zeit bis in sein Mark berühren konnte. Es hätte ein Augenaufschlag von ihr genügt und er hätte alles in Bewegung gesetzt, um ihr die Sterne vom Himmel zu holen.

Vor ihrer fast erbärmlichen Wohnung hielt er an und bedeutete Noa, noch im Wagen zu bleiben. Er wollte erst sichergehen, dass sie keine bösen Überraschungen erwarteten. Inzwischen mussten Gomez und Stanton ebenfalls erfahren haben, was passiert war. Thorpe und Stanton, aber auch Gomez waren von der Sorte, die eine Niederlage nur schwer wegsteckten. Vielleicht hatte aber auch Thorpe seine beiden Compagnons nicht informiert. Wer konnte schon so genau sagen, wie dieser Psychopath dachte.

Die Luft schien rein und Noa stieg, gefolgt von Alec, aus. Ihr Blick glitt über das Gebäude und Sean versuchte, zu begreifen, was in ihr vorging. Doch ihr Gesicht war so ausdruckslos wie eine Maske. Sie ging schweigend durch die Tür. Sean folgte ihr und Alec gab ihnen wie immer Rückendeckung, indem er vor der Tür blieb und die Umgebung überwachte.

Noa packte ein paar Kleider ein, Toilettenartikel und den Laptop. Er hatte den Eindruck, da sie ohnehin nicht so viel besaß, schien ihr nichts wirklich von Bedeutung zu sein.

Sean hatte noch immer nicht von ihr erfahren, was Gomez gegen sie in der Hand hatte. Doch er wollte sie auch nicht unter Druck setzen. Er würde sich in dieser Hinsicht eben in Geduld üben müssen. Nicht gerade eine seiner Tugenden.

»Komm, lass uns von hier verschwinden«, sagte sie leise, aber bestimmt und holte ihn so aus seinen Gedanken.

»Bist du sicher, dass du alles hast, was du brauchst? Wir werden eine Zeitlang nicht hierher zurückkommen können.« Er legte ihr die Hand an die Wange. Sie schloss einen Moment lang die Augen, bevor sie ihn wieder ansah.

»Alles, was für mich von Wert ist, habe ich eingepackt. Ich bin immer auf eine schnelle Flucht vorbereitet.« Sie wandte sich ab und schulterte die Tasche. Doch Sean hielt sie zurück. Er nahm ihr Gesicht in beide Hände und las einen Moment in ihren Zügen. Der Schmerz, der in ihren Augen lag und den sie versuchte, zu verstecken, machte ihm das Atmen schwer. Er wollte ihr so gern helfen, doch er wusste nicht, wie.

Aus einem inneren Impuls heraus küsste er sie sanft auf die Stirn. Sie erstarrte augenblicklich, doch er bereute nicht, es getan zu haben. Sie roch so gut und es war einfach nur richtig, sie in seiner Nähe zu haben.

Noa entspannte sich keine zwei Atemzüge später und überraschte ihn, indem sie sich bereitwillig an seine Brust schmiegte. Ihre zarten Arme schlangen sich wie selbstverständlich um seine Taille.

Draußen eilten sie schleunigst zum Auto und machten sich auf den Weg zu Chris und Danny. Sie hatten sich an einer Raststätte auf der Interstate verabredet. Von dort übernahm Sean wieder die Führung, denn nur er kannte den Weg zur Hütte im Wald.

Noa sprach kaum ein Wort auf der Fahrt zu dieser Raststätte, die etwa hundert Meilen nördlich von Miami lag. Er konnte sich nicht verkneifen, sie hin und wieder aus dem Augenwinkel zu beobachten. Sie war ungewöhnlich blass, was ihm Sorgen bereitete.

Als sie plötzlich seine Hand nahm, war er derjenige, der kurz die Luft anhielt. Er wagte es kaum, etwas zu sagen, geschweige denn sich zu bewegen, aus Angst, er könnte sie erschrecken. Trotzdem legten sich seine Finger wie selbstverständlich um ihre. So sanft, als hielten sie einen zerbrechlichen Spatz.

»Vielen Dank, Sean«, hörte er sie beinahe flüstern. Er sah sie nicht an, drückte stattdessen leicht ihre Hand.

»Wofür?«

»Dass du mir das Leben gerettet hast. Zwei Mal, um genau zu sein. Und dafür, dass du und deine Freunde mich beschützen.« Sie hielt inne und schien mit sich selbst zu ringen. Nach einer kleinen Ewigkeit richtete sie wieder das Wort an ihn und sah ihn dabei direkt an. Ihr Blick war klar, traurig und schien ihn geradewegs zu durchbohren.

Sean rechnete es Alec hoch an, dass dieser auf der Rückbank so tat, als schliefe er.

»Es tut gut, jemanden zu haben, der sich sorgt und kümmert. Das habe ich in den letzten Jahren ziemlich vermisst. Die Menschen, mit denen ich zu tun habe … hatte, denen war es egal was mit mir war. Ob es mir gut ging oder nicht. Solange sie das bekamen, was sie wollten. Und wenn sie das Gefühl hatten, dass ich mir zu wenig Mühe gab oder in ihren Augen ungehorsam war, gab es Schläge.«

Sean fühlte genau, dass jetzt der Zeitpunkt gekommen war, an dem sie sich öffnen wollte. Er wusste, dass er ihren Redefluss nicht unterbrechen durfte, doch als sie nicht weitersprach, wurde er unsicher. Sollte er sie nach Gomez fragen oder noch abwarten? Er war Soldat, also entschied er sich für die Offensive.

»Wie bist du in diese Lage geraten?«

»Ich war dumm und leichtgläubig«, begann sie und holte zitternd Luft. Dann erzählte sie in ihren Worten, was Alec schon herausgefunden hatte.

Sean sah, wie sie den Kopf zurücklehnte und gequält die Augen schloss. Er fühlte ihren Schmerz, als wäre es sein eigener und er verspürte das starke Bedürfnis, sie in seine Arme zu nehmen und vor aller Welt zu beschützen.

»Doch Melanie tauchte am Flughafen nicht auf. Stattdessen war Gomez da und zeigte sich von seiner besten Seite. Er teilte mir mit, dass Mel es nicht schaffen würde und so folgte ich ihm wie ein dummes Schaf. Ich vertraute einem Wildfremden, einfach so. Schließlich verführte er mich und ehe ich begriff, was los war, hatte er mir meinen Pass und das Flugticket nach Rio abgenommen. Den Pass habe ich bis heute nicht. Scheinbar war ich der Ersatz für Melanie. Erst sagte Gomez, sie wäre frei, weil ich ihren Platz eingenommen hätte. Doch jetzt weiß ich, dass sie tot ist.«

Sie blickte aus dem Fenster und wischte sich verstohlen mit der freien Hand eine Träne von der Wange. Um das Lenkrad nicht vor Wut aus dem Armaturenbrett zu zerren, sah er in den Rückspiegel und erkannte, dass Alec nicht mehr so tat, als würde er schlafen. Sein Blick sprach Bände und Sean erkannte denselben Zorn in seinem Freund.

»Jahrelang habe ich versucht, an meinen Pass zu kommen. Das letzte Mal, als Ramirez auf Gomez' Dachterrasse erschossen wurde.« Sie drehte den Kopf und sah ihn unverwandt an. »Das warst du, nicht wahr?«

Ihre Feststellung war so entwaffnend, dass er nur nicken konnte.

»Dachte ich mir.« Dann schwieg sie wieder, fragte nicht nach dem Weshalb und Warum.

»Wieso bist du nicht zum Konsulat deines Landes gegangen?«

»Das wollte ich. Aber Gomez hat mir deutlich zu verstehen gegeben, dass seine Finger bis zum Konsul reichen. Da habe ich mich mehr getraut, etwas auf diesem Weg zu versuchen.«

Er würde diesem Scheißkerl die Haut in Streifen abziehen. Das war sein stummes Versprechen an Noa.

Als hätte sie diesen brutalen Gedanken gehört, zog sie ruckartig ihre Hand aus seiner und wandte den Blick ab.

•

Was war das nur mit diesem Mann? Er war noch immer ein Fremder für sie und dennoch vertraute sie ihm voll und ganz, was in Anbetracht ihrer Vergangenheit entweder ein Wunder war oder an totale Dummheit grenzte. Aber sie konnte nichts dagegen tun. Sie war ihm auf eine Weise verfallen, wie sie es noch nicht erlebt hatte.

Sie wusste nicht, warum sie eben Auto nach seiner Hand gegriffen hatte. Doch die Berührung seiner Haut und die Verbindung, die dadurch entstanden war, hatten ihre Schutzmauern niedergerissen. Sie hatte ihm alle Dinge erzählt, die von Belang waren. Doch nun, da alles gesagt war, was hatte gesagt werden müssen, fühlte sie sich leer. Als hätte man ihr die Eingeweide entfernt.

»Versuch, etwas zu schlafen«, sagte Sean neben ihr. Wenn es doch nur so einfach wäre. Seit Sean sie vor ein paar Tagen gerettet hatte, plagten sie schlimme Albträume und daran waren nicht nur die Drogen Schuld, deren Nebenwirkungen sie immer noch in Schach hielten. Weniger physisch als psychisch. Sie litt immer noch wegen Thorpe und Stanton. Sobald sie die Augen schloss, fühlte, hörte, roch und schmeckte sie die beiden Hurensöhne. Würde sie jemals wieder normal funktionieren können? Oder würden die beiden sie bis zum Ende ihres Lebens verfolgen?

In den letzten Tagen hatte sie immer stärker den Wunsch verspürt, Sean näher zu kommen und ihn zu fühlen. Ja, verdammt, sie wollte ihn küssen. Doch sobald sie den Gedanken zu Ende dachte, ergriff sie atemraubende Panik. Sie wusste, dass sie ein schweres Trauma davongetragen hatte und sich deshalb Zeit lassen sollte. Dennoch befürchtete sie, dass sie sich nie wieder von einem Mann mehr als freundschaftlich berühren lassen konnte. Wie war das noch mal? Wenn man vom Pferd fällt, muss man gleich wieder aufsteigen? Oder zumindest so ähnlich hieß es doch.

Sie legte den Kopf zurück und versuchte, sich etwas auszuruhen. Sean legte vorsichtig seine Hand auf ihre und hielt sanft ihre Finger. Diese zärtliche Berührung erdete sie so weit, dass die einschlief und erst wieder die Augen öffnete, als Sean sie losließ.

»Wir sind jetzt am Treffpunkt und warten, bis Danny und Chris sich zu erkennen geben.« Er stieg aus, ohne sich noch einmal umzudrehen und hinterließ eine unangenehme Leere, nicht nur im Auto, sondern auch in ihrem Herzen. Sie wollte gerade auch aussteigen, als sie durch die Fensterscheibe zwei Männer in der Ferne erkannte. Es waren eindeutig Chris und Danny. Sie beobachtete sie dabei, wie sie sich umarmten. Es war keine kurze, kräftige Umarmung unter Kumpeln. Dafür dauerte sie zu lange und sah zu vertraut aus. Noa wusste nicht, wie sie es hätte anders ausdrücken sollen. Waren die beiden zusammen? Vielleicht waren sie bi? Es waren vor Testosteron nur so strotzende Männer. Vor allem Chris mit seinem Charme musste bei Frauen gut ankommen.

Noa sah sich nach Sean um. Dieser stand mit dem Rücken zu ihr und unterhielt sich leise mit Alec, der neben ihm am Auto lehnte. Sean hatte deshalb Chris und Danny noch nicht entdeckt und Noa hoffte, dass es auch noch einen Augenblick so blieb. Der Anblick der beiden hatte etwas Intimes, das nicht von einem Außenstehenden unterbrochen werden sollte.

Tatsächlich lösten sich die beiden bald voneinander und kamen auf sie zu. Chris ging aufrecht, mit einem ernsten, aber schönen

Gesicht. Danny hingegen ging leicht gebeugt und schaute zu Boden. Irgendetwas schien ihn schwer mitzunehmen. Als sie in die Nähe des Autos kamen, straffte Danny die Schultern und verschloss seine Miene. Er wirkte jetzt ruhig, stabil und … neutral. Das war das Wort, das Noa gesucht hatte.

Die vier Männer wechselten ein paar Worte und trennten sich gleich danach wieder. Als Sean wieder einstieg, sah er sie an.

»Du musst mir dein Handy geben. Wir müssen es entsorgen, damit uns niemand auf die Spur kommt.«

Er hatte recht. Sie griff in ihre Jacke und zog das Gerät heraus. Dabei fiel ihr ein, dass sie vergessen hatte, sich beim Jugendzentrum abzumelden. Bevor Sean das Smartphone vernichtete, wollte sie diese letzte Sache noch erledigen. Es wunderte sie ein wenig, dass sich bis jetzt noch niemand vom Zentrum bei ihr gemeldet hatte. Sie war bereits seit Tagen nicht mehr zur Arbeit erschienen. Sie scrollte durch ihre wenigen Kontakte, um nach der Nummer des Jugendzentrums zu suchen.

»Was machst du?«, fragte Sean ruhig mit seiner leicht heiseren Stimme, die Noas Herz zum Vibrieren brachte und sie mit Sehnsucht erfüllte.

»Ich muss mich beim Jugendzentrum abmelden …« Er unterbrach sie, indem er ihr sanft einen Finger auf den Mund legte. Sie schauderte und musste sich zusammenreißen, damit sie Seans Finger nicht zwischen ihre Lippen nahm. Sie sah, wie sich seine Pupillen weiteten und sein Blick sich auf ihren Mund heftete. Die Zeit schien stillzustehen. Sie beide atmeten schneller und Noa konnte sich nicht gegen das Verlangen wehren, das sie in Besitz nahm.

Dieser fast magische Moment wurde zerstört, weil Alec sich auf die Rückbank fallen ließ. Sean ließ seine Hand sinken und brachte sich auf Abstand.

»Ich habe dort angerufen, als du noch nicht ansprechbar warst. Sie haben mir mitgeteilt, dass dich bereits jemand abgemeldet hat.

Sie meinten, man hätte ihnen gesagt, du hättest kurzfristig das Land verlassen«, erklärte Sean leicht atemlos und räusperte sich danach.

Gomez, dieses Aas, hatte tatsächlich gedacht, dass sie nie wieder auftauchte. Er hatte sie loswerden wollen. Sie wusste nicht, ob sie sich darüber freuen sollte oder nicht. Schließlich war sie diesen Sack allem Anschein nach endlich los. Sie bekam nur am Rande mit, wie ihr Sean das Telefon aus der Hand nahm und es an Alec weitergab.

Vielleicht war sie jetzt endlich frei. Doch dieser Funken Hoffnung machte ihr fast genauso viel Angst wie Gomez, Thorpe oder Stanton.

•

Sie war weg, aber nicht unauffindbar. Thorpe stand mit Andrews in Noas schäbiger Wohnung. Andrews betrachtete sich als Thorpes rechte Hand, doch er, Malcolm Thorpe, sah das etwas anders. Schließlich war Sergeant Andrews seine Kreation. Das verbesserte Modell von Captain Patrick und seiner Bande. Also war Andrews mehr eine Marionette als ein Stellvertreter-*Schrägstrich*-Assistent. Der Sergeant war sich dessen vielleicht nicht bewusst, aber Thorpe konnte den Hurensohn ohne weiteres abschalten oder, anders ausgedrückt, deaktivieren. Genauso wie Soldat 35, der heute mit von der Partie war, um zu lernen. Dieses Hintertürchen hatte er bei allen nachfolgenden Modellen eingebaut. Leider hatte sein Vater bei der Erschaffung der ersten lebenden Generation nicht daran gedacht, eine Sicherheitsmaßnahme zu errichten.

»Malcom«, trat Andrews an ihn heran und er warf dem Soldaten einen tadelnden Blick zu, der den anderen kurz stammeln ließ. »Sir«, setzte dieser erneut an, »es scheint, dass der Inkubator die Wohnung in aller Eile verlassen hat.«

Als ob er das selbst nicht auch schon gesehen hätte. Und als ob es nicht vorhersehbar gewesen wäre. »Sorge dafür, dass sie gefunden wird. Die Zentrale soll den Sender orten.«

Dann verließ er dieses armselige Loch und machte sich zu seiner Suite am Biscayne Boulevard auf. In zwei Stunden hatte er ein Essen mit einem vielversprechenden potenziellen Geldgeber. Dort musste er sich von der besten Seite zeigen. Leider war der Ärger über Sean Patricks Beschiss immer noch präsent. Thorpe hatte sofort nach der Übergabe die USB-Sticks geprüft und bemerkt, dass sie leer waren. Eine Sache, die er ganz sicher nicht auf sich sitzen ließ.

•

Die Fahrt dauerte lang und Sean tat sich schwer, das Gefühlschaos in seinem Herzen im Zaum zu halten. Es war jetzt schon Stunden her, dass es beinahe lebensgefährlich zwischen ihm und Noa geknistert hatte. Er hatte sie so sehr gewollt, wollte ihren Geruch und Geschmack aufnehmen und sie als sein eigen markieren. Eine leise Stimme in seinem Hinterkopf warnte ihn jedoch davor, zu forsch vorzugehen. Schließlich war Noa nicht in der psychischen Verfassung, um sich auf einen Mann einzulassen und er wusste ja auch nicht, wie sie für ihn empfand. Obwohl ihr Blick Bände gesprochen hatte. Es bestand jedoch auch die reelle Gefahr, dass er zu viel in die Sache hineininterpretierte. Das Letzte, was er wollte, war, Noa zu bedrängen. Deshalb dankte er Alec im Stillen dafür, dass er sich so plump ins Auto hatte fallen lassen.

Noa schlief jetzt schon seit ein paar Stunden und Sean war froh darüber. Sie hatten früher aufbrechen müssen als geplant, weil sie *MIB*s in der Nähe der Garage gesehen hatten. Daher hatten sie beschlossen, möglichst schnell aufzubrechen, bevor ihr Safe House entdeckt wurde.

Es hatte ihm für Noa leidgetan, denn er hätte ihr liebend gern noch ein oder zwei Tage mehr Ruhe gegönnt. Doch sie hatte ihn mit ihrer Zähheit überrascht. Eigentlich hätte er sich nicht wundern dürfen, denn sie hätte den Mist, den sie hatte durchstehen müssen, nicht überlebt, wenn sie nicht hart im Nehmen gewesen wäre.

Nachdem er fast vierzehn Stunden gefahren war, überließ er einen Moment Alec das Steuer. Er erklärte ihm die wichtigsten Koordinaten und legte sich halb zusammengerollt auf die Rückbank. Bequem war anders und wahrscheinlich würde er später einen Spezialisten im Knotenlösen rufen müssen, wenn er je wieder aussteigen wollte. Nachdem er schließlich eine einigermaßen zu ertragende Position gefunden hatte, schloss er die Augen. Er hatte schon in schlimmeren Situationen Schlaf gefunden.

»Sean.« Jemand schüttelte ihn vorsichtig. »Wach auf, Captain.«

Er öffnete die Augen und bemerkte sofort, dass ihn jemand zugedeckt hatte. Er sah sich alarmiert um. Wo waren sie? Hatte er lange geschlafen und was war los?

»Wo sind wir?«, fragte er, während er versuchte, die Reste seines wider Erwarten erholsamen Schlafs zu vertreiben. Ausnahmsweise hatten ihn die Träume in Ruhe gelassen.

Alec hatte sich auf dem Fahrersitz zu ihm umgedreht und sah ihn an.

»Circa 180 Meilen von den Adirondacks entfernt. Noa ist kurz aufs Klo und ich habe inzwischen den Tank voll gemacht.«

Sean schoss hoch. Noa war allein da draußen unterwegs? Er befreite sich aus der Decke und ein leichter Duft nach Frau drang in seine Nase. Er sah sich das Stück Textil genauer an. Es handelte sich um Noas lange Jacke. Er fühlte sich gerührt, dass sie sich um ihn gekümmert hatte. Doch die Sorge um sie gewann schnell die Oberhand.

»Wie lange ist sie schon weg?« Er packte dabei Alec am Ärmel und erntete einen fragenden Blick.

»Noch keine fünf Minuten und wenn du dich umdrehst, siehst du, dass sie gerade auf uns zukommt. Also komm wieder runter, Kumpel.«

Sean drehte sich ruckartig um und tatsächlich sah er Noa, wie sie mit den Händen in den Hosentaschen zum Wagen lief. Sie hatte wieder etwas Farbe im Gesicht und für Sean war sie das Schönste, was er je gesehen hatte. Die langen, wohlgeformten Beine, Rundungen, wo sie hingehörten, die schwarzen langen Haare und die grünen Augen, die seinen versteinerten Kern zum Schmelzen brachten.

Er stieg aus und ging ihr entgegen. Zwei Meter vor ihr blieb er stehen und wollte sehen, wie nahe sie ihm freiwillig kam. Er hatte nach wie vor Angst, sie zu bedrängen. Er wusste nur zu gut, wie es in jemandem aussah, der ein psychisches Trauma erlitten hatte. Dazu musste er nur in den Spiegel schauen.

Sie überraschte ihn, indem sie erst stehen blieb, als sie nur noch eine Handbreit voneinander entfernt waren.

Ohne ein Wort legte er ihr die Jacke um die Schultern. Er ließ seine Hände aber an deren Kragen ruhen. Sie sah ihn mit leicht geöffneten Lippen an und er ließ es zu, in ihren Augen zu versinken.

»Alles in Ordnung?«, fand er schließlich seine Stimme wieder. Der Herr mochte ihm beistehen. Wie gern wollte er diese Lippen küssen.

»Ja, alles okay. Hast du gut geschlafen?« Ihre leisen Worte streichelten seine Sinne wie eine wundervolle Symphonie und er wünschte sich mit ihr an einen anderen, sichereren Ort.

Ein kurzer Pfiff holte ihn die Wirklichkeit zurück. Er sah sich nach Alec um, der ungeduldig am Wagen auf sie wartete. Das andere Auto mit Chris und Danny war ebenfalls eingetroffen und vollgetankt.

Es war Zeit, zu verschwinden, denn hier hockten sie auf dem Präsentierteller. Sean legte den Arm um Noas Schultern und führte sie zum Auto. In der hintersten Ecke seines Gehirns stieß er einen Freudenschrei aus, weil sie ihn nicht von sich stieß. Im Gegenteil. Sie legte ihrerseits den Arm um ihn und lehnte sich an seine Seite. Das stumme Triumphgebrüll nahm zu und er dankte im Stillen jeder Macht, dass es niemand hörte.

Als er Noa half, auf dem Beifahrersitz Platz zu nehmen, kassierte er einen Augenverdreher von Alec, der sich danach auf der Rückbank breit machte. Sean grinste von Ohr zu Ohr und wusste genau, dass er dabei ziemlich dämlich aussehen musste. Das Grinsen hielt noch an, als er schon längst wieder auf die Interstate gefahren war.

Nach weiteren zwei Stunden, sie hatten die Autobahn inzwischen verlassen, fuhr er auf einen Feldweg, der in die Wildnis führte. Er sah im Rückspiegel, wie sich Alec aufrichtete und interessiert durch die Windschutzscheibe schaute. Was er jetzt tat, war, seinen privaten Zufluchtsort zu verraten, aber es war die einzige Lösung. Vorübergehend leider nur, denn sie konnten sich nicht ewig im Wald verstecken.

Die einstündige Fahrt über Schotter, Dreck und Wurzeln endete an einer Lichtung, in deren Nähe seine Blockhütte lag. Dort, fünfzig Meter hinter dem Waldrand, versteckt unter hohen Bäumen mit dichten Kronen, verbarg sich seine Oase. Er bog an der Lichtung gleich nach links wieder in den Wald ein und fuhr im Schritttempo weiter.

Schon bald öffnete sich der dichte Baumbewuchs und gab den Blick frei auf sein eigenhändig gebautes Haus. Er konnte sich nicht gegen den Stolz wehren, der in ihm aufstieg, weil Noa sein Kunstwerk sah.

•

Als sich die Lichtung vor ihm öffnete, glaubte Chris, sich versehen zu haben. Wie hatte Sean es genannt? Eine Blockhütte? Nein, es war ein ausgewachsenes Haus. Wieso hatte Sean nie etwas erwähnt?

Es schien, dass jeder in der Gruppe so sein Geheimnis hatte. Er fragte sich, was Alec vor ihnen verbarg. Shopping-Sucht? Schuh-Fetisch? Chris schmunzelte noch als Sean, Noa und Alec aus dem Auto vor ihnen ausstiegen.

Er schaute zu Danny hinüber, der ebenfalls verwundert zur Windschutzscheibe hinauslugte. »Wie hat er das gemacht? Wann?«, hörte er Danny flüstern. Er verstand Danny. Ihm gab das Ganze auch Rätsel auf.

Bevor er ausstieg, drückte er kurz Dannys Schulter. Chris machte sich Sorgen um ihn. Danny war in letzter Zeit etwas still und machte einen niedergeschlagenen Eindruck.

Chris konnte sich vorstellen, was Danny beschäftigte, doch daran ließ sich momentan nichts ändern. Es war einfach nicht der richtige Zeitpunkt. Er hatte sich schon gefragt, ob sie überstürzt gehandelt hatten. Doch dann wusste er wieder ganz genau, dass es richtig gewesen war und er hätte auch nicht länger warten wollen. Nicht bei der ständigen Gefahr, in der sie lebten. Das mit Danny war etwas Wertvolles und er wollte es beschützen.

»Hör auf, dir darüber den Kopf zu zerbrechen. Wir werden es ihm sagen, sobald die Zeit reif ist.«

Danny drehte sich zu ihm um und Chris wusste instinktiv, dass Danny begriff, wovon er gesprochen hatte. Dann nickte Danny und stieg aus.

•

Noa traute ihren Augen kaum. War dieser Traum aus Holz Wirklichkeit? Umringt von hohen Bäumen mit dichten grünen Kronen, die goldenes Sonnenlicht bis zum Boden durchließen, stand ein wunderschönes Haus.

Sean hatte es eine Blockhütte genannt. Doch für sie war es ein Palast. Das Bauwerk war zweistöckig und besaß im Erdgeschoss sogar eine Veranda. Durch die Sprossenfenster strahlte das Haus eine gemütliche Atmosphäre aus, die man wohl als rustikale Romantik bezeichnen konnte.

Sie hörte, wie hinter ihr der zweite Wagen anhielt und kurze Zeit später zwei Autotüren geöffnet und wieder geschlossen wurden. Alle schwiegen und starrten auf ihre Unterkunft für die nächsten paar Tage. Einzig Sean blickte tief in Gedanken zu Boden.

Sie ging zu ihm und legte ihm eine Hand auf den Oberarm. Er atmete tief ein, als wollte er seine Gefühle vor ihr verbergen.

»Was ist das hier?«

Er löste sich aus ihrer Berührung und ging einen Schritt in Richtung Eingang. Noa fühlte mehr, als dass sie es hörte, wie Chris, Danny und Alec nun ebenfalls zu ihr gestoßen waren.

»Das hier ist mein Rückzugsort. Ich habe es selbst gebaut und bisher hat es noch niemand außer mir gesehen.«

Noa entging der bittende Unterton in seinen Worten nicht. Er hatte Angst, sein Haus könnte bei seinen Freunden in Missfallen geraten. Doch sie hatte sich jetzt schon in diesen Ort verliebt. Das Haus war wunderschön und die Lage traumhaft. Doch das Beste und Wertvollste daran war, dass es von ihm geschaffen worden war. Das machte es einfach perfekt.

»Es ist ein Traum, Sean«, flüsterte sie so, dass nur er es hörte, und er schenkte ihr dafür ein erleichtertes Lächeln.

Sie betraten gemeinsam das Haus durch die schwere Holztür mit dem Bleiglasfenster und landeten mitten in einem großen, aber gemütlichen Wohnzimmer mit offenem Kamin. Die geölten horizontalen Stämme, die die Wände bildeten, schafften ein rustikales, warmes Ambiente.

Noa schaute nach oben. Dort befand sich unter dem offenen Dachgebälk eine Galerie, von der man vom oberen Stockwerk ins Wohnzimmer blicken konnte.

Sie fühlte sich hier geborgen und hörte, wie die anderen beindruckte Laute von sich gaben.

»Wann hast du das gebaut?«, fragte Chris in respektvollem Ton.

Sean stellte seinen Rucksack ab und schob seine Hände in die Hosentaschen. Er sah sich um, als wollte er versuchen, das Gebäude mit den Augen seiner Begleiter zu sehen. »Immer zwischen den Auslandseinsätzen und nach der Reha.«

Reha? Was war mit ihm passiert? Hinkte er deshalb? Die Fragen überschlugen sich in ihrem Kopf.

»Also immer dann, wenn du wochenlang untergetaucht bist«, sagte Alec nüchtern feststellend und Sean nickte.

»Es gibt hier zwei Schlafzimmer. Ihr drei werdet euch eines teilen müssen. Das andere bekommt Noa und ich schlaf hier auf der Couch«, wechselte er geschickt das Thema.

Als allgemeiner Protest ausbrach, hob er gebieterisch die Hand. Keiner von ihnen war damit einverstanden, dass ihr Gastgeber auf dem Sofa nächtigen musste. Doch Sean war derjenige, der hier das Sagen hatte und so mussten sie sich fügen. Noa sah, wie müde Sean war und auch die anderen schienen wie erschlagen.

»Keine Diskussion. Das ist ein Befehl. Und jetzt holt eure Sachen rein, dann kochen wir.« Er hielt Alec noch kurz zurück. »Ich werde dir nachher noch das Sicherheitssystem zeigen und erklären.«

Die Männer traten ab und Sean führte sie am Ellbogen die kunstvoll mit Schnitzereien verzierte Treppe hoch.

Noa ertappte sich dabei, wie sie seine Berührungen mehr und mehr genoss. Sie schienen alle Schmerzen, die sie in den letzten Jahren ertragen musste, zu lindern.

Er machte vor einer Tür Halt, doch bevor er sie öffnete, sah er sie an.

»Es ist nicht groß, dafür aber gemütlich.«

Warum hatte sie das Gefühl, er würde sich bei ihr entschuldigen? Er musste ihr doch keine Rechenschaft ablegen.

»Da bin ich absolut von überzeugt.« Wieso hatte sie jetzt das Bedürfnis, ihn zu beruhigen?

Sean nickte und öffnete schließlich die Tür. Er schob sie hinein, blieb aber selbst im Türrahmen stehen.

Noa sah sich um. Das Zimmer war ein Traum aus Holz. Auch hier waren die Wände im Großen und Ganzen naturbelassen. Ein großes Fenster sorgte für genügend Tageslicht und die schweren, bordeauxroten Nachtvorhänge schufen Wärme. Das Doppelbett war aus massivem Holz und das Kopfstück war wiederum mit Schnitzereien geschmückt. Die weichen Kissen und die weiße Bettwäsche luden zum Hineinkuscheln ein. Links und rechts standen Nachtkästchen und dem Bett gegenüber eine hohe Kommode. Alles wirkte massiv und Noa konnte kaum glauben, dass er das alles selbst gemacht hatte.

»Es ist wunderschön.« Sie wagte nicht, sich umzudrehen und ihn anzusehen, denn sie hatte plötzlich Tränen in den Augen. Der Mann haute sie um. Er war unglaublich facettenreich. Der kühle Soldat und Killer. Der warme, beherzte Beschützer. Der feurige Rächer und der kreative Handwerker. Sie hatte Angst, diesen Gedanken weiterzuspinnen. Denn dann hätte sie sich eingestehen müssen, dass er bereits ihr Herz gestohlen hatte. Das durfte nicht sein. Nicht jetzt. Sie war kaputt und, auch wenn die Chancen gering waren, dass er sie ebenfalls auf diese Art mochte, würde sie ihn früher oder später verletzen. Das war etwas, das sie sich nie würde verzeihen können und wer konnte schon sagen, außer Sean selbst, welche Dämonen unter seiner Fassade lauerten?

»Ich bin froh, dass es dir gefällt.« Sie zuckte zusammen, denn plötzlich stand er dicht hinter ihr. Sie hatte nicht gehört, wie er ins Zimmer gekommen war. Er schien ihren Schrecken bemerkt zu haben und legte ihr beruhigend die Hände auf die Schultern.

»Mach es dir bequem. Wenn du etwas brauchst, ruf mich einfach. Ich komm dich holen, sobald das Essen fertig ist.«

Sie wollte widersprechen, doch der Kuss, den er ihr unerwartet auf den Scheitel drückte, verschlug ihr den Atem. Dann trat er viel zu abrupt von ihr weg und als sie sich umdrehte, war er verschwunden und die Tür geschlossen.

Oh Mann, sie steckte in Schwierigkeiten, und die hatten nichts mit Gomez, Thorpe oder Stanton zu tun.

Nach dem Abendessen hatte sie sich gleich wieder zurückgezogen, denn sie war immer noch nicht ganz auf der Höhe und sie hatte die Männer auch nicht stören wollen. Sie wurde das Gefühl nicht los, ein Eindringling zu sein und auch deswegen hatte sie sich ins Bett geflüchtet.

Ein Albtraum riss sie aus ihrem Schlaf und noch während sie um Ruhe kämpfte, fesselte ein Geräusch aus dem unteren Stockwerk ihre Aufmerksamkeit. Sie lauschte angestrengt und hörte es wieder. Es klang, als hätte jemand Schmerzen. Sie stand leise auf und zog die Trainingshose und ein Tank Top an. Dann trat sie leise auf die Galerie und schaute ins Wohnzimmer hinunter.

Der Raum war sanft vom Feuer des Kamins beleuchtet. Sie sah Sean auf dem Sofa liegen. Die Decke war von seinem Oberkörper gerutscht und entblößte seine nackte Brust. Sein Gesicht war angespannt und seine Atmung ging stoßweise. Sein Anblick beunruhigte sie. Irgendetwas stimmte nicht mit ihm.

Als Sean wieder einen Schmerzenslaut von sich gab, löste sie sich vom Geländer und stieg besorgt die Treppe hinab.

Zunächst hatte sie das Gefühl, dass sie seine Privatsphäre verletzte, wenn sie ihn in seinem Schlaf störte. Doch es schien ihm nicht gut zu gehen und sie wollte sehen, ob sie ihm helfen konnte.

Sie ging leise zu ihm hin und kniete sich auf den Boden. Seine Stirn und seine muskulöse Brust waren nass von Schweiß. Seine Hände hatte er zu so festen Fäusten geballt, dass die Knöchel weiß hervortraten.

Sie entdeckte mehrere Narben, die seine Brust, Arme und den Bauch bedeckten. Dennoch war er so schön und unwiderstehlich, wie es Noa noch nie erlebt hatte. Nun konnte sie auch endlich erkennen, dass das Tattoo, das er am linken Oberarm trug, einen chinesischen Drachen darstellte.

»Ian!«, rief er im Schlaf und warf sich unruhig hin und her.

Sie musste ihn aus seinem Traum holen, denn sie ertrug es nicht, ihn so leiden zu sehen. Deshalb legte sie ihm die Hand an die Wange.

»Wach auf, Sean.«

Er riss die Augen auf und sie wusste augenblicklich, dass sie einen fatalen Fehler gemacht hatte.

•

Sie wurden von allen Seiten angegriffen. Die Rebellen waren zahlenmäßig überlegen und Sean und seine Männer konnten nur versuchen, am Leben zu bleiben, bis die Verstärkung kam, die Alec angefordert hatte.

Sein Bein tat nicht einmal mehr weh, was für ihn ein Zeichen war, dass er nicht mehr lange hatte. Auch die immer wiederkehrende Schwärze vor seinen Augen bewies, dass der Blutverlust langsam zum Problem wurde. Doch er musste durchhalten, denn er hatte das Kommando und es war seine Pflicht, die Jungs lebend aus dieser Hölle herauszuführen. Irgendwie.

Die verdammten Bastarde hatten sich auf den umliegenden Hügeln verschanzt und Sean hatte kaum Chancen, zu entkommen. Plötzlich hörte er den erlösenden Klang von Rotorblättern. Als die Helikopter in der Nähe waren und ihnen Feuerschutz gaben, half ihm Danny auf die Beine.

»Beweg deinen Arsch! Wir müssen zum Hubschrauber.«

Einer nach dem anderen folgte ihm, doch als er sich umdrehte, sah er, wie Ian durch mehrere Kugeln getroffen wurde und zusammenbrach. Sean rief seinen Namen und er wollte zu ihm hin, doch die Hand an seiner Wange hielt ihn zurück …

Sean riss die Augen auf, packte mit einer Hand die Finger, die ihn unerlaubt berührt hatten und verdrehte das dazugehörige Handgelenk. Gleichzeitig griff er nach dem Messer, das er immer unter seinem Kissen hatte und hielt es dem Eindringling an die Kehle. Er wusste weder wo er war, noch wer vor ihm kniete. Alles lag noch im Nebel des Traums, der ihn mal wieder heimgesucht hatte. Erst als er ein Keuchen hörte und jemand *»Ich bin es, Sean.«* sagte, wachte er aus seinem traumartigen Zustand auf.

Er bemerkte voller Entsetzten, dass er Noa das Messer an den Hals drückte.

»Oh, shit!« Er ließ sie sofort los und brachte sich auf Abstand. »Es tut mir leid. Habe ich dich verletzt?« Sean sah, wie sie sich das Handgelenk rieb, dort, wo er, deutlich zu erkennen, seine Fingerabdrücke hinterlassen hatte.

»Nein, mach dir keine Sorgen«, sagte sie gefasst. Tatsächlich erkannte er weder Angst noch Wut in ihren Augen, lediglich Sorge.

»Was willst du hier? Fehlt dir etwas?« Hatte sie ihn aufgesucht, weil es ihr nicht gut ging? Er wollte sich nicht ausmalen, was vorhin alles hätte schiefgehen können. Mein Gott, er hätte sie beinahe umgebracht. Viel hatte nicht gefehlt.

»Nein, ich konnte nicht schlafen und dabei habe ich dich gehört.« Sie klang besorgt und wirkte etwas unsicher, als wäre es ihr peinlich, ihn in seinem Albtraum gesehen zu haben. Dabei müsste es eher ihm unangenehm sein, dass er seine Schwäche so deutlich zur Schau gestellt hatte.

»Ich brauche etwas zu trinken. Willst du auch was?« Er stand auf und ging mit steifen Beinen in die offene Küche. Er hörte ihre leisen Schritte hinter sich und war froh, dass sie nicht die Flucht vor ihm ergriffen hatte.

»Ein Glas Wasser wäre toll.« Sie stand nun so nahe neben ihm, dass er die Wärme ihres Körpers spüren konnte. Er bekam einen eigenartigen Druck auf der Brust und er musste den Drang, sie in die Arme zu nehmen, unterdrücken. Es wäre etwas anderes gewesen, wenn sie beide vollständig bekleidet gewesen wären. Doch so, er halb nackt und sie nur mit Tank Top und Trainingshose, bekam dieses Unterfangen eine ganz andere Dimension.

Um wieder festen Boden unter den Füßen zu bekommen, konzentrierte er sich ganz auf seine Aufgabe, ihr ein Glas Wasser einzufüllen.

»Wir sind schon ein seltsames Duo«, flüsterte sie und lächelte, als er ihr das Glas in die Hand gab.

»Wie kommst du denn darauf? Wir sind doch vollkommen normal.« Er zwinkerte ihr zu und genoss das Strahlen in ihren grünen Augen. Er wollte sie berühren, die Weichheit ihrer Haut spüren.

»Ja klar. Ich habe immer gedacht, dass normal langweilig ist.« Ihr Blick wanderte über seine Brust. Er spürte ihn beinahe physisch.

Sie taxierte ihn und er wurde sich jeder gottverdammten Narbe bewusst, die er über seinen Körper verteilt trug. Aus einem ihm unerfindlichen Grund wünschte er sich plötzlich, unversehrt zu sein, obwohl er sich vorher nie Gedanken über sein Aussehen gemacht hatte.

»Hast du dein posttraumatisches Stresssyndrom mal behandeln lassen?« Ihre Frage hatte die Wirkung einer kalten Dusche und eines Bades in Eiswasser gleichzeitig.

»Mein was?«

»Du hast mich schon verstanden. Ich will dir nicht zu nahetreten, aber ich denke, dass es dir helfen könnte, mit einer Fachperson über deine Albträume zu sprechen.«

Sie stand entspannt vor ihm, nicht ahnend, dass sie gerade in ein Killerwespennest gestochen hatte. Sie meinte es bestimmt nur gut, doch dieses Thema war tabu in seiner Gegenwart. Seine Jungs wussten das.

»Hör zu, ich find's nicht so prickelnd, dass du mir gegenüber einen auf Nervenklempner machst. Ich weiß, wo mein Problem liegt und ich hab's im Griff, 'kay.« Oh, dieser wissende Blick, mit dem sie ihn bedachte, trieb ihn an seine Grenzen. Worauf hatte er sich bloß eingelassen, als er den edlen Ritter rausgehängt hatte und diese Frau retten musste? Ausgerechnet eine Psychotante.

»Lass uns wieder schlafen gehen«, schlug er vor, um diesem Gespräch auszuweichen. Bisher war er nie vor einer Konfrontation geflohen. Doch hier in seiner Küche mit Noa, so nahe, sprang sein Fluchtreflex an. Sie ging ihm zu tief und brachte seine Schutzmauern ins Wanken.

Sie nickte, bewegte sich jedoch nicht. Er bekam urplötzlich ein schlechtes Gewissen und gab endlich dem Drang nach, sie zu berühren. Sie war so schön und sie hatte das zweifelhafte Talent, seine beste, aber auch seine schlechteste Seite aus ihm hervorzuholen.

Er hob eine Hand und legte sie seitlich an Noas Hals. Ihre Haut war weich wie Samt und verlockend warm. Sie neigte ihren Kopf zur Seite und genoss sichtlich seine Berührung. Unter seinen Fingern konnte er ihren Puls fühlen, der schneller als normal gegen die Haut trommelte.

»Ja, lass uns versuchen, etwas zu schlafen«, flüsterte sie mit geschlossenen Augen.

Sein Blick fiel auf ihre Lippen. Voll und rot und, das hätte er schwören können, erwartungsvoll leicht geöffnet. Aber wahrscheinlich interpretierte er wieder einmal zu viel in diese Situation hinein. Er ließ sie los und fühlte sich sofort abgenabelt von ihr und dem Rest der ganzen Welt. Es war, als würden ihn Noas Gegenwart und ihre Wärme erden und in der Wirklichkeit verankern.

Sie senkte den Kopf und drehte sich um. Sie gingen schweigend zurück ins Wohnzimmer. Vor dem Kamin blieb sie stehen und sah ihn an. Das Feuer, das in ihren Augen loderte, war heller und heißer als das, das gerade in der Feuerstelle brannte.

Das erste Mal in seinem Leben wusste Sean nicht, was er tun sollte. Sonst war ihm immer klar, was der nächste logische Schritt war. Es gab kaum ein Zögern, denn das konnte im schlimmsten Fall den Tod bedeuten.

In diesem Augenblick wünschte er sich zurück ins Kriegsgebiet, da wusste er wenigstens, was ihm bevorstand. Jetzt aber, hier in seinem eigenen Blockhaus, hatte er das Gefühl, in einem Minenfeld zu stehen und er hatte keine Ahnung, in welche Richtung er den nächsten, sicheren Schritt wagen sollte. Er wollte Noa. So sehr, dass es schmerzte. Doch er wollte sie auch nicht bedrängen.

Noa sah ihn immer noch an, schüttelte dann aber resigniert den Kopf und wandte sich ab, um die Treppe hoch zu gehen.

Seine Hand griff ohne sein Zutun nach ihrem Oberarm, drehte sie herum und zog sie ruckartig an seine Brust. Seine Lippen legten sich auf ihre und der letzte halbwegs klare Gedanke, den er fassen konnte, war: *Was mache ich hier?*

Ihre Hände legten sich auf seinen nackten Rücken. Die warmen Spuren, die ihre Finger auf seiner Haut hinterließen, leiteten sein magmaheißes Blut direkt in seinen Schwanz und er presste sie an sich, als wollte er sie verschlingen.

Seine Hände glitten unter ihr Oberteil und ertasteten seidige, glühende Haut.

Noa löste sich stöhnend von ihm und er befürchtete schon, dass er zu weit gegangen war. Zum Teufel, er fühlte sich so unsicher wie eine männliche Jungfrau. Fehlte nur noch, dass ihm ein Frühschuss abging. Noas Blick beruhigte ihn jedoch sofort wieder. Er war warm, liebevoll und voller Verlangen. Sie nahm seine Hand und führte ihn die Treppe hoch. Als er sie fragend ansah, lächelte sie geheimnisvoll.

»Wir wollen doch nicht gestört werden, oder?« Genau, wenigstens hatte sie noch zwei funktionierende Gehirnzellen als Reserve auf der Seite behalten.

Er lachte, hob sie auf seine Arme und genoss es, wie sie ihr Gesicht an seinem Hals vergrub.

•

Es ging ein Ruck durch Seans Körper, als er die Tür zum Schlafzimmer aufstieß und sie hineintrug. Noa hatte ihr Gesicht an seinem Hals vergraben und sein Duft durchflutete sie. Er roch nach Mann, dunkel, herb und sauber.

Nachdem das Klicken des zufallenden Türschlosses erklungen war, stellte er sie an der Seite des Bettes ab und er verschlang sie mit seinen Augen. Überall, wo sein Blick hinfiel, hatte sie das Gefühl, zu brennen.

Sein Körper strahlte eine versengende Hitze aus, die sie gleichzeitig zu heilen schien. Sie wollte ihn spüren, riechen, schmecken. Nein, sie wollte nicht, sie musste. Sie brauchte ihn.

Ihre Hand legte sich auf seinen Oberkörper, direkt auf seinen Solarplexus. Ein Schauer glitt über seine Haut, den sie deutlich unter ihren Fingern spürte. Sie fuhr die Narben sanft nach und betrachtete seinen Brustkorb, der sich durch die beschleunigte Atmung rasch hob und senkte.

Überall, wo sie ihn berührte, bildete sich Gänsehaut und das kleine Mädchen in ihr triumphierte. Sie legte ihre Lippen auf die zahlreichen verheilten Verletzungen und küsste jede einzelne von ihnen. Denn jede gehörte zu ihm.

Seine Hände glitten über ihren Hals, ihre Schultern und weiter auf ihren Rücken. Seine Finger fanden den Weg unter ihr Trägershirt und strichen wieder sanft nach oben. Langsam streifte er ihr das Oberteil über den Kopf und ihr stockte dabei der Atem.

»Du bist wunderschön«, sagte er leise. Dann fiel er vor ihr auf die Knie und liebkoste ihren Bauch mit seinem Mund. Die Bartstoppeln kratzen sie leicht, doch das schürte ihr Feuer nur noch mehr.

Sie krallte sich an seine Schultern, denn durch seine Zuwendung wurden ihre Knie weich. Sie staunte insgeheim, dass trotz der harten Muskeln seine Haut so weich und geschmeidig war.

Er schob seine Hände in ihre Trainingshose und zog sie ihr aus. Er erhob sich umständlich, da er sein rechtes Bein nicht voll belastete.

»Seit ich dich das erste Mal gesehen habe, habe ich dich gewollt. Du warst immer in meinem Kopf und hast mich nicht mehr losgelassen.« Während er sprach, fuhr er mit seinen Fingern durch ihre Haare und Noa wünschte sich, dass er nie wieder damit aufhörte. Es verlangte sie nach seiner Berührung. Auch wenn sie ihn kaum kannte, so hatte sie doch das Gefühl, in ihm eine verwandte Seele gefunden zu haben.

Sie stellte sich auf die Zehenspitzen, um ihn zu küssen und er kam ihr auf halbem Weg entgegen. Ihre Zungen fanden sich zu einem leidenschaftlichen Tanz. Noas Hände bewegten sich zu seinen Shorts, zogen sie hinunter und befreiten sein männlichstes Stück. Sie umschloss ihn mit ihren Fingern an der Wurzel und entlockte Sean ein leises Stöhnen, das sich in ihren Mund ergoss.

Er bettete sie rücklings auf die weiche Matratze und legte sich halb auf sie. Sein glühender Blick ließ ihr Blut schneller durch die Adern fließen. Seine Hände schienen überall zu sein, doch die Finger, die über ihren Venushügel zu ihrer Perle der Lust schlichen, fesselten ihre Aufmerksamkeit in gleichem Maße wie sein Mund, der an ihrer Brustwarze saugte und seine Zähne, die sie gleichzeitig neckten.

Sie wusste nicht, welchem Teil ihres Körpers sie ihre Konzentration schenken sollte. Alles war Sean. Jede Empfindung, jeder Atemzug, jedes Frösteln und jedes Vibrieren. Er war omnipräsent und es war das Schönste, was sie je erlebt hatte. Er kümmerte sich um sie. Darum, dass es ihr gut ging und sie den totalen Genuss empfand. Noch nie hatte ein Mann derart auf sie Rücksicht genommen. Noch nie hatte sie bei einem Mann an erster Stelle gestanden.

Sein Mund wanderte hinab, dem Pfad seiner Finger folgend. Sie stöhnte laut auf, als sie seine Zunge das erste Mal spürte, wie sie sanft über ihre Schamlippen leckte und um ihre Klitoris kreiste.

Ihr Becken hob sich ihm automatisch entgegen. Jede Bewegung seiner Zunge sandte Wellen von Hitze in alle Enden ihres Körpers. Jedes Saugen nahm ihr für einen Moment den Atem.

Er wurde fordernder, drückte sie mit einem Arm auf die Matratze. Sie zitterte am ganzen Leib vor Lust. Sie wollte mehr und brauchte mehr. Die feinen Muskeln ihres Unterleibs zogen sich immer wieder zusammen in Erwartung der Erlösung.

In der hintersten Ecke ihres Verstandes wisperte eine peinlich berührte Stimme, dass sie still sein sollte, da noch andere im Haus waren. Doch dieses leise Flüstern verstummte abrupt, als er nebst seiner Zunge zwei seiner Finger zu Hilfe nahm und sie mit beiden gleichzeitig nahm.

»Du schmeckst wie himmlischer Nektar«, brummte er an ihrer empfindlichsten Stelle. Noa konnte nicht anders als sich ihm völlig hinzugeben, sich fallen zu lassen und in einem gewaltigen Orgasmus zu ertrinken.

Noch während die Wogen des Höhepunkts durch sie hindurch rasten, spürte sie seine Spitze an ihrem Eingang. Doch sie hatte andere Pläne und zog sich lächelnd von ihm zurück.

»Nicht so schnell, Captain.« Er sah sie überrascht an. Sie kam auf die Knie und legte ihre Hand um seinen harten Schaft. Er beobachtete sie dabei gebannt und sie bemerkte, wie er kurz die Luft anhielt. Sie nahm ihn zwischen ihre Lippen und ließ ihre Zunge um die samtige Eichel kreisen. Dann nahm sie ihn tief in sich auf und genoss seinen Geschmack. Während sie sich zurückzog, verwöhnte sie seine Hoden, indem sie sie sanft massierte.

Zufrieden sah sie, wie er entspannt den Kopf in den Nacken legte und zärtlich über ihre Haare strich.

Wie du mir, so ich dir.

•

Sean glaubte sich im Himmel. Die Frau, die vor ihm kniete, war einfach das Beste, was ihm je begegnet war. Noch nie hatte er so gefühlt wie in diesem Augenblick. Ja, es war geil, was hier geschah, dennoch ging es viel tiefer. Er fühlte sich angekommen, geborgen und warm bis in seine Seele. Sollte ein harter Kerl wie er überhaupt so denken und empfinden? Er spürte tief in seinem Inneren, dass dies hier keine flüchtige Bekanntschaft war, wie er sie seit Jahren gepflegt hatte.

Noas heißer, süßer Mund hielt ihn gefangen und er wunderte sich über das Vertrauen, das er ihr instinktiv entgegenbrachte. Er war normalerweise notorisch misstrauisch. Aber jetzt verbot er sich alle zweifelnden Gedanken. Er beobachtete Noas Rücken, wie er sich bewegte, während sie sich liebevoll um ihn kümmerte. Dieser Anblick genügte schon, um ihn an die Grenze des Höhepunkts zu treiben. Als sich seine Eier zusammenzogen, schob er Noa sanft von sich.

»Nicht so schnell, Baby. Ich will diesen Moment noch etwas länger genießen.« Er griff mit einer Hand nach seinem Schwanz, drückte ihn unterhalb der Eichel zusammen, um den Orgasmus etwas hinauszuzögern.

Er beugte sich zu ihr hinunter und küsste sie innig. Er schmeckte Noa und sich selbst und fand, dass er diesen Cocktail noch viel öfter auf seiner Zunge haben wollte. Noa ließ sich wieder aufs Bett drängen und auf den Rücken legen. Er war dominant in solchen Dingen und war froh, dass sich Noa so bereitwillig fügte. Was nicht selbstverständlich war, wenn man bedachte, was sie durchgemacht hatte. Dieser Vertrauensbeweis erregte ihn noch mehr.

Er richtete sich zwischen ihren schlanken Beinen auf und spreizte ihre Oberschenkel weit. Dieser Anblick verschlug ihm den Atem und der Drang, diese Frau zu besitzen und zu kennzeichnen, war übermächtig.

»Eine Schönheit, wie du eine bist, kann nur eine Göttin sein.« Was faselte er für einen Quatsch?

Sie lächelte lasziv und räkelte sich verführerisch. »Dann nimm mich jetzt. Oder willst du eine Göttin unnötig warten lassen?«

Mist, jetzt hatte sie gerade das Zepter übernommen und das, was ihn dabei am meisten verstörte, war, dass es ihn nur noch mehr in Fahrt brachte. Er wollte und konnte keine Zeit mehr vergeuden. Er musste sie komplett in Besitz nehmen. Kein anderer Mann sollte sie mehr auf die Art anfassen, wie er es in dieser Nacht tat. Sie war sein.

Sean beugte sich über sie, stützte sich auf seinen Unterarm und während er von ihrem herrlichen Mund kostete, drang er langsam mit einem einzigen Stoß in sie ein.

Sie stöhnte leise auf. Er bewegte sich träge und genoss die Enge, die ihr Körper ihm bot. Ihre Muskeln umfassten ihn, hielten ihn fest und wärmten ihn.

Er ließ sich fallen. Das erste Mal seit … überhaupt. Er labte sich an ihren Berührungen, schwelgte in ihren Küssen und den Liebkosungen ihrer Zunge.

Während er bemerkte, wie sich ihr Unterleib zusammenzog, konzentrierte er sich auf ihr Gesicht. Sie in ihrer Ekstase mitzuerleben, war das Überwältigendste, was er je gesehen hatte. Die sonst so verschlossene, vorsichtige Noa wirkte befreit und gelöst. Dieser Anblick gab ihm einen Hormonschub. Er kam mit der Wucht einer Panzerfaust, sah buchstäblich Sterne, als sein Schwanz explodierte und dabei seine Eier und das untere Ende seiner Wirbelsäule mitriss. So etwas hatte er noch nie zuvor erlebt.

Als er sich mit warmem Herzen und angenehm müde neben ihr niederließ und sie in seine Arme nahm, wusste er, dass er in ziemlichen Schwierigkeiten steckte. Er hatte sein Herz verloren. Sie hatte seinen Permafrost zum Schmelzen gebracht.

Er stellte sich selbst die Frage, ob er überhaupt für eine Beziehung bereit sein wollte. Während ein Teil in ihm laut »Ja!« rief, hatte eine andere, nicht unwesentliche Seite große Bedenken. Er war eine Figur der Schatten. Tauchte auf, erledigte Aufträge, die niemand anderer machen konnte oder wollte, und verschwand dann wieder. Er würde Noa in Gefahr bringen, wenn er mit ihr zusammen war. Ach, was machte er sich vor? Sie stand bereits auf Thorpes Abschussliste. Nun konnte er wenigstens dafür sorgen, dass ihr nichts passierte.

•

Noa lag wach in den Armen dieses einnehmenden Mannes. Er hatte sie bis tief in ihre Seele erschüttert. Obwohl er einschüchternd wirken konnte, so hatte er sich ihr gegenüber sanft und zärtlich gezeigt. Noch nie war ihr ein Mensch begegnet, der facettenreicher war als Sean Patrick.

Ihre Hand lag auf seiner Brust, während er tief schlief. Sein Gesicht wirkte entspannt und dennoch fühlte sie knapp unter der Oberfläche seine geballte Kraft. Sie musste instinktiv an einen Berglöwen denken. Sie musste über das nachdenken, was ihr die Männer von den Experimenten erzählt hatten, die man mit ihnen gemacht hatte. Fremd-DNS. Welche Auswirkungen das wohl auf Sean gehabt hatte? Es fiel ihr immer noch schwer, die ganze Geschichte wirklich zu glauben.

An ihrem nackten Bein spürte sie die große Narbe, die seinen rechten Oberschenkel von der Hüfte bis zum Knie überzog. Wie hatte er das überleben können? Irgendwann würde sie ihn fragen, was passiert war, doch nun war noch nicht der richtige Zeitpunkt. Sie hatte unten in der Küche sofort bemerkt, dass das Thema heikel bei ihm ankam. Sie war jetzt einfach froh, dass er für ein paar Stunden einen ruhigen Schlaf hatte.

Als ihr Arm langsam taub wurde, drehte sie sich vorsichtig auf die andere Seite, um ihn nicht zu wecken. Er folgte ihrer Bewegung jedoch unbewusst und schmiegte sich an ihren Rücken. Seinen schweren Arm legte er besitzergreifend um sie. Diese Reaktion entlockte ihr ein Lächeln, obwohl sie sie in Anbetracht ihrer Vergangenheit eigentlich ängstigen sollte.

Irgendwann musste sie ebenfalls eingeschlafen sein, denn als es an der Tür klopfte, war sie noch zu schlaftrunken, um adäquat reagieren zu können. Sie fühlte, wie sie zugedeckt wurde. Gleich darauf hörte sie gedämpfte Stimmen und das Rascheln von Stoff. Sean drückte ihr einen Kuss auf die Schulter und stand danach auf. Das schloss sie zumindest aus den Bewegungen, die die Matratze machte.

»Bleib liegen, Prinzessin. Ich komme dich nachher holen.«

Sie drehte sich um und hörte nicht einmal mehr, wie die Tür geschlossen wurde. Es war schon lange her, dass sie so etwas wie einen sorgenlosen Schlaf gehabt hatte.

•

Sean schob die Reste von Schlaf resolut aus seinem Verstand. In der hintersten Ecke seines Gehirns schwelgte er noch in der Erinnerung an Noa und die Zeit, die sie gerade miteinander verbracht hatten. Sie hatten sich in dieser Nacht mehrmals geliebt und es hatte sich angefühlt, als habe sie seine wunde Seele geheilt. Noa hatte sich Sorgen gemacht, weil sie keine Kondome benutzten. Im gleichen Atemzug hatte sie ihm aber versichert, dass sie *sauber* sei. Gomez habe sie und die anderen Mädchen alle zwölf Wochen zum Untersuch geschleppt, denn er hatte darauf geachtet, dass sein Stall clean blieb. Bei diesen Arztbesuchen hatte er ihnen immer die Dreimonatsspritze verpassen lassen. Was für ein Tyrann.

Gomez hatte Freier, die ohne Pariser die Dienste der Mädchen in Anspruch nehmen wollten, hochkant rauswerfen lassen. Das Arschloch hatte das jedoch nicht getan, um den Mädchen zu helfen, sondern um seinem Geschäft nicht zu schaden. Grund genug für Sean, dem Typen so bald als möglich einen Besuch abzustatten und ihm die Mündung seiner Waffe gegen seine Eier zu halten. Sean hatte sich sowieso keine Gedanken um HIV, Hepatitis oder dergleichen gemacht. Durch seine Genetik hatten bei ihm Krankheitserreger keine Chance. Früher hatte er immer gedacht, dass er die Gesundheit eines Pferdes hatte. Doch seit ein paar Tagen wusste er ganz genau, warum er nicht ein Mal in seinem bisherigen Leben auch nur eine Grippe oder einen Schnupfen gehabt hatte.

Sean war in Noas Armen eingeschlafen. Traumlos und erholsam wie schon lange nicht mehr. Es grenzte schon fast an ein Wunder.

Als es an der Tür klopfte und Chris ohne Erlaubnis eintrat, wäre er ihm am liebsten an die Kehle gesprungen. Nur der besorgte Ausdruck in Chris' Gesicht hatte ihn auf den Boden zurückgeholt.

»Der Alarm wurde ausgelöst«, sagte Chris leise. Sean sah hoch in die Ecke und entdeckte tatsächlich, dass das kleine LED-Lämpchen blinkte. Gleichzeitig hörte er den hochfrequenten Warnton.

Sie alle hatten ein außergewöhnlich gutes Gehör. Er musste völlig weggetreten gewesen sein, dass er es nicht gehört hatte.

Sean vergewisserte sich, dass Noa anständig zugedeckt war, schnappte sich seine Kleidung und verließ gemeinsam mit seinem Kumpel das Zimmer. Er würde Noa mit allem beschützen, was er hatte. Sie sollte so wenig wie möglich mit der Brutalität seines Lebens in Kontakt kommen.

Sie eilten die Treppe hinunter. Danny und Alec waren im Wohnzimmer und Sean sah, dass sie bereits das gesamte Waffenarsenal auf dem Salontisch ausgebreitet hatten. Auch wenn dieses eher mager war.

»Rapport«, brummte Sean und griff sich seine HK USP und kontrollierte das Magazin. Dann bestückte er seinen Waffengurt und seine Weste mit Reservemagazinen und widmete sich danach seiner Lady, der Barrett M82. Auch wenn er sie immer einsatzbereit hielt, gehörte sie zu kontrollieren zu seinem Ritual, bevor er in einen Kampf zog.

»Vor fünf Minuten ging der Alarm los. Jemand muss einen der Bewegungssensoren östlich von hier ausgelöst haben. Ich habe mich gleich darauf in den Satelliten gehackt und Infrarotaufnahmen dieses Quadranten heruntergezogen. Es bewegen sich drei Subjekte auf uns zu. Im Westen habe ich noch eine Wärmespur ausfindig gemacht. Doch die ist solitär. Wahrscheinlich ein Jäger oder Pilzsammler.«

Sean sah Alec an. Er zweifelte nicht an dessen Fähigkeiten und das beruhigte ihn in gewisser Weise. »Wie groß sind die Chancen, dass es sich bei den drei nicht auch um Jäger, Sammler oder Wanderer handelt?« Er schulterte seine Lady und spürte, wie das Adrenalin in Erwartung des Kampfes durch seine Adern strömte und seine Sinne scharf stellte.

»Das war auf den Bildern nicht zu erkennen. Aber wenn ich auf mein Bauchgefühl höre, weiß ich, dass es schon Jäger sind. Aber solche, deren Beute zweibeinig ist und aufrecht geht.«

»*MIB*s«, brummte Danny.

»Okay. Danny, du hockst dich in die Bäume im Osten. Chris, du verkriechst dich in die Büsche. Alec, du sicherst das Haus und ich geh aufs Dach.« Ohne eine weitere Silbe zu vergeuden, bezogen sie ihre Posten. In solchen Situationen funktionierten sie als Kollektiv und Sean war stolz auf seine Männer. Wie immer kurz vor einem Einsatz dachte er an Ian. Der Verlust war einfach zu groß, als dass man ihn hätte vergessen können.

Er machte es sich auf der Westseite des Kamins so bequem wie möglich. Er würde niemanden in die Nähe des Hauses lassen, der hier nichts verloren hatte. Es ging ihm nicht um diesen Kasten, sondern um den besonderen Schatz, den er genau in diesem Moment beherbergte. Eingemummelt in seine Decke und hoffentlich tief schlafend.

Er fühlte drei Energiesignaturen auf sich zukommen, die ihm unbekannt waren. Sein innerer Radar fühlte andere Menschen im Umkreis von hundert Metern, wenn er sich darauf konzentrierte. Der Normalo würde es wohl Aura nennen, für ihn jedoch war es nicht mehr oder weniger als ein elektromagnetisches Feld, das jedes atmende Wesen umgab und so einzigartig war wie ein Fingerabdruck.

Er erspürte Danny und Chris, denn ihr Feld kannte er wie das Gesicht, das ihm jeden Morgen aus dem Spiegel entgegenblickte. Er blickte durch das Zielfernrohr und peilte die Richtung an, in der er das Energiefeld spürte, das am nächsten war. Bevor er jedoch abdrücken konnte, wurde er von einem starken Kribbeln in seinem Nacken und der Magengegend überrumpelt. Es fühlte sich an, als bewegten sich Millionen von Ameisen in und auf ihm. Gefahr drohte aus unerwarteter Richtung. Er legte sich flach auf das Dach und sah sich um. Irgendwo hinter ihm in den Bäumen saß ein Gegner, den Sean nicht lokalisieren konnte. Warum konnte er den Kerl nicht aufspüren? War es möglich, dass es ein Lebewesen gab, das sein elektromagnetisches Feld verbergen konnte? Sie mussten unbedingt herausfinden, wer ihnen auf den Fersen war und wie sie so schnell gefunden worden waren. Waren sie am Ende bereits seit Miami beschattet worden? Trotz aller Vorsicht wäre das durchaus denkbar.

Er blickte durch das Zielfernrohr, doch durch die dichte Vegetation war das eher hinderlich, als dass es ihm von Nutzen war, da dadurch sein Sichtfeld stark eingeschränkt wurde. Ein leises Klicken war in der Ferne zu hören und nur einen Wimpernschlag später hinterließ ein Projektil eine brennende Spur an seiner linken Schulter. Mist, hier auf dem Dach war er ziemlich ausgestellt. Doch das ließ sich jetzt nicht ändern.

Er konzentrierte sich auf die Richtung, aus der der gedämpfte Schuss gekommen war, und versuchte es noch einmal mit dem Zielfernrohr. Irgendwann musste sich dieser Baumfrosch ja bewegen. Sean ließ seinen Sinnen freien Lauf, doch er nahm nichts wahr außer seinen Freunden und den drei anderen Eindringlingen. Verdammt, wie war das möglich?

Er hörte wieder dieses Klicken und gleichzeitig sah er eine kleine, kaum wahrnehmbare Bewegung. Er kontrollierte seine Atmung und drückte mit ruhiger Hand ab. Im selben Moment, als die Kugel den Lauf verließ, fühlte er einen Schlag an seinem rechten Oberarm. Dieses Mal hatte der Schweinepriester getroffen. So viel zum Thema, das alles vor Noa zu verbergen.

Er ließ sich jedoch nicht ablenken, ließ seinen Gegner nicht aus den Augen. Er beobachtete mit grimmiger Zufriedenheit, wie ein Schatten plump zu Boden fiel und sich danach nichts mehr bewegte. Als er sichergehen konnte, dass aus dieser Richtung kein Angriff mehr zu erwarten war, wandte er sich wieder um und lenkte seine Aufmerksamkeit den drei anderen zu.

Inzwischen hatten Chris und Danny jedoch diese Gefahr ausgeschaltet. Zwei hatten sie eliminiert und den dritten im Bunde hatten sie lebend im Schlepptau.

Sean stieg umständlich mit nur einem brauchbaren Arm von Dach. Seine Lady hatte er wieder geschultert.

»Danny, hol Alec und verscharrt die Toten. Dahinten im Gestrüpp liegt auch noch einer. Chris, du hilfst mir bei der Plauderstunde mit unserem Besucher hier.« Danny nickte und ging davon, um Alec zu holen.

»Komm, schaffen wir den Kerl in die Scheune.« Chris packte den Mann auf Seans Befehl hin am Kragen und schleifte ihn zum Anbau.

»Du solltest erst deinen Arm versorgen, Boss. Du saust alles voll«, schlug Chris vor, ohne den Gefangenen aus den Augen zu lassen.

»Das muss warten. Die Kugel steckt noch drin und ich hab jetzt keine Geduld, das Ding heraus zu puhlen.«

Chris wagte es doch wirklich, die Augen zu verdrehen. Entweder war Chris mutig oder er hegte einen tiefen Todeswunsch.

»Du bist eine Pussy, Boss. Gib's doch zu, dir graut es doch nur vor den Schmerzen«, spöttelte er mit einem breiten Grinsen. Okay, er war definitiv lebensmüde.

»Dir zeige ich gleich, wer hier die Pussy ist«, entgegnete Sean, während er einen Streifen von seinem Shirt abriss, um damit die Wunde notdürftig zu verbinden.

Inzwischen war der *MIB* an den Stuhl gefesselt und starrte Sean störrisch an. Den Kopf hatte er kahlgeschoren und er trug Tarnkleidung. Sein elektromagnetisches Feld flackerte um ihn herum und verriet seine Nervosität, die er hinter einer Fassade aus Coolness zu verbergen versuchte.

»So, mein Freund. Nun werden wir uns ein wenig unterhalten.« Sean schnappte sich eine leere Holzkiste und setzte sich dem Gefangenen gegenüber. »Wie habt ihr uns gefunden? Dass euch Thorpe geschickt hat, ist klar. Aber, dass ihr uns so schnell auf die Pelle gerückt seid, überrascht mich.« Als Sean keine Antwort bekam, nickte er Chris zu, der dem Typen einen Faustschlag mitten ins Gesicht versetzte. Seine Halswirbelsäule gab knackende Laute von sich, als der Kopf durch die Wucht des Schlags nach hinten flog. Oder waren es seine Zähne gewesen?

Der Mann hob wieder den Kopf und blickte Sean entschlossen an. »Von mir erfahrt ihr nichts.« Dann hörte Sean etwas knirschen. Er sprang nach vorn und wollte die Pläne seines Gefangenen durchkreuzen, wohl wissend, dass es bereits zu spät war.

Der Gefesselte zuckte in einigen Spasmen und sank danach bewusstlos zusammen. Sean wusste genau, was jetzt kam. In ein paar Minuten würde der Kerl mausetot sein, weil sein Herz dem Zyankali nichts mehr entgegensetzen konnte, das er durch das Zerbeißen einer Kapsel zu sich genommen hatte.

»Verdammte Scheiße! « Wieso hatte er das nicht kommen sehen? Sean ließ seiner Wut freien Lauf und zertrümmerte die Kiste, auf der er eben gesessen hatte. Die Schusswunde schrie auf und der Riss vom Streifschuss brannte heftig. Doch das war ihm egal. Er spürte sie de facto gleich darauf kaum mehr. Alles, was ihm durch den Verstand ging, war, dass sein sicherer Hafen kompromittiert worden war. Sie würden sich nächstens wieder absetzen müssen. Irgendwie schmerzte ihn der Gedanke, seine Zufluchtsstätte zurücklassen zu müssen mehr als alle seine Verletzungen zusammen. Der Bau dieses Hauses hatte ihm das Leben gerettet und der Teufel persönlich würde ihn holen müssen, damit er sein Heim nicht verteidigte. Aber erst musste Noa in Sicherheit gebracht werden.

Er wandte sich abrupt um und stampfte davon. Ohne sich noch einmal umzudrehen, warf er Chris einen Befehl an den Kopf. »Durchsuch diesen Parasiten nach Sendern, Mobiltelefonen und dergleichen. Danach vergrab ihn in einem bodenlosen Loch. Danny soll, bevor er seine Gruben zuscharrt, ebenfalls nach elektronischem Müll suchen. Ich geh ins Haus und flicke mich zusammen. Danach fangen wir an, zu packen.«

Chris rief ihm noch etwas nach, doch er hörte nicht zu. Er hatte null Bock auf irgendeine Art von Konversation.

•

Noa war aufgewacht, weil etwas auf dem Dach herumgetrampelt war. Sie vermutete, dass es ein Tier gewesen war. Wobei sie sich selbst eingestehen musste, dass es wohl ein sehr großes und schweres Tier gewesen sein musste, um einen solchen Radau zu veranstalten.

Sie ging mit frischer Wäsche und ihrem Kulturbeutel ins Bad und drehte das Wasser für die Dusche auf. Zu ihrer freudigen Überraschung hatte Sean auch einen Boiler eingebaut, denn schon bald wurde das Badzimmer von warmem Wasserdampf geflutet.

Sie streifte ihre spärliche Schlafbekleidung ab und stieg in die geräumige Duschkabine. Das heiße Wasser löste ihre verkrampfte Muskulatur und die allgemeine Entspannung, die sie erfasste, ließ sie leise seufzen. Sei dachte an die vergangene Nacht und sofort ergriff sie wieder die leidenschaftliche Hitze und das Sehnen, das sie immer in Seans Gegenwart verspürte. Der Mann war einzigartig und er hatte durch seine Art Gefühle in ihr geweckt, die sie für tot gehalten hatte.

Ein Schatten, der plötzlich außerhalb der beschlagenen Glasscheibe stand, erschreckte sie beinahe zu Tode. Sie wischte sich erst das Wasser vom Gesicht und danach von der Scheibe, um erkennen zu können, wer der Spanner war.

Mitten im Raum stand Sean mit finsterem Gesicht. Er schien über alle Maßen außer sich. Doch was ihre Aufmerksamkeit fesselte, war das Blut, das seinen rechten Arm hinunterlief und bereits eine kleine Pfütze am Boden bildete.

Sie drehte schleunigst das Wasser ab und griff nach einem Badetuch, das sie sich hastig um den Körper schlug.

»Was ist passiert?«, fragte sie, während sie aus der Dusche stieg und zu ihm eilte. Sean regte sich nicht, sondern starrte sie nur an, als wäre sie ein Alien.

»Sie haben uns gefunden.« Seine Stimme war heiser und für Noa ungewohnt kalt, was sie trotz der feuchten Hitze im Bad frösteln ließ.

»Setz dich hin und lass mich deine Wunden versorgen.« Er war vernünftig genug, sich von ihr lenken zu lassen. Er setzte sich auf den geschlossenen Toilettendeckel und ließ sich von Noa aus dem T-Shirt helfen.

»Da in der Schublade findest du alles, was du brauchst«, sagte er mit leiser Stimme. Hatte er Schmerzen oder war er müde, oder nur frustriert? Noa konnte es nicht sagen, sie kannte ihn noch nicht gut genug.

Sie ging zum Schränkchen, auf das er gezeigt hatte, und zog die oberste Lade auf. Tatsächlich fand sie Verbandsmaterial und diverse chirurgische Instrumente, die sie das Gruseln lehrten.

»Bring bitte Kompressen, Verband, Nadel und Faden, Skalpell, Pinzette und Desinfektionsmittel mit.« Wieso klang Sean so sachlich und gefasst, während ihr gerade der Angstschweiß ausbrach? Die Antwort war ernüchternd und klar: Er war schon oft verletzt worden und wusste, wie er sich selbst wieder zusammenflicken musste. Ein Schaudern lief ihr über den Rücken.

Mit zittrigen Händen griff sie sich die Sachen, die er wollte, und brachte sie ihm.

Bevor irgendetwas passierte, legte er ihr die Hand in den Nacken und fixierte sie mit seinem Blick.

»Es ist nicht schlimm, vertrau mir. Ich war schon übler dran.« Das glaubte sie ihm sofort und aufs Wort. Die Sicherheit in seiner Stimme, der entschlossene Blick und die Hitze seiner Berührung. Alles verankerte sie in der Realität und ließ sie funktionieren.

»Pack schon mal das Skalpell aus«, befahl er, ganz der Soldat und Anführer.

Während sie das kleine chirurgische Messer aus seiner sterilen Verpackung befreite, entfernte er die notdürftige Wundversorgung und schmiss diese in den Mülleimer neben der Toilette. Dann desinfizierte er das Gebiet um die Eintrittswunde großzügig.

»Gib mir jetzt die Klinge.« Sie drückte ihm das Skalpell in die Hand und beobachtete ihn, wie er die Schneide ansetzte. Sie sah, wie seine Hand leicht zitterte und es war zu befürchten, dass er sich noch mehr Schaden zufügte.

»Lass mich das machen.« Sie nahm ihm das Skalpell wieder ab. Was dachte sie sich eigentlich? Sie hatte doch keinen Schimmer davon, was zu tun war. »Sag mir, was ich machen muss, bitte.«

Er widersprach ihr nicht und legte ihr stattdessen den linken Arm um die Taille. Er schien sich zu wappnen für das, was kam.

»Mach einen Schnitt parallel zum Einschuss. Am Wundrand entlang.« Seine gepressten Worte zeigten ihr, dass er aus Erfahrung wusste, dass es ihm Schmerzen bereiten würde.

Sie lehnte sich leicht an ihn und suchte ihrerseits Halt. Noa befahl ihrer Hand, ruhig zu bleiben und versuchte, ihre Atmung unter Kontrolle zu halten. Sie fokussierte sich und setzte die Klinge auf seine Haut.

»Noch etwas näher an die Wunde heran. Der Schnitt soll nur die Eintrittsöffnung etwas breiter machen, damit du nachher ohne Probleme mit der Pinzette die Kugel herausziehen kannst.« Seine Stimme war liebevoll und geduldig und seine Hand, die noch immer auf ihr lag, streichelte sie sanft.

Sie machte alles, wie er sie angewiesen hatte. Als das Blut wieder stärker zu fließen begann, nahm sie eine der Kompressen und wischte die Wunde sauber, um bessere Sicht zu haben.

»Geht's dir so weit gut?« Sie musste sich einfach vergewissern, dass er ihr nicht noch vom Stängel kippte. Doch als sie ihm in die Augen blickte, erkannte sie eine Stärke und ein Durchhaltevermögen, das fast unheimlich war.

»So ein Kratzer haut mich nicht um«, antwortete er mit einem schiefen Lächeln. Sofort dachte sie an die schreckliche Narbe, die über seinen Oberschenkel verlief. Sie konnte sich nicht mehr zurückhalten und küsste ihn. Der Kuss war weder sanft noch keusch. Er schmeckte nach Leidenschaft und Verlangen und Sean erwiderte ihn in gleichem Maße. Seine Hand schob sich unter ihr Badetuch und glitt zwischen ihre Beine, wo er ihr heißes, weiches Fleisch massierte.

Gerade als sich ihr ein Stöhnen entwand, ging er schwer atmend auf Abstand zu ihr.

»Wir sollten wohl besser erst den Job mit meinem Arm erledigen.«

Sie seufzte leicht frustriert. Aber er hatte recht. Noa griff automatisch nach der Pinzette und sah ihn fragend an.

»Jetzt musst du versuchen, mit der Pinzette die Kugel herauszuholen. Tu mir einfach den Gefallen, nicht allzu viele Versuche zu starten, Süße. So etwas ist echt kein Spaziergang. Am liebsten wäre es mir, wenn es gleich beim ersten Mal klappen würde.«

Noa spürte, wie ihr das Blut aus dem Gesicht wich. Sie sah sich die Pinzette noch einmal an. Die Spitze war glatt, weshalb die Möglichkeit bestand, dass sie abrutschte. Sie fasste den Entschluss, dieses Ding auf keinen Fall zu benutzen. Sie nahm stattdessen das Desinfektionsmittel und sprühte damit ihre Hände gründlich ein. Dann legte sie zwei Finger an die Wundränder, um sie leicht auseinander zu ziehen. Mit Zeigefinger und Daumen der anderen Hand griff sie vorsichtig in die die Eintrittswunde und tastete nach dem Projektil.

Seans Atmung beschleunigte sich ein wenig, doch er ließ alles stoisch über sich ergehen. Es dauerte nicht lange und Noa fand die Kugel, die tief in Seans Muskulatur steckte. Der Oberarmknochen hatte einen glatten Durchschuss verhindert. Es grenzte an ein Wunder, dass der Knochen nicht zersplittert worden war.

Noa verstärkte den Griff um das glitschige Objekt und zog es langsam aus der Wunde. Sie hob die Hand und betrachtete die konische Kugel, die wie ihre Finger auch blutverschmiert war. Sie hätte, an einer anderen Stelle eingedrungen, Seans Tod bedeuten können. Bei dem Gedanken wurde ihr mulmig zumute und sie warf die Kugel ins Waschbecken.

So, jetzt die Wunde nähen und die Verletzung weiter oben, an seiner Schulter, auch noch verbinden, dann war ihr Sean schon fast wieder der alte. *Ihr* Sean?

Als sie Nadel und Faden zur Hand nahm, schüttelte Sean lächelnd den Kopf und griff nach den Utensilien in ihren Fingern.

»Lass mal. Ich mach das schon. Ich habe da etwas mehr Erfahrung als du.« Ohne zu zögern und mit immenser Erleichterung überließ sie ihm die Dinge und ging zum Waschbecken, um sich die Hände zu waschen. Als sie sich wieder zu ihm umdrehte, sah sie, dass er sich schon fast fertig zugeflickt hatte. Sie machte das weitere Verbandsmaterial bereit, damit sie ihm nachher die Pflaster anbringen konnte.

•

Noa war nicht umgekippt und hatte ihm wie ein Profi geholfen. Sean waren beinahe die Augen aus den Höhlen gesprungen, als sie ihre Finger in die Wunde geschoben und die Kugel heraus gepuhlt hatte. Mist, wenn sie noch mehr solcher Aktionen vom Stapel ließ, verliebte er sich Hals über Kopf in sie. Was machte er sich hier eigentlich vor? Er war ihr bereits mit Leib und Seele verfallen.

Mit sanften Fingern verband sie seinen Arm und die Schulter. Der hochkonzentrierte Blick machte sie unwiderstehlich, weshalb sich seine Hand auf ihrem engelsgleichen Körper auf Wanderschaft machte. Seine Finger fanden ihr feuchtwarmes Ziel zwischen Noas Beinen. Mit gewisser Genugtuung bemerkte er, dass sie ihre Beine weiter machte und ihre Lippen sich leicht öffneten.

»Wie ich sehe, hält sich dein Blutverlust in Grenzen«, neckte sie ihn leise keuchend und nickte dabei in Richtung seines Schoßes, wo sich seine Latte deutlich bemerkbar machte.

Er zupfte am Badetuch, das sie immer noch um sich gewickelt hatte und sorgte dafür, dass es zu Boden fiel. Ihr Anblick verschlug ihm fast den Atem und sein vollaufgerichteter Schwanz drückte schmerzhaft gegen die Knopfleiste seiner Jeans. Sean nahm ihre Hand und legte sie auf die Beule in seinem Schritt. »Alles voll funktionstüchtig.«

Als sie so über ihn gebeugt dastand, konnte er ihren einladend harten Knospen nicht widerstehen, nahm eine davon zwischen die Zähne und knabberte daran.

Die Laute, die sie von sich gab, spornten ihn noch mehr an. Er musste sie schmecken und fühlen. Am besten gleich jetzt. Er rutschte vom Klodeckel herunter und kniete sich vor sie hin. Dann vergrub er sein Gesicht zwischen ihren Beinen und fühlte sich in den Himmel katapultiert. Seine Zunge leckte über die weiche Haut ihrer Schamlippen und er labte sich an ihrem Nektar. Sie schmeckte nach süßer Verführung und er konnte sich keinen schöneren Ort vorstellen, an dem er jetzt sein könnte. Er saugte an ihrer empfindlichen Perle und drang mit seinen Fingern in ihre samtige Höhle ein.

Noa stützte sich inzwischen schwer auf ihn und er spürte, wie sich ihre feinen Muskeln um seine Finger herum zusammenzogen. Er hielt abrupt inne und erntete prompt ein empörtes Schnauben.

»Nicht so schnell, Baby. Mein Haus, meine Regeln. Ich möchte dich gebührend dafür belohnen, dass du mich so gut versorgt hast.« Er stand auf und knöpfte langsam unter ihrem feurigen Blick seine Hose auf.

Ihre Hände glitten in den offenen Bund und umschlossen besitzergreifend seinen Penis. Fast wäre er durch diese unerwartete Berührung explodiert. Doch mit etwas Ablenkung in Form ihrer Lippen auf seinen konnte er sich im Zaum halten.

Er streifte schnell seine Kleidung ab, hob Noa hoch und ignorierte die Schmerzen, die durch seinen rechten Arm in die Brust schossen. Sean ging mit seiner wertvollen Fracht zur Wand und lehnte sie dagegen.

Sean küsste sie hart und war froh, dass sie den Kuss auf gleiche Art erwiderte. Ihre Zunge focht mit seiner einen leidenschaftlichen Ringkampf. Noas um seine Hüften geschlungenen Beine brachten ihn in genau die richtige Position und er stieß erbarmungslos zu. Noa schrie durch die Erregung heiser auf und vergrub ihr Gesicht an seinem Hals.

Als sie ihm ihre Zähne in die Haut schlug, die sein Schlüsselbein bedeckte, gab es für ihn kein Halten mehr. Es machte ihn so an, dass er sie härter nahm als ursprünglich beabsichtigt. Er ermahnte sich selbst in Gedanken, vorsichtiger mit ihr umzugehen. Doch die Worte, die sie ihm ins Ohr stöhnte, ließen die kritische Stimme in seinem Kopf verstummen.

»Ja, gib mir mehr. Ich will alles.«

Seine Oberschenkel brannten, sein Herz schlug ihm bis zum Schädeldach und sein Schwanz war so hart, dass es an Schmerz grenzte. Dennoch glaubte er sich im Paradies. Er wollte nichts anderes mehr.

»Sean, ich komme.«

Scheiße! Gab es noch was Heißeres als diese Frau? Nein, niemals. »Dann schau mich an. Ich will dir dabei in die Augen sehen.« Sie lehnte ihren Kopf gegen die Wand und er ließ sich ins Grün ihrer Iriden fallen. Gleich darauf fühlte er, wie sich ihr Leib um ihn herum impulsmäßig zusammenzog und er konnte sich nicht mehr zurückhalten. Er ergoss sich in mehreren Kontraktionen in sie und hielt sich in dem Moment für den glücklichsten Scheißkerl des Universums.

»Du bist echt der Hammer, Sweetheart«, sagte er, als sich seine Lungen wieder daran erinnerten, wie man atmete. Dann fuhr er sanft mit seinen Lippen über ihre und labte sich an ihrem Aroma und ihrer Wärme. Ihre langen Beine lagen noch immer um seine Taille und er hätte seine letzte Waffe dafür gegeben, für immer in dieser Umklammerung zu bleiben.

»Sean?« Alec stand vor der Tür. Aus der Traum vom Apfelbaum. Das Leben war eben kein Wunschkonzert.

»Was?«, rief er genervt zurück.

»Wir haben die Handys und weitere Elektronik sichergestellt und Chris und Danny vergraben gerade die Leichen. Ich würde gern mit dir die Mobiltelefone prüfen, damit wir sehen, ob wir hier weiterhin sicher sind oder ob wir verschwinden müssen.« Wozu brauchte Alec seine Hilfe? Schließlich war er das Genie der Truppe. Es klang nach einem Vorwand. Irgendetwas schien Alec zu beunruhigen.

»Ich bin gleich bei dir. Fang schon mal an.« Sean vergrub sein Gesicht in Noas langer, dunkler Mähne und wünschte sich kurz ein anderes Leben. Ein Leben ohne Waffen, Gewalt und Gefahr.

»Verstanden«, brummte Alec und Sean hörte, wie er wegging.

Schweren Herzens stellte er Noa auf ihre Füße, ließ sie aber nicht los, bevor er sie nicht noch einmal ausgiebig geküsst hatte. »Sorry, aber anscheinend ruft die Pflicht.«

Sie lächelte und legte ihm die Hand auf die Wange. »Das ist in Ordnung. Geh, du wirst gebraucht. Ich mache inzwischen für alle etwas zu essen.«

»Du bist ein Engel.« Er fragte sich, wie er nach allem, was er in der Vergangenheit getan hatte, Noa verdient hatte.

»Und beim Essen wirst du mir erzählen, was passiert ist und wer uns gefunden hat. Ich muss euch schließlich auch noch ein oder zwei Sachen berichten.« Sie küsste ihn danach flüchtig und begann, sich anzuziehen.

Er nickte und griff selbst nach der Jeans, stellte jedoch fest, dass seine Kleidung schmutzig und/oder kaputt war. Noa hatte inzwischen das Bad verlassen und er sprang ganz kurz unter die Brause.

Frisch geduscht und angezogen trat er Alec im Wohnzimmer entgegen. Dieser stand mit vor der Brust verschränkten Armen da und besah ihn kritisch.

»Wo können wir ungestört reden?« Welche Riesenkröte war dem denn über die Leber gehoppelt? Sean wusste nicht, ob er nun genervt oder beunruhigt sein sollte.

»Nimm deinen Computer und die Handys und dann gehen wir in die Scheune.« Alec nickte, holte seine Sachen und folgte Sean hinaus.

Als er sich vergewissert hatte, dass das Scheunentor gut verschlossen war, nahm er Alec ins Visier.

»Also, spuck's aus!« Sean konnte nichts dafür, doch er konnte nicht anders als Alec anzufahren. Dieser schenkte ihm für seinen Tonfall eine gehobene Augenbraue.

»Nur die Ruhe, Captain. Ich frage mich nur, wie es möglich ist, dass uns die Kerle so schnell gefunden haben.« Wenn Sean für diese Tatsache doch nur eine Erklärung gehabt hätte. Er dachte an den Baumfrosch, dessen elektromagnetisches Feld er nicht hatte wahrnehmen können.

»Woher soll ich das wissen? Du bist das Genie der Truppe. Sag du es mir.« Sean erkannte, dass Alec mit etwas rang, was ihm Unbehagen bereitete.

»Hältst du es für möglich, dass sie durch Noa hierhergeführt wurden?«

Wie kam Alec auf diesen Bullshit? So etwas würde Noa nie tun. Sie war selbst den Arschlöchern zum Opfer gefallen.

»Nein, Alec«, begann er bedrohlich leise, »so etwas ist gar nicht möglich. Soweit ich mich entsinne, warst du es, der ihr Smartphone außer Betrieb gesetzt hat. Also, Kumpel, erklär mir mal, wie sie einen solchen Verrat hätte begehen sollen.«

Alec lehnte sich nachdenklich an die Scheunenwand und verfiel einen Moment in Schweigen. Dann stieß er sich wieder ab und kaum auf Sean zu.

»Ich sage ja nicht, dass sie es bewusst getan hat. Aber es wäre doch denkbar, dass man ihr einen Sender untergejubelt hat. Hast du ihre persönlichen Sachen kontrolliert?« Sean spürte, wie ihm eiskalt wurde. Nein, er hatte das nicht getan. Was war nur los mit ihm? Normalerweise war er nicht so nachlässig.

»Eben«, sagte Alec schulterzuckend, der Seans Gesichtsausdruck richtig gedeutet hatte. »Ich habe bei den Toten einen Empfänger für einen Peilsender gefunden, leider wurde er beim Kampf zerstört. Also muss irgendwo eine Wanze sein. Ich werde den anderen sagen, dass sie ihren Kram mal in Augenschein nehmen sollen. Und nun zu den Handys. Es handelt sich um Cryptophones. Das ist also eine Sackgasse. Eine gute Nachricht gibt es jedoch. Von keinem der Mobiltelefone wurde innerhalb der letzten sechsunddreißig Stunden telefoniert oder eine SMS verschickt. Somit sind wir vorläufig sicher hier. Vorausgesetzt, Noa De Wit verpfeift uns nicht. Ob wissentlich oder nicht.«

Verdammt, Alec hatte recht und Sean hatte es nie mehr gehasst, wenn dieser Army-Nerd richtig lag, als jetzt. Wie sollte er das Noa beibringen? Wie würde sie auf diesen Misstrauensbeweis reagieren?

»Ich habe keine Möglichkeit, eine Wanze aufzuspüren. Wir werden nicht darum herumkommen, ihre Sachen ganz genau zu checken.«

»Ich werde mit ihr sprechen. Kümmere du dich um deinen Technikkram. Vielleicht findest du noch etwas über die Kerle heraus. Übrigens, den Schützen im Baum konnte ich nicht fühlen. Er war unsichtbar für mich. Könnte es sein, dass uns Genfreaks wie wir es sind verfolgen? Bei den *MIB*s waren wir nicht sicher. Einzig Chris' Aussage, sie wären schnell gewesen, schürte die Vermutung.«

Alec fuhr sich durch die Haare und Sean entdeckte Spannungsfältchen um dessen Mund und Augen, die früher nicht dagewesen waren. Ihm schien das Ganze zuzusetzen und Sean konnte es ihm nicht verübeln.

»Ich habe die geklauten Daten noch weiter studiert«, begann er und machte eine Miene, als hätte er Zahnschmerzen. »Nach uns wurden noch an weiteren Generationen Genexperimente durchgeführt, bevor sie die Vorgehensweise geändert haben. Zwei davon wurden bald eliminiert. Eine jedoch schien in gewissem Maße von Erfolg gekrönt zu sein. Diese Männer müssten nun auch erwachsen sein. Ich glaube, dass Thorpes Leute dieser Generation entstammen. Anders als bei uns wurde bei diesen Kindern, respektive bei deren Eltern, ein IQ-Test durchgeführt. Dabei wurden sie auf Eigeninitiative, Erfindungsgeist und Intelligenz getestet. Fielen die Eltern bei zwei der drei Tests durch, kamen sie als Eltern der Retortenbabys infrage. Thorpe und Co. wollen Soldaten mit übermäßigen physischen Kräften, die jedoch keinen eigenen Willen besitzen und keinen Befehl infrage stellen. Ein hohlköpfiger Soldat.«

Sean lief es wie so oft, wenn er etwas über diese Experimente hörte oder darüber sprechen musste, kalt den Rücken hinunter. Sie mussten alles daransetzen, diesem Tun ein Ende zu bereiten. Irgendwann würde es sonst zu einer Katastrophe kommen.

Alec nickte. »Da ist noch etwas. Ich bin über diverse Einträge einer Firma namens HMN gestolpert. Bei denen werde ich mal einen Blick hinter die Kulissen werden.«

»Wir sind uns einig, dass wir diesen Scheiß stoppen müssen«, begann Sean heiser, »aber erst müssen wir Noa unter die Lupe nehmen. Vielleicht hat sie uns wirklich verraten.« Diese Worte laut auszusprechen, war wie ein Tritt in die Familienjuwelen.

Es klopfte an der Tür und Noas Stimme drang zu ihnen ins Innere der Scheune.

»Ich habe das Essen fertig.« Dann hörte er, wie sie sich wieder entfernte. Das war das Signal, dass diese Besprechung beendet war.

Als Alec und er das Blockhaus betraten, war es erfüllt von herrlichem Duft nach Rührei, Pfannkuchen und gebratenem Speck. Daran konnte sich ein hungriges Männerherz gewöhnen. Chris und Danny kamen vom oberen Stockwerk, frisch geduscht. Anscheinend hatten sie alle Spuren des unerwünschten Besuchs beseitigt.

Auf dem Tisch in der Küche standen fünf Gedecke und in der Mitte eine große Bratpfanne und eine Platte mit Pfannkuchen. Von Noa fehlte jedoch jede Spur. Sean bedeutete seinen drei Jungs, schon mal mit dem Essen anzufangen. »Lasst uns aber noch was übrig. Das ist ein Befehl.«

Chris grinste ihn an und nickte, während er seinen Teller vollud. Sean stieg mit einem schlechten Gefühl in der Magengegend die Treppe hoch.

Vertrauen ist gut, Kontrolle ist besser

Noa war schlecht und daran waren keine Drogen und keine schlechten Lebensmittel schuld. Sie hatte sich ins Schlafzimmer abgesetzt, nachdem sie den Schluss des Gesprächs zwischen Sean und Alec mitgehört hatte. Sie hatte nicht lauschen wollen.

Es schmerzte sie mehr, als dass es sie erstaunte, dass Sean sie für eine Verräterin hielt. Als ob sie für diese Hurensöhne Thorpe und Stanton spionieren würde. Der Gedanke machte sie wütend.

Was sollte sie denn jetzt nur tun? Sie saß hier fest, in der Wildnis, mit vier ihr unbekannten Männern und war ihnen auf Gedeih und Verderb ausgeliefert. Sie fühlte sich, als hätte sie ihr Sklavendasein für eine andere Gefangenschaft eingetauscht. Wieder hatte sie sich auf einen fremden Kerl eingelassen, sich von ihm vögeln lassen und die Hoffnung gelebt. Was war denn nur los mit ihr? Musste sie denn unbedingt an einer ausgeprägten Art des Stockholmsyndroms leiden? Sie war verloren, so viel stand klipp und klar fest.

Sie saß auf dem Bett, in dem Sean und sie sich die halbe Nacht geliebt hatten, und es wurde ihr mit einem Mal unangenehm. Wie von einer Tarantel gebissen sprang sie auf und ging zum Fenster. Das Grün der Bäume und der anderen Gewächse hätte sie unter anderen Umständen beruhigt. Doch jetzt wollte sich das Gefühl nicht einstellen. Ein leichter Anfall von Klaustrophobie packte sie und schnürte ihr die Kehle zu.

Nicht das erste Mal wünschte sie sich, sie könnte die Zeit zurückdrehen. Hätte sie doch nur auf ihre Eltern gehört. Doch auch ihr damaliges Leben war nichts anderes als ein Käfig gewesen. Ein goldener Käfig. Es hatte ihr an nichts gefehlt, dennoch hatte sie sich nach Freiheit gesehnt.

Die Holzdielen des Fußbodens knackten, als jemand das Zimmer betrat. Sie musste sich nicht umdrehen, um zu wissen, dass es Sean war, der langsam auf sie zukam. Sein angenehm männlicher Duft hüllte sie ein und schien sie versöhnlich stimmen zu wollen, vergebens allerdings.

Er trat hinter sie und legte ihr sanft die Hände auf die Schultern. Sie konnte sich nicht an seiner Berührung erfreuen, zu sehr schmerzte der Stachel seines Misstrauens in ihrem Herzen.

»Was ist los, Baby?« Seine Stimme war frei von Argwohn, was sie etwas verunsicherte.

»Ich wollte nur meine Ruhe haben und musste nachdenken.« Sie schüttelte ihn ab und trat von ihm weg. Sie sah im Augenwinkel, wie er zögernd die Hände sinken ließ.

»Ist etwas nicht in Ordnung? Rede mit mir, nur so kann ich etwas tun, was dir vielleicht hilft.« Wie konnte er sich derart unwissend geben? Aber er wusste ja nicht, dass sie ihn gehört hatte.

»Warum wirfst du mich nicht gleich auf die Straße? Du vertraust mir nicht, also habe ich hier nichts verloren. Ihr denkt eh, dass ich mit dem Feind kollaboriere.«

»Du hast uns gehört«, begann er, fuhr sich über das Gesicht und sah dabei ehrlich betroffen aus. »Hör mir zu, Noa. Wir müssen jedem noch so kleinen Verdacht nachgehen. Nur so haben wir all die Jahre überlebt. Es ist auffällig, dass wir hier so schnell aufgespürt worden sind. Das hat grundsätzlich nichts mit dir zu tun. Aber du bist im Team der einzige unsichere Faktor. Du musst versuchen, das zu verstehen.«

Sie musste überhaupt nichts. »Weißt du, mich schmerzt die Tatsache, dass du mich für gut genug hältst, mich zu ficken, mir aber so wenig vertraust, dass du Alecs Mist Glauben schenkst.« Das Brennen in ihrer Kehle zwang sie hart zu schlucken. *Nur keine Schwäche zeigen, Mädchen.* Diese Worte hatten sie in den letzten Jahren begleitet und dafür gesorgt, dass sie überlebte.

»Noa«, begann er zerknirscht, »das eine hat mit dem anderen nichts zu tun. Du kannst doch nicht glauben, dass das, was wir hatten, für mich nichts wert ist.«

Sie verschränkte ihre Arme vor der Brust, denn sie hatte das Verlangen nach Schutz und der Schmerz hinter ihrem Brustbein drohte, sie zu zerreißen.

»Sean, ich bin eine Hure. Ich bin es gewohnt, benutzt und missbraucht zu werden. Der Unterschied ist, dass man mir sonst immer reinen Wein zu meinem Status eingeschenkt hat. Die Kerle vorher haben nie einen Hehl daraus gemacht, dass ich für sie nicht mehr wert bin als der Schmutz unter ihren Schuhen. Bei dir liegt der Fall anders. Du hast mir gezeigt, dass Männer auch anders sein können, nur um mir danach einen Tritt in den Arsch zu geben. Und das ist ehrlich gesagt schlimmer als alles andere vorher.«

Er war bleich geworden, doch Noa redete sich ein, dass ihr das vollkommen egal war. Sean kam auf sie zu und sie wich Schritt für Schritt zurück … bis sie mit dem Rücken gegen die Wand stieß. Sean blieb erst stehen, als sie sich an der Brust berührten. Seine gold-braunen Augen blickten sie traurig an, doch im Hintergrund erkannte sie ein Feuer, das heißer zu lodern schien als die Sonne selbst. Er stütze sich mit den Händen links und rechts von ihr ab und hielt sie mit seinem Körper gefangen.

»Du bist etwas Besonderes, meine Schöne. Die Stunden mit dir waren fantastisch und ich habe noch nicht genug davon. Aber ich muss für die Sicherheit meiner Jungs und auch für deine sorgen. Akzeptier das. Deshalb schlage ich vor, dass du dir deinen Ärger und den verletzten Stolz sonst wohin schiebst und mir später bei der

Kontrolle deiner Sachen hilfst.« Seine Nähe, seine Wärme und sein Duft lullten sie ein. Das dunkle Timbre seiner Stimme brachte ihr Inneres zum Schwingen und verwandelte ihr Blut in glühende Lava. Südlich ihres Nabels sammelte sich Sehnsucht und Verlangen und sie musste sich zusammenreißen, dass sie sich nicht an ihm rieb. Ihr Herz, ihr Verstand und ihr allzu williger Körper lieferten sich eine epische Schlacht über die Kontrolle. Der Körper gewann …

»Wann später?« Verdammt, sie klang wie eine rollige Katze. Dabei war sie doch wütend auf diesen Mistkerl.

Er vergrub sein Gesicht an ihrer Halsbeuge und knabberte neckend an ihr. Sie presste sich gegen die Wand, damit sie ihm nicht zu viel Bestätigung lieferte.

»Ich dachte, nach dem Frühstück, das du so liebevoll zubereitet hast. Dann werde ich zunächst die Kleider, die du am Körper trägst, überprüfen.« Er hielt inne und drückte seine steinharte Erektion gegen ihren Bauch. Noa konnte nicht anders, als leise aufzustöhnen. Sie hatten es vor einer Stunde erst getan und jetzt waren sie wieder genauso erregt wie vorher.

»Danach werde ich dich einer gründlichen Leibesvisitation unterziehen. Und wenn ich gründlich sage, meine ich das genau so.«

Oh, heilige Hölle! Wie konnte sie wütend auf Sean sein, wenn allein seine Worte sie hochgehen ließen wie eine Feuerwerksrakete in der Silvesternacht?

»Du machst es mir nicht einfach, mich über dich zu ärgern, wenn du mir auf diese Weise drohst.« Sie klang selbst für ihre Ohren atemlos. Sean jedoch lachte dunkel.

»Oh Baby, glaub mir, meine Drohungen sind immer ernst zu nehmen. Das ist ein Versprechen.« Dann ließ er sie frei und hielt ihr die Hand entgegen. »Und jetzt lass uns erst einmal essen, sonst ist wegen der anderen Raubtiere da unten nichts mehr für uns übrig.«

Seine Anziehungskraft ließ ihr keine Chance und sie legte ihre Hand in seine. Dieser Kontakt brachte ihre aufgebrachte Seele wieder ins Lot und sie atmete unwillkürlich erleichtert auf.

Als sie die untere Etage betraten, hoben die anderen ihre Köpfe. Noa reckte sofort das Kinn, um Selbstsicherheit auszustrahlen, obwohl ihr gerade ganz elend zumute war. Sie wollte sich nicht zwischen diese Männer und Sean drängen, denn die innige Verbindung dieser Gruppe war deutlich spürbar und wahrscheinlich auch überlebensnotwendig.

»Hey, Mädchen!«, rief ihr Chris entgegen und sie zuckte zusammen. Sie widerstand dem Drang, sich hinter Sean zu verstecken. »Vielen Dank für das Essen. Das waren die besten Rühreier und Pfannkuchen, die ich je gegessen habe. An so was könnte ich mich gewöhnen. Falls du diesen Wink mit dem Zaunpfahl verstehst.« Er schickte dieser Aussage noch ein Augenzwinkern hinterher.

»Das lässt sich vielleicht einrichten.« Sie fühlte sich so unsicher wie ein Kind am ersten Schultag. Sean führte sie zum Tisch und rückte ihr den Stuhl zurecht.

Sie beobachtete die Runde und versuchte einzuschätzen, wie die Männer zu ihrer Anwesenheit standen. Alec sah sie, trotz seiner Worte, offen an. Wahrscheinlich war dieser Verdacht ihr gegenüber tatsächlich nicht persönlich gemeint gewesen, sondern lediglich eine Vorsichtsmaßnahme.

Dann wandte sie sich zu Chris und Danny um. Sie saßen nebeneinander und berührten sich an den Schultern. Es war offensichtlich, dass sie es bewusst vermieden, sich anzuschauen. Vielleicht bemerkte nur sie diese Tatsache, aber zwischen den beiden ging mehr vor, als dass es nur innige Freundschaft oder gar Familienbande sein konnte.

»Ich habe mit Noa gesprochen, Alec«, riss Sean sie aus ihren Gedanken. »Sie wird kooperieren.« Alec nickte schweigend und Noa lief es kalt den Rücken hinunter. Zum jetzigen Zeitpunkt war sie geduldet, doch was war, wenn Sean tatsächlich etwas in ihren Sachen finden würde, das da nicht hingehörte? Klar wusste Noa, dass sie nichts zu verbergen hatte. Doch sie konnte keine Garantie darüber abgeben, dass man ihr nicht etwas untergeschoben hatte. Sie war mehrere Tage gefangen gehalten worden und nicht Herr über ihre Sinne gewesen. Somit lag alles im Bereich des Möglichen.

Um sich selbst und die anderen abzulenken, plapperte sie einfach darauf los.

»Also, wer ist Ian?« Sie erinnerte sich, dass Sean in der letzten Nacht im Schlaf diesen Namen gerufen hatte, als sie ihn auf der Couch vorgefunden hatte. War das wirklich erst letzte Nacht gewesen? Es schien ihr viel länger her zu sein.

Die vier Männer hielten die Luft an und erstarrten. Mist, in welches Wespennest hatte sie nun wieder gestochen?

»Wie kommst du auf diesen Namen?«, brummte Alec misstrauisch.

Noa drehte sich hilfesuchend zu Sean um, der sie ebenfalls mit schmalen Augen ansah.

»Du hast den Namen letzte Nacht im Schlaf gerufen. Hier auf der Couch, während deines Albtraums.«

Sean ballte seine Hände zu Fäusten und ein Schatten glitt über sein Gesicht. *Na toll, Noa, geh nur weiterhin mit dem Vorschlaghammer vor. Auf diese Weise gewinnst du niemals das Vertrauen dieser Männer.*

»Ach, vergesst einfach, dass ich gefragt habe«, versuchte sie, die Wogen zu glätten.

Sean bewegte sich als erster wieder und räusperte sich. Daraufhin entspannten sich die anderen ebenfalls. Nur Noa wurde das ungute Gefühl nicht los. »Mach dir keine Gedanken. Es handelt sich einfach um ein empfindliches Thema.«

»Es tut mir leid. Wenn ich das gewusst hätte, hätte ich die Frage natürlich nicht gestellt.«

Sean lehnte sich mit den Ellbogen auf den Tisch und atmete ein paar Mal tief ein und aus. »Ian war einer von uns. Wir sind, wie du bereits weißt, alle zusammen aufgewachsen. Alle mit der gleichen Vorgeschichte. Das verbindet, wie du dir sicher vorstellen kannst.

Ian war der jüngste von uns, aber wir konnten immer auf ihn zählen. Vor ein paar Jahren waren wir in Afghanistan im Einsatz. Während wir einen Konvoi mit Hilfsgütern begleiteten, kamen wir in einen Hinterhalt der Taliban. Dabei ist Ian gefallen und ich bin auch nur knapp mit dem Leben davongekommen.« Er hielt inne und fuhr sich gedankenverloren über seinen rechten Oberschenkel. Jetzt wusste sie wenigstens, woher er die üble Narbe hatte.

»Wir konnten seine Leiche nicht bergen, da unsere Feinde das ganze Gebiet überrannt und nur verbrannte Erde zurückgelassen haben«, erklärte Danny weiter. Danach verfielen alle wieder in schützendes Schweigen.

Noa fühlte sich einerseits schlecht, weil sie diese Wunde ungewollt aufgerissen hatte. Aber andererseits empfand sie es als Auszeichnung, dass ihr Sean und Danny die Geschichte erzählt hatten.

Chris stand auf und streckte sich. »Weißt du was, Kleine? Du hast gekocht und Danny und ich werden abwaschen. Ist das ein Deal?« Sie starrte den Glatzköpfigen an. Chris wandte sich inzwischen an Sean.

»Warum geht ihr zwei Turteltauben nicht nach oben und sucht nach Wanzen. Wir werden euch bestimmt nicht dabei stören.« Na toll! Jetzt lief sie auch noch rot an.

Chris und Danny standen auf und fingen an, abzuräumen, Alec verkrümelte sich hinter seinen Computer und Sean ging mit ihr nach oben.

•

Sean war erleichtert, dass Noa nicht mehr sauer auf ihn war. Er hatte sich verflucht, dass er nicht gleich kapiert hatte, dass sie Fetzen des Gesprächs in der Scheune mitbekommen hatte. Er hätte adäquater auf ihre Worte reagieren können.

Ihr Vorwurf, er hätte sie nur benutzt, war schlimmer gewesen als ein Tritt in die Eier. Dabei bedeutete sie ihm bereits mehr, als er sich selbst eingestehen wollte. Er fühlte sich hilflos, wenn er sah, dass sie sich selbst als minderwertig betrachtete und es rührte ihn, wenn er daran dachte, wie sie sich um ihn gekümmert hatte, als er wie so oft wieder durch Bilder der Vergangenheit heimgesucht worden war. Dabei war sie doch selbst schwer traumatisiert. Ein schönes Duo waren sie.

Er betrat nach Noa das Schlafzimmer und sofort überspülten ihn die Erinnerungen an die gemeinsamen Stunden in diesem Raum. Unmittelbar danach breitete sich elektrisierende Lust von seinen äußersten Körperecken aus und sammelte sich unterhalb seiner Gürtellinie. Das Ganze wurde noch angefacht von Noa, die sich gerade nach ihrer Tasche bückte und ihm dadurch ihr wohlgeformtes, einladendes Hinterteil entgegenstreckte.

Sean ging zu ihr und legte seine Hände auf ihre runden Pobacken. Sie hielt abrupt in ihren Bewegungen inne, versteinerte nahezu und versetzte damit seinem Feuer einen Dämpfer. War sie immer noch verärgert, weil Alec und er offensichtlich an ihrer Ehrlichkeit gezweifelt hatten? Mist, er hatte gedacht, dass sie sich wieder etwas beruhigt hatte.

»Wenn wir jetzt unseren Gefühlen nachgeben, müssen du und Alec noch länger auf den angeblich, bewusst oder unbewusst, versteckten Sender, Wanze oder was auch immer warten.« Sie richtete sich mit der Tasche in den Händen auf und kippte den Inhalt ruckartig auf die Matratze. »Bitte sehr, tob dich aus und sag einer Unwissenden, worauf sie achten muss, wenn sie auf etwas Fremdartiges stößt.«

Der Frust in ihrer Stimme versengte sein Herz und hinterließ eine schmerzende Brandblase. Das Wissen um seine Schuld an dieser Situation ließ ihn die Zähne zusammenbeißen. Er packte sie bestimmt an den Schultern und drehte sie zu sich um. Sie hatte die Augen gesenkt. Sean sah sich gezwungen, ihr zwei Finger unter das Kinn zu legen und sie so dazu zu bewegen, ihn anzusehen. Ihre grünen Augen glänzten verräterisch, doch sie behielt die Fassung und hielt seinem prüfenden Blick stand. Er war stolz auf ihren Mut.

»Lass das, Süße. Du weißt doch, dass ich dich nicht für eine Spionin halte.« Noch bevor sie etwas einwenden konnte, verschloss er ihr den Mund mit einem Kuss. Erst verspannte sie sich, doch als er den Kuss vertiefte, kam sie ihm entgegen, öffnete sich ihm und legte ihm die Arme um die Taille.

»Lass uns erst die Kleider und die anderen Sachen anschauen«, begann sie etwas heiser, »dann haben wir nachher mehr Zeit, um die angekündigte Leibesvisitation so ausführlich wie möglich durchzuführen.«

Ach ja, richtig. Sein männlichstes Körperteil stand akut stramm, bereit und dienstbeflissen. »Gut, dann lass uns mal anfangen.« Sie nickte und griff ihm dabei in den Schritt. »Heilige Scheiße! Du machst es mir verdammt schwer, meine eigenen Befehle zu befolgen.«

»Ich weiß. Bei dir spiele ich gern mit dem Feuer.« Dann wurde sie plötzlich ernst. »Worauf muss ich achten?«

Okay, sie war jetzt auf die Aufgabe fokussiert. Wenigstens einer von ihnen. Wenn das nicht der nötige Feuerlöscher für seine in Flammen stehende Libido war. Er wandte sich wie Noa dem Haufen auf dem Bett zu.

»Such nach allem, was dir fremd vorkommt. Taste jedes Kleidungsstück sorgfältig nach Verdickungen ab, auch die Nähte und Säume. Kontrolliere jeden einzelnen Knopf genau. Wir haben leider keinen Sensor, der uns die Arbeit erleichtern könnte.«

Sie hatte verstanden. Sean hatte immer gewusst, dass sie nicht nur aus einer schönen Verpackung bestand, sondern auch intelligent war und eine schnelle Auffassungsgabe hatte. Seite an Seite und überprüften sie jeden Quadratzentimeter Textil, ihre Schuhe und Toilettensachen.

Nach einer halben Stunde packten sie alles ergebnislos wieder ein. Jetzt blieben nur noch die Kleider, die sie am Leib trug. Er warf ihr einen kurzen Blick zu. Ihr Gesicht war verschlossen und er hatte das Gefühl, dass Noa meilenweit entfernt war. »Wo bist du gerade, Prinzessin?«

Sie zuckte bei seiner Frage zusammen. »Ich habe nur gerade über etwas nachgedacht.«

Sean setzte sich neben sie. »Und worüber?«

»Du hältst mich sicher für dumm, aber wäre es möglich, dass der Sender nicht in meinen Sachen versteckt wurde, sondern in mir? Ist es denkbar, dass ich den Sender in mir trage, Sean?« Sie sah ihn mit großen Augen an. Er erkannte ihre Angst. Sie wusste, wenn sich ihre Befürchtung bestätigte und sie das Ding nicht fanden, würde sie sterben müssen, um Sean und seine Männer nicht in Gefahr zu bringen. Es wäre auch keine Option, sich von Thorpe schnappen zu lassen. Zumindest wären das Seans Gedankengänge.

Er nahm ihre Hand und zog sie nahe zu sich heran. Er wollte ihr Halt geben, doch als sie so dicht vor ihm stand, war er sich nicht sicher, ob nicht er es war, der eine Stütze brauchte.

Sean strich sanft von Noas Stirn über ihre Wange bis zu ihrem Kinn. Sie schloss dabei genüsslich die Augen und Sean wusste, dass er für sie sein Leben geben würde. Noch vor seinen Jungs.

Er fing an, sie langsam und behutsam auszuziehen. Er untersuchte jedes Kleidungsstück, bevor er sich dem nächsten zuwandte. Trotz des Ernstes der Situation hatte die Sache etwas Erotisches. Noa stand still da und er konnte es nicht lassen, jedes Körperteil, das er freilegte mit Küssen und sanften Bissen zu liebkosen. Schon bald hob und senkte sich Noas Brust in schnellen Atemzügen.

Als sie nur noch in Büstenhalter und Slip vor ihm stand, konnte er den Drang, ihren Körper mit den flachen Händen nachzufahren, nicht mehr widerstehen. Er wollte sich alles an ihr einprägen. Seine Finger glitten durch ihr glänzendes Haar und ihr herrlicher Duft nach Orangenblüten beruhigte seine aufgebrachte Seele. Wäre er in der Lage, sie zu töten, wenn es tatsächlich nötig wäre? Er kannte die Antwort und er wusste nicht, ob sie ihm gefiel. Er würde sie am Leben lassen und mit ihr fliehen.

Sean griff nach ihrem Rücken, öffnete den BH und tastete ihn ab, ohne seinen Blick von ihren grünen Augen zu lösen. Auch der Büstenhalter schien nicht verwanzt.

Er senkte seinen Blick auf ihre schönen vollen Brüste. Die rosafarbenen Knospen waren hart und aufgerichtet und lockten ihn.

•

Noas Erregung nahm mit jeder Sekunde zu. Zwischen Sean und ihr hatte sich eine knisternde Spannung aufgebaut. Auch wenn die Untersuchung ihrer Kleidung eine Notwendigkeit war, hatte Sean das Ausziehen zu einem Akt der Kunst erhoben.

Sie hatte Angst um ihr Leben. Das war zwar nicht das erste Mal, doch jetzt hatte sie viel mehr zu verlieren als ihr eigenes Dasein. Sean bedeutete ihr inzwischen viel zu viel und es erschütterte sie, wie schnell das gegangen war.

Als er mit seinem Daumen über ihre Nippel kreiste, sammelte sich Hitze und Leidenschaft zwischen ihren Beinen. Überall, wo er sie berührte, dachte sie, in Flammen zu stehen.

Sie sah ihm dabei zu, wie er seinen Kopf über eine ihrer Brüste senkte und die Brustwarze in seinen heißen Mund nahm. Seine Zunge spielte mit ihr und als er leicht hineinbiss, stöhnte sie vor Lust auf.

»Leg dich hin, Baby«, flüsterte er und sie befolgte seinen Befehl.

Eine seiner Hände glitt über ihren Bauch nach unten und tauchte in ihren Slip. Erst strich er sanft über ihre Klitoris, bevor seine Finger zwischen ihre empfindlichen Schamlippen fuhren. Dort kreisten sie quälend langsam um ihren Eingang und verteilten die entstandene Nässe. Noa bemerkte, dass Sean inzwischen stoßweise atmete. Dann drang ein Finger in sie und sie krallte ihre Hände in seine Haare.

»Sean, wir sollten erst unsere Aufgabe erledigen.« Sie brachte es nur schwer fertig, ihr letztes bisschen Verstand zusammen zu kratzen.

Tatsächlich hörte Sean auf sie. Er richtete sich auf und zog die Hand aus ihrem Slip. Aber nicht, ohne erst die Finger provozierend durch ihre feuchte Spalte zu pflügen und danach noch eine Runde um ihre Perle zu drehen.

»Du hast recht. Aber du bist so heiß und bereit, dass es schmerzt, jetzt aufzuhören.« Er hob den Finger an seinen Mund und leckte ihren Nektar genussvoll ab. »Und du schmeckst einfach perfekt.«

Bei dieser Geste zog sich Noas Unterleib verzehrend zusammen und sie hielt im Reflex die Luft an. Dann ging Sean vor ihr auf die Knie und schob wiederum seine Finger unter den Gummizug ihrer Unterhose. Langsam, als wäre es für ihn die schönste Sache der Welt, zog er sie nach unten. Wie schon vorhin, als er sie aus den anderen Kleidern geschält hatte, küsste er jedes Stückchen Haut, das freigelegt wurde und in seine Reichweite kam.

Er fuhr vorsichtig über die frische Narbe auf der linken Beckenseite. Sie hatte sich darüber gewundert, denn sie wusste nicht, wann sie sich diese Verletzung zugezogen haben sollte. Plötzlich durchfuhr es sie wie ein elektrischer Schlag und sie schob Sean von sich, der sie verwirrt ansah. Alles Feuer wurde innerhalb eines Wimpernschlags gelöscht.

»Was ist los?«, fragte er alarmiert. Noa legte im Reflex die linke Hand auf die Narbe. Sie fühlte, wie ihr der kalte Schweiß ausbrach.

»Ich glaube, ich weiß, wo sich der Sender, der Ortungschip oder wie auch immer du den Mist nennst, befindet.« Sie sah, wie er auf ihre Hand schaute, die auf der Narbe lag.

»Woher hast du diese Verletzung?« Er hörte sich heiser an und war allem Anschein nach genauso nervös wie sie selbst.

»Ich weiß es nicht. Bevor ich in Thorpes Hände geriet, hatte ich da noch nichts. Wahrscheinlich wurde mir in dieser geheimen Klinik, wo ich auch die bewusstlosen Frauen gesehen habe, etwas eingepflanzt.«

Sean machte ein finsteres Gesicht und sie bekam fast Angst. Er nahm ihre Hand weg und tastete die rötliche Linie sorgfältig, aber mit aller Vorsicht ab.

»Was für eine Klinik? Und was für Frauen?«

»Ich wurde von Gomez' Schläger unter Drogen gesetzt, um mich gefügig zu machen. Irgendwann hat mich Thorpe geweckt und ich habe versucht, zu fliehen. Ich bin durch verschiedene Gänge gerannt, auf der Suche nach einem Ausgang. Thorpe war mir auf den Fersen und da habe ich sie entdeckt. Mädchen in Krankenhausbetten. Sie waren bewusstlos und an verschiedene Apparate gehängt. Ich glaube, ich habe so eine Zuchtstation, von der ihr gesprochen habt, entdeckt.« Sean hob sie hoch und legte sie so sanft aufs Bett, als bestünde sie aus hauchdünnem Glas.

»Du hast nicht zufälligerweise eine Ahnung, wo sich diese Klinik befinden könnte?« Noa fühlte sich elend und unzulänglich. Denn Sean hatte sie, seit sie ihren Verdacht ausgesprochen hatte, nicht mehr angesehen. Nun stand es fest: Sie war definitiv die Verräterin. Alec hatte Recht behalten. Sie konnte zwar nichts dafür, aber dennoch brachte sie alle in Gefahr. Sean war zum Handeln gezwungen. Er war schließlich für die Sicherheit seiner Männer, und somit seiner Familie, verantwortlich.

»Nein. Ich weiß nur, dass es ausgesehen hat, als wäre es früher eine Schule oder ein öffentliches Krankenhaus gewesen. Leider hat mich Thorpe zu früh wieder erwischt.« Sie wollte sich aufsetzen, doch Sean hielt sie energisch zurück. Sein Blick lag noch immer auf der Narbe und zwischen seinen Augenbrauen hatte sich eine steile Falte gebildet.

»Ich habe nichts hier, um eine Anästhesie zu machen.«

War das seine Sorge? Dass sie Schmerzen haben würde? Himmel, was war, wenn er sie tötete? »Es wird mich schon nicht umbringen. Vertrau mir.«

Er sah sie zweifelnd an. Noa legte alle Entschlossenheit in ihren Blick, die sie aufbringen konnte und es schien zu funktionieren.

Sean stand hölzern auf. »Zieh dir eine Unterhose und ein T-Shirt an. Ich will nicht, dass dich die anderen nackt sehen.« Sie tat, wie befohlen, wunderte sich jedoch über Seans Besitzanspruch. Vor allem wegen ihrer Tätigkeit in den letzten Jahren und auch wegen des Ernstes der Situation. Was machte es schon aus, nackt zu sein, wenn man im Begriff war, zu sterben?

Sean ging zur Zimmertür und rief Chris, Danny und Alec herbei. Dann verschwand er auf den Gang und kam mit einer Handvoll Utensilien und Verbandsmaterial zurück. Gleichzeitig kamen die drei anderen dazu.

»Was ist los, Captain?« Alec warf dabei einen kritischen Blick in ihre Richtung, als er die Frage stellte. Sean erstattete kurz Bericht und erteilte gleich darauf seine Befehle. Er wollte sie nicht eliminieren, sondern das Ding aus ihrem Leib entfernen.

»Chris, du hältst ihren Oberkörper fest und gibst ihr etwas, um darauf zu beißen. Danny und Alec, ihr sichert ihre Beine. Ich werde versuchen, den Peilsender herauszuholen, falls er sich wirklich in Noa befindet. Wir haben kein Lokalanästhetikum und ihr müsst unbedingt dafür sorgen, dass sie sich nicht bewegt. Ich darf nicht zu tief schneiden und keine wichtigen Blutgefäße oder inneren Organe erwischen.«

In Noa zog sich alles zusammen und sie musste alles an Energie zusammenkratzen, um ihre Panik tief in ihrem Inneren zu vergraben. Denn der harte Zug um Seans Mund verriet ihr, dass nicht nur sie sich fürchtete.

»Setz dich mal kurz auf, Kleine«, sagte Chris in warmem Ton. Noa gehorchte und Chris rutschte hinter sie. Er lehnte sich an die Wand und forderte sie auf, sich mit dem Rücken auf ihn stützen und die Arme hinter ihm so gut wie möglich zu verschränken. So war sichergestellt, dass sie nicht so schnell um sich schlagen konnte.

Alec und Danny setzten sich jeweils auf eines ihrer Beine. Auch wenn sie es mit aller Macht gewollt hätte, sie war unfähig, sich zu bewegen.

Sean nahm noch einmal ihr Gesicht in seine Hände und küsste sich kurz und fast grob.

»Du schaffst das, Baby. Ich werde vorsichtig sein und das Ganze so schnell wie möglich hinter uns bringen.« Er sprach mit totaler Bestimmtheit und mit der Autorität eines Offiziers. Sie glaubte ihm und sie zweifelte keine Sekunde. Weder an ihm noch an sich selbst.

Während er alles vorbereitete und sich am Schluss die Handschuhe überstreifte, schloss Noa die Augen. Sie versuchte, sich auf etwas anderes zu konzentrieren. Sofort erinnerte sie sich daran, wie Sean und sie sich das erste Mal geliebt hatten. Sie klammerte sich an diesen Bildern fest wie eine Ertrinkende am Rettungsring. Sie spürte kaum, wie Chris sie aufforderte, auf ein Stück Leder zu beißen. Sie reagierte nur ferngesteuert und krallte ihre Finger in Chris' Shirt. Sie fühlte sich erstaunlich sicher in den Armen dieses glatzköpfigen Soldaten. Er würde sie festhalten und wenn nötig auffangen.

»Es geht los, Süße.« Sean klang gepresst und Noa wusste nicht, was sie davon halten sollte. Ein hartgesottener Kerl wie er sollte doch schon öfters solche Sachen erlebt haben, oder? »Haltet sie fest!«, blaffte er seine Männer an. Keine Sekunde später spürte sie, wie er das kalte Skalpell ansetzte und eine Welle aus Feuer und Magma überrollte sie. Sie wollte nicht schreien und biss die Zähne so fest zusammen, dass die Kiefergelenke knackend protestierten. Es tat so weh, dass sie befürchtete, ohnmächtig zu werden. Leider blieb sie wegen des Adrenalinschubs bei Bewusstsein und konnte nichts anderes tun, als alles über sich ergehen zu lassen.

•

Sean hasste sich dafür, dass er Noa Schmerzen zufügte, doch was blieb ihnen denn anderes übrig? Sie hielt sich gut. Er hatte schon große, starke Marines gesehen, die sich bei solchen Torturen ins Land der Träume verabschiedet hatten. Doch sie weilte noch unter ihnen. Bleich und schweißgebadet, aber bei Bewusstsein.

Damit Sean genug Platz für seine Suche hatte, musste den Schnitt länger und tiefer machen, als ihm lieb war.

»Du machst das gut, Baby.« Wen versuchte er hier zu beruhigen? Sie reagierte nicht, aber das hatte er auch nicht erwartet.

Er drang mit zwei Fingern in die Öffnung und tastete sich vorsichtig vor. Noas Atmung beschleunigte sich und er sah im Augenwinkel, wie sich ihre Oberschenkelmuskulatur anspannte und sie am ganzen Körper zitterte. Sie kam offensichtlich an ihre Grenzen.

Nach einem scheinbar unendlich langen Augenblick stieß er mit der Fingerkuppe seines Mittelfingers auf eine harte Kante. Es fühlte sich nicht organisch an und Sean schob Zeige- und Mittelfinger noch einmal tiefer. Noa bäumte sich auf und keuchte gedämpft.

»Ich hab was gefunden, mein Engel. Bleib jetzt einfach bei mir. Okay?« Sie sah ihn mit geweiteten Pupillen an, dann nickte sie zaghaft. Ihre schönen Augen schwammen in nicht vergossenen Tränen und ihre Tapferkeit imponierte ihm.

Mit der anderen Hand drückte er auf ihre Bauchdecke, um den Fremdkörper gegen die Öffnung zu schieben. Noas Körper musste vor Schmerzen schreien, aber es kam kaum ein Laut über ihre Lippen. Sean bewunderte sie in diesem Moment für ihre Stärke.

Langsam bewegte sich das kleine ovale Kästchen und er bekam es kurz darauf zu fassen. Er zog es vorsichtig heraus, nicht dass es ihm im letzten Moment entglitt. Als er es ganz in den Händen hielt, atmete er erleichtert auf. Die Box maß 2 x 3 x 1 Zentimeter und wog nicht mehr als zehn Gramm. Die Ränder und Kanten waren versiegelt und damit wasserdicht. Der Sender war militärischen Ursprungs. Auf dem normalen Markt fand man solche fortschrittlichen Geräte nicht.

Er legte den Tracker beiseite und machte sich daran, Noas Wunde gründlich zu desinfizieren und danach sorgfältig zu nähen.

Nachdem er das letzte Pflaster angebracht hatte, wies er seine Männer an, Noa loszulassen. Sie rührte sich kaum und war erschreckend blass im Gesicht.

»Alec, nimm dir den Sender mal genau unter die Lupe.« Alec nahm das schwarze Döschen und ging davon.

»Chris, hol für Noa etwas Leichtes zu essen und eine kalte Cola. Sie braucht den Zucker, um den Kreislauf anzukurbeln.« Chris machte sich ebenfalls vom Acker, um den Befehl zu befolgen.

»Danny, würdest du bitte unsere Bestände prüfen und alles für einen möglichen weiteren Angriff vorbereiten? Ich glaube, allzu lange werden wir hier nicht sicher sein.«

»Geht klar, Boss.« Dann wandte er sich um und ging auch davon.

Sean strich Noa ein paar feuchte Haarsträhnen aus dem Gesicht. »Du warst unglaublich, Süße.« Sie öffnete flatternd ihre Lider. Das Grün ihrer Augen war matt und sie wirkte logischerweise kraftlos. »Wie geht es dir?«

»Schwach, schwindlig und mir ist schlecht«, antwortete sie, nachdem sie ein paar Mal tief durchgeatmet hatte.

»Das legt sich, sobald du etwas im Magen hast.« Sean stand auf und ging ins Bad, um eine Schüssel mit Wasser und einen Waschlappen zu holen. Als er vom Badezimmer zurückkehrte, hörte er Stimmen aus dem Schlafzimmer.

»Vielen Dank«, drang Noas Stimme zu ihm.

»Aber klar doch.« Chris' tiefer Bass.

»Ich weiß das zu schätzen. Vor allem, da ich euch alle in Gefahr gebracht habe.« Sean konnte nichts dafür, aber er musste lauschen, auch wenn es falsch war.

»Du siehst das verkehrt«, sprach Chris weiter, »du bedeutest Sean viel. Das kann jeder von uns sehen und wir haben auch bemerkt, dass du ihm gut tust. Also gehörst du ebenfalls zur Familie. Aber nur, solange du ihn oder einen von uns nicht verarschst, natürlich.«

Sean nahm das Knuspern von Crackern wahr. Ideales Futter für einen aufgebrachten Magen.

»Weiß es Sean?«, fragte Noa leise und ließ Sean damit erstarren.

»Was meinst du?« Plötzlich klang Chris vorsichtig. Was ging hier vor? Was sollte er wissen?

»Na ja«, begann Noa langsam, »das zwischen dir und …« Eine der Bodendielen knarzte. Sean musste sich bewegt haben.

»Ich habe keine Ahnung, wovon du sprichst, Mädchen«, sagte Chris verteidigend und Sean hörte, wie er sich erhob. Deshalb beschloss Sean, wie ein scheinheiliger Idiot das Schlafzimmer zu betreten. Chris' Miene war verschlossen, doch er nickte Sean zu, als er den Raum verließ.

Er setzte sich zu Noa ans Bett und versuchte, sich nichts anmerken zu lassen.

»Hast du schon von der Cola getrunken? Sie wird deinen Magen beruhigen und den Kreislauf ankurbeln.« Er tauchte den Waschlappen ins Wasser und wusch Noa sanft die Stirn und den Hals ab. Sie hielt sich ihm entspannt hin, nur als er über ihren Bauch strich, um Reste ihres Blutes abzuwaschen, zuckte sie kurz zusammen.

Sean war sich sicher, dass er sich sein Leben lang nicht mehr verzeihen würde, dass er ihr solche Schmerzen verursacht hatte.

»Mir geht es gut, Sean. Mach dir keine Sorgen«, sagte sie mit einem schwachen Lächeln.

Sean hielt inne. »Kannst du jetzt auch schon Gedanken lesen?« Das Leuchten, das ihre Augen erhellte, verschaffte ihm eine kleine Verschnaufpause.

»Nein, aber zwischen deinen Augenbrauen ist eine steile Falte und die hast du nur, wenn du dich sorgst.« Oh Mann, wie hatte er eine solche Frau verdient? Sie war schön, liebenswert, intelligent, hart im Nehmen und auch noch einfühlsam. Genau das, was einen harten, abgefuckten Kerl wie ihn in die Knie zwang.

»Geh und schau nach Alec. Vielleicht hat er schon etwas herausgefunden. Ich esse die Cracker, trinke die Cola und komme nachher zu euch. Sobald ich mich stabil genug fühle, um nicht beim ersten Schritt auf meinem Arsch zu landen. Ist das ein Vorschlag?«

Sean sah ihr in die Augen und ließ sich einen Moment treiben. Sie waren nicht mehr von einem fiebrigen Glanz bedeckt und Noa hatte deutlich mehr Farbe im Gesicht.

»Wenn du meinst. Wenn es dir aber schlechter geht, ruf mich. Ich werde dich hören.« Er konnte aber nicht gehen, ohne sie noch einmal zu küssen.

Nur widerstrebend erhob er sich und machte sich auf zu Alec. Es wäre ihm viel lieber gewesen, wenn er sich zu Noa ins Bett hätte legen können. Beim Gedanken daran wurde ihm sofort die Hose im Schritt zu eng. Bevor er das Erdgeschoss betrat, rückte er erst alles unterhalb des Nabels an seinen Platz. Was war er doch für ein notgeiler Bock!

Alec brütete über dem Peilsender, der in Einzelteilen auf dem Tisch lag, und dem Computer und schien ihn gar nicht zu bemerken. Von Chris und Danny fehlte jede Spur.

»Hast du schon was?«

Alec sah auf. »Ja, der Sender stammt von einer High-Tech-Firma namens *Genotech Inc.* Sie produzieren offiziell für die Armee Ortungsgeräte, Raketensteuerungen und dergleichen. Die Firma besteht allerdings erst seit zehn Jahren. Ich frage mich, wie die an solche Aufträge kommen.«

Sean hatte den Köder geschluckt und roch Verschwörungen zwei Kilometer gegen den Wind. »War die Firma früher vielleicht unter einem anderen Namen eingetragen?«

Alec schüttelte den Kopf. »Ich konnte nichts finden. Aber möglich ist es natürlich. *Genotech* ist eine Tochtergesellschaft von HMN.«

»Was bedeutet HMN?«

Alec lehnte sich auf dem Stuhl zurück und legte die Fingerspitzen aneinander. »Human Mind Network. Die sind in der Nanotechnologie tätig.«

»Wo hat die Genotech den Firmensitz?«

»Der Firmenhauptsitz ist in Chicago. Doch sie haben entlang der ganzen Ostküste Immobilien und Grundstücke. Auch in Hialeah. Dort besitzen sie ein seit den 60er-Jahren leerstehendes Krankenhaus. Sie nutzen das Gebäude allem Anschein nach nicht.« Bei Sean klingelten plötzlich alle Alarmglocken. »Sie wollten dort ein Forschungszentrum aufstellen, doch die Stadtverwaltung hat die Baubewilligung nicht erteilt. Die *Genotech* hat Rekurs eingelegt und das Verfahren läuft noch«, sprach Alec weiter, während er gleichzeitig auf der Tastatur herumtippte und die Infos aus dem Netz zog.

»Noa hat vorhin erzählt, dass Thorpe sie in einer Art Krankenhaus oder Schule festgehalten hat. Könnte es sein, dass es sich dabei um diese Immobilie handelt?«

Alec lehnte sich wieder nachdenklich zurück. Er musterte Sean und dieser kam sich vor, als läge er unter einem überdimensionalen Mikroskop.

»Liebst du sie?« Alecs Frage erwischte ihn eiskalt und er sah sich gezwungen, sie sich selbst zu stellen. Er hatte noch nie so empfunden, das musste er ehrlicherweise zugeben. Aber Liebe? Wahrscheinlich war es das.

»Ja, ich denke, ich liebe sie und auch wenn meine Erfahrung mir sagt, dass ich sie kaum kenne und sie ein unsicherer Faktor ist, vertraue ich ihr genauso wie ich dir und den anderen vertraue. Also schimpf mich einen verliebten Narren, aber für mich gehört sie ohne Wenn und Aber zur Familie.« Er hatte es ausgesprochen und damit schien diese Tatsache in Stein gemeißelt. Alec stieß unterdessen langsam Luft durch seine aufgeblähten Wangen aus.

»Das ist offensichtlich. Für uns alle. Aber es aus deinem Mund zu hören, verleiht dem Ganzen eine ganz andere Dimension.« Er hielt inne und die Finger seiner linken Hand trommelten auf die Tischplatte. Dann straffte er die Schultern und schien zu einer Entscheidung gekommen zu sein. »Also gut. Zu deiner Frage. Ja, ich denke, dass es sich um dieses Krankenhaus handelt. Aber bevor wir es stürmen, müssen wir erst herausfinden, wer uns auf den Fersen ist und warum. Ich meine nicht wegen den gestohlenen Daten, sondern weshalb du vor deinem letzten Auftrag bereits auf Thorpes Abschussliste gestanden hast. Was ist es, wovor die Kerle Angst haben?«

Ja, das war wohl die Frage des Jahrhunderts.

»Ich glaube einfach nicht, dass Thorpe, rein schon von seinem Alter her, das allein auf die Beine gestellt hat. Woher kommt das Geld? Und wer vertuscht diese Schweinerei?« Sean sprach seine Gedanken laut aus und Alec verschränkte nachdenklich die Arme vor der Brust.

Inzwischen irgendwo in der Innenstadt von Miami ...

Thorpes Finger krümmten sich um das Smartphone und drohten, es zu pulverisieren. Sie hatten vor gut drei Stunden jeden Kontakt zu ihren Männern verloren.

Die vier genmanipulierten Soldaten der zweiten erfolgreichen Generation waren zuverlässig und befolgten Befehle haargenau, ohne sie zu hinterfragen. Genau das war das Problem beim ersten Jahrgang gewesen. Sie hatten einen ausgeprägten freien Willen und den Drang, alles infrage zu stellen.

Nachdem sich herausgestellt hatte, dass die zweite Generation in dieser Hinsicht perfekt war, hatten sie keine Verwendung mehr für die anderen Krüppel.

Thorpe hatte seine Chance gerochen, als Ramirez die Daten gestohlen hatte und die Sticks mit den Forschungsergebnissen und der gesamten Studie an den meistbietenden Staat beziehungsweise Waffenhändler verkaufen wollte.

Er hatte Sean Patrick beauftragt, den Betrüger auszuschalten und den Koffer mit den Daten zu sichern. Bei dieser Gelegenheit hätte er eliminiert werden sollen. Leider war dieser Patrick ein gewitzter Bastard.

Im Grunde war Thorpe selbst schuld. Stanton hatte Ramirez in einem Anflug von arroganter Fehleinschätzung ins Boot geholt. Der illegale Waffenschieber hatte Stantons Ambitionen für die Präsidentschaftskandidatur mit großzügigen Zahlungen unterstützen wollen. Leider hatte sich der Latino als unzuverlässig erwiesen und war zu Stantons Ärger aus dem Weg geschafft worden.

Gomez, der den Kontakt geknüpft hatte, war ebenfalls alles andere als erfreut gewesen. Gomez und Ramirez betrieben einen großen Ring für Menschenhandel. Frauen, Kinder, alles konnte zu jedem Zweck organisiert werden und Gomez versorgte Thorpe mit denjenigen jungen Frauen in gebärfähigem Alter, die er brauchte. Er hatte eine Liste mit den Namen der geeigneten Kandidatinnen von seinem alten Herrn bekommen und hatte Gomez den Auftrag gegeben, jene Liste abzuarbeiten. Die Frauen waren seit ihrer Geburt beobachtet worden, um sie zum geeigneten Zeitpunkt ihrer Aufgabe zuzuführen.

Diese Schlampe, die Sean Patrick unbedingt haben wollte, wäre die beste Zuchtstute in seinem Bestand geworden, denn sie hatte die beste genetische Veranlagung. Deshalb hatte er sofort bei ihr mit der Hormonbehandlung angefangen, damit man ihr so bald als möglich reife Eizellen zur weiteren Bearbeitung entnehmen konnte. Leider war es anders gekommen.

Er hatte ihr vor der Übergabe den Peilsender eingepflanzt, um zwei Fliegen mit einer Klappe zu schlagen. Das beinhaltete, die Kleine wieder in die Hände zu bekommen und die Plage Sean Patrick & Co. auszumerzen. Leider hatte der Sender keine zufriedenstellende Reichweite. Darum waren die vier Soldaten Patricks Gruppe in sicherem Abstand gefolgt und sollten zuschlagen, sobald es die Situation zuließ.

Das letzte Mal, als sich der Anführer bei ihm zum Rapport gemeldet hatte, war vor mehr als achtundvierzig Stunden gewesen. Von einer Autobahnraststätte aus. Sie konnten dort keinen Zugriff wagen, da zu viele Zeugen anwesend waren. Verflucht noch mal!

Patrick und sein Team hatten Thorpes Soldaten kurzfristig abgehängt. Er hatte danach nichts mehr gehört und nun musste er davon ausgehen, dass sie versagt hatten.

»Was machen wir?« Stanton hatte noch nicht mal genug Anstand, um anzuklopfen und ließ zu allem Übel auch noch die Tür weit offen. Dieser Kerl hatte ihm jetzt gerade noch gefehlt.

»Hast du in deinem Palast statt Türen Vorhänge in den Zargen?« Seine Nerven lagen blank. Das gesamte Projekt stand und fiel mit der Beseitigung der ersten Generation. Sie hatten damals nicht daran gedacht, dass sich diese Generation selbständig fortpflanzen konnte. Weil sie nicht mit dem Freiheitsdrang gerechnet hatten. Damit würde die genmanipulierte DNS auf natürlichem Weg weitergegeben. So entstanden zwei große Probleme. Erstens waren die Folgen für den menschlichen Genpool unvorhersehbar und zweitens waren sie wirtschaftlich gesehen auch angeschmiert. Wenn die Kerle selbst ihr genetisches Material verbreiteten, hatten Thorpe und seine Leute kein Verkaufsargument mehr, wenn sie den Präsidenten und dem Verteidigungsministerium ihre Ergebnisse präsentierten.

»Bill Stanton an Thorpe. Ich rede mit dir?«

Der Typ nervte mehr als ein chronischer Filzlausbefall. »Ich habe dich gehört. Was willst du?«

»Was wir jetzt tun sollen, will ich wissen. Müssen wir die Klinik räumen? Untertauchen?« Schlipsträger gerieten immer so schnell in Panik.

»Wir tun, was wir immer tun. Wir bleiben ruhig und statten nachher Gomez einen Besuch ab.« *Und vielleicht wirst du so lange und hart gefickt, dass dein mit Cholesterin verstopftes Herz den Dienst quittiert.*

Thorpe hörte, wie Stanton empört nach Luft schnappte. »Ich sage dir jetzt«, fing der Fettsack an, »sollten wir auffliegen, bist du allein für die Misere verantwortlich. Ich habe Maßnahmen getroffen, damit ich fein raus bin. Meine Verbindung zu dir ist unbekannt. Dafür habe ich gesorgt.«

Thorpe schob um Beherrschung kämpfend die Hände in die Taschen. Wenn er sich nicht unter Kontrolle hielt, wäre der Senator in der nächsten Sekunde tot und dann hätte er Mühe, dessen Ableben als einen Unfall zu vertuschen. Und so etwas würde Bill Stanton bestimmt haben. Sehr bald sogar.

Der Schlipsträger mutierte langsam zur Plage und mit seiner Aussage vorhin hatte er sein Schicksal besiegelt. Niemand beschiss ihn und fiel ihm in den Rücken.

Senator Stanton vergaß, dass er nicht die einzige Finanzspritze für dieses Experiment war. Er hatte noch andere Sponsoren, die zwar nicht alle aus der Politik kamen, dafür aber private Investoren waren. Was eigentlich noch besser war. Sie kamen noch aus der Zeit, als Thorpes Vater die Versuche gestartet hatte.

»Du solltest auf deinen Ton achten, Bill. Mehr sage ich nicht zu diesem Thema.« Thorpe sah dem Senator hinterher, wie er mit geballten Fäusten davoneilte. Als er außer Hörweite war, nahm Thorpe das Telefon in die Hand. Es war zwar gewagt, sich in dieser Angelegenheit gerade an diese Person zu wenden, doch Thorpe hatte die Zügel noch in der Hand. Und vielleicht war die andere Partei bereit für einen Deal. Es gab mindestens vier Gründe, die für ihn wichtig waren.

·

Sie hatten sich alle um den Tisch herum versammelt und besprachen gerade das weitere Vorgehen. Alle waren sich einig, dass es keinen Sinn machte, sich weiter im Wald zu verstecken und darauf zu warten, dass sie abgeknallt wurden. Sie beschlossen daher, dass gleich morgen, ganz früh, die Abreise auf dem Plan stand.

Zurück in Florida würden sie den Zugriff auf die Klinik planen. Alec war bereits dabei, den Grundriss des Gebäudes aus der Datenbank der Stadtverwaltung herunterzuladen.

Noa saß blass und schweigend neben ihm. Er würde sie gern in den Arm nehmen, doch er wusste nicht, wie sie wohl darauf reagieren würde. Sie hatte sich während der ganzen Besprechung nicht zu Wort gemeldet. Es war, als wollte sie unsichtbar sein.

Gerade als er unter dem Tisch ihre Hand nehmen wollte, begann sein Handy in seiner Tasche zu vibrieren. Da man es nicht orten konnte, war es nicht deaktiviert. Es gab nur wenige Personen, die die Nummer hatten.

Er stand auf und verließ das Haus, um den Anruf auf der Veranda entgegenzunehmen. Draußen schaute er auf das Display. Die Nummer war unterdrückt. Sean wusste instinktiv, wer versuchte, ihn zu erreichen.

Er drückte den Annahmebutton und hob das Smartphone ans Ohr. »Was willst du?«

Ein heiseres Lachen drang durch den Hörer. »Du kommst wohl immer gleich zur Sache, Patrick.«

Sean hatte den richtigen Riecher gehabt. »Meine Zeit ist zu wertvoll, um sie mit leerem Geplänkel zu verschwenden. Also, raus mit der Sprache. Ich nehme nicht an, dass du aus reinem Interesse an unserer Gesundheit anrufst, Thorpe.« Er hörte ein Rascheln. Es klang, als wäre Thorpe aufgestanden und hätte angefangen, herumzugehen.

»Ich habe einen Vorschlag für dich.«

Einen Deal? Mit Satan persönlich? Thorpe schien ihn für debil zu halten. »Was könntest du mir anbieten, was mich interessieren könnte?«

»Einen Freibrief für dein Team und dich«, kam es ruhig aus Thorpes Mund. Mehr nicht. Aber mehr brauchte Sean nicht, denn Thorpe hatte sich seine Aufmerksamkeit gesichert.

»Und was schlägst du vor?«

Thorpe lachte rau. »Ihr müsst drei Dinge für mich tun. Erstens lieferst du mir den Kopf eines bestimmten Senators, der ganz plötzlich einen schlimmen Unfall hat. Zweitens will ich Noa De Wit.

Sie gehört mir, schließlich haben wir Gomez für sie bezahlt. Du hast keine Verwendung für sie. Und drittens traben du und deine Männer an, um euch einer Vasektomie zu unterziehen.«

Sean fiel fast das Handy aus der Hand. Ging's dem Typen noch gut? Ein Auftragsmord, ein Menschenhandel und vier Kastrationen? In welcher Welt lebte der arrogante Idiot?

»Ich glaube, du hast dich in der Nummer geirrt.« Mit diesen Worten legte er auf und warf das Handy an den nächsten Baumstamm, wo es zersplitterte. Er ging wutschnaubend hin und sammelte die Einzelteile zusammen. Er würde sie unterwegs entsorgen.

Als er das Haus wieder betrat, war die Runde bereits aufgelöst. Sie hatten alles Wichtige besprochen und jeder hatte sich zurückgezogen. Auch Noa war nirgends zu sehen.

Sean ging in die Küche und holte eine Flasche guten Rotwein. Auf dem Weg nach oben nahm er zwei Weingläser und einen Flaschenöffner aus dem Schrank neben dem Esstisch.

Mit jeder Stufe, die er hochstieg, wurde er unruhiger. Noa war ihm wichtig und bis zu Alecs Misstrauensäußerung und der Sache mit dem Ortungschip hatte sie sich ihm gegenüber ein wenig geöffnet. Leider war dieser Erfolg nur von kurzer Dauer gewesen.

Vor der Schlafzimmertür blieb er einen Augenblick stehen, um sich zu sammeln. Herrgott noch mal! Er war ein Killer, ein Soldat, ein Mann, der nur ein Schatten in der Gesellschaft war. Er hatte Situationen erlebt und durchgestanden, bei denen andere schon beim Gedanken daran das Zeitliche segneten. Doch die Geschichte mit Noa und das, was zwischen ihnen war, ängstigte ihn fast zu Tode.

»Trödel nicht im Korridor herum und komm endlich herein, Captain.«

Mist, Noa musste ihn gehört haben. Wie ferngesteuert öffnete er die Tür und hatte das Gefühl, er befände sich im Himmel.

Noa lag im Bett. Ihre Augen leuchteten ihm aus ihrem immer noch blassen Gesicht entgegen. Doch sie strahlte eine Wärme aus, die ihm das Atmen schwer machte. Ihre schwarzen Haare glänzten samtig im gedämpften Licht der Nachttischlampe.

Er kickte die Tür mit der Ferse zu und ging um das Bett herum. Sean stellte die Flasche und die beiden Gläser auf die Kommode. Mit wider Erwarten ruhigen Händen entkorkte er die Flasche und prüfte die Qualität des Rotweins. Das volle Bouquet explodierte förmlich in seinem Gaumen und zauberte ihm Wärme in den Leib.

Er schenkte Noa und sich selbst ein und wandte sich dann zu ihr um. Sie nahm das Glas, das er ihr brachte, wortlos entgegen. Sie stießen schweigend an. Bevor sie jedoch den ersten Schluck nehmen konnte, beugte er sich zu ihr hinunter und küsste sie sanft. Kurz darauf löste er sich wieder von ihrem göttlichen Mund und trank vom Wein. Noa tat es ihm nach, ließ ihn dabei aber nicht aus den Augen. Er fühlte ihren Blick auf sich wie einen warmen Sommerwind.

»Es tut mir leid, dass du durch diese Hölle gehen musst. Du hast etwas Besseres verdient. Ich würde dir das gern bieten, wenn ich könnte. Aber so, wie die Dinge stehen, weiß ich noch nicht einmal, ob es ein Morgen gibt, meine Schöne.« Ihm fiel plötzlich das Atmen schwer und er brachte es kaum fertig, ihr in die Augen zu sehen.

Sie schien seine Not zu spüren und legte ihm ihre freie Hand an die Wange. »Du brauchst dich für gar nichts zu entschuldigen. Du hast dafür gesorgt, dass ich von Gomez und den anderen Schweinen wegkomme. Du bist seit Jahren das erste menschliche Wesen, das sich um mich gekümmert hat und mich als gleichwertig betrachtet.« Ihre Stimme klang seltsam schwach.

Er würde alles tun, um sie zu beschützen. Er wollte ihr unbedingt sagen, was sie ihm bedeutete. Doch er brachte es nicht über die Lippen. Es war einfach noch zu früh und er hatte keine Erfahrung in Liebesdingen.

Sean betrachtete Noa, wie sie auf den Kissen lag, die Augen halb geschlossen. »Hast du Schmerzen?« Er hatte das unbestimmte Gefühl, dass etwas mit ihr nicht in Ordnung war.

Noa schüttelte den Kopf. Sean nahm ihr das Weinglas ab und stellte es zusammen mit seinem eigenen weg. Dann zog er ihr langsam die Decke weg und schob das T-Shirt nach oben. Er wollte sich die Wunde noch einmal ansehen. Sie wehrte sich nicht dagegen, lag stattdessen fast apathisch da.

Sean löste den Verband und warf einen Blick auf den Schaden, den er verursacht hatte. Der Schnitt war leicht gerötet, aber das war zu diesem Zeitpunkt nicht besorgniserregend. In dieser Hinsicht beruhigt, drückte er das Pflaster wieder leicht an und legte ihr die flache Hand auf die Stirn. Fieber hatte sie auch nicht. Was war also mit ihr los?

•

Er kümmerte sich rührend um sie und eigentlich sollte sich Noa wie eine Königin fühlen. Doch alles, was sie empfand, war Minderwertigkeit und Scham. Sie war eine Hure und jetzt auch noch eine Verräterin dem Mann, der sie gerettet hatte, und dessen Familie gegenüber.

Sie konnte sich noch tausend Mal einreden, dass sie keine Schuld traf. Doch diese Tatsache wollte einfach nicht bis in alle Ecken ihres Verstands vordringen. Wie sollte sie das jemals wiedergutmachen?

Er saß auf dem Bett, neben ihr, gab ihr das Weinglas zurück und musterte sie eindringlich. Sie fühlte, dass er nach dem Grund suchte, der ihr zu schaffen machte. Er war ein analytischer Mensch und brauchte unbedingt Antworten auf seine Fragen.

Sie nahm einen Schluck Wein. Man konnte es getrost Mut antrinken nennen. Nachdem der gute Tropfen den Weg durch ihre Kehle gefunden hatte, raffte sie sich auf. Was nützte es, alles vor sich herzuschieben?

»Sean, was denkst du wirklich von mir? Ich meine von mir als Person. Du kennst meine Geschichte und meinen Job. Wirst du mir je vertrauen können bei dem, was passiert ist?« Jetzt gab es kein Zurück mehr. Sie wollte nicht hören, dass er gleich über sie dachte, wie sie es selbst tat. Am liebsten wäre sie davongeschlichen wie ein geprügelter Hund.

Wieso antwortete er nicht? Was musste er so lange überlegen, um ihrem Herzen den Todesstoß zu versetzen? Sie hatte nicht den Mut, ihn anzusehen und schloss stattdessen die Augen.

Sie spürte, wie er sich rührte, denn die Matratze vibrierte unter seiner Bewegung. Dann nahm er ihr noch einmal das Glas ab und legte seine Hand auf ihre.

»Ich bin kein Mann, der seine Gefühle gut in Worte fassen kann. Aber ich kann dir versichern, dass es mir völlig gleich ist, was du bisher getan oder welche Fehlentscheidungen du getroffen hast. Du bist mir wichtig. Der Mensch Noa. Ich habe auch nie an deiner Vertrauenswürdigkeit gezweifelt, das musst du mir glauben, Darling.« Er hielt inne und sein Griff um ihre Finger verstärkte sich.

Noa schlug inzwischen das Herz bis zum Schädeldach. Doch sie hatte immer noch nicht den Mut, ihm ins Gesicht zu blicken.

»Ich …«, begann er langsam, bedacht. »Ich … du bedeutest mir sehr viel«, wiederholte er sich räuspernd.

Diese vorsichtig gesprochenen Worte waren das größte Geschenk für Noa. Sie fühlte, wie viel es ihn gekostet hatte, das zu sagen.

Sie hob die Decke und schaffte es endlich, ihn anzusehen. »Komm ins Bett, Captain. Du bist müde und ich bin müde und es war ein langer Tag. Lass uns schlafen.«

Er nickte, zog seine Kleider aus und kroch tatsächlich zu ihr unter die Decke. Sie deckte ihn zu und schmiegte sich in seine starken Arme. Schon bald wurde Seans Atmung tief und ruhig und Noa wusste, dass er eingeschlafen war.

Nur bei ihr wollte sich die Pforte zur Traumwelt nicht öffnen. Das dachte sie zumindest, denn irgendwann erwachte sie, weil sie starke Bauchschmerzen und das Gefühl hatte, in Flammen zu stehen. Sie stand leise auf, um Sean nicht zu wecken und ging ins Bad.

Sie machte das Licht an und schaute sich im Spiegel an. Sie war blass und ihre Haare schweißnass. Sie hatte unübersehbar Fieber und das konnte nur einen Ursprung haben. Sie schob den Bund ihrer Unterhose hinunter und zog den Saum des Tank Tops hoch. Schon jetzt bestätigten sich ihre Befürchtungen.

Die Haut um das Pflaster herum war rot und darunter war eine deutliche Schwellung zu erkennen.

»Oh nein, nein, nein«, flüsterte sie. Sie wollte niemanden wecken und Sean durfte von der Infektion nichts erfahren. Sonst würde er die Abreise in ein paar Stunden abblasen und das wäre sehr schlecht, da er sonst Gefahr lief, dass sein wunderschönes Haus, sein Rückzugsort von seinen Feinden doch noch entdeckt wurde. Das konnte Noa nicht zulassen.

Sie riss das Pflaster ab und warf es in den Abfalleimer neben der Toilette. Die Wunde war hochrot und geschwollen und Wundwasser trat aus. Noa ging zur Schublade mit dem Verbandsmaterial.

Erst nahm sie das Desinfektionsmittel und reinigte damit die Naht und das umliegende Gebiet gründlich. Sie hätte am liebsten geschrien, weil es wie die Hölle brannte. Dann nahm sie ein frisches Pflaster und verband den Schnitt wieder.

Sie fand auch noch eine Dose Ibuprofen. Vielleicht konnte sie damit eine Zeitlang das Fieber senken, sodass Sean nichts bemerkte. Zumindest so lange nicht, bis sie unterwegs waren. Noa schluckte gleich 800 Milligramm und hoffte nun auf das Beste.

Aber es war noch etwas anderes, was ihr Sorgen bereitete. Etwas stimmte mit ihr sonst noch nicht. Sie fühlte sich aufgedunsen und ihre Brüste waren hart und schmerzten. Hätte sie nicht vor sechs Wochen erst ihre Dreimonatsspritze bekommen, würde sie denken, ihr Körper unterliege wieder dem normalen hormonalen Zyklus. Aber wahrscheinlich lag das alles an der Infektion. Nach all dem Stress war ihre Immunabwehr wahrscheinlich im Keller.

Sie verließ das Badezimmer und stieg so leise wie möglich die Treppe hinunter. Ein Glas kalte Cola würde sicher ihren Magen, aber auch ihre aufgebrachten Nerven beruhigen.

Als sie sich in der Küche am Kühlschrank bediente, hörte sie draußen gedämpfte Stimmen. Sie ging mit dem Glas in der Hand vor die Tür und entdeckte Chris und Danny.

Chris hatte den Arm um den anderen gelegt und Danny hatte sich an dessen Schulter gekuschelt. Die beiden boten ein eindeutiges Bild.

Sie sah, wie Chris erstarrte und Danny sofort, jedoch sanft, von sich stieß. Er musste sie bemerkt haben.

»Solltest du nicht schlafen, Mädchen?«, fragte der glatzköpfige Riese, während Danny ein verdrossenes Gesicht machte.

Noa ging langsam zu ihnen hin. Sie ignorierte das starke Pochen in ihrem Bauch und versuchte, eine gleichgültige Miene zu machen.

»Ich kann nicht. Ich wollte euch nicht stören«, versuchte sie, die Situation zu entspannen. »Keine Angst, ich werde Sean nichts erzählen.«

Danny erhob sich ruckartig und baute sich bedrohlich vor ihr auf. »Da gibt es sowieso nichts, was er wissen müsste. Verstanden? Wir haben uns nur unterhalten.«

»Beruhige dich, Danny. Sie weiß es eh schon. Sie hat mich vor ein paar Stunden darauf angesprochen.« Chris legte Danny eine Hand auf die Schulter und der entspannte sich tatsächlich ein wenig. »Du liegst richtig mit deiner Vermutung, Noa. Danny und ich sind ein Paar.«

Sie wusste, dass die Männer zusammen aufgewachsen und gemeinsam in den Krieg gezogen waren. Beide wirkten auf den ersten Blick wie Frauenhelden. Doch Noas Ausbildung und die zweifelhaften Erfahrungen, die sie in den letzten Jahren gesammelt hatte, ermöglichten es ihr, hinter die Fassade zu schauen.

»Wie lange seid ihr schon zusammen? Warum weiß Sean nichts von euch?«

Chris setzte sich wieder, Danny blieb jedoch stehen und machte einen unbehaglichen Eindruck.

»Wir sind seit sechs Monaten zusammen. Und seit einem halben Jahr verstecken wir uns. Wir wissen nicht, wie wir es Sean und Alec sagen sollen. Ich meine, wir sind alle eine Familie, aber wir sind auch Soldaten. Beim Militär ist Homosexualität ein Tabuthema«, schloss Chris.

Noa hatte schon davon gehört und sie konnte sich vorstellen, dass Sean nicht gerade erfreut über diese Botschaft sein würde.

»Aber wieso erst vor sechs Monaten? Kennt ihr euch nicht schon euer ganzes Leben lang?«

Chris legte seinen Kopf in den Nacken und betrachtete die Balken, die die Veranda bildeten. »Wir haben uns lange selbst belogen. Sowohl Danny als auch ich haben uns in fast leichtsinnige Frauengeschichten gestürzt. Über viele Jahre hinweg. Vor einem halben Jahr sind wir wohl beide an einen Punkt gekommen, an dem wir eine Entscheidung treffen mussten.«

Sie verstand die beiden, aber dennoch fiel es ihr schwer, sich vorzustellen, dass erwachsene, kampferprobte Männer sich davor scheuten zu ihrer Beziehung zu stehen.

»Soll ich mit Sean reden? Ich könnte vielleicht den Weg für euch ebnen.«

Noch bevor Chris oder Danny etwas entgegnen konnten, fuhr ein scharfer Schmerz durch ihre Bauchdecke. Noa musste sich zusammenreißen, dass sie sich nicht krümmte.

Leider hatte sie nicht mir Chris' scharfer Beobachtungsgabe gerechnet. »Was ist los? Du siehst aus, als hättest du Schmerzen.«

Noa straffte mühsam die Schultern, wich dabei aber Chris' Blick aus. »Es ist alles in Ordnung. Mir ist kalt, das ist alles. Es ist wohl besser, wenn ich mich wieder ins Bett lege. Gute Nacht ihr beiden.« Sie drehte sich um und ging zur Haustür.

»Noa, ich muss nicht an deine Verschwiegenheit appellieren, oder? Sean wird es erfahren. Aber erst, wenn wir dazu bereit sind.«

»Selbstverständlich, Chris. Ich werde unser Gespräch vertraulich behandeln.« Dann betrat sie, ohne sich noch einmal zu den beiden Männern umzusehen, das Haus und ging zu Bett. Sean schlief immer noch tief und fest und sie war froh, dass er ihre Abwesenheit nicht bemerkt hatte.

•

Sean öffnete die Augen, brauchte aber noch einen Moment, um sich zu orientieren. Er hatte das zweite Mal in Folge gut geschlafen. Er schlief besser, seit Noa bei ihm war. Seit sie ihn auf der Couch aus seinem immer gleichen Albtraum geholt hatte.

Er tastete in freudiger Erwartung nach der anderen Bettseite, fand sie aber verwaist vor. Noas Abwesenheit versetzte ihn sofort in absolute Alarmbereitschaft.

Er warf einen prüfenden Blick auf das Lämpchen der Alarmanlage, doch es blinkte nicht und auch der hochfrequente Warnton war nicht an. Also war niemand ins Haus eingedrungen, der hier nichts verloren hatte.

Der Wecker zeigte 03:55 Uhr nachts. Die Zeit, zu der er sowieso hätte aufstehen müssen, um die Abreise vorzubereiten. Er zog sich hastig etwas an und verließ dann das Schlafzimmer.

Es war noch still im Haus, außer dass er vom Badezimmer her leise Geräusche hörte. Jemand war auch schon auf den Beinen und er war sich sicher, dass es Noa war.

Er klopfte leise an und trat dann ein. Noa stand komplett bekleidet vor dem Spiegel und kämmte sich die nassen Haare.

»Guten Morgen, Schönheit.« Er umarmte sie von hinten und vergrub sein Gesicht an ihrem Hals. »Was machst du denn schon auf?« Er hörte, wie sie leise seufzte.

»Ich konnte nicht mehr schlafen und da habe ich gedacht, dass ich mich schon mal duschen könnte, damit die Herrschaften am Ende nicht auf mich warten müssen.«

»Schade, damit hast du mich um das Vergnügen gebracht, dich unter der Dusche ausgiebig zu lieben.«

Sie lächelte. Doch etwas gefiel ihm nicht an ihr. Er konnte aber nicht den Finger darauflegen. Waren es die glasigen Augen? Oder die Blässe in ihrem Gesicht? Vielleicht aber auch die leicht gebeugte Haltung.

»Wie geht es dir?«

Noa blickte zu Boden und flocht sich die Haare zu einem nachlässigen Zopf. »Gut. Warum fragst du?«

Er wusste, dass sie log. Die Frage war, warum? Er beschloss, vorerst nicht weiter in sie zu dringen und stieg mit einem unguten Gefühl in der Magengegend unter die Brause. Nicht aber ohne sie noch einmal zu küssen.

Als er unter der Dusche wieder hervorkam, war sie verschwunden. Er trocknete sich ab und ging zurück ins Schlafzimmer, wo er sich anzog. Er schnappte sich die Taschen, packte alles ein und räumte anschließend das Zimmer auf.

Beladen mit seine und Noas Tasche stieg er die Treppe hinunter. Das Aroma von gebratenem Speck und Ei drang an seine Nase und ihm lief das Wasser im Mund zusammen.

Er stellte das Gepäck neben der Eingangstür ab und ging zu Noa in die Küche. Sie war gerade dabei, Geschirr für den Tisch hervorzuholen, als er sie noch einmal von hinten umarmte.

»Du verwöhnst uns viel zu sehr. Meine Jungs werden noch zu vollgefressenen, fetten Wattebäuschen, wenn du so weitermachst.« Er fühlte mehr, als dass er es hörte, wie sie lächelte.

Sean löste sich wieder von ihr, nahm ihr die Teller und das Besteck ab und ging damit zum Tisch, um zu decken.

Danny, Alec und Chris kamen aus ihrem Zimmer und unterhielten sich leise. Während Danny und Alec bei Sean blieben, ging Chris schnurstracks zu Noa in die Küche.

Er schien einen Narren an Noa gefressen zu haben. Er verspürte bei dieser Beobachtung einen schmerzhaften Stich in der Brust.

Eine für ihn bisher unbekannte Gefühlsregung. War er etwa eifersüchtig? Das war doch Chris. Er sollte doch glücklich darüber sein, dass Chris Noa als neues Familienmitglied akzeptiert hatte.

Nachdem sie gegessen und abgewaschen hatten, verabschiedete sich Noa kurz auf die Toilette. Sean war aufgefallen, dass sie ihr Essen kaum angerührt hatte. Aber vielleicht war sie keine Nacht-Esserin. Oder vielleicht war sie auch zu aufgewühlt. So gut kannte er sie leider noch nicht. Ein Zustand, den er so bald wie möglich ändern wollte.

Sean schob seine Zweifel beiseite und belud mit den anderen die beiden Wagen. Es wäre ihm nur recht gewesen, wenn er mit seiner Liebsten hier noch ein paar ungestörte Tage und vor allem Nächte hätte verbringen können. Aber wie hieß es so schön: So spielte eben das Leben.

Chris und Danny setzten sich ins kleinere der beiden Autos. Alec, Sean und Noa nahmen den größeren SUV.

Alec hatte sich bereits auf der Rückbank breit gemacht und Sean stand auf der Veranda. Er wartete, bis Noa das Haus verließ, damit er abschließen und die Alarmanlage scharfmachen konnte. Wo blieb sie so lange? Irgendetwas stimmte nicht. Seine Instinkte sagten ihm das deutlich.

Gerade, als er sie rufen wollte, kam sie aus dem Haus. Sie war bleich und etwas unsicher auf den Beinen. »Was ist los, Noa?« Ihr Anblick bestätigte seine Sorge. Leider hatte er jetzt keine Zeit, dem weiter auf den Grund zu gehen. Sie mussten aufbrechen.

»Ich bin okay. Bin einfach noch etwas groggy, weil ich so früh aufstehen musste. Ich gehe für gewöhnlich um diese Zeit erst ins Bett«, erwiderte sie mit einem Lächeln, das zu seinem Leidwesen ihre Augen nicht erreichte. Dennoch rief er sich ins Gedächtnis, dass er ihr vertrauen musste und sie auf keinen Fall in Watte packen durfte. Sie hatte zu viel hinter sich und noch mehr vor sich.

Nachdem er alles verriegelt und gesichert hatte, führte er sie zur Beifahrerseite des Wagens und hielt ihr die Tür auf. Aber nicht, weil er den Gentleman mimen wollte, sondern weil er es einfach tun musste. Es bereitete ihm Freude.

Sean fraß buchstäblich die Meilen Richtung Süden. Sie legten nur Pausen ein, um zu tanken und fuhren dann gleich wieder weiter.

Noa schlief nun schon seit sie die Adirondacks hinter sich gelassen hatten tief und fest. Er hatte die ganze Zeit das bohrende Gefühl in seinen Eingeweiden ignoriert, doch jetzt ließ es ihm keine Ruhe mehr. Er strich mit dem Finger über ihre Wange, um sie zu wecken. Noa reagierte jedoch in keinerlei Weise auf ihn. Er legte ihr die Hand auf die Stirn und ihm sank der Mut unter den Nullpunkt. Noa schien zu glühen vor Fieber und er befürchtete, dass sie deswegen bewusstlos war.

»Alec.« Dieser schlief auf der Rückbank.

Alec machte sofort alarmiert die Augen auf und seine Hand legte sich in einer todbringenden Selbstverständlichkeit auf den Griff seiner Halbautomatik, die er am Gürtel trug.

»Was ist?« Alecs Augen suchten die Umgebung nach der drohenden Gefahr ab.

»Noa ist bewusstlos. Ich muss rausfahren und nachsehen, was los ist.« Sean hoffte, dass die nächste Ausfahrt nicht allzu lange auf sich warten ließ.

Er verließ die Interstate bei nächster Gelegenheit und fuhr auf einen großen Parkplatz. Danny und Chris waren ihnen wie erwartet gefolgt und parkten nun neben ihm.

Er stieg aus und rannte zur Beifahrerseite, um nach Noa sehen zu können. Er hörte, wie Alec die anderen kurz auf den Stand der Dinge brachte. Sie mussten sich unbedingt so schnell wie möglich Mobiltelefone besorgen. In der momentanen Situation konnten sie weder kommunizieren, ohne dass sie sich gegenüberstanden, noch konnten sie für Noa einen Notarzt rufen. Er verfluchte sich, dass er sein eigenes Handy, das einzige, das sie noch hatten, wegen Thorpe zerstört hatte.

Sean löste Noas Sicherheitsgurt. Dann schob er ihren Hosenbund und den Saum ihres Pullovers zur Seite und riss das Pflaster von der Wunde am Bauch. Der Schnitt war rot, geschwollen und Eiter trat an einigen Stellen aus. Es sah nicht gut aus. Noa brauchte dringend Hilfe, doch in ein Krankenhaus konnte er sie nicht bringen. Es wäre als schickte er Thorpe und Stanton eine Einladung mit Wegbeschreibung.

Chris pfiff leise hinter ihm. »Hab doch geahnt, dass etwas nicht stimmt.«

»Was soll das heißen?« Seans Nerven lagen blank und er ertrug es nicht, dass Chris nur Andeutungen machte.

»Letzte Nacht hat sie Danny und mich auf der Veranda besucht. Wir konnten nicht schlafen und wollten Alec nicht wecken, weshalb wir uns hinaus auf die Veranda gesetzt hatten. Noa geisterte ebenfalls herum und muss uns gehört haben. Auf jeden Fall haben wir uns zu dritt etwas unterhalten und ich hatte da schon den Eindruck, dass es ihr nicht gut ging. Ich habe sie danach gefragt, doch sie hat mir versichert, dass alles in Ordnung sei.«

Der Stich der Eifersucht durchfuhr ihn erneut. Noa war in der Nacht umhergewandert, unter Schmerzen, und hatte sich mit Chris und Danny unterhalten. Das Schlimmste aber war, dass er nichts davon mitbekommen hatte. Der Kontrollfreak in ihm wand sich verärgert.

»Sie braucht medizinische Hilfe. Aber ein Krankenhaus scheidet aus. Hat jemand von euch einen konstruktiven Vorschlag?«, warf er in die Runde, um sich von seiner Eifersucht abzulenken.

»Ganz in der Nähe liegt Edgemoor«, erläuterte Chris, »dort gibt es sicher einen Arzt. Du und Alec sollten euch mit Noa auf die Suche nach einer Praxis machen. Danny und ich besorgen Prepaid-Handys, damit wir uns wieder miteinander in Verbindung setzen können. Wir treffen uns wieder hier.« Chris warf einen Blick auf seine Armbanduhr. »In, sagen wir, einer Stunde.«

»Okay«, stimmte er Chris zu und setzte sich wieder ans Steuer. Er fuhr langsam durch die Straßen der Kleinstadt Edgemoor, auf der Suche nach einem Schild oder einem Wegweiser, der auf einen Arzt hinwies. Die Zeit lief ihnen davon und er wurde dadurch ungeduldiger, als es für sie alle gut war.

Dann entdeckte er eine Apotheke auf der anderen Seite der Straße. Er riss abrupt das Steuer herum und wendete den SUV mitten im Verkehr. Er verfluchte dabei den Wagen im Stillen, weil er den Wendekreis eines Walrosses mit Gipsflossen hatte.

Ein entgegenkommendes Auto hupte wütend, doch Sean ignorierte das. Er stellte das Auto am Straßenrand direkt vor der Apotheke ab. Gerade als er aussteigen wollte, klopfte jemand an die Scheibe der Fahrertür. Es war der Lenker des Wagens, dem er eben mit seinem Wendemanöver den Weg abgeschnitten hatte.

»Komm raus, du Vollidiot, damit ich dir die Fresse polieren kann«, hörte er den Furzer durch die Fensterscheibe.

Sean löste den Sicherheitsgurt und öffnete die Tür so ruckartig, dass er dem mutierten Lemuren das Blech gegen den Brustkorb knallte. Dann stieg er aus und baute sich breit vor dem Knilch auf. Er überragte den armen Kerl um mehr als einen Kopf und er hatte wahrscheinlich auch dreimal mehr Muskelmasse zu bieten.

»Wie du meinst«, brummte Sean, »aber mach schnell. Ich habe keine Zeit für die Kapriolen einer männlichen Diva.«

Der andere Mann schluckte hart, hob abwehrend die Hände und machte langsam mehrere Schritte rückwärts.

»Ähm … weißt du was? Vergessen wir doch einfach das Ganze. Ist ja nichts passiert.«

Sean sah ihm hinterher, als der sich trollte. Er hätte eigentlich nichts dagegen gehabt, etwas Dampf abzulassen.

»Mach vorwärts, Captain. Ich weiß nicht, wie lange dein Mädchen noch durchhält.« Alec hatte wie immer recht. Sean ging schnell, ohne auffällig zu rennen, zur Apotheke.

Nachdem er eingetreten war, hielt er Ausschau nach einer oder einem Angestellten. Hinter der Theke wurde er fündig. Ein älterer Herr war gerade dabei, diverse Papiere zu ordnen.

»Entschuldigen Sie bitte, Mister.« Sean setzte seine freundlichste Miene auf, obwohl es sich so anfühlte, als trage er viel zu kleine Unterhosen.

Der Alte richtete sich auf und musterte Sean argwöhnisch. Zum Glück trug er keine Kampfkleidung sondern Jeans und Pullover und darüber seine heißgeliebte Lederjacke. Unter der Jacke hatte er allerdings seine Halbautomatik verborgen.

»Was kann ich für Sie tun, Sir?« Die Stimme des Opas klang brüchig wie altes Pergament.

»Ich habe nur eine kurze Frage. Sie wissen nicht zufälligerweise, wo ich hier in der Nähe einen Arzt finde?«

Wieder scannte der Mann hinter dem Tresen Sean von Kopf bis Fuß. »Wir haben hier nur Dr. Martha Cook. Aber sie arbeitet heute, soweit ich weiß, nicht.«

Sean sank der Mut. »Können sie mir sagen, wo ich Dr. Cook finde? Ich möchte trotzdem mein Glück versuchen.«

Seans Gegenüber schien einen Moment unschlüssig zu sein. Doch dann kam Bewegung in den steifen Körper des überdatierten Mannes. Er nahm ein Stück Papier und notierte die Adresse der Ärztin.

»Ich kann Ihnen wirklich nicht garantieren, dass Sie Martha zu Hause antreffen. Wenn ich recht behalten sollte, kommen Sie am besten wieder zu mir. Vielleicht habe ich hier etwas im Haus, um Ihnen zu helfen.«

Sean nahm den Zettel dankbar an. »Vielen Dank, Sir.« Dann wandte er sich ab, doch bevor er die Apotheke verließ, drehte er sich noch einmal um. »In welche Richtung muss ich von hier fahren, um Dr. Cook zu finden?«

»Nach Westen. Sie können es nicht verfehlen.«

Sean bog in die Straße ein, in der laut der Notiz des Apothekers die Ärztin ihre Praxis haben sollte. Es war ein typisch amerikanisches Kleinstadtquartier. Haus an Haus, Einfahrt an Einfahrt. Vereinzelt standen geparkte Autos am Straßenrand. Sonst war alles ziemlich ruhig.

Sean hielt Ausschau nach einem Schild oder nach einem anderen Hinweis auf die Ärztin. Er wollte die Hoffnung schon aufgeben, als er auf der rechten Seite eine Tafel entdeckte. *Martha Cook M. D.* stand in geschwungenen Lettern darauf. Endlich, wurde aber auch Zeit.

Er stellte den Wagen mitten in die Einfahrt des Hauses und stieg aus. »Pass auf Noa auf. Ich prüfe mal die Lage.«

Alec nickte und zog die Waffe.

Sean beobachtete kurz die Umgebung. Das Viertel schien beinahe ausgestorben. Aber in eben dieser Stille konnte der Hund begraben liegen.

Er ging zur Haustür und klingelte. Nichts tat sich auf der anderen Seite des Eingangs. Er drückte die Klingel noch einmal. Jetzt länger und mit mehr Nachdruck.

»Ja, ja. Nur die Ruhe«, drang es durch das Türblatt an seine Ohren. Dann hörte er, wie das Schloss entriegelt und die Tür einen Spalt breit geöffnet wurde. Eine Frau in den Fünfzigern kam zum Vorschein. Die mausbraunen Haare waren mit silbrigen Fäden durchzogen und sie trug sie sportlich kurz geschnitten. Das Gesicht wirkte streng, aber nicht unfreundlich und die etwas untersetzte Statur unterstrich diesen fast mütterlichen Eindruck zusätzlich.

»Wie kann ich Ihnen helfen, junger Mann?«

Junger Mann? So hatte man ihn noch nie genannt. Obwohl er wahrscheinlich zwei Kopflängen größer war als die Frau, fühlte er sich plötzlich wie ein Kind, das bei einem Lausbubenstreich erwischt worden war.

»Entschuldigen Sie bitte die Störung, Ma'am. Aber meiner Freundin geht es sehr schlecht und ich fürchte, sie braucht dringend medizinische Hilfe.«

Die Ärztin wischte sich die Hände an einem Geschirrtuch ab, das Sean erst jetzt bemerkt hatte.

»Sie haben Glück. Normalerweise bin ich an meinem freien Tag unterwegs. Wo ist Ihre Freundin?« Sie blickte sich suchend um.

»Sie ist noch im Wagen.«

»Gut, dann bringen Sie sie zu mir. Ich richte schon mal das Behandlungszimmer her. Hier gleich rechts.«

Dann drehte sie Sean den Rücken zu und eilte davon. Sean ging zum Auto, hob die bewusstlose Noa heraus und trug sie ins Haus. Alec folgte ihm wie ein Schatten und gab ihm Rückendeckung, wie es ihnen allen ins Blut übergegangen war.

Sean legte Noa auf den Behandlungstisch. Von Dr. Cook fehlte noch jede Spur.

»Alec, geh du zurück zum Treffpunkt und bring die anderen hierher.« Sean erkannte Zweifel in den Zügen seines Freundes. »Im Moment sind wir hier sicher. Jetzt geh schon.«

Alec war gerade zur Tür hinaus verschwunden, als Dr. Cook in professionell anmutender Kleidung im Behandlungszimmer erschien.

»So, jetzt schauen wir mal, was Ihrer Freundin fehlt.« Sean trat zur Seite, damit er der Ärztin nicht im Weg stand. »Seit wann ist sie bewusstlos?«, fragte sie, während sie Noas Vitalwerte aufnahm.

»Ich kann es nicht genau sagen. Wir sind in aller Frühe losgefahren und ich habe gedacht, dass sie schläft«, musste Sean zu seinem Leidwesen gestehen.

Dr. Cook notierte sich alles und Sean war froh, dass die Ärztin ihm wegen seines Versagens keinen Vorwurf machte. Er hätte es wissen und erkennen müssen. Eigentlich schon letzte Nacht, spätestens jedoch an diesem Morgen.

»Können Sie mir helfen, ihrer Freundin die Kleidung auszuziehen? Sie hat Fieber und ich werde das Gefühl nicht los, dass sie eine Sepsis hat.«

Wenn sie nur wüsste, wie recht sie hatte. Sean wurde es flau im Magen. Wie sollte er es erklären, dass er Noa den Bauch aufgeschnitten hatte? Doch er schwieg und machte sich stattdessen daran, Noa bis auf die Unterwäsche zu entkleiden. Als er in Kontakt mit ihrer Haut kam, erkannte er, dass sie kochend heiß war. Dr. Cook hatte recht, Noa hatte tatsächlich hohes Fieber. Sie glühte regelrecht.

»Doktor, ich denke, die Quelle der Infektion ist hier«, sagte Sean und zeigte der Medizinerin den Schnitt. Martha Cook schob ihn nachdrücklich zur Seite und untersuchte die Wunde.

»Könnten Sie mir bitte erklären, wie es zu dieser Schweinerei gekommen ist? Wurde das nicht medizinisch versorgt?« Sie eilte, noch bevor Sean antworten konnte, davon und machte sich an einem ihrer Schränke zu schaffen.

»Ich warte immer noch darauf, dass Sie den Mund aufmachen, junger Mann.« Oh, heilige Hölle! Wie und wo sollte er anfangen? Was durfte er erwähnen und was nicht?

»Hören Sie, Ma'am. Was genau passiert ist, kann ich Ihnen zu Ihrer eigenen Sicherheit nicht sagen. Aber diese Wunde habe ich ihr gestern zufügen müssen. So leid es mir tut. Ich habe versucht, alles so gut wie möglich zu desinfizieren. Aber wie es scheint, habe ich nicht genug getan.«

Sie drehte sich zu ihm um und begutachtete ihn kritisch. »Haben Sie wirklich das Gefühl, dass ich Ihnen das abkaufe? Ich bin vielleicht alt, aber keineswegs senil. Erzählen Sie mir hier also bitte keine haarsträubende Räubergeschichte. Das werde ich nicht schlucken. Ich gebe Ihnen noch eine zweite und letzte Chance. Sonst schicke ich Sie ohne ihre Freundin zum Teufel und jage Ihnen auch noch die Polizei auf die Fersen. Im Übrigen entsteht eine solche Infektion nicht von heute auf morgen.«

Er versteifte sich bei den letzten Worten der Ärztin. War es möglich, dass bereits Thorpes Eingriff diese Entzündung ausgelöst hatte?

Sean sah ihr zu, wie sie Noa erst einen intravenösen Zugang legte und danach einen Tropf mit Antibiotikum und Antiphlogistikum anhängte.

»Mund auf!«, raunzte die Ärztin ungehalten, als er es immer noch nicht geschafft hatte, zu sprechen.

Herrgott noch mal! Die war schlimmer als sein früherer Ausbilder. Captain Pitbull hatten sie ihn immer genannt. Mit einem Mal fühlte sich Sean völlig entkräftet und er ließ sich auf den

Stuhl fallen, der in der Nähe des Behandlungstischs stand. Was hatte er schon zu verlieren? Und so rang er sich durch, Dr. Cook alles zu erzählen. Davon, dass sie von Agenten der Regierung verfolgt wurden, weil sie ein Verbrechen gesehen hatten, von dem niemand etwas wissen durfte. Er berichtete ihr, dass Noa von zwei Kerlen missbraucht worden war.

Sean ließ jedoch bewusst alles weg, was ihn und seine Truppe in Verbindung mit Thorpe, Stanton und den grässlichen Experimenten brachte.

Dr. Cook arbeitete schweigend weiter und Sean konnte keinen Hinweis darauf erkennen, ob sie ihm glaubte oder nicht.

»Ich weiß, Sie haben gesagt, dass ich Ihnen keine Räubergeschichte erzählen soll. Aber ich fürchte, genauso eine entspricht der Wahrheit.« Es dauerte eine Minute, vielleicht aber auch fünf. Wer konnte das schon so genau sagen? Dr. Cook nahm eine Blutprobe aus Noas Vene und verschwand. Unbestimmte Zeit später kam sie wieder zurück und sah ihn wiederum prüfend an.

»Hören Sie, auch wenn Sie mir hier eine nicht glaubhafte Geschichte erzählt haben, sagt mir mein Gefühl, dass Sie mir hier keinen Bären aufbinden. Leider muss ich Ihnen sagen, dass ich nicht mit Sicherheit sagen kann, ob sie es schafft. Die Infektion hat schon auf das Peritoneum übergegriffen, das ist das Bauchfell. Eigentlich müsste sie ins Krankenhaus, aber ich nehme mal an, dass Sie das nicht gutheißen würden.«

Sean wurde schlecht. Noa schwebte in Lebensgefahr. Wenn sie überlebte, würde sie noch lange nicht transportfähig sein und sie konnten es sich nicht leisten, hier länger als nötig festzusitzen. Verdammte Scheiße!

»Ich weiß, Sie tun, was sie können, Doc. Bitte retten Sie sie, Ma'am.«

Dr. Cook nickte bedächtig. Sean beobachtete sie dabei, wie sie Noa weiter versorgte und anschließend wieder verschwand. Er stand auf und ging zu seiner Liebsten.

Sie regte sich nicht und die graue Farbe in ihrem Gesicht verhieß nichts Gutes. Schweißperlen standen ihr auf der Stirn und ihre Atmung war flach.

»Verlass mich nicht, Baby, hörst du? Du musst kämpfen. Ich weiß, dass du das kannst. Du bist stark. Ich liebe dich, mein Schatz.« Er strich über die klamme Haut ihrer Wange und hoffte auf irgendeine Reaktion.

»Sie ist bewusstlos und braucht jetzt Ruhe«, sagte die Ärztin. Sean hatte gar nicht bemerkt, dass sie zurückgekommen war. »Ich habe mein Gästezimmer für sie hergerichtet und wäre Ihnen sehr dankbar, wenn Sie sie dahin tragen könnten.«

Natürlich ließ sich Sean nicht zweimal bitten und nahm Noa vorsichtig auf seine Arme. Im Gästezimmer legte er sie sanft auf das überdimensionale Bett und deckte sie zu.

»Darf ich Sie kurz sprechen, Mister?« Dr. Cook verließ, ohne eine Antwort von ihm abzuwarten, das Zimmer. Sean folgte ihr zurück ins Behandlungszimmer. »Bitte setzen Sie sich.«

Sean setzte sich wieder auf denselben Stuhl von vorhin und Dr. Cook lehnte sich an die Behandlungsliege.

»Hören Sie, als Sie ihre Freundin eben ins Bett gebracht haben, hat mein Blutanalysegerät das Resultat von der Blutprobe ausgespukt. Ich habe diesbezüglich eine Frage.«

Sean richtete sich instinktiv auf. »Sie heißt Noa«, warf er ein, um seine Nervosität zu verbergen.

Dr. Cook atmete tief durch. »Nun gut. Also, versuchen Sie und Noa, Kinder zu bekommen?«

Sean fühlte, wie sich seine Stirn runzelte. »Wie bitte? Ich verstehe nicht ganz, was diese Frage mit dieser Situation zu tun hat.« War Noa etwa schwanger? Das konnte doch eigentlich gar nicht sein.

Dr. Cook schob ihre Hände in die Hosentaschen und sah ihn an. »Der Fall ist ganz einfach. Wenn Sie versuchen, Kinder zu bekommen und Noa im frühen Stadium schwanger sein könnte, müsste man aufgrund ihrer momentanen Verfassung mit Komplikationen rechnen.«

Wie? Was? Er wusste gerade nicht, wo ihm der Kopf stand.

»Wie kommen Sie jetzt darauf, Doc? Was hat das mit dem Resultat der Blutprobe zu tun?«

»In der Blutprobe habe ich große Mengen FSH und HCG gefunden. Diese Hormone werden bei Fruchtbarkeitsbehandlungen eingesetzt. Deshalb meine Frage, ob Sie mit Hilfe der Medizin versuchen, Kinder zu bekommen.«

Seans Welt geriet gefährlich in Schieflage. Jetzt verstand er, was Thorpe am Telefon gemeint hatte. Mist, verdammt. Er hatte ungeschützt mit Noa geschlafen. Mehrmals hintereinander. Shit!

Sie hatte es nicht wissen können. Genauso wenig wie er. Sie waren beide davon ausgegangen, dass die Dreimonatsspritze noch wirkte, die sie gerade erst bekommen hatte.

Es dauerte einen Augenblick, bis er wieder klar denken konnte. »Ist sie schwanger, Doc?«

Dr. Cook hatte inzwischen angefangen, alles aufzuräumen, hielt jedoch inne und sah ihn an. Bei ihrem Blick wurde ihm unbehaglich.

»Das weiß ich nicht. Ich habe diesen Test noch nicht gemacht.«

»Hören Sie, Noa und ich hatten ungeschützten Verkehr. Sie hat mir gesagt, dass sie mit der Spritze verhütet. Und in dieser Hinsicht vertraue ich ihr.« Wenn er daran dachte, durch welche Hölle Noa gegangen war, bevor er sie retten konnte, konnte er sich lebhaft vorstellen, dass ihr diese Mistkerle den Hormoncocktail verabreicht hatten. »Ab wann können Sie feststellen, ob Noa schwanger ist?«

Doc Cook schüttelte resigniert den Kopf. »Für gewöhnlich macht man einen Schwangerschaftstest nach dem Ausbleiben der Monatsblutung. Ich denke, wir sollten ein bis zwei Wochen warten und es dann versuchen. Vorher würde ein Test wahrscheinlich nichts anzeigen.«

Ein Klopfen an der Tür ließ Sean zusammenfahren. Der Doc wollte nachsehen, wer draußen war, doch Sean hielt sie zurück.

»Lassen Sie mich das machen.« Er ging zur Haustür und zog seine Halbautomatik. Er schielte zum Fenster hinaus und entdeckte Chris' Glatze. Seine Kumpels waren endlich da.

Er öffnete die Tür und ließ sie eintreten.

»Wie sieht's aus, Captain?« Chris klang ehrlich besorgt.

»Dr. Cook hat Noa so gut sie konnte versorgt. Aber es sieht nicht gut aus. Vielleicht schafft sie es nicht.« Ein Schmerz durchzog seine Brust bei diesen Worten. Er ertappte sich dabei, wie er sich mit seiner freien Hand über sein Brustbein rieb.

»Ach Scheiße, Mann.« Chris klopfte ihm tröstend auf die Schulter.

»Darf ich endlich wissen, wer mich hier an meinem freien Tag überfällt?«, rief Martha Cook aus dem Behandlungszimmer.

»Ja, Ma'am.«, rief Sean und sah, wie die Frau bestimmten Schrittes auf sie zukam.

»Ma'am, das sind meine Männer. Chris, Alec und Danny.«

Doc Martha begutachtete alle der Reihe nach. »Sie kenne ich«, sagte sie und zeigte auf Alec. »Sie waren vorhin schon hier.«

Alec nickte. »Ja, Ma'am. Vielen Dank für Ihre Hilfe.«

Sean hatte Alec selten so galant erlebt.

»Das ist meine Pflicht, junger Mann. Darf ich Sie alle fragen, was Sie nun zu tun gedenken? Ihre Freundin ist noch lange nicht transportfähig und in Anbetracht der Lage, in der Sie sich befinden, können Sie nicht allzu lange hierbleiben.«

Er wusste, dass sie recht hatte. Aber er war nicht bereit, Noa einfach so zurückzulassen. Er sah sich nach seinen Jungs um, die ebenfalls betretene Gesichter machten. Sean hatte zum wahrscheinlich ersten Mal in seinem Leben keine Ahnung, was er machen sollte. Mechanisch richtete er sich auf und schaffte es irgendwie, sich zusammenzureißen.

»Doc, hätten Sie etwas zum Schreiben für mich?«

Die Ärztin nickte und ging davon. Dann wandte er sich an Danny.

»Würdest du bitte Noas Tasche aus dem Wagen holen?« Danny nickte einmal knapp, drehte sich um und ging zur Tür. »Ach ja«, stoppte Sean ihn, da ihm noch etwas eingefallen war. »Bring bitte noch eine der SIGs mit, die wir dabeihaben.«

Sean hatte zwar keinen blassen Schimmer, ob Noa mit Schusswaffen umgehen konnte, doch es widerstrebte ihm, sie schutzlos und unbewaffnet zurückzulassen.

»Hier, mein Junge. Sie können sich an meinen Schreibtisch setzen.« Doc Martha hielt ihm die Tür zu ihrem Büro auf und Sean ließ sich nicht zwei Mal bitten. Diese Sache drängte. Wenn sie ihn noch ein Mal *junger Mann* oder *mein Junge* nannte, würde er wahrscheinlich mit Daumen nuckeln anfangen.

Zurückgelassen

Warum bebte die Erde? Noas Gehirn arbeitete träge und ihr Körper schien tonnenschwer. Wieder ging dieses Rütteln durch sie hindurch. Warum ließ Sean sie nicht schlafen, wenn sie doch so müde war?

»Sie müssen jetzt dringend zu sich kommen, Noa! Hören Sie? Wachen Sie auf!«

Die Frauenstimme klang ziemlich aufgeregt. Moment mal. Frauenstimme? Irgendwie gelang es ihr, die Augen aufzumachen. Doch was sie sah, stimmte von hinten bis vorn nicht. Das Zimmer war fremd, die Gerüche und Geräusche unbekannt. Wo war sie? Was war passiert? Wo um Himmels willen waren Sean und die anderen?

»Sean?«, hörte sie sich selbst heiser fragen.

»Der ist nicht hier, Noa. Aber bitte, ich flehe Sie an, stehen Sie auf und verstecken Sie sich. Vor der Tür stehen Kerle, die mir nicht geheuer sind.«

Noa sah die ältere Frau an. Sie machte ein höchstalarmiertes Gesicht. Dann fiel alles an seinen Platz und Noa begriff. Thorpes Männer waren hier und Sean hatte sie verlassen.

Sie setzte sich viel zu schnell auf, immer noch verwirrt und orientierungslos. Ihr Gehirn schien sich dazu entschlossen zu haben, eine Karussellfahrt zu imitieren. Alles um sie herum schien sich zu drehen und zu schaukeln.

»Wie lange bin ich schon hier?«, fragte sie die Fremde, während sie die Tasche entgegennahm, die sie ihr hinhielt. Es handelte sich dabei um den Beutel mit ihren Sachen.

Ein Poltern drang vom Korridor in das Zimmer, in dem sie sich befand und die Frau zuckte zusammen.

»Los, mach vorwärts. Zieh dich an, nimm den Umschlag vom Nachttisch und die Waffe und verstecke dich. Ich versuche, sie aufzuhalten.«

Noa bemerkte drei Dinge gleichzeitig. Erstens: Sie trug nur Unterwäsche und ihr Bauch war dick eingebunden. Zweitens: In ihrem linken Unterarm steckte ein venöser Zugang, an dessen anderem Ende ein Beutel hing. Drittens: Auf dem Nachttisch lagen tatsächlich ein Kuvert und eine Waffe.

Was sollte sie mit einer Knarre? Sie wusste noch nicht mal, wie man ein solches Ding in die Hand nahm, ohne sich selbst damit zu verletzen.

Sie fühlte sich schwach und wacklig als sie sich, so schnell es ihr möglich war, anzog. Sie packte die Kanone und den Brief in die Kleidertasche. Dann ging sie zum Fenster und spähte hinaus. Sie erkannte, dass sie sich in einem Erdgeschoss befand.

Unter großer Anstrengung schaffte sie es, das Fenster nach oben zu schieben. Vor der Scheibe befand sich eine halbhohe Koniferen-Hecke. Zwischen der Hauswand und dem Gebüsch war ein schmaler Spalt. Gerade breit genug, damit sie sich darunter verbergen konnte.

Sie warf die Tasche aus dem Fenster und drückte den Infusionsbeutel gegen ihre Brust. Vom Flur her drangen Geschrei und Gepolter zu ihr. Noa verlor keine Zeit mehr und kletterte durch das Fenster nach draußen. Dann verschloss sie es von außen und verkroch sich danach unter das Gebüsch.

Während sie annähernd reglos ausharrte, versuchte sie, sich einen Reim auf die ganze Situation zu machen. Das letzte, woran sie sich erinnerte, war, dass sie in Seans Auto fast umgekommen war vor Schmerzen. Sie hatte das Gefühl gehabt, dass ihr Bauch an der Naht nächstens platzte. Dann lag alles im Dunkeln.

Ihre Bauchdecke pochte und spannte zwar immer noch, doch es fühlte sich nicht mehr lebensgefährlich an.

Sean, wo bist du nur? Sie fühlte sich im Stich gelassen und biss sich heftig auf die Lippe, damit sie nicht anfing, zu heulen.

»Wo ist sie?«, hörte sie plötzlich jemanden über sich am Fenster rufen. Sie hatte nicht bemerkt, dass man die Scheibe wieder geöffnet hatte. Noa vernahm im selben Augenblick ein Wimmern und Schleifen.

»Ich frage dich noch ein letztes Mal, du alte Kräuterhexe. Wo ist Noa De Wit? Sie war hier. Ich habe die Krankenakte gesehen.«

Ein Husten erklang und dann hörte Noa in ihrem Versteck die brüchige Stimme der Frau, die sie geweckt hatte.

»Sie sind noch am gleichen Tag Richtung Norden weitergefahren.«

Wieso sollte Sean nach Norden fahren? Sie waren doch genau in die entgegengesetzte Richtung unterwegs. Doch dann verstand sie und in der gleichen Sekunde hörte sie einen gequälten Schrei.

»Ich hasse Lügner, Lady. Noa De Wit wäre in ihrem Zustand wohl kaum transportfähig. Sie war laut der Krankenakte bewusstlos und kurz vor dem Krepieren.«

»Ich werde einem Terroristen, wie Sie einer sind, nicht mehr sagen, als ich bereits getan habe«, entgegnete die Frau trotzig, wenn auch etwas atemlos. »Tun Sie sich keinen Zwang an. Durchsuchen Sie das Haus. Sie werden niemanden finden.«

Die Geräusche, die darauf aus dem Haus zu hören waren, ließen Noa würgen. Sie ermahnte sich immer wieder, keinen Mucks von sich zu geben und nicht mal den kleinen Zeh zu bewegen.

Am Ende wusste Noa nicht mal, wie lange sie so dagelegen hatte. Doch inzwischen war sie völlig durchgefroren und ihre Glieder waren steif vom bewegungslosen Verharren. Unter der Hecke war es langsam dunkel geworden und Noa hatte schon länger keine Geräusche mehr aus dem Haus gehört.

Vorsichtig kroch sie aus dem Dickicht und warf einen Blick durch das noch immer offene Fenster. Das Innere des Hauses lag im Dunkeln, weshalb sie nichts erkennen konnte. Sie wusste aber auch so, dass niemand mehr da war.

Sie warf ihre Tasche ins Zimmer und kletterte hinterher. Was in ihrem Zustand fast unmöglich war, denn ihr Bauch begehrte wegen der großen Belastung schmerzhaft auf. Es kam noch erschwerend hinzu, dass sie sich so schwach fühlte, als hätte sie an vier aufeinanderfolgenden Tagen den Ironman bestritten und jedes Mal zur Abendunterhaltung noch den Himalaya bestiegen.

Sie musste einen Moment auf dem Boden sitzen bleiben, um sich ein wenig zu erholen. Die Panik, die sie unter der Hecke fast erdrückt hatte, war verschwunden und durch Angst ersetzt worden. Sie sorgte sich um Sean, Danny, Alec und Chris und die Unwissenheit darüber, was in den letzten Tagen passiert war, machte sie fast wahnsinnig.

Inzwischen hatten sich ihre Augen an die Dunkelheit gewöhnt und sie entdeckte keine zwei Meter von sich entfernt die Leiche der Frau, in deren Obhut sie sich befunden hatte. Sie würgte bei dem Anblick und ihr Magen wollte seinen nicht vorhandenen Inhalt an die Welt zurückgeben. Die Lache aus inzwischen geronnenem Blut, die die Frau umgab, tat ihr übriges. Die klaffende Wunde an ihrem Hals schien sie geradezu zu verhöhnen. Thorpe und sein Gefolge waren skrupellose Monster. Das hatte sie bereits am eigenen Leib erfahren. Am liebsten hätte sie sich heulend in einer Ecke zusammengerollt und auf den Weltuntergang gewartet.

Reiß dich zusammen!

Sie schlug sich zwei Mal mit der flachen Hand auf die Wangen, um wieder zu Verstand zu kommen. Schließlich stand sie auf, griff nach ihrer Tasche und wankte auf weichen Knien aus dem Zimmer.

Im Korridor herrschte heilloses Chaos, das selbst im spärlichen Licht der inzwischen angegangenen Straßenbeleuchtung zu erkennen war. Sie wagte es nicht, die Lampen im Flur einzuschalten. Wer wusste schon, welches Gesindel sich noch vor dem Haus herumtrieb. Noa schlich ins nächstbeste Zimmer und fand sich in einem Büro wieder.

An den Wänden standen Wälzer mit medizinischen Titeln und neben der Tür befand sich ein Schrank mit Vorhängeschloss. Noa ging zum Schreibtisch und durchsuchte sämtliche Schubladen. Sie stieß dabei auf eine Geldbörse und einen Schlüssel, der so aussah, als gehörte er zu eben jenem Vorhängeschloss. Sie hatte es kaum zu hoffen gewagt, doch der Schlüssel war tatsächlich das Pendant zum Schloss.

Als die beiden Flügel des Schranks offen waren, atmete Noa kurz auf. Sie fand da drinnen alles, was sie für die nächsten Tage, vielleicht sogar Wochen gebrauchen konnte: Breitbandantibiotika, Antiphlogistika, Ibuprofen, Verbandsmaterial und Desinfektionsmittel.

Sie warf alles in ihre Tasche und eilte danach wieder zurück in den Korridor. Dort fand sie auf dem Boden ein paar beschriebene Seiten Papier. Sie versuchte im spärlichen Licht zu erkennen, worum es sich dabei handelte. Das Einzige, was sie lesen konnte, war der Name De Wit. Sie packte mit eisigem Gefühl alles zusammen und setzte ihren Weg fort, um danach in der Küche zu landen.

Sie musste dringend das Weite suchen. Denn auch wenn anstelle von Thorpes Schergen die Polizei aufkreuzte, saß sie immer noch in der Klemme. Wie sollte sie die Leiche im Schlafzimmer und ihren illegalen Aufenthalt in den Staaten erklären?

Noa riss alle Schränke auf, auf der Suche nach Proviant. Sie fand Brot, Karotten, Getreideriegel, Äpfel und Mineralwasserflachen und packte so viel sie konnte in die Tasche. Bei ihrem Streifzug stieß sie auf eine Taschenlampe und ein weiteres Portemonnaie.

Dann setzte sie sich völlig entkräftet auf den Boden. Einfach nur ein wenig ausruhen. Sie schaltete die Taschenlampe ein und holte den Brief heraus, der auf dem Nachttisch gelegen hatte. Das Schreiben bestand nur aus ein paar Zeilen, verfasst in energischer Schrift.

Meine Noa,
es tut mir leid, dass wir dich zurücklassen mussten. Du warst nicht transportfähig und wir hatten keine andere Wahl. Wir mussten dringend weiter. Doch bei Doc Martha bist du für eine Weile sicher. Das hoffe ich zumindest.

Himmel, Mädchen, du wärst mir beinahe gestorben.
Das hätte ich mir nie verziehen. Wieso hast du mir nicht gesagt, dass es dir nicht gut geht? Dafür ist es jetzt wohl zu spät.

In deiner Tasche findest du ein Prepaid-Handy. Ich habe unsere Nummern eingespeichert. Bitte melde dich, sobald es dir möglich ist. Du musst dir aber bewusst sein, dass du kein unbegrenztes Guthaben hast. Nimm auch die Waffe zur Hand. Halte sie immer in greifbarer Nähe.

Wir werden bald wieder zusammen sein, Baby.
Vergiss niemals, dass ich dich liebe.

Sean

Noa ließ die Hand sinken. Der Gedanke an ihn schmerzte mehr als die Misshandlung durch Thorpe und Stanton, die Entfernung des Senders und die darauffolgende Entzündung zusammen. Wo war er jetzt? Hoffentlich wohlauf und die anderen Männer auch. Sie hätte es nie für möglich gehalten, dass ihr die vier, insbesondere Sean, derart ans Herz wachsen würden. Sie waren zu ihrer Familie geworden.

Sie nahm mit schwerem Herzen die Unterlagen, die sie im Gang auf dem Boden gefunden hatte, und überflog den Inhalt. Sie verstand nicht viel davon. Nur einen Satz begriff sie: *mögliche Schwangerschaft nicht ausgeschlossen.*

Was zur Hölle sollte das nun wieder heißen? Sie konnte gar nicht schwanger sein. Ihr Magen zog sich nervös zusammen. Es war doch unmöglich, dass sie schwanger wurde. Nicht bei der lücken-losen Verhütung der Dreimonatsspritze. Sie tat diese Bemerkung als Blödsinn ab und warf die Akte in den Müll.

Doch was sollte sie jetzt tun? Sean war weg und sie saß in einem ihr unbekannten Kaff fest. Sie nahm die Geldbörse zur Hand und durchsuchte sie nach Bargeld. Leider fand sie nur sechsundachtzig Dollar und dreißig Cent. Damit würde sie nicht sehr weit kommen.

Bevor sie die Verzweiflung in lähmenden Griff nehmen konnte, stand sie auf und verließ die Küche. Sie stieg die Treppe hoch und landete im Flur des Obergeschosses, von dem aus vier Türen weg-führten. Zwei links, zwei rechts.

Sie stieß die erstbeste auf und fand sich in einem Schlafzimmer wieder. Allem Anschein nach war es das Reich der Hausherrin. Die Vorhänge hatten, soviel Noa im Dunkeln erkennen konnte, ein altmodisches Blumenmuster und der Hochflorteppich mutete auch nicht gerade modern an.

Noa ging leise zum Kleiderschrank. Obwohl sie davon ausgehen konnte, dass niemand sonst im Haus war, verspürte sie den starken Drang, sich still zu verhalten.

Sie öffnete den Schrank und durchsuchte ihn. Dabei fand sie ein paar Tarnhosen, ein olivfarbenes Langarmshirt, einen strapazierfähigen Mantel und schwere Stiefel. Alles war etwas zu groß für Noa, aber dennoch zu gebrauchen. Wer war diese Frau gewesen, dass sie eine solche Ausrüstung besaß?

Noa nahm alles und verließ das Zimmer. Eine Tür weiter ent-deckte sie das Bad. Die Dusche wirkte so einladend, dass sie trotz der Zeitnot nicht anders konnte, als sich unter die Brause zu stellen. Bevor sie sich auszog, entledigte sie sich des Infusionsbeutels und zog die Nadel aus der Vene am Handgelenk. Es brannte kurz, dafür aber heftig.

Sie stellte das Wasser an, schlüpfte aus den Kleidern, entfernte den alten Verband und stieg danach unter die Dusche. Das heiße Wasser war eine Wohltat und entlockte ihr ein Stöhnen. Sie hatte das Gefühl, dass sie durch das Abwaschen des Schmutzes der letzten Tage um zehn Kilo leichter wurde. Wie viele Tage und Nächte hatte sie in Bewusstlosigkeit verbracht?

Nach nicht einmal fünf Minuten drehte sie den Hahn zu und schnappte sich ein Handtuch aus dem Regal, um sich abzutrocknen. Dann nahm sie frische Unterwäsche aus ihrer Tasche, die sie mit nach oben genommen hatte, verband die Wunde neu und zog anschließend die gemopste Kleidung an.

Noa schlich wieder ins Erdgeschoss und stand unschlüssig im Korridor. Wohin? Was nun? Es gab nur eine Person, die bestimmt wusste, was zu tun war. Sie durchkramte erneut die Tasche, so lange bis sie das Handy, das sie von Sean bekommen hatte, fand. Sie schaltete es ein und entdeckte gleich darauf Seans Nummer in der Favoritenliste.

»Baby«, sagte er erleichtert, »geht es dir gut?«

Als sie seine tiefe, rauchige Stimme hörte, verließ sie das letzte bisschen Kraft und sie fiel auf die Knie. Nur mit Müh und Not schaffte sie es, die Tränen zurückzudrängen.

•

Sie endlich wieder sprechen zu hören, zwang Sean beinahe in die Knie. Er hatte sich, nachdem er den Anruf entgegengenommen hatte, in den Garten zurückgezogen. Chris, Danny, Alec und er waren gerade damit beschäftigt gewesen, den Einsatz bei der Zuchtstation vorzubereiten.

»Ich bin so froh, dass du wach bist, Prinzessin.« Er flüsterte, weil er seiner Stimme nicht traute. Er hatte sich große Sorgen gemacht, seit er sie hatte zurücklassen müssen. Vom schlechten Gewissen gar nicht erst zu reden.

»Ja«, antwortete sie leise. »Wie lange war ich weg vom Fenster?«

Sean setzte sich auf den Boden und lehnte sich an die Hauswand. »Sieben Tage, mein Engel. Sieben gottverdammt lange Tage.«

Sie räusperte sich. »Oh … wo seid ihr?«

Er wollte ihr antworten, wollte den leisen Zweifel ignorieren. Aber was, wenn in dieser Zeit etwas geschehen war und sie gezwungen wurde, ihn zu hintergehen? Vielleicht hielt ihr gerade jetzt Thorpe eine Waffe an den Hinterkopf. Paranoia war sein zweiter Vorname.

»Sean, Thorpe und seine Männer waren hier. Die Ärztin hat mich geweckt und mir befohlen, mich zu verstecken. Sie haben sie umgebracht.« Sie schluchzte und Sean kämpfte die aufsteigende Galle hinunter. »Ich konnte nichts tun und jetzt weiß ich nicht weiter.«

Sean raufte sich die Haare und fing an, auf und ab zu gehen. Wann war er aufgestanden? Waren seine Bedenken am Ende berechtigt? »Scheiße, Baby.« Wie sollte er sich jetzt verhalten? Er musste für die Sicherheit seines Teams und den reibungslosen Ablauf des Einsatzes sorgen. Doch er fühlte sich auch Noa verpflichtet, auch wenn er leise befürchtete, dass sie sich in den Händen seines Feindes befand und gegen ihn manipuliert wurde.

»Doc Martha hat sicher ein Auto. Nimm es und fahr Richtung Süden.« Das war ein guter Anfang. Die Fahrt nach Miami würde ihm genug Zeit verschaffen, um sich klar darüber zu werden, wie er mit Noa weiter verfahren sollte. Fuck, er liebte sie. Was würde er tun, wenn sie sich als unfreiwillige Verräterin entpuppte? »Durchsuch das Haus nach Geld und leg danach Feuer. Es dürfen keine DNS-Spuren von dir zurückbleiben. Zwanzig Meilen vor Miami meldest du dich wieder.« Bei allen Göttern, sein schlimmster Verdacht durfte sich einfach nicht bewahrheiten.

»Ja, das ist gut«, unterbrach sie sein stummes Stoßgebet. »Sean? Ist alles gut zwischen uns?« Die Unsicherheit in ihrer Stimme war ihm nicht entgangen. Sie hatte die durchschlagende Wirkung von zehn Kilo TNT.

»Ja, Baby«, log er, »alles ist okay. Melde dich, versprich es mir.«

Nachdem sie es versprochen hatte, legte er auf. Er schaffte es nicht, gleich darauf wieder ins Haus zu gehen. Hatte er richtig gehandelt? Die Antwort darauf würde wohl erst die Zukunft zeigen. Jetzt war kaum der richtige Zeitpunkt, um an sich selbst zu zweifeln. In ein paar Stunden wollten sie zuschlagen und da brauchte er einen freien Kopf.

•

Sean war irgendwie merkwürdig gewesen. Distanziert. Hatte er es sich anders überlegt? Bereute er etwa, dass er etwas mit ihr etwas angefangen hatte?

Noa durchsuchte das Haus wie von Sean befohlen. Sie versuchte, den bohrenden Schmerz in ihrer Brust zu ignorieren. Er war schlimmer als das scharfe Pochen ihres Bauches. Sie spürte tief in sich drin, dass sie Sean zu verlieren drohte. Aber warum? Die Antwort würde sie nur bekommen, wenn sie sich an seine Anweisungen hielt und so schnell wie möglich zu ihm kam.

Auf ihrem Streifzug fand sie zum Glück noch mehr Bargeld. Es waren noch einmal zweihundert Dollar. Damit würde sie es sicher bis Miami schaffen.

An einem Haken neben der Haustür hing ein Autoschlüssel. Noa nahm ihn und machte sich auf die Suche nach dem dazugehörenden Wagen. Sie landete dabei im Keller und fand eine doppelläufige Flinte mit genug Munition. Daneben stand ein Kanister. Noa hob ihn hoch, öffnete den Deckel und roch daran. Es war Benzin.

Diese Ärztin war anscheinend Jägerin oder so etwas in der Art gewesen. Auf jeden Fall nahm Noa alles mit nach oben. Sie würde für Benzin und Flinte ganz sicher Verwendung haben.

Im Eingangsflur stellte sie den Benzinbehälter ab. Im Gegenzug griff sie sich ihre Tasche und machte sich bepackt auf den Weg in die Garage. Sie ging durch die einzige Tür, die sie noch nicht geöffnet hatte und stand vor einem alten Toyota-SUV. Hoffentlich schaffte es das klapperige Teil bis nach Miami.

Sie legte alles auf die Rückbank. Dann ging sie zur Fahrerseite, stieg kurz ein und schaltete die Zündung ein. Die Tankanzeige sprang auf Dreiviertel, Gott sei Dank.

Sie ging zurück in den Wohnbereich des Hauses und machte sich an ihre letzte Aufgabe. Sie musste zur Pyromanin mutieren. Es kostete sie schon genug Überwindung, das nur schon zu denken. Wie sollte sie es denn bloß schaffen, wirklich Feuer zu legen? Klar, hatte Sean recht. Sie musste ihre Spuren verwischen und das war die schnellste und effektivste Art.

Schweren Herzens hob sie den Kanister vom Boden und ging mit ihm erst in die Küche, um Streichhölzer zu suchen. Sie verlor zum Glück nicht viel Zeit damit, da sie neben dem Gasherd schnell fündig wurde.

»Du musst alle DNS-Spuren vernichten«, hörte sie Seans Stimme mahnend ich ihrem Kopf. Deshalb rannte sie erst in den oberen Stock und goss Benzin auf die Bettdecke im Zimmer von Doc Martha. Mit zittrigen Händen versuchte sie, ein Streichholz anzuzünden. Beim dritten Mal brannte das Ding endlich und Noa steckte damit die Bettdecke und den hässlichen Teppich in Brand.

Dann eilte sie ins Badezimmer und zündete die Badetücher ebenfalls an. Danach lief sie die Treppe hinunter und verfuhr mit dem Zimmer, in dem sie gelegen hatte und dem Behandlungsraum auf ähnliche Weise. Das alte Holzhaus war wohl der richtige Nährboden, denn die Flammen breiteten sich gefräßig und rasend schnell aus. Nur noch kurz in die Küche und den Gasherd aufdrehen, danach wäre das Werk perfekt.

Danach rannte sie zum Wagen, setzte rückwärts aus der Garage und fuhr so schnell sie konnte davon. Im Rückspiegel sah sie, wie sich das brennende Haus gespenstisch rot leuchtend vom nächtlichen Horizont abhob. Es würde nicht mehr lange dauern, bis sich die Flammen mit dem ausströmenden Gas verbanden und alles in einem Inferno endete.

Nur weg von hier! Hoffentlich wurde nicht zu schnell nach diesem Schrotthaufen von Toyota gefahndet. Wenn sie ein wenig Glück hatte, ging die Polizei, nachdem das Feuer gelöscht war, von einem einfachen Einbruch aus. Auf jeden Fall musste sie so schnell wie möglich nach Miami und dort die Kiste abstoßen.

Sie rollte durch die Straßen dieses Städtchens und hatte keine Ahnung, wohin sie fahren musste. Dann entdeckte sie die Auffahrt auf die Interstate in Richtung Süden. Genau das, was sie gesucht hatte.

Viele Meilen weiter südlich ...

Die ganze Geschichte geriet langsam außer Kontrolle. Wo waren diese Plage Sean Patrick, seine Schatten und diese kleine Schlampe? Gerade jetzt würde er allzu gern einen Mord begehen, wenn er mit Sicherheit wüsste, dass es ihm danach besser ging. Aber weil er das nicht genau sagen konnte, riss er sich zusammen. Er gehörte nicht zu den Typen, die wertvolle Zeit für nichts vergeudeten.

Er hatte sich zusammen mit seinen besten Männern auf die Suche nach den Flüchtigen gemacht. Angefangen am letzten bekannten Aufenthaltsort seiner verschwundenen Soldaten. Von dort hatten sie sich in alle Richtungen verteilt. Nur durch einen Zufall waren sie auf die Bande gestoßen, weil einer seiner Leute auf die Idee gekommen war, sich in die Verkehrsüberwachung zu hacken.

Nachdem sie sich in diesem Provinzkaff Edgemoor umgesehen und ein paar Leute ausgefragt hatten, waren sie dahintergekommen, dass Patrick einen Arzt suchte. Und da es in diesem Dorf nur eine Ärztin gab, waren sie schnell fündig geworden. Leider waren weder Sean noch die Hure dort gewesen. Obwohl er sein linkes Ei darauf verwettet hätte, dass das Mädchen ganz in der Nähe gewesen war.

Er schlug mit der Faust auf das Armaturenbrett, um sich abzureagieren, und erntete einen kritischen Blick seines Fahrers. »Gaff nicht so blöd und kümmere dich ums Autofahren.« Mann, er hatte selten so eine beschissene Laune gehabt.

An all dem war nur Stanton schuld. Es war auch Bill Stanton gewesen, der ihn mit Gomez und Co. in Verbindung gebracht hatte und somit den Anfang dieser Misere eingeläutet hatte.

Eigentlich hätte er es besser wissen sollen. Aber diesen Fehler würde er so bald wie möglich beheben.

Thorpe nahm sein Handy aus der Jackentasche und wählte Stantons Nummer. Natürlich nahm der Schlappschwanz nicht ab. Wahrscheinlich ließ er sich gerade einen runterholen. Der Kerl kriegte buchstäblich keinen hoch, wenn er nicht dafür bezahlen konnte.

Verdammte Kacke! Er spürte, wie ihm die ganze Geschichte zu entgleisen drohte.

•

Noa fielen inzwischen fast die Augen zu, aber sie war glücklicherweise beinahe am Ziel. Kurz vor Miami fuhr sie auf einen Rastplatz und rief Sean an, um weitere Instruktionen zu erhalten.

»Hey Süße«, er klang erleichtert. Dennoch schwang nach wie vor ein vorsichtiger Unterton in seinen Worten mit.

»Hi.« Mehr brachte sie nicht heraus. Sie war zu müde und die unterschwellige Skepsis drängte sich immer mehr in den Vordergrund.

»Wo bist du jetzt?«, fragte Sean und es war, als hätte er ihre Gedanken gelesen, denn er klang etwas wärmer. Sie fühlte, wie sie entspannt aufatmete und die Schultern fallen ließ.

»Ich bin kurz vor Miami. Was soll ich jetzt tun?«

»Such dir ein Zimmer in einem Motel und bezahle es bar und im Voraus. Buche es auf jeden Fall unter falschem Namen. Danach fährst du mit dem gestohlenen Wagen in ein Parkhaus. Achte darauf, dass du nicht erkannt wirst. Trag dafür eine Baseballmütze oder einen Kapuzenpulli und halte den Blick gesenkt. Wichtig ist, dass deine Kleidung unauffällig ist. Keine markanten Marken-Logos oder Muster. Dann zündest du den Innenraum des Wagens an, um nochmals deine Spuren zu vernichten. Am besten holst du dir Benzin und tränkst damit die Polster. Lass den Kanister so liegen, dass es den Anschein macht, er wäre versehentlich umgefallen und ausgelaufen. Dann legst du den Zigarettenanzünder in die Pfütze auf dem Beifahrersitz und steckst alles mit einem Streichholz an.« Er hielt kurz inne, anscheinend, um sich zu sammeln. Dann fuhr er fort: »Geh sofort weg und achte dabei darauf, dass du auf den Überwachungskameras und für Passanten unerkennbar bist.« Er machte wieder eine kurze Pause. Noa hatte seiner Instruktion gebannt gefolgt und dabei gar nicht bemerkt, dass sie die Luft angehalten hatte.

»Lass die Nummernschilder verschwinden. Wirf sie am besten in einen Kanal.«

Noa schwirrte der Kopf wegen all der Informationen. Zum Glück schwieg auch Sean einen Moment. Sie brauchte die Stille, um alles zu ordnen. Ihre Hände waren kalt vor Nervosität und sie hatte Schmerzen. Sie konnte nicht mal mehr sagen, was ihr alles wehtat. Irgendwie schien sie am ganzen Körper wund zu sein. Ihr Kopf pochte, der Bauch brannte, die Gelenke schienen alle entzündet und jeder Muskel zog sich in leichten Krämpfen zusammen. Ja, und Angst hatte sie auch. Eine Scheißangst, um genau zu sein.

»Hast du alles verstanden, Baby?«, fragte Sean besorgt nach.

Sie richtete sich auf und sah durch die Windschutzscheibe des alten Toyotas. »Ja. Aber was geschieht dann?« Seans Plan passte ihr nicht. Das war alles zu auffällig. Sie hatte eine bessere Idee, aber die würde sie ihm nicht unterbreiten. Seine unterschwellige Distanziertheit ließ auch sie vorsichtig werden.

»Dann gehst du zurück zum Motel und wartest dort, bis ich mich bei dir melde.«

Wieder entstand eine Schweigeminute, die sich dieses Mal jedoch unangenehm anfühlte.

»Sean?« Noa ärgerte sich darüber, dass ihre Stimme leicht zitterte.

»Was ist, meine Schöne?« Wie sehr sie seine tiefe raue Stimme inzwischen liebte. Wie sehr sie sich danach verzehrte, sie zu hören. Was war nur geschehen? Zwischen ihnen und in den letzten Tagen. Sie waren sich nahegekommen und sie hatte es zugelassen, dass sich zarte Gefühle für diesen Mann in ihrem Herzen ausbreiteten. Auch er hatte sich für sie geöffnet. Das war deutlich zu erkennen gewesen. Doch jetzt schien das alles eine Ewigkeit her zu sein und in eine nicht reale Parallelwelt zu gehören.

Wie sollte sie das, was ihr auf dem Herzen lag, aussprechen, ohne dabei völlig lächerlich zu wirken?

»Ist alles gut, Sean? Zwischen uns meine ich.«

Er zögerte, schien sich die Antwort gut zu überlegen und Noa sank der Mut. Was war denn nur los? Irgendetwas musste geschehen sein.

»Ja, Süße. Es ist alles in Ordnung. Tu einfach, was ich gesagt habe, dann wird alles gut. Ruf mich sofort an, wenn du im Motel bist. Ich werde danach für ein paar Stunden schlecht erreichbar sein, du bist deshalb auf dich allein gestellt. Also versprich mir, dass du auf dich aufpassen wirst.«

Erst Kälte und jetzt Sorge. Wie sollte eine Frau da noch mitkommen?

»Warum bist du nicht zu erreichen?« Jetzt hörte sie sich schon an wie eine zickige, eifersüchtige Tussi.

»Das kann ich dir momentan nicht sagen, Noa. Noch nicht. Vertrau mir bitte und erledige deinen Auftrag. Ich melde mich bei dir, sobald ich kann.«

Wieso hatte sie auch gefragt. Der Stich der Enttäuschung gesellte sich zur restlichen Ansammlung von körperlichen und seelischen Beschwerden.

»Gut, dann bis später.« Sie war angepisst, weshalb sie ohne seinen Kommentar abzuwarten auflegte.

Scheiße! Sie war so kaputt, sie hätte auf der Stelle drei Tage lang schlafen können. Ihr Kopf war so schwer, dass sie einen Moment die Stirn aufs Lenkrad legte. Was stimmte hier nicht? Sie hatte gedacht, dass sich zwischen ihr und Sean etwas Grundlegendes entwickelt hatte. Doch nun schien er meilenweit weg zu sein, und zwar emotional und nicht, weil er gerade nicht neben ihr saß.

Herrgott noch mal, reiß dich zusammen! Sie richtete sich wieder auf und schlug zweimal mit den Handflächen auf das Steuer. Sie durfte nicht noch länger auf diesem Parkplatz ausharren. Wer konnte schon sagen, welche Augen gerade auf sie gerichtet waren.

Obwohl sie sich mut- und kraftlos fühlte, drehte sie mit leichtem Zittern im ganzen Leib den Zündschlüssel. Die Schrotkarre sprang stotternd an. Sie schien sich mit ihr zu solidarisieren.

Sean hatte gesagt, sie sollte sich erst ein Motel suchen und danach das Auto loswerden. Sie entschied sich jedoch dafür, sich nicht ganz an diese Reihenfolge zu halten.

In der Stadt fuhr sie auf direktem Weg zu einem alten Bekannten. Der Latino betrieb in einem Hinterhof eines Autoabbruchs eine illegale Garage. Dort wurden gestohlene Fahrzeuge zerlegt, die Seriennummern entfernt und die Einzelteile zu Geld gemacht. Sie hatte Jesus de la Vega durch einen Zufall kennengelernt. Damals hatte er seine kleine Schwester regelmäßig vom Jugendzentrum abgeholt und irgendwann hatte sich die flüchtige Bekanntschaft vertieft. Nicht dass etwas zwischen ihnen gelaufen wäre. Dieses Risiko wäre Noa niemals eingegangen. Von einem Kriminellen zum nächsten, vom Regen in die Traufe. Nein, danke. Aber sie mochte Jesus sehr und vertraute ihm.

Sie stieg aus und ging in die Werkstatt.

»Hola Chica!«, rief ihr Jesus schon von weitem zu. Er war buchstäblich von Kopf bis Fuß mit Öl verschmiert und aus seinem Pferdeschwanz hatten sich einige Strähnen gelöst, die ihm nun ins Gesicht hingen. Als er bei ihr angekommen war, riss er sie in eine bärenhafte Umarmung. »Ich habe gedacht, du bist tot, Bonita. Man weiß ja nie, bei Typen wie Gomez.«

Es tat so gut, sich an jemanden anlehnen zu können, dem man erstens vertraute und der zweitens keine Fragen stellte. Jesus hatte sie nie genötigt, ihm ihre Scheiß-Geschichte zu erzählen. Für ihn war sie immer nur Noa – ohne Vergangenheit – gewesen, die sich um die Kids aus schwachen familiären und sozialen Verhältnissen kümmerte. Punkt. Aus. Amen.

»Viel hat nicht gefehlt«, entgegnete sie an seiner Brust und atmete seinen Duft nach Schweiß, Motorenöl und Benzin ein. In diesem Augenblick der wahrscheinlich beruhigendste Cocktail. Ein olfaktorisches Prozac.

»Bist du in Schwierigkeiten, Princesa?«

»So ziemlich. Aber frag nicht.« Sie stieß ihn sanft von sich, um ihn anzusehen. Die gerade Nase, hohe Wangenknochen, dunkle, mandelförmige Augen und volle Lippen. Sie wusste, dass er mehrere Gangtattoos am Körper trug und auch ein paar Narben von Stichverletzungen. Das war sein grausamer Alltag. Sie hasste es, dass sie ihn in diese Sache hineinzog, doch er war in diesem Moment die einzige Chance. Nur er konnte ihr helfen.

»Was kann ich für dich tun, Noa?« Er sah sie aufmerksam an und zwischen seinen Augenbrauen entstand eine steile Falte. Er war nun nicht mehr brüderlich zärtlich, sondern sachlich und abwartend. Sie vermisste die Wärme, die er vorhin ihrem Körper und ihrer Seele gespendet hatte. Sie musste ziemlich Kacke aussehen, denn er nahm sie mit besorgter Miene am Arm und zwang sie, sich zu setzen.

»Sorry, Babe, aber du machst einen sehr mitgenommenen Eindruck. Willst du vielleicht etwas essen oder trinken?«

Sie ließ sich dankbar auf dem Schemel nieder und wurde sich dabei bewusst, dass ihre Knie zitterten.

»Hast du vielleicht eine Cola für mich?«

Jesus musterte sie kritisch. »Wann hast du das letzte Mal etwas zwischen die Zähne bekommen?«

Da brauchte sie nicht lange zu überlegen. »Auf der Fahrt hierher. Einen Getreideriegel.«

Er hob eine Augenbraue. »Aha, sehr nahrhaft. Willst du vielleicht nicht lieber ein Sandwich oder so etwas? Ich schicke schnell einer der Jungs los, um dir etwas zu besorgen.«

Nur schon beim Gedanken an Essen krampfte sich ihr der Magen zusammen. »Das ist lieb von dir. Aber ich bringe momentan nichts hinunter. Eine Cola reicht völlig.« Er nickte abermals und verschwand kurz hinter einer Tür.

»So, und jetzt raus mit der Sprache«, sagte er, als er zurückgekehrt war und ihr eine Dose Coca-Cola unter die Nase hielt.

Noa nahm die Zuckerbombe dankbar an. Jesus war so aufmerksam gewesen und hatte die Dose bereits für sie geöffnet. Sie nahm einen Schluck und genoss das kühle Prickeln, das sich in ihrem Mund ausbreitete. Sie nutzte gleichzeitig diesen kurzen Augenblick, um sich Gedanken darüber zu machen, was und wie viel sie ihrem Latino-Freund erzählen durfte.

»Hör zu«, begann sie vorsichtig. »Ich kann dir nicht viel sagen. Es ist gefährlich und trotzdem muss ich dich um Hilfe bitten. Du bist, glaube ich, momentan meine einzige Chance.« Wenn ihr doch nur Sean zur Seite stehen würde. Doch der trieb sich weiß Gott allein irgendwo herum und hatte sich anscheinend in den Kopf gesetzt, dass sie nach seiner Pfeife zu tanzen hatte. Das konnte er sich abschminken, wenn er sie schon sich selbst überließ.

»Ich mache alles für dich, Bonita. Das weißt du doch.« Jesus sah sie abwartend an und Noa konnte sich nicht entscheiden, ob sie mutig sein oder sich in einem Erdloch verkriechen sollte. Schließlich gewann jedoch die Resignation die Oberhand und sie fand, dass sie eh schon weit über die Grenze des Normalen geschritten war. So konnte sie auch ein Gangmitglied um Hilfe bitten.

»Die Schrottkarre, mit der ich gekommen bin, muss spurlos verschwinden.«

»No problemo. Das ist mein Spezialgebiet. Was noch?«

Noa atmete tief durch. Ihr Kopf fühlte sich seltsam schwer an und sie musste dem starken Drang widerstehen, sich auf dem schmutzigen Werkstattboden zusammenzurollen und zu schlafen.

»Ich brauche dafür einen Ersatzwagen. Klein und unauffällig, wenn es geht.«

Jesus nickte. »Betrachte es als erledigt.«

•

Von allen Seiten drang das Knallen von Gewehrsalven an sein Ohr. Die trockene Luft vibrierte durch die Gewalt. Der Schmerz in seinem Bein hatte nachgelassen, was sowohl gut als auch schlecht war. In immer kürzer werdenden Abständen wurde ihm schwarz vor Augen.

Sie waren in einen gottverdammten Hinterhalt geraten! Wieso hatte ihn sein innerer Alarm nicht früher gewarnt?

»Beweg deinen Arsch, Captain!«, rief Danny über den Peitschenschlag der Rotorblätter hinweg ins Ohr. Er stand auf, oder versuchte es zumindest. Ohne Dannys Hilfe hätte er es auf jeden Fall nicht geschafft. Als er sich umdrehte, um nach Ian zu sehen, bemerkte er, dass etwas nicht stimmte. Was zum Teufel tat Noa hier? Voller Entsetzen musste er dabei zusehen, wie sie getroffen durch mehrere Schüsse zu Boden ging.

Er schrie auf und wollte zu ihr hin. Doch eine Hand an seiner Schulter hielt ihn eisern zurück. Noa lag blutend zu seinen Füßen. Die matten Augen gen Himmel gerichtet, als wollte sie ihn durch Ignorieren bestrafen.

»NOA!«, hörte er sich verzweifelt rufen.

»Wach auf, Boss!«, sagte jemand vehement neben ihm. Er wurde energisch geschüttelt, sodass er die Augen öffnete. Einen Moment lang war er orientierungslos. Wo war er? Seine Hand legte sich suchend auf seine Oberschenkel, in Erwartung, auf sein eigenes klebriges Blut zu stoßen. Doch er fand nur nackte, warme, haarige Haut und eine wulstige Narbe.

Danny sah ihn besorgt an. »Wieder Albträume?« Dannys Anwesenheit hatte wie immer eine beruhigende Wirkung. Danny, der stille, sanfte Krieger.

Sean setzte sich auf und ließ sich bewusst Zeit, um sich in der Realität zurechtzufinden. Er atmete konzentriert ein und aus. Durch den Schweiß, der seine Stirn und den Oberkörper bedeckte, fröstelte er. Er hieß dieses Gefühl jedoch willkommen. Es erdete ihn und half ihm, seinen inneren Aufruhr in den Griff zu bekommen.

»Es war dieses Mal wohl besonders schlimm«, stellte Danny fest.

Sean brachte es fertig, zu nicken. »Mach dir keine Sorgen, Bruder. Ich bin das inzwischen gewöhnt.« Er strich sich die Haare aus dem Gesicht. »Wie spät ist es?«

Danny musterte ihn immer noch kritisch und Sean hatte das Gefühl, ein Insekt unter einer Lupe zu sein.

»Zeit, um aufzubrechen«, antwortete Danny, als er sich anscheinend davon überzeugt hatte, dass Sean wieder zurechnungsfähig war.

Sean stand auf, froh um den bevorstehenden Einsatz. Er half ihm, den Nachhall dieses schrecklichen Traums zu vergessen. Hoffentlich war Noa okay, auch wenn er manchmal nicht ganz so sicher war, was sie anging. Er konnte nicht leugnen, dass er sie liebte. Seit er sie bei Dr. Cook zurückgelassen hatte, quälten ihn Selbstvorwürfe. Man ließ keinen Kameraden schutzlos zurück. Dennoch hatte er es nun schon zum zweiten Mal getan. Damals bei Ian und jetzt bei Noa. Er war anscheinend ein inkonsequenter Kommandant.

Wieso hatte sich Noa noch nicht gemeldet? Sie müsste doch schon ein Motelzimmer bezogen haben.

Er schob resolut alles, was mit Noa zu tun hatte, beiseite. Der Fokus lag jetzt beim Einsatz an der Zuchtstation. Er konnte sich danach um Noa kümmern.

Fünf Minuten später saßen er und seine Männer in einem Transporter Richtung Nordwesten. Wo das ehemalige Krankenhaus lag, von dem sie vermuteten, dass sich da die Zuchtstation befand.

•

Sie sah sich in ihrer schmuddeligen Unterkunft um. Der Teppich war fleckig und abgenutzt und Noa wollte sich gar nicht vorstellen, wie die Matratze unter dem Laken aussah.

Was jetzt? Sie musste Sean Bescheid geben. Sie nahm das Handy und wählte seine Nummer. Es klingelte unendlich lange und Noa gab es schließlich auf.

»Herrgott noch mal, Sean!« Auch wenn er ihr gesagt hatte, dass er schwer zu erreichen sein würde, ärgerte sie sich darüber.

Sie tigerte unruhig auf und ab. Wahrscheinlich würde sie in kürzester Zeit eine Schneise in den Teppich gelaufen haben. Um den Bodenbelag war es jedoch nicht sonderlich schade.

Eine schreckliche Unruhe erfüllte sie, weshalb sie sich dazu entschloss, unter die Dusche zu steigen. Sie ging ins schäbige Badzimmer und ließ schon mal das Wasser laufen. Sie ignorierte die schmutzigen Ecken und die verdächtigen Flecken auf den Fliesen von Wand und Fußboden. Auch das Waschbecken hatte schon bessere Zeiten gesehen. War es früher vermutlich mal weiß gewesen, so hatte es jetzt einen marmorierten Beige-Braunton.

Noa wandte sich von dem wenig angenehmen Anblick ab und fing an, ihre Kleider auszuziehen. Sie legte sie gründlich zusammen, deponierte den Stapel auf dem geschlossenen Toilettendeckel und entfernte den Verband. Wie nahe war sie dem Tod eigentlich gewesen?

Dann stieg sie unter die Dusche und stöhnte laut auf, als der harte Wasserstrahl aus dem verkalkten Duschkopf auf ihre überempfindliche Haut traf. Sie stand erst einmal einen Moment reglos da. Auch wenn das Wasser sich scharf anfühlte, so entspannte es sie dennoch. Gedankenverloren seifte sie sich ein. Dabei stieß sie auf die sensible Wunde auf ihrem Bauch. Kratzige Fäden standen von der Naht ab wie die Beine einer toten Fliege. Vermutlich sollte sie den Schnitt nicht zu sehr und zu lange dem Wasser aussetzen.

Die Wundränder waren zwar etwas gerötet, doch es sah nicht besorgniserregend aus. Nicht mehr. Sie würde weiterhin die Entzündungshemmer und das Breitbandantibiotikum einnehmen, das sie aus dem Haus der Ärztin hatte mitgehen lassen.

Zurück im Schlafbereich holte sie Verbandsmaterial und die Medikamente heraus. Dabei stieß sie auf die Neunmillimeter, die Sean ihr dagelassen hatte. Sie nahm sie in die Hand und ließ das Gewicht auf sich wirken.

Es war an der Zeit, endlich ihr Leben aktiv in die Hand zu nehmen. Sich von allem Mist freizukämpfen. Zu lange hatte sie sich ihrem Selbstmitleid hingegeben und sich als Spielball für die Launen anderer benutzen lassen. Sie konnte und durfte sich nicht mehr auf andere verlassen, denn nur sie allein war für ihr Leben verantwortlich. Mit einem Mal reifte ein dramatischer Beschluss in ihr heran und festigte sich. Sie wollte unabhängig sein. Frei sein.

Sie desinfizierte die verheilende Narbe und klebte danach ein Pflaster darauf. Der Druck, der dadurch entstand, tat weh. Doch diesen Schmerz brauchte sie, um klar denken zu können. Er gab ihr die Kraft, ihre Lungen mit Luft zu füllen und sich in trügerische Ruhe zu hüllen.

Sie fühlte sich von allen verraten: Von ihren Eltern, von Gomez, Sean … die ganze beschissene Welt hatte sie verarscht.

Sie zog eine unauffällige Jeans und ein Tank Top an und darüber eine Kapuzenjacke. Sie warf einen Blick auf die Uhr. Es war kurz vor fünf. Zeit, zu gehen.

Sie vergrub die leisen Zweifel tief in ihrem Herzen und schloss sie darin ein. Sie würde die Pein und die Verzweiflung nach der Umsetzung ihres Vorhabens herauslassen. In wenigen Stunden würde sie von der Hure zur Mörderin werden. Doch das war egal. Vielleicht war ihr dieser Weg sogar vorbestimmt gewesen, als sie in Amsterdam ins Flugzeug gestiegen war.

Sie zog sich die Kapuze tief in die Stirn und fuhr mit dem Auto davon. Erst machte sie bei einem Baumarkt halt und kaufte mit ihrem spärlichen Geld einen großen Hammer und vier Rollen Panzertape.

Eine Straße von ihrem eigentlichen Ziel entfernt stellte sie den Wagen ab. Ihr Herz raste in ihrer Brust und Schweiß nässte ihre Hände und Stirn. Sie hätte es auf die generelle Schwäche zurückführen können, doch sie wusste, dass ganz andere Gründe dafür verantwortlich waren, dass ihr das Wasser nur so aus den Poren schoss. Sie versuchte noch zweimal, Sean zu erreichen. Wiederum erfolglos. Tja, anscheinend war sie wirklich auf sich allein gestellt, wie er gesagt hatte.

Reiß dich zusammen! Diese drei Worte wurden langsam zu ihrem Mantra. Sie warf sich selbst durch den Rückspiegel einen bösen Blick zu. Was Sean tat, konnte sie auch. Sie würde die Welt von mindestens einem Scheusal befreien. *Du schaffst das, Noa,* spornte sie sich selbst an.

Obwohl sie immer noch am liebsten schreiend davongerannt wäre, hatte sie sich irgendwann so im Griff, dass sie mit der Tasche mit den Sachen aus dem Baumarkt in der Hand und der Pistole von Sean im Hosenbund aussteigen konnte.

Das todbringende Stück Metall in ihrem Rücken ermahnte sie bei jedem Schritt, nicht zu vergessen, was die Konsequenzen waren, wenn sie diesen Weg weiter beschritt. Doch für eine Umkehr war es jetzt zu spät. Auch wenn sie Gomez noch nicht umgebracht hatte, so war sie bereits jetzt schon über die wichtigste Schwelle getreten und nun gab es kein Zurück mehr.

Die Kapuze tief ins Gesicht gezogen, den Blick auf den Asphalt gerichtet, überquerte sie den Parkplatz vor Gomez' Nachtclub. Noch war dieser Vorhof zur Hölle, Noas persönliches Pandämonium, geschlossen. Doch sie wusste, dass Gomez nächstens hier aufkreuzen würde. Wenn er nicht schon da war.

Sie ging zum Hintereingang und tippte den Code ins Panel, um die Tür zu entriegeln. Sollte Gomez inzwischen die Zahlenreihen geändert haben, löste sich ihr Plan in nichts auf. Noa keuchte überrascht auf, als ein Summen und Klicken ertönte und die Tür einen kleinen Spalt aufging. Diese Eigenart des Hintereingangs hatte sie anfangs irritiert. Bis ihr einmal jemand erklärt hatte, dass die Tür wegen der ständigen Luftfeuchtigkeit leicht verzogen war und in geschlossenem Zustand dadurch unter Spannung stand. Sobald das Schloss entriegelt wurde, sprang sie auf.

Sie stand am ganzen Körper unter Strom und ermahnte sich, ruhig zu atmen. Sie öffnete den Durchgang ganz, zögerte dann jedoch, einzutreten. Was war, wenn sie versagte? Dann wäre sie wieder in Gomez' Maschinerie gefangen und dieses Mal würde sie kein Tageslicht mehr zu Gesicht bekommen. Sie hatte früher schon Angst vor dem Tod gehabt, weshalb sie geduldig auf eine Gelegenheit zur Flucht gewartet hatte. Doch jetzt hatte sie nichts mehr zu verlieren und gleichzeitig alles.

Früher war sie allein gewesen und hatte durchgehalten, obwohl sie keinen Grund dazu gehabt hatte. Doch nun war Sean in ihr Leben getreten und auch wenn er sich zurzeit komisch verhielt, so wollte sie nicht mehr ohne ihn sein. Er würde ihr das Fell über die Ohren ziehen, wenn er erfuhr, was sie vorhatte. Aber Sean hatte seinen Kampf und das hier war ihrer.

Sie gab sich einen mentalen Arschtritt und betrat den Club. Sie schloss die Tür leise hinter sich und schlich sofort zu Gomez' Büro.

Am Ziel zog sie die Pistole und klopfte an. Als sie keine Antwort bekam, drehte sie den Knopf und öffnete die Tür. Der Raum lag im Dunkeln. Sehr gut.

Sie ging hinein und schloss sorgfältig zu. Sie schaltete dann das Licht ein. Nichts hatte sich verändert, seit sie das letzte Mal hier gewesen war. Noa lief zum Schreibtisch und versuchte, die Schubladen zu öffnen. Leider war Gomez kein Einfaltspinsel, denn die Schubfächer waren alle verriegelt. Sie entdeckte unter den unzähligen Unterlagen und Papierstapeln einen Brieföffner. Mit diesem brach sie kurzerhand das Schloss auf und machte sich daran, das Pult zu durchsuchen.

Sie hoffte immer noch, dass sie ihren Pass fand. Obwohl dieser bereits abgelaufen sein musste und sie wenn sie ausreisen wollte erst einmal in der Scheiße steckte, weil sie so viele Jahre als Illegale in den Staaten gelebt hatte. Wie sollte sie das jemals der Zollbehörde und der Polizei erklären? Und da sie jetzt im Begriff war, Gomez zu töten, würde man ihr diesen Mord anhängen können. Aber das war egal. Sie wollte ihren Pass zurück, weil er ihr den Schein von Identität, Freiheit und Leben gab. Dinge, die sie durch Gomez verloren hatte.

Auf ihrer Suche stieß sie auf ein Etui mit Spritzen und Ampullen. Mit diesem Gift hatte er sie gefügig gemacht. Sie nahm es an sich und ließ es in der Tasche verschwinden.

An der Wand hinter dem Schreibtisch stand ein Safe. Doch für ihn fehlte ihr die Kombination. Sie war sich sicher, dass alle ihre Antworten sich hinter dieser Tür aus Stahl befanden.

Sie warf einen Blick auf die Uhr. Bald würde Gomez kommen. Bei diesem Gedanken zog sich ihr Magen auf die Größe einer Erbse zusammen und sie schaffte es gerade noch so, den Mageninhalt unten zu behalten. Sie ließ sich auf den Bürostuhl fallen und wartete.

Tatsächlich sah sie bald darauf, wie der Türknopf von außen gedreht wurde. Sie zog die Halbautomatik und zielte auf den Durchgang. Was sie tun würde, wenn es sich nicht um Gomez handelte, würde sie spontan entscheiden.

Die Tür ging auf und Inocente Gomez hob überrascht den Kopf. »Mach zu und schließ ab.« Noas Herz schlug inzwischen mit Überschallgeschwindigkeit.

Gomez betrat den Raum. Seine Miene war wie immer durch Arroganz entstellt. Trotz der Waffe, die auf ihn gerichtet war. Gemächlich machte er die Tür zu und schloss wie befohlen ab.

»Ich muss sagen«, begann er süffisant lächelnd, »du bist die letzte Person, die ich hier erwartet hätte.« Er schob lässig die Hände in die Taschen seiner Anzughose. »Eigentlich müsstest du doch entweder tot sein oder breigehirnig Thorpe zur Verfügung stehen.«

Noa war so wütend, dass sie buchstäblich rotsah. Ihr Blickfeld zog sich zusammen und an den Rändern glühte es im Rhythmus ihres Pulses. Ihr Finger zuckte gefährlich am Abzug und sie musste sich selbst dazu ermahnen, dass es jetzt noch zu früh war. Sie stand auf und ging um das Pult herum.

»Park deinen Arsch auf dem Stuhl und fessle deine Füße an die Stuhlbeine und die rechte Hand an die Armlehne.« Sie warf ihm eine Rolle Panzertape hin.

Gomez fing sie auf, wahrscheinlich aus purem Reflex, und musterte sie eingehend. »Und wie kommst du darauf, dass du mir Befehle erteilen kannst, du dreckige Schlampe?«

Selbst jetzt, da sie ihm die Mündung der Pistole vor die Nase hielt, strahlte er die Selbstsicherheit eines dunklen Engels aus. Genau dieses Auftreten hatte dazu geführt, dass sie ihm damals verfallen war. Sie hatte wohl schon immer eine Schwäche für dominante Männer gehabt. Sean war da auch nicht anders. Er war zwar kein hintertriebenes Arschloch wie Gomez, aber dennoch erwartete er, dass alle Welt sich seinem Befehl beugte. Der Gedanke an den Captain schmerzte sie. Scheiße, sie vermisste den elenden Kerl.

Lass dir nur nichts anmerken. Sollte Gomez diese kleine Unsicherheit riechen, hätte er sie in der Hand. So gut kannte sie diesen Sack inzwischen.

»Na los! Hinsetzen, Klappe halten und ankleben.« Sie konnte sich kaum noch im Zaum halten, denn sie war voller Hass und Angst. Ja, sie hatte Schiss vor dem Arschloch. Diesen Umstand musste sie jedoch unbedingt vor ihm verbergen.

Er schlenderte regelrecht zu dem Stuhl, den sie ihm zugewiesen hatte und ließ sich erhaben darauf nieder. Gomez grinste blöde, bückte sich und umwickelte sein rechtes Bein.

»Sag mal«, begann er ganz beiläufig, »wie geht es eigentlich deinem glühenden Verehrer? Der hat einen ziemlichen Zirkus veranstaltet, als er erfahren hat, dass Curt dich weggebracht hat.«

Noa gefror das Blut in den Adern. Wieso wusste sie nichts davon?

»Ich musste kurz befürchten, dass er mich auf der Stelle erwürgt. Wenn sein glatzköpfiger Kumpel nicht gewesen wäre, wäre dieser Halbaffe sicher auf mich losgegangen«, redete er unterdessen im Plauderton weiter.

»Jetzt das andere Bein, und hör auf, zu quatschen. Mach vorwärts! Ich habe nicht den ganzen Tag Zeit.«

Gomez lachte sichtlich amüsiert, widmete sich aber trotzdem seinem linken Bein. »Was denn? Ich dachte immer, meine Gesellschaft würde dich erfreuen. Aber dein Geschmack hat sich wohl verändert. Du stehst jetzt anscheinend auf blonde Zuchtprimaten.«

Sie wusste, dass er sie nur provozieren wollte, damit sie einen Fehler machte. Oder vielleicht versuchte er auch, Zeit zu schinden, weil er noch jemanden erwartete.

»Halt einfach die Schnauze und kleb jetzt deinen rechten Arm an den Stuhl.«

Das fiese Lachen erstarb auf seinem Gesicht und machte einer verärgerten Fratze Platz. Dennoch befolgte er ihren Befehl und umwickelte sein Handgelenk und die Armlehne mit dem Klebeband.

Noa stellte sich auf seine linke Seite, drückte ihm die Mündung der Knarre an die Schläfe und befestigte mit der freien Hand Gomez verbleibenden Arm. Was hatte sie sich nur gedacht? Hier hereinzuspazieren, Gomez fertigzumachen, ihren Pass und die Adresse von Stanton zu verlangen und danach den Latino-Wichser um die Ecke zu bringen? Wenn es denn nur so verdammt einfach wäre.

»So, und jetzt?« Er reckte arrogant das Kinn. »Was hast du nun vor? Wenn du mich umbringen wolltest, hättest du es vorhin schon gemacht.«

Sie hasste es, wenn dieses Arschloch sie durchschaute. Sie drehte sich zum Schreibtisch um, wo ihre Tüte vom Baumarkt lag. Noa nutzte diesen Moment, um zur Ruhe zu kommen und sich über das weitere Vorgehen klar zu werden. Sie verbannte jegliches Gefühl aus ihrem Herzen und ihrem Verstand.

Sie nahm den Vorschlaghammer heraus und wog ihn ein paarmal in der Hand. Dann steckte sie die Neunmillimeter hinten am Rücken in den Hosenbund und stellte sich vor Gomez auf.

»Nein, du Mistkerl, du irrst dich. Ich werde dich umbringen für das, was du mir angetan hast. Aber erst, wenn du mir gesagt hast, was ich wissen will.« Zur Bekräftigung ihrer Worte schwang sie den Hammer ein paarmal hin und her. Das Teil war schwer und sie spürte dabei nur zu deutlich, dass sie alles andere als fit war. Doch es kam nicht infrage, dass Gomez etwas davon mitbekam.

»Und wie glaubst du, könnte ich dir und deinem erbärmlichen Leben behilflich sein?«

Sie ging ein paar Schritte auf und ab. »Oh, ich bin mir ganz sicher, dass du mir ein paar Sachen erzählen kannst und definitiv auch wirst.«

Gomez verzog den Mund zu einem Grinsen. »Wir werden ja sehen.«

Noa blieb stehen und musterte ihren Ex-Lover, Ex-Zuhälter und Ex-Entführer kühl. Jedes Gefühl zerfiel zu Asche und hinterließ Kälte. Etwas in ihr schien sich zu verschieben. Es war, als überschreite sie eine unsichtbare Grenze ohne Rückfahrtticket. Dann holte sie aus, hoffte, dass sie traf und genoss zu ihrem Erstaunen Gomez' Schmerzensschrei.

•

Die Fahrt zu dieser Zuchtstation hatte sich hingezogen wie ein ausgekauter Kaugummi in der Sonne. Als sie nun im Schutz eines ungepflegten Gestrüpps hockten und noch einmal die Lage checkten, erfasste ihn wider Erwarten eine seltsame Unruhe. Normalerweise erfüllte ihn kurz vor einem Einsatz totale Ruhe. Er war fokussiert und konzentriert. Jedes Gefühl hatte er in den Hintergrund geschoben. Es war dann, als befände er sich in einer Zwischenwelt. Nur wenn akute Gefahr drohte, wurde er durch sein inneres Alarmsystem gewarnt und dann erwachte seine übermäßige Muskelkraft.

Jetzt allerdings war alles in Ordnung. Kein Feind in gefährlicher Nähe und sein Team auf Sicht. Weshalb wurde er jetzt von diesem nervösen Vibrieren erfüllt? Es erinnerte ihn an seinen Alarm, doch es fühlte sich trotzdem nicht gleich an. Das hier war tiefer und sogar bedrohlicher. *Sorge*, sagte ihm sein Verstand. Er machte sich Sorgen.

Noas Gesicht blitzte kurz vor seinem inneren Auge auf. War etwas mit ihr? Er warf einen kurzen Blick auf sein Mobiltelefon und sah, dass er mehrere Anrufe in Abwesenheit hatte. Mist! Doch jetzt war nicht der geeignete Zeitpunkt für einen Rückruf, denn eine Bewegung vor der Klinik forderte seine ganze Aufmerksamkeit.

Ein schwarzer Wagen fuhr vor, gefolgt von einem zweiten. Instinktiv ahnte Sean, wer sich ihm da gerade auf dem Silbertablett servierte. Vielleicht war es aber auch nur blanke Hoffnung.

Thorpe stieg als erster aus. Bingo! Vier weitere Typen folgten in schwarzen Anzügen. Das mussten wohl wieder diese *MIB*s sein.

Sean sah, wie ein Kerl in weißem Kittel die Treppe heruntergeeilt kam, um Thorpe arschkriecherisch zu begrüßen. Malcolm Thorpe nickte knapp und ging energisch die Stufen hoch. Jeder Schritt zeichnete ihn als das aus, was er war: ein Tyrann, arrogant und Unterwürfigkeit von der ganzen Welt erwartend. Sean kam fast die Galle hoch.

Als alle bis auf zwei Wachposten im Inneren des Gebäudes verschwunden waren, gab Sean das Zeichen zum Angriff. Er wusste nicht, ob Thorpes Anwesenheit als Segen oder Fluch anzusehen war. Auf jeden Fall würde es die Mission schwieriger machen. Sollten sie jedoch erfolgreich sein, könnten sie zwei Fliegen mit einer Klappe schlagen.

Sean und die anderen bewegten sich schnell und leise auf die Rückseite des Baus zu. Dort gab es laut Alecs Nachforschungen einen Zugang zum Kellergeschoss. Alec, Chris und Danny sicherten die Umgebung und Sean machte sich am altmodischen Vorhängeschloss zu schaffen. Es handelte sich um ein massives Modell, dem die Witterungseinflüsse schon deutlich zugesetzt hatten. Er stellte die Tasche mit allen für sie notwendigen Utensilien ab und nahm die große Beißzange zur Hand. Er setzte sie am Bügel des Schlosses an und durchtrennte ihn.

Sie schlüpften nacheinander geräuschlos ins Innere. Sean hatte sich den Grundriss dieses Hauses gründlich eingeprägt, weshalb er sich durch die Gänge bewegte, als wäre er hier schon tausendmal durchgegangen.

Er hätte jetzt gern Noas Stimme gehört, die ihm versicherte, dass alles in Ordnung war. Diese Sorge war der verdammte Grund, weshalb er sich bisher nie auf diese Art auf eine Frau eingelassen hatte. *Verfluchte Scheiße!*

Sie bogen um die Ecke und trafen auf eine Gruppe von fünf bewaffneten Schlipsträgern, an deren Spitze jemand stand, der Sean schmerzhaft bekannt vorkam. Ein Gesicht, von dem er gedacht hatte, dass er es nie wieder sehen würde. Er hörte die anderen hinter sich ebenfalls überrascht Luft holen.

»Was tust du denn hier?«, rief Danny genauso überrascht.

Sean sah, wie dieser Ausruf mit einem spöttischen Grinsen quittiert wurde. Er betrachtete die durch mehrere Narben entstellten Züge, die ihm dennoch so vertraut waren wie sein eigenes Spiegelbild.

»Ian«, brachte er schließlich hervor und legte vorsichtshalber die Finger fester um den Griff seiner Pistole.

»Hallo, Captain.« Ian klang heiser, ob jetzt wegen einer Verletzung oder einfach wegen der Emotionen, konnte Sean nicht sagen.

»Was hat das zu bedeuten? Wieso hast du uns im Glauben gelassen, du wärst tot?«

Ian schob betont lässig die Hände in die Hosentaschen und schürzte nachdenklich die Lippen, bevor er etwas entgegnete. Die Sekunden schienen in Zeitlupe zu verstreichen und Seans Gehirn arbeitete fieberhaft an einer Lösung dieses Problems.

»Ihr habt mich einfach auf dem Schlachtfeld zurückgelassen«, begann Ian im Plauderton, als spräche er über das Wetter. »Ich bin in einem Talibanlager zu mir gekommen. Nur unserer veränderten Genetik verdanke ich es, dass ich trotz der gefühlten fünfzig Löcher im Körper und einem Kopfschuss überlebt habe. Schließlich haben mich die Taliban an Thorpe verkauft. Der hat mir dann die ganze Wahrheit über uns erzählt und mich zu seiner rechten Hand gemacht.«

»Moment«, fiel er Ian ins Wort. »Bill Stanton ist Thorpes Rechte.«

Ian lächelte milde, als hätte er Mitleid mit Sean. »Nun, nein. Stanton ist nur ein Hampelmann, der Geld bringt. Und jetzt kommen wir zum Kern des Problems. Ihr müsst sterben, denn wenn ihr euch wie die Karnickel vermehrt, schadet das unserem Absatz. Wer kauft schon genetisch verbesserte Soldaten, wenn sie gratis durch die Straßen laufen?« Ian klang seltsam. Es war, als sage er einen auswendig gelernten Text auf. Oder als wären es nicht seine Worte, die er aussprach.

Chris trat an Sean vorbei und baute sich vor Ian auf. »Wir waren eine Familie und haben immer zusammengehalten. Warum verbündest du dich mit unserem Feind?«

Ian zuckte nonchalant mit den Schultern. »So, wie ich das sehe, seid ihr hier meine Feinde. Ihr habt Thorpe betrogen, in dem ihr ihm die leeren USB-Sticks im Austausch für die Hure gegeben habt. Er war darüber jedoch nicht allzu sehr überrascht. Er hat die Daten an weiteren Orten gesichert. Er ist nicht so dumm, wie ihr vielleicht denkt. Aber lassen wir dieses Thema. Er hat meine Loyalität, weil er sich um mich gekümmert hat, als ihr mich in der Scheiße habt hängen lassen.«

Einer seiner Männer trat vor und flüsterte ihm etwas ins Ohr, woraufhin Ian nickte. »Sag ihm, dass wir uns erst um ein Rattenproblem im Keller kümmern müssen. Wir sind in zehn Minuten bei ihm«, erwiderte Ian in sachlichem Ton auf den Kommentar, den Sean nicht gehört hatte.

»Wie es scheint, muss ich unser nettes Gespräch beenden«, wandte sich der Verräter wieder an ihn. Dann gab er ein Zeichen und die Hölle brach los.

Die fünf Gegner bewegten sich synchron auf Sean und seine Männer zu. Sean lief es bei diesem Anblick kalt den Rücken hinab. Keine Truppe, Armee und kein Team konnte sich so im Gleichtakt bewegen.

In seinem linken Augenwinkel nahm er eine Bewegung wahr, dann griff Chris nach Seans Oberarm und rief: »GRANATE! Lauft!«

Sean blieb einen Moment wie angewurzelt stehen und sah der Kugel, die Chris geworfen hatte, zu, wie sie in Richtung von Ian und seiner Gruppe rollte. Sein Herz brach, weil er wusste, dass er seinen ehemaligen Freund ein weiteres Mal verlieren würde. Auch wenn er jetzt auf der gegnerischen Seite kämpfte.

Doch dann gewann sein Verstand wieder die Kontrolle über sein Denken und Fühlen. Das hier war nicht mehr der kleine Ian, mit dem er aufgewachsen war. Dieser Ian hatte rein gar nichts mehr mit dem Mann der Vergangenheit gemeinsam.

Sean wirbelte herum und folgte dem Rest seiner Familie, die ihm geblieben war. Er erreichte gerade den Ausgang, als hinter ihm die Granate laut krachend losging.

Draußen trafen sie sich in sicherer Entfernung hinter dem Gebüsch, wo sie sich vorhin schon aufgehalten hatten.

»Wir müssen hier weg. Sie werden sich bald an unsere Fersen heften.« Alec war mal wieder der kühle Logiker.

Sie liefen zum Wagen und fuhren so schnell es ging, ohne die Aufmerksamkeit der anderen Verkehrsteilnehmer zu erregen, davon.

Chris lenkte das Auto durch die Straßen, ohne ein konkretes Ziel zu haben. Irgendwann bog er in ein öffentliches Parkhaus ab und stellte das Fahrzeug in eine freie Parklücke. Dann drehte er sich auf dem Sitz zu Sean um. »Verfluchte Scheiße! Was jetzt?«

•

Gomez saß wimmernd mit hängendem Kopf auf dem Stuhl. Noa war sich nicht sicher, was sie über sich selbst und diese ganze Szene hier denken sollte. Einerseits erfüllte sie ein Hochgefühl. Andererseits hätte sie am liebsten auf den Boden gekotzt, weil sie sich an Gomez' Schmerzen labte.

»Du hast mir die Kniescheiben zertrümmert, du elende Fotze! Dafür wirst du büßen!«

Sie schwang spielerisch den Vorschlaghammer und blickte hinunter zu Gomez. »Ich denke, ich habe eine Akontozahlung in angemessener Höhe gemacht, als ich mich noch in deinen Klauen befunden habe.« Sie stellte sich hinter ihn, packte ihn an den Haaren und riss seinen Kopf brutal nach hinten. »Wo ist mein Pass und wie lautet Stantons Adresse? Mehr will ich gar nicht wissen.«

Ein Vibrieren ging durch seinen Körper und Noa wusste, dass er sie auslachte.

»Ich an deiner Stelle würde mich nicht so amüsieren.« Sie riss noch fester an seinen Haaren, sodass er aufkeuchte. Und dennoch verzog er das Gesicht zu einem blöden Grinsen.

»Du bist einfach zum Lachen. Du willst deinen dämlichen Pass? Jeder andere halbwegs normale Mensch würde Geld wollen. Aber du? Du willst deinen Pass!« Nun lachte er laut heraus und schürte damit das Feuer des Zorns, das in Noa wütete.

»Ja, du Wichser. Ich will meinen Pass. Also mach den Mund auf. Wo ist er?«

»Den gibt's nicht mehr«, brachte er während seines Lachanfalls hervor.

»Was soll das denn nun wieder heißen?« Inzwischen war das letzte bisschen schlechtes Gewissen von der Hitze der Wut zu Asche versengt und sie verspürte stattdessen nur noch gleißenden Hass.

»Als dich Curt weggebracht hat, habe ich es so aussehen lassen, als wärst du bei einem Absturz eines Kleinflugzeugs in den Everglades abgekratzt. Alles, was sie von dir gefunden haben, ist dein Pass und die Trümmerteile der Maschine. Tja, Alligatoren können sehr nützlich sein, auch wenn sie in deinem Fall unschuldig sind. Alle Welt denkt, dass du tot bist!«

Noa wurde schwindlig vor Zorn. Dieses Aas hatte ihr jede Chance auf eine Rückkehr in ihr normales Leben zunichtegemacht. Doch was machte sie sich auch vor. So etwas wie ein normales Leben gab es für sie nicht. Nie wieder. Dafür hatten Gomez, Thorpe und Stanton gesorgt. Und auch Sean und sein Rudel hatten dabei mitgeholfen.

»Du bist echt das Letzte.« Sie ließ ihn abrupt los und trat vor ihn hin. »Dann sagst du mir jetzt einfach, wo ich Stanton finde. Ach ja, und wo wir gerade eine Singstunde veranstalten, verrätst du mir auch gleich noch die Kombination zu deinem Safe.«

Gomez starrte sie an, sagte nichts, sondern schien sie mit seinem Blick zu erdolchen.

»Na los, mach den Mund auf, oder brauchst du noch eine weitere Motivation?« Sie schwang dabei demonstrativ den Hammer.

»Du bist nichts weiter als eine billige Nutte«, fluchte er darauf los, doch Noa ließ sich davon nicht aus dem Konzept bringen. Sie hob den Hammer und schlug mit der ganzen Kraft, die sie aufbieten konnte, auf Gomez' rechte Hand, die auf der Armstütze lag. Gomez jaulte laut und zerrte an seinen Fesseln.

»Mund auf!« Ihre Stimme überschlug sich leicht, weil ihr langsam die Geduld abhandenkam. Er zeigte sich weiter stur, weshalb sie den Hammer beiseitelegte und stattdessen die SIG zur Hand nahm. Sie beugte sich über ihn und drückte ihm die Mündung der Waffe gegen seinen Penis.

»Knochen heilen, Gomez. Aber dir wird kein neuer Schwanz wachsen, wenn ich den Abzug betätige. Kapiert?« Zu ihrer vollsten Zufriedenheit stellte sie fest, dass sich Gomez' Atmung beschleunigte und seine Gesichtsfarbe einen grünlichen Ton annahm.

»Zwei-Eins-Null-Neun-Eins-Fünf«, blaffte er ihr mitten ins Gesicht.

Noa brachte ein Nicken zustande und richtete sich auf. Sie schaute zum Tresor hinüber, unschlüssig, ob sie sich überhaupt die Mühe machen sollte. Ihr Pass war nach Gomez' Angaben sowieso nicht da.

Dennoch ging sie zum Sicherheitsschrank und gab die Zahlkombination, die er ihr genannt hatte, ein. Die Tür sprang tatsächlich auf und Noa wurde von einem ungekannten Triumphgefühl erfasst. Sie hatte den Mistkerl in der Hand. Endlich hatten sich ihre Rollen vertauscht.

Sie ignorierte sein leises Wimmern und die vereinzelten gezischten Flüche. Stattdessen durchsuchte sie den Safe. Sie fand mehrere Geldbündel, die wahrscheinlich aus Schwarzgeldquellen stammten. Diverse Akten, die sie nicht besonders interessierten und ein kleines, rotes Notizbuch, das den Eindruck vermittelte, dass es schon sehr oft zur Hand genommen worden war.

Sie klappte es auf und begann, darin zu lesen. Sie wusste, dass sie wertvolle Zeit vergeudete, dennoch konnte sie nicht anders. Mit jeder Seite, die sie überflog, wurde sie entsetzter. Erst hatte sie nicht verstanden, worum es sich in den Notizen handelte. Doch schon bald fiel bei ihr der Groschen.

Sie hielt Informationen über Blutgruppen, Antikörper, Alter, Herkunft sozialer, aber auch ethnischer Art, sowie familiäres Umfeld hunderter Frauen in der Hand. Darunter auch ihre eigenen. Bis jetzt hatte sie immer gedacht, dass sie durch ihre eigene Dummheit in diesem Schlamassel gelandet war. Doch nun machte es den Anschein, dass alles ein abgekartetes Spiel gewesen war. Jemand hatte von langer Hand geplant, sie in dieses Netz aus Lügen, Sklaverei und Misshandlung zu locken.

Wie waren diese Hurensöhne an solch vertrauliche Informationen gekommen? Sie war bisher kaum krank gewesen und deshalb das letzte Mal als Kind beim Arzt gewesen. Sie hatte ein- oder zweimal Blut gespendet. Himmel! Das konnte doch nicht wahr sein, oder? Die Typen hatten wohl überall ihre Finger im Spiel. Über die Blutspendenaktion waren sie vermutlich an ihre medizinischen Daten gekommen. Das weitere war dann wohl nicht mehr schwierig gewesen. Wie schnell hatte man eine Adresse herausgefunden und dadurch Erkenntnisse über ihre Familie erhalten? Heutzutage war jede Person für die ganze Welt gläsern. Dann brauchte man nur noch eine vermeintliche Freundin, die sie in die Staaten lockte und dann auf nimmer wiedersehen verschwand, schon befand man sich in der Höhle des Löwen. Falls es sich denn überhaupt so abgespielt hatte. Es war schließlich nur eines von vielen möglichen Szenarien.

»Leg das zurück, du Schlampe!«, hörte sie Gomez plötzlich atemlos rufen.

Sie beachtete ihn nicht weiter, sondern widmete ihre Aufmerksamkeit nun doch dem Stapel Akten im Schrank. Mitten in all den Papieren fand sie eine Mappe mit ihrem Namen darauf. Sie zog sie aus dem Haufen und klappte sie auf. Schon das, was auf der ersten Seite stand, ließ ihre Knie weich werden wie eine Qualle. Noa klammerte sich krampfhaft am Schreitischrand fest, damit sie nicht zu Boden ging.

Man hatte ihr von dem Moment an, wo sie in Curts Gewalt gewesen war, dreimal täglich Fruchtbarkeitshormone gespritzt. Die Dreimonatsspritze, die sie vor einiger Zeit bekommen hatte, war nur die halbe Dosis gewesen. Scheiße! Hatte Dr. Cook am Ende mit ihrem Verdacht richtig gelegen? Sie hatte doch etwas in der Art in ihrer Krankenakte gelesen. Leider war dieses Dokument mit allen anderen Spuren verbrannt.

Sie hatte seit diese Fruchtbarkeitsbehandlung begonnen hatte nur mit Sean ungeschützten Geschlechtsverkehr gehabt. Man brauchte weder einen Mathematiker, noch einen Mediziner, um zu begreifen, dass unter solchen Umständen eins plus eins drei ergab. Wie gern hätte sie jetzt ihren Kopf gegen die Tischplatte geschlagen. Doch diese Freude wollte sie Gomez nicht geben.

Sie würde nächstens einen Schwangerschaftstest machen müssen. Doch jetzt hatten andere Dinge Vorrang. Nachdem sie ein paar Mal tief durchgeatmet hatte, schob sie das Notizbuch und die Akten zum Rest in die Plastiktüte.

Zusätzlich zum anderen Gerümpel fand sie noch einen weiteren Satz Ampullen und einen Revolver mit kurzem Lauf. Nicht wie die Knarren, die man immer in Westernfilmen sah. Noa hatte keine Ahnung, wer der Fabrikant war, denn sie hatte null Wissen, was Waffen betraf. Es interessierte sie auch nicht wirklich. Dennoch war das Schießeisen nützlich.

Sie ging zurück zu Gomez und nahm auf dem Weg das Etui mit den Drogenampullen an sich.

»Also, das mit der Zahlenkombination hat gut geklappt. Jetzt erzählst du mir noch brav, wo ich Stanton finde.«

Gomez hob zögerlich den Kopf und sah sie an. Hass, Arroganz und Schmerzen entstellten seine Züge. Als sie ihn ansah, empfand sie nichts. Keine Wut, keine Zuneigung, da war einfach gar nichts. Irgendetwas Essentielles war während dieser durch ihre Hand ausgeführten Folter in ihrem Inneren gestorben.

»Du wirst es nicht aus mir herausbekommen!«, zischte Gomez.

»Ach ja? Ungefähr so wie mit der Zahlenkombination?« Sie öffnete das Etui, nahm jeweils zwei Ampullen und Spritzen heraus und zog sie auf. Dann hielt sie die beiden Injektionsinstrumente Gomez unter die Nase. »Willst du es dir nicht noch einmal anders überlegen?«

Gomez blickte auf die beiden Nadeln in ihrer Hand und nachher in ihr Gesicht. In seinen Zügen war nichts außer Resignation zu entdecken. Dieselbe Leere, die sie derzeit auch erfüllte. Er wusste, dass er verloren hatte.

Sie hatte das Gefühl, ihren Körper verlassen zu haben und stünde jetzt neben sich. Beobachtete sich selbst, wie sie in scheinbarer Ruhe Gomez die Spritzen in die Halsvene schob und die Kolben nach unten drückte.

Nur kurze Zeit später atmete Gomez abgehackt und Speichel sammelte sich schaumig in seinen Mundwinkeln. Noa packte ihn an den Haaren und zog ihm den Kopf nach hinten, damit sie ihn ansehen konnte.

»Also, Mund auf! Wo ist der verdammte Stanton?«

•

Ian hatte gewusst, dass sein ehemaliges Team noch lebte. Thorpe hatte ihm das mehrere Male unter die Nase gerieben. Sie alle aber in aller Selbstverständlichkeit direkt vor sich stehen zu sehen, war wie ein Tritt in die Eier gewesen. Obwohl er jetzt auch wieder eine Truppe hatte und Thorpe ihm eine Aufgabe gegeben hatte, empfand er nach wie vor einen starken Groll gegen die anderen. Sie waren seine Familie gewesen.

Wie gern hätte er Captain Patrick eine Abreibung erteilt und zwar insofern, dass er zusehen durfte, wie Chris, Danny und Alec den Löffel abgaben. Er konnte einfach nicht vergessen, dass man ihn auf dem Schlachtfeld sterbend zurückgelassen hatte. Er fühlte sich verraten und hätte am liebsten die anderen diese Schmerzen auch mal spüren lassen.

In der Klinik war er sich seiner Sache zu sicher gewesen, denn Chris' Gegenwehr in Form einer Handgranate hatte ihn überrascht. Er konnte von Glück reden, dass er nur mit ein paar Kratzern davongekommen war. Drei seiner Leute konnten das nicht von sich behaupten.

Er war auf dem Rückweg von Thorpe, der ihn kurz vor der Explosion zu sich zitiert hatte. Er hatte ihm zwei Aufträge erteilt. Erstens Bill Stanton zu eliminieren und zweitens Sean Patrick und den Rest des Teams inklusive Noa De Wit aufzuspüren und dann ebenfalls verschwinden zu lassen. Keine leichte Sache. Er würde jedoch Thorpe nicht enttäuschen. Der Mann hatte ihm das Leben gerettet. Mehr musste man dazu nicht sagen.

Gleichzeitig verspürte er das Bedürfnis, Thorpe zu beweisen, dass man sich auf ihn verlassen konnte. In letzter Zeit hatte sein Boss vermehrt Zeit mit einem anderen Soldaten verbracht. Mit Nummer 35. Diese Tatsache beunruhigte Ian etwas. Er befürchtete, dass er bald abgesetzt werden könnte. Manchmal hatte er das Gefühl, neben sich zu stehen. Er war nicht er selbst. Vielleicht lag das an seiner Kopfverletzung oder aber an dem Wissen, eine Bombe ihm Gehirn zu haben.

Nur in Gegenwart von Inkubator 51 hatte er den Eindruck, der alte Ian zu sein. Er ging fast täglich zu ihr. Er musste dabei jedoch vorsichtig vorgehen, damit er nicht erwischt wurde.

Er sehnte sich nach ihr, wollte mehr Zeit mit ihr verbringen. Am liebsten würde er sie packen und von hier verschwinden. Doch der Sprengkörper in seinem Kopf und seine Schuld Thorpe gegenüber hielten ihn zurück.

Mit diesem Gedanken betrat er das Kellergeschoss, um den Schaden zu begutachten, der durch die Granate entstanden war. Thorpe würde die Klinik räumen müssen, jetzt, da der Feind wusste, was hier gemacht wurde. Nach erfolgter Räumung würde das Gebäude dem Erdboden gleichgemacht werden.

•

Sean musste zurück. Das ganze Dilemma durfte sich nicht noch einmal wiederholen. Er konnte Ian nicht wieder zurücklassen, auch wenn dieser nicht mehr der Mann zu sein schien, den er gekannt hatte. Herrgott! Wenn sie ihn nicht einfach liegengelassen hätten, wäre er jetzt wahrscheinlich nicht so durchgeknallt.

»Chris«, sagte er, ohne seinen Mitstreiter anzusehen. »Du und die anderen gehen zurück ins HQ. Beginnt schon mal mir der Planung für einen erneuten Zugriff.«

Chris sah ihn zweifelnd an, das erkannte er im Augenwinkel. »Und was gedenkst du zu tun, Captain?«

Er drehte sich zu Chris um. »Ich gehe zurück zur Klinik, sondiere die Lage und vielleicht ergibt sich eine Möglichkeit, Ian zu fassen. Der Mann muss aus dieser Maschinerie raus.«

»Halt, Sean«, wurde er fast rabiat von Chris unterbrochen. »Du wirst da sicher nicht auf eigene Faust, ohne Backup hineinspazieren. Sag mal, bist du lebensmüde oder was?«

Sean verschränkte die Arme vor der Brust. Er hatte weder die Zeit noch Lust, dieses Thema noch weiter auszubreiten. »Ich muss mich vor dir nicht rechtfertigen.« Er hielt kurz inne und straffte die Schultern. Manchmal schienen die klaren Grenzen der Hierarchie innerhalb seines Teams zu verschwimmen. Gerade jetzt hatte er das Gefühl, seine Position wieder einmal verdeutlichen zu müssen.

»Alleine kann ich mich besser vor Ort umsehen und nötigenfalls fliehen. Wenn ihr innerhalb der nächsten zwei Stunden nichts von mir hört, schlagt ihr zu. Verstanden?«

Chris und die anderen schüttelten andeutungsweise die Köpfe. »Sean …«, setzte Chris an.

»Das war ein Befehl, Sergeant!« Es schmerzte ihn, diesen Ton bei den Männern anschlagen zu müssen, die ihm näherstanden als Brüder.

Chris prallte förmlich zurück und wandte sich danach wortlos um. Alec und Danny machten ihrerseits ein saures Gesicht.

Sean nahm seine Ausrüstung aus dem Kofferraum und rannte los. Es war keine große Distanz. Vielleicht dreieinhalb oder vier Meilen. Nichts, was er nicht schon unter schwierigeren Umständen zurückgelegt hatte. Er hielt sich jenseits der dichtbefahrenen Straßen und achtete darauf, dass ihn niemand sah. In kompletter Kampfmontur wäre er ziemlich aufgefallen.

Schon bald kam die Zuchtstation in Sicht und Sean verlangsamte seinen Laufschritt. Er tauchte wie schon zuvor in die Büsche und beobachtete das rege Treiben auf dem Gelände. Es hing der Geruch von beißendem Rauch in der Luft, der anscheinend von der Granatenexplosion stammte. *MIBs* und Weißkittel rannten wie aufgescheuchtes Hühnervolk umher und riefen sich gegenseitig Kommandos zu. Es sah so aus, als ob sie die Klinik evakuierten.

Das, was er vorhatte, grenzte an Irrsinn. Aber das hatte er schon gewusst, als er seinem Team den Befehl zum Rückzug erteilt hatte. Diese Rechnung war schon viel zu lange offen. Eine Schuld, die endlich beglichen werden musste.

Er holte sein Smartphone aus der Hosentasche. Ein Blick auf das Display genügte, um seinen Plan ins Wanken zu bringen. Die Mitteilung, dass Noa mehrmals versucht hatte, ihn zu erreichen. Jetzt fehlte ihm wieder die Zeit, sie zurückzurufen. Er öffnete deshalb die SMS-Funktion und tippte zwei einfache Sätze.

Vermiss dich und liebe dich, Baby. Pass auf dich auf.

Er drückte den Sendebutton. Dann kontrollierte er, ob das Telefon immer noch stummgeschaltet war und deaktivierte danach die Vibrationsfunktion. Nichts durfte ihn in den nächsten Stunden ablenken.

Alec hatte alle Handys mit speziellen Ortungschips ausgestattet, daher war es nicht ratsam, das Gerät auszuschalten. Vielleicht ging etwas schief und so würden sie ihn wenigstens finden.

Er steckte das Mobiltelefon in die linke Brusttasche, direkt über seinem Herzen. Dann kletterte er auf den nahegelegenen Baum. Er hatte dickes, stabiles Astwerk und das war genau das, was Sean jetzt brauchte. Als er genug Höhe hatte, nahm er seine Lady, die Barrett M82, von der Schulter und legte den Lauf auf den vor ihm herausragenden Zweig. Der Ast, auf dem er selbst saß, war dick genug, damit er keine Angst haben musste, vom Rückstoß hinuntergeworfen zu werden.

Sean blickte durch das Zielfernrohr und stellte es scharf. Er sah all die Typen, die immer noch auf dem Hof herumliefen. Er visierte einen an und drückte ab. Einer nach dem anderen fiel in den folgenden ein oder zwei Minuten. Sean war es egal, ob er *MIBs* oder Weißkittel traf. Denn die Wissenschaftler waren in seinen Augen nicht besser als Thorpe und seine Männer. Schließlich waren sie es, die die schrecklichen Experimente durchführten.

Sean befand sich in einem Zustand höchster Konzentration, welcher schon fast einer Trance ähnelte. Nicht mal ein aufkommender Hurrikan könnte ihn jetzt aus dem Baum holen.

Mit brennenden Augen und Schultermuskeln, die verspannt und hart wie Beton waren, richtete er sich schließlich auf. Auf dem Platz unter ihm sah es aus wie auf einem Schlachtfeld. Er hatte fast alle erwischt. Nur drei Männer waren entkommen. Sean waren solche Aktionen zuwider. Ihm war der Kampf Mann gegen Mann lieber. Doch hier hatte er keine andere Wahl gehabt.

Er hängte sich die Lady wieder um die Schultern und kletterte den Baum hinunter. Im Schutz der Büsche rannte er um das Gebäude herum, auf der Suche nach einem möglichen Eingang. Es schien ihm nicht ratsam, den Zugang zum Keller zu nehmen, den sie vorhin benutzt hatten. Wer konnte schon sagen, welchen Schaden die Granate verursacht hatte.

Er entdeckte ein Kellerfenster, dessen Scheibe geborsten war. Ohne Rucksack und Waffe auf dem Rücken würde er hindurchpassen. Er blickte sich um. Da sich niemand in Sichtweite befand, verließ er seine Deckung und rannte quer über das Areal.

Am Fenster angekommen, kickte er mit dem Stiefel die restlichen Scherben aus dem Rahmen und legte sein Gepäck ab.

Mit den Füßen voraus ließ er sich in die Dunkelheit gleiten und verharrte dann einen Moment leise und horchend. Als er nichts hörte, griff er durch das Fenster und holte seine Ausrüstung herein.

Erst jetzt hatte er die Gelegenheit, sich umzusehen und seinen Augen die nötige Zeit zu geben, mit den veränderten Lichtverhältnissen zurechtzukommen.

Er befand sich in einer Art Abstellraum. Quadratisch, mit Ausmaßen von circa zehn mal zehn Metern. Er war vollgestopft mit Betten, Büromöbeln und anderem unbrauchbarem Müll.

Sean schulterte Rucksack und Gewehr und zog stattdessen die SIG. Er ging mit leise quietschenden Sohlen zur Tür und öffnete sie einen Spalt. Der Geruch von Rauch, Schwefel, verbranntem Linoleum, Blut und Horn drang herein. Die Granate hatte wohl jemanden angesengt. Hoffentlich fehlten demjenigen jetzt ein paar Gliedmaßen. Es war alles ruhig auf dem Korridor, weshalb Sean sein Versteck verließ.

»Du wirst langsam leichtsinnig, Captain.« Sean wirbelte herum und sah sich Ian gegenüber. »Ich habe dich erwartet, Boss. Mir war klar, dass du noch einmal zurückkommen würdest. Du hast dich nicht verändert.«

Er hatte einen gewaltigen Fehler gemacht. Einen von der Sorte, die einem das Leben kostete: Er hatte seinen Gegner unterschätzt.

»Und was gedenkst du jetzt zu tun?«

Ian stand entspannt da, doch Sean wusste, dass dieser Schein trog.

»Weißt du«, begann Ian, »du bist zu lesen wie ein offenes Buch. Du konntest noch nie gut mit Niederlagen umgehen. Dein verdammter Stolz hat dich jetzt in diese Lage gebracht. Thorpe will dich, Chris, Danny und Alec. Übrigens, wie geht's unseren beiden Schwuchteln eigentlich? Haben sie sich endlich die ewige Treue geschworen?«

Schwuchteln? Sean war nicht klar, wovon Ian jetzt gerade sprach.

»Ach? Du weißt nichts davon? War ja klar. Du bist immer nur mit dir und irgendeiner Mission beschäftigt. Ich rede von Chris und Danny. Aber egal.« Er machte eine wegwerfende Handbewegung, während Seans Welt gerade gefährlich ins Wanken geriet. Er hatte nichts gegen Homosexualität. Er lebte nach dem

Motto *leben und leben lassen*. Bei Danny und Chris konnte er es sich jedoch beim besten Willen nicht vorstellen. In einer Truppe wie seiner hatten Liebeleien keinen Platz. Im Gegenteil, sie bargen auch ein nicht zu unterschätzendes Gefahrenpotenzial. Zwei der vier Parteien waren durch den Hormonüberschuss im Blut unkonzentriert. Und was passierte, wenn das Techtelmechtel endete, war nicht auszudenken. Es wäre der Untergang des ganzen Teams.

»Was Danny und Chris in ihrer freien Zeit treiben, geht weder dich noch mich etwas an.« Ja, das war zwar gegen seine Überzeugung, wie bereits erwähnt, doch das brauchte Ian ja nicht unbedingt zu wissen.

»Wen versuchst du damit zu überzeugen? Ich kenne dich, Sean; schon mein ganzes Leben lang. Mir kannst du nichts vormachen. Eigentlich ist mir das sowieso einerlei. Ich will nur eines von dir wissen: Wo ist Noa De Wit?«

Sean war darauf bedacht, seine Miene unter Kontrolle zu halten. Weshalb waren Thorpe und sein Fanclub nur derart interessiert an Noa? Sie hatten hier doch bereits genug Frauen in ihrer Gewalt und konnten jederzeit neue kidnappen. Nicht, dass er das guthieß, aber warum war ihnen gerade Noa so wichtig?

»Ich habe keine Ahnung, wo sie ist und auch wenn ich es wüsste, würde ich es dir in Anbetracht dieser Barbarei, die ihr hier betreibt, nicht sagen.« Und das war noch nicht einmal gelogen. In diesem Augenblick war er froh, dass Noa ihm noch nicht mitgeteilt hatte, wo sie untergekommen war.

Ian schüttelte belustigt den Kopf. »Ich habe dich immer für jemanden gehalten, der Grips in der Birne hat. Aber jetzt ziehst du eine äußerst lächerliche Show ab. Hältst du uns wirklich für so dumm?«

»Nein, Ian. Ich halte euch nicht für dumm. Ihr seid in meinen Augen kranke Bestien. Das ganze Programm zur Züchtung von Supersoldaten ist doch nichts weiter als eine Utopie. Ressourcenverschwendung. Von den verlorenen Menschenleben spreche ich noch gar nicht.« Er versuchte, so viel wie möglich zu erfahren und vielleicht ergab sich die Gelegenheit, Ian zu überwältigen. Sean war sich sicher, dass Ian hier irgendwo eine Rückendeckung stehen hatte.

»Du irrst dich schon wieder. Gerade du solltest wissen, wie es an der Front zugeht. Hast du in letzter Zeit mal in die Zeitung geschaut? Europa versinkt gerade in der Flüchtlingskrise. Menschen werden aus ihrer Heimat vertrieben. Der IS, der die ganze Welt mit Anschlägen in Angst und Schrecken versetzt. Paris zum Beispiel musste gleich mehrere Anschläge innerhalb eines Jahres erdulden. Was ist mit den IS-Sympathisanten hier bei uns? Wie viele US-Bürger mussten unschuldig ihr Leben lassen, nur weil Weicheier wie du nicht den Mut haben, durchzugreifen? Ihr müsst endlich aufwachen! Seit dem elften September haben wir den dritten Weltkrieg. Wenn wir die Oberhand behalten wollen, können wir es uns nicht leisten, Skrupel zu haben.«

Sean wusste nicht, was er dazu sagen sollte. Die Typen waren total verrückt. »Und wie passt Noa da rein? Ihr habt hier schon genug Frauen gefangen. Was macht sie für euch so interessant?«

Ian verschränkte die Hände hinter seinem Rücken und fing an, auf- und abzuwandern. Er schien nachzudenken. Er musste tatsächlich so etwas wie Thorpes rechte Hand sein, sonst hätte er nicht so profundes Insiderwissen. Dann blieb er jäh stehen und sah Sean mit einem kalten Feuer in den Augen an.

»Na gut. Ihr habt dadurch, dass ihr Thorpes USB-Sticks geklaut habt, auch schon ein bisschen Ahnung von dem hier. Er hat Sicherheitskopien und eure Informationen waren nicht komplett.« Er fing wieder an, hin und herzugehen.

Sean hätte fliehen können, doch die Infos waren im Moment wichtiger.

»Nun denn«, nahm Ian seinen Vortrag wieder auf. »Es wurden nicht nur männliche Embryonen verändert. Sie haben es auch bei Mädchen gemacht. Respektive hat es bei denen erst geklappt, als man anfing, die Eizellen vor der Befruchtung zu modifizieren. Bei den weiblichen Exemplaren war zwar keine deutlich erkennbare Kraftsteigerung anwesend. Man stellte jedoch fest, dass sie mehr aushalten, zäher sind. Kaum anfällig für Infektionen und sehr ausdauernd. Wichtige Faktoren, wenn sie die genetisch veränderten Soldaten austragen und gebären müssen. Jede von ihnen muss mindestens fünf männliche und fünf weibliche Kinder zur Welt bringen. Verstehst du, was ich sagen will? Noa De Wit wurde schon vor ihrer Zeugung von uns designet. Nach unseren Bedürfnissen geschaffen. Ihre Mutter hatte Mühe, schwanger zu werden, weshalb sie sich in eine Fruchtbarkeitsklinik begeben hat und schließlich mit Hilfe der In-Vitro-Fertilisation mit Noa schwanger wurde. Alle Frauen, die hier liegen, wurden so gezeugt. Na ja, fast alle.«

Sean wurde schlecht. Wie weit würde das hier noch gehen? Und wie um alles in der Welt sollten er und seine Männer das stoppen?

»Ihr habt euch ja alles schön zurechtgelegt. Ihr habt nur ein kleines Detail vergessen. Den Faktor Zeit. Eure Supersoldaten müssen erst produziert, geboren und danach erwachsen werden. Die Probleme, die du vorhin so schön geschildert hast, brennen aber jetzt gerade. Was gedenkt ihr dagegen zu tun?«

Ian lachte lauthals. Mistkerl. Sean wurde schmerzhaft bewusst, dass er seinen tot geglaubten Freund loslassen musste. Der Ian, mit dem er aufgewachsen war, existierte nicht mehr.

»Tust du mit Absicht so naiv? Wir haben bereits mehrere Zuchtrunden erfolgreich abgeschlossen und die Soldaten haben vor kurzem ihr Basistraining beendet.«

Langsam, aber sicher schwand ihm der Mut. Die ganze Sache drohte, ihm über den Kopf zu wachsen. Er hob die SIG Sauer und zielte auf Ian. »Ich habe schlechte Nachrichten. Thorpe will das Zuchtprogramm an den Meistbietenden verkaufen. Woher ich das weiß? Er hat sich verraten, indem er von mir und den anderen verlangt hat, eine Vasektomie durchführen zu lassen. Er will keine unkontrollierte Vermehrung seiner Abstrusitäten. Das hast du ja vorhin schon erwähnt. Und für ihn sind wir und auch du, Ian, nichts Besseres als eine Abstrusität. Seinem Vater – ich nehme mal an, dass es der alte Thorpe war, der das Programm gestartet hat – hatte wohl der Staat noch Gelder bereitgestellt. Doch jetzt, mit dem Ende des kalten Kriegs, nach dem ersten und zweiten Golfkrieg und vor allem der noch immer schlechten Wirtschaft, hat Uncle Sam wohl die Subvention gestrichen und Thorpe Junior muss sich anderweitig finanzieren lassen. Sieh der Wahrheit ins Auge, Ian, Thorpe und Stanton verarschen euch von vorn bis hinten. Sie werden euch alle für einen guten Preis verschachern.«

Ein Schatten glitt über Ians Gesicht, der jedoch von unterdrückter Wut verdrängt wurde. Endlich zeigte Ian so etwas wie Emotion und Sean verspürte vage Hoffnung.

»Komm mit mir, Ian. Du musst nicht hier sein. Hilf uns, dieses Unrecht zu beenden.«

Ian starrte ihn an, als wäre ihm gerade ein zweiter Kopf gewachsen. »Nein. Ich weiß, was du vorhast. Aber dazu bist du nicht in der Lage. Du hast mich schwer verletzt auf dem Schlachtfeld und auf feindlichem Terrain zurückgelassen. Ich kann dir nie mehr vertrauen. Ich habe dich immer als meinen großen Bruder gesehen. Doch dann hast du mich im Stich gelassen. Thorpe hat sich um mich gekümmert. Meine Treue gehört jetzt ihm, und auch wenn du mir nicht glaubst, ich stehe hinter dieser Sache. Sie ist unsere Zukunft. Es werden Soldaten gezüchtet. Es müssen keine Söhne, Väter und Töchter oder Mütter mehr an die Front. Diese genetisch veränderten Soldaten werden diese Aufgabe übernehmen ...«

»Ja, und als Kanonenfutter enden!« Sean fiel ihm direkt ins Wort. »Auch diese Soldaten sind Söhne und Töchter. Sie haben Gefühle und sind in der Lage, emotionale Bindungen knüpfen. Ich nehme nicht an, dass es etwas wie Liebe zur Mutter sein wird. Dafür werdet ihr schon sorgen. Aber irgendwann kommen körperliche Bedürfnisse, und die könnt ihr nicht unterdrücken, wenn ihr funktionstüchtige Kämpfer wollt.«

»Genug!«, rief Ian erbost und schnippte mit dem Finger. Beinahe zeitgleich spürte Sean einen scharfen Schmerz im Nacken. Er griff an die Stelle und fand einen Betäubungspfeil, der in seiner Haut steckte.

Dunkelheit kroch von den Rändern seines Bewusstseins in sein Sichtfeld und nahm seine Sinne in eine schwarze Umarmung. In kurzen lichten Momenten nahm er wahr, dass er über kaltes, steriles Linoleum geschleift wurde. Nun kam der Punkt, wo alles ein Ende nahm. Bevor er ins Nirwana abtauchte, sah er Noas schöne geschwungenen Lippen vor sich, die ihm zulächelten.

●

»Ich warte immer noch, du Bastard! Wo ist der Saftsack von einem Senator?« Gomez lallte und wimmerte, doch Noa verstand nicht eine Silbe seines Gefasels. »Hey! Klar und deutlich! Wo hat er sich verkrochen?«

Gomez hustete und blies Luft aus wie eine alte Dampflock bergaufwärts. »Hierimhausoben«, nuschelte er schließlich.

Noa musste den Satz ein paar Mal im Kopf wiederholen und zerlegen bis er zu einem *Hier im Haus, oben* wurde.

Sie zog zwei weitere Ampullen auf und verabreichte sie Gomez, ohne zu zögern. Sie stand nach wie vor neben sich und hatte keinerlei Kontrolle über ihr Handeln. Der Mistkerl hatte keine Gnade verdient. Dafür hatte er ihr zu viel angetan. Wenigstens würde er keine Schmerzen mehr verspüren.

Sie nahm den Revolver, den sie gefunden hatte, und schoss ihm damit zwischen die Augen. Bittere Galle stieg ihr in die Kehle und sie musste sich zusammenreißen, dass sie nicht geradewegs auf den Boden kotzte. Sie war eine Mörderin und sie wusste, dass sie nie darüber hinwegkommen konnte.

Noa wusste aus der Vergangenheit, dass Gomez' Büro schalldicht und nicht videoüberwacht war. Nur so hatte er gewährleisten können, dass sein Treiben in diesem Raum ohne potenzielle Zeugen vonstattengehen konnte. Sie nahm die Waffen, Gomez' Handy, seinen Laptop mit externer Festplatte und verschwand aus diesem Vorhof zur Hölle. Auf dem Rechner und der Festplatte wurden die Bilder der Sicherheitskameras gespeichert. Für Gomez hatte Diskretion immer oberste Priorität gehabt.

Während sie ihrem persönlichen Pandämonium für immer den Rücken kehrte, zog sie Gomez' Handy aus der Tasche und scrollte so lange durch die Kontakte, bis sie Stantons Mobilnummer gefunden hatte.

Sie lief schnell zu ihrem Wagen. Die Gummihandschuhe, die sie während Gomez' Befragung getragen hatte, warf sie weg. Dann stieg sie ein, fuhr zum Parkplatz des Clubs und stellte das Auto unauffällig am Rand ab.

Unwillkürlich durchforstete sie ihr Inneres nach so etwas wie einem Lebenszeichen. Sie fand jedoch nur Ödland. Ihre Seele war verbrannte Erde. Sie hatte das Gefühl, dass dieser Zustand nie mehr ganz verschwinden würde, denn sie hatte eine unsichtbare Schwelle überschritten und die Rückfahrkarte verloren.

Bevor sie vom Selbstmitleid erdrückt wurde, nahm sie noch einmal Gomez' Telefon und tippte in dessen Namen für Stanton eine Nachricht.

Wir sind aufgeflogen. Verschwinde nach Hause. Ich melde mich später noch einmal.

Sie musste nach dem Versenden der SMS keine fünf Minuten warten. Stanton kam mit hochrotem Kopf durch den Hintereingang ins Freie gestürzt und richtete dabei seine hastig übergezogene Kleidung. Er rannte zu seinem Auto und fuhr, ohne sich weiter umzusehen, mit quietschenden Reifen davon. Wenn der Dummkopf nur eine Sekunde sein Gehirn eingeschaltet hätte, wäre ihm aufgefallen, dass etwas faul war.

Noa verfolgte Stanton in gebührendem Abstand. Sie hätte ihn im Club fertigmachen können, doch sie wollte keine deutliche Verbindung zwischen Gomez, Stanton, dem Club und den Mädchen legen. Ein Doppelmord im Milieu und dann noch an einem Senator würde die Wellen unkontrollierbar hochschlagen lassen.

Stantons Fahrt endete in einer Reiche-Schnösel-Straße, ähnlich der, in der Noa in Holland aufgewachsen war. Sie war ein echtes *Gooi*-Mädchen. *Het Gooi*, der Ort, wo Reich und Schön lebten.

Sie beobachtete den Senator, wie er ein schmiedeeisernes Tor passierte, welches sich langsam hinter ihm wieder schloss. Noa stellte das Auto eine Straße weiter am Rand ab und griff nach der Tasche mit ihren Werkzeugen. Doch dann zögerte sie. Das Panzertape musste hierbleiben. Das würde eine Verbindung zu Gomez legen. Sie nahm stattdessen Seans Waffe, ein weiteres Paar Gummihandschuhe und die Drogen mit.

Sie ging auf das Tor zu und unauffällig daran vorbei. Zum Glück hatte sie die Kapuze tief ins Gesicht gezogen, denn es gab mehrere Sicherheitskameras.

In ein paar Metern Entfernung erkannte sie hinter der Umzäunung einen großen Baum, dessen Äste tief über dem Gehweg hingen.

Noa stellte sich auf die Zehenspitzen, streckte sich hoch und dankte Gott im Stillen, dass sie für eine Frau eher groß gewachsen war. Sie zog sich mit einiger Mühe auf den Ast. Die Naht an ihrem Bauch schmerzte reißend und sie wäre deshalb beinahe abgestürzt.

Sie umklammerte die raue Rinde, welche ihr Halt gab und wartete einen Augenblick, bis der Schmerz wieder etwas abgeklungen war. Dann hangelte sie sich über den Zaun, Waffe und Drogenetui in ihrem Hosenbund gesichert und die Handschuhe in der Jackentasche.

Als sie den Grund und Boden des Senators unter sich hatte, ließ sie den Ast los und ließ sich nach unten fallen. Sie kauerte tief in der Hocke und blickte sich um. Niemand war zu sehen, nichts zu hören und auch die Villa lag im Dunkeln. Nur hinter einem kleinen Fenster brannte ein schwaches Licht.

Sie rannte im Schatten der Gartenbegrünung Richtung Haus und umrundete das Gebäude, bis sie den Hintereingang fand. Wahrscheinlich führte die Tür zur Küche. Das Herrenhaus war alt. Die reichen Bewohner hatten früher Bedienstete gehabt, die nur durch diese Tür ein- und ausgehen durften.

Noa stellte sich neben der Zarge aus Holz mit dem Rücken an die Wand und zückte wiederum Gomez' Handy zum finalen Akt. *Mach die Hintertür auf. Ich bin hier um, mit dir das weitere Vorgehen zu besprechen.* Dann drückte sie den Sendebutton und wartete.

Kurz darauf hörte sie eilige, schwere Schritte, die sich im Inneren des Hauses näherten. Noa zog Seans Neunmillimeter, die Finger fest um den Griff geschlossen.

Die Tür wurde geöffnet und Stanton trat heraus. »Gomez? Was treibst du für ein Spiel? Zeig dich.«

Sie machte einen Schritt auf ihn zu, näherte sich ihm von hinten, da er mit dem Rücken zu ihr stand. Sie hob die SIG und hielt sie ihm an die rechte Schläfe.

»Genau das werden wir jetzt tun. Wir spielen ein wenig miteinander.«

Zu ihrer immensen Befriedigung erstarrte der Herr Senator.

»Du? Was machst du hier?«

Sie presste die Mündung etwas fester gegen seinen Kopf. »Beweg deinen hässlichen Arsch ins Haus.«

Er zögerte einen Augenblick, besann sich dann anscheinend und drehte sich um. Nachdem sie das Haus betreten hatten, ließ sie ihn abschließen und die Alarmanlage aktivieren. Dabei prägte sie sich den Code ein, damit sie später das Haus ohne Probleme verlassen konnte.

»Gibt es hier ein Kellergeschoss?« Er nickte auf ihre Frage knapp. »Dann los! Bring uns hin.«

Er setzte sich in Bewegung und schielte immer wieder zu ihr hin. »Ich habe Geld und Wertsachen im oberen Stock.«

Als ob sie hinter seiner Kohle her war. Das alles interessierte sie nicht im Geringsten. Sie hatte schon längst auf Autopilot gestellt und jegliche mögliche Emotion in Permafrost eingeschlossen. Sobald sie auch nur den leisesten Funken an Gefühlen zuließ, würde sie wie ein leerer Mehlsack zusammenfallen und als heulendes Häufchen Elend am Boden enden. Ein Zustand, den sie sich nicht leisten konnte.

»Ich will nichts von deinem Geld.« Dann schwiegen sie und er stieg vor ihr die Treppe hinunter ins Souterrain. Mit jeder Stufe verstärkte sich der Geruch von Feuchtigkeit und es wurde zunehmend kühler. Sie sah, wie Stanton die Hand hob, um das Licht einzuschalten.

Indirekte Beleuchtung durchflutete den Raum. Sie sah sich in dieser unterirdischen Kammer um. Alles, was ein BDSM-Herz begehrte, war hier zu finden. Käfige, Kreuze zum Anketten und alles, was SM-Fans sonst noch liebten. Allerdings war ihr klar, dass sich Stanton wohl eher nicht an SSC, das Grundprinzip des BDSM, *safe, sane und consensual*, hielt.

Plötzlich fühlte sie wieder Stantons eklige Wurstfinger auf und in sich und eiskalte Schauer liefen ihr den Rücken hinunter.

»Zieh dich aus.«

Das selbstgefällige Lächeln in seinem Gesicht ließ ihr die Magensäure hochkommen. »Du kannst wohl nicht genug von mir bekommen, was? Du scharfe, langbeinige Stute.«

Sie verkniff sich einen Kommentar. Stattdessen beobachtete sie ihn dabei, wie er seine Hemdknöpfe nacheinander öffnete. Dann die Manschettenknöpfe entfernte und danach aus dem Hemd schlüpfte. Er faltete das Kleidungsstück penibel zusammen und deponierte es auf einem Stuhl in der Ecke. Die Bundfaltenhose folgte. Als Noa sah, dass der Drecksack Sockenhalter trug, wusste sie nicht, ob sie lachen oder ihn auf der Stelle erschießen sollte. Es sah derart lächerlich aus.

»Alles. Auch die Unterhose und diese unmöglichen Socken-halter.« Ihr wurde beim Anblick seines hässlichen nackten

Leibes schlecht. Die käsige, schwabbelige Haut. Ein immenser Bauchumfang, getragen von viel zu dünnen, stelzenartigen O-Beinen. Sein zu klein geratener Penis sah aus wie ein junger Geier im Nest aus Schamhaaren. Nackt und unansehnlich. Wahrscheinlich hatte Stanton seinen Schwanz schon seit Jahren nicht mehr von oben gesehen, bei der riesigen Wampe, die er darüber trug.

Nachdem er ihre Befehle befolgt hatte, zeigte sie mit der freien Hand auf den kreuzförmigen Pranger. »Los, da hin. Beine festbinden und danach die rechte Hand. Und mach vorwärts. Ich habe nicht die ganze Nacht Zeit.«

Wieder lächelte er verschmitzt. Entweder erwartete er jemanden, der ihn aus der Misere befreite, oder er war wirklich so blöd, das alles als Spiel anzusehen. Sie beschloss daher, ihre Taktik etwas anzupassen.

Sie sah ihm dabei zu, wie er die Ledermanschetten um seine Fußgelenke schloss und sich danach aufrichtete, um die rechte Hand auf dieselbe Art wie die Füße am Holz zu befestigen. Dabei fiel ihr Blick auf seinen erigierten Schwanz. Selbst in diesem Zustand wirkte das Ding noch unterentwickelt. Er hielt das Ganze wohl wirklich für ein Theaterspiel.

Jetzt, wo er noch eine freie Hand hatte, trat sie zu ihm hin und fesselte ihn abschließend vollständig an den Pranger. Seine schwarzen Schweinsäuglein leuchteten verzückt und sandten Noa wiederum Wellen von Kälte durch die Venen. Wenigstens konnte er sich jetzt nicht mehr rühren.

»Ich will deine geilen Titten sehen, Schätzchen. Zeig sie mir. Schließlich war ich folgsam und habe mir eine Belohnung verdient. Findest du nicht?«

Noa wollte ihm gerade »*Du hast was ganz anderes verdient!*« entgegen schnauzen, als ihr Handy in der Hosentasche vibrierte. Sie fühlte sich unentschlossen. Sollte sie es ignorieren oder doch rangehen? Es konnte eigentlich nur Sean oder einer der anderen des Teams sein. War am Ende etwas bei der Mission schiefgegangen? Hatte sie am Ende Seans Verhalten fehlinterpretiert?

Also gut, das war nicht der Moment für verletzten Stolz. Sie drehte Stanton den Rücken zu und zog das Telefon heraus. Das Display zeigte ihr, dass es sich nicht um Sean handelte, sondern um Chris. Sofort schob sich Sorge um Sean in den Vordergrund.

»Chris?«

»Hi, Noa. Wie geht es dir?« Er klang vorsichtig. Die Frage war weshalb.

»Ich halte mich aufrecht«, antwortete sie ehrlich, aber ausweichend.

»Hast du von Sean gehört? Ich meine in den letzten zwei Stunden.«

Mit einem Mal schlug ihr das Herz bis zur Schädeldecke. Was war mit Sean? Die Angst um ihn ließ sie ihren ursprünglichen Plan vergessen.

»Nein. Was ist passiert?«

Chris erzählte ihr von dem missglückten Einsatz und dem Zusammentreffen mit Ian und dass er noch mal allein losgezogen war. Chris hatte Seans Sturheit verflucht und auch dessen falschen Stolz. Sie mussten davon ausgehen, dass Sean in die Hände des Feindes geraten war. Sie hatten auf dem Gelände nur noch Seans Ausrüstung gefunden. Inzwischen brannte das Gebäude lichterloh und alle Spuren waren verwischt. Thorpe schien die Zerstörung angeordnet zu haben.

»Und jetzt können wir ihn seit einer Stunde nicht mal mehr orten.«

»Hey, Zuckerschnute«, rief Stanton nervtötend dazwischen, »wann widmest du dich endlich deinem willigen Sklaven?«

Noa drehte sich um. »Halt die Klappe, Wichser, ich telefoniere.«

»Wo bist du, Mädchen?«, fragte Chris aufs Äußerste alarmiert. »Und was treibst du?«

»Das willst du nicht wissen. Vertrau mir.« Sie würde Chris sicher nicht verraten, dass sie Stanton im Schwitzkasten hatte. Er würde ihr den Hintern versohlen und Sean danach ebenfalls, wenn er dazu Gelegenheit bekam.

»Vielleicht kann ich herausfinden, wo Sean sich aufhält. Ich melde mich bei dir, sobald ich etwas erfahren habe.« Sie legte auf und schob das Handy in die Tasche.

Wo sollte sie am besten beginnen, und vor allem, wie? Die Sorge um Sean hatte allen Hass und den größten Teil des Zorns verpuffen lassen. Ohne diesen Antrieb wusste sie nicht, was sie tun sollte. Das war einfach nicht ihre Welt.

Sie atmete ein paar Mal ein und aus, um sich zu sammeln und sich auf den nächsten Schritt zu konzentrieren.

»Nun Senator«, begann sie ruhig und drehte sich zu ihm um. »Kommen wir zur Sache. Du wirst mir jetzt ganz schnell zuflüstern, wo Thorpe männliche Gefangene hinbringen lässt.« Wohin die Frauen verschwanden, wusste sie inzwischen nur allzu gut.

Stanton musterte sie durch seine dunklen Knopfaugen, die sie immer an die eines Schweins erinnerten. Er zeigte sich zu ihrer Überraschung abwartend und neugierig.

»Nehmen wir mal an, ich weiß, wovon du sprichst, was bekomme ich für diese Information?« Der Kerl spielte immer noch. Hatte er wirklich das Gefühl, sie würde ihm hier zu Diensten stehen? Stanton litt eindeutig an Realitätsverlust.

Sie trat noch näher an ihn heran. Sie umfasste mit den behandschuhten Fingern sein Glied und tat, was sie in den letzten Jahren hatte lernen müssen: Männer gefügig machen. Auch wenn die Kerle das Gefühl hatten, die Kontrolle zu haben, so war es doch in Wirklichkeit sie selbst, die das Zepter in der Hand hielt. Sie entschied wann und wie der Kunde kam. In den meisten Fällen und bei normalen Typen zumindest. Thorpe und Stanton waren anders gewesen. Doch jetzt, da der Senator wehrlos war, sah die Sache etwas anders aus.

Noa schob jeden Ekel rigoros beiseite und schaltete ihren Verstand auf Hurenmodus. Das allerletzte Mal in ihrem Leben, hoffte sie inständig.

»Warum trägst du eigentlich diese Gummihandschuhe? Am liebsten hätte ich dich nackt und an meiner Stelle an diesem

Pranger. Dann könnte ich deine Möse und deinen Arsch so richtig genießen.«

Sie zwang sich ein professionelles Lächeln ins Gesicht, obwohl sie ihm am liebsten die Eier abgerissen und zum Fraß vorgeworfen hätte. Mit der freien Hand strich sie ihm über die feiste Brust, die vereinzelte, gerade Haare zierten.

»Mir ist heute nach Doktorspielchen, Senator. Und ein Doktor trägt Gummihandschuhe, nicht wahr? Also, willst du mir nun verraten, wo Thorpe seine Beute hinbringen lässt?« Ihre Hand an seinem Schwanz tat weiterhin träge ihre Arbeit und Stantons Blick verklärte sich langsam, aber sicher.

»Wenn du dir Mühe gibst, werde ich dir sagen, was du wissen willst. Aber da muss ein Fick auch drin liegen. Am liebsten in deinen Arsch.«

Widerlicher Mistkerl. Noa trat von ihm weg und holte die SIG, steckte sie sich in den Hosenbund und nahm das Päckchen mit Gomez' Giftmischung hervor.

»Mal sehen, ob ich dich auch auf andere Weise davon überzeugen kann, zu singen.« Sie zog zwei Ampullen in eine Spritze und achtete dabei darauf, dass Stanton ihr dabei zusehen musste.

»Wa… was ist das?«, quiekte er wie das Schwein, das er war.

»Das wirst du gleich sehen.« Sie griff erneut nach seinem Penis. Dort setzte sie die Nadel an einer dicken Vene an. Gleich am Ansatz der Schambehaarung. Natürlich würde ein Gerichtsmediziner den Einstich finden, doch die Erklärung würde simpel ausfallen. Stanton war ein bekannter Politiker. Er würde das Risiko, als Junkie entlarvt zu werden, nicht eingehen, weshalb er sich den Schuss an möglichst unauffälliger Stelle setzten würde. Huren, deren Dienste er in Anspruch nahm, oder auch seine Ehefrau würden aus Diskretionsgründen den Mund halten.

»Warum machst du das?«, fragte der Senator schrill. Sie blieb ihm die Antwort schuldig.

»Wo finde ich Thorpes zweites Versteck? Das ist deine letzte Chance, Flachwichser. Wenn du es mir nicht sagst, drückte ich den Kolben runter.« Sie schob dabei die Injektionsnadel in seine Vene, während ihr Daumen auf dem Spritzenstempel ruhte.

Stantons Gesichtsfarbe nahm einen ungesunden Grauton an und auf seiner Stirn glänzte Angstschweiß.

»Halt!«, rief er atemlos. »Thorpe hat im Hafen von Miami ein altes Frachtschiff vor Anker liegen. Die *Iphthimos*. Dort hält er einige Männer fest.«

Noa nickte und sah den Senator an. Dieser röchelte plötzlich besorgniserregend und verdrehte die Augen, bis nur noch das Augenweiß zu sehen war.

Sie trat einen Schritt zurück. Was ging denn hier ab? Sie hatte ihm das Gift doch noch gar nicht verabreicht. Ein letztes Würgen und nach Luft japsen und sein Kopf fiel nach vorn.

Scheiße! Hatte der Kerl gerade den Löffel abgegeben? Und das ohne ihr direktes Zutun? Sie ging wieder auf ihn zu und fühlte nach seinem Puls. Nichts. Der Typ hatte tatsächlich vor ihren Augen das Zeitliche gesegnet.

Ein hysterisches Lachen kam gurgelnd aus den Tiefen ihrer Brust und brach schließlich aus ihr heraus. Das war dann wohl ausgleichende Gerechtigkeit. Nachdem sie sich wieder etwas beruhigt hatte, sammelte sie ihre Sachen zusammen, kontrollierte noch einmal den Raum, damit auch nichts zu ihr führte und stieg danach die Treppe hoch. Sie ging den gleichen Weg zurück, den sie gekommen war. Als sie wieder auf dem Gehweg vor dem Grundstück war und sich sicher sein konnte, dass sie niemand gesehen hatte, rief sie Chris an.

Verschobene Realität

Seans Körper war taub, sein Verstand arbeitete träge. Er fühlte trotz der Taubheit den harten, kalten Grund. Er lag nackt und angekettet auf dem Boden.

Wie lange war er schon hier? Er hatte wegen des Betäubungs- pfeils und der darauffolgenden Folter jedes Zeitgefühl verloren. Er befand sich in einer Zelle aus Stahl. Sie hatten ihn dreimal zum Waterboarding geholt. Also, so lange konnte es noch nicht sein. Höchstens ein bis eineinhalb Tage.

Waterboarding. Er wusste, dass das Ertrinkungsgefühl nur simuliert war. Dennoch spürte er so etwas wie Angst. Er wollte das nicht noch einmal erleben.

Sie hatten ihm nur zwei Fragen gestellt. Immer und immer wieder nur dieselben zwei Fragen. Wo hielten sich seine Männer auf? Wo war Noa De Wit? Das erste würde er nicht verraten und das zweite wusste er nicht.

Scheiße! Er fror entsetzlich, lag im Dunkeln und er pisste sich fast voll beim Gedanken, dass die verfickte Tür aufging und er zur nächsten Session geholt wurde.

Er dachte an Noa und schlagartig überkam ihn wieder die Atemnot, die er während der Folter mit Wasser verspürt hatte. Gleichzeitig wurde er mit großer Wucht von einer Welle Wut überrollt. Hätte er Noa doch nur nie kennengelernt. Seit sich ihre Wege gekreuzt hatten, war sein Leben nicht mehr im Lot. Er war konstant auf der Flucht und emotional befand er sich im Sturzflug.

Jetzt wusste er wieder, weshalb er sich immer davor gehütet hatte, seriöse Bindungen zum weiblichen Geschlecht einzugehen. Da war man von vornherein zum Untergang verdammt.

Hör auf!, wisperte das feine Stimmchen seines Unterbewusstseins. *Genau das wollen sie mit der Folter erreichen.*

Plötzlich wurde das Türschloss entriegelt und Schritte kamen auf ihn zu. Aus purem Reflex öffnete er die Augen. Überrascht stellte er fest, dass er gar nicht in einem schwarzen Loch lag, er hatte einfach nur die Lider geschlossen gehabt. Wie müde war er eigentlich?

Er befand sich in einem Raum mit Lichtschachtfenster. Wände, Boden und Decke waren aus Beton. Eine große Schraube, an der eine noch größere Öse befestigt war, ragte vor ihm aus dem Boden. Die Ketten, mit denen er gefesselt war, fanden ihren Anfang in besagtem Ring.

Er hatte jeden Bezug zur Realität verloren. Wahrscheinlich wollten sie mit dem ständigen Wechsel verhindern, dass er sich zu Wohl an seinem Rückzugsort fühlte. Das hätte die ganze Wirkung der Folter zunichtegemacht.

Es war seltsam. Er wusste das alles mit einem Teil seines Verstands, der zwar noch ihm gehörte, aber vom Rest des Systems abgekoppelt schien. Der große Anteil hatte Angst und dadurch jedes rationale Denken verloren.

Sean gab sich einen mentalen Tritt. Er durfte nicht aufgeben, sonst war alles umsonst.

Die Typen, deren Gesichter durch Masken unerkennbar waren, kamen auf ihn zu. Sean wusste ganz genau, was jetzt passierte. Erst setzten sie den Taser ein, um ihn wehrlos zu machen, dann schleppten sie ihn in die Folterkammer und schnallten ihn auf einen Holztisch, dessen Kopfende leicht tiefer stand als das Fußende. Damit wurde der Effekt des simulierten Ertrinkens verstärkt.

Er wappnete sich gegen den scharfen Schmerz, der durch die Taserelektroden ausgelöst wurde. Gleich darauf wurde gefeuert. Seine Muskeln zogen sich in Spasmen bis an die Grenzen des anatomisch Möglichen zusammen und sein Herz stolperte mehrmals über seine eigenen Schläge. Der ganze Spaß dauerte vielleicht zehn Sekunden, bevor bei ihm das Licht ausging.

Würgend und hustend kam er wieder zu sich. Er bekam kaum Luft durch das Tuch, das man ihm über das Gesicht gelegt hatte und wegen des Wassers, das man darüber goss.

Einundzwanzig … zweiundzwanzig … dreiundzwanzig … atme ruhig, Mann … ein … aus … Dieses Mantra sagte er sich immer und immer wieder. So lange, bis er das Gefühl hatte, die Panik im Griff zu haben.

Mit einem Ruck wurde das Tuch weggezogen und er wurde durch das Licht über dem Tisch geblendet.

»Wieso willst du die nutzlose Nutte schützen? Schau doch, wo dich das hingeführt hat.« Ian. Seine Stimme hier zu hören, schmerzte mehr als jeder Elektroschock, Schlag oder zwanzig Stunden Waterboarding.

»Ja, Ian. Sag mir, wo ich bin.« Er spielte auf Zeit, das wusste auch Ian.

Als Antwort wurde ihm wieder das Tuch über das Gesicht gezogen. Sean holte zweimal tief Luft, denn diese würde ihm in den nächsten Minuten knapp werden.

Das kalte Wasser klatschte ihm auf Brust und Gesicht und drohte, ihn zu ersticken. Er spürte, wie sich seine Fesseln an Hand- und Fußgelenken in die Haut schnitten, weil er aus purem Überlebensinstinkt daran zerrte.

»Ist sie das alles wert, Sean?«, hörte er Ian gedämpft schimpfen. »Eine Schlampe, die sich für Geld von jedem Kerl ficken lässt. Ein Experiment ist sie. Nichts anderes.«

Ein harter Schlag traf ihn in die Rippen und raubte ihm den sonst schon wertvollen, knappen Atem. Er hustete und dabei fuhr ihm ein schneidender Schmerz durch den Brustkorb. Mist, mindestens eine Rippe musste angeknackst sein.

»Diese Nutte interessiert sich nicht dafür, dass du hier beinahe erstickst, deine Rippen gebrochen werden und sich die Fragmente in deine Lungen bohren. Wenn du ihr so wichtig wärst, wäre sie schon hier, um dich zu retten. Inzwischen weiß sie bestimmt, dass wir dich geschnappt haben. Und was die anderen drei Schlappschwänze angeht, wir haben dir zwar dein verwanztes Handy abgenommen und vernichtet. Aber ich hätte erwartet, dass der liebe Alec einen anderen Weg finden würde, dich aufzuspüren. Vielleicht behindert aber auch ein mächtiger Samenstau sein Denkvermögen. Der mit seinem enthaltsamen, sexlosen Dasein.«

Ein zweiter Schlag erfolgte auf dieselbe Stelle und gleich darauf wurde der Lappen von seinem Kopf gezogen. Im selben Augenblick holte er reflexartig Luft, um seine Lungen mit wertvollem Sauerstoff zu füllen. Doch der stechende Schmerz, der ihm durch den Thorax schoss, verschlug ihm wiederum den Atem.

Der Wechsel von Schmerz, Atemnot, Kälte und Verlust des Zeitgefühls machte ihn beinahe empfänglich für Ians Suggestionen. Er wusste das, verdammt noch mal! Und dennoch konnte er rein gar nichts dagegen einbringen. Er war machtlos. Doch während Ian mit seiner Hasspredigt gegen Noa und sein Team fortfuhr, fühlte er, wie sich etwas in ihm verschob. Er konnte nicht sagen, was es war, doch der Hass, der ihn plötzlich erfüllte, war ihm unbekannt. In diesem Moment konnte er auch endlich auf seine gesteigerte Kraft zugreifen. Etwas, was ihm seit seiner Gefangennahme nicht hatte gelingen wollen. Wahrscheinlich war das Sedativum schuld, das man ihm verabreicht hatte.

Die Manschetten, die ihn bewegungsunfähig gemacht hatten, rissen entzwei. Alles, was er tat, geschah unbewusst. Es schien, als wäre er ein Gefangener seines Körpers. Sein Verstand begriff auf seltsame Weise nicht, was sein Körper tat.

Er fühlte, wie er gegen eine Mauer aus Muskeln prallte, die jedoch genauso schnell wieder verschwunden war. Laute Flüche und unregelmäßiges Keuchen drangen wie durch Watte an sein

Ohr. Als dann endlich sein Gehirn aufgeholt hatte, bemerkte er, dass er an der Tür stand. Er hatte jedoch keine Ahnung, wie er vom Tisch hierhergekommen war.

»Schnappt ihn euch und schickt ihn ins Nirwana!«, befahl Ian bellend.

Sean machte sich kampfbereit. Sollten sie ihn doch holen, aber zu leicht würde er es ihnen auf keinen Fall machen. Den ersten Angreifer schickte er mit einem gezielten Tritt vor die Brust auf die Bretter.

Er wollte sich gerade um Nummer zwei und drei kümmern, als ein Brennen an seinem linken Oberschenkel seine Aufmerksamkeit erforderte. Er blickte verwirrt nach unten. In seiner Haut steckte wieder so ein verfluchter Betäubungspfeil.

»Seid ihr wirklich so feige, dass ihr nicht mit fairen Mitteln kämpfen könnt?«, fluchte er, während ihm die Beine wegknickten.

»Das Mittel blockiert für einige Stunden deine gesteigerten Fähigkeiten, Captain. Ich kann doch nicht zulassen, dass du meine Leute mit bloßen Händen zerfleischst.« Ian stand nun über ihm und sah ihn triumphierend an. »Gleichzeitig können wir das Sedativum auf Wirksamkeit und Wirkungsdauer testen. Wie du siehst, bist du nicht nur unser Spielzeug, sondern auch ein Versuchskaninchen.« Ians Stimme war immer leiser geworden. Sean hatte versucht, die aufsteigende Bewusstlosigkeit zurückzudrängen. Ohne jeden Erfolg. Das Letzte, was er wahrnahm, war der Tritt, den ihm jemand gegen seinen rechten Oberschenkel gab. Er hätte jetzt vor Schmerz aufschreien sollen, denn die Narbe war nach wie vor überempfindlich. Komischerweise verspürte er nichts mehr. Keine Kälte, keinen Zorn und keinen Schmerz.

•

Noa stand noch zehn Sekunden vor dem brennenden Autowrack. Sie hatte den Wagen, mit dem sie zum Club und zum Senator gefahren war, auf einem verlassenen Industriegebiet abgestellt. Dann hatte sie den Innenraum mit Benzin übergossen und angezündet. Nun warf sie den Kapuzenpulli und das Baseballcap in dieses Fegefeuer, um keine DNS-Spuren zu hinterlassen. Die Nummernschilder hatte sie abgenommen und in einem Kanal entsorgt. Also hatte sie Seans Anweisungen doch noch befolgt. Der Gedanke an ihren Liebhaber schmerzte sie. Wo war er nur?

Nachdem sie sich vergewissert hatte, dass alles auch richtig in Flammen stand, nahm sie ihre Beine in die Hand und rannte davon. An der übernächsten Bushaltestelle stieg sie in den Linienbus Richtung Zentrum. Sie sah nichts, was außerhalb der Busscheiben an ihr vorüberzog. Sie war zu sehr mit ihrem seelischen Chaos beschäftigt. Sie wechselte mehrmals die öffentlichen Verkehrsmittel, bis sie auf Umwegen in Gehdistanz zu ihrem Motel angelangt war.

Als sie die Tür zu ihrem Zimmer hinter sich abschloss, atmete sie erleichtert auf. Sie fühlte sich erschlagen und gleichzeitig völlig überdreht. Obwohl sie sich eigentlich nicht im Stande sah, überhaupt einen zusammenhängenden Satz zu bilden, musste sie unbedingt mit Chris sprechen. Sie hatte es bisher nicht gewagt, mit ihm Kontakt aufzunehmen. Sie war viel zu sehr mit der Spurenbeseitigung und ihrer Flucht beschäftigt gewesen.

Sie war zu aufgewühlt, um sich zu setzen und ging deshalb im Zimmer auf und ab, während sie versuchte, ihn zu erreichen.

»Bist du okay?«, fragte er in dem Moment, als er den Anruf entgegennahm.

Sie räusperte sich, ehe sie ihm antworten konnte. »Ja. Ich bin im Motel.«

Eine kurze Pause trat ein, bevor er etwas entgegnete. »Will ich wissen, was du getrieben hast?«

Jetzt endlich kam das Gefühl der Zerschlagenheit und ihre Knie gaben nach. Sie ließ sich kraftlos und wenig damenhaft auf die miefige Matratze fallen. »Ganz ehrlich?«, begann sie und rieb sich mit der freien Hand über das Gesicht. »Nein, du willst es nicht wissen. Dafür habe ich etwas in Erfahrung bringen können.«

Nun war es an Chris, sich zu räuspern. »Dann schieß los.«

Sie erzählte ihm von Thorpes Frachter, was er nur mit einem nichtssagenden »Hmm.« quittierte.

»Wirst du Alec mit den Nachforschungen beauftragen?« Sie hörte den flehenden Unterton selbst und ärgerte sich darüber.

»Ja. Ruf mich in einer halben Stunde noch mal an.« Dann legte er auf.

Sie legte sich kraftlos auf das Bett. Was hatte sie getan? Jetzt, wo das Adrenalin langsam, aber sicher aus ihrem System wich, wurde sie von Scham und Entsetzen fast erschlagen. Sie war sich sicher, dass sie sich nie wieder im Spiegel ansehen konnte. Scheiße! Sie hatte Gomez ermordet und Senator Stanton in den Tod getrieben. Sie fühlte sich mit einem Mal wie ein Monster.

Noa hielt die Tränen nicht mehr zurück, die ihr in die Augen traten. Wozu auch. Sie rollte sich auf der fleckigen und muffigen Bettdecke zusammen und drückte die Lider krampfhaft zu. Sie wusste nicht, wie lange sie so dagelegen hatte. Aber die dreißig Minuten waren bestimmt schon um.

Sie sollte Chris anrufen, rief sie sich ins Gedächtnis. Sean war in Gefahr und sie suhlte sich hier im Selbstmitleid. Sie fühlte sich ausgelaugt. Das Pochen im Bauch, das von ihrer Verletzung herrührte, wechselte sich mit Übelkeit ab.

Sie war nichts anderes als ein Experiment. Eine menschliche Laborratte, und jetzt trug sie wahrscheinlich Seans Baby in sich. Wie würde sich dieses Hybrid-Wesen entwickeln? Sie musste unwillkürlich an den Film *Alien* mit Sigourney Weaver denken.

Hatte der Embryo durch die vielen Medikamente, die sie in den letzten Tagen genommen hatte, am Ende Schaden erlitten? Und warum zum Teufel dachte sie gerade jetzt darüber nach? Sie wusste ja noch nicht einmal, ob sie tatsächlich schwanger war.

Ihre Mutter hatte ihr nie davon erzählt, dass sie durch IVF gezeugt worden war. So etwas sagte man doch dem eigenen Kind! Wenn sie das nicht in Gomez' Notizbuch und den anderen

Unterlagen gelesen hätte, hätte sie wahrscheinlich nie davon erfahren.

Plötzlich hörte sie Schritte vor der Tür. Sie lauschte angestrengt. Ihre Hand tastete wie im Reflex nach der SIG, die sie achtlos aufs Bett geworfen hatte.

Als es zweimal klopfte, zuckte sie zusammen und zwang sich, ruhig zu atmen. Niemand wusste, dass sie hier war. Der Besucher musste sich in der Tür geirrt haben.

»Noa? Chris hier. Mach auf.«

Fuck! Wie hatte er sie gefunden? Wie lange hatte sie heulend dagelegen? Sie warf einen Blick auf die Uhr. Shit! Zwei Stunden. Sie hatte ganze zwei Stunde vertrödelt.

Sie stand auf, die Waffe einsatzbereit. Ihre Knie hatten sich irgendwie in Gummi verwandelt und gaben ihr das Gefühl, auf wogendem Wasser zu laufen. Sie hielt sich nur mit Mühe aufrecht und ihr Gehirn arbeitete langsam.

Bevor sie aufschloss, warf sie erst einen Blick durch den Spion. Sie erkannte tatsächlich Chris' Glatzkopf. Die Erleichterung, die sie durchfuhr, nahm ihr das letzte bisschen Kraft. Sie machte auf und trat einen Schritt zurück. Dabei verlor sie fast das Gleichgewicht.

Chris öffnete die Tür nur so weit, dass er eintreten konnte und schloss sie danach gleich wieder ab.

Er drehte sich zu ihr um. Als er sich kurz ein Bild von ihr gemacht hatte, klappte sein Mund auf und gleich danach wieder zu. Wäre sie in besserer Verfassung gewesen, hätte sie wahrscheinlich gelacht, denn er sah aus wie ein Goldfisch in einer Glaskugel.

»Was ist mit dir passiert, um Himmels willen?«, flüsterte er und zog sie an seine breite Brust.

Sie lehnte sich an ihn und erlaubte sich, sich einen Moment geborgen zu fühlen. Als sie sich emotional und physisch einigermaßen stabil fühlte, löste sie sich von ihm und trat einen Schritt von ihm zurück.

»Habt ihr schon etwas mit den Informationen, die ich euch besorgt habe, anfangen können?« Sie musste endlich erfahren, wie es Sean ging, sonst hätte sie keine ruhige Minute mehr.

»Alec arbeitet daran. Ich bin gekommen, um dich zum Safe House zu bringen.«

Er schien ihre Bedenken auf ihrem Gesicht ablesen zu können. »Mach dir keine Sorgen, Kleine. Die Garage ist nach wie vor sicher. Thorpe, falls er von dem Haus weiß, wird nicht davon ausgehen, dass wir uns wieder dort aufhalten.« Er sah sich im Motelzimmer um. »Außerdem ist sie besser gesichert als Fort Knox. Glaub mir.«

Sie nickte und packte ihre wenigen Habseligkeiten ein. Noa war sogar in gewissem Maß erleichtert, dass sie dieses unhygienische Obdach verlassen konnte.

»Für wie lange hast du das Zimmer bezahlt?« Chris nahm ihr die Tasche ab, während sie vorsichtig die Tür öffnete und zum Spalt hinausspähte. Die Luft schien rein zu sein und zum Glück war es immer noch dunkel.

»Ich habe für die ganze Woche bar im Voraus bezahlt.«

Chris schob sie vor sich zum Auto. »Gut. Wir geben den Schlüssel erst ab, wenn es Zeit dazu ist«, meinte er und sah sich aufmerksam um.

Er hielt ihr die Beifahrertür auf und sie ließ sich auf den Sitz gleiten. Noa beobachtete ihn dabei, wie er um den Wagen herumging und hinter dem Lenkrad Platz nahm. Was mochte in ihm vorgehen, jetzt, da Sean verschwunden war?

Sie fuhren schweigend davon. Irgendwann erkannte sie auf der linken Straßenseite einen Walgreen's-Markt »Kannst du da bitte mal hinfahren?«

Er drehte seinen Kopf erst in die Richtung, in die sie deutete und danach zu ihr. »Was willst du dort? Anzuhalten ist riskant.«

Das wusste sie selbst auch, dennoch brauchte sie dringend zwei Dinge. »Das ist mir schon klar. Aber es muss sein.«

Chris runzelte die Stirn. »Was brauchst du? Ich hole es dir.« Er war inzwischen auf den Parkplatz gefahren, so nahe am Eingang wie möglich.

»Haarfärbemittel. Einmal Blond und einmal Rot.« Chris machte sich gerade daran, auszusteigen. »Und dann noch einen Schwangerschaftstest.«

Er erstarrte mitten in der Bewegung und sah sie verdattert an. Sein Mund klappte geräuschvoll auf. Er brauchte einen kurzen Moment, um sich zu fangen.

»Weißt du was? Wir gehen dann wohl besser zusammen rein. Und beeilen uns«, brummte er leicht verstimmt und stieg aus dem Wagen. Noa hätte schwören können, dass er rot geworden war.

»Ja, schon klar«, gab sie schmunzelnd zurück.

Chris ging voraus und sie folgte ihm wie ein Schatten. Es dauerte nicht lange und sie hatte alle drei Dinge beisammen und noch zwei Sets Unterwäsche. Als sie an der Kasse standen, bemerkte sie, wie sich Chris neben ihr versteifte und einen leisen Fluch zischte. Sie warf ihm einen Blick zu und sah, dass er auf den Fernseher hinter der Kasse fixiert war. Sie wandte sich ebenfalls dem Inhalt der Sendung zu.

Nachrichten Sondermeldung – Rotlicht- & Drogenboss ermordet stand da als Untertitel und darüber ein Bild von Inocente Gomez. Danach wanderte eine neue Fußmeldung über den Monitor: *Senator Bill Stanton gestorben. Todesursache vermutlich Herzversagen.*

Da der Ton abgestellt war, konnte sie nicht hören, was der Nachrichtensprecher zu diesen Themen zu sagen hatte.

»Warst du das?«, hörte sie Chris dicht neben ihrem Ohr flüstern. Er hatte sie am Oberarm gepackt und drückte fast schmerzhaft zu. Noa, die wegen Müdigkeit, Sorge und konstantem Ziehen und Reißen an ihrer Wunde völlig überreizt war, entwand sich seinem Griff. »Nicht hier. Du warst doch der Meinung, es wäre nicht sicher.«

Inzwischen waren sie an der Reihe, um zu bezahlen. Noa zog den Rest von Dr. Cooks Geld heraus und beglich die Rechnung. Sie konnte gerade noch die Quittung aus der Hand der Kassiererin nehmen, als sie ziemlich rabiat Richtung Ausgang geschleift wurde.

Während der restlichen Fahrt schwieg Chris beharrlich, sodass es Noa mulmig zumute wurde. Was sollte dieser stumme Aufstand? Durch ihr Handeln hatte sie schließlich eine Spur gefunden, die Sean vielleicht retten konnte.

Bei der Garage angekommen, stellte Chris den Wagen in die dazugehörige Scheune. Bevor er jedoch ausstieg, drehte er sich auf dem Fahrersitz zu ihr um.

»Ich weiß nicht, ob ich dir in Seans Namen den Hintern versohlen oder dich umarmen soll.«

Nun erstarrte Noa. Wie sollte sie das nun wieder verstehen?

»Ich habe dich von Anfang an als zäh eingeschätzt. Aber diese Aktion ist noch mindestens zwei Nummern heftiger.«

War Chris etwa stolz auf sie, weil sie einen Mord begangen und einen weiteren geplant hatte? Sie war es auf jeden Fall nicht. Sie war lediglich erleichtert, dass sie endgültig aus Gomez' Fängen entkommen war.

Als Noa zwei Stunden später aus dem Badezimmer der Garage trat, war sie rein optisch ein anderer Mensch. Sie hatte ihre Haare auf Kinnlänge abgeschnitten und danach erst blondiert, damit sie sie nachher hatte rot färben können. Wenigstens war sie so nicht mehr gleich auf den ersten Blick zu erkennen, sollte sie auf die Straße müssen.

Den Schwangerschaftstest hatte sie noch nicht gemacht. Dazu fehlte ihr noch der Mut und insgeheim dachte sie, dass Sean dabei sein sollte. Aus welchem halbromantischen Grund auch immer.

Die Garage lag im Stillen und weit und breit war keine Menschenseele zu sehen. Wo waren Chris und die anderen? Sie ging zurück in das Zimmer, das man ihr zugewiesen hatte, und setzte sich aufs Bett.

Sie dachte an Sean. Wie ging es ihm? War er überhaupt noch am Leben?

Diese Untätigkeit machte sie verrückt. Wieso schlugen sie nicht zu? Sie wussten doch jetzt, wo sie mit der Suche beginnen konnten.

Ihr Blick fiel auf die Schachtel mit dem Schwangerschaftstest und wieder kam sie ins Grübeln, ob sie ihn nicht doch schon jetzt machen sollte. Durch die Dreimonatsspritze hatte sie keine Monatsblutung gehabt und wer konnte schon sagen, was der Hormonpfusch, den Gomez und Thorpe mit ihrem Körper veranstaltet hatten, für Folgen hatte. Schließlich kam sie zu einem endgültigen Entschluss. Sie wollte es erst wissen, wenn Sean in Sicherheit war. Vielleicht war es ohnehin noch zu früh, um ein zuverlässiges Resultat erwarten zu können.

Sie stand auf. Schluss jetzt mit dieser Herumsitzerei! Das war ihr echt zu blöd. Sie zog sich Jeans und T-Shirt an und machte sich auf die Suche nach Chris und den anderen.

Sie schaute in jeden Raum. Die ehemalige Garage verfügte über eine Werkstatt, die nun als so etwas wie ein Büro oder eine Kommandozentrale diente. Ein ehemaliges Büro, das jetzt zum Schlafzimmer umfunktioniert worden war. Eine Küche, ein rudimentäres Bad und zwei weitere Schlafräume. Welchen Zweck diese früher gehabt hatten, konnte Noa nicht sagen.

Bereits nach kurzem Suchen war klar, dass sie allein war. Die Männer waren verschwunden. Sie wusste, dass sie ohne sie losgezogen waren. Ein Stich der Enttäuschung fuhr durch ihre Brust. Sie hatten sie ausgeschlossen und das schmerzte wie ein glühendes Eisen. Für Noa war das ein erneuter Misstrauensbeweis.

Sie ging zurück in die ehemalige Werkstatt und lehnte sich über den Schreibtisch mit den vielen Unterlagen. Sie entdeckte Notizen mit den Infos, die sie ihnen vom Senator gegeben hatte. Neben diesen Dingen fand sie noch ein weiteres Blatt mit der Adresse einer stillgelegten Werft, die eine Firma namens *Genotech* anscheinend besaß und den Ankerplatz des alten Frachters.

Was sollte sie jetzt tun? Hier in Sicherheit warten oder auf eigene Faust losziehen? Das Vernünftigste wäre gewesen, hier auf die Rückkehr der anderen zu warten, denn sie war immer noch etwas mitgenommen und hatte auch keine Ahnung, wie man in solchen Situationen vorging. Doch dieses Warten und Däumchendrehen, mit dem Wissen, dass Sean in Gefahr war, waren nicht ihr Ding. Sie prägte sich beide Adressen ein und machte sich auf die Suche nach einer Möglichkeit, diesen Mauern zu entkommen.

Alle Fenster waren verriegelt und sowohl Haupt- als auch Nebeneingang und das Garagentor abgeschlossen. Sie fluchte laut und unflätig, als sie einen Notizzettel an der Tür zur Straße fand.

Sorry, dass wir dich zurückgelassen haben. Es ist zu deiner eigenen Sicherheit. Ruh dich aus. Wir sind bald wieder zurück.
Chris

Noa schnaubte laut. Dass sie nicht lachte! Sie hatte es schon immer gehasst, wenn man sie bevormundete. Das war auch einer der Gründe gewesen, weshalb sie von ihrem Zuhause geflüchtet war. Nun gut, das Ergebnis dieser Flucht wollte sie am liebsten aus ihrem Leben streichen.

Neben der Tür an einem Haken entdeckte sie einen Motorrad-schlüssel. Sie nahm ihn und suchte weiter nach einem Fluchtweg. Die einzige Tür, die nicht abgeschlossen war, war der Durchgang zum ummauerten Garten.

Noa stand im Freien und betrachtete die Wand, die schätzungs-weise zweieinhalb bis drei Meter vom Boden nach oben ragte. Irgendwie musste sie es schaffen, darüber zu klettern. Sie sah sich um. Das Einzige, was sie entdeckte, war ein Set Gartenmöbel: vier Stühle, ein Tisch und zwei Sonnenliegen.

Sie schob den Tisch an die Wand. Dann stellte sie mühsam eine der beiden Liegen darauf. Das würde eine wackelige Angelegenheit werden. Gerade als sie noch einen Stuhl dazu holen wollte, fiel ihr ein, dass sie etwas vergessen hatte. Sie eilte zurück ins Haus und holte ihren Rucksack mit Handy, SIG und den geklauten Unterlagen aus Gomez' Safe. Noch während sie in den Garten trat, schulterte sie ihn und griff sich den Stuhl.

Sie kletterte auf den Tisch und stellte den Stuhl auf auf die Sonnenliege. Ihr Blick wanderte von ihrem improvisierten Gebilde zur Oberkante der Mauer und wieder zurück. Es bestand eine reelle Gefahr, dass sie sich bei dieser Aktion das Genick brach. Das nicht nur durch das Beklettern der Wand. Leichte Zweifel meldeten sich und nagten an ihrem Selbstvertrauen. Doch dann sah sie Seans Gesicht vor ihrem inneren Auge. Die strengen, stets sorgenvollen Gesichtszüge. Die blonden, etwas wirren Haare. Fast glaubte sie, seine Lippen auf ihren zu spüren und dabei erinnerte sich ihr Herz an seinen unverkennbaren Duft. Eine verlockende Mischung aus Aftershave, Wald und Mann. Wie sie bei einer eventuellen Rückkehr wieder über die Mauer kommen sollte, würde sie auf sich zukommen lassen.

Dann gab sie sich den nötigen Arschtritt. Sie bestieg den wackeligen Bau, griff mit den Händen nach der Kante der Mauer und zog sich mit Mühe hoch.

Kaum war sie oben, ließ sie sich auf der anderen Seite wieder hinuntergleiten. Sie gestattete sich keine Pause. Sie musste weiter. Sean helfen, wenn irgendwie möglich. Ein Teil von ihr schalt sich für diese Dummheit. Diese Stimme schob sie jedoch resolut in den Hintergrund. Sie musste etwas tun. Wenn sie hier in dieser Garage sitzen blieb, würde sie wahnsinnig werden.

Noa lief um das Gebäude herum. Irgendwo musste doch dieses verflixte Motorrad sein. Sie stieß auf einen scheunenartigen Anbau, der wahrscheinlich mal als Magazin für den Garagenbetreiber gedient hatte. Sie öffnete die Tür und wähnte sich im Himmel, denn da stand es, das Bike.

Sie schob es heraus und startete es. Sie dankte im Stillen ihren rebellischen Teenagerfreunden. Damals hatten sie sich einen

Spaß daraus gemacht, mit einem Motocross über den Strand von Scheveningen zu rasen. Spaziergänger waren laut fluchend zur Seite gesprungen. Für Noa war es ein fantastisches Abenteuer gewesen. Heute wusste sie, wie hirnverbrannt diese Aktionen gewesen waren. Einmal hatten sie sogar vor der Polizei fliehen müssen und als sie sie abgeschüttelt hatten, war eine spontane Party gestiegen. Sie hatte sich damals unbesiegbar gefühlt. Wie sehr hatte sie sich seit diesen unbeschwerten Zeiten verändert. Das Positive, das sie mitgenommen hatte, war die Fähigkeit, ein Motorrad zu fahren, und das kam ihr jetzt zugute.

Sie schlängelte sich so unauffällig wie möglich durch den Verkehr. Sie durfte auf keinen Fall in eine Polizeikontrolle kommen. Am Hafen, dort, wo Thorpes Frachter sich befand, stellte sie das Bike ab und beobachtete kurz die Umgebung. Auf dem Schiff war alles ruhig. Es kam ihr vor, als wären alle Vöglein ausgeflogen. Seltsam, wenn man bedachte, dass Thorpe hier angeblich einer seiner wertvollsten Gefangenen festhalten sollte.

Sie befand sich mit sich selbst im Dilemma. Sollte sie einen Blick hineinwerfen? Was aber, wenn sie ihr Bauchgefühl nicht täuschte und sie damit nur wertvolle Zeit vergeudete?

Noa gab sich einen mentalen Tritt in den Hintern und löste sich aus ihrem Versteck zwischen zwei Frachtcontainern, auch wenn sie insgeheim ihre ganze Hoffnung in diesen verrotteten Kahn gesteckt hatte.

Zum Glück befand sich die andere Adresse gleich um die Ecke. Sie ließ das Motorrad stehen, weil es zu viel Lärm gemacht hätte. Überhaupt war alles viel zu ruhig. Außer den sanften Wellen, die hier und da gegen das Dock schlugen und den entfernten Geräuschen der Hafenarbeiter war nichts zu hören. Selbst die Möwen schienen einen Bogen um diesen Ort zu machen. Noa stellten sich die Nackenhaare auf. Obwohl die Sonne warm vom Himmel schien, fröstelte sie. Hier war etwas Grausames im Gange.

Noa kletterte eine Leiter hinauf, auf einen Container, der ihr sonst die Sicht zum Eingang des Werftgebäudes versperrte. Es war der ideale Aussichtspunkt. Sie kroch auf den Knien zum anderen Ende, wo sie sich flach auf den Bauch legte.

Die Sonne hatte das Metall aufgeheizt und trieb ihr sofort den Schweiß aus den Poren. Sie fühlte sich buchstäblich wie die Katze auf dem heißen Blechdach.

Sie blickte vorsichtig zum Eingang der stillgelegten Werft. Sie stellte dabei fest, dass dieser durch andere Schiffscontainer vor Blicken geschützt wurde. Zufall? Wohl eher nicht. Denn die Container schienen den Rand einer kleinen Arena zu bilden. Plötzlich kam eine Gruppe Leute heraus und stellte sich im Kreis auf.

»Was zum Teufel machst du hier?« Die wütende Stimme kam von hinten und ließ Noas Blut stocken.

Zwei Stunden zuvor ...

Er lag nackt, nass und angekettet auf dem Boden. In regelmäßigen Abständen rieselte Wasser aus einer Sprinkleranlage auf ihn hinunter, damit er keine Chance hatte, zu trocknen und sich etwas zu wärmen.

Der Beton schien immer härter und kälter zu werden, entzog ihm jedes Bisschen Körperwärme. Noch nie im Leben hatte er derart gefroren wie jetzt. Und er hatte Hunger. Nagend und schmerzhaft.

Alles Psychotricks, sagte ihm das letzte Stückchen Verstand, über das er noch Kontrolle hatte. Daran klammerte er sich wie an einen Rettungsanker.

Mann, er fühlte sich so schwach. Selbst als er mit der schweren Beinverletzung fiebernd im Lazarett gelegen hatte, war er nicht so hilf- und kraftlos gewesen. Er schob diesen Zustand auf das Gift, mit dem sie ihn jetzt schon ein paar Mal ausgeknockt hatten.

Er versuchte, seinen Geist mit Hilfe von analytischem Denken auf Trab zu halten. Er spürte die Dunkelheit der Gehirnwäsche nur zu deutlich an den Rändern seines Bewusstseins kratzen. Wenn er sich nicht vorsah, würde er sich im Strudel aus Zorn, Hass und Identitätsverlust verlieren. Der Sog der Schwärze war viel zu stark.

Der künstliche Regen setzte wieder ein und es war, als fielen Nadeln mit der Spitze voran auf ihn herunter. Er presste die Kiefer so fest aufeinander, dass die Gelenke knackend protestierten. Doch alles nützte nichts. Die schwarzen Ränder verdrängten immer mehr seinen klaren Verstand.

In seinem Kopf entstanden Bilder von Chris und Danny in inniger Umarmung. Er hatte nichts gegen ihr Glück. Was ihm jedoch das Blut zum Kochen brachte, war die Tatsache, dass sie ihm nicht genug vertrauten, um ihm reinen Wein einzuschenken. Das machte ihn so rasend, dass er seine steifen Finger zu Fäusten ballte. Diese Wut brachte ihn an den Rand des Kontrollverlusts. Er zerrte an seinen Fesseln, obwohl er wusste, dass es nichts brachte. Sie hatten ihn chemisch auf Eis gelegt.

Er wusste nicht, wie lange er in diesem künstlichen Regen gelegen hatte, mit seiner nackten Haut als letzte Barriere vor dem Ertrinken. Er hatte das Gefühl, dass sich jeder dieser scharfen Tropfen in sein Fleisch fraß und seinen Verstand Stück für Stück davonschwemmte.

Irgendwann wurde er von einer eisigen Ruhe erfasst. Kälte, Schmerz und die latente Angst verloren sich und wurden durch kühle Berechnung ersetzt. Er würde hier herauskommen, und zwar lebend. Und alle, die für seine Lage verantwortlich waren, würden büßen.

Er fühlte sich verraten. In dem Augenblick, als sich dieser Gedanke in seinem Bewusstsein festgesetzt hatte, wurde die schwere

Metalltür geöffnet und Thorpe trat ein, gefolgt von drei anderen. Ian war unter ihnen.

»So sieht man sich wieder, Patrick«, begann Thorpe floskelhaft. Dann wandte er sich an seine Leute. »Steckt ihn in eine Hose und Schuhe. Gebt ihm etwas zu essen und zu trinken.« Er warf einen Blick auf Sean. »Danach führt ihr ihn nach draußen und gebt ihm das Gegengift. Ich will sehen, ob er schon bereit ist.«

Das Nächste, was er mitbekam, war, wie man ihm Kleidung hinwarf. Gefolgt von einer Feldflasche und einem Energieriegel. Er zog sich mechanisch an. Das Schnüren der Kampfstiefel fiel ihm überraschend schwer, da seine Finger vom langen gefesselt sein und der Kälte steif und taub waren. Nachdem ihm das schier Unmögliche doch noch gelungen war, schnappte er sich den Riegel und schlang ihn nahezu unzerkaut hinunter.

Kaum hatte er den letzten Bissen mit einem Schluck Wasser aus der Feldflasche hinuntergespült, wurde er unsanft auf die Füße gezerrt und davon geschleift. So sehr Sean es sich auch wünschte, das war nicht der richtige Moment zur Flucht. Er war dafür viel zu schwach.

Plötzlich wurde er von der Sonne geblendet. Man hatte ihn ins Freie gebracht und die Hitze löste seine steifen Muskeln und Gelenke. Obwohl die Luft stickig war, atmete Sean tief durch.

Das Brennen an seinem Arm sagte ihm, dass man ihm gerade wieder etwas gespritzt hatte. Es dauerte nur ein paar Sekunden, bis er spürte, wie seine Kraft zurückkam. Jetzt wäre wohl ein guter Augenblick die Kurve zu kratzen. Seltsamerweise verspürte er keinerlei Bedürfnis danach.

Seine Wahrnehmung verschob sich. Alles, was ihn bisher ausgemacht hatte, rückte in den Hintergrund. Ein Schatten tauchte in seinem Blickfeld auf. Die Silhouette war ihm bestens vertraut. Ian.

Obwohl er durch ihn ebenfalls verraten worden war, verspürte er nichts. Sein Verstand, seine Motorik, sein ganzer Körper schaltete auf Stand-by.

»Du bist frei«, hörte er Thorpe, »geh.«

Die Worte drangen zu ihm durch und er empfand nicht das geringste Verlangen, zu fliehen. Irgendetwas in ihm vermittelte ihm das Gefühl, dass er hierhergehörte.

•

Nachdem Noa von dem Container heruntergeklettert war, drehte sie sich zu Chris um. Er packte sie wortlos am Arm und führte sie etwas weg. In einer durch andere Frachtcontainer gebildeten Gasse blieb er stehen, ließ sie los und verschränkte die Arme vor seiner Brust.

»Ich warte immer noch auf eine Antwort.« Er war wütend, doch sie war es ebenfalls.

»Ich mache das Gleiche hier wie du«, fuhr sie ihn an.

Er hob überrascht die Augenbrauen. »Du solltest dich daran gewöhnen, einen Gang zurückzuschalten.«

Sie stemmte die Hände in die Seiten. »So, sollte ich das. Und weshalb?«

Er rieb sich kurz über die Glatze, als müsste er seine Antwort sorgfältig abwägen. »Weil du schwanger bist.«

Noa fühlte, wie ihr die Spucke im Hals stecken blieb. »Ich weiß noch nicht, ob …«, stammelte sie überrumpelt.

Er fiel ihr ins Wort. »Du hast den Test noch nicht gemacht?«

Sie schüttelte den Kopf. Chris atmete laut aus. Er war klug genug dieses Thema nicht weiter zu verfolgen.

»Was habt ihr hier herausgefunden?«, fragte sie, um Ruhe bemüht. Sean hatte jetzt oberste Priorität.

Chris sah sie an, forschend und gefasst. »Sean ist hier. Er befindet sich in der Werft.«

Sie drehte sich reflexartig in die entsprechende Richtung. »Woher wisst ihr das?« Chris schwieg und musterte sie. »Schließ mich nicht aus, bitte. Ich liebe Sean. Ich habe ein Recht auf Information.«

»Du hast recht«, ergriff er das Wort. »Alecs Kontakt, Callahan, hat es uns gesteckt. Wir haben ihn hier getroffen.«

Noa wurde ganz nervös, weil Chris sie nur häppchenweise einweihte. »Und?«

»Sean wurde schwer gefoltert.« Sie hörte sich selbst nach Luft schnappen. »Er lebt, Noa. Callahan weiß allerdings nicht, was sie sonst noch mit ihm gemacht haben. Sie nennen ihn jetzt Soldat 46.«

Eiseskälte erfasst sie. Bilder von gefolterten Männern und Frauen drängten sich in den Vordergrund ihres Verstandes. Gehirnwäsche, gebrochene Seelen, traumatisierte Persönlichkeiten. Alles Themen, denen sie während ihres Studiums begegnet war. »Was macht diese Gefangenschaft mit Sean?« Sie fühlte sich wie ein naives unwissendes Schulkind.

»Ich weiß es nicht. Sag du es mir. Du bist die Psychologin hier.« Chris wirkte so hilflos, wie sie sich fühlte. Aber gerade dieser Umstand half ihr, ihr Wissen hervorzuholen.

»Er wird wahrscheinlich schwer traumatisiert sein, wenn wir ihn retten. Doch mit uns als emotionalem Anker wird er es schaffen.« In dem Moment, als sie die Worte ausgesprochen hatte, fühlte sie, dass sie das wirklich auch glaubte. »Warum holen wir ihn nicht jetzt aus dieser Hölle heraus?« Sie hatte das Gefühl, wertvolle Zeit zu vergeuden. Ein kostbares Gut, das Sean nicht hatte.

»Wir sind in der Unterzahl und eine solche Rettungsaktion muss genau geplant werden.«

Nun war es an ihr, sich die Haare zu raufen. »Aber was ist, wenn sie ihn in der Zwischenzeit verlegen oder er verletzt wird?« Sie vermied es resolut, über den möglichen Tod ihres Mannes nachzudenken.

»Dieses Risiko müssen wir eingehen.«

Nicht akzeptabel, und trotzdem wusste sie, dass Chris dank seiner Erfahrung recht haben musste. »Und woher hat dieser Callahan seine Informationen?« Der Drang, alles oder zumindest so viel wie möglich zu erfahren, war übermächtig.

»Das weiß ich nicht.« Er blickte zum Himmel. »Alec und Callahan kennen sich schon lange, doch sie füttern sich gegenseitig nur mit dem Wesentlichen. Sie wissen nicht einmal voneinander, wie sie aussehen.« Erst jetzt fiel ihr Blick auf die Skimaske, die aus seiner Hosentasche hing. »Ich nehme an«, fuhr Chris fort, »dass Callahan ebenfalls ein Netzwerk aus Spitzeln hat. Wie Alec.«

Okay, das leuchtete ein. Aber es beruhigte sie auf keinerlei Weise. Sie fühlte deutlich, dass Chris ihr noch etwas verschwieg. »Was verheimlichst du mir, Chris?« Sie brauchte Klarheit auf ganzer Ebene, um gut funktionieren zu können.

Chris zuckte zusammen und schloss einen Moment gequält die Augen. »Ian hat ihn gefoltert.«

Ihr Verstand kam abrupt zum Stillstand. »Wie bitte?«

Er schüttelte den Kopf. »Du hast mich schon verstanden.« Sein Schmerz ließ ihr die Kehle zusätzlich eng werden.

»Ian? Ich dachte, er ist tot?«

Chris holte tief Luft. »Das haben wir alle gedacht.«

Sie fragte nicht weiter. Das Warum und Wie war nicht wichtig. Was zählte, war die Tatsache, was dieser Umstand mit Sean machte.

»Noa?« Chris hatte ihr die Hand auf die Schulter gelegt. Sie hob den Kopf und traf auf seinen tiefbesorgten Blick. »Ich werde ehrlich zu dir sein.« Sie hasste Gespräche, die mit dieser Einleitung anfingen. Sie verhießen nie etwas Gutes. »Ich verspreche, wir holen Sean da raus. Ich kann dir aber nicht sagen, ob wir Captain Sean Patrick retten können.«

Sie nickte, weil sie begriff, worauf er hinauswollte. Chris hatte ihre eigenen Befürchtungen laut ausgesprochen. »Er ist stark«, hörte sie sich selbst mechanisch sagen, »er schafft das. Er kommt zu uns zurück.« Sie würde ihm durch sein Trauma helfen und sie wusste, dass sie auf die Unterstützung seiner Männer zählen konnte. Er würde heilen und die Verletzungen seiner Seele ebenfalls. Oder gab sie sich hier nur der Hoffnung hin?

»Hör mal, Chris.« Er richtete sich instinktiv auf. »Bei dieser Aktion müssen wir schauen, dass wir sämtliche Akten und eventuelle chemischen Stoffe sicherstellen, die bei Sean möglicherweise eingesetzt worden sind.« Ihr wurde schlecht. »Wenn wir ihm helfen wollen, müssen wir genau wissen, was ihm angetan wurde.«

Chris nickte. »Betrachte das als erledigt, Mädchen. Und jetzt lass uns von hier verschwinden.«

Alles in ihr sträubte sich gegen den Gedanken, von hier wegzugehen und Sean zurückzulassen. Doch der Einsatz musste geplant werden, damit sie eine Chance auf Erfolg hatten.

Chris hielt viel schneller als gedacht an und schaltete den Motor ab. Nachdem sie abgestiegen war, packte er sie am Arm und zog sie in den Schatten einen kleinen Hafengebäudes.

»Lauf da hinunter. Dann halte dich links auf dem Steg. Geh so weit, bis du eine Sundancer mit dem Namen *Pretty Thing* gefunden hast. Steig auf das Boot und verschwinde unter Deck. Ich komme gleich nach.«

Sie nickte, unfähig, etwas zu entgegnen. Als sie sich abwandte, hielt er sie nach einmal zurück. »Verhalte dich unauffällig.«

Als ob es nötig wäre, das noch einmal extra zu erwähnen. Doch sie behielt diesen Kommentar für sich.

•

Soldat 21 stahl sich wie ein Verbrecher ins Zimmer von Inkubator 51. Wie so oft in den letzten Wochen. Inzwischen begegnete sie ihm nicht mehr mit Hass und Wut, sondern brachte ihm Wärme und Zuneigung entgegen.

Sie war seit ein paar Wochen schwanger und jedes Mal, wenn er den Babybauch sah, durchfuhr ihn ein Stich der Eifersucht und des Zorns. Zum einen sollte sie nicht auf diese Weise gequält werden und zum anderen sollte es sein Baby sein, das in ihr heranwuchs.

Sie war schon wach und lächelte ihm entgegen. Sie war blass und ihre Wangen waren eingefallen. Wenn er ihr doch nur helfen könnte.

»Ian«, flüsterte sie und brachte sein kaltes Herz damit zum Schwingen. Er brauchte diesen kurzen Moment des Glücks mit ihr. Sie half ihm, sich zu erden und wieder ein bisschen er selbst zu sein.

Er ging zu ihr hin und setzte sich vorsichtig an den Bettrand. »Hallo, meine Schöne.« Seine Stimme war ebenfalls leise, weil sie nicht ertappt werden durften. »Wie geht es dir?«

Sie holte zitternd Luft und griff nach seiner Hand. »Schwach.«

Ja, das war sie in der Tat. Trotz der zusätzlichen Nahrung, die er ihr brachte, verlor sie immer mehr Gewicht. Dieser verdammte Fötus zehrte sie komplett aus. Die enorme Wachstumsgeschwindigkeit raubte den Frauen jede Energie.

Er beugte sich zu ihr hinunter, um sie zu küssen. »Ich muss dir etwas erzählen.« Sie nickte schweigend mit geschlossenen Augen. Schweren Herzens berichtete er ihr von Sean und von dem, was er seinem ehemaligen Captain angetan hatte. Bei ihr konnte er offen sein und ihr sein Herz ausschütten.

»Warum hast du das getan, Ian? Er ist dein Bruder.«

Ian atmete stockend aus. »Ich hatte keine andere Wahl. Was Thorpe befiehlt, muss ich befolgen.« Dann schaute er sie an. »Nur bei dir scheine ich eigenständig zu denken und auch danach handeln zu können. Weshalb ist das so?«

•

Chris war dankbar für die kurze Verschnaufpause, die er sich selbst geschaffen hatte, indem er Noa vorausgeschickt hatte. Er sah ihr hinterher. Er konnte schon verstehen, dass Sean sich in diese Frau verliebt hatte. Sie war schön, stark und hatte etwas im Kopf. Aber gerade das war es, was ihn nervös machte. Noa war intelligent, aber sie war auch stur und dadurch unberechenbar. Diese Tatsache machte sie zu einem enormen Unsicherheitsfaktor und am Ende zu einer Gefahr für sie alle. Aber war sie denn so anders als er selbst oder der Rest des Teams?

Zu diesen Bedenken kam noch, dass er sich, jetzt, da er wegen Seans Abwesenheit das Kommando hatte, überfordert fühlte. Er spürte eine Last auf seinen Schultern, die ihm bislang unbekannt gewesen war. Man konnte es wohl Verantwortung nennen.

Ihm war fast das Herz stehen geblieben, als er gesehen hatte, wie Noa den Container erklommen hatte. Wenn sie unter seinem Kommando starb, würde ihm Sean seine Eier abreißen und den Ratten zum Fraß vorwerfen. Vorausgesetzt sie schafften es, den Captain zu befreien und die Gehirnwäsche rückgängig zu machen.

Er fühlte sich wie ein ruderloses Schiff im Sturm auf dem weiten Ozean. Wie sollten sie ihren Captain heil zurückbringen. Solche Rettungseinsätze bargen immer ein großes Risiko. Alle Hoffnung lag jetzt auf seinen Schultern. Er war Seans Stellvertreter. War es schon immer gewesen und er wusste, dass Sean sich auf ihn verließ. Doch in diesem Augenblick fühlte er sich hilflos, ja beinahe ohnmächtig.

Wie sollten sie gegen eine solche Überzahl ankommen? Sean war derjenige mit der Treffsicherheit. Ohne ihn hatten sie niemanden, der ihnen den Weg freiräumte. Doch welche andere Möglichkeit gab es sonst?

In diesem Moment bereute er es, seinem Captain nichts von ihm und Danny erzählt zu haben. Vielleicht bekamen sie nun keine Chance mehr, es jemals zu tun.

Mit einem Knoten im Magen und einem Brennen in der Brust stieß er sich von der Hauswand ab und ging zu Dannys Boot.

•

Er erwachte. Es fühlte sich an, als wäre er in einen Sumpf geraten, dessen Schlamm und Moder ihn immer wieder nach unten zogen. Er fühlte sich erschlagen und am ganzen Körper wund.

Hatte er einen Hauptwaschgang mit Schleudern in einem Beton-mischer hinter sich?

Je mehr es ihm gelang, sich aus diesem Sog der Dunkelheit zu befreien, desto mehr wurde ihm bewusst, dass er einen großen Fehler gemacht hatte. Leider konnte er nicht sagen, was genau ge-laufen war, doch es tauchten immer wieder Bilder in seinem Kopf auf, deren Anblick ihm überhaupt nicht gefiel. Eine Frau mit dunklen, langen Haaren wand sich in seinem Griff. Seine Hände wie Schraubstöcke um ihren Hals gelegt. Ihr Gesicht war angstver-zerrt und Tränen liefen aus ihren Augenwinkeln über ihre Wangen.

Was hatte Thorpe gesagt? »Du bist frei und kannst gehen.« Oder wenigstens so etwas in der Art. Weshalb war er geblieben? Er hatte noch nicht einmal den Wunsch verspürt, zu gehen. Ihm kam fast die Galle hoch bei diesem Gedanken. Ian und Thorpe hatten ihn getestet, um zu sehen, ob er vollständig unter ihrer Kontrolle stand.

Er kam sich vor wie ein verfluchter Roboter, den man mit einer Fernsteuerung bediente. Seine Fernbedienung waren die chemischen Keulen, die sie ihm ständig in die Blutbahn jagten. Eine, um seine Kraft zu lähmen, eine, um ihn zu betäuben. Eine, um seinen Verstand und freien Willen vom Kapitäns Sitz zu ver-bannen und eine, um seine Kraft wieder zu aktivieren.

Er holte kurz Luft, um sich wieder etwas zu beruhigen. Es machte den Anschein, als hätten sie die richtige Dosierung noch nicht gefunden, denn sein Geist wurde mit jeder Minute wieder klarer. Diesen Vorteil musste er nutzen. Er musste aufpassen, dass sie nicht bemerkten, dass er noch kein hirnloser Zombie war.

Er hatte sich, seit er aus seinem unnatürlichen Schlaf erwacht war, nicht bewegt. Gut so, sollten sie ruhig denken, dass er noch weggetreten war. Er hob die Lider einen Millimeter und schaute sich so gut es ging in seiner Zelle um, achtete dabei aber darauf, seinen Kopf nicht zu bewegen.

Tatsächlich entdeckte er über der Tür eine Kamera. Und be-stimmt war das nicht die einzige.

Er setzte sich betont langsam auf. Sein Herz hämmerte so schnell, wie sein Verstand arbeitete. Er musste darauf achten, dass er nach außen hin ruhig wirkte, wenn er sein einziges Ass im Ärmel nicht verlieren wollte. Ein Zombie ohne Hirn würde in dieser Situation auch entspannt bleiben.

Jetzt, da er sie hatte wissen lassen, dass er wach war, konnte er sich umsehen. Ja, in jeder Ecke des Raums hingen wie erwartet Kameras, deren Linsen tot auf ihn herab brannten.

Auf dem Boden neben der Tür stand ein Tablett mit einem Glas Wasser und etwas zu essen. Er leckte sich instinktiv über die trockenen Lippen. Er hatte großen Durst und das Wühlen in seiner Magengegend vermeldete, dass er auch hungrig war.

Würde ein willenloser Soldat jetzt aufstehen und Nahrung zu sich nehmen? Oder würde er warten, bis man ihm die Erlaubnis erteilte, selbst wenn er verhungern würde? Er wusste es nicht. Aber hätten sie ihm das Tablett hingestellt, wenn er auf den Befehl zu warten hätte? Was war, wenn das ein weiterer beschissener Test war?

Um Zeit zu schinden, stand er betont langsam auf, ging zu der Ecke, in der so etwas wie ein Nachttopf stand und erleichterte sich. Dies verschaffte ihm zwar wenige, aber dafür umso wertvollere Minuten, um nachzudenken.

Sean machte eine schnelle Bestandsaufnahme seines Körpers. Er fühlte sich nach wie vor wund von Kopf bis Fuß. Inzwischen schob er das allerdings auf das Schwächegefühl, das von der kraft-inhibierenden Droge kommen musste. Doch auch in dieser Hinsicht durfte er sich keine Blöße geben.

Er dachte an Noa und war überrascht, wie zweigespalten er sich dabei fühlte. Einerseits durchfluteten ihn Wärme und Sehnsucht. Andererseits kam auch ein ungekannter Hass aus Tageslicht gekrochen, den er sich nicht erklären konnte. Ian und Thorpe konnten doch nicht solche Gefühle in sein Herz gepflanzt haben? Der Hass war nicht berechtigt, das war ihm klar. Dennoch konnte er ihn auch nicht aus seiner Seele verbannen. Er hatte seine Krallen zu tief in sein Unterbewusstsein gebohrt. Verfluchte Psychotricks.

Er richtete sich auf und betrachtete die Betonwand vor seiner Nase. Er versuchte, die Poren zu erkennen, doch es gelang ihm nicht. Alles, was er sah, war Noa in seinen Armen. Er sehnte sich so sehr nach ihr, dass es ihn schmerzte.

Er drehte sich um. Dabei fiel sein Blick auf das Tablett mit dem Becher Wasser und dem Sandwich. Sein Magen begann augenblicklich, zu knurren und das Wasser lief ihm im Mund zusammen. Shit! Er musste unbedingt etwas essen und trinken, wenn er nur annähernd einsatzfähig bleiben wollte. Nur so hatte er den Hauch einer Chance.

Er ging kontrolliert langsam und um Ruhe bemüht auf das dargebotene Mahl zu. Dann bückte er sich, hob das Speisebrett hoch und trug es zur Pritsche. Er setzte sich und stellte das Essen auf seinen Schoß. Nach einer weiteren halben Minute des Zögerns griff er schließlich nach dem belegten Brot auf dem Brett und biss hinein. Er war derart ausgehungert, dass es ihm sogar egal war, ob man ihn mit dieser Mahlzeit vielleicht vergiftete oder nicht.

Er stoppte erst, als er den letzten Bissen hinuntergeschlungen und den Becher geleert hatte. Gerade als er das Plastikglas abstellen wollte, wurde die Tür entriegelt. Sean blickte im Reflex auf und sah, wie Ian und Thorpe siegessicher die Zelle betraten. Sie reihten sich lässig vor ihm auf. Ian in Kampfkleidung, die Arme vor der Brust verschränkt. Thorpe trug wie immer Maßanzug, ganz der Pseudo-*MIB*. Er hatte seine Hände locker in den Taschen seiner Anzughosen vergraben.

»Tja, Patrick«, begann Thorpe und Sean hatte das Gefühl, irgendwie versagt zu haben. »Glaubst du wirklich, du kannst uns verarschen?«

Sean stellte das Tablett neben sich auf die dünne Matratze der Pritsche und erhob sich. »Versuchen kann ich es ja«, entgegnete er im selben nüchternen Tonfall. In seinem Kopf liefen die Gedanken jedoch auf Hochtouren. Was hatte ihn verraten?

»Du wunderst dich jetzt bestimmt, wie wir dein lächerliches Schauspiel durchschaut haben. Nicht wahr?« Thorpe lächelte süffisant. Dann fuhr er fort: »Ein Soldat unter vollständiger Bewusstseinskontrolle schaut sich nicht nach Sicherheitskameras um. Auch wenn du versucht hast, es so unauffällig wie möglich zu machen. Dann bist du pissen gegangen. Auch das geschähe nur auf unseren Befehl hin. Der letzte Hinweis jedoch war der Moment, als wir eingetreten sind. Du hast uns angesehen, als wolltest du uns noch in derselben Sekunde das Herz aus der Brust reißen und es an uns verfüttern.«

Heilige Maria, Mutter Gottes! Wie hatte er so unüberlegt und dumm handeln können? Er hatte seine einzige Chance auf Flucht selbst vergeigt.

Ian gab ein Zeichen und vier Soldaten kamen herein. Dem leeren Blick nach zu urteilen, waren sie Mitglieder dieser Zombiearmee, welche Thorpe und Ian befehligten. Er hatte nun die Wahl: entweder ließ er sich wie ein erbärmliches Stück Scheiße davonschleifen oder aber er griff nach seinem Stolz und ging freiwillig mit. Er wusste, dass ihm wieder die Hölle bevorstand, doch sein Kopf ließ nicht zu, dass er sich geschlagen gab. Deshalb erhob er sich, straffte die Schultern und sah Ian fest in die Augen.

»Ich kann es kaum erwarten, zu sehen, was du dir für neue Partyspielchen für mich ausgedacht hast.«

Er hätte diese sechs Männer ohne weiteres mit bloßen Händen ausschalten können, wäre er bei Kräften gewesen. Aber so konnte er nur abwarten und Energiereserven sparen, bis der richtige Moment gekommen war.

Sie umringten ihn und gemeinsam verließen sie den Raum. Sean war sich nicht sicher, wie viel er noch ertragen konnte. Sowohl körperlich als auch seelisch.

Als sie die Folterkammer betraten, sah er, dass der Tisch, auf dem man ihn die vorigen Male gefesselt hatte, an die Wand gerückt worden war. An seiner Stelle hingen jetzt schwere Ketten von der Decke.

»Zieh dich aus!«, befahl Ian. Sean blieb nichts anderes übrig, als sich zu entblößen. Er wusste genau, weshalb er nackt sein sollte. Nacktheit vermittelte Verletzlichkeit.

»Arme hoch!« blaffte einer dieser Zombies, was Sean überraschte. War das ein Hauch von freiem Willen oder suggeriertes Verhalten?

Er hob die Hände über den Kopf, wo seine Handgelenke mittels breiten Ledermanschetten an den untersten Ösen der Ketten befestigt wurden. Dann hörte er das Klicken eines Flaschenzugs mit Arretiervorrichtung und er verlor kurz darauf den Kontakt zum Boden. Seine Füße schwebten nur wenige Zentimeter über dem Grund und doch war der feste Untergrund unerreichbar für ihn.

Seine Arme, Handgelenke, Schultern, alles protestierte schmerzhaft gegen die unnatürliche Belastung. Schließlich hingen gute hundert Kilogramm Lebendgewicht an den Ketten. Vielleicht waren es inzwischen auch weniger.

Er schloss die Augen und versuchte, sich bewusst zu entspannen, damit er tief in den Bauch atmen konnte. Durch seine hängende Position wurde die Atmung massiv eingeschränkt. Gerade jetzt fragte er sich, ob das Waterboarding dieser Foltermethode nicht vorzuziehen war. Diese nüchternen Gedankengänge halfen ihm, die Ruhe zu bewahren.

Das Brennen, das sich plötzlich an seiner rechten Halsseite ausbreitete, sabotierte seine Bemühungen gründlich.

»So«, begann Ian bösartig lächelnd, »deine Kraft sollte gleich zurückkehren. Doch die zusätzliche Substanz, die wir dir gleichzeitig verabreicht haben, wird dich endlich knacken. Danach haben wir die vollständige Kontrolle über dich.«

Ian sagte die Wahrheit. Sean spürte, wie seine Kraft zurückkehrte. Doch in dieser Position, in der er sich befand, nützte ihm das reichlich wenig. Aufgehängt wie ein geschlachtetes Schwein zum Ausbluten. Gleichzeitig wurde sein Geist dumpf und seine Gefühle wurden gedimmt.

Wehr dich dagegen!, fluchte er in seinem Kopf, ohne dass ihm eine Silbe über die Lippen kam. Sein stummer Befehl verhallte erfolglos wie ein Hilferuf in einer engen Schlucht. Das war ziemlich treffend. Er war nur noch ein Echo seiner selbst. Hatte das Kommando über seinen Körper und den größten Teil seines Verstands verloren.

Der erste Schlag traf ihn völlig unerwartet quer über seinen Rücken. Der Schmerz explodierte und die Schockwelle breitete sich in alle Richtungen aus, um sich in seinem Gehirn zu manifestieren.

Sie bearbeiteten ihn in einer willkürlichen Abfolge und Platzierung. Sean biss die Zähne zusammen, bis seine Kiefer knackten. Er durfte keine Schwäche zeigen, doch das war nicht sein freier Wille.

Als der Bambusstock auf seinem rechten Oberschenkel landete, konnte er einen Schrei nicht mehr unterdrücken. Die alte Kriegsverletzung schien neu aufzuflammen. Er hatte das Gefühl, dass ihm erneut beinahe das Bein abgerissen wurde. Der kalte Schweiß lief über seinen nackten Körper und er dachte, dass seine Knochen blank lagen wegen der vielen Schläge.

Ein starker Würgereflex drückte ihm die Kehle zu und nahm ihm die Luft zum Atmen. Wie viel Schmerz konnte ein normaler Mensch ertragen? Er war alles andere als normal, doch selbst ihm wurde zu viel zugemutet. Als er drohte, den Kampf gegen sich selbst und seinen Marionettenkörper zu verlieren, hörten die Schläge auf. Sean versuchte, um sich zu treten, doch seine Beine blieben reglos hängen. Er schrie ihnen mental zu, doch nichts bewegte sich. Seine Kehle schnürte sich immer mehr zu, bis er dachte, ersticken zu müssen.

»Hältst du noch durch, Patrick?«, hörte er Thorpe in sein linkes Ohr flüstern. »Wenn du aufhörst, dagegen anzukämpfen, hört diese Hölle auf.«

Erwartete der Hurenbock, dass er sich irgendwie bemerkbar machte? Wenn ja, dann sollte er ihm den Befehl erteilen. Schließlich hielt Thorpe die Fernbedingung in der Hand. Zu seiner totalen Überraschung nickte sein Kopf ohne sein Zutun oder Thorpes Order.

»Schön«, ergriff nun Ian das Wort. »Wir lassen dich für deinen ersten Auftrag frei.«

Sean hatte Mühe, den Worten zu folgen, da sich sein Verstand mehr und mehr hinter sein Unterbewusstsein zurückzog, welches nun die Führung zu übernehmen schien.

»… retten lassen … Noa De Wit töten … Team beseitigen … sich selbst eliminieren …« Mehr als Wortfetzen, die keinen Sinn ergaben, begriff er nicht. Doch plötzlich war nichts mehr wichtig.

Als er zu sich kam, war die Welt verändert. Er lag auf einer Pritsche, hatte Kleidung an und fror nicht. Er wusste zwar nicht, was passiert war, aber das machte ihm nichts mehr aus. Er fühlte sich ruhig und ausgeglichen und hegte nicht den leisesten Zweifel.

Alles, was bisher gesehen war, hatte keine Wichtigkeit mehr. Es war vergangen, wie seine Existenz als Sean Patrick. Er war jetzt Soldat 46. Das hatte Ian ihm gesagt und Ians Wort war Befehl und Gesetz. Dann umarmte ihn die Dunkelheit.

Soldat 46 ließ den Kopf wieder ins Kissen sinken und schlief ein. Er träumte von einer dunkelhaarigen Schönheit, in deren Haaren er sein Gesicht vergrub.

•

Noa fühlte sich zunehmend unwohl in der Hitze, die unter Deck von Dannys Boot herrschte. Und das Schaukeln der Wellen war auch nicht besonders hilfreich.

Danny hatte sie, sobald sie vollzählig gewesen waren, hinaus auf See gefahren, damit sie sich in Sicherheit befanden. Für Noa nicht ganz nachvollziehbar, weil sie sich hier in der Weite des Ozeans verloren fühlte. Normalerweise waren Holländer ein Volk von Seeleuten. Waren sie doch früher eine Seemacht gewesen. Noa konnte dem Ganzen aber gar nichts abgewinnen. Sie hatte am liebsten festen Boden unter den Füßen.

Sie erhob sich schweigend, ging hoch an die frische Luft und überließ den anderen die Planung von Seans Rettung. Sie hatte sowieso keine Ahnung von Taktik und Strategie. Sie wurde auch das Gefühl nicht los, dass man ihren Vorschlägen sowieso keine Beachtung schenken würde. Sie setzte sich auf die weiche Liege und starrte in den dunkel werdenden Himmel. Nicht mehr lange und die Nacht mit dem juwelenbesetzten Firmament würde über sie hereinbrechen. Scheiße, seit wann war sie so poetisch drauf?

Sie wollte nicht, dass dieser Tag endete, denn das würde bedeuten, dass Sean einen weiteren Tag in Gefangenschaft hatte erleben müssen. Wenn es nach ihr ginge, hätte sie diese verfluchte Werft gestürmt und Sean unter Einsatz all ihrer Kräfte zu befreien versucht. Sie wusste, dass das reine Utopie war, eine Dummheit, aber sie konnte nicht anders. Wenn ihr doch nur eine Armee zur Verfügung stehen würde.

Natürlich ging die Diskussion unter Deck nur darum, wie Chris, Danny und Alec in Unterzahl gegen Thorpes Truppe an der Werft vorgehen sollten. Noa wurde selbstverständlich nicht miteingerechnet und das machte sie zusätzlich wütend. Sie fühlte sich wie Ballast behandelt. Etwas, das man am liebsten über Bord warf.

Plötzlich kam ihr eine Idee: Sie hatte sehr wohl eine Armee. Keine mit militärischer Ausbildung, aber dennoch verbissene Männer. Vielleicht war gerade der Umstand, dass keiner von ihnen je bei der Army gewesen war, das notwendige Ass im Ärmel. Militärs gingen immer nach bestimmten Mustern vor. Durchschaubar für einen gleichwertigen Gegner. Eine routinierte Straßengang jedoch war vielleicht etwas ganz anderes. Sie stand auf und stieg mit deutlich besserer Laune hinunter zu den anderen. Sie hatte endlich das Gefühl, nützlich zu sein.

Die Männer waren immer noch in ihre Diskussion vertieft. Nur Alec hob den Kopf, als sie die Tür aufschob, um einzutreten. Die Luft im Essbereich, welcher momentan als Sitzungszimmer diente, war stickig und zum Schneiden dick. Weshalb sie den Durchgang kurzerhand offen ließ.

»Ich muss euch etwas sagen«, unterbrach sie das Gespräch der anderen. Ihr Herz flatterte nervös in ihrer Brust und sie hatte trotz des frischen Luftstroms, der von draußen hereinkam, das Gefühl, nicht atmen zu können. »Ich habe euch einen Vorschlag zu machen. Doch bevor ich diesbezüglich etwas sage, muss ich erst mal etwas klarstellen.« Chris und die anderen strafften reflexartig die Schultern und richteten sich auf. Sie hasste es, derart dominant vor eine Gruppe zu treten, um für ihre Interessen einzustehen. Sie war in dieser Hinsicht ein Feigling. »Seit Sean mich in diesen Männerclub gebracht hat«, sie räusperte sich, weil die Nervosität ihr die Kehle trockenlegte, »begegnet ihr mir mit Argwohn. Selbst du, Chris, auch wenn du mir wahrscheinlich als einziger hier zumindest ein bisschen über den Weg traust.«

Sie unterbrach sich, um ihre Atmung und damit ihre Nerven in den Griff zu bekommen. Ihr war, als hätte sie einen Marathon in Rekordzeit vollendet. Sie hob ihren Rucksack vom Boden und holte das Notizbuch und die anderen Unterlagen hervor, die sie aus Gomez' Tresor gemopst hatte. Dann sah sie Alex an.

»Ich bin wie ihr.« Sie hielt inne, um die vier Worte erst mal wirken zu lassen. Niemand entgegnete etwas, deshalb nahm sie den Faden wieder auf. »Ich wurde ebenfalls genetisch verändert.« Sie schob Alec die Unterlagen hin. »Bei mir wurde zwar nicht die körperliche Kraft im eigentlichen Sinn gesteigert. Ich wurde zur Gebärmaschine gemacht. Meine Widerstandsfähigkeit und Ausdauer wurden verbessert, um möglichst viele Schwangerschaften zu überstehen und gesunde Mutanten-Babys zu gebären.«

Chris' Blick heftete sich auf ihren Bauch. Erst da bemerkte sie, dass sie ihre Hand unterhalb ihres Nabels platziert hatte.

»Ihr braucht eine Armee und genau die kann ich euch liefern, wenn ihr einverstanden seid. Ich knüpfe allerdings eine Bedingung daran. Ihr müsst mir vertrauen und mich an der Aktion teilnehmen lassen.«

Ein unruhiges Brummen ging durch die Runde und Noa sah sich gezwungen, dem aufkeimenden Widerstand Einhalt zu gebieten.

»Ich bin noch nicht fertig«, sagte sie energisch. Als wieder Ruhe eingekehrt war, fuhr sie fort: »Mir bedeutet Sean genauso viel wie euch und deshalb habe ich ein Recht darauf, miteinbezogen zu werden. Wenn ihr diese Bedingungen nicht akzeptieren könnt, gehe ich selbst los, um Sean zu befreien.«

Ein Tumult brach los, der durch die Enge des Raums noch verstärkt wurde. Alle redeten durcheinander. Nur Chris sah sie mit gerunzelter Stirn an. Sie lieferten sich ein schier endloses Blickduell. Noa wusste nicht, wie sie sich noch aufrecht hielt, doch sie blieb mit gestrafften Schultern stehen.

»Ruhe!«, rief Chris plötzlich laut und Noa zuckte vor Schreck zusammen. Auch Alec und Danny verstummten akut. Chris hatte sie die ganze Zeit nicht aus den Augen gelassen und sie verspürte das dringende Bedürfnis, sich irgendwo zu verkriechen.

»Du hast deine Bedingungen und ich habe meine.« Er zeigte mit dem Finger auf sie. »Bevor hier irgendetwas entschieden wird, erwarte ich von dir, dass du den verdammten Test machst.«

Noa klappte der Mund auf und sie wollte etwas entgegnen, doch Chris brachte sie abrupt zum Schweigen in dem er warnend den Finger hob. »Ich dulde keine Unsicherheit bei diesem Einsatz. Dazu gehört auch, dass ich über den Gesundheitszustand meines Teams Bescheid weiß. Verstanden?«

Sie nickte, weil sie keine andere Wahl hatte. Chris hielt bei Seans Abwesenheit die Zügel in den Händen. Er hatte die Befehlsgewalt. Daran bestand nicht der geringste Zweifel.

»Also gut«, begann er sichtlich zufrieden, »was hast du für einen Vorschlag?«

So berichtete sie von Jesus de la Vega und seiner Gang, die großen Einfluss in Miamis Unterwelt hatten. Jesus und seine Meute hatten Overtown und Teile von Little Havana unter ihrer Kontrolle. Seine Bande war Teil einer großen Gruppe und er hatte sich seine Position schwer erkämpft. Sie wusste, dass, wenn sie ihn in dieser Sache um Hilfe bitten würde, er sie unterstützen würde. Vor allem, wenn sie ihm von Thorpes Machenschaften erzählte. Jesus hatte selbst eine kleine Schwester. Wenn sie an seinen ausgeprägten Beschützerinstinkt appellierte, würde er nicht Nein sagen.

An diesem Punkt hegten Chris und Co. zwar ihre Zweifel, doch sie kannte Jesus. Am Ende hatte Danny ihr erlaubt, das Satellitentelefon zu benutzen, um Jesus anzurufen und ihn um ein Treffen zu bitten. Keine Details, nur Zeit und Ort.

Kurze Zeit später saß sie im Fond des Wagens, den Alec zurück zur Garage lenkte. Chris war mit dem Motorrad vorausgefahren, um zu sehen, ob die Luft rein war.

Ihr Safe House war schon einmal kurz davorgestanden, kompromittiert zu werden. Die Logik des Teams, dass der Feind sie hier bestimmt nicht suchen würde, ging für Noa nicht auf. Wenn die Männer sich doch so sicher waren, weshalb fuhr dann Chris vor, um die Lage zu checken?

Als der erlösende Anruf kam, lenkte Alec das Auto nun in die richtige Straße. Vorhin waren sie nervenaufreibend lange in der Weltgeschichte herumgefahren.

Das Treffen mit Jesus fand am nächsten Morgen in diesem Gebäude statt. Jesus war zwar etwas skeptisch, doch er vertraute ihr. Noa hatte ein schlechtes Gewissen, weil sie Jesus und seine Gang in diese Sache hineinzog. Sie hätte es anders gemacht, wenn es eine andere Möglichkeit gegeben hätte.

Das tatenlose Warten und Zeit totschlagen zerrte an ihren Nerven und trieb sie fast in den Wahnsinn. Plötzlich vermisste sie die Ruhe, die sie auf Dannys Boot verspürt hatte. Auch wenn es nur ein Hauch einer Illusion gewesen war und trotz des Unbehagens, das ihr die Eigendynamik des Meeres bereitet hatte.

Sie bekam einen Anfall von Heimweh. Das wahrscheinlich erste Mal, seit sie in Miami den Flieger verlassen hatte und in Gomez' Dunstkreis geraten war. Doch es war nicht die Art von Heimweh, die einen nach der eigenen Familie und der Heimat sehnen ließ. Es war mehr ein Verlangen nach zu Hause und Sean in ihren Armen. Sie wünschte sich mit ihm zurück in sein Haus im Wald. Das wollte sie mehr als alles andere. War sie nicht mehr richtig im Kopf? Oder lebte sie in einer Traumwelt? Das hier war nicht die richtige Zeit, sich Fantasiegebilden hinzugeben.

Das Klopfen an der Tür zu ihrem Zimmer holte sie in die Realität zurück.

Es klopfte noch einmal, dann erklang eine Stimme. »Noa? Ich bin's, Alec.« Das überraschte sie. Sie hätte eher erwartet, dass es Chris war, der ihren Teil der Abmachung einforderte.

»Komm herein«, rief sie und stand auf, als sich die Tür öffnete. Noa sah sofort, dass er die Akten, die sie ihm gegeben hatte, unter dem Arm trug.

»Entschuldige bitte die Störung«, begann er formell, »aber ich habe deine Unterlagen geprüft.« Er gab ihr die Papiere zurück und sie presste alles aus Reflex an ihre Brust.

»Was hast du herausgefunden?« Die Worte kamen ihr nur zögerlich über die Lippen.

Er nickte Richtung Bett, als Frage, sich setzen zu dürfen. Sie nickte ihrerseits und deutete mit der offenen Hand zur Bettkante. Alec nahm dankbar an und ließ sich auf die Matratze nieder. Erst jetzt fiel Noa auf, wie müde er aussah.

»Also, wie es scheint«, begann er erneut und stützte sich mit den Unterarmen auf den Oberschenkeln ab, »gibt es neben dir noch zweihundertneunundvierzig andere Frauen im Alter von sechzehn bis fünfunddreißig, die genetisch modifiziert wurden. Du bist nicht die Einzige nicht-amerikanische Frau, die diesbezüglich betroffen ist.«

Er fuhr sich mit der Hand über den Nacken. »Die Firma *Genotech*, der wir ja schon öfters begegnet sind, hatte die Finger im Spiel. Sie haben die potenziellen Embryonen beziehungsweise später Eizellen ausgewählt und bearbeitet. Es ist ein globales Netzwerk, das jedoch allein im Interesse der Vereinigten Staaten handelt. Oder sollte ich besser sagen in Thorpes Interesse.«

Noa zog sich der Magen zusammen und sie war froh, dass sie schon länger nichts gegessen hatte. Sie fühlte sich mit einem Schlag nicht mehr menschlich. Sie war nichts anderes als ein positives Resultat eines verwerflichen wissenschaftlichen Experiments.

»Wahrscheinlich wäre es schlicht zu auffällig gewesen, wenn sie sich nur auf amerikanischem Boden bedient hätten«, redete Alec weiter. Er bemerkte nicht, dass sie ihm nächstens vor die Füße kotzte.

»Ich habe mal die aktuellen Vermisstenmeldungen mit den Namen in dem Notizbuch verglichen.«

Sie horchte auf. »Was hast du herausgefunden?« Ihre Stimme klang fremd und atemlos in ihren Ohren und sie glaubte, das Blut rauschen zu hören. Jeder Muskel schien zum Zerreißen gespannt.

Er atmete geräuschvoll ein und warf ihr einen ernsten Blick zu. »Hundertfünf Namen aus dem Buch tauchen in den nationalen und internationalen Vermisstenmeldungen auf. Was mit den restlichen Frauen ist, kann ich noch nicht sagen. Wir müssen aber davon ausgehen, dass die Hundertfünf in der Hand von Thorpe sind.«

Sie sah sie wieder vor sich, die Frauen in der Klinik. Sediert, zu Gebärmaschinen degradiert. Es hatte nicht viel gefehlt und sie hätte dasselbe Schicksal ereilt. Nur dank Sean war sie verschont geblieben.

Sie musste alles daransetzen, die Opfer aus dieser Hölle zu befreien. So sehr es sie auch schmerzte, so zu denken, doch es ging hier nicht nur um Sean, sondern auch um das Leben dieser unschuldigen Mädchen und Frauen.

Erst als sie sah, wie sich die Tür schloss, begriff sie, dass Alec gegangen war. Hatte er zum Abschied noch etwas gesagt? Sie wusste es nicht.

Neben ihr auf der Matratze lag ein Schwangerschaftstest, und zwar nicht der, den sie gekauft hatte. Sie verstand diesen subtilen Wink mit dem Zaunpfahl. Alec wurde ihr damit wieder etwas sympathischer. Während Chris, wahrscheinlich stressbedingt, in dieser Sache vorging wie ein Vorschlaghammer, hatte Alec einen etwas diskreteren Weg eingeschlagen, um ihr mitzuteilen, was Sache war.

Sie wusste, dass sie sich in dieser Geschichte Klarheit verschaffen musste. Sie durfte sich nicht mehr davor drücken und musste den Tatsachen endlich ins Auge blicken. Mutlos erhob sie sich, verbot sich alles Wenn und Aber und ging zur Toilette. Was blieb ihr auch anderes übrig.

Nachdem sie getan hatte, was getan werden musste, stand sie im Badezimmer mit dem Rücken an die Wand gelehnt und wagte es kaum, einen Blick auf das Testergebnis zu werfen. Sie hatte die Augen geschlossen und drehte das Stäbchen zwischen den Fingern. Sie hatte das Gefühl, jeden Halt zu verlieren. Sie wusste, dass es keinen Sinn machte, sich weiterhin vor der Realität zu drücken.

Schließlich raffte sie allen Mut zusammen und hob ein Lid einen Spalt breit, um auf die kleine Anzeige zu linsen. Ihr wurde schlecht, als hätte man ihr in den Magen geboxt. Der Test war positiv. Sollte sie sich jetzt freuen oder daran verzweifeln? Obwohl dieses Ergebnis nach allem, was geschehen war, nicht wirklich überraschend war, hatte Noa das Gefühl, dass der Boden unter ihren Füßen zu wanken begann.

Sie glitt an der Wand entlang zu Boden und vergrub ihr Gesicht in den Unterarmen, welche sie auf die Knie gelegt hatte. Sie fühlte, wie die Müdigkeit sie übermannte und sie wehrte sich nicht dagegen. Sie hieß sie sogar willkommen. Der Schlafmangel, die

Nachwirkungen ihrer Verletzung und der Stress und die Sorgen forderten ihren Tribut. Sie brauchte diese Auszeit, damit sie später vielleicht wieder normal denken und handeln konnte.

•

Soldat 46 lag auf der Pritsche und sah zur Decke, ohne etwas wahrzunehmen. Er bereitete sich auf seinen bevorstehenden Auftrag vor. *Abholen lassen … mitgehen … erst De Wit eliminieren … danach den Rest des Teams … am Ende mich selbst.*

Nüchtern, ohne Emotion. Er wusste insgeheim, dass da noch was sein sollte. Irgendetwas Essentielles. Plötzlich war ihm, als presse etwas im Inneren seines Kopfes gegen die Schädelwände. Sein Kopf schien nächstens zu bersten und die Schmerzen wurden im Sekundentakt unerträglicher, sodass er die Hände schützend gegen seine Schläfen drücken musste. Er verstand nicht, was da vor sich ging. Es fühlte sich an, als wollte sich etwas aus seinem Unterbewusstsein befreien. Eine Urgewalt, so schien es ihm.

Seans Verstand wand sich in seinem Gefängnis, versuchte, auszubrechen. Er musste es schaffen, bevor Thorpe und Ians Falle zuschnappte und alle, die ihm etwas bedeuteten, in Gefahr waren. Verfluchte Scheiße! Diese Substanzen, die man ihm gegeben hatte, waren raffiniert. Ob Thorpe und Ian bewusst war, dass er noch immer über ein kleines bisschen seines Ichs verfügte? Das war sein Trumpf, doch erst musste er versuchen, die chemischen Gitter seines Kerkers aufzubrechen.

Sein meuternder Körper hatte Schmerzen, durch seine Bemühungen, die Kontrolle zurückzuerobern. Er fühlte die höllischen Kopfschmerzen, als wären sie seine eigenen. Doch er nahm darauf keine Rücksicht. Das durfte er nicht.

Plötzlich hatte er den Eindruck, dass er etwas mehr Raum hatte. Aber vielleicht bildete er es sich auch nur ein. Dennoch hatte es sich angefühlt wie der Druckausgleich in den Ohren beim Tauchen.

Soldat 46 versuchte, sich zu entspannen, denn der Schmerz nahm ihm fast den Atem. Woher kam er? Niemand hatte ihm befohlen, so zu empfinden. Er fühlte sich zurückgelassen, allein. Wieso sagte ihm gerade jetzt niemand, was er zu tun hatte?

Abwarten … mitgehen … De Wit eliminieren … den Rest des Teams ausschalten … mich selbst beseitigen. Die Worte echoten im Kopf und er wusste endlich wieder, wie sein Weg aussah.

Er schloss kurz die Augen, um die seltsamen Kopfschmerzen zurückzudrängen. Mit einem Schlag sah er diese De Wit vor sich. Oder besser unter sich. Nackt und sich genüsslich windend. Ihm gefiel, was er sah. Die blanken Brüste, die durch die Stöße seines Schwanzes tanzten. Aufgerichtete Nippel, die einluden sie zwischen die Zähne zu nehmen.

Schlampe … Hure … hörte er den Widerhall der Worte seiner Anführer. Sie verlangten von ihm, dass er auf diese Frau wütend war. Aber warum eigentlich? Er genoss die Bilder, die er vor seinem inneren Auge sah. Ein wohliges, warmes Gefühl von … Verlangen? … erfüllte ihn. Wieso hegte er ein solches Empfinden? Es war fast so, als kannte er sie. Doch woher? Dabei fiel ihm auf, dass er sich an nichts vor der Zeit in dieser Zelle erinnerte. Seltsam. Da musste doch etwas sein.

Der Druck in seinem Schädel hatte zwischenzeitlich nachgelassen, stieg jetzt jedoch wieder an. So sehr, dass er am liebsten mit dem Kopf gegen die Wand geschlagen hätte. Aber das konnte er nicht. Er hatte keinen Befehl dafür erhalten. Es war alles so verwirrend und gleichzeitig völlig klar. Wieso machte er sich eigentlich solche Gedanken? Alles, was er zu tun hatte, war abwarten, mitgehen, De Wit eliminieren, den Rest des Teams ausschalten und dann sich selbst beseitigen.

Durch diesen Gedanken beruhigt, legte er sich hin. Auf den Rücken, die Hände auf der Brust verschränkt, und schwelgte im Porno, der sich in seinem Gehirn manifestierte und abspielte.

Sean wütete noch immer, doch er bemerkte, dass das Gefängnis, das seinen Verstand von seinem Körper trennte, gefährliche Risse bekommen hatte. Er war es, der diesem identitätslosen Etwas seine Erinnerungen an Noa geschickt hatte. Er wollte, dass dieses Ding, diese fleischliche Mordmaschine, Noa ebenfalls begehrte, nur, damit er sie nicht umbrachte. Der Gedanke, dass sein Körper, der nicht mehr unter seiner Kontrolle stand, seine Frau tötete, trieb ihn derart in den Wahnsinn, dass er sein Leben gegeben hätte, um alles ungeschehen zu machen.

In etwa so musste sich ein Schizophrener fühlen. Zwei sich bekämpfende Persönlichkeiten vereint im selben Körper. Fuck! Er musste alles daransetzen, wieder Herr und Meister über sich selbst zu werden. Auch wenn es ihm widerstrebte, seine intimsten Erinnerungen mit diesem Affen zu teilen. Es verschaffte ihm einen Vorteil.

•

Es war verdächtig still in Noas Zimmer. Chris befürchtete, dass er sie zu hart angepackt hatte. Doch er war Soldat und sie befanden sich in einer Notsituation. Da konnte er auf die zarten Gefühle einer Frau keine Rücksicht nehmen. Im Leben eines Kämpfers ohne offizielle Existenz waren Sentimentalitäten unangebracht und fehl am Platz.

Trotzdem machte er sich Sorgen und warf einen vorsichtigen Blick in das Zimmer, das Noa derzeit bewohnte. Es war leer. Die Sorge nahm noch mehr zu. War sie am Ende wieder ausgebüxt? Nein, so leichtsinnig war sie nicht. Wobei, sie hatte Gomez auf dem Gewissen und beim Senator war er sich nicht hundertprozentig sicher. Er hatte bisher noch keine Gelegenheit gehabt, sie diesbezüglich genauer zu befragen.

Sein Blick fiel auf die geschlossene Badzimmertür, die sich gleich gegenüber ihrem Refugium befand. Er fackelte nicht lange und betrat den Raum. Er fand Noa zusammengekauert auf dem Boden, mit dem Rücken an die Wand gelehnt. Ihr Gesicht ruhte auf ihren

Unterarmen, die sie auf ihren aufgestellten Knien verschränkt hatte. Er entdeckte neben ihr das Teststäbchen. Es musste ihr aus der Hand gefallen sein. Er hob es hoch und prüfte das Ergebnis. Schwanger. Eine Komplikation mehr, mit der er sich herumschlagen musste. Aber er hatte es ja nicht anders gewollt, als er Noa zum Test gezwungen hatte.

Aber jetzt, wo er Klarheit hatte, konnte er sich endlich vernünftig an die Einsatzplanung machen. Zuerst hatte er jedoch noch zwei Dinge zu erledigen: Erstens Noa ins Bett legen, damit sie sich endlich etwas erholen konnte und zweitens einen kurzen Moment in Dannys Gegenwart Zuflucht suchen.

Wäre Danny an Seans Stelle, er wüsste nicht, ob er nicht den Verstand verlieren würde. Wie musste es in Noa aussehen, vor allem jetzt, da die Katze aus dem Sack war.

Himmel, Sean und sie alle hatten nie überhaupt darüber nachgedacht, jemals eine Familie zu gründen. Jetzt wurde Sean Vater und wenn alles schieflief, würde er es wahrscheinlich nie erfahren. Total verkackte Situation.

Er stieß die Tür zu Dannys und seinem Zimmer auf. Der saß auf dem Bett, einen Tablet in der Hand. Bei seinem Eintreten hatte sich Danny automatisch aufgerichtet.

»Wie geht es Noa?«, war das Erste, was sein sanfter und stets besorgter Danny fragte.

Chris schloss die Tür hinter sich, zog die Jacke aus und warf sie achtlos auf den Stuhl an der Wand. »Sie schläft. Ich habe sie ins Bett gebracht.«

Danny nickte. »Gut. Hat sie den Test gemacht?«

Chris setzte sich auf den Bettrand und nahm Dannys Hand. »Ja.« Er hob den Blick und sah seinen Partner an. »Gratuliere, Onkel Danny.«

Danny legte wortlos den freien Arm um ihn und küsste ihn zärtlich. Chris erlaubte sich, den Kuss zu genießen. Durch Seans Verschwinden war ihm klar geworden, wie zerbrechlich Glück sein konnte.

Trojanisches Pferd

Noa drückte sich mit dem Rücken an die Hauswand der Werft und wartete auf das Signal zum Angriff. Die Schwüle schlug ihr auf die Atmung und trieb ihr den Schweiß aus den Poren. Zum Teil lag es aber auch an der Mission, die ihnen allen bevorstand.

Nachdem sie sich von ihrem kurzen Zusammenbruch erholt hatte, hatte sie sich selbst einen Tritt in den Arsch gegeben. Sie hatte schließlich keinen Grund, sich im Selbstmitleid zu suhlen.

Sie war zu Chris und den anderen gegangen und war überrascht gewesen, Jesus am Tisch vorzufinden. Wie lange hatte sie geschlafen? Sie wusste, dass sie auf dem Boden des Badezimmers eingenickt war und jemand hatte sie ins Bett gelegt, denn sie war da aufgewacht. Der Anblick des Latinos und der anderen aus Seans Team zusammen an einem Tisch hatte einen unwirklichen Touch gehabt. Sie hatte sich etwas überfordert gefühlt.

In diesem Moment war ihr bewusst geworden, dass, wenn sie mit diesen Männern und mit allem anderen zurechtkommen wollte, sie würde akzeptieren müssen, dass Dinge über ihren Kopf hinweg entschieden werden würden. Sie war neu in der Truppe. Wenn sie denn überhaupt schon richtig dazugehörte. Sie hatte nach wie vor das Gefühl, dass man sie nur um Seans Willen duldete. Doch das war zumindest ein Anfang.

Dass Chris Jesus in das Safe House hatte holen lassen, war ein großes Risiko. Doch sie mussten den Einsatz planen und wie sich herausgestellt hatte, war Jesus ein harter Verhandlungspartner und gewitzter Stratege. Noa hatte sich selbst eingestehen müssen, dass ihre ursprüngliche Idee von nicht-militärischem Vorgehen wohl Wunschdenken gewesen war.

Der Plan sah nun so aus, dass Jesus mit dreißig seiner Männer das alte Schiff, die *Iphthimos*, stürmen sollte, um für Ablenkung zu sorgen. So hofften sie, dass ein Großteil der Truppen in der Werft ihren Kumpels zu Hilfe eilen würden.

Noa hatte ihre Zweifel, doch Chris hatte ihr versichert, dass der Plan aufgehen würde. Sie musste ihm in dieser Hinsicht wohl einen Vertrauensvorschuss geben.

Während sie sich jetzt im Schatten dieser Werft an die Blechwand drückte, spürte sie, wie ihr vor Nervosität die Hände zitterten. Ihr Herz wummerte so laut in ihrer Brust, als hätte sie einen Subwoofer verschluckt. Sie war eindeutig nicht für ein solches Unterfangen gerüstet.

Chris hatte sie in Kampfhosen und -stiefel gesteckt, ihr ein schwarzes T-Shirt in die Hand gedrückt und ihr eine Schutzweste umgeschnallt, welche ihr zu weit war und deshalb bei jeder Bewegung scheuerte.

Ihre Hand legte sich schützend auf ihren Bauch. Schwanger. Dieser Gedanke fühlte sich immer noch seltsam verkehrt an. So, als hätte man sie verflucht. Ihr war, als trage sie plötzlich ein fremdes Gewicht in ihrem Unterleib, welches sie zu Boden zog. Das war natürlich totaler Schwachsinn. Doch die Verantwortung, die sie, seit sie die Gewissheit hatte, verspürte, wog genauso schwer.

»Hier«, riss Chris sie aus ihrer Grübelei und hielt ihr eine schwarze Skimaske hin. »Zieh dir die über.«

Sie musste ihn fragend angesehen haben, denn er atmete genervt aus. »Thorpe und Co. sollen dich nicht gleich erkennen und der Rest der Soldaten hier trägt auch so etwas. So fallen wir nicht schon in der ersten Sekunde auf.«

Das leuchtete ihr ein. Sie nahm das Stück Textil entgegen und zog es sich über den Kopf. Die Maske bedeckte ihr ganzes Gesicht und ließ nur die Augen frei. Der Baumwollstoff raubte ihr in der

Wärme des Abends den Rest des Atems und Noa begann instinktiv, durch den Mund zu schnaufen wie ein Dampfross.

Sie waren kurz vor Sonnenuntergang hierher gekommen. Jesus und seine Mannschaft würden zuschlagen, sobald der Feuerball hinter dem Horizont verschwunden war. Noa schaute sich um und erkannte, dass sich der Himmel bereits rot gefärbt hatte. Es dauerte also nicht mehr lange. Als wäre dieser Gedanke der Auslöser gewesen, erschütterte eine Explosion die Luft um sie herum. Sie zuckte zusammen und zog reflexartig den Kopf ein.

Die Zeit schien stillzustehen, dehnte sich aus, um sich dann implosionsartig wieder zusammenzuziehen. Alles schien der Wirklichkeit entzogen und losgelöst vom Universum.

Jemand griff sie am Oberarm und erwischte dabei ihre Haut. Das Zwicken rüttelte sie wach. Chris zog sie zielstrebig mit sich. »Es geht los«, zischte er in ihr rechtes Ohr, »folge mir.«

Sie eilten dicht an die Wand gedrängt zum Eingang der Werft. Auf Noa wirkte das schwarze Loch wie die Pforte zur Hölle. Durch die Öffnung strömten nach wie vor schwarz gekleidete Kämpfer nach draußen. Sie rannten alle zur *Iphthimos*. Diesbezüglich hatte Chris rechtbehalten.

Die Luft in den Gängen war stickig. Chris hatte sie über eine Rampe ins Untergeschoss geführt. Hier roch es abgestanden und feucht, was ihr das Atmen durch die Maske zusätzlich erschwerte. Der modrige Geruch setzte sich sofort in ihren Schleimhäuten fest und sie rümpfte unwillkürlich die Nase.

Der Gang, durch den sie sich bewegten, war gesäumt von Türen, was sie sofort an ihren kurzen Aufenthalt in der Zuchtklinik erinnerte. Ihr wurde schlecht bei diesem Gedanken und sie blieb abrupt stehen. Sie schob die Skimaske hoch und beförderte ihr spärliches Essen, das sie kurz vor dem Einsatz zu sich genommen hatte, ans Tageslicht. Die Magensäure brannte sie in der Nase und in der Kehle. Noa schämte sich, dass sich gerade ihre Innereien nach außen gestülpt hatten, doch sie musste zugeben, dass sie sich jetzt beträchtlich besser fühlte. Sie wischte sich mit dem Handrücken über den Mund und erhob sich.

»Geht's wieder?«, fragte Chris knapp, während er die Umgebung sicherte. Sie nickte und folgte ihm danach tiefer ins Gebäude.

Danny und Alec würden ein paar Minuten später zu ihnen stoßen. Sie bildeten die zweite Welle. Noa hatte ihnen aufgetragen, nach einer Art medizinischer Einrichtung Ausschau zu halten. Sie sollten alle experimentellen Medikamente mitnehmen, die sie fanden. Sie wussten nicht, was man mit Sean alles getan hatte, deshalb wollten sie auf Nummer sicher gehen. So suchten sie und Chris nach dem Captain und den Akten, die seinen Fall betrafen.

Sie rannten den Korridor entlang und lasen dabei die Beschriftungen, die seitlich der Türen an den Wänden angebracht waren.

Büro. Noa blieb mit quietschenden Sohlen stehen. Sie zögerte keinen Augenblick und ging hinein. Wahrscheinlich hätte Chris erst sichergehen müssen, dass der Raum leer war. Doch sie wollte keine Zeit vergeuden.

»Himmel, Noa! Du bist leichtsinnig!« Als Chris hinter ihr in den Türrahmen trat, verdunkelte sich das Büro kurz. »Beeil dich«, zischte er gereizt und hielt dabei Wache.

Sie rannte zum Aktenschrank und riss die Schublade mit der Alphabetisierung *P – S* auf. Ihre Finger liefen über die Reiter um die Namen lesen zu können.

PATRICK Sean/Soldat 46. Ihr Herz machte einen erfreuten Hüpfer. Sie zog die Akte heraus, rollte sie zusammen und steckte sie in ihre Weste. Sie hatten keine Zeit, erst zu prüfen, ob die Unterlagen auch sinnvolle Informationen enthielten.

Sie liefen weiter. Immer auf der Hut und wachsam. Sie mussten aufpassen, dass sie keine Aufmerksamkeit erregten. Ein Ding der schieren Unmöglichkeit, wenn man bedachte, dass sie gegen den immer schwächer werdenden Strom von gegnerischen Soldaten rannten.

Je weiter sie in die Eingeweide dieser Hölle vordrangen, desto düsterer wurde die Atmosphäre. Es war zwar noch immer alles gut beleuchtet, doch Noa stellten sich instinktiv die Nackenhaare auf.

Plötzlich blieb Chris stehen und starrte eine Tür zu seiner Linken an. Noa wäre beinahe gegen ihn geprallt. »Was zum …?«, rutschte es ihr heraus. Doch dann realisierte sie, wohin er sah und ihr blieb die Luft im Hals stecken.

Ein Schild mit einer kurzen Aufschrift: *Sol. 46./Patrick S.*

In die Tür war eine Drahtglasscheibe von circa vierzig mal vierzig Zentimetern eingelassen. Durch dieses Fenster erkannte sie Sean. Er stand mitten im Raum. Breitbeinig, aufrecht, die Hände auf dem Rücken verschränkt. Es war deutlich, dass er sie erwartet hatte.

Da ist was faul!, schrie es in ihrem Kopf. Doch sie ignorierte diesen Warnruf.

●

Als Soldat 46 die erste Granatenexplosion gehört hatte, hatte ihn eine seltsame Unruhe erfasst. Endlich ging es los und endlich konnte er seinen Auftrag ausführen. Seiner Bestimmung folgen. Er war aufgestanden und hatte wie gebannt zur Tür geschaut. Nichts hatte mehr Bedeutung für ihn. Nur seine Aufgabe zählte.

Schlagartig bekam er wieder diese schrecklichen Kopfschmerzen. Sein Schädel schien erneut zu explodieren. Doch er blieb stehen und verdrängte den Schmerz. Fokussierte sich auf das, was gleich kommen würde. Durch die Scheibe in der Tür konnte er zwei Personen erkennen. Endlich war der Zeitpunkt gekommen, auf den er so lange hatte warten müssen.

Sean wurde aus seinem tranceartigen Zustand gerissen, als dieser Mistkerl von einem Soldaten aufgestanden war. Er bekam jeden dieser suggerierten, synthetischen Gedanken mit, die diesem Zombie durch den Kopf geisterten. Sein Zorn wuchs ins Unermessliche und er kämpfte wiederum gegen die chemische Barriere an, die ihn von seinem Körper trennte. Ein Teil seiner Wut richtete sich auch gegen sich selbst, weil er nicht stärker als Folter und Psychodroge gewesen war. Ja, es war müßig, sich darüber aufzuregen. Das wusste er auch. Niemand, der geschwächt durch Marter und Entbehrung war, konnte sich gegen dieses Gift wehren.

Er warf sich gegen die unsichtbaren Wände seines Käfigs und fühlte erneut, wie sie etwas nachgaben.

Plötzlich ging die Tür auf und zwei schwarzmaskierte Figuren betraten die Zelle. Auch wenn er keine Macht über seinen Körper hatte, machte er sich kampfbereit. Gemeinsam mit dem Bastard Soldat 46. Das erste Mal schienen sie wohl einer Meinung zu sein. Obwohl er seine Motorik nicht steuern konnte, spürte er, wie sich alle Muskeln seines ehemaligen Körpers anspannten. Sie gingen gemeinsam etwas in die Knie und ballten die Fäuste hinter dem Rücken. Sean psychisch und 46 physisch.

Dann nahm der Größere der beiden Neuankömmlinge seine Maske ab und Sean erkannte Chris' Glatzkopf. Erleichterung durchflutete ihn, gefolgt von großer Sorge. Gleich nachdem Chris sich von der Maske befreit hatte, erschien nun auch Noas Gesicht.

Sie war das Schönste, worauf seine Augen seit langer Zeit gefallen waren. Nein, momentan waren es die Augen von Soldat 46 und er spielte nur Zaungast.

Brennende Eifersucht durchfuhr ihn und er nahm seinen Kampf noch vehementer auf. Wenn er hier versagte, war dies das Ende von Noa und seinen Brüdern.

Er sah und spürte, wie Chris ihm die Hand auf die Schulter legte. Er wollte sie abschütteln, denn Chris war dem manipulierten Krieger viel zu nahe, doch es gelang ihm nicht.

»Bist du okay, Sean?«, drang Noas Stimme wie durch eine Tunnelröhre zu ihm durch.

Ob er okay war? Okay? Natürlich nicht! Seine Wut wurde noch mehr angefacht. Er rüttelte an seinen Fesseln und schrie … ungehört.

Soldat 46 konnte seine Augen nicht von Noa De Wit abwenden. Sie war hübsch. Soweit er es beurteilen konnte. Ihm war nicht befohlen worden, sich über solche Dinge Gedanken zu machen. Dennoch tat er es und konnte nicht leugnen, dass ihr Anblick etwas in ihm auslöste.

»Bist du okay, Sean?«, hatte sie gefragt. Aber zum Teufel noch mal, er war nicht Sean. Seine verfluchten Kopfschmerzen waren wieder da, um ein Vielfaches stärker diesmal.

»Sean?«, hörte er sie erneut. Da fiel ihm ein, dass er ihr wohl antworten sollte, um keinen Verdacht zu erwecken. Deshalb nickte er lediglich leicht und versuchte dabei, Haltung zu bewahren. In seinem Kopf schien sich ein Vorschlaghammer verselbständigt zu haben, was ihm jetzt fast die Sicht nahm.

»Lass uns von hier verschwinden«, sagte der Glatzköpfige, der ihn ohne Erlaubnis berührte. Er hätte ihm dafür am liebsten den Arm abgerissen. Für so etwas war jetzt aber nicht der richtige Zeitpunkt. Er würde seine Mission nicht wegen eines Augenblicks des Kontrollverlusts gefährden. Deshalb folgte er den beiden folgsam und schweigend auf den Gang hinaus und genoss dabei die Aussicht: Noa De Wits Arsch. Er registrierte, dass sein Brummschädel noch einmal stärker wurde. Doch das war egal. Bald würde alles vorbei sein.

•

Es war schön, Sean zu sehen, doch etwas stimmte nicht mit ihm. Sein Gesicht, so vertraut wie ihr eigenes, hatte die warme Ausstrahlung verloren. Wie gern wäre sie ihm um den Hals gefallen, wie gern hätte sie ihn berührt, gespürt und geküsst. Doch der fremde, abweisende Ausdruck in seinen Augen hatte sie davon abgehalten. Was hatten diese elenden Hurensöhne mit ihm gemacht?

Von draußen waren noch immer Explosionen und Gewehrsalven zu hören. Es würde nicht mehr lange dauern, bis Polizei und

SWAT-Teams anrückten. Sie hoffte inständig, dass Jesus und seine Leute rechtzeitig verschwinden konnten.

Kurz vor dem Ausgang stießen sie auf Alec und Danny. Die Männer wechselten ein paar Worte, deren Bedeutung sich Noa entzog. Sie war in Gedanken bei Sean, der sie durchgehend mit inzwischen glühendem Blick bedachte. Noa fühlte, dass das nicht Sean war, der sie mit seinen Augen verschlang. Es war Soldat 46, und das machte ihr Angst.

Plötzlich kam wieder Bewegung in die Gruppe und Noa folgte ihnen wie ein Lemming. Chris rannte voraus. Dann Sean, Alec, Noa und Danny als Nachhut.

Draußen war es inzwischen dunkel und die Mündungsfeuer flammten auf wie kleine Stroboskope. Sie hatten mit Jesus vereinbart, dass Chris eine Signalpistole abfeuerte und so das Zeichen zum Rückzug gab. Das Feuer der Signalmunition tauchte alles in flackerndes Licht.

Ein letzter Schuss durchbrach die Schwärze der hereingebrochenen Nacht und Danny schrie kurz auf. Noa wirbelte herum und sah, wie der sanfte Riese in die Knie ging.

»Chris!«, rief sie so laut, dass sich ihre Stimme überschlug. Gleichzeitig rannte sie zu Danny hin. Er war blutüberströmt sein Blick heftete sich aus geweiteten Augen auf sie.

Sie entdeckte eine stark blutende Wunde an seinem Hals. Es machte den Anschein, als hätte ihm die Kugel die rechte Halspartie zerfetzt. Er würde hier in kürzester Zeit verbluten. Instinktiv drückte sie ihm ihre Hand auf die Wunde und versuchte, die Blutung zu stillen. Auf diese Weise konnte das Gehirn über die intakte linke Arterie genug versorgt werden, sofern sie es schafften, die Blutung so lange unter Kontrolle zu halten, bis sie ihn medizinisch behandeln konnten. So viel zu ihren Anatomiekenntnissen.

»Danny!«, keuchte Chris, der inzwischen neben dem Verletzten auf die Knie gefallen war. Er strich ihm zärtlich über die Stirn und Noa empfand beinahe körperlichen Schmerz bei diesem Anblick.

»Wir müssen ihn hier wegbringen. Er braucht dringend Hilfe«, redete sie eindringlich auf Chris ein.

»Wir sind hier nicht sicher«, ergänzte Alec.

»Wir müssen ihn tragen.« Ihre Stimme wollte ihr vor Angst nicht gehorchen und brach. Ihre Finger drückten immer noch auf die Wunde und verhinderten auf diese Weise, dass Danny an Ort und Stelle verblutete.

Chris wirkte nervös und unkonzentriert. Sein Blick hatte sich auf Danny gerichtet. Noa konnte seine Angst nur zu gut verstehen. Deshalb packte sie ihn mit der freien Hand an der Schulter.

»Bring uns hier raus, Chris!« Er zuckte zusammen und schien endlich aus seiner Trance zu erwachen. Er nickte stumm vor sich hin, als wöge er alle Optionen ab.

»Wir bringen ihn zum Wagen«, sagte er etwas zögernd. »In der Garage kann Sean ihn wieder zusammenflicken.«

Noa sah Sean an, dessen Gesicht jetzt so anders war, als sie es gewohnt war. Sie fand nicht die geringste Gefühlsregung. Ein Stich, so heiß und zugleich kalt, fuhr ihr durch das Herz. Sean war verschwunden.

Soldat 46 zuckte nonchalant mit der Schulter. »Ich würde ihn zurücklassen. Er hält uns nur auf.« Er sah jeden der Reihe nach an. »Es ist ja nicht so, dass wir das nicht schon getan hätten.«

Noa packte Chris' Hand und drückte sie roh auf die Wunde an Dannys Hals. Dann stand sie auf und stellte sich aufrecht vor Sean auf. »Jetzt hör mal gut zu!« Sie war so wütend und verletzt, dass sie dachte, wie eine Napalmbombe hochgehen zu müssen. »Ich vermute, dass du den Auftrag hast, uns alle zu ermorden, sonst wäre deine Rettung nicht so einfach gewesen.« Sie bluffte, denn sie hatte keine Ahnung, was hier wirklich gespielt wurde. Doch eines wusste sie mit Sicherheit, das hier war nicht Sean. Das war Soldat 46. Das ihr so bekannte und gleichzeitig so fremde Gesicht zeigte keine Regung. »Wenn du aber Danny jetzt nicht hilfst, wirst du keine Gelegenheit haben, deine Mission zu erfüllen, weil ich dich nämlich zuerst umbringe. Verstanden?« Sie pokerte hoch und ging ein großes Risiko ein. Doch der Schatten, der nun über sein Gesicht huschte, belehrte sie eines Besseren und ließ sie hoffen. »Bitte hilf ihm.«

Sie hörte, wie ein Auto hinter ihr quietschend stehen blieb. Alec hatte anscheinend in der Zwischenzeit den großen SUV geholt, mit dem sie hergekommen waren.

»Wieso ist diese Schwuchtel so wichtig?« Soldat 46 stand noch immer reglos da und sah sie forschend an.

»Diese Schwuchtel ist dein Bruder und mein Mann!«, brüllte Chris zur selben Zeit, in der Noa die Waffe zog und sie auf Seans Brust richtete. *Nicht Sean, Soldat 46*, redete sie sich ein.

Alles schien in Raum und Zeit zu erstarren. Eingefroren in einem Paralleluniversum. *Mein Mann?* Sie musste sich zusammenreißen, dass sie sich nicht zu Chris umdrehte.

Sie verschwendeten hier wertvolle Zeit, die Danny nicht hatte. »Alec, Chris, hebt Danny hoch und legt ihn in den Wagen. Ich versuche weiterhin, die Blutung im Griff zu halten.« Dann wandte sie sich zu 46 um. »Du wirst im Wagen diese verdammte Arterie nähen.« Sie wusste, dass die Männer eine Ausrüstung für den medizinischen Notfall dabeihatten.

Sie hatten die Rückbank hinunter geklappt und Danny in den Kofferraum gelegt. Noa kniete sich neben ihm, Soldat 46 gegenüber, der inzwischen die benötigten Utensilien aus dem Erste-Hilfe-Koffer nahm. Sie ließ ihn dabei nicht aus den Augen und hatte die SIG immer noch auf ihn gerichtet.

»Ich warne dich«, zischte sie zwischen zusammengebissenen Zähnen, »keinen Scheiß!« Ihr Herz schien in Millionen Teile zerbrochen zu sein und dessen Bruchstücke flossen nun schneidend und stechend durch ihre Adern.

Alec lenkte den Wagen langsam und vorsichtig durch den Verkehr. 46 warf ihr einen kritischen Blick zu. »So wird das nichts«, sagte er in überraschend resigniertem Ton, »Wir müssen anhalten.«

Alec fluchte, bog jedoch sofort ab und fuhr in ein Parkhaus. Da es bereits tiefe Nacht war, war die Parkgarage beinahe leer. Alec knallte das Getriebe ins P und stieg aus. Energisch ging er um das Auto herum und machte den Kofferraum auf. Noa hatte ihn noch nie so wütend gesehen.

»Na los! Dann mach jetzt und verschwende hier keine Zeit.«

Soldat 46 nickte und machte sich ans Werk. Der Geruch nach Blut und der Gestank nach altem Motorenöl und Benzin, der den Ort erfüllte, verursachte ihr Übelkeit. Doch sie blieb standhaft und beobachtete den Fremden mit Seans Gesicht dabei, wie er mit flinken, geschickten Händen Dannys Wunde nähte.

Plötzlich fühlte sie Alecs Hand auf ihrem Rücken. Sie sah ihn kurz an und bemerkte, dass er knapp mit dem Kopf nickte. Sie bewegte ihre freie Hand nach hinten, wo er ihr eine aufgezogene Spritze gab. Erst war ihr nicht klar, was sie damit sollte, doch ein Blick auf Alec reichte und sie wusste Bescheid.

Soldat 46 klebte gerade den Verband fest und bereitete einen Beutel Kochsalzlösung vor. Danny hatte viel Blut verloren und er brauchte die Flüssigkeit, um seine Vitalwerte stabil zu halten.

Sie musste warten, bis Danny gut genug versorgt war und nicht mehr auf 46 angewiesen war. Doch dann ging alles rasend schnell. 46 hatte gerade die Infusionsnadel an Dannys Unterarm mit einem Pflaster fixiert, als Alec ihr einen leichten Stoß versetzte. Sie ließ sich nach vorn fallen und stieß dabei 46 die Nadel in den Oberschenkel. Gleichzeitig drückte sie den Kolben hinunter.

Soldat 46 schnappte mehr empört als erschrocken nach Luft, holte aus und schlug sie, sodass sie das Gefühl hatte, von einem Katapult weggeschleudert zu werden.

Er packte sie an der Kehle und drückte zu. Ihr Rücken schmerzte vom Aufprall und ihr Gesicht fühlte sich von 46igs Faust an, als hätte man es mit einem Hammer bearbeitet.

Ihre Lungen brannten und sie hoffte, dass nächstens das Betäubungsmittel wirkte. Oder dass zumindest Alec oder Chris eingreifen würden. Tatsächlich waren, seit sie ihm die Spritze gegeben hatte, nur wenige Sekunden vergangen. Doch es kam ihr vor wie endlos lange Minuten. Aufgrund des Sauerstoffmangels zog sich ihr Sichtfeld zusammen und leuchtende Punkte tanzten vor ihren Augen.

Dann endlich kippte der manipulierte Soldat zur Seite und blieb mit einem Grunzen liegen. Noa war sich der verschwundenen Klemme um ihren Hals zwar bewusst, sie glitt aber dennoch in die Schwärze der Bewusstlosigkeit ab. Der letzte Gedanke war, dass sie Sean unbedingt retten musste.

•

Sean wachte noch vor diesem Chemiezombie wieder auf. Er wusste das so genau, weil keine Eindrücke von außen zu ihm durchdrangen. Er hörte nichts und konnte auch keine visuellen Reize von dem Kerl empfangen. Das verschaffte ihm Zeit, seine Lage zu evaluieren.

Er hatte bis jetzt nur geringfügig durch die Barrieren dringen können. Doch jedes Mal hatte er die Schmerzen und die Konfusion des Soldaten mitbekommen. Sean war überzeugt, dass sie den Reprogrammierungsprozess nicht ganz abgeschlossen hatten. Andernfalls hätte er wohl kaum die Fähigkeit, einzugreifen, auch wenn es nur minimal war. Das gab ihm das Gefühl, nicht ganz hilflos zu sein.

Als der Kerl über Noa hergefallen war, hatte er nichts anderes machen können, als gegen die unsichtbaren Barrieren anzurennen und so vielleicht etwas zu erreichen. Tatsächlich hatte er die Explosion der Kopfschmerzen, die der Bastard dadurch empfand, selbst gespürt. Soldat 46 war wegen der Schmerzen zur Seite gekippt und das Betäubungsmittel hatte ihnen beiden den Rest gegeben.

Langsam kam Leben in den gekaperten Körper und Sean begann erneut, das Bewusstsein von Soldat 46 zu attackieren. Der

Hurensohn hatte keine Verschnaufpause verdient. Er sollte Schmerzen leiden, und zwar so lange, bis er so geschwächt war, dass Sean seinen Körper wieder in Besitz nehmen konnte.

●

Chris saß an Dannys Bett und betrachtete das Gesicht seines Mannes. Scheiße, hatte er diese Worte tatsächlich laut ausgesprochen?

Er und Danny hatten immer auf den berühmten richtigen Moment gewartet. Leider war der bisher wie immer nicht gekommen. Sie waren immer irgendwo im Einsatz und dadurch in Gefahr gewesen.

Chris betrachtete Danny weiter. Die graue Gesichtsfarbe und der Verband um dessen Hals lösten in Chris den Wunsch aus, etwas zu zerschlagen. Fuck! Er hatte Frauen gehabt. Viele davon. Mit den meisten hatte es eine Zeitlang auch Spaß gemacht. Er wusste, dass es Danny auch so gegangen war. Sie hatten schließlich viele Stunden Zeit gehabt, um zu reden.

Er dachte an die Wochen der Annäherung. Die Momente, in denen ihm klar geworden war, dass Dannys Nähe ihm mehr Zufriedenheit und Wärme gab als alle Frauen zusammen. Die zahllosen Nächte, in denen sie sich während ungezählten Missionen auf dem nackten Boden aneinandergeschmiegt hatten. Stets darauf bedacht, kein Aufsehen zu erregen. Anfangs war es ihnen peinlich gewesen und sie hatten ihre gegenseitigen Gefühle verleugnet. Schließlich waren sie wie Brüder zusammen aufgewachsen.

Doch er liebte Danny, und Danny liebte ihn, und dann war aber der Moment gekommen, wo ihnen beiden klar geworden war, dass sie zueinanderstehen wollten. Sie waren in ein Flugzeug gestiegen und hatten in einer Nacht- und Nebelaktion in Las Vegas geheiratet. Er konnte sich noch genau erinnern. Es war vor einem viertel Jahr gewesen, als Sean wieder einmal von der Bildfläche verschwunden war. Jetzt wusste Chris auch, was sein Captain in diesen Phasen immer getrieben hatte. Fast wehmütig dachte er an das Blockhaus in der Wildnis. Er hatte sich dort in dieser kurzen Zeit überraschend wohl gefühlt.

Es klopfte leise. »Herein.«

Noa kam ins Zimmer. Sie wirkte müde und besorgt.

»Wie geht es ihm?«, fragte sie leise und nickte in Dannys Richtung. Er blickte auf seine Hand, die die seines Geliebten festhielt.

»Stabil, wie es aussieht. Die Blutkonserven haben scheinbar geholfen.« Sie hatten im Safe House immer einen Notvorrat an Blutkonserven. Es war jederzeit möglich, dass einer von ihnen während eines Auftrags verletzt wurde und sie konnten schlecht in ein öffentliches Krankenhaus gehen. So etwas hätte zu viele Fragen aufgeworfen.

»Gut«, begann Noa, »Alec möchte etwas mit dir besprechen. Ich bleibe inzwischen bei Danny. Ich werde dich rufen, sobald sich etwas ändern sollte.«

Wieso kam Alec nicht zu ihm? Sein Weg war bekanntlich gleich weit. Alles in ihm wehrte sich dagegen, Danny gerade jetzt allein zu lassen. Trotzdem stand er auf und stellte überrascht fest, dass es guttat, sich etwas zu bewegen.

»Danke, Noa. Echt.«

Sie sah zu ihm auf. »Wofür?« Sie wirkte in diesem Augenblick so rein und unschuldig, dass es ihm einen Stich versetzte. Sie mussten alles daransetzen, Sean zurückzuholen. Nur schon um Noas willen, und wegen des Babys.

»Für alles, glaub mir.« Dann wandte er sich ab und ging zu Alec ins Büro.

»Was hast du für mich?« Er trat ohne anzuklopfen ein. Alec hob den Kopf. Die dunkelblauen, fast schwarzen Augen wirkten nüchtern und kalkulierend, wie immer. Doch Chris erkannte hinter dieser Fassade eine seltsame Unruhe.

Bevor Alec antwortete, fuhr er sich mit den Händen über das Gesicht. Dann stand er auf, ging zu seinem Seesack und beförderte eine Flasche Tequila ans Tageslicht.

Oh, Shit! Die Dinge schienen schlecht zu stehen, wenn Alec seine Notfallflasche hervorholte. Der hochintelligente Mann mit dem schwarzen Fünfmillimeter-Haarschnitt trank selten und so gut wie nie harte Sachen.

Nachdem jeder von ihnen einen herzhaften Schluck direkt aus der Flasche genommen hatte, setzte sich Alec wieder an seinen Computer. Aber Moment, das war gar nicht Alecs Rechner.

»Ich habe diesen Laptop aus der Werft mitgehen lassen«, begann er, als hätte er Chris' Gedanken gelesen. »Er stammt aus Thorpes Büro.«

Chris' Herz begann, nervös zu schlagen. War es möglich, dass sie diesem Bastard endlich Mal einen Schritt voraus waren?

»Hast du etwas darauf gefunden?«

Alec schüttelte den Kopf. »Nicht direkt«, antwortete er vorsichtig. »Der PC ist so weit sauber. Aber das überrascht mich nicht. Thorpe ist nicht so dumm, dass er einen Computer mit heißem Inhalt einfach herumstehen lässt.« Chris schwand der Mut. »Aber«, ergriff Alec erneut den Faden, »so klug wie ich ist er aber noch lange nicht.« Das verschmitzte Grinsen in Alecs Gesicht ließ Chris wieder etwas hoffen. »Mit ein paar Klicks und ein bisschen Graben habe ich so einiges herausgefunden.« Der Stolz verschwand aus Alecs Stimme und ein Schatten huschte über sein Gesicht. »Wir haben ein total verschissenes Problem. Und nicht nur wir, sondern der ganze verfickte Planet.«

Nun war es an Chris, sich zu setzen.

•

Noa hatte sich an dieselbe Stelle gesetzt wie Chris zuvor. Danny war blass, aber zum Glück war der gefährlich wirkende Grauton verschwunden. Seine Atmung war ruhig und der Herzmonitor piepste regelmäßig. Was Noa jedoch beunruhigte, war die Reglosigkeit. Es war außer dem Heben und Senken der Brust keinerlei Bewegung zu erkennen. Kein leichtes Zucken der Finger oder Zehen. Keinerlei Mimik und auch keine Augenbewegung hinter den geschlossenen Lidern. Es war, als läge eine leere, seelenlose Hülle vor ihr.

Aus reinem Instinkt legte sie ihm eine Hand auf die Stirn. Die Haut war kühl aber trocken und sie war erleichtert, dass er nicht fieberte. Im nächsten Augenblick überkam sie das Gefühl, in einen dunklen Korridor gezogen zu werden und sie konnte sich dem nicht entziehen. Sie wurde von einer Welle aus Verwirrung und Unglauben überrollt, welche sie mitzureißen drohte. Was geschah mit ihr?

Es blieb ihr nichts anderes übrig, als sich gehen zu lassen. Je stärker sie sich dagegen wehrte, desto stärker wurde der Sog. In der Ferne sah sie ein helles Licht, das jedoch wider Erwarten kalt und bedrohlich wirkte. Sie wusste tief in ihrem Inneren, dass sie diese Barriere nicht überqueren durfte. Jenseits dieser Grenze gab es kein Zurück.

Kurz vor dem Durchgang stand mit dem Rücken zu ihr Danny. Seine langen Haare wehten in einem nicht vorhandenen Wind. Wie war so etwas möglich?

Sie wusste, dass ihr Körper und der von Danny nach wie vor ich dem Krankenzimmer im Safe House war. Sie konnte sich nicht im Entferntesten erklären, wo sich ihr Geist, Verstand oder was auch immer sie gerade verkörperte, befand.

»Danny!« Das laute Tosen, das plötzlich losgebrochen war, erstickte ihr Rufen beinahe. Trotzdem schien Danny sie zu hören, denn er drehte sich zu ihr um. Seine Miene im Schock erstarrt, mit tränennassen Wangen.

»Sie rufen mich«, sagte er so leise, dass sie seine Worte nur erahnen konnte.

»Komm zu mir.« Sie streckte ihm die Hand entgegen, da sie es nicht wagte, noch einen Schritt näher an dieses Licht heranzugehen. Es war zu verlockend, sich diesem Sog einfach hinzugeben.

»Ich weiß nicht, ob ich es kann«, antwortete Danny ohne einen Hauch von Hoffnung in der Stimme.

»Du kannst das. Denk an Chris und Sean. Sie beide brauchen dich. Ihr seid eine Familie.« Sie unterdrückte jeden Hauch von Verzweiflung. Hier durfte sie solchen Schwächen nicht nachgeben.

Danny warf einen Blick auf das Licht. Noa hatte das Gefühl, dass inzwischen Stunden verstrichen sein mussten. Sie spürte aber, dass sie hier die Zeit arbeiten lassen musste. Vielleicht tickten hier die Uhren auch anders.

Schließlich drehte sich Danny wieder zu ihr um. »Ja, Chris braucht mich. Und Sean auch. Auch wenn er jetzt dich hat.« Er wandte sich ein letztes Mal dem Licht zu. »Lass uns von hier verschwinden«, murmelte er leise durch den Lärm hindurch und griff nach ihrer Hand.

Erleichtert schloss sie ihre Finger um seine und hoffte, dass sie irgendwie einen Weg aus diesem außerdimensionalen Schlund fanden. Wenn sie nur wüsste, wo sie sich befanden. Was war passiert, und vor allem wie? All diese Fragen begleiteten sie, als sie sich gemeinsam mit Danny von dieser gleißend hellen Ebene entfernte.

•

»Himmel!« Chris hatte das Gefühl, dass es plötzlich keinen Sauerstoff mehr zum Atmen gab.

Alec hatte herausgefunden, dass Thorpe vorhatte, das nächste G7-Treffen zu sabotieren. Wenn er erfolgreich war, würde die ganze Welt ins Chaos stürzen. Chris wusste, dass Thorpe das nur machte, um den Verkauf seines Zuchtprogramms zu legitimieren. Willenlose Soldaten zum Schutz vor Terroristen. Er würde natürlich mit keiner Silbe erwähnen, dass seine Zombiearmee hinter den Anschlägen steckte.

Verfluchter Hurensohn! Sie mussten ihn aufhalten, koste es, was es wolle. Leider brauchten sie für eine solche Mission alle

Hände an Deck. Vor allem aber Sean, der wieder alle Tassen im Schrank hatte. Es schauderte ihn immer noch, wenn er an den leeren, gefühlslosen Ausdruck in Seans Augen dachte. Die Augen eines Fremden im Körper, beziehungsweise mit dem Gesicht eines Freundes. Was war, wenn Sean für immer verloren war? Er schob diesen Gedanken rigoros beiseite. Das brachte niemanden weiter.

Ein plötzlicher Schrei aus dem Krankenzimmer ließ ihn aufspringen. »Hilfe!« Es war Dannys Stimme, etwas heiser, aber so schön, dass es Chris trotz der Situation die Freudentränen in die Augen trieb. Er hatte schon befürchtet, sie nie wieder zu hören. Während er die wenigen Meter zum Zimmer hinter sich brachte, fragte er sich, was um Himmels willen geschehen war, wenn a) Danny wach war, b) um Hilfe rief und c) wo zum Teufel Noa dann steckte.

Er hörte, wie Alec ihm folgte. Endlich angekommen, brauchte er einen Augenblick, um zu begreifen was los war. Danny lag auf der Seite. Chris bemerkte sofort, dass er wieder etwas Farbe im Gesicht hatte. Doch dann fiel sein Blick auf Noa, die zusammengesunken auf dem Boden kniete. Ihr Kopf lag auf der Bettkante und eine Hand ruhte auf Dannys Arm, weil er sie da festhielt.

Erst rannte er zu Danny, umarmte ihn umständlich und küsste ihn kurz. Dann widmete er Noa seine Aufmerksamkeit.

»Was ist passiert?«, fragte er, während er sie aus Dannys Griff befreite und vorsichtig auf dem Boden ablegte.

»Ich weiß es nicht.« Danny hustete kurz und Chris sah im Augenwinkel, dass Alec ihm einen Becher Wasser hinhielt.

Noa war aschfahl im Gesicht und ihre Haut fühlte sich klamm an. Sie zitterte leicht, aber wenigstens atmete sie. Schwach zwar, aber regelmäßig.

»Irgendwie stand sie plötzlich hinter mir«, berichtete Danny mit ungläubigem Unterton.

»Sie hat für mich hier auf dich aufgepasst.«

»Nein!«, rief Danny aufgebracht aus und sicherte sich damit Chris' volle Aufmerksamkeit. »Wir waren nicht hier. Wir waren an dem anderen Ort. Ich konnte nicht weg von dort. Sie hat mich geholt.« Er schlug mit der Hand auf die Bettdecke und rieb sich danach gleich das Gesicht.

Was redete Danny da für wirres Zeug? Chris verstand rein gar nichts von dem, was sein Mann da von sich gab.

»Ich weiß nicht, wie ich es besser erklären soll. Aber als ich hier die Augen aufgemacht habe, habe ich gerade noch gesehen, wie sie zusammenbricht.«

Chris schob die Arme unter Noas schlaffen Körper und hob sie hoch. Er war zwar mehr als dankbar, dass Danny über den Berg war, doch die wundersame Heilung verwirrte ihn.

»Ich übernehme Noa und bringe sie in ihr Zimmer.« Alec stellte sich vor ihn und hielt ihm die Arme hin. »Ich mache mich danach mal über die Medikamente schlau, die wir haben mitgehen lassen. Dabei werde ich sie im Auge behalten.« Chris zögerte einen Moment und Alec legte ihm eine Hand auf die Schulter. »Danny braucht dich jetzt, Kumpel. Ich fresse sie schon nicht auf.«

Er wollte darauf so etwas wie »Daran habe ich auch nicht gedacht!« entgegnen, doch die Worte blieben ihm im Hals stecken. Ja, er hatte insgeheim die Befürchtung, dass Alec Noa nicht so behandelte, wie es ihr zustand. Schließlich war Alecs Argwohn ihr gegenüber so greifbar wie ein kühles Bier in der Hand. Dennoch übergab er sie an seinen Waffenbruder. Er war froh, dass Alec nicht viel Aufhebens um die Tatsache machte, dass er und Danny ein Paar waren.

•

Der Hilferuf ließ seine Augen aufspringen. Irgendwo in diesem maroden Gebäude war wohl jemand in Schwierigkeiten. Langsam wurden seine Sinne wieder klar. Zu seiner Überraschung waren die Kopfschmerzen immer noch da. Mal mehr, mal weniger. Sie kamen in Wellen, als würde er immer wieder mit dem Schädel vorwärts gegen eine Wand rennen. Das Pochen hinter seinen Augen erschwerte ihm das klare Denken. Er musste sich jedoch konzentrieren, wenn er den Auftrag erfüllen wollte.

Um sich von den Schmerzen abzulenken, sah er sich um. Er befand sich in einer Art Lagerraum. Vielleicht war es aber auch ein nicht in Gebrauch stehendes Schlafzimmer. So genau konnte er es nicht sagen, denn alle Möbel waren an einer Wand zusammengeschoben und gestapelt. Alle bis auf einen kleinen Tisch, auf dem Wasser und ein Handtuch deponiert waren.

Er saß gefesselt auf einer Art Barbierstuhl. Die Schellen aus Stahl, die seine Hand- und Fußgelenke und seinen Brustkorb umschlossen, waren zwei Zentimeter dick und gehärtet. Selbst mit seiner gesteigerten Kraft konnte er hier nichts ausrichten.

Wenn er den Kopf weit genug drehte, erkannte er, dass sich hinter ihm ein kleines Fenster befand, welches mit Zeitungspapier verklebt war. Aber das war nicht weiter wichtig. Nur die Erfüllung seiner Mission zählte.

Er versuchte wider besseres Wissen, an seinen Fesseln zu rütteln. Ohne Erfolg. Sie umschlossen seine Haut ohne Zwischenraum. Soldat 46 schaute an sich herunter. Er trug nichts außer seiner Boxershorts. Natürlich hatten sie ihm die Kleidung genommen. Sie konnten nur so sichergehen, dass er keinen Ortungssender versteckt auf sich trug.

Seine Haut war übersät von Prellungen, von denen einige aufgeplatzt waren. Er fragte sich, wie er zu diesen Verletzungen gekommen war. Hatten diese Typen ihn geschlagen, als er bewusstlos gewesen war?

Schlagartig nahm der Kopfschmerz wieder zu und Bilder von Folterungen, seinen Folterungen, blitzten vor seinem inneren Auge auf. Da war immer noch dieser andere Kerl in seinem Kopf. Den hatte er völlig vergessen. Wenn er etwas dagegen hätte tun können, wäre dieser Restbestand für immer verschwunden. Wenn er ehrlich war, fand er allmählich Gefallen an diesem Leben und diesem Körper.

Doch dann verfiel er wieder in diesen gedankenlosen Zustand, der von ihm erwartet wurde. Er würde erst wieder aktiv werden, wenn der richtige Zeitpunkt gekommen war.

Sean drehte sich im sprichwörtlichen Kreis. Wie lange konnte er diesen Kampf, diesen Widerstand noch aufrechterhalten? Er spürte, wie er zusehends schwächer wurde, obwohl die Barriere, die ihn von seinem Körper trennte, bereits deutlich zu bröckeln begann.

Er hatte das Gefühl, sich langsam in Luft aufzulösen, zu schrumpfen und für immer zu verschwinden. Er dachte an Noa und schwelgte in den Erinnerungen an ihre Berührungen, ihren Duft und den Klang ihrer Stimme. Wenn er schon aufhörte, zu existieren, dann begleitet von ihr.

Plötzlich kam Regung in seinen ehemaligen Körper und er hörte seine eigene Stimme, die nicht mehr ihm gehörte.

»Du bist ein kompletter Schlappschwanz«, sagte Soldat 46. »Kein Wunder wollten Thorpe und Ian dich loswerden.«

Sean beschloss, nicht zu reagieren. Er fühlte sich wie ein total bekloppter an Schizophrenie Erkrankter. Wie war das noch einmal mit dem nicht vorhandenen freien Willen dieser gehirnamputierten Roboter? Bei diesem hier hatte sich wohl ein Fehler im System eingeschlichen.

»Weißt du, was ich mit deinem Team machen werde?«

»Umbringen, was denn sonst«, gab Sean gelangweilt zurück. Er war sich jedoch nicht sicher, ob der Krüppel das auch mitbekommen hatte.

»Nein«, antwortete der Chemikalienzombie. »Erst werde ich den schwulen Glatzkopf kastrieren und dabei zusehen, wie er verblutet.« Sean hätte nach Luft geschnappt, wenn er die Kontrolle über seine Atmung gehabt hätte. »Danach nehme ich mir den Klugscheißer vor und schlage ihm mit seinem Computer den Schädel ein, bis nur noch eine breiige Masse seines Superhirns übrig ist.«

Sean hatte seine mentalen Fäuste geballt und bemühte sich krampfhaft um Ruhe. Soldat 46 durfte auf keinen Fall bemerken, was er mit diesen Worten bei Sean auslöste.

»Bei der anderen Schwuchtel werde ich gnädig sein. Der bekommt 'ne Kugel ins Herz. Der ist in seinem Zustand sowieso kein würdiger Gegner.«

Sean fragte sich erneut, wie ein Soldat, den man einer Gehirnwäsche unterzogen hatte, solche kreativen Pläne entwickeln konnte. Eigentlich sollte er ruhig auf den richtigen Moment warten und jeden von ihnen schnell und effizient eliminieren.

»Am Ende nehme ich mir die Hure vor. Doch bevor ich ihr die Kehle aufschlitze, werde ich sie ficken. Die Bilder in diesem Kopf machen mich total scharf. Ich will das selbst einmal erleben. Vielleicht aber auch mehrere Male. Und du, Parasit, darfst dabei Zaungast spielen.«

Das Tier schien geradezu in Höchstlaune zu sein und selbst Sean in seinem isolierten Zustand konnte spüren, wie Soldat 46 sexuell erregt war und sein Schwanz ein Eigenleben entwickelte.

Er musste weiter gegen dieses Monster ankämpfen. Er durfte nicht aufgeben. Es gab vier Gründe, weiterzumachen: Chris, Danny, Alec und allen voran Noa. Nicht, dass seine Männer weniger wert wären als Noa. Aber jeder von ihnen war durch und durch Soldat und war bereit, sein Leben zum Wohl der anderen zu opfern. Noa jedoch war eine Unschuldige, die nur durch das Zusammentreffen verschiedener widriger Umstände in diese Sache hineingerutscht war.

Wieso hatte er sie nicht in Ruhe lassen können? Er war einfach ein verliebter Narr gewesen.

»Liebe?«, hörte er 46 fragen. »Was ist das?«

Diese Frage würde er nicht beantworten. Stattdessen sammelte er die kläglichen Reste seiner Kraft zusammen und rannte wieder gegen die unsichtbaren Schranken an, die ihn von sich selbst trennten. Beinahe im selben Moment stöhnte 46 vor Schmerzen auf.

»Ja, du Bastard. Jetzt bist du plötzlich ganz kleinlaut.« Sean verstärkte seine Bemühungen. Er würde wieder freikommen und wenn es das Letzte war, was er tat.

•

Schlagartig kam Noa zu sich. Wider Erwarten konnte sie sich an alles erinnern und war völlig klar bei Verstand. Heilige Scheiße! Wie hatte sie das angestellt? Sie hatte schon immer das Bedürfnis gehabt, anderen zu helfen, daher auch die Wahl des Psychologiestudiums. Bisher hatte sie immer gedacht, dass sie sich eingebildet hatte, zu fühlen, in welchem Gemütszustand ihr Gegenüber war. Nun war sie eines Besseren belehrt worden.

Instinktiv hörte sie in sich hinein und ihr wurde bewusst, dass sie ihren kleinen Untermieter entfernt spüren konnte. Sie fühlte, dass sie an etwas Wunderbarem teilhatte.

Ein Rascheln ließ sie den Kopf drehen. Alec saß über seinem Laptop brütend auf einem Stuhl. Um ihn herum lagen diverse Blätter beschriftetes Papier und auf dem Nachttisch standen zwei Reihen medizinische Ampullen.

Alec wirkte hochkonzentriert, aber müde. Der Stress und die Sorgen hatten deutliche Zeichen in seinem harten, aber nicht unattraktiven Gesicht hinterlassen. So schwierig ihr gegenseitiges Verhältnis auch sein mochte, so hatte sie doch Mitleid mit ihm. Erst einmal die schreckliche Wahrheit über seine eigene Existenz zu erfahren, dann seinen Captain und Bruder auf eine solche Weise zu verlieren und zu bemerken, dass ein Totgeglaubter des Teams gegen sie arbeitete. Sie wusste aber auch, womit er beschäftigt war und sie war ihm dankbar dafür.

»Du solltest einen Mann nicht heimlich bei der Arbeit beobachten.« Seine Stimme war ruhig, ja, fast gleichgültig. Noa setzte sich auf und staunte insgeheim, dass sie nur eine leichte Schwäche verspürte. Das grenzte an ein Wunder, wenn sie daran dachte, was für eine haarsträubende Aktion hinter ihr lag.

»Was machst du?«, fragte sie, ohne auf seinen Kommentar einzugehen.

Er sah auf, den Laptop noch immer auf dem Schoß und eine Ampulle in der linken Hand. »Ich bin dabei, herauszufinden, welche Wirkung all diese Mittel haben.« Er schwieg einen Moment und stellte den Computer auf den Boden. Danach hielt er eines dieser kleinen Flacons hoch. »Das hier ist eine Art Pseudocholinesterase. Ein Stoff, der als Muskelrelaxans während Narkosen verwendet wird. Ich vermute, dass sie damit Seans gesteigerte Kraft gehemmt haben.«

Noa wusste nicht viel von Neurotransmittern und deren Antagonisten, doch hier war sie sich der Konsequenzen bewusst. »Aber wie können sie gewährleisten, dass diese Hemmung bestehen bleibt? Normalerweise verschwindet diese Acetylcholinesterase relativ schnell wieder von der motorischen Endplatte. Und wie können sie sichergehen, dass Sean nicht einen Atemstillstand bekommt?«

Alec drehte den kleinen Glasbehälter nachdenklich in der Hand hin und her. »Ich bin vielleicht in den Augen vieler ein Genie und vielleicht halte ich mich ja selbst auch für eines. Ich bin aber auf keinen Fall allwissend.« Er stellte achselzuckend die Ampulle zu den anderen und sah sie an. »Sie werden die Substanzen verändert haben, nehme ich mal an. Dazu sind sie sicher in der Lage. Sieh nur, was sie mit uns gemacht haben.«

Noa nickte. »Okay, gut«, begann sie, »aber wie haben sie Seans Geist unterdrückt?«

»Sie haben ihn erst durch Folter geschwächt und ihm dann ein starkes Halluzinogen verabreicht. Wie es genau wirkt, kann ich auch nicht sagen. Ich denke aber, dass die Wirkung mit der Zeit nachlässt und wir *unseren* Sean zurückholen können.«

Beim Wort *Zurückholen* horchte sie auf. Vielleicht konnte das, was ihr bei Danny gelungen war, auch bei Sean helfen. Wie hatte sie das genau gemacht? Was war der Auslöser gewesen, damit sie es wiederholen konnte?

»Haben Chris oder Danny dir erzählt, was vorhin passiert ist?« Er schüttelte den Kopf, blieb aber ansonsten eher distanziert.

Sie versuchte, ihm zu erklären, was sich zugetragen hatte. Doch als sie es laut aussprach, wusste sie, wie unglaubwürdig das alles klang. Dennoch berichtete sie von dem Sog, dem Drang, Danny zu berühren und wie sie sich körperlos in diesem seltsamen unwirklichen Tunnel wiedergefunden hatte. Sie hatte aus purem Instinkt gehandelt.

Alec rieb sich nachdenklich am Kinn. »Der Logiker in mir möchte gern behaupten, dass du dir das alles nur eingebildet hast.« Er fuhr sich mit der flachen Hand über das Gesicht, als wollte er damit die Realität wegwischen. »Doch in letzter Zeit«, packte er den Faden wieder auf, »ist so viel Unvorstellbares passiert, dass ich dir gern glaube. Aber …« Er lehnte sich im Stuhl zurück und versuchte sichtlich, sich zu entspannen, »… ich kann mir nicht vorstellen, dass das, was du bei Danny gemacht hast, uns hier weiterhelfen könnte.«

Noa richtete sich auf. »Was soll das denn jetzt wieder heißen?« Sie stand auf. Sitzend im Bett fühlte sie sich verletzlich.

Alec stand ebenfalls auf, schob jedoch defensiv die Hände in die Hosentaschen. »Nicht gleich fauchen, Kätzchen. Du hast mich falsch verstanden.« Sie holte Luft, um ihm einen gepfefferten Kommentar an den Kopf zu werfen, doch er brachte sie mit einem simplen Kopfschütteln zum Schweigen. »Hör mir erst einmal zu.« Da war sie wieder, diese selbstgefällige Art, doch sie riss sich zusammen und hörte ihm zu. »Bei Danny war das Problem, denke ich zumindest, dass sich durch seine Verletzung seine Seele, oder was auch immer es ist, von seinem Körper getrennt hat. Du hast die beiden sozusagen wieder zusammengeführt. Bei Sean liegt der Fall aber anders. Wenn *unser* Captain noch in diesem Körper ist, so ist dieses Bewusstsein durch die Folter und die Drogen unterdrückt. Da gibt es nichts zum Zusammenführen. Derjenige, der jetzt bei Sean das Sagen hat, ist Soldat 46, ein künstlich hervorgerufenes Wesen.« Noas Knie wurden weich, denn Alec hatte wie üblich recht. »Ich denke, 46 und Sean sind ein- und dieselbe Person. Jeder von uns hat eine dunkle, primitive Seite. Ein gesunder Mensch kann seine unangebrachten Triebe unterdrücken. Thorpe und Ian müssen es geschafft haben, Seans gute und schlechte Seite zu vertauschen.« Alec brach ab und schüttelte den Kopf, als wäre er über seine eigene Erklärung verwirrt.

Noa begriff zwar, was Alec sagte, konnte sich sogar etwas darunter vorstellen. Sie verstand aber beim besten Willen nicht, wie so was möglich sein sollte. Wenn Alec recht behalten sollte, war es ihr unmöglich, Sean zu helfen.

»Und wie, denkst du, können wir ihn dann wieder zurücktauschen?«

Alec sah so verzweifelt aus, wie sie sich fühlte. »Wenn ich das wüsste«, antwortete er leise. »Aber wir finden einen Weg. Chris hat mir erzählt, dass du ihm etwas von wegen Schocktherapie oder so etwas in der Art erzählt hast.«

Ja, sie erinnerte sich, doch von Schock hatte sie nichts gesagt, nur den Anker erwähnt. Inzwischen war sie sich jedoch nicht mehr sicher, ob das reichte. Nicht bei dieser Ausgangslage.

»Nicht ganz«, entgegnete sie und erklärte es ihm, was sie auch bei Chris getan hatte. Als sie währenddessen an die Drogen dachte, die man Sean gegeben hatte, kam ihr plötzlich ein anderer Gedanke, und der gab ihr zwar etwas Hoffnung, machte sie aber gleichzeitig auch unglücklich.

»Irgendwann wird sich die Substanz, die für Seans Persönlichkeitsveränderung verantwortlich ist, abgebaut haben.« Alec nickte und sah sie ernst an. Sie hatte das Gefühl, dass er sie zum ersten Mal ernst nahm, deshalb fuhr sie fort. »Er wird Entzugserscheinungen haben und ich habe ehrlich gesagt keine Ahnung, wer er sein wird, wenn das Gift erst einmal abgebaut ist.« Sie holte kurz Luft, denn eine stille Angst beschlich sie. »Ich hoffe nicht, dass die Behandlung, die ihm widerfahren ist, strukturelle Veränderungen in seinem Gehirn verursacht hat. Vielleicht hat er Glück und es ist zu wenig Zeit verstrichen.« Er nickte erneut und machte ein nachdenkliches Gesicht.

Die Zimmertür ging auf und Chris kam herein. Bei seinem Anblick gefror ihr das Blut in den Adern. »Was ist passiert? Ist etwas mit Danny?«

Chris schüttelte verneinend den Kopf. »Ihm geht's soweit gut. Aber mit Sean … oder 46 … stimmt etwas nicht.«

Noas Herz stolperte kurz bevor es anfing, zu rasen. Sie eilten gemeinsam zu dem Raum, wo sie Sean eingesperrt hatten. Als Noa in das Zimmer trat, bot sich ihr ein schreckliches Bild.

Sean, oder besser gesagt Soldat 46, saß mit hängendem Kopf beinahe besinnungslos im Stuhl. Nur das schmerzverzerrte Gesicht zeigte ihr, dass er nicht komplett bewusstlos war. Seine Haut war gräulich verfärbt und das Haar klebte ihm an der schweißnassen Stirn. Er litt offensichtlich Höllenqualen und das drückte Noa das Herz zusammen. Egal ob es jetzt dieser fleischgewordene Roboter war oder Sean. Niemand hatte es verdient, so zu leiden.

Sie ging langsam zu ihm hin. Chris und Alec folgten ihr wie ein Schatten. Sie spürte, dass sie um ihre Sicherheit besorgt waren. Im Vorbeigehen griff sie nach einer Flasche Wasser und einem Handtuch, die neben der Tür auf einem Tisch standen. Bei Sean angekommen, goss sie etwas Wasser auf das Tuch und wischte ihm sanft erst den Nacken und danach die Stirn ab.

Sean hob langsam den Kopf und sah sie an. Sein Blick war trotz der Schwäche vernichtend und sie wusste, dass sie es hier nicht mit Sean, sondern mit 46 zu tun hatte.

•

46 konzentrierte sich einzig und allein auf seine Atmung, versuchte, den Parasiten in seinem Kopf zu ignorieren. Er wurde dann jedoch plötzlich in die Wirklichkeit zurückgestoßen, weil diese Frau es wagte, ihn zu berühren. Seine Haut brannte von Kopf bis Fuß. Nicht nur da, wo diese De Wit ihn berührte oder wo er Verletzungen hatte. Es war, als wollte sein Körper ihn bekämpfen.

»Fass mich nicht an.« Er brachte die Worte nur schwer über die Lippen, weil seine Kehle sich eigenartig eng anfühlte.

»Scht. Hab keine Angst. Wir werden dir nichts tun«, flüsterte sie beruhigend auf ihn ein.

Er wusste nicht, was Angst war.

»Du sollst aufhören mich anzufassen, Nutte.«

Sie zeigte sich weiterhin unbeeindruckt und machte einfach weiter. Ihm fiel dabei auf, dass der massive Druck in seinem Schädel auf ein erträgliches Niveau gesunken war. Ja, klar. Die Zuwendung dieser Hure gefiel dem Schmarotzer in seinem Kopf. Dieser liebeskranke Loser. 46 bäumte sich auf und zerrte an seinen Fesseln.

»Hör auf, 46. Du tust dir nur weh.« Wieder dieser sanfte Ton in dieser weiblichen Stimme. Wollte sie ihn verführen, um ihn abzulenken? Doch dann wurde ihm klar, dass diese Worte nicht ihm galten, sondern diesem Sean. Diese Erkenntnis machte ihn so viel wütender als alles andere, dass er Amok gelaufen wäre, hätte er gekonnt.

Er verstand diese verwirrenden Gefühle nicht. Sein Auftrag war doch klar und er hatte keinen Befehl bekommen, etwas zu empfinden. Er war geschaffen worden, um kompromisslos zu töten und alles zu tun, um jede Gefahr für die Mission auszuschalten. Er musste Thorpe gehorchen. Er konnte gar nicht anders. Dennoch verspürte er einen seltsamen Drang nach … er wusste nicht, wie man das nannte. Alles war so neu.

Freier Wille! Du Arschloch. So nennt man das!, brüllte die Stimme des anderen in seinem Kopf.

Freier Wille? War es das, wonach er sich sehnte? Aber woher sollte er das wissen? Je länger er darüber nachdachte, desto mehr merkte er, dass er sich zwar frei bewegen konnte, doch irgendwie schien ihn eine unsichtbare Barriere zurückzuhalten. Ob er wollte oder nicht, er musste den Befehl genauso ausführen, wie es von ihm erwartet wurde. Auch wenn er es noch so anders wollte.

Du bist nichts anderes als eine Marionette in deren Händen. Du hast keinen Wert für sie. Kapier das endlich!, ertönte wieder diese lästige Männerstimme in seinem inneren Ohr.

Sean genoss Noas Zuwendung, auch wenn er fühlte, dass er am Ende war. Er konnte nicht mehr. Er liebte sie und war froh, sie jetzt, wo das Ende kam, in seiner Nähe zu haben. Er hatte keine Angst vor dem Sterben und doch schien es ihm leichter, wenn er dabei nicht allein war. Er entspannte sich und gab sich nur dem angenehmen Gefühl hin, das ihre Berührung in ihm auslöste. Auch wenn ihn ein kurzer Stich der Eifersucht durchzuckte, weil 46 das Ganze ebenfalls miterlebte. Er fühlte jedoch deutlich, dass 46 Noas Nähe als störend empfand und das beruhigte ihn.

»Lass mich zu dir«, flüsterte Noa und er erschrak. Sie hatte diese Worte nicht laut ausgesprochen. Was zum Teufel? Er machte einen mentalen Schritt zurück, denn plötzlich stand sie vor ihm, schöner als jemals zuvor, und hielt ihm die Hand hin.

•

Je länger Alec sich Mühe gab, in Noa das zu sehen, was Sean und Chris in ihr sahen, desto mehr war er von ihr beeindruckt. Wie sie sich liebevoll um Sean, beziehungsweise um den diesen Soldaten, der in diesem Körper steckte, bemühte, hatte schon etwas. Er war schon immer eine kritische Natur gewesen, doch bei Noa war er wohl über seine eigenen Grenzen hinausgeschossen. Er musste versuchen, ihr zu vertrauen.

Er verließ den Raum und ging zurück zu Noas Schlafzimmer, wo er alle seine Unterlagen, die Ampullen und seinen Computer hatte liegen lassen. Während seiner Nachforschungen war er auf ein Gegenmittel gestoßen, das den einfallslosen Namen *Substanz 2* trug. So, wie er es verstanden hatte, brachte das Seans Kraft wieder auf Touren. Für seinen Verstand hatte er nichts gefunden. Er hatte nur das Mittel entdeckt, das es ermöglicht hatte, Soldat 46 zu erschaffen. Es war eine Mischung aus starken Psychopharmaka, LSD und einem Stoff, über den Alec weder etwas gehört noch im Internet etwas hatte auftreiben können. Vielleicht war Noa diesbezüglich ja wirklich die beste Chance, die sie hatten.

Er hob Seans Akte vom Boden auf und als er sie zuklappte, rutschte ein Blatt heraus. Er bückte sich erneut, um es wieder in die Mappe zu legen, doch dabei fiel sein Blick auf den Titel des Dokuments: *Schlüsselworte*. Bei dieser Zeile bekam er weiche Knie. Er wusste genau, was Schlüsselworte waren. Er hielt gerade die Möglichkeit, Sean zurückzuholen, in seinen Händen.

Schlüsselworte waren eine Kombination einer Wortfolge, die auf einen manipulierten Geist wirkten wie ein Code für einen Safe. Man aktivierte oder deaktivierte einen Schläfer damit. Zusammen mit der Psychodroge konnten sie vielleicht Sean wieder an die Oberfläche holen. Er hatte bisher immer gedacht, dass diese Sache nur theoretischer Natur war. Eigentlich sollte ihn diesbezüglich aber nichts mehr verwundern.

Er faltete das Blatt zusammen und schob es tief in seine Hosentasche. Alec hatte sich zwar die Wortfolge eingeprägt, aber dennoch musste er das Dokument in Sicherheit wissen.

Alec trat in den Korridor, um Chris und Noa von seiner Entdeckung zu berichten, als es an der Eingangstür klopfte. Seine Hand wanderte aus reiner Routine an die Neunmillimeter an seinem Rücken. Neben der Tür war ein Monitor angebracht, der mit einer versteckten Kamera über dem Türrahmen außen verbunden war.

Er aktivierte das Display und erkannte, dass Jesus und sein Vize vor der Tür standen. Ein Hauch von Erleichterung durchflutete ihn, als ihm klar wurde, dass der Latino unversehrt war. Es hätte ihm um Noas willen leidgetan, denn die beiden schien eine tiefe Freundschaft zu verbinden, die er selbst in seinem Leben noch nicht kennengelernt hatte. Für ihn gab es nur das Team und die Mitglieder waren seine Familie.

Er ließ die beiden Männer herein und schloss gleich wieder ab. Sie nickten sich gegenseitig zur Begrüßung zu und drohten, in peinliches Schweigen zu verfallen, wodurch Alec sich genötigt fühlte, etwas zu sagen.

»Vielen Dank für eure Hilfe«, begann er deshalb floskelhaft, auch wenn er seine Worte ernst meinte. Ohne Jesus und seine Gang hätten sie Sean niemals befreien können.

»Keine Ursache. Für Noa jederzeit.« Jesus deutete auf zwei große Seesäcke, die er und sein Kumpel mitgebracht hatten. »Hier, euer Anteil an der Beute.«

Richtig. Jetzt fiel es Alec wieder ein. Chris hatte mit dem Ganganführer abgemacht, dass alle eingesammelten Waffen aufgeteilt wurden. Und zwar, dass Jesus zwei Drittel und Chris und Co. ein Drittel der Beute bekamen.

»Danke.« Alec war noch nie von der gesprächigen Sorte gewesen und plötzlich wünschte er sich, dass Chris oder Noa hier wären.

»Wie geht es ihr?«, half ihm Jesus aus der Verlegenheit.

»Den Umständen entsprechend.«

Jesus nickte. »Und ihm?«

Alec war sich nicht sicher, wen Jesus meinte. Sean oder Danny. Doch als er sah, dass Jesus' Blick immer noch auf demselben Zimmer ruhte, aus dem die stillen Worte Noas zu hören waren, wusste er Bescheid.

»Körperlich okay. Ein paar oberflächliche Verletzungen der Folter. Leider ist er psychisch nicht mehr der Alte. Ich hoffe, wir können ihm helfen.«

Ein Ausdruck von Mitgefühl huschte über Jesus' Gesicht. »Liebt sie ihn?«

Auch Alec drehte sich nun in Noas Richtung. »Ja.«

»Und er sie?« Jesus fragte in beiläufigem Ton, doch Alec konnte den unheilverheißenden Tenor heraushören, der Ärger versprach, sollte dem Latino die Antwort nicht gefallen. Er wäre sofort einen Kopf kürzer. So viel stand fest. Glücklicherweise war er nicht gezwungen, zu lügen.

»Ja, er liebt sie auch. Zumindest hat er das vor seiner Gefangennahme. Darf ich fragen, warum dich das so interessiert?«

Jesus atmete tief durch und sah sich kurz um. Alec war, als suchte der Mexikaner oder woher er auch immer stammte nach den richtigen Worten. »Noa ist ein Engel. Die Kids im Jugendzentrum haben sie geliebt. Nach allem was sie durchgemacht hat, hat sie ein bisschen Liebe und Geborgenheit verdient.«

Alec horchte auf. »Du hast von Gomez gewusst?«

Der Gangsterboss nickte. »Ja, wir konnten aber nichts tun. Gomez und sein Club liegen außerhalb unseres Einflussbereichs. Wir konnten nicht eingreifen, ohne einen großen Bandenkrieg zu riskieren.«

Alec spitzte die Lippen. Was hätte er sonst auch machen können?

•

Als Noa Sean berührt hatte, hatte sie wieder diesen Sog gespürt. Ähnlich wie bei Danny, nur nicht ganz so stark. Vielleicht lag das auch daran, dass sie dieses Mal darauf gefasst gewesen war. So sehr sie sich über diese Fähigkeit auch freute, so wunderte sie sich darüber, dass sie früher nicht aufgetreten war.

Vielleicht war das Trauma der vergangenen Wochen schuld. Oder aber, und auch wahrscheinlicher, durch den Hormoncocktail, der wegen Thorpe & Co. und durch die Schwangerschaft in ihrem Körper für Chaos sorgte. Aber egal, was es war, sie konnte dieses Mysterium nutzen, um Sean zu helfen und das war alles, was zählte.

Sie tauchte in seinen Geist ein und streifte dabei kurz das künstliche Bewusstsein von Soldat 46. Diese mentale Berührung ließ sie frösteln, als stünde sie nackt auf einer dahintreibenden Eisscholle. Sie wanderte durch die Dunkelheit, angezogen von einer Wärme, die nur von Sean stammen konnte.

Der Sog veränderte sich und wurde sanfter, als sie bei ihm angekommen war. Sean kauerte am Boden, den Kopf eingezogen, und schien beinahe transparent zu sein. Das versetzte sie in Alarmbereitschaft. Sie wusste instinktiv, dass er im Begriff war, sich aufzulösen.

»Lass mich zu dir«, flüsterte sie, denn sie fühlte, wie er sich in eine Art unsichtbares Schneckenhaus verkrochen hatte. »Sean, bitte, lass mich zu dir.«

Er hob langsam, ja fast lethargisch den Kopf. »Noa?« Er klang heiser und antriebslos. Geschah das mit dem Geist oder der Seele, wenn man sie vom Körper trennte?

»Gib mir die Hand, Liebster«, sagte sie leise, aber bestimmt und hielt ihm ihre entgegen. Er schüttelte den Kopf.

»Das geht nicht. Ich sitze hier in einem Gefängnis.«

Noa sah sich um, konnte aber nichts erkennen, was seine Aussage untermauerte. »Komm zu mir, Captain. Du schaffst das.« Ihre Hand war vielleicht dreißig Zentimeter von ihm entfernt, doch sie spürte, dass er diese letzte Distanz selbst überwinden musste, um zurückkehren zu können.

»Es geht nicht. Spürst du denn die Wände nicht?!«, rief er frustriert aus.

Noa wusste nicht, wovon er sprach. Es war nichts von dem vorhanden, was er beschrieb. Doch dann dämmerte es ihr plötzlich. Das psychische Trauma und das latent schwelende posttraumatische Stresssyndrom hatten ihm seine Kampfnatur und sein Selbstvertrauen genommen.

»Sean, ich weiß ganz genau, dass du es schaffen kannst. Du bist stärker als das.« Nun wurde auch sie von der Welle der Verzweiflung mitgerissen.

Er antwortete nicht und zog sich stattdessen in seinen imaginären Kokon zurück. Sie hatte sich selten so hilflos gefühlt wie in diesem Moment. Was um Himmels willen sollte sie tun? Wahrscheinlich blieb ihr nichts anderes übrig als die Schocktherapie, wie es Alec genannt hatte. Doch was für ein Ereignis konnte Sean derart treffen, dass er es schaffte, aus seiner Isolation auszubrechen? Eine Idee reifte langsam in ihr heran, während sie auf ihn hinunterblickte. Die Lösung war einfach, doch die Umsetzung war umso schwieriger.

»Sean?« Sie versuchte, seine Aufmerksamkeit zu erlangen, doch er reagierte nicht. »Sieh mich an, Sean«, befahl sie ihm, weil sie die Nerven langsam verließen.

Er hob den Kopf. »Was?«

Sie sah, dass er müde und kurz vor dem Aufgeben war. »Du musst noch einen Moment durchhalten. Kämpfe weiter, bitte.«

Er schüttelte in Zeitlumpentempo den Kopf. »Wozu?«

Sie legte instinktiv eine Hand auf ihren Bauch. »Weil du jetzt einen Grund zum Kämpfen hast. Du wirst nämlich Vater.« Sie suchte in seinem Blick irgendein Zeichen der Überraschung, ob positiv oder negativ. Einfach irgendetwas. Doch er blieb wie erstarrt, was ihr noch mehr zusetzte. »Halt einfach durch, ja? Ich liebe dich.« Dann drehte sie sich um und ging davon.

Als sie wieder die Augen öffnete, bemerkte sie, dass sie weinte. Sean war ein starker Mann. Ein Felsen, den nichts erschüttern konnte. Ihn jetzt in diesem Zustand zu sehen, brachte sie fast um.

Draußen vor dem Zimmer hörte sie leise Stimmen. Sie atmete ein paar Mal tief durch, da ihr schwindlig war.

»Fass mich nicht an«, brummte 46 halbherzig vor sich hin und Noa musste sich eingestehen, dass sie ihn sowieso nicht mehr berühren wollte. Die graue Gesichtsfarbe alarmierte sie jedoch so sehr, dass sie die anderen zu sich rief.

Alec und Chris eilten herein. Gefolgt von Jesus und seinem Second. Eigentlich hätte es sie überraschen sollen, ihn hier zu sehen, doch die Sorge und Verzweiflung hatten sie völlig im Griff.

Jesus jedoch drängte sich an den beiden Soldaten vorbei und kam auf sie zu. »Hola, Chica«, sagte er lächelnd und umarmte sie herzlich.

Noa erlaubte sich, sich kurz zu entspannten und sich einen Moment geborgen zu fühlen. Sie sog seinen Duft ein. Er roch immer noch nach dem Kampf. Schießpulver, Schweiß und Rauch. Mit einem Mal war sie so erleichtert, ihn unversehrt zu sehen, dass ihr die Augen überliefen. Wieder einmal. Scheiß Hormone.

»Hey, Bonita«, flüsterte er, »es wird alles gut.«

Wenn sie sich da nur auch so sicher sein könnte. Jesus' Worte erinnerten sie aber daran, dass die Zeit drängte, und sie wandte sich an Chris und Alec.

»Uns läuft die Zeit davon. Wir verlieren Sean, wenn wir nicht sofort handeln.« Sie fasste kurz zusammen, was sie erlebt hatte und was sie zu tun gedachte.

Soldat 46 saß mit hängendem Kopf da und schien nichts mehr mitzubekommen. War es möglich, dass es ihm wie Sean ging? Vielleicht konnte 46 nicht ohne Sean existieren. Untermauerte das Alecs Theorie?

»Gut«, begann Alec voller Tatendrang. »Ich konnte zwar kein Gegengift für die Psychodroge finden. Wir nehmen das gleiche Mittel wie Thorpe und benutzen Seans Schlüsselworte, die ich in seinen Akten gefunden habe.« Alec erklärte ihr kurz, was Schlüsselworte waren und fing gleich danach mit den Vorbereitungen an.

Noa konnte sich kaum davon abhalten Sean beziehungsweise 46 mit der Hand über den Kopf zu streichen. Die Qual, der er ausgesetzt war, konnte sie selbst fast körperlich fühlen.

»Nicht anfassen …«, murmele 46, ohne sich zu rühren, als hätte er ihre Gedanken gelesen.

Zur selben Zeit auf der Iphthimos ...

Thorpe ging durch die verwüstete Einrichtung. Diese Hooligans hatten alles zerstört. Die Zellen, die Büros und die neu entstandenen Zuchträume. Sie hatten diese in einer Woche in Betrieb nehmen wollen, da die andere »Klinik« kompromittiert war und sich seine Produkte in einer ungeschützten Umgebung befanden. Ihr Plan war gewesen, alle trächtigen Frauen gemeinsam mit denen, die durch die Fruchtbarkeitsbehandlung gingen, auf den Tanker zu bringen und dann aufs Meer hinaus in internationale Gewässer zu fahren.

Sie hatten das Schiff in verschiedene Abteilungen eingeteilt. Ganz unten die Frauen, die noch vorbereitet werden mussten. Dann die Schwangeren, dann die Neugeborenen-Abteilung, und die weiteren fünf Etagen gehörten der Ausbildung der heranwachsenden Soldaten.

Der Plan war genial gewesen. Sogar das Finanzielle hatte sich in erträglichem Rahmen gehalten. Doch nun hatten diese Randalierer alles zunichtegemacht und er hatte mehrere Wochen wertvoller Planung verloren. Er überschlug alles schnell im Kopf und kam zu einem äußerst beunruhigenden Ergebnis. Diese ungeheuerliche Vandalenaktion kostete ihn sechs bis acht Wochen! In dieser Zeit mussten sie ihre Zuchtobjekte weiterhin in dieser Notlösung von einer verlassenen Immobilie lassen. Er hatte keine andere Möglichkeit. Verflucht noch mal!

Wo steckte eigentlich dieser Nichtsnutz Ian? Er war zwar wertvoll gewesen, um Sean Patrick einzufangen, doch ansonsten war er nur lästig. Dieser Kerl spielte sich auf, als wäre er der Urheber dieser Sache. Doch Tatsache war, dass Thorpes Vater der Initiant war und er als sein Sohn in seine Fußstapfen getreten war. Es war selbstverständlich, dass er das Werk seines Vaters fortsetzte und zum Erfolg führte.

»Thorpe«, hörte er eine ihm bekannte, etwas heisere Stimme hinter sich. Wenn man vom Teufel sprach ... er drehte sich um. Ian stand da, die Hände in die Hüften gestemmt und vom Kampf zerzaust. Sein Gesicht hatte schwarze Spuren von Rauch und er roch stark nach Metall und Ruß.

»Was willst du?« Er sah an Ians Miene, dass es nicht Gutes war, was er zu berichten hatte und Thorpe wusste, dass er keine Geduld für weitere Hiobsbotschaften hatte.

»Soldat 46 ist weg.«

Thorpe konnte sich ein Augen verdrehen kaum verkneifen. »Das war ja auch so gewollt«, schnappte er zurück und Ian hob defensiv die Hände.

»Ja, aber bist du dir sicher, dass er schon so weit ist? Die Umwandlung war noch nicht komplett abgeschlossen. Wenn der Spiegel der Substanz in seinem Blut sinkt …«

»Erspar mir die Vorlesung«, fuhr Thorpe dazwischen, »ich kenne meine Arbeit und deren Ergebnisse gut genug. Wenn die Dosis nachlässt, bleibt eine sabbernde Hülle zurück.« Er holte tief Luft und fuhr dann fort, »es bleibt einfach zu hoffen, dass 46 bis dahin seinen Auftrag erledigt hat.«

Er schaute zu Ian auf, der etwa einen halben Kopf größer war als er selbst. Der gezüchtete Krieger erster Generation, dessen Ausführung er, Thorpe, nach dessen fataler Verletzung noch etwas aufgemotzt hatte. Man hatte Ian während der Gehirnoperation einen Mikrochip eingesetzt. Mit diesem kleinen Prozessor wurde Ians freier Wille unbemerkt unterdrückt.

»Was ist denn noch?«, fragte er, weil Ian ein betretenes Gesicht machte.

»Es wurden die Akte von 46 einschließlich der Schlüsselwörter und diverse Seren gestohlen.«

Nun, das war nicht gerade erfreulich, doch er bezweifelte, dass es für die anderen von Nutzen war. »Zerbrich dir darüber nicht den Kopf. Schau lieber, dass diese Schweinerei hier wieder in Ordnung kommt. Ihr habt eine Woche.«

●

Noas Plan, in Zusammenarbeit mit Alec und seinen Schlüssel-wörtern, konnte funktionieren. Chris stieß nur eine Sache sauer auf. Noa war, verdammt nochmal, schwanger und erwartete von ihm und den anderen, dass sie sie schlugen und unter Drogen setzten. War die Frau jetzt völlig von Sinnen? Er verstand, warum sie das wollte. Zumindest seine logische, militärische Seite. Er war sich aber echt nicht sicher, ob er das auch tun konnte. Ob er im wahrsten Sinne des Wortes dazu fähig war.

Er warf einen kurzen Blick in die Runde. Alec hatte bereits das Betäubungsmittel, das Gegengift für den Kraftinhibitor und die Psychodroge aufgezogen. Auch die Tatsache, dass Alec einen Teil der Substanz, die sie Sean zu verabreichen gedachten, nicht hatte identifizieren können, verursachte Chris einen Brummschädel. Diese ganze Aktion beinhaltete ein nicht zu unterschätzendes Risikopotenzial.

Auch Jesus stand kopfschüttelnd in der Ecke. Sein Vize hatte sich verkrümelt, um in der Gang nach dem Rechten zu sehen. Dem Latino schien die ganze Geschichte ebenfalls nicht zu schmecken.

»Hör mal, Princesa.« Er trat nun an sie heran und Chris be-obachtete die beiden genau. »Das ist nicht ohne, was du da vor-hast.« Noa wollte etwas entgegnen, doch Jesus legte ihr sanft den Zeigefinger auf die Lippen. »Sag jetzt nichts. Hör erst einmal zu. Du hast sein Baby in dir. Was ist, wenn bei dieser Aktion etwas schiefgeht? Was geschieht, wenn ihr ihn retten könnt, doch dir und dem Kind passiert dabei etwas? Denk einfach mal darüber nach, was es für ihn bedeuten würde.« Er hielt einen Moment inne. »Ich an seiner Stelle würde das nicht wollen. Nicht zu einem so hohen Preis.«

Der Typ wurde ihm immer sympathischer. Auch wenn er ein Bandenboss war und wahrscheinlich schon viele Menschenleben auf dem Gewissen hatte. Allerdings waren Chris und seine Kumpels wohl die letzten, die urteilen sollten. Oder nicht?

Noa hob störrisch das Kinn. »Ich weiß deine Sorge zu schätzen, aber ich weiß, was ich tue und ich vertraue Chris und Alec in dieser Sache.«

Ihm wurde fast schlecht bei ihren Worten. Er würde sie buchstäblich misshandeln müssen, um Sean aus seinem Schneckenhaus locken zu können. Sie verlangte von ihm, dass er sie schlug, doch das würde er auf keinen Fall tun.

»Lasst uns anfangen«, übernahm sie das Kommando. Noa wirkte selbstsicher, auch wenn sie etwas bleich um die Nase war. Sie ging zielstrebig zu 46 und legte ihm sanft die Hand auf den Scheitel. Gleichzeitig streckte sie Alec ihren Arm entgegen, der ihr eine von drei Spritzen in die Handfläche legte.

Die erste Spritze enthielt das gleiche Betäubungsmittel, mit dem sie 46 zuvor schon ausgeknockt hatten. Die Zweite war mit der Psychodroge gefüllt, die 46 geschaffen hatte. Sie hofften, dass sie in Kombination mit den Schlüsselwörtern Sean wieder hervorholen konnten.

Die dritte Kanüle enthielt das Gegenmittel zum Kraftsuppressor. Dieses wurde jedoch nur dann eingesetzt, wenn sie es schafften, Sean zurückzuholen.

Noa würde sich im Laufe dieser Aktion selbst betäuben. In dem Moment, wo sie Sean in seinem Kopf erreicht hatte und ihr seine Aufmerksamkeit galt. Er bezweifelte, dass dieser Teil des Plans aufging. Doch er wollte ihr hier nicht dazwischenfunken.

Er kämpfte lieber gegen eine ganze Horde Rebellen als gegen diesen unsichtbaren und unberechenbaren Feind.

•

»Sean?«

Noa war wieder da. Er zweifelte inzwischen an seinem eigenen Verstand. Wie war es sonst möglich, dass er sie hörte und beinahe körperlich fühlte? Er war sich ziemlich sicher, dass das alles nur ein

Hirngespinst seines sich in nichts auflösenden Verstandes war. Dennoch hob er den Kopf und sah in die Richtung, aus der er ihre Stimme gehört hatte.

»Steh auf, Captain, und kämpfe. Dein Kind braucht deine Hilfe.«

Er stutzte einen Augenblick. Sein Verstand arbeitete träge. Kind? Richtig, das hatte sie erwähnt und doch glaubte er es nicht.

Ein Schrei, Noas Schrei, hallte durch die Leere, in der er sich befand. Gleichzeitig jaulte Soldat 46 auf und Sean sah sich gezwungen, den invasiven Druck durch das synthetische Bewusstsein von sich fernzuhalten. Es war mehr Instinkt als gewolltes Handeln.

Dreiunddreißig ... Apfel ... Sonne ... zehn ... dreizehn ... Katze ... Sand ... fünfundzwanzig ... Schloss ...

Er hörte diese Worte dumpf und verzerrt. Aber er erkannte Alecs Stimme. Was sollte das? Verlor er jetzt das letzte bisschen Grütze, das ihm noch geblieben war?

Neben dieser unsinnigen Aneinanderreihung von Silben vernahm er Streitgespräche und Schreie.

Verräterin! Ich bringe dich um! ... Nein! Das Baby!

Chris und Noa waren sich heftig in die Haare geraten. Weit entfernt glaubte er, ihre Angst zu spüren. Er rappelte sich auf. Er sollte ihr beistehen und seinen Soldaten in die Schranken weisen. Nur wie?

Über all dem Drama schwebte Alecs mantraartiges Gebet. Je länger er jedoch dem Gemurmel ausgesetzt war, desto mehr fühlte er, dass er an Substanz gewann.

Dieser Parasit namens 46 hatte die Augen geschlossen und Sean hatte keine Chance, zu sehen, was um ihn herum geschah.

»Chris!«, hörte er Noa erstickt rufen. »Lass mich los. Ich bekomme keine Luft.«

Verflucht! Was ging da vor? Er musste ihr helfen. Er strengte sich an, streckte seine Fühler aus und suchte Kontakt zu seinem Körper.

Fünfundzwanzig ... Orchidee ... Birke ... fünfzig ...

Irgendwie halfen ihm Alecs gesprochene Worte, sich zu orientieren. Es war, als fände er mit jeder Vokabel einen Kontaktpunkt mehr, an dem er seinen Weg zu sich selbst zurückfand. Es schien als würde er wachsen und die innere Hülle seines Körpers mehr ausfüllen.

»Mach die Augen auf!«, rief er sich selbst zu, doch er blieb im Dunkeln. Er kämpfte sich weiter, getragen von Alecs Beschwörungsformel. Er kostete ihn Unmengen an Kraft, doch er musste es schaffen. Es blieb ihm nichts anderes übrig. Für Noa. Für sein Kind. Dieser Gedanke war noch völlig fremd, aber damit würde er sich befassen, wenn er sich befreit hatte.

Plötzlich verspürte er Gegenwehr. »Nein!«, dröhnte 46s Stimme um ihn herum. »Das ist mein Körper!«

Sean hatte das Gefühl, mit dem Rücken gegen eine Wand zu prallen. Mit Kampfgebrüll warf er sich 46 entgegen und drängte ihn zurück. Noas Hilferufe, Chris' wütende Flüche und Alecs Mantra gaben ihm den nötigen Kick.

Er fühlte, wie seine unsichtbaren Fesseln rissen und er an Kraft und Selbstvertrauen gewann. Mit einem Ruck machte er, ja, er selbst, die Augen auf.

Er wurde kurz von einer Welle Übelkeit erfasst, als hätte er eine Stunde in einer Zentrifuge verbracht. Es dauerte einen Moment, bis sein Geist und sein Körper sich wieder konfiguriert hatten.

Tief in seinem Inneren, in der entferntesten Ecke seines Verstands, hörte er 46 leise schimpfen. *Das wirst du bereuen!*

»Fick dich«, dachte Sean und knallte eine imaginäre Tür zu.

Jetzt erst hatte er Gelegenheit, zu erkennen, was um ihn herum passierte. Alec stand zu seiner Rechten und musterte ihn kritisch. Doch die Szene vor ihm ließ ihm das Blut in den Adern gefrieren und gleichzeitig hochkochen.

Chris kniete über Noa. Seine Hände wie Schraubzwingen um ihren Hals gelegt. Sie lag regungslos auf dem Rücken, blass, mit blauen Lippen.

»Nein!«, schrie er und warf sich in die Fesseln. Die Zeit schien in Permafrost eingeschlossen zu sein. »Was hast du getan!«

Chris wandte ihm das Gesicht zu. Seine Augen kalt und berechnend. »Wer spricht mit mir? Sean oder 46?«, fragte er abwartend. Wenigstens hatte er von Noa abgelassen.

Sean kämpfte immer noch gegen die stählernen Fesseln an, die ihn derart bewegungsunfähig machten, dass es ihn fast in den Wahnsinn trieb. »Lass mich frei und ich zeige dir, wer ich bin. Du hast dich an meiner Frau vergriffen.« Er spannte so fest er konnte seine Muskeln an, in der irrsinnigen Hoffnung, die Fesseln etwas zu lockern. Das Einzige, was er damit jedoch erreichte, war, dass er sich die Haut wundscheuerte.

»Schau mich an«, befahl Chris, »und sag mir, wer du bist.«

Sean zwang sich, sich etwas zu entspannen. Atmete einmal tief ein und aus. Es nützte ihm nichts, wenn er die Fassung verlor. Dann fixierte er Chris mit seinem Blick.

»Ich bin derjenige, der dir die Eier abreißt, für das, was du Noa angetan hast. Und auch dafür, dass du mir nichts von dir und Danny erzählt hast. Das, du Trottel, macht mich echt sauer.«

Chris ließ erleichtert die Schultern fallen und Sean hätte ihm dafür ebenfalls am liebsten eine reingehauen. Wie konnte dieser Mistkerl so ein zufriedenes Gesicht machen, wenn er gerade eine Frau verprügelt hatte?

»Alec, mach die Fesseln ab. Wir haben unseren Captain zurück«, sagte der Glatzkopf grinsend zu Alec, der neben dem Barbierstuhl stand.

Alec zögerte. Allem Anschein nach war er nicht Chris' Meinung. Sean war das egal. Seine Sorge galt seinem Mädchen. Sie lag noch immer reglos am Boden. Zum Glück hatten ihre Lippen die kränklich grau-blaue Farbe abgelegt und waren jetzt wieder rosa.

»Na los, Kumpel, befreie ihn«, forderte Chris seinen Bruder noch einmal auf.

Sean nahm es kaum war, als Alec die Metallriemen von Brust, Armen, Händen und Beinen entfernte. Danach handelte er ohne sein bewusstes Zutun. Der nächste klare Moment war, als er mit

Chris voraus gegen die gegenüberliegende Wand prallte. Seine Hände lagen wie Schraubzwingen um Chris' Kehle.

Alec packte ihn um die Taille und zog ihn von Chris weg. Oder er versuchte es zumindest. »Hör auf, Sean! Er hat Noa nichts getan!«, brüllte Alec ihm ins Ohr.

Noa. Als er ihren Namen hörte, verpuffte seine Wut und machte großer Sorge Platz. Er staunte kurz, weil er tatsächlich imstande war, Chris loszulassen und sich auf das Wesentliche zu konzentrieren.

»Es war alles Teil ihres Plans, dich aus der Reserve zu locken«, redete Alec weiter beschwörend auf ihn ein. Trotz der Sorge um sie wurde er erneut wütend. Er hätte niemals eine solche Aktion gutgeheißen. Eigentlich war er davon ausgegangen, dass seine Männer auch so tickten. Anscheinend hatte er sie in dieser Hinsicht jedoch falsch eingeschätzt.

»Ja, klar. Und du warst nicht Mann genug, sie davon abzuhalten?« Er wollte die Stimme nicht erheben, denn er fühlte sich zu erschlagen dafür. Stattdessen ließ er sich neben Noa auf die Knie sinken und strich ihr das Haar aus dem Gesicht. Die jetzt kinnlange rote Mähne bereitete ihm Mühe, denn er vermisste ihre dunklen langen Kaskaden, in denen ein Mann sich verlieren konnte. Was hatte sie veranlasst, diesen Schritt zu wagen?

Ihre Lider begannen, zu zucken. Gott sei Dank, sie kam zu sich. Dieser Anblick ließ ihn erleichtert durchatmen.

»Captain?«, ergriff Chris noch einmal das Wort, doch Sean brachte ihn mit erhobener Hand zum Schweigen.

»Ich will jetzt nichts mehr hören. Wir besprechen das später.« Er schob seine Arme unter den schlaffen Körper Noas und hob sie hoch. Früher war sie ihm leicht vorgekommen. Nicht schwerer als eine Feder. Doch jetzt trieb ihm ihr Gewicht den Schweiß auf die Stirn. Seine verfluchte Kraft war noch immer nicht zurückgekehrt.

Er warf Chris und Alec einen warnenden Blick zu. Er hatte weder die Energie noch die Muse, sich mit ihnen auseinanderzusetzen. Sean ging zur Tür und dabei fiel ihm ein ihm unbekannter

Latino auf, der an die Wand gelehnt dastand und ihn kritisch beäugte. Wer war der Kerl und was machte er hier? Noch ein Thema, das er mit Chris und Alec zu besprechen hatte. Wie konnten sie einen Fremden ins Safe House lassen?

Er trug Noa in ihr Zimmer. Auf dem Weg dahin nahm er im Augenwinkel Danny wahr, der etwas wacklig auf den Beinen aus dem Krankenzimmer kam.

Schwuchtel, hörte er die unerwünschte Stimme in seinem Kopf. Er presste unwillkürlich die Zähne zusammen.

Kein tolles Gefühl, was? 46 war verdammt noch mal immer noch da. Sie befanden sich jetzt aber in vertauschten Rollen. »Verschwinde!«, fauchte er leise. Als Antwort bekam er nur ein spöttisches Lachen.

Sean lief der Schweiß zwischen den Schulterblättern hinab, doch er wusste nicht, aus welchem Grund. Entweder war es wegen der Anstrengung durch Noas Gewicht oder durch den elenden Parasiten, der in seinem Kopf hauste. Auf jeden Fall fühlte er sich kaputt, zerstört und sein ganzer Körper schmerzte. Jede Prellung, Beule und Platzwunde schienen mit den anderen zu konkurrieren.

Er legte Noa aufs Bett und deckte sie zu. Dann kroch er neben sie und schloss die Augen.

Ich mach dich fertig. 46 sang regelrecht, doch Sean beschloss, ihn so gut es ging zu ignorieren.

•

Danny hatte laute, energische Stimmen gehört. Eine davon war Chris' gewesen und das hatte ihn aus dem Krankenbett getrieben. Kurz war seine Welt aus den Fugen geraten und er hatte sich am Türrahmen festhalten müssen. Genau in diesem Augenblick war Sean vorbeigegangen, mit einer leblosen Noa auf den Armen. Seans Blick hatte ihm die Nackenhaare zu Berge stehen lassen. Er hatte sofort gewusst, dass dieser Kampf noch nicht Ende war.

Gleich danach erschien Chris. Seine Stirn besorgt in Falten gelegt und etwas blass in Gesicht, fand Danny. Chris sah ihn an und blieb einen Moment wie erstarrt stehen. Er wollte sich das Grauen nicht vorstellen, durch das Chris wegen seiner Verletzung hatte gehen müssen. Er an seiner Stelle hätte vor Sorge um Chris den Verstand verloren.

Er wurde von einem plötzlichen Schwindel erfasst und musste kurz die Augen schließen. Als er sie wieder öffnete, stand Chris so nahe bei ihm, dass er dessen Körperwärme durch das lächerliche Spitalnachthemd spüren konnte.

Chris schob ihn mit ernstem Gesicht rückwärts ins Zimmer, machte die Tür zu und schloss ab. Ehe Danny nur einmal hatte blinzeln können, fand er sich in einer fast brutalen Umarmung wieder. Chris presste die Lippen auf seinen Mund und seine Zunge forderte Einlass. Danny leistete diesem stummen Befehl nur zu gern Folge. Chris' Hände krallten sich fest und vielversprechend in seinen Rücken.

»Es tut mir leid«, brummte Chris atemlos zwischen zwei Küssen, »aber ich muss dich jetzt haben, sonst werde ich wahnsinnig.«

Als ob Danny etwas dagegen gehabt hätte. Seine Finger griffen nach Chris' Gürtelschnalle und öffneten sie blind. Erst Gürtel, dann Hosenknopf, Reißverschluss, T-Shirt. Alles fiel wie von selbst zu Boden.

Chris verfuhr mit dem hässlichen Krankenhaushemd nicht ganz so sanft. Er zerriss den dünnen Stoff kurzerhand, nahm aber Rücksicht auf die Wunde, die in einen dicken Verband gepackt war.

»Du hast mir einen ziemlichen Schrecken eingejagt«, knurrte Chris, während er Danny langsam zum Bett manövrierte. Danny legte ihm die Arme um die Taille und übergab seinem Mann die Führung. Er ließ sich fallen und fühlte, wie er heilte. Körperlich und seelisch. Chris' warme Hände auf seiner Haut und die Küsse und verführerischen Bisse führten ihn aus dem stressvollen Alltag, der sein Leben bestimmte.

345

Gefühlte Stunden später lagen sie auf der schmalen Matratze beisammen. Verschwitzt, nachglühend und zufrieden. Keiner von ihnen sagte etwas, aber das war okay. Sie waren beide keine Männer der vielen Worte.

Danny schloss schläfrig die Augen und döste ein. Doch ein Schrei riss ihn aus der wohligen Entspannung. Chris sprang auf, packte seine Waffe und rannte so, wie Gott ihn geschaffen hatte, aus dem Zimmer. Er wollte ihm folgen, doch er wurde von einem erneuten Schwindel gepackt und es blieb ihm nichts anderes übrig, als schnaufend wie eine Dampflock am Bettrand sitzen zu bleiben.

Vom anderen Raum, von dem er wusste, dass es Noas Zimmer war, hörte er Schimpfen und flehende Worte. Ihm wurde schlecht, denn er erinnerte sich mit einem Mal an Seans Blick, als er vorhin an ihm vorbeigegangen war.

Danny warf einen Blick auf die Uhr. Es war tatsächlich mehr als eine Stunde seither vergangen.

Das Ende ist noch fern

Noa kauerte in der Ecke in ihrem Zimmer und versuchte, ihrem rasenden Herzen Einhalt zu gebieten. Zum Glück lichtete sich der Nebel der Panik allmählich und sie war fähig, einen klaren Gedanken zu fassen.

Als sie vorhin aufgewacht war, hatte sie direkt in Seans Gesicht geschaut. Trotz der ihr bekannten Züge hatte sie instinktiv gewusst, dass das nicht ihr Geliebter war, der sie mit einem wölfischen Grinsen betrachtete.

»Hallo, Hure. Freust du dich, mich wiederzusehen?«

Ihre Gedanken hatten sich nur um ein Thema gedreht, taten es immer noch: Warum hatte es nicht funktioniert? Wenn 46 immer noch das Kommando über Sean hatte, warum war er dann frei? Warum hatten Chris und Alec ihn freigelassen?

46 hatte nach ihr gegriffen, doch sie hatte geschrien und war aus dem Bett geflüchtet. Kurz darauf war Chris ins Zimmer gestürzt, nackt und die Neunmillimeter im Anschlag. Er hatte ihr einen kurzen Blick zugeworfen, als wollte er sich vergewissern, dass sie okay war und sie nickte ihm deshalb knapp zu.

Jetzt legten Chris und Alec, der kurz nach seinem Kumpel angekommen war, 46 in Handschellen und wollten ihn gerade aus dem Zimmer führen, als Noa aus ihrer Starre erwachte. Insgeheim dankte sie dem Himmel, dass sie Sean das Gegenmittel zur Kraft-unterdrückung noch nicht gegeben hatten.

»Wartet!« Sie rappelte sich auf und ging zu den drei Männern. Das, was sie vorhatte, war ein Akt der schieren Verzweiflung, denn wenn das nun auch nicht klappte, wusste sie auch nicht mehr weiter.

Sie stellte sich vor 46 und legte ihm beide Hände auf die Schläfen. Dann blickte sie dem Soldaten tief in die gold-braunen Augen. So bekannt und doch so fremd, dass es ihr das Herz zu-sammenzog.

»46«, begann sie leise und versuchte, ihrer Stimme trotzdem Festigkeit zu verleihen. »Verschwinde aus diesem Körper.« Sie hatte das Gefühl, eine Teufelsaustreibung durchzuführen. Ganz nach dem Motto *Der Exorzist*.

»Niemals«, knurrte 46 und warf sich in seine Fesseln.

Sie ließ sich nicht einschüchtern, obwohl die geballte Kraft dieses Hünen fast physisch spürbar war. »Du bist nicht echt. Hast du mich verstanden? Lass Sean frei.«

46 versuchte, den Kopf zu schütteln, konnte es jedoch nicht, da sie ihn immer noch eisern festhielt. Sie konzentrierte sich und machte sich in seinem Kopf auf die Suche nach Sean. Sie fand ihn dort, wo er sich das letzte Mal schon verkrochen hatte. Jetzt stand er aber aufrecht und gefasst da. Kurz fragte sie sich, wie sie ihn in so körperlichem Zustand wahrnehmen konnte, wenn es sich hier um reine Energie handelte. Sie verstand diese ganze Geschichte immer noch nicht und wahrscheinlich würde sie es auch nie. Für so etwas gab es auch keine vernünftige Erklärung.

»Hilf mir, Sean. Wir müssen ihn ein für alle Mal aus deinem Kopf verbannen.«

Er nickte und machte sich ans Werk. Noa fühlte, wie augen-blicklich der Druck um sie herum zunahm. Auch ihre Präsenz wurde davon erfasst und ihr wurde bewusst, dass Sean versuchte, 46 zu zerschmettern.

Sie suchte nach 46s Geist oder was das, er, es, auch war. Sie brauchte nur eine kleine Angriffsfläche. Schließlich erfühlte sie eine Signatur und konzentrierte sich darauf. 46 nahm immer mehr Form an, wurde aber nicht so klar wie Sean. Er blieb wie von Nebel eingehüllt, trübe und matt.

Sie griff nach ihm und zerrte ihn mit sich. 46 widersetzte sich zwar nach Leibeskräften, er hatte jedoch keine Chance, da er von zwei Seiten angegriffen wurde.

Sean trat neben sie. Plötzlich öffnete sich eine Arte Pforte. Woher kam die denn jetzt auf einmal? Und wohin führte sie?

»Verschwinde!«, hörte sie Seans ruhige, beherrschte Stimme, während er gemeinsam mit ihr 46 weiter auf den Durchgang zu schoben.

46 schrie urplötzlich auf und Noa sah, dass er in diesen Tunnel gezogen wurde. Er wurde buchstäblich in Stücke gerissen, schien sich aufzulösen, als würde er von einem schwarzen Loch verschluckt und in seine Moleküle aufgespalten.

Noa wusste, dass sie diesen Anblick niemals vergessen würde. Dann war 46 mit einem Mal vollkommen verschwunden oder zumindest der Nebel, der er einmal gewesen war.

Langsam verlor Noa jeden Halt an Sean und glitt weg. Auch er schien zu verblassen und sie hatte Angst, dass er sich ebenso auflöste wie 46. So sehr sie sich auch anstrengte, sie konnte ihn nicht festhalten.

»Sean!«, war das Letzte, was über ihre Lippen kam. Sie trieb immer weiter weg und schließlich war alles dunkel und leer und unbestritten friedvoll.

•

Holy fucking shit! Das war wohl das Schrägste, was Alec je erlebt hatte. Er war völlig erstarrt gewesen. Wie Noa Seans Kopf gepackt und ihre Stirn gegen seine gelegt hatte, hatte eine fast lähmende

Wirkung auf ihn selbst gehabt. Es war ihm nichts anderes übriggeblieben, als den hilflosen Statisten zu spielen.

Noa hatte irgendetwas Unverständliches vor sich hingemurmelt, woraufhin sich Sean schlagartig verspannt hatte.

Für Alecs Gefühl hatte es Stunden gedauert, bis sich die Szene veränderte. Sean warf trotz Noas Griff den Kopf in den Nacken und schrie heiser auf. Es war schockierend und faszinierend zugleich, denn aus dem Mund seines Captains stieg ein schwarzer Nebel auf.

Dieser Anblick hatte ihn aus der Starre befreit. Alec holte einen kleinen Plastikbeutel aus seiner Hosentasche, welcher früher einmal Taschentücher beherbergt hatte, und fing damit ein paar dieser Partikel auf. Er hatte einen Verdacht und brannte darauf, herauszufinden, ob er richtig lag. Er dachte dabei an die unbekannte Substanz.

Nachdem die Wolke sich aufgelöst hatte, ging alles ganz schnell. Erst sackte Noa mit blutender Nase in sich zusammen und danach hing auch Sean wie ein leerer Sack an ihm und Chris.

Am Ende verfrachteten sie beide auf das Bett und vergewisserten sich, dass sie in Ordnung waren, was hieß, dass beide noch atmeten und ansprechbar waren. Danach verkrümelte sich Chris schweigend, vermutlich, um sich etwas anzuziehen. Alec ging in sein Büro, um seinen Fang zu begutachten.

Eine Stunde später lehnte er sich im Stuhl zurück und rieb sich die brennenden Augen. Trotz des noch nachhallenden Schocks und seiner Müdigkeit erfasste ihn eine Welle von Aufregung.

Der Wissenschaftler in ihm jubilierte, denn das, was er hier in Händen hielt, war für die breite Weltbevölkerung der Stoff, aus dem Science-Fiction-Romane bestanden. In der heutigen Zeit undenkbar, und dennoch hatte er es nur wenige Zentimeter vor den Augen.

Thorpe hatte es mit Hilfe von HMN geschafft, Naniten, auch Nanobots genannt herzustellen, und zwar in der Größe von menschlichen Blutkörperchen. Der offizielle Stand der Dinge war, dass die kleinen Roboter vom Format eines Streichholzkopfes waren. Ganz sicher jedoch nicht in mikroskopisch kleiner Ausführung.

Diese Naniten hatten wahrscheinlich Seans Synapsen manipuliert und so die Kontrolle über ihn übernommen. Die Schlüsselworte waren dazu gedacht, Sean im Fall eines Notfalls schnell zurückzuholen. Zumindest war das seine Theorie. Thorpe hatte sich ein Hintertürchen geschaffen.

Alec war froh, dass ihnen mit der genetischen Manipulation nicht sowas wie ein ON-OFF-Button eingebaut worden war. Was sie ja zunächst befürchtet hatten.

Er hatte mit diesen neuen Erkenntnissen Thorpes Dateien durchforstet. Dort war er auf die Antwort gekommen, die sie schon seit Beginn der Angelegenheit brennend interessierte. Die Frage nach dem Warum. Warum wollte Thorpe sie entsorgen? Von der möglichen Fortpflanzung und den daraus resultierenden wirtschaftlichen Folgen für Thorpe mal abgesehen.

Gemäß Thorpes Notizen waren ihre Körper nur schlecht kompatibel mit diesen Naniten. Deshalb war Seans Rettung wahrscheinlich auch gelungen. Es lag nahe, dass die »Umpolung« bei ihnen viel komplizierter und aufwendiger war als bei den neuesten Generationen von HMN-Soldaten.

Er stand auf und hatte das Bedürfnis, seinen Erfolg zu feiern. Bei diesem Gedanken fühlte er sich schlagartig einsam. Chris hatte Danny und umgekehrt. Sean hatte Noa und die beiden konnten sich aufeinander verlassen.

Und er? Die plötzliche Einsamkeit grub ihre Krallen in seine Eingeweide. Er würde nicht alleine hierbleiben und sich be-mitleiden. Wild entschlossen zog er sich etwas Unauffälliges an, verließ die Garage und fuhr davon.

Am Ocean Drive parkte er den Wagen und spazierte eine Zeitlang durch die Massen der Touristen und Partygänger. Er beobachtete unwillkürlich alle vorbeigehenden Frauen jeglichen Alters. Ein kalter

Schauer glitt über seine Haut, als er daran dachte, dass seine Feinde in Frauen nichts als potenzielle Gebärmaschinen sahen. Es war für ihn unvorstellbar, wie jemand überhaupt auf solche Ideen kam.

»Hallo.« Die Stimme war weiblich und kam von hinten. Alec langte nach dem Griff seiner Pistole, die er unter der Jacke trug und drehte sich um. Das Gesicht kam ihm vage bekannt vor. Die rothaarige Kleine reckte kokett ihr Kinn und lächelte ihn verführerisch an.

Woher kannte er sie? »Hallo«, antwortete er und ärgerte sich darüber, dass es wie eine Frage klang.

»Du bist doch der Kumpel von Angelinas Lover, oder?«

»Angelina?« Er versuchte sich immer noch einen Reim auf alles zu machen.

»Ich meine natürlich Noa«, erklärte die Rothaarige bereitwillig.

Alec ließ kritisch seinen Blick über die Umgebung wandern. Alles in ihm schrie *Falle*! Er hatte nicht damit gerechnet, erkannt zu werden. Doch wenn eine ihm Unbekannte wusste, wer er war, war todsicher Gefahr im Verzug.

»Nicht hier«, sagte er leise, nahm sie am Ellenbogen und führte sie hinunter zum nahegelegenen Strand. In der Sicherheit der Dunkelheit ließ er die Frau los und sah sie prüfend an.

»Wer bist du?« Er konnte immer noch nicht sagen, wann und wo er ihr begegnet sein könnte.

Sie schob ihre Hände in die Gesäßtaschen ihrer knallengen Jeans, was ihre üppige in Push-up-BH und Schaumstoff gepackte Brust betonte. »Du warst mal mit dem glatzköpfigen Typen im Club, wo Angelina und ich arbeiten. Deinen Kumpel habe ich danach in Begleitung von Angelinas Stecher gesehen.« Sie verstummte und sah ihn abwartend an.

Für Alec war klar, dass sie log. Er war nie mit Chris in einem solchen Nachtclub gewesen. Das war nicht sein Ding. Dennoch hatte sie die Verbindung gelegt. Wie kam sie zu einer derartigen Information?

Sie atmete tief durch und sah sich um, als hätte sie das Gefühl beobachtet zu werden. »Zumindest hat Gomez so etwas von sich gegeben. Ich habe ihn belauscht«, fügte sie rasch an, als er nicht reagierte. Alec enthielt sich auch jetzt eines Kommentars. Er war sich nicht sicher, ob er dieser Frau vertrauen konnte oder nicht.

Sie trat einen Schritt auf ihn zu und war jetzt so nahe, dass er ihr Parfüm riechen konnte. Es war schwer und wirkte zu teuer für eine wie sie. Sie hob unerwartet ihre Hand und schob sie ihm unter das T-Shirt. Ihre Finger strichen sanft und voller Verheißung über seinen Bauch. Ein Teil von ihm wollte sich dieser Berührung hingeben. Er hatte schon viel zu lange nicht mehr mit einer Frau geschlafen. Wie sehr sehnte er sich nach der weichen, warmen Haut eines weiblichen Wesens. Wie sehr wollte er die heiße Feuchte spüren, die seinen Schwanz umschloss. Doch hier und jetzt und vor allem mit ihr war das eine ganz dumme Idee.

»Das solltest du nicht tun«, sagte er um Beherrschung bemüht und zog ihre Hand unter seiner Kleidung hervor. »Sag mir einfach, was du von mir willst.«

Ihre Miene veränderte sich, als hätte sie einen Stein im Schuh und ihm dämmerte es plötzlich.

»Hast du etwas gegen Noa?«, fragte er so beiläufig wie möglich. Sie betrachtete ihn unterdessen weiter, als hätte er etwas im Sonderangebot.

»Ich?«, entgegnete sie gespielt überrascht, ohne ihn aus den Augen zu lassen. »Nicht wirklich. Sie hat nur alles, wovon ich immer geträumt habe. Die gut zahlenden Kunden, die Aufmerksamkeit von Gomez und jetzt eine Bande starker Männer, die sie aus den Klauen des bösen Mannes retten.« Ihre Worte und der Unterton ließen ihm die Galle hochkommen.

Ohne dass er es hätte vermeiden können, packte er sie am Oberarm und fuhr sie an. »Klar, es ist ja so toll, die Aufmerksamkeit eines Menschenhändlers, Zuhälters und Drogendealers zu genießen, der einen als Gefangene hält. Er hat Noa verkauft, Mädchen. An grausame Kerle, und sie wäre dabei fast draufgegangen.« Sie wand sich in seinem Griff, doch er ließ nicht locker. Im Gegenteil. Er packte auch noch ihren anderen Arm wie ein Schraubstock. »Ich frage dich jetzt noch einmal. Was willst du von mir?«

Sie hörte auf, sich zu wehren und starrte ihn an, als hätte sie ihn gerade das erste Mal bewusst wahrgenommen. »Ich brauche deinen Schutz. Seit Gomez tot und der Club geschlossen ist, muss ich auf der Straße arbeiten.« Sie sah ihn von unten herauf Augen klimpernd an. »Kannst du mich nicht in dein Versteck bringen? Zu Noa?«

Jetzt wusste er mit Sicherheit, dass die ganze Sache zum Himmel stank. »Ich kann dir nicht helfen, Kleine.«

Ihre Miene verlor jeden Ausdruck. Die Verletzlichkeit, die sie gerade noch an den Tag gelegt hatte, wich Kälte und Arroganz. Gleichzeitig stemmte sie sich gegen seinen Griff, woraufhin er losließ. »Dann vergiss einfach, was ich gesagt habe, Mistkerl. Dir entgehen gerade ein paar heiße Stunden.« Sie drehte sich weg und ging einen Schritt zurück Richtung Ocean Drive.

Alec war nicht klar, warum er tat, was er tat. Er folgte ihr, riss sie an der Schulter herum und presste seine Lippen auf ihren Mund. Erst sträubte sie sich, doch schon bald brach ihr Widerstand. Oder war es seiner? Zumindest das letzte Bisschen, was noch übriggeblieben war? Erst jetzt wurde ihm richtig bewusst, was ihm wirklich gefehlt hatte. Wofür hatte Mann schließlich eine rechte und eine linke Hand? Aber jetzt, in diesem Augenblick, spürte er erneut mehr denn je seine Einsamkeit wie ein eisiges Feuer hinter seinem Brustbein. Er wusste tief in seinem Innern, dass das eine Scheißidee war. Doch auf eine verstörende Art und Weise war ihm das jetzt egal.

Die Rote schmeckte gut und er wollte sie mehr, als er sich vor ein paar Minuten hatte vorstellen können. Sein Schwanz bäumte sich hinter dem Reißverschluss seiner Jeans auf.

Völlig unerwartet schob sie ihn von sich und setzte ein professionelles Gesicht auf. »Halt«, sagte sie komplett nüchtern und er verstand erst nicht, wie sie so ruhig sein konnte, wo er doch gerade lichterloh brannte. »Du bekommst alles, aber nur, wenn du mir hilfst.«

Na, das war durchschlagender als ein Vollbad in Eiswasser. Er ließ sie los und trat einen Schritt zurück. »Erpressung?«, fragte er und wunderte sich über die Heiserkeit in seiner Stimme.

Sie lächelte und stellte ihren Körper lasziv zur Schau. »Nein, was denkst du denn von mir? Es ist lediglich eine geschäftliche Transaktion. Ich gebe dir, was du brauchst, und du brauchst es, glaub mir. Im Gegenzug hilfst du mir.« Ihre Hand wanderte abermals über seinen Bauch abwärts und fand ihr Ziel auf seinem Schwanz. Er schwankte zwischen genussvollem Aufstöhnen und sofortiger Flucht. »Man nennt das Geben und Nehmen«, fuhr sie zwischenzeitlich fort.

Ja, er war geil, einsam und verzweifelt. Aber deshalb ließ er sich nicht erpressen. Wenn er diese Frau unter seinen Schutz nahm, ohne sie vorher zu überprüfen, gefährdete er sein Team, zu dem er inzwischen auch Noa zählte. Hier stank etwas gewaltig zum Himmel.

»Ich weiß dein Angebot zu schätzen, Babe. Ich brauche aber Zeit, um darüber nachzudenken.« Er meinte wirklich, was er gesagt hatte. Doch ihre verärgerte Miene zeigte ihm, dass das nicht die Antwort war, die sie erwartet hatte.

»Fick dich doch selbst, Arschloch«, schnaubte sie und ging wieder Richtung Ocean Drive davon.

Nicht wirklich überrascht von ihrer Reaktion, blickte er ihr nach. Er konnte das ungute Gefühl nicht abschütteln. Er wusste ganz genau, dass er nie in diesem Tittenschuppen gewesen war. Und auch wenn, so wäre es doch mehr als ungewöhnlich, dass sie sich noch so gut an ihn erinnerte.

Aus einem Impuls heraus folgte er ihr, achtete dabei jedoch darauf, außerhalb der Lichtkegel der Straßenlaternen und Gebäudebeleuchtungen zu bleiben. So ging er parallel zu der Rothaarigen die Strandpromenade entlang.

Nach ein paar hundert Metern blieb sie kurz stehen und telefonierte. Er hätte sein letztes Hemd gegeben, wenn er dafür erfahren hätte, mit wem sie gerade redete. Die Unterhaltung dauerte keine Minute.

Alec hielt sich immer noch im Dunkeln und spähte zu Rotkäppchen hinüber. Kurze Zeit später fuhr ein dunkler GMC Yukon heran und hielt bei ihr. Zu seiner kompletten Verwirrung stieg Thorpe aus. *What the fuck?* Hatte ihn sein Gefühl in diesem Fall doch nicht betrogen.

Er beobachtete Rotschopf dabei, wie sie auf Thorpe einredete und danach in seine Richtung zum Strand deutete. Noch in derselben Sekunde gingen die hinteren Türen auf und zwei von Thorpes Männern stiegen aus. Die Typen waren einfach gruselig und erinnerten ihn erschreckend an Soldat 46.

Auf der Fahrerseite erschien Ian, der, wie Alec jetzt bemerkte, den gleichen distanzierten Gesichtsausdruck hatte wie 46. Diese Diskrepanz war ihm in der Zuchtstation gar nicht aufgefallen.

»Oh, Scheiße!«, entwischte es ihm, als er sah, dass Ian und die beiden anderen Kerle ausschwärmten und auf ihn zukamen. Jetzt war der Zeitpunkt gekommen, zu verschwinden. Er drehte sich auf dem Absatz um und rannte zum Meer und von da weiter in die Dunkelheit. Er hörte hinter sich mehrere schwere Stiefel im Sand. Ian und Co. waren schnell. Das wusste er von Chris und von all den Unterlagen, die er gelesen hatte. Er konnte nur inständig hoffen, dass er schneller war. Auch seine Genetik war verändert. Doch bei ihm hatte sich das mehr in seinem Gehirn manifestiert.

•

Sean erwachte mit einem mächtigen Katergefühl. Er hatte Mühe, sich zu orientieren. Sein Skelett fühlte sich an wie pulverisiert und die gesamte Haut spannte und schmerzte, als hätte man ihn über einem Lagerfeuer kross gebacken. Er hatte fast erwartet, ein Knistern zu hören, als er sich mühsam auf den Rücken drehte.

Erst jetzt öffnete er die Augen einen Spalt. Das Erste, was er sah, war eine Betondecke ohne Verputz und Farbe. Panik drohte, ihn zu erfassen, weil er dachte, wieder in Thorpes Gefängnis zu sitzen. Dann aber dämmerte es ihm. Er befand sich in der Garage und nach und nach kam die Erinnerung an die letzten Tage in sein Bewusstsein.

Er war besessen gewesen von diesem synthetischen Ding namens Soldat 46. Doch dann hatten Noa und sein Team ihn von diesem Parasiten befreit. Teilweise zumindest, denn als er sich vorhin mit Noa hingelegt hatte, war 46 wieder aufgetaucht und hatte ihn abermals in den Hintergrund gedrängt. Danach lag alles im Nebel. Er hatte geträumt, dass Noa schreiend vor ihm zurückgeschreckt war. Es war 46 gewesen, der ihr Angst gemacht hatte. Sean konnte es ihr nicht verübeln. Der Mistkerl war komplett wahnsinnig.

Er durchforstete seinen Geist auf der Suche nach Spuren, die auf die Anwesenheit dieses Teufels hindeuteten. Doch da war nur herrliche Ruhe und Frieden. War dieses Monster wirklich weg?

Er bewegte erst seine Finger, dann seine Füße und genoss das tolle Gefühl, wieder die Kontrolle über sich selbst erlangt zu haben. Sein eigener Boss zu sein, und zwar im eigentlichsten aller Sinne, war einfach unbeschreiblich.

Eine sanfte Bewegung an seiner linken Seite ließ ihn den Kopf drehen. Er entdeckte Noa tief schlafend auf der Seite liegend, ihm zugewandt. Ihre roten Lippen waren leicht geöffnet und luden ein, sie zu kosten. Auf ihrem Hals bemerkte er frische Hämatome. Chris' Fingerabdrücke. Irgendwie verstand er die Strategie, die die beiden verfolgt hatten. Zumindest versuchte er es.

Ihre Augen bewegten sich hinter ihren geschlossenen Lidern zuckend hin und her. Sean hätte alles dafür gegeben, zu sehen, was sie gerade sah. Er wollte an ihren Träumen teilhaben und sie gemeinsam mit ihr durchschreiten.

Plötzlich erinnerte er sich, dass sie bei ihm gewesen war. In dem Augenblick, als er hatte aufgeben wollen. Die Schwärze hatte ihn erdrückt und er war in der Trost- und Hoffnungslosigkeit fast ertrunken. Doch dann war ihm Noa erschienen. So schön und stark wie ein Engel. War sie wirklich bei ihm gewesen? Oder hatte sein sterbender Verstand dieses Trugbild erschaffen, um ihn am Aufgeben zu hindern?

Noch vor ein paar Wochen hätte er auf die zweite Möglichkeit getippt. Doch jetzt, nach allem, was sie erfahren hatten, war alles möglich. Das Denkbare und das Undenkbare.

Sein Blick wanderte von ihrem Gesicht über die Kurven ihres Körpers. Sie war schlank, hatte aber Formen, wo sie hingehörten. Dann erinnerte er sich an etwas, was sie gesagt hatte. Wenn er die ganze Geschichte nicht geträumt hatte, und mittlerweile ging er davon aus, dass alles der Realität entsprach, war sie schwanger. Doktor Cook hatte ebenfalls etwas in dieser Richtung erwähnt.

Eine leise, fiese Stimme flüsterte in seinem Hinterkopf, dass es wahrscheinlich der Spross eines ihrer Freier war. Dieses Mal war es seine eigene Stimme, die ihm diesen Mist einzureden versuchte und er brachte sie resolut zum Schweigen. Er spürte tief in seinem Inneren, dass es stimmte und dass das Kind nur von ihm stammen konnte. Sean stellte sich Noa hochschwanger vor und prompt sprang sein Beschützerinstinkt in den dunkelroten Bereich.

Wie gern hätte er sie berührt und gespürt, doch er fühlte sich schmutzig. Im wahrsten Sinne des Wortes. Er roch sich selbst. Die tagelangen Strapazen hatten nicht nur sichtbare Spuren hinterlassen.

Er drehte sich vorsichtig um und stand langsam auf, weil er Noas wohlverdienten Schlaf nicht stören wollte. Er verließ auf leisen Sohlen das Zimmer und ging ins Bad. Buchstäblich jede Faser seines Körpers schmerzte bei jeder noch so kleinen Bewegung. Ein Widerhall der vielen Schläge, die er von Ian und Thorpe kassiert hatte. Aber auch davon würde er sich erholen. Er hatte schon viel Schlimmeres und Schmerzhafteres erlebt. Die Sache mit

46 war mit Abstand das Beängstigendste, das er mitgemacht hatte. Verletzungen körperlicher Art, egal wie schwer, waren nicht so zerstörend und umfassend, wie von einer künstlichen Intelligenz im eigenen Körper gefangen gehalten zu werden.

Plötzlich fiel ihm das Atmen schwer und ihm war, als schnürte ihm ein Ring aus Stahl die Brust zu. Ein Punkt mehr auf der Liste seiner PTSS. Er litt zwar nicht an einer akuten Form, denn er konnte im Alltag noch normal funktionieren. Doch in regelmäßigen Abständen wurde er von Albträumen und kurzen Panikattacken übermannt. Bisher hatte er alles mehr oder weniger im Griff gehabt. Er hatte nur einmal fast die Grenze überschritten, damals, mit Noa im Blockhaus. Daran wollte er jetzt aber lieber nicht denken. Es hatte in der nahen Vergangenheit genug Elend gegeben, mit dem er sich auseinanderzusetzen hatte.

Er stellte das Wasser der Dusche an, zog die mehr als zu lange getragenen Boxershorts aus und schmiss sie in den Mülleimer. In der Zwischenzeit hatte das Wasser eine angenehme Temperatur erreicht und er stieg unter die Brause. Im ersten Moment entfuhr ihm ein Zischen, weil die vielen Platzwunden und Schürfungen wie Feuer brannten. Doch als er komplett nass war, genoss er die entspannende Wirkung. Er schloss die Augen und ließ das Wasser seine Arbeit erledigen. Er konnte förmlich spüren, wie Schmutz und anderer Ballast im Abfluss verschwanden.

»Ich glaube, du brauchst Hilfe beim Einseifen«, hörte er Noa. Er lächelte unwillkürlich, wie immer, wenn er ihre Stimme hörte. Sie schob sich neben ihn in die Duschkabine und legte die Arme um ihn. Ihre Berührung heilte ihn und beruhigte seine angeschlagenen Nerven.

»Du bist doch du?«, fragte sie und klang dabei etwas unsicher und zaghaft, was er ihr nicht verübeln konnte.

Er zog sie fest an sich und küsste sie kurz auf den Scheitel. »Ja, ich bin ich.« Zumindest soweit er es beurteilen konnte. »Und was ist mit dir?«, fragte er nur halb im Spaß zurück. Noa war hier und sie fühlte sich auch wie Noa an. Doch gleichzeitig war sie auch anders. Sie hatte irgendetwas erlebt, was sie verändert hatte.

Als sie sich aufgrund seiner Worte versteifte, wusste er, dass er ins Schwarze getroffen hatte. Sein Beschützerinstinkt sprang wieder an und erst, als sie aufstöhnte, bemerkte er, dass er sie fast zerquetschte.

»Sag es mir, Schatz. Was ist passiert?«

Sie holte zitternd Luft. Ein Mal, dann noch ein zweites Mal. Er dachte schon, sie würde ihm die Antwort schuldig bleiben, doch dann straffte sie die Schultern und sah ihm direkt durch seine Augen mitten in die Seele.

»Ich habe Gomez umgebracht«, sagte sie so schlicht und emotionslos, dass es ihn trotz des heißen Wassers fröstelte. Nachdem der erste Schreck verklungen war, war er wider Erwarten stolz auf seine Frau. Gomez, dieses Arschloch, hatte nichts anderes verdient, nachdem er sie so schlecht behandelt hatte.

»Du musst mir keine Details erzählen, Baby. Aber ist das der Grund, warum du dein Äußeres verändert hast?«

Sie zuckte zusammen und senkte den Blick. »Zum Teil. Aber ...« Sie stockte kurz und holte tief Luft. »Stanton ist ebenfalls tot.«

Nun war er es, der erstarrte. Gomez und der Senator? Es war eine Sache, einen Drogendealer, Waffenhändler und Zuhälter zu ermorden. Aber ein hochrangiger Politiker war etwas viel Gefährlicheres. Auch wenn dieser ein korrupter Saftsack gewesen war.

»Baby...«, setzte er an, doch sie legte ihm die Hand sanft auf die Lippen, um seinen Einwand im Keim zu ersticken.

»Senator Stanton geht nicht auf meine Kappe.« Sie hielt inne und seufzte kurz. »Nicht direkt, zumindest. Er starb zwar in meiner Gegenwart, aber ohne mein Zutun.«

Trotz ihrer Erklärung wollte sich bei ihm keine Erleichterung einstellen. »Was ist passiert?« Wollte er wirklich die schmutzigen Details hören? Herrgott noch mal, nur schon der Gedanke, dass sie überhaupt in der Nähe der beiden Männer gewesen war, machte ihn stocksauer. Nicht auf Noa, sondern auf sich selbst, weil er ihr nicht hatte helfen können.

Noa strich ihm zärtlich über den Rücken. »Ich werde dir alles erzählen. Später. Jetzt will ich zuerst dich.«

Was konnte er schon gegen diese Einladung vorbringen? Vor allem, da er tief in seinem Herzen ähnlich empfand.

Er küsste sie sanft, schmeckte sie und trank ihren Atem. Er brauchte ihre Zuwendung wie Sonne und Wärme. Sie versicherte und bewies ihm, dass er wieder er selbst war. Er fühlte, dass sie ihre Verbindung erneuerten und sich wieder neu kennenlernten. Sie hatten in den fast drei Wochen der Trennung viel mitgemacht und waren verändert aus dem Ganzen herausgekommen.

»Hast du abgeschlossen, Süße?«, fiel es ihm zwischen zwei leidenschaftlichen Küssen ein.

Sie lächelte ihn verheißungsvoll an. »Was denkst du denn?«

•

Er war wahrhaftig wieder da. Noa sog seine Wärme ein und gab sich seinen Lippen hin. Sie waren feurig und nahmen ihr den Atem. Sie hatte ihn vermisst und sie wusste mit erschreckender Klarheit, dass sie so etwas kein weiteres Mal überstehen würde.

Seine Hände fassten sie unter ihrem Hintern, hoben sie hoch und sie schlang daraufhin ihre Beine um seine Taille. Er presste sie mit dem Rücken gegen die kalten Fliesen. Hinten Eis, vorn Feuer. Dieser Mix machte sie empfindsamer und empfänglicher für Sean. Seine Zunge liebkoste ihren Hals, während sich die Finger seiner linken Hand in ihrem Haar vergruben. Sie brauchte ihn, so wie sie noch nie zuvor einen Mann gebraucht hatte.

»Ich liebe dich, Noa«, flüsterte er dunkel und heiser in ihr Ohr.

»Ich liebe dich auch«, erwiderte sie atemlos. Seine Worte hatten ihr Herz geöffnet und sie fühlte sich geliebt, begehrt und respektiert. Sie hatte noch nie so empfunden. Vor allem das Gefühl des Respekts war ihr fremd. Vielleicht hatte sie etwas in der Art mit Sean im Blockhaus gehabt, aber die Zeit dort war viel zu kurz gewesen, als dass es hätte wachsen können. Vielleicht waren aber auch die überwältigenden Geschehnisse daran schuld gewesen, dass sie dieses Gefühl nicht so intensiv wahrgenommen hatte. Jetzt herrschte eine tiefe Verbundenheit, die ihr neu war. Es lag vielleicht daran, dass sie seinem Verstand gegenübergestanden hatte. Sie hatte einen Teil von ihm berührt, wie es bei normalen Paaren nicht möglich war. Was auch immer es auch war, es ließ sie schweben und dahintreiben.

Sie spürte seine Begierde zwischen ihren Beinen und sie konnte nicht mehr warten. Sie wollte ihn, musste ihn haben, als hinge ihr Leben davon ab. Noa schob ihre rechte Hand zwischen ihre beiden erhitzten Körper und dirigierte seinen voll aufgerichteten Penis an die Stelle, wo sie ihn haben wollte.

Sean holte kurz stöhnend Luft. Sie spürte, wie er seine Muskeln für den kommenden Stoß anspannte. Dann drang er langsam und tief in sie ein. Sie konnte ihm nicht nah genug sein und vergrub ihr Gesicht an seinem Hals. Sie lieferte sich ihm völlig aus, hielt nichts vor ihm verborgen. Sie genoss seine Wärme und seinen ihm eigenen Duft, der ihm trotz des Duschwassers anhaftete.

Seine Finger gruben sich in ihre Haut und sie wusste, dass sie danach wahrscheinlich blaue Flecken haben würde, doch das war ihr egal.

»Oh, mein Gott, Baby«, keuchte er ihr ins Ohr, als er den Gipfel der Leidenschaft erreichte. Seine Worte rissen das letzte bisschen an Zurückhaltung nieder und so konnte auch sie sich fallen lassen. Wellen von Entladungen erschütterten ihren Körper und die Kontraktionen ihres Unterleibs waren so stark, dass sie schon fast schmerzhaft waren.

Sean atmete schwer an ihrer Halsbeuge und auch sie hatte das Gefühl, dass ihre Gliedmaßen die Konsistenz einer Qualle hatten.

Mit einem Mal kam Bewegung in Sean. Er verließ mit ihr auf den Armen das Bad und ging ins Schlafzimmer. Dort legte er sie vorsichtig auf das Bett und streckte sich neben ihr aus. Noa drehte sich auf die Seite, damit sie ihn ansehen konnte. Er drehte sich ebenfalls zu ihr um und so musterten sie sich gegenseitig einen Moment lang. Die vielen Prellungen und Verletzungen gaben ihm ein verwegenes Aussehen.

Er musste doch Schmerzen haben. Sie strich sanft über die Male und wünschte sich insgeheim, dass sie ihm die Wunden nehmen könnte.

»Tut es sehr weh?«

Er schüttelte den Kopf, nahm ihre Hand und küsste sie auf jede Fingerspitze einzeln, knabberte daran und nahm sie in den Mund, um daran zu saugen. Noa hielt reflexartig die Luft an. Ein erregendes Kribbeln durchlief sie von Kopf bis Fuß.

»Ich habe schon Schlimmeres erlebt«, entgegnete er mit tiefer Stimme, die schon fast an Infraschall erinnerte und sie noch mehr zum Vibrieren brachte.

»Ja, das hast du.« Sie dachte wie so oft an die gewaltige Narbe auf seinem Oberschenkel und die Ereignisse der jüngsten Vergangenheit.

Er hatte inzwischen ihre Hand losgelassen und strich langsam der Silhouette ihres Körpers entlang. »Du bist das Schönste und Reinste, das mir bisher begegnet ist.«

Ihre Kehle schnürte sich zu. Rein? Sie war alles andere als rein. Sie senkte ihren Blick und schluckte schwer. Sean schien ihre Not zu spüren, denn er hob ihr Kinn mit zwei Fingern an.

»Was ist los?«, fragte er forschend.

Sie konnte seinem prüfenden Blick nicht standhalten und setzte sich stattdessen auf. »Ich bin eine Hure, Stripperin und Mörderin. Ich mag ja vieles sein, aber ganz sicher nicht rein.« Himmel Herrgott noch mal! Ihr war, als hätte sie brennende Kohlenstücke verschluckt.

Er setzte sich ebenfalls auf und hob die Hand, um die Kontur ihrer Unterlippe nachzufahren. In seinen Augen stand Wärme, aber auch entsetzlicher Ernst. »Vielleicht wäre jetzt ein guter Zeitpunkt, mir zu erzählen, was während meiner Unpässlichkeit passiert ist.«

Sie hatte gewusst, dass der Moment kommen würde, wo sie Sean ihre schreckliche Tat beichten musste. Dennoch war sie überrascht, wie sehr es sie erschütterte, überhaupt darüber nachzudenken. Sie schämte sich bis in die entlegensten Ecken ihres Körpers. Ihre Lungen schienen vergessen zu haben, wie man atmete und ihr Herz schlug arrhythmisch.

Schließlich rang sie sich durch und berichtete dem Captain neben ihr im Bett alles. In diesem Augenblick war er nicht Sean, ihr Liebhaber, sondern der Soldat mit Rang und Namen. Sie ließ nichts aus: die Folter und der Mord an Gomez, der Einbruch bei Senator Bill Stanton, dessen Spielzimmer und sein plötzliches Ableben.

»Ich habe damit echt nichts zu tun«, beteuerte sie, mehr, um sich selbst davon zu überzeugen. »Nicht direkt zumindest.«

Sean betrachtete sie, ohne irgendeine Emotion zu zeigen. Sie fühlte sich wie ein Insekt unter dem Vergrößerungsglas, sodass ihr mit einem Mal die eigene Haut zu eng wurde. War er enttäuscht? Oder gar angeekelt? Als er weiterhin keine Reaktion zeigte, hob sie ihre Beine über den Rand der Matratze und wollte aufstehen.

»Warte«, erwachte Sean dann doch wieder zum Leben. Er legte ihr seine warme, raue Hand auf den Oberarm, um sie zurückzuhalten.

Sie rührte sich nicht, drehte sich weder um, noch sagte sie etwas. Alles, was sie wahrnahm, war das Donnern ihres Herzens, die Hitze, die durch Seans Hand in ihren Körper fuhr und das Brennen ihrer Lungen, weil sie unfähig war, zu atmen.

Seans Finger glitten über ihre Haut zu ihrem Nacken und hinterließen auf ihrem Weg eine Hitzespur und Gänsehaut. Ein Beben ging durch die Matratze und Noa wusste, dass er nahe an sie herangerückt war. Er strich ihr Haar beiseite und küsste die empfindliche Haut darunter. Heiße Schauer erfassten sie und sie schloss unwillkürlich die Augen.

Sie schämte sich, dass sie diese Aufmerksamkeit so genoss. Noch mehr Unsicherheit empfand sie sich selbst gegenüber. Nicht wegen des Mordes, denn der stand auf einem anderen Blatt Papier. Sie verabscheute sich für alles, was sie war: die Tochter aus gutem Haus, die unbedingt anders sein wollte als ihre langweilige Familie. Das naive Huhn, das blind in Gomez' Falle gerannt war. Die Hure und noch viele unzählige Dinge mehr.

»Ich bin stolz auf dich«, holte sie Seans sanfte Stimme aus dem Bad des Selbsthasses zurück. »Versprich mir aber zwei Dinge.« Seine Lippen strichen verführend über ihre Ohrmuschel. »Du wirst nie wieder so eine Aktion allein durchziehen. Ich bin jetzt wieder bei dir. Eigentlich muss ich mir selbst die Schuld an diesem Dilemma geben. Ich hätte für dich da sein müssen.«

Noa erstarrte bei diesen Worten und fand dabei endlich ihre Sprache wieder. »Du kannst nichts dafür. Für diesen Mist brauchst du keine Verantwortung zu übernehmen. Schließlich hattest du keine andere Wahl.« *So wie ich auch nicht anders konnte*, dachte sie.

Eine seiner Hände fuhr nach vorn und legte sich besitzergreifend auf ihren Bauch. »Das zweite Versprechen«, ergriff er das Wort, ohne auf ihren Einwand einzugehen, »ist, dass du deine Haare wieder dunkel färbst. Du brauchst dich nicht mehr zu verstecken.«

Wenn es denn nur so einfach wäre. Sie sprach diesen Gedanken wiederum nicht aus. Stattdessen lehnte sie sich an Sean und genoss seine Zuwendung.

•

Ian wischte sich die blutverschmierte Hand an seinem ebenso verschmutzten Shirt ab. Überrascht stellte er fest, dass seine Finger zitterten.

Das ist nicht richtig, hörte er die Stimme seines Mädchens in seinem Kopf. Sie hatte ihm immer wieder gesagt, dass er seine alte Truppe nicht hassen sollte. Was damals passiert war, war niemandes Schuld.

Sie hatte vielleicht recht, aber seine Wut wollte nicht abnehmen. Es war, schüre jemand diese hässlichen Gefühlsregungen in ihm. Als ob eine fremde Macht dieses Feuer immer wieder von neuem anfachte. Er hatte keine Kontrolle darüber.

Ein Stöhnen ließ ihn zu Boden sehen. Vor ihm, im buchstäblichen Müll, lag Alec. Er war blutüberströmt und Ian wusste, dass sein Bruder kurz vor dem Verbluten war. Er suchte in seinem Herzen nach einem Funken Reue, weil er seinen Freund niedergetreckt hatte. Tatsächlich fand er ein Gefühl, das er als schlechtes Gewissen erkannte. Bis vor kurzem war er emotional stumpf gewesen. Inkubator 51 hatte ihm diesbezüglich Linderung verschafft und nach und nach waren mehr Empfindungen in seinem Inneren erblüht. Irgendetwas war bei ihm im Gange. Er konnte nur nicht sagen, was es war.

Alec stieß ein leises Röcheln aus. Einem Impuls folgend untersuchte er Alecs Taschen und fand dessen Mobiltelefon. Dort tippte er eine Nachricht ein und versendete sie danach.

Nach einem stummen *Es tut mir leid* erhob er sich und ging zum Wagen, wo 35 auf ihn wartete.

Er fühlte sich zerrissen, als wohnten in seinem Körper zwei Persönlichkeiten. *Wer bin ich?*, fragte er sich bereits zum hundertsten Mal. Seit er die Liebe wiedergefunden hatte, kamen nach und nach mehr Gefühlsregungen zurück. Er musste wieder lernen, zu fühlen.

•

Noa erwachte, weil es zu still im Zimmer war und das Bett zu viel Platz bot. Sie wusste es schon, bevor sie die Augen öffnete: Sean war weg. Sie versuchte, die aufkeimende Panik niederzukämpfen und blieb bewusst entspannt mit geschlossenen Lidern liegen.

Sean hatte sie vor ein paar Stunden nach allen Regeln der Kunst geliebt. Er war zärtlich und liebevoll gewesen. Sie hatte dabei alles für den Moment vergessen können.

Bei diesem Gedanken kam jedoch alles wieder hoch und sie stand frustriert auf. Sie brauchte Ablenkung, an weiteres Faulenzen war deshalb nicht zu denken. Sie wurde von einer plötzlichen Unruhe erfasst, was ihre Bettflucht noch beschleunigte.

Sie fand ihre Kleidung im Bad. Sie war ordentlich gefaltet und lag auf der Kommode. Noa wusste, dass sie sie einfach hatte zu Boden fallen lassen, als sie zu Sean unter die Dusche gestiegen war. Sie konnte sich gut vorstellen, dass Sean es gewesen war, der hier aufgeräumt hatte. Er achtete wie immer auf penible Weise auf Ordnung.

Nachdem sie sich vollständig angezogen hatte, ging sie erst einmal in die spartanische Küche. Sie fand sie leer vor. Überhaupt wirkte die Garage wie ausgestorben. Sie hatte aber insgeheim nichts anderes erwartet.

An der Kühlschranktür entdeckte sie eine Notiz, die mit einem Magneten in Form eines Vintage Pin-up-Girls befestigt war.

Noa, ich musste weg. Alec ist in Schwierigkeiten. Bitte tu mir den Gefallen und bleib im Safe House. Wir sind so schnell wie möglich zurück. Ich liebe dich.
Sean

Na großartig, jetzt hatte man sie schon wieder auf die Warteposition verbannt. Passivität war so gar nicht ihr Ding. Dennoch zwang sie ihre Loyalität Sean gegenüber dazu, hierzubleiben.

Während sie wartete, bis die Kaffeemaschine aufgeheizt und der erste Kaffee in die Tasse gelaufen war, kreisten ihre Gedanken allein darum, was sie tun konnte. Es gab eigentlich nur eins: Sie würde versuchen, herauszufinden, wie es ihrer Familie ging. Sie hatte schon seit Gomez ihr erzählt hatte, dass er ihren Tod fingiert hatte, das Drängen, etwas über ihre Angehörigen zu erfahren.

Sie ging mit der großen Tasse in Alecs Büro und setzte sich an dessen Computer. Sie kam nicht umhin, sich wie ein Eindringling zu fühlen. Schließlich bediente sie sich ungefragt an Alecs Eigentum, und das auch noch in seinem Schlafzimmer. Der ganze Raum roch nach ihm. Obwohl sie ihm nie so nahegekommen war, konnte sie seinen Geruch von dem von Sean oder Chris oder Danny unterscheiden.

Der Rechner fuhr so schnell hoch, dass Noa ins Staunen kam. Alec hatte wohl nur das Beste vom Besten für sich besorgt. Auf Staatskosten vermutete sie. Wahrscheinlich gab es diesen Stand der Technik noch gar nicht zu kaufen.

Sie öffnete den Internetbrowser und gab ihren eigenen Namen in die Suchleiste ein. Wenig überraschend ergaben sich rund sechzigtausend Treffer. Die meisten hatten mit ihrem Verschwinden und dem vermeintlichen Tod zu tun.

Ein Pressebild ihrer Familie fesselte ihren Blick. Ihre Eltern, ihr Bruder und ihre Schwester. Beim Anblick ihrer Schwester gefror ihr das Blut in den Adern. Was war, wenn sie auch so war? Noa sprang auf und rannte in ihr Zimmer, um Gomez' Unterlagen zu holen.

•

Thorpe tigerte durch sein zerstörtes Büro in der Werft. Obwohl *zerstört* das falsche Wort war. Alles war intakt, dennoch fehlten wichtige Akten und das störte seine pedantische Seite ungemein. Alles hatte seine Ordnung, seinen Platz, denn anders funktionierte sein Alltag nicht. Als Ian ihm mitgeteilt hatte, dass 46s Schlüsselwörter weg waren, hatte er gewusst, dass diese Schlacht verloren war. Er hatte sich vor Soldat 21 jedoch keine Blöße geben wollen.

Er versuchte, nicht an die Misere mit dem Frachter zu denken. Denn wenn er an sein vernichtetes Werk dachte, lief er Amok.

Das kraftvolle, einmalige Klopfen verriet ihm, dass 21 um Einlass bat. Er hatte Kopfschmerzen und war übelgelaunt und hatte deshalb nicht wirklich Lust, ihn zu sehen. Der Typ war anhänglich wie eine Schmeißfliege auf einem Miststock. Hatte immer irgendwelche Fragen oder sonstige Hiobsbotschaften.

»Herein.«

Die Tür ging auf und der modifizierte Soldat trat ein. Für ihn war 21 nichts anderes als ein Laufbursche, ein Lakai, der die Drecksarbeit für ihn erledigte.

»Was gibt's Neues von der *Iphthimos*? Und was ist mit Alec McAllister?« *Und Gott sei dir gnädig, wenn mir die Antwort nicht gefällt*, warf er stumm hinterher.

Ian schob beinahe nonchalant die Hände in die Taschen seiner Combathose, was nicht gerade zu Thorpes Entspannung beitrug. Hier ging es um sein Imperium, das Erbe seines Vaters, und dieser Hurensohn tat so, als hätte jemand ein Glas Bonbons fallen gelassen.

»McAllister verblutet gerade in einer Seitengasse. Ich habe seinem Team eine Nachricht in Alecs Namen geschickt. Sie werden kommen, um ihn abzuholen. Wenn wir abwarten, werden wir sie zu gegebener Zeit fassen können.«

Endlich mal eine positive Nachricht. Aber weshalb sah 21 dann so betreten aus? Vielleicht, weil es um die *Iphthimos* so schlecht stand. »Und was kannst du mir über mein Schiff berichten?«

»Der Schaden ist größer als gedacht«, begann Ian und ließ damit Thorpes schlimmste Befürchtungen wahr werden.

»Inwiefern?« Er versuchte, so ruhig wie möglich zu bleiben.

»Neben der Zerstörung der gesamten Einrichtung und dem Brand- und Wasserschaden haben diese Krawallmacher auch diverse Lecks im untersten Deck in den Rumpf gesprengt. Es läuft voll und wir können nichts dagegen tun.«

Thorpe dachte, explodieren zu müssen vor Zorn. »Willst du damit sagen, dass der Frachter verloren ist?«

Nun endlich zeigte Ian so viel Anstand, betroffen zu wirken. »Es sieht so aus.«

Thorpe fegte wütend alles vom Schreibtisch, was in seiner Reichweite war. Eigentlich hätte er 21 am liebsten den Schädel eingeschlagen, doch das hätte ihm nur noch weitere Schwierigkeiten eingebracht.

»Fahr zur provisorischen Zuchtklinik und schau da nach dem Rechten. Ich muss noch ein paar Anrufe tätigen.« Das war ein Bluff. Er hatte ehrlich gesagt im Moment keine Ahnung, was er tun sollte.

Ian nickte und war im Begriff, sich zum Gehen umzuwenden, als Thorpe noch etwas einfiel.

»Warte«, befahl Thorpe und Ian blieb stehen. »Die Aktion am G7-Treffen muss wie geplant ablaufen. Trotz dieses Drecks hier. Verstanden?« Ian nickte noch ein Mal knapp und verließ dann das Büro.

Thorpe blieb mit seinen Gedanken allein zurück. Es musste eine Lösung geben. Es konnte nicht sein, dass er wegen dieses Zwischenfalls alles, wofür er gearbeitet hatte, verlor. Die alte Zuchtklinik kam aus naheliegenden Gründen nicht mehr infrage. Das Provisorium schied ebenfalls aus. Woher bekam er also eine andere geeignete Immobilie? Es schien ihm nichts anderes übrigzubleiben, als im Internet nach etwas Passendem zu suchen. Irgendwo musste es etwas geben, das er über seine Scheinfirma mieten oder, noch besser, kaufen konnte. Vor allem in diesen wirtschaftlich schwierigen Zeiten.

Er war tief in die Internetsuche versunken, als plötzlich die Tür zaghaft aufging. Er wusste, wer seine Arbeit störte, doch in diesem Fall machte es ihm nichts aus. Im Gegenteil. Er war froh um ein wenig Ablenkung.

»Ich habe dir etwas zu essen gebracht«, sagte Ginger leise. Er hob den Kopf und sah die rothaarige Frau an. Sie hatte ein Tablett mit einem Sandwich und Bier dabei.

Die Frau war ein Glücksgriff gewesen. Er hatte sie in Gomez' Puff kennengelernt und sie schon bald unter seine Fittiche genommen. Sie sollte ein Auge auf die De Wit haben und Sean & Co. zu einem späteren Zeitpunkt in die Falle locken. Leider war sein Plan nicht aufgegangen, doch er machte ihr diesbezüglich keine Vorwürfe. Bei diesem Gedankengang fragte er sich einen

Moment, welcher Teufel ihn geritten hatte, als er und Stanton die De Wit gevögelt und vergewaltigt hatten. Sie war heiß, das mochte stimmen. Doch sie war auch eine seiner besten Zuchtstuten. Mit einem mentalen Schulterzucken tat er diese müßigen Gedanken ab. Es nützte jetzt sowieso nichts mehr.

»Vielen Dank. Das ist genau das, was ich gerade brauche.« Er lächelte sie an. »Und damit meine ich nicht das Essen oder das Bier.«

Mit der Eleganz und Geschmeidigkeit einer Katze stellte sie das Tablett auf den Stuhl an der Wand und schlenderte mit wiegenden Hüften auf ihn zu. Erst jetzt bemerkte er, dass sie nur einen dünnen Morgenmantel trug, dessen Band sie langsam entknotete. Darunter kamen weiche, helle Haut und ein paar wunderbar volle Brüste zum Vorschein. Der Chirurg, der die gemacht hatte, musste ein Genie sein.

Sie kniete sich vor seinem Stuhl hin und schob mit ihren Händen seine Knie auseinander. Ihre geschickten Finger öffneten seine Hose und legten sich um seinen vollständig erigierten Schwanz. Die Wärme ihrer Hand verschlug ihm kurz den Atem.

Mit einem plötzlichen, schnellen Ruck zog sie ihm Hose und Unterwäsche unter dem Arsch weg. Wer hätte gedacht, dass dieser kurze Kraftakt ihrerseits so erregend sein konnte?

Als er die Hitze und die Feuchte ihres Mundes um seinen Schaft spürte, ließ er den Kopf nach hinten fallen und verbot sich jeden weiteren Gedanken an die ganze Tragödie, die gerade sein Leben aus den Angeln zu reißen drohte.

Kurz bevor er kam, ließ sie von ihm ab und half ihm auf die Beine. »Fick mich«, war alles, was sie sagte, bevor sie sich bäuchlings über seinen Schreibtisch bückte und ihm ihren geilen Arsch entgegenstreckte. Diese Einladung schlug er auf keinen Fall aus und er nahm sie hart und schnell. Sie war eine Meisterin ihres Fachs und wusste, was ein Mann gerade brauchte. Einer der Vorzüge dieser Hure. Er würde sie behalten, solange er sich gut unterhalten von ihr fühlte. Und danach? Vielleicht konnte man sie trotz ihrer langweilig-normalen Genetik doch noch für die Zucht gebrauchen. Für eine einzelne Geburt würde sie reichen.

Gesättigt durch Nahrung und befriedigt durch Ginger setzte er sich wieder hinter seinen Computer. Schon bald stieß er auf eine Anzeige, in der ein leerstehendes Fabrikgelände zum Verkauf angeboten wurde. Bingo!

•

»Verflucht noch mal! Wo ist der Kerl?« Sean wollte nicht laut werden, doch die Sorge um Alec hatte im Minutentakt zugenommen. Nachdem Chris ihn geweckt und gesagt hatte, dass Alec ihm per SMS mitgeteilt hatte, dass er in der Scheiße steckte, hatten sie sich auf die Suche nach ihm gemacht.

Sie waren sofort zum Ort gefahren, wo Alec sich befinden sollte. Betonung auf sollte, denn er war schlichtweg nicht da gewesen.

Chris, Danny und er suchten jetzt schon seit fast drei Stunden. Sie hatten sich zwischenzeitlich aufgeteilt und die Suche landeinwärts des Ocean Drives ausgedehnt. Jeder von ihnen übernahm einen Häuserblock.

»Wo bist du, Alec?« Die Worte kamen ihm immer wieder leise über die Lippen.

Plötzlich vibrierte sein Handy in der Hosentasche. Er zog sich in einen Hauseingang zurück und nahm das Telefon heraus. Es war Noa und er wurde von einer weiteren Sorge erfasst.

»Ist alles in Ordnung?«, fragte er, sobald er den Annahmebutton gedrückt hatte.

»Ja«, antwortete sie knapp. »Hör zu, ich weiß, wo Alec steckt.«

Ein Funken von Erleichterung glomm zaghaft in ihm auf. »Wo? Woher hast du diese Information?« Er wollte nicht herrisch klingen, dennoch befürchtete er, dass er gerade so rübergekommen war. Noa ließ sich jedoch nichts davon anmerken.

»Ich sitze an Alecs Computer und gerade vorhin …«

»Moment, was machst du an seinem PC?«

Sie schnaubte etwas genervt ins Telefon. »Das ist jetzt nicht wichtig. Alec hat jetzt Priorität. Auf jeden Fall ging ein Webalarm los und als ich auf das Fenster geklickt habe, ist ein Aufruf der Polizei erschienen.« Sie hielt kurz inne und zerrte damit an Seans Nerven.

»Weiter.« Er fauchte fast.

»Alec liegt verletzt im Mount Sinai Medical Center. Die Polizei sucht Zeugen, Sean.«

Alec hatte für sie alle Webalarme inklusive Gesichtserkennung eingerichtet. Immer wenn einer von ihnen in Problemen steckte, aus denen er sich nicht selbst befreien konnte, wie er jetzt, ging der Webalarm los. Der Gedanke dahinter war, dass keine Behörden auf sie aufmerksam wurden. Zum Glück hatte Noa das getan, was sie gerade getan hatte. Auch wenn er nicht wusste, was das genau gewesen war.

»Wir gehen gleich hin. Danke, Baby. Bleib, wo du bist.«

Sie atmete laut aus. »Sei vorsichtig, Sean«, sagte sie und legte auf.

Er joggte zurück zum Auto und rief unterwegs Chris und Danny an. Als er beim Wagen ankam, waren die beiden anderen bereits da. Sean setzte sie kurz über das Neueste in Kenntnis.

»Wie lautet der Plan?«, fragte Chris und Sean wünschte sich, er hätte darauf eine Antwort. Alles hing von Alecs Zustand ab.

»Wir müssen erst einmal die Lage sondieren. Je nachdem, wie es Alec geht und auf welcher Abteilung er liegt, gestaltet sich der Einsatz.«

Er fuhr auf den Parkplatz des Krankenhauses und wandte sich an Chris. »Nimm eine Mütze und sieh dich mal da drinnen um. Wir warten hier draußen auf dein Zeichen.«

Chris nickte, stieg aus und holte das *Miami Dolphins*-Cap aus dem Handschuhfach. Sean sah ihm so lange nach, bis er im Inneren des Gebäudes verschwunden war. Jetzt konnten sie nur abwarten und Tee trinken. Etwas, was ihm gar nicht schmeckte.

•

Noa konnte nicht sagen, warum ihr schlecht war. Vielleicht wegen Alec, vielleicht aber auch wegen ihrer Familie. Kurz bevor der Webalarm losgegangen war, war sie über beunruhigende Neuigkeiten gestolpert. Sie hatte in Gomez' Notizbuch einen kurzen Eintrag gefunden, worin ihre Schwester erwähnt wurde. Allem Anschein nach war auch sie den Machenschaften von Thorpe Senior und Junior zum Opfer gefallen. Gemäß den Einträgen im Buch hatte man sie jedoch noch nicht rekrutiert.

Leider war das nicht der aktuelle Stand der Dinge. Denn laut Internet war ihre Schwester Fleur vor fast fünf Monaten in die Vereinigten Staaten gereist. Seit da galt Fleur als vermisst. Noa spürte in ihren Knochen, dass Thorpe hier seine Finger im Spiel hatte. Denn Noa hatte einen weiteren nicht offiziellen Artikel gefunden, in dem behauptet wurde, Fleur hätte nach ihr gesucht.

Noa verspürte entsetzliches Mitleid mit ihren Eltern, auch wenn sie ein eher konfliktbeladenes Verhältnis mit ihnen gehabt hatte. Beide Töchter auf so suspekte Art und Weise zu verlieren, war mehr als grausam.

Sie wusste ganz genau, dass das Verschwinden von Fleur auf Thorpes Konto ging. Noa war überzeugt, dass neben der bestehenden Vermisstenliste noch weitere Frauen und Mädchen verschwinden würden.

Sie stand auf und ging in Alecs Zimmer auf und ab. Diese Untätigkeit machte sie fast wahnsinnig. Sie kam nicht umhin, Thorpe & Co. eine gewisse Art von Anerkennung entgegenzubringen. Wie kamen diese Mistkerle nur immer wieder mit ihren Machenschaften davon? Doch damit war jetzt Schluss. Sie würde zusammen mit Sean und den anderen dem Ganzen einen Riegel vorschieben.

Sie setzte sich wieder hin und betrachtete weiter das Foto mit ihrer Familie. Eigentlich hätte sie gerade alles gegeben, um die Stimme ihrer Mutter zu hören. Wie einfach wäre es, das Handy hervorzuholen und die Nummer ihres Elternhauses zu wählen. Doch was hätte sie sagen sollen? *Hi Mama. Wie geht's? Ich habe mich endlich von meinem Zuhälter befreit.* Oder *Hi Mama. Ich habe mich versteckt, weil eine Horde Gestörter eine Zuchtstute aus mir machen will und deine andere Tochter nun in deren Händen ist.* Auch nicht besser.

Genervt schloss sie den Internetbrowser und wollte gerade den Computer herunterfahren, als ihr Blick auf einen Ordner auf dem Desktop fiel. Der Dateiordner trug den Namen *Thorpe.* Sie wurde neugierig. Wenn sie die Datei öffnete, würde sie definitiv Alecs Vertrauen missbrauchen und das wollte sie nicht. Dennoch bewegte ihre rechte Hand den Mauszeiger auf das Icon. Ehe sie jedoch den Doppelklick ausführen konnte, hörte sie ihm Korridor Lärm. Sie sprang auf und rannte aus dem Zimmer, um nachzusehen, was los war.

Als sie den Gang betrat, konnte sie die Szene, die sich ihr bot, nicht gleich einordnen. Sean trug Alec auf den Armen herein. Danny trug Etwas, das wie ein Herzmonitor aussah, in der einen Hand und einen Metallkoffer in der anderen. Hinter ihm folgte Chris, der eine Frau im weißen Kittel vor sich herschob und ihr die Mündung seiner Neunmillimeter gegen den Hinterkopf drückte.

Sean war inzwischen im Krankenzimmer verschwunden, in welchem Danny bis vor kurzem gelegen hatte. Noa eilte hinterher. Sie hatte nach dem Webalarm gewusst, dass Alec verletzt worden war. Es jedoch mit eigenen Augen zu sehen, gab dem Ganzen eine ganz andere Dimension.

»Los! Kümmern Sie sich um ihn«, schnauzte Chris, »und ich rate Ihnen, Ihren Job gut zu machen.«

»Chris«, ging Sean dazwischen, »schalt einen Gang runter.« Chris starrte Sean einen Moment an, nickte dann aber ergeben.

Dann schien Sean sie endlich zu bemerken und kam zu ihr. Bevor sie etwas sagen konnte, riss er sie in seine Arme und presste sie kraftvoll an seine Brust. Er roch nach Schweiß und Mann und sein T-Shirt war feucht von der Anstrengung. Sie spürte, wie ein leichtes Zittern durch seinen Körper lief.

»Was ist passiert?« Ihre Stimme wurde durch seine Umarmung gedämpft, doch die Anspannung, die sich unter ihren Fingern ausbreitete, zeigte ihr, dass er sie verstanden hatte.

»Chris, Danny. Bleibt hier und geht der Ärztin nicht auf die Nerven. Wenn sie Hilfe braucht, geht ihr ihr zur Hand.« Die beiden Soldaten senkten knapp den Kopf, dann wandte sich Sean an sie. »Komm, gehen wir in den Garten.« Er legte ihr sanft die warme Hand um den Ellbogen und führte sie nach draußen.

Der Morgen war bereits weit fortgeschritten und die feuchte Hitze des Spätsommertags machte die Luft schwer. Im Tageslicht erkannte Noa die dunklen Schatten unter Seans Augen. Er wirkte müde und sie konnte es ihm nicht verdenken. Er hatte schließlich noch keine Gelegenheit gehabt, sich von seinen eigenen Strapazen zu erholen. Sie wünschte sich plötzlich gemeinsam mit ihm ins Blockhaus zurück. Was für ein Glück, dass die Männer eine fantastische Regeneration hatten.

»Woran denkst du?«, holte er sie ins Hier und Jetzt zurück. Seine goldbraunen Augen schienen sie zu durchleuchten und bis in ihre Seele vorzudringen. Hatte sie überhaupt schon einmal einen Menschen so nahe an sich herangelassen? Sie wusste nicht wen und wann. Nicht einmal ihre Eltern hatten ihre inneren Barrieren zu durchbrechen vermocht.

»Ich habe mir nur gerade gewünscht, mit dir irgendwo anders zu sein.« Dann winkte sie ab, denn es gab jetzt Wichtigeres zu besprechen. Sie hörte, wie Sean tief Luft holte und sie danach anblickte, als hätte er Angst, sie würde sich in Luft auflösen.

»Also schön«, begann er und rieb sich mit der Hand über das Gesicht. »Nachdem du angerufen hast, sind wir sofort zum Mount Sinai gefahren.« Sean hatte angefangen, hin und her zu tigern. Er machte auf sie den Eindruck eines wilden Tiers in Gefangenschaft und sie musste den Drang unterdrücken, ihn zu beruhigen zu versuchen. Etwas an ihm sagte ihr deutlich, dass sie ihn nicht ablenken durfte.

»Chris ist reingegangen, um die Lage zu sondieren. Er hat herausgefunden, dass Alec gerade aus dem OP gekommen war und die Polizei schon ganz ungeduldig in der Cafeteria wartete, um ihn befragen zu können.« Nun war er stehen geblieben, direkt vor ihr, doch er sah sie nicht an. Stattdessen war sein Blick zu Boden gerichtet. »Das konnten wir nicht zulassen. Deshalb haben Chris und ich uns als Krankenpfleger ausgegeben, die einen Patienten, Danny, in die Notaufnahme brachten. Danach ging alles ganz schnell. Wir sind in den Aufwachraum gegangen, haben uns Alec geschnappt und wollten gerade verschwinden, als uns diese Ärztin in die Quere kam. Chris hat sie sich zur Seite genommen und gemeint, dass wir sie um Alecs Willen vielleicht noch brauchen könnten.«

Noa spürte, wie ihr die Kinnlade runterklappte. »Ihr habt einen frisch Operierten und eine Ärztin entführt und seid einfach so aus dem Krankenhaus hinausspaziert?«

Ein verschmitztes Grinsen erhellte kurz sein müdes Gesicht. »So einfach war es natürlich auch wieder nicht.« Sein Blick glitt in eine ihr unbekannte Ferne, als sähe er dort die ganze Szene noch einmal. »Erst mussten wir eine Transportmöglichkeit finden. Das hat Chris für uns erledigt, indem er eine fahrbare Liege auftrieb. Darauf haben wir dann Alec gelegt. Danach wurden wir aber von einem Pfleger aufgehalten, weil er etwas von dieser Frau Doktor wollte.« Wieder trat dieses schelmische Lächeln in seine Züge und Noa musste unwillkürlich selbst lächeln.

»Dannys Pistolenmündung, die gegen den Rücken der Ärztin drückte, löste das Problem sehr schnell. Und dann waren da noch die Cops, die unbedingt zu Alec wollten, und dadurch den Gang belagerten. Sie wollten uns, wie du dir vorstellen kannst, nicht gehen lassen.« Er unterbrach seine Erzählung ein weiteres Mal und Noa empfand das starke Bedürfnis, ihm einen Klaps zu verpassen, weil er sie so fies zappeln ließ.

»Hier hat uns die Ärztin durch ihre Schlagfertigkeit überrascht. Sie hat den Officer aus dem Weg geschoben und ihm an den Kopf geworfen, dass der Patient in eine Spezialklinik verlegt werden müsse, und sie keine Zeit zu verlieren hätten. Und weißt du was? Es hat tatsächlich funktioniert.«

Sie hatte keine Ahnung, was sie dazu sagen sollte. Sie war einfach nur froh, dass alle wieder da waren. Er zog sie in seine Arme und küsste sie auf den Scheitel. Sie lehnte sich dankbar an ihn und fühlte sich geborgen und zu Hause.

»So, und jetzt bist du an der Reihe«, hauchte er ihr unvermittelt ins Ohr.

Sie holte tief Luft, straffte die Schultern und sah Sean direkt ins Gesicht. Er stand augenscheinlich entspannt an der Wand, die Hände locker in den Taschen seiner schwarzen Army-Hosen verborgen. Nur sein ernster Blick strafte seine relaxte Haltung Lügen.

»Ich wollte etwas über meine Familie erfahren. Ich muss wissen, wie es ihnen geht.« Sie fühlte sich mit einem Mal verlegen, als hätte Sean sie bei einer kindischen Dummheit ertappt.

»Besteht denn die Möglichkeit, dass etwas mit ihnen nicht stimmt?«, fragte Sean ohne tadelnden oder gar spöttischen Unterton und nahm ihr damit jegliche Anspannung.

»Außer dass ihre älteste Tochter angeblich bei einem Absturz eines Kleinflugzeugs in den Everglades ums Leben gekommen ist, meinst du?« Sie konnte selbst hören, wie ihre Stimme vor Sarkasmus triefte und sie versuchte, sich zu beruhigen, um einen sachlichen Ton anzuschlagen. Nach ein paar tiefen Atemzügen glaubte sie, sich soweit im Griff zu haben, um normal mit Sean sprechen zu können.

»Meine Schwester ist ebenfalls verschwunden. Hier in den Staaten. Ich glaube, dass Thorpe seine Finger im Spiel hat. Nein, ich weiß es mit Sicherheit.«

Sean richtete sich alarmiert auf. »Bist du sicher? Es könnte sich auch um eine Fehlmeldung handeln.«

Sie schüttelte den Kopf. »Ich habe ihren Namen und die genetischen Angaben in Gomez' Buch gefunden.«

»Heilige Scheiße!«

·

Noas Hiobsbotschaft ließ Sean seine Hand in der Tasche zur Faust ballen. Nicht nur weil es Noas Schwester war, sondern auch weil wieder eine unschuldige junge Frau diesen Bestien in die Klauen geraten war. Wenn er nur wüsste, wie er diese Bande stoppen konnte. Er hatte immer mehr das Gefühl, dass sie die Sachen nicht so angehen konnten wie gewöhnlich. Es musste einen Weg geben. Nur welchen?

Er beobachtete Noa, wie sie gedankenverloren auf ihrer Unterlippe kaute. »Du weißt, dass wir alles tun werden, um deine Schwester und alle anderen Gefangenen zu befreien.«

Sie nickte andeutungsweise. Er musste daran denken, wie er sie das erste Mal gesehen hatte. Damals, auf dieser vermaledeiten Dachterrasse. Sie hatte sich da schon kämpferisch gezeigt, doch jetzt wirkte sie trotz der Sorge wie aus Stahl geschmiedet. Wenn ihm jemand nur schon vor sechs Monaten gesagt hätte, dass er sich Hals über Kopf in eine vermeintliche Prostituierte verlieben würde, hätte er demjenigen die Fresse poliert. Doch jetzt stand sie vor ihm: wunderschön, stark. Und sie war zum Zentrum seines Daseins geworden. Sie war sein Schicksal und gleichzeitig seine Achillesferse. Er war nicht religiös oder spirituell, dafür hatte er zu viel gesehen und erlebt. Aber langsam glaubte er, dass jeder einen vorbestimmten Weg zu gehen hatte.

Chris hatte sich Danny genommen und musste nun mit allen Vor- und Nachteilen leben. Er, Sean, wusste, dass Chris und auch Danny bereit waren, sich allem zu stellen. Er grollte ihnen nicht mehr, weil sie ihm ihre Beziehung verschwiegen hatten.

Und Alec, der lag gerade schwer verletzt ein paar Türen weiter. Sean hatte länger schon bemerkt, wie einsam das Genie war. Er wünschte seinem Freund von Herzen eine Frau an die Seite. Bisher hatte er immer die Meinung vertreten, dass ein Leben wie sie es führten keine ernsthaften Beziehungen zuließ. Sobald Liebe ins Spiel kam, wurde man verwundbar.

Das brachte ihn zum nächsten Punkt. »Was machen wir mit dem Baby?« Er sah, wie sie zusammenzuckte, dann blickte sie ihn an. Ihre Pupillen waren geweitet und ihre Wangen überzogen sich mit einem Hauch Rosa.

»Wie denkst du darüber?«, beantwortete sie seine Frage mit einer Gegenfrage. Sie wich ihm aus, das war so klar wie das Amen in der Kirche. Nicht dass er schon viele Kirchen von innen gesehen hatte.

»Du bist eine schlaue Diplomatin. Aber gut, wenn es dir hilft, werde ich dir sagen, wie ich darüber denke.« Er trat an sie heran und nahm ihre rechte Hand mit seiner Linken. Sie war eine Augenweide, selbst in diesem nervösen, sorgenvollen Zustand. »Ich hätte niemals gedacht, dass ich jemals Vater werden würde«, nahm er den Faden wieder auf und ließ sie dabei keine Sekunde aus den Augen. »Im ersten Moment konnte ich mir nicht vorstellen, dass du die Wahrheit gesagt hast. Du warst nur ein Trugbild. Dann aber kam mir der Gedanke, dass du zwar nicht gelogen hast, das Kind jedoch höchstwahrscheinlich nicht von mir sein kann. Schließlich hattest du kurz vor mir noch mit anderen Männern sexuellen Kontakt.« Er gab sich Mühe, alle Emotionen aus dem, was er zu sagen hatte, herauszuhalten. Denn er wusste, dass Gefühl zu Verletzungen führte und er sah ganz deutlich, dass sich Noa bereits von ihm zurückzuziehen begann. Er hatte sich jedoch für diesen Weg entschieden und nun gab es kein Zurück mehr. Eigentlich hatte sie es auch nicht anders gewollt, als sie ihm den Ball zugespielt hatte.

»Doch dann wurde mir klar, dass es gar nicht sein konnte, da du mir erzählt hattest, dass Gomez euch mit der Dreimonatsspritze versorgt hatte.« Er konnte beobachten, wie sich ihre Miene etwas entspannte.

»Was willst du damit sagen, Sean?« Ihr unsicherer Blick traf ihn mitten ins Herz.

»Ich meine damit, dass du mir kein größeres Geschenk machen kannst. Ich verspreche dir, dass ich euch beide mit meinem Leben beschützen werde. Es sei dir versichert, dass es nicht nur ist, weil du unser Kind erwartest, sondern weil ich dich liebe.«

Mehr war zu diesem Thema nicht mehr zu sagen. Sie musterte ihn eine halbe Ewigkeit und nun war es an ihm, sie hoffnungsvoll anzusehen. Die Sekunden verstrichen zäh wie Teer und er flehte stumm um Gnade.

Plötzlich fiel sie ihm um den Hals und vergrub ihr Gesicht an seiner Brust. »Es tut mir leid«, stotterte sie. »Wenn ich gewusst oder geahnt hätte …«

Er legte ihr die Hand an den Hinterkopf. »Schh. Es wird alles gut.« Und falls es einen Gott gab, so sollte er ihm beistehen, dass seine Worte besser auch in Erfüllung gingen.

Nachdem sich Noa in die Küche verabschiedet hatte, blieb er noch einen Augenblick im Freien. Eine unheimliche Müdigkeit hatte schon während des Gesprächs mit ihr von ihm Besitz ergriffen und er hatte sich nur mit Müh und Not aufrecht gehalten. Doch jetzt waren seine Akkus leer und er setzte sich auf einen der hässlichen, weißen Plastikstühle, die sie als Gartenmöbel nutzten. Er stütze seine Ellbogen auf den Oberschenkeln ab und legte seinen Kopf in die Hände. Schon bald spürte er den Schlaf herannahen und er hieß ihn dankbar willkommen. Für einen kurzen Moment keine Pflicht, keine Verantwortung und keine Sorgen empfinden zu müssen, schien ihm eine wahre Wonne.

In den letzten Wochen war er durch die Hölle und wieder zurück gegangen, und das barfuß und nackt. Er war sich nicht sicher, ob die Zeit in Afghanistan im Vergleich dazu nicht ein Erholungsurlaub gewesen war.

Nach einem tiefen Atemzug ließ er die sanfte Dunkelheit von ihm Besitz ergreifen. Nur ein paar Minuten Ruhe, sagte er sich.

•

Jemand berührte ihn. Die Fingerspitzen, die sich auf seine Stirn legten, waren kühl. Bevor er die Augen öffnete, versuchte er, sich einen Reim auf alles zu machen. Das Letzte, woran er sich erinnerte, war, wie er sich einen Kampf mit Ian geliefert und verloren hatte.

Er sondierte seinen Körper. Zehen, Beine, Hände und Arme waren in Ordnung. Sein Kopf fühlte sich leicht schwammig an und sein Rumpf war von einem Pochen erfüllt. Richtige Schmerzen hatte er nicht.

Er hob die Lider und war froh, als er erkannte, dass er sich im Krankenzimmer der Garage befand. Wäre er in einem Krankenhaus erwacht, wäre er bis zum Haaransatz in der Scheiße gesteckt.

Eine Frau in grüner OP-Kleidung stand neben seinem Bett und überprüfte seine Vitalwerte auf einem Monitor. Wer war sie? Ihre gelockten, braunen Haare trug sie schulterlang und ihren Augen schien nichts zu entgehen.

»Schon wach?«, fragte sie lächelnd, ohne den Blick vom Bildschirm zu nehmen.

Da die Frage rein rhetorischer Natur gewesen war, entgegnete er nichts. Er wandte seinen Blick erst zum Infusionsschlauch, der mit seinem Unterarm verbunden war. Dann hoch zum dazugehörenden Beutel.

»Ringerlösung.« Er war etwas heiser. Wahrscheinlich war er intubiert gewesen.

»Ja«, antwortete sie ruhig. »Sie haben viel Blut verloren und …«

»Das weiß ich«, unterbrach er sie. Ihre Stimme hatte eine seltsame Wirkung auf ihn. »Der Blutverlust bei einer Milzruptur und einer Stichverletzung in der Leber ist normal.«

Sie betrachtete ihn mit überraschter Miene. Sie war eine attraktive Frau. Intelligente Augen funkelten ihn aus einem ebenmäßigen Gesicht an. Volle Lippen komplettierten das Ganze. Sie trug kein Make-up, soweit er es erkennen konnte. Alec hatte schon immer Natürlichkeit diesen synthetischen Puppen vorgezogen. Sie war klein. Vielleicht eins fünfundsechzig und zum Glück kein Hungerhaken.

»Eine ziemlich akkurate Diagnose für einen Laien«, erwiderte sie trocken.

Oh Mann, diese Stimme. Etwas zu dunkel für ihre Erscheinung, aber so sexy, dass sie einen Kerl wie ihn in die Knie zwingen konnte.

»Ich bin kein Laie.« Er fixierte sie weiter mit seinem Blick und sie hielt ihm stand, was ihn beeindruckte. »Ich habe solche Kampftechniken trainiert. Und zwar mit demjenigen, der mir das angetan hat. Über Jahre hinweg haben wir gelernt, wie man jemanden schnell und effektiv aus dem Weg räumt.« Wieso erzählte er all das einer Fremden? Normalerweise hielt er sich zurück mit solchen Informationen.

Die Frau war etwas blass um die Nasenspitze geworden. Dennoch hielt sie sich aufrecht. »Wer seid ihr?« Nicht ein Hauch eines Zitterns in ihren Worten. Himmel, wenn das nicht scharf war.

»Niemand, den du kennenlernen möchtest.« Leider verhielt es sich von seiner Seite aus ganz anders. Er wollte diese Frau kennenlernen, und zwar in allen Facetten. Was zum Teufel war nur los mit ihm? Er hielt sonst alle auf Distanz. Sein Team war alles, was zählte. Er verabscheute die Einsamkeit, in der er lebte zwar, je länger, desto mehr. Dennoch war er ein überaus misstrauischer Mensch und Unbekannte hatten es sehr schwer bei ihm.

»Also gut, John Doe«, begann sie, »dann würde ich vorschlagen, dass du und deine Kumpels mich wieder freilassen.«

Wie bitte? Die anderen hatten die Ärztin entführt? Dieser Gedanke bescherte ihm Magenschmerzen. Ein Mensch wie sie sollte nicht in so etwas hineingezogen werden. Er stützte sich auf seine Arme, um sich aufzusetzen.

»Was denkst du, was du da machst?« Sie drückte ihn an den Schultern zurück und in ihren Augen wirbelte unterdrückter Ärger. »Die Narbe ist noch ganz frisch.«

Er konnte sich ein Lächeln nicht verkneifen. Dann hob er das Leintuch und sah den Verband. Er wollte sich daran machen, das Pflaster zu lösen, als sie ihm ungeduldig die Hand wegschlug. Die Ärztin schien es nicht gutzuheißen, wenn ein Patient sich nicht fügte.

Er schmunzelte, als er sie dabei beobachtete, wie sie vorsichtig die Ränder des Verbandes löste. Er war versucht, mit seinen Fingern durch diese wunderbare Mähne zu fahren. Sie musste weich und dicht sein.

»Wie ist das möglich?«, hörte er sie leise flüstern. Zwischen ihren Augenbrauen hatte sich eine steile Falte gebildet. Dann hob sie den Kopf und sah ihn verwirrt an. »Wie kann es sein, dass diese Naht aussieht, als wäre sie zwei Tage alt und nicht wenige Stunden?«

Wie viel konnte er ihr sagen, ohne sie oder das Team in Gefahr zu bringen? »Ich heile schnell«, war alles, was er auf die Schnelle antworten konnte.

»Was du nicht sagst«, erwiderte sie spöttisch. »Raus mit der Sprache! Was geht hier vor?«

Bevor er antworten konnte, zerriss ein Schrei die trügerische Ruhe. Alec sprang aus dem Bett und eilte so schnell es im möglich war aus dem Zimmer.

Draußen auf dem Korridor war anscheinend der Vorhof zur Hölle aufgegangen: Noa kniete weinend auf dem Boden. Jesus, ihr Latinokumpel, lag in ihrem Schoß.

Sean stand hinter ihr und sah mit verschlossener Miene auf seine Frau hinunter. Alec kannte seinen Waffenbruder schon lange genug, um zu wissen, dass ihm diese Geschichte an die Nieren ging.

»Was ist los?«, fragte er Chris, der ebenfalls leicht fehl am Platz wirkend dastand.

»Jesus und seine Gang wurden von Thorpes Männern angegriffen. Die meisten sind tot und Jesus wollte uns warnen. Unsere Feinde sind im Anmarsch.«

Alec begriff nicht, wie man sie aufgespürt hatte. Klar war die Garage kein komplett sicherer Ort. Doch man hätte meinen können, dass es Thorpe und Co. schwerer fallen würde, sie zu finden. Er wurde das Gefühl nicht los, dass man sie verpfiffen hatte und die einzige Person, die dafür infrage kam, war die Ärztin.

Alle standen wie vom Donner gerührt im Flur und Alec fühlte sich eigenartig hilflos. »Ihr müsst verschwinden«, flüsterte Jesus Blut hustend. »Sie werden kommen. Vielleicht nicht heute oder morgen. Aber sie werden kommen.«

Noa strich ihm die strähnigen Haare aus dem Gesicht. »Halt durch«, drang es gepresst aus ihrer Kehle, als müsste sie ein Schluchzen unterdrücken. Dann hob sie den Kopf und sah die Ärztin an.

»Du«, fuhr Noa sie an, »komm her, mach deinen Job und rette ihn. Hörst du?«

Sean legte Noa die Hand auf die Schulter, um sie zu beruhigen. Alec hatte seit er Noa kannte noch nie einen solchen Zorn in ihren Augen gesehen. Als sie Sean beinahe verloren hatten, war es Verzweiflung gewesen. Doch hier grenzte ihr Ausdruck fast an Hass.

Im Augenwinkel sah er, wie Frau Doktor zusammenzuckte, dann jedoch einen Schritt auf das Elend vor ihr auf dem Boden zuging. Als sie sich bei Noa niederkniete, packte diese sie unsanft am Oberarm. »Keinen Scheiß, verstanden?«

Alec beobachtete, wie die Frau im weißen Kittel kurz nickte. Gleich darauf beugte sich Sean zu Noa hinunter, um ihr etwas ins Ohr zu flüstern. Noa schüttelte vehement den Kopf. »Nein! Ich bleibe hier bei ihm.«

»Das geht nicht«, fiel ihr die Ärztin ins Wort. »Er kann sowieso nicht hierbleiben. Denn hier im Korridor, auf dem Boden, werde ich nicht viel ausrichten können.«

Diese Aussage brachte Bewegung in alle Anwesenden. Chris und Danny hoben Jesus aus Noas Schoß, Sean zog seine protestierende Frau hoch und er selbst ging zu der Medizinerin und half ihr auf die Beine.

»Gibt es etwas, was du mir sagen willst?« Sie sah ihn mit diesen unergründlichen Augen an, deren Farbe er bis jetzt nicht hatte bestimmen können. Irgendetwas zwischen blau, grün und gold. Je nachdem, wie das Licht in die Regenbogenhaut fiel.

»Wir haben keine Zeit für Ratespiele«, entgegnete sie resolut. »Wenn du etwas wissen willst, frag direkt oder lass mich in Ruhe meine Pflicht erledigen.«

Dieser Punkt ging dann wohl an Frau Weißkittel. »Okay, dann ohne Umschweife«, ergriff er das Wort erneut, »hast du uns Thorpe auf die Fersen gehetzt? Wenn ja, wie? Und wo wir schon dabei wären, hätte ich gern deinen Namen erfahren.« Denn wenn er den hatte, konnte er in der Zwischenzeit wertvolle Information über sie sammeln.

Sie starrte ihn streitlustig an. »Wie bitte? Soll das jetzt ein Scherz sein?« Sie stemmte die Hände in die Hüften, was ihre wohlgeformte Brust ins richtige Licht rückte. Alec tat sich überraschend schwer, ihr weiterhin ins Gesicht zu schauen.

»Keineswegs, meine Liebe«, gab er, um einen kühlen Ton bemüht, zurück.

Die Wut drang ihr aus allen Poren und machte sie für ihn noch anziehender. »Habe ich das gerade richtig verstanden? Und bitte verbessere mich, wenn ich mich irre«, schnaubte sie, »ihr entführt mich, damit ich deinen kläglichen Arsch rette und dann beschuldigst du mich, eine Verräterin zu sein? Verräterin von was oder wem? Ich kenne euch alle nicht. Wie hätte ich diesen anderen Kerl, der mir im Übrigen auch unbekannt ist, denn informieren sollen? Ich weiß ja noch nicht einmal, wo ich bin, denn deine Kampf- und Saufkumpane haben mir auf dem Weg hierher die Augen verbunden.«

Er trat einen Schritt auf sie zu. Nicht, um sie einzuschüchtern, sondern weil er ihr nahe sein wollte. Dieses fremde Bedürfnis war einfach zu stark. »Es gibt andere Möglichkeiten, einen geheimen Standort preiszugeben. Peilsender zum Beispiel.« Er musste zugeben, dass es ihm Spaß machte, mit dieser Frau zu streiten. Das Feuer, das in ihren Augen brodelte, schoss direkt in seine Lenden. Er hätte gerade große Lust gehabt, eine Leibesvisitation bei ihr durchzuführen.

»Unfassbar!«, fluchte sie und reckte störrisch das Kinn. »Du bist echt ein Idiot. Glaubst du allen Ernstes den Quatsch, den du da von dir gibst?«

Idiot? So hatte man ihn selten genannt. Er galt als das Genie der Truppe, mit gesteigerter Gehirnaktivität, woraus eine hohe Intelligenz resultierte. Als Idiot beschimpft zu werden, war mal etwas Neues und ja, es machte ihn an. Sonst hatten ihn alle aus Ehrfurcht vorsichtig behandelt.

Die Ärztin fluchte weiter. »Nichts von dem hier habe ich gewollt. Ihr habt mich quasi aus dem Operationssaal geschleift und jetzt muss ich mir solchen Unsinn anhören von jemandem, der noch gar nicht ansprechbar sein, geschweige denn aufrecht vor mir stehen sollte. Nicht nach einer solchen Verletzung …«

Er handelte, ohne nachzudenken. Er legte ihr eine Hand in den Nacken, zog sie an sich und küsste sie. Ihre Lippen waren weich und warm und fielen seltsamerweise für einen Moment in seinen Takt ein. Er trank ihren Atem. Sie schmeckte nach Erdbeeren im Sommer und er wollte mehr. Er wollte alles, um ehrlich zu sein.

Plötzlich trat sie ihm gegen das rechte Schienbein, stieß ihn von sich und gab ihm eine Ohrfeige, die ihm die Ohren klingeln ließ.

»Wag so etwas noch einmal und ich mache Rührei aus deinen Testikeln. Verstanden?« Dann drehte sie sich um und ging davon.

Scheiße, diese Frau war eine Naturgewalt, die ihm direkt in die Hose fuhr. »Wenn du mich schon beleidigst und mir drohst, solltest du mir zuerst sagen, wie du heißt!«, gab er zurück. »Das ist nicht anständig!«

»Fick dich!«, war die einzige Entgegnung, die er erhielt.

Neue Mitspieler

Endlich lief einmal etwas reibungslos. Der rasche Kauf der schon lange leerstehenden Immobilie etwa dreißig Meilen westlich von Miami und der anschließende Umzug der Zuchtobjekte und Arbeitsmaterialien war so gut wie abgeschlossen. Nach den Rückschlägen der letzten Zeit war dieser Erfolg mehr als wichtig.

35 und 21 standen neben Thorpe. Die beiden waren gerade von einem Einsatz gegen diese verdammte Gang zurück und es haftete ihnen immer noch der Gestank von Kampf und Tod an.

Thorpe verstand immer noch nicht, weshalb sich diese Halbschlauen überhaupt in diesen Kampf eingemischt hatten. Aber das war egal. Seine Leute hatte einen Großteil der Bande ausgelöscht und es wie das Ergebnis eines eskalierten Bandenkriegs aussehen lassen.

Den Anführer hatten sie entkommen lassen, in der Hoffnung, dass dieser schnurstracks zu Sean Patrick rannte. Ian hatte den Eindruck vermittelt, dass sie sich als nächstes die Truppe um Patrick vornehmen würden. Natürlich hatten er und seine Mannschaft keine Ahnung, wo sich das Rattennest Patricks befand. Doch wenn der Plan aufging, verließen diese Ratten aufgescheucht ihren Unterschlupf und konnten so endlich gefasst werden. Ein solcher Verlauf der Dinge gefiel ihm um einiges besser als der Mist, der in letzter Zeit vorgefallen war.

Plötzlich vibrierte das Handy in seiner Hosentasche. Er zog es heraus und nahm den Anruf entgegen, ohne vorher nachzusehen, war am anderen Ende der Verbindung war.

»Thorpe.«

Ein Räuspern erklang, dann folgte eine männliche Stimme. »Mrs. Hancocks Büro. Mein Name ist Callahan.«

Thorpe erstarrte kurz, dann wandte er der Geschäftigkeit des Umzugs den Rücken zu und ging zu seinem Auto.

»Was kann ich für Sie tun?« Er wusste, dass *Mrs. Hancock* nur ein Deckname war, hinter dem sich eine mächtige und wohlhabende Frau verbarg. Hier war seriöses, diplomatisches Vorgehen gefragt.

»Mrs. Hancock wünscht, sich mit Ihnen zu treffen.«

Thorpes Hände wurden feucht. Er wagte kaum, zu hoffen. Doch wenn Mrs. Hancock an seinem Produkt interessiert war, wäre seine finanzielle Situation mehr als rosig.

»Worum geht es?«, fragte er und hoffte, dass man ihm die Aufregung nicht anhörte.

»Das wird Ihnen Mrs. Hancock persönlich mitteilen. Sie erwartet Sie in zwei Stunden in ihrem Penthouse. Ein Fahrer wird Sie an Ihrem jetzigen Standort abholen.« Thorpes Kehle wurde trocken und das war ihm noch selten passiert. »Wenn Sie mir Ihre Adresse durchgeben, dann schicke ich Ihnen den Wagen.«

Thorpe gab ihm die Daten, nur um danach auf eine tote Verbindung zu stoßen. Er warf einen Blick auf seine Hublot. Zwei Stunden. Gerade genug Zeit, hier alles zu regeln und sich frischzumachen. Er wertete es als Vorschuss, dass die Frau an ihn herangetreten war.

Es gab noch einiges zu erledigen, bevor er schließlich abgeholt wurde und er war dankbar über diese Form von Ablenkung. Er betrat das ehemalige Fabrikgebäude und stieg die Treppe hinunter ins Untergeschoss. Leider hatte dieser Bau nur eine Kelleretage. Drei wären besser gewesen, um seine Zuchtobjekte nach dem jeweiligen Entwicklungsstadium einzuteilen. Dafür wies der Gebäudekomplex mehrere Nebenbauten auf, was praktisch war. Die Gruppierung konnte somit auch auf diese Weise gewährleistet werden.

Sie hatten die Inkubatoren und den Genspender in den Keller verfrachtet, um eine mögliche Fluchtgefahr so gering wie möglich zu halten. Er betrat Raum 1, wo die neu rekrutierten Frauen auf ihren Aufenthalt vorbereitet wurden. Hier wurden sie untersucht, geimpft und bekamen ihre erste Hormonbehandlung.

Er beobachtete die Szene mit gewisser Distanz, denn wenn er die nicht wahrte, konnte er seinen Job nicht erfüllen. Natürlich waren die Frauen nicht freiwillig hier. Wer würde eine solche Behandlung schon wollen?

Einige der Inkubatoren waren stark sediert, andere hingegen wehrten sich nach Leibeskräften. Sie schrien, fluchten und schlugen wild um sich. Der Kampf dauerte meist nicht lange, denn mit der Hormoninjektion wurden sie auch chemisch ruhiggestellt.

Thorpe betrachtete die Ausbeute und fand, dass er sehr gutes genetisches Rohmaterial aufgetrieben hatte. Er wandte sich ab und ging weiter zur Produktion. In diesem Raum lagen rund zwanzig trächtige Inkubatoren. Alle in verschiedenen Stadien der Entwicklung.

Sein Weg führte ihn weiter zum hintersten Zimmer dieses Kellers. Es war eine Hochsicherheitszelle. Stahlverkleidete Panzertür, Wände aus Eisenbeton von etwa zwei Metern Dicke. Nur Wissenschaftler und Soldaten, die den höchsten Sicherheitsvorschriften entsprachen, durften sich diesem Bereich nähern. Dieser Raum beherbergte den wichtigsten Rohstoff für seine Forschungen und die Produktion. Es war das Wesen, an dem sein Vater damals angefangen hatte, zu forschen. Der wahrscheinlich Einzige seiner Art. Sein Vater hatte das Wissen über die Herkunft dieser Kreatur mit in sein Grab genommen. So war dieses Exemplar das Wertvollste, was Thorpe besaß. Er warf einen Blick durch das dicke Panzerglas. Sie nannten es der Einfachheit Alien oder Nummer 1.

Das Vieh lag auf einer Art Liege, angekettet und ebenfalls unter Drogen gesetzt. Die dunkelgraue, feste Haut bedeckte viel zu lange Glieder und schimmerte bläulich im künstlichen Licht der Neonröhren. Das Biest war zweieinhalb Meter lang und wog hundert Kilogramm. Es hatte Thorpes Vater zwanzig Männer gekostet, das Ding einzufangen.

Wie es so dalag, erschien es fast humanoid. Zwei Arme, zwei Beine, zehn Finger, zehn Zehen. Das Augenweiß war schwarz, die pupillenlosen Iriden jedoch leuchteten im Licht blau. Die Kreatur hatte keinerlei Körperbehaarung und schien nicht im herkömmlichen Sinn zu altern.

Während ihrer Forschungen hatten sie herausgefunden, dass Nummer 1 eine enorm schnelle Zellerneuerung aufwies, weshalb Wunden in Rekordzeit verheilten und eine außergewöhnlich große Kraftentwicklung daraus resultierte. Durch die Entschlüsselung des fremden Genoms hatten sie die Anlagen für spezielle Fertigkeiten isolieren können, welche sie nun für die Produktion verwendeten.

Nachdem er alles zu seiner Zufriedenheit vorgefunden hatte, stieg er die Treppe hoch und begab sich gut gelaunt ins Ausbildungszentrum.

Sie hatten es durch die genetische Manipulation geschafft, das Wachstum der Kinder zu beschleunigen. Soldat 35 zum Beispiel hatte das Aussehen und den Bau eines Endzwanzigers. Er war jedoch erst vor knapp acht Jahren zur Welt gekommen. In dieser kurzen Zeit hatte man ihn zur Kampfmaschine ausgebildet.

Natürlich fehlte diesen Schnellkochtöpfen die Fähigkeit, menschliche Bindungen einzugehen. Sie besaßen keine empathischen Anlagen oder soziale Intelligenz. Diese Dinge lernte ein normales Kind im üblichen Familienverband. Hier waren die Frischlinge jedoch isoliert unter Gleichaltrigen. Den einzigen Kontakt zu Erwachsenen stellten die Pfleger und Ausbilder dar. Die hatten jedoch strikte Anweisungen, keine soziale oder emotionale Bindung zu den Frischlingen aufzubauen.

Nachdem er seinen Kontrollgang zufrieden beendet hatte, ging er in sein frisch eingerichtetes Büro und machte sich bereit für seinen Termin.

Zwei Stunden später, eine gefühlte Ewigkeit, fuhr eine schwarze Limousine mit dunkel getönten Scheiben auf das Areal. Thorpe richtete noch einmal das Jackett seines nachtblauen Armani-Anzugs. Der Wagen hielt direkt vor ihm und der Chauffeur stieg aus. Dann ging dieser zur hinteren Tür und hielt sie ihm schweigend auf.

Thorpe zögerte kurz, nahm dann aber doch im Fond Platz. Die Tür war noch nicht geschlossen, als er bemerkte, dass er nicht der einzige Passagier war.

Die Sekunden tickten träge dahin, während er sein Gegenüber musterte. Der andere trug die Haare schulterlang, hatte sie jedoch im Nacken zusammengebunden und auf dessen Nase thronte eine modische Hornbrille. Thorpe konnte im schwachen Licht des Fahrzeuginneren keine Augenfarbe ausmachen. Doch das kantige Gesicht zeugte von Professionalität.

Schließlich fuhr das Auto los und als ob sein Mitreisender auf dieses Signal gewartet hatte, kam Bewegung in den bis dahin reglosen Körper.

»Guten Abend, Mr. Thorpe. Mein Name ist Callahan. Wir haben vorhin miteinander telefoniert.« Callahan griff in seine Aktentasche und zog ein Stück Stoff heraus. »Sie werden verstehen«, fuhr er dann in sachlichem Ton fort, »dass der Aufenthaltsort meiner Chefin absolut geheim bleiben muss. Deshalb muss ich darauf bestehen, dass Sie sich diesen Beutel über den Kopf ziehen.«

Thorpe schmeckte die Sache nicht. Er war froh, dass er eine Waffe unter seiner Jacke trug. Er war es nicht gewohnt, die Kontrolle abzugeben. Vor allem nicht in Gegenwart von Fremden. Er wusste aber auch, dass er kooperieren musste, wenn er diese Chance nicht verspielen wollte. Also zog er sich den schwarzen Stoffsack über den Kopf und lehnte sich zurück. Er versuchte, sich entspannt zu geben, obwohl sein ganzes Inneres zu vibrieren schien.

•

Noa ging vor der Zimmertür, hinter der Jesus gerade operiert wurde, auf und ab. Sean hatte sie in erster Instanz in ihr gemeinsames Schlafzimmer gebracht, doch sie war nicht zu halten gewesen. Wie konnte er von ihr denken, dass sie sich im Bett mit ihm vergnügte. Wenn ihr Freund nebenan wahrscheinlich starb.

Okay, hier musste sie sich eingestehen, dass Sean eigentlich keine deutlichen Avancen gemacht hatte. Aber das Feuer, das stets in seinen Augen loderte, wenn er sie ansah, hatte sie in die Flucht getrieben.

Die Stille, die jenseits dieser verfluchten Tür herrschte, trieb sie fast in den Wahnsinn. Sie konnte den Drang, den Raum zu betreten und nach Jesus zu sehen, kaum unterdrücken. Doch was würde das schon bringen? Nur dass die Ärztin bei ihrer Arbeit gestört wurde.

Warten, warten und immer wieder warten. Das war nicht ihr Ding. Diese Angelegenheit war einfach eine Nummer zu groß für sie alle. Erst Sean, dann Danny, gefolgt von Alec. Und jetzt auch noch Jesus. Wie lange würden sie noch durchhalten und Thorpe entkommen? Wo endete das Ganze? Wann ging das große Sterben los? Bis jetzt hatten sie schlichtweg nur Glück gehabt.

Sie gab sich selbst einen Ruck und ging in die Küche, um etwas zu trinken. Seit ein oder zwei Tagen empfand sie eine latente Übelkeit. Nicht schlimm, aber konstant und spürbar. Verfluchte Hormone!

An ihrem Ziel angekommen, traf sie auf Sean, Chris und Danny, die sich gerade mit ernsten Mienen unterhielten.

Sean blickte auf, sobald sie mit einem Fuß über die Schwelle getreten war. Irgendwie hatten sie in der Zeit, seit Seans Rettung, wieder zueinander gefunden. Es machte fast den Anschein, als hätten sie sich synchronisiert. So albern sich das auch anhörte.

»Gibt es etwas Neues?«, fragte er in seiner für ihn so typischen tiefen, leicht heiseren Stimme. Zur Antwort schüttelte sie nur den Kopf und ging zum Kühlschrank, um sich eine Cola zu holen. Coca-Cola und Salzcracker halfen ihrem empfindlichen Magen etwas.

Dann gesellte sie sich zu den Männern und lehnte sich dabei leicht an Sean. Sie brauchte seine Nähe wie die Luft zum Atmen. Die Erinnerung an die Zeit, in der er nicht er selbst gewesen war, ließ sie erneut erschaudern. Seine Anwesenheit verankerte sie in der Realität und verhinderte damit, dass sie sich in diesem Chaos verlor.

»Worüber redet ihr?« Sie war nicht von Neugier getrieben, sondern auf der Suche nach Ablenkung, sonst verlor sie den Verstand.

Sean legte ihr den Arm um die Schultern und zog sie an sich. »Wir besprechen gerade die Lage«, begann Chris. »Dein Kumpel hat uns gewarnt, dass Thorpes Leute hierherkommen. Jetzt stellt sich die Frage, ob das stimmt oder nicht. Sollen wir verschwinden oder ist es eine Falle.«

Noa wollte gerade entgegnen, dass Jesus in dem Zustand, in dem er sich befunden hatte, sicher nicht lügen würde, doch Danny kam ihr zuvor.

»Wir gehen nicht davon aus, dass Jesus falschspielt. Uns geht es darum, dass Thorpe noch nicht da ist, wenn er doch angeblich unterwegs sein soll.«

An dieser Logik gab es nichts zu rütteln. War Jesus tatsächlich als Köder benutzt worden? Alles nur, um sie aufzuscheuchen? Dass Thorpe über Leichen ging, wusste sie inzwischen.

»Ich glaube«, begann nun Sean und die Vibrationen seiner Worte drangen durch seinen Brustkorb in ihren Körper, »dass Thorpe uns aus der Reserve locken will. Er weiß nicht, wo wir sind und wartet jetzt darauf, dass wir fliehen.«

Höchstwahrscheinlich hatte Sean recht. Aber was war, wenn sie sich irrten und sie gerade jetzt, in diesem Augenblick, umzingelt wurden und sie so jede Aussicht auf ein Entkommen verloren? Auf einmal hörte sie leise Schritte und auch Sean reagierte darauf, indem er den Kopf Richtung Tür drehte.

Noa tat es ihm nach und entdeckte die Ärztin. Sie sah müde aus und wischte sich gerade die Hände an einem Tuch ab, während sie die Küche betrat. Noa erwartete fast, blutige Spuren auf dem Stoff zu erkennen, der die andere Frau in den Händen hielt. Doch da war nichts zu sehen. Hinter der Doktorin erkannte sie Alec, der der Frau wie ein Schatten gefolgt war.

»Wie geht es Jesus De La Vega?«, fragte Sean und Noa war froh, dass er die Initiative ergriffen hatte. Sie selbst war bis ins Mark erstarrt.

Die Ärztin schüttelte andeutungsweise den Kopf. In diesem Moment brach etwas in Noa entzwei. Jesus, tot? Das konnte nicht sein. Es durfte nicht sterben.

Etwas zerriss in ihrem Inneren. Sie bekam kaum Luft. Die Trauer erdrückte sie beinahe. Gleichzeitig erfasste sie eine unsägliche Wut. Genug war genug!

»Wann hört das endlich auf!«

Sean presste sie an sich und sie schlug mit ihren Fäusten gegen seine Brust. Er sagte nichts und versuchte sie auch nicht davon abzuhalten. Er war ihr Fels und hielt ihrem Sturm stand.

Alles, was sie wollte, war die unglaubliche Wut und Trauer an jemandem auszulassen. Es tat so weh! Jesus war wie ein Bruder für sie gewesen. Der Schmerz brannte wie Säure hinter ihrem Brustbein. Er war ihr bester Freund gewesen. Für lange Zeit ihr einziger.

Bevor sie sich beruhigen konnte, wurde sie wieder von diesem inzwischen bekannten Sog erfasst. Sie begriff jedoch nicht, wie und warum. Sean war fit und sonst berührte sie niemand. Dann bemerkte sie, dass der Sog sich dieses Mal viel kälter anfühlte wie die letzten Male. Auch die Dunkelheit, die sie mit einem Schlag umgab, wirkte bedrohlicher als früher. Alles in ihr sträubte sich und sie versuchte, sich dem Strudel, der sie mitzureißen drohte, zu widersetzen. Sie war aber nicht stark genug.

»Noa?«, hörte sie Seans Stimme, als wäre sie nur ein Echo.

Gleichzeitig entdeckte sie eine Gestalt vor ihrem inneren Auge, oder wie man diese ganze Szene auch immer nennen wollte. Das Wesen bekam immer mehr Substanz, bis sie es als Jesus erkannte.

Princesa, begann er und klang dabei, als befände er sich in weiter Ferne.

Sie erstarrte, unfähig, etwas zu sagen oder einen klaren Gedanken zu fassen.

Es ist okay, Bonita. Lass mich gehen. Pass auf dich auf. Wir sehen uns wieder, auf der anderen Seite. Te amo, Noa, mi hermosa.

Dann löste er sich langsam auf und verschwand. Noa wollte nach ihm greifen, doch sie konnte sich immer noch nicht rühren. Als er für immer verloren war, schien alles um sie herum in tausend mal tausend Scherben zu zerspringen, und so schnell dieser mentale Weltuntergang begonnen hatte, so schnell war auch wieder vorbei. Sie schlug die Augen auf und konnte den Tränen keinen Einhalt mehr bieten. Deshalb vergrub sie ihr Gesicht erneut an Seans harter Brust. Wieso war sie dieses Mal nicht ohnmächtig geworden? Warum musste das nur so wehtun?

•

Deborah hatte alles getan, um das Leben dieses Jesus so und so zu retten. Obwohl seine Wunden nicht allzu gravierend gewesen waren, war er ihr unter den Fingern weggestorben. Ein Umstand, den sie immer noch nicht verstand. Doch dann fiel ihr ein, dass er ihnen eine Nachricht überbracht hatte. Waren seine Verletzungen und sein Ableben kalkuliert gewesen?

Wo war sie hier nur hineingeraten? Sie hatte den Eindruck gehabt, dass irgendeine Art Gift im Spiel gewesen war. Denn die drei Schusswunden, die er gehabt hatte, hätten allesamt nicht tödlich sein dürfen. Weder die am Oberschenkel noch die beiden anderen an Schulter und Brustkorb. Es waren keine großen Blutgefäße und keine Organe betroffen gewesen.

Als sie eine der Kugeln aus dem Körper des Latinos entfernt hatte, war ihr aufgefallen, dass deren Oberfläche leicht porös war. Es war gut möglich, dass das Geschoss mit einer tödlichen Substanz präpariert worden war.

Nun beobachtete sie fasziniert, wie diese Noa in die Knie ging und der blonde Riese verhinderte, dass sie auf dem Boden aufschlug. Die Zärtlichkeit, mit der er auf sie einredete und sie festhielt, schnürte Deborah die Brust ein.

Plötzlich begann Noas Körper zu zittern, als hätte sie einen Anfall oder sowas. Die Medizinerin in ihr übernahm wie immer in solchen Momenten das Kommando und ihre Füße gingen auf das Paar am Boden zu. Zumindest war das ihr Plan gewesen, wenn ihr anderer Patient mit dem Namen Alec sie nicht am Oberarm zurückgehalten hätte.

»Lass, das beruhigt sich wieder.« Er sagte das mit solcher Überzeugung, als wäre diese Sache das Normalste auf der Welt.

»Hat sie solche Anfälle öfters?«

Er nickte. »Komm, wir lassen die zwei allein. Chris, Danny?« Dann zog er sie mit sich und sie leistete keinen Widerstand. Er führte sie in einen Raum, der aussah, als wäre er Schlafzimmer und Büro in einem.

Alec ging zum Bett und ließ sich am Matratzenrand nieder. Dann wies er sie mit einem Kopfnicken an, auf dem einzigen Stuhl im Zimmer Platz zu nehmen. Sie nahm dankbar an, denn sie war mit einem Mal sehr müde. Weil sie sich jedoch in seiner Gegenwart etwas unbehaglich fühlte, verschränkte sie aus Selbstschutz die Arme vor der Brust.

»Würdest du mir mal erklären, was hier eigentlich vorgeht?« Und Gott stehe ihm bei, wenn er sie mit uninteressanten Nebensächlichkeiten abspeiste.

Er stützte sich mit den Unterarmen auf den Oberschenkeln ab und lächelte dabei. Er war ein überaus attraktiver Mann. Trotzdem wurde sie das Gefühl nicht los, dass er todgefährlich war und zwar im wahrsten Sinn des Wortes. Sein Blick brannte und schien sie zu durchbohren. Die feinen Härchen auf ihren Armen und im Nacken stellten sich auf als er zu sprechen begann. Deborah war jedoch nicht klar, ob es an seinen Worten lag oder an seiner

Stimme. Der tiefe Bass brachte ihre Organe zum Vibrieren und schickte kalte Schauer über ihren Rücken.

»Ich habe dir ja gesagt, dass wir nicht so sind, wie eine Medizinerin, wie du eine bist, es erwarten würde. Bevor ich jedoch weiter ins Detail gehe, hätte ich gern deinen Namen gewusst.« Er atmete kurz durch und schien zu überlegen, wie viel er ihr erzählen durfte.

»Du musst mir schon ein bisschen mehr bieten. Diesen Brocken hast du mir jetzt schon zum zweiten Mal hingeworfen und er ist nutzlos. Im Übrigen, ich heiße Deborah Miller.«

Es herrschte im Moment eine seltsame Spannung zwischen ihnen, welche sie verstörte. Natürlich lächelte der manipulative Mistkerl sie wieder an und brachte sie damit noch mehr in Schwierigkeiten.

Er nickte anschließend knapp und stand dann auf. Sie beobachtete seine fließenden Bewegungen. Eigentlich hätte er steif und immobil sein müssen nach dieser Operation am Bauch. Aber er wirkte, als wäre nichts Derartiges geschehen. Das wiederum weckte ihr medizinisch-wissenschaftliches Interesse. Und ja, auch ein wenig Neid.

Er ging zu einem Tisch, der als ein Schreibpult zu dienen schien, jedoch mehr ein Gartenmöbel war. Darauf standen zwei Laptops und auf dem Boden neben den Tischbeinen waren Akten fein säuberlich gestapelt.

Alec zog den dunklen Pullover aus und legte ihn ordentlich zusammen. Jede seiner Bewegungen zeigte deutlich, dass er eine militärische Erziehung genossen hatte. Unter dem Pulli trug er ein ärmelloses Shirt, das sich wie eine zweite Haut an seinen Körper schmiegte.

Sie spürte deutlich, dass unter dieser Lässigkeit geballte Kraft und Gefahr lauerten. Etwas, was sie lieber nicht kennenlernen wollte.

An seiner Vorderseite, durch den Stoff des Shirts, erspähte sie neben seinen straffen Bauchmuskeln, die Kanten des Verbands, den er immer noch zu tragen schien. Warum wohl, fragte sie sich.

Denn so viel wie sie bis jetzt erfahren hatte, brauchte er das Pflaster gar nicht mehr.

Verflixt, sie starrte ihn schamlos an und das war so gar nicht ihre Art. Er schien es zu ihrem Elend auch noch zu genießen. Zumindest dem schelmischen Grinsen nach zu urteilen, das gerade seine Mundwinkel umspielte.

»Siehst du etwas, was dein Interesse als Ärztin weckt oder das einer Frau?«

Sie spürte nur zu deutlich, wie ihr das Blut mit Überschallgeschwindigkeit ins Gesicht schoss. Scheiße! Um ihn nicht mehr ansehen zu müssen und um ihre Fassung wieder zu erlangen, stand sie auf und wandte ihm den Rücken zu.

Beruhige dich, Debby, das ist nur sein Katz- und Mausspiel.

»Also«, hörte sie ihn in entnervend sachlichem Ton, »hier sind ein paar Unterlagen, die denke ich, interessant für dich sein könnten.« Er tat so, als hätte er sie vorhin nicht über allen Maßen in Verlegenheit gebracht und das machte sie wütend. Am liebsten hätte sie ihm noch einmal eine geschmiert, doch sie zwang sich zur Räson. Denn es hatte zum einen keinen Sinn gewalttätig zu werden und zum anderen wusste sie auch, dass ihre Wut kindisch war. Er hatte ihr nichts weiter getan, als sie hochzunehmen. Irgendwie schaffte der Kerl es, ihre schlechte Seite herauszukitzeln.

Sie zwang sich zur Ruhe und setzte sich wieder hin. Es gab aber zuerst noch eine Frage, die geklärt werden musste. Deborah richtete sich auf und vermied es tunlichst einen Blick auf die Unterlagen in Alecs Schoß zu werden. Vielleicht war es aber auch das Körperteil, das sich unter den Papieren befand, vor dem sie sich hütete.

»Bevor du mich zum Mitwisser in dieser Angelegenheit machst, will ich erst erfahren, was ihr weiter mit mir vorhabt. Werde ich nach dieser ganzen Geschichte umgebracht? Wie soll es weitergehen?«

Er atmete laut aus und Deborahs Magen zog sich zu einem festen Knoten zusammen. Sie wertete seine Reaktion schlecht. »Ja, wir sollten erst die Bedingungen dieses Informationsaustauschs festlegen.«

Sie blickte ihm in die Augen in der Hoffnung dort ein Zeichen der Gnade zu finden. Die dunklen Iriden glänzten und sie erkannte, dass nichts Böses in ihnen lag. Sie spürte, wie sich ihre Lungen mit Luft füllten, als erinnerten sie sich gerade eben wieder, wie man atmete.

»Ich verspreche, dass dir von unserer Seite keine Gefahr droht. Unter der Bedingung, dass du die Informationen, die du nachher erhältst, unter dem Mantel des Arztgeheimnisses behandelst. Es darf niemand etwas erfahren. Es sei denn, wir treten aus den Schatten.«

Er machte eine kurze Pause und musterte sie einen Moment. Es war, als erwartete er eine Reaktion ihrerseits. Schließlich nickte sie einfach kurz. Daraufhin lächelte er und griff erneut zu seinen Unterlagen.

»Okay, da wir das geklärt haben, bitte ich dich mir einfach erst mal nur zuzuhören.« Sie nickte erneut.

Dann bekam sie eine Geschichte vorgesetzt, die nur aus einem billigen Roman hätte kommen können. Alles war enthalten: Experimente an Föten, Menschen, Aliens, eine geheime Vereinigung und Machenschaften, die bis ganz weit nach oben reichten. Nicht zu vergessen, dass Frauen entführt und missbraucht wurden. Ach ja, da gab's auch noch die Nanobots, die so klein waren, dass sie einen Weg ins Gehirn ihres Wirts fanden.

Bei all dem Mist, den man ihr hier auftischte, fühlte sie sich und ihren Intellekt beleidigt. Erwartete Alec wirklich, dass sie ihm das ganze Theater abnahm? Außer vielleicht im Kino war ihr noch nie ein solcher Humbug begegnet. Völlig verärgert über sich selbst und diese Zeitverschwendung erhob sie sich und ging zur Tür. Auf halbem Weg wandte sie sich zu dem Verrückten hinter sich um.

Alec saß entspannt da und beobachtete sie auf eine Art, die ihr die Haut eng werden ließ. Ein Grund mehr von hier zu verschwinden.

»Ihr seid doch alle komplett gestört!«, rutschte es ihr ungefiltert heraus. »Du erwartest doch nicht im Ernst, dass ich dieses Gruselmärchen schlucke?«

Er betrachtete sie weiter reglos, was noch mehr an ihren Nerven zerrte. Wo war sie hier nur gelandet? Irgendjemand erlaubte sich einen schlechten Scherz mit ihr.

Es dauerte fünf Minuten, bis Bewegung in seinen Leib kam. Wahrscheinlich waren es aber nur zehn Sekunden gewesen. Genau sagen konnte sie es nicht. Dann stand er so plötzlich vor ihr, dass sie reflexartig rückwärts stolperte, bis sie mit dem Rücken gegen die Wand stieß. Wie war das möglich? Kein normaler Mensch bewegte sich derart schnell. Ihr Verstand kam ins Schleudern und versuchte eine rationale Erklärung für das hier zu finden.

Alec stand so nahe vor ihr, dass sie seine Körperwärme durch die OP-Kleidung spüren konnte, die sie immer noch trug.

»So«, begann er leise, mit einem Unterton, der gleichzeitig bedrohlich und verführerisch war. »Wir sind in deinen Augen also gestört.«

Sie schluckte, weil sich in ihrer Kehle plötzlich ein dicker Kloß gebildet hatte. In ihrem Blut schienen sich feine Bläschen gebildet zu haben, da es in ihrem ganzen Körper kribbelte. Ihr Blick wanderte zu seinen Augen. Seine dunklen Iriden waren mitternachtsblau, wie sie jetzt erkannte. So tiefblau, dass sie im ersten Moment fast schwarz wirkten. Vorhin hatte sie gedacht, dass sie dunkelbraun waren. Doch jetzt erkannte sie, dass sie die Farbe eines Nachthimmels hatten. Tatsächlich funkelten immer wieder neongrüne Funken in der Regenbogenhaut auf. Flackernd und immer wieder an anderen Stellen, als tanzten kleine Leuchtkäferchen zu nächtlicher Stunde über das Firmament. So etwas hatte sie noch nie gesehen. Doch was war schon normal gewesen, seit dieser Mann sterbend auf ihrem Operationstisch gelandet war.

»Deine Augen…«, hörte sie sich selbst flüstern. Er lächelte. Schon wieder.

»Das ist immer so, wenn ich erregt bin. Egal was der Auslöser dieser Erregung ist.« Diese Augen waren wunderschön, doch sie wagte es nicht, das laut auszusprechen. »Hast du Angst vor mir?«

Sie schüttelte den Kopf. Klar hatte sie Angst. Sie machte sich vor diesem Kerl fast in die Hosen. Dennoch fühlte sie sich auf eine seltsame Weise von ihm angezogen, wogegen sie sich nicht wehren konnte. Sie senkte ihre Lider, nur um dann seine Lippen anzusehen, was auch nicht sehr hilfreich war. Sie waren schön geschwungen, aber nicht zu voll. Auf seinem Kinn zeigte sich ein Schatten seines Bartwuchses. Dieser Anblick hatte hinsichtlich der ganzen verrückten Situation etwas so Profanes an sich, dass ihr vor Erleichterung fast die Knie versagten. Vielleicht lag das aber auch an der Gegenwart dieses beeindruckenden Mannes.

»Ja«, gab sie schließlich heiser zu. Was hatte es für einen Sinn es zu leugnen.

Er stützte sich mit der linken Hand neben ihrem Kopf an die Wand. Sie beobachtete ihn gebannt, wie er den rechten Arm hob und dann mit den Fingerspitzen sanft von ihren Wangen hinunter über ihren Hals bis zur Mulde über ihrem Schlüsselbein fuhr.

Die *Fossa supraclavicularis major*, welche durch den *Musculus Sternocleidomastoideus*, der *Clavicula* und dem *Musculus Trapezius descendens* begrenzt wurde. Immer wenn sie nervös wurde, betete sie neurotisch lateinische Bezeichnungen der menschlichen Anatomie herunter.

»Du brauchst keine Angst zu haben«, hörte sie sein Flüstern dicht an ihrem rechten Ohr. Sein warmer Atem strich über ihre Haut und kitzelte sie auf aufregende Art und Weise. In ihrem Bauch begann es zu ziehen und zwischen ihren Beinen fand sie ihren Herzschlag wieder.

Er schloss noch mehr zu ihr auf, überbrückte die letzten sicheren Zentimeter und drückte sie mit seinem Körper gegen die Wand.

Seine freie Hand hatte ihre Wanderung inzwischen fortgesetzt. Deborah fühlte, wie sie sich langsam tastend unter den Saum ihres

Oberteils bewegte. Sie hielt reflexartig die Luft an. Sie sollte das hier stoppen, bevor es zu spät war. Aber verdammt nochmal, es war so lange her, dass ein Mann sie auf diese Weise berührt hatte.

Seine warme, schwielige Hand schob sich an ihrer Seite hoch und strich sanft über ihre Brust. Ihre Brustwarzen zogen sich kribbelnd zusammen und heiße Schauer der Erregung ergriffen ihren Unterleib.

»Ich will dich schon seit ich aufgewacht bin küssen«, sagte Alec leise an ihrem Hals. Sein Atem ging inzwischen stoßweise und bescherte ihr damit Gänsehaut. Der Herr im Himmel stehen ihr bei! Sie hatte schon lange nicht mehr solch schmerzhaftes Verlangen verspürt, dass es ihr die Luft zum Atmen raubte.

»Dann tu es, wie vorhin schon mal.« Sie dachte daran, wie er sie auf unverschämte Weise im Korridor an sich gezogen und seine Lippen auf ihre gepresst hatte. Anfangs war sie zu überrascht gewesen, um sich zu wehren und eine Sekunde später hatte es ihr gefallen. So lange, bis sich ihr Verstand erschrocken zurückgemeldet hatte.

Jetzt jedoch wollte sie diesen Mann so wie er sie wollte. Ihr ausgehungerter Körper lechzte nach seiner Berührung und der Zuwendung, die er ihr schenkte. Sie fasste Mut und schob ihre Hand unter sein Shirt. Seine Haut war samtweich, mit kleinen Erhebungen, wo sich Narben nach seinen Verletzungen gebildet hatten. Dieser Mann lebte am Limit und Deborah musste sich selbst eingestehen, dass gerade dieser Faktor ihn sehr anziehend machte.

Er nahm zärtlich ihren Mund in Beschlag, strich erst sanft mit seinen Lippen über ihre und schob dann tastend seine Zunge nach. Sie konnte ihm nicht widerstehen. Sie wollte es auch nicht. Sie wollte sich in diesem Moment mit diesem Mann verlieren. Für einmal ihr Gehirn abschalten und sich einfach einmal fallen lassen.

Er hob sie hoch und sie schlang ihre Beine um seine Hüften. Seine Hitze ließ sie erschaudern. Alec strotzte vor Kraft und sie wunderte sich am Rande wiederum, wie das nach einer solchen Verletzung überhaupt möglich sein konnte.

Dann trug er sie zum Bett und legte sie so vorsichtig hin, als bestünde sie aus Glas. »Du bist so schön«, flüsterte er ihr ins Ohr, bevor er ihr die OP-Kleidung auszog. Das grünliche Funkeln in seine Augen war stärker geworden und machte ihr auf diese Weise bewusst, dass dieser Mann kein normaler Mensch war …

Dann durchfuhr es sie wie ein Blitzschlag und sie erstarrte. Was tat sie hier? Der Kerl war ihr Entführer und nicht… nicht das, was er sein sollte. Die Leidenschaft von vorhin, die sie so glühend heiß durchflutet hatte, hatte sich in Eiswasser verwandelt. Sie musste hier weg. Weg von diesem Typ und weg von seinen Freunden. Was hatte sie sich hier nur gedacht? Nichts, war die simple Antwort. Sie hatte sich aufgeführt wie eine notgeile Quartierkatze.

•

Thorpe wurde, noch immer blind, in einen Fahrstuhl geschoben und wäre dabei fast über die Schwelle gestolpert. Er bekam langsam, aber sicher eine Scheißlaune, denn er war es nicht gewohnt, hin und her geschubst zu werden. Er brauchte es, die Zügel in der Hand zu haben. In Situationen, in denen er zur Passivität gezwungen war, drohte er immer, zu explodieren. Jetzt aber, soviel war ihm bewusst, wäre ein solcher Ausbruch mehr als ungünstig.

Er spürte, wie ihm der Schweiß zwischen den Schulterblättern über den Rücken lief und er beschloss, dass er das Jackett anbehielt. Das war ohnehin besser, da er sonst seine Waffe abzugeben hatte und diesen Joker wollte er nicht ausspielen.

Er hörte, wie die Tür des Aufzugs leise aufglitt. Die Fahrt nach oben hatte eine Ewigkeit gedauert. Zumindest war ihm das so vorgekommen. Callahan packte ihn am Arm und führte ihn vorwärts. Thorpe versuchte, seine Umgebung mit seinen verbliebenen Sinnen wahrzunehmen.

Die Luft war kühl. Wahrscheinlich lief die Klimaanlage auf Hochtouren, denn draußen hatte das übliche Waschküchenwetter geherrscht. Es hing ein leichter Duft nach Chemikalien oder Putzmitteln in der Luft. Nein, das stimmte nicht. Es roch nach Bohnerwachs. Jemand hatte hier kürzlich Holz poliert. Es konnte sich jedoch nicht um einen Parkettboden handeln, denn seine Füße bewegten sich über einen dichten, hochflorigen Teppich. Seine Schritte waren geräuschlos und auch die von Callahan, der an seiner rechten Seite ging, um ihn zu führen.

Nach einem gefühlten Kilometer hörte er hinter sich ein leises zweifaches Klicken. Eine doppelflügelige Tür war geschlossen worden.

»Entschuldigen Sie bitte diese unangenehme Behandlung, Mr. Thorpe. Sie dürfen die Kappe nun entfernen.« Callahan war von ihm weggetreten, um ihm Bewegungsfreiheit zu geben. Zumindest glaubte Thorpe das.

Er griff nach dem Stoff, der ihm nun schon viel zu lange die Sicht nahm und zog ihn vom Kopf. Im ersten Moment blendete ihn das indirekte Licht, das den ganzen Raum golden durchflutete und es dauerte ein paar Sekunden, bis er wieder scharf sehen konnte.

Er befand sich in einem großen Wohnzimmer. Dem rötlichen Ton nach zu urteilen, den die schweren Möbel ausstrahlten, handelte es sich dabei um Kirchbaumholz. In der Mitte des Raums lag ein dunkler Perserteppich aus Seide, dessen Größe ihn für viele unbezahlbar machte. Unter dem Strich auch für ihn selbst. All seine Gelder, zumindest die, die er erübrigen konnte, flossen in sein Lebenswerk.

Der Kronleuchter hing geschätzte zweieinhalb Meter über seinem Kopf und schien mit Prunk und Protz zu spotten. Er hatte noch nie viel mit solchem Firlefanz anfangen können. Er stand mehr auf minimalistische Einrichtung.

»Mr. Thorpe, schön, dass Sie den Weg zu mir auf sich genommen haben.« Die Stimme kam von links hinter ihm und glich dem Schnurren einer Katze. Bevor er sich umdrehte, holte er kurz Luft, um sich zu sammeln und seine Überraschung zu kaschieren.

Als er sich wieder im Griff hatte, drehte er sich um und lächelte seine Gastgeberin an. Er war sich seines Charmes bewusst. Nur mit ihm und der nötigen emotionalen Härte hatte er es so weit gebracht.

»Mrs. Hancock, vielen Dank für die Einladung.« Er nahm ihre Hand und deutete galant einen Handkuss an. Er hasste solche gesellschaftlichen Floskeln, doch es gab Situationen, in denen sie angebracht waren. »Erlauben Sie mir, Ihnen zu Ihrer wunderschönen Erscheinung ein Kompliment zu machen.« Und das war nicht übertrieben. Sie war eine Frau in mittleren Jahren mit schulterlangen, brünetten Haaren, einem Körper, von dem manch Zwanzigjährige nur träumen konnte und einem Gesicht, auf dem sich ein sehr begnadeter plastischer Chirurg verewigt hatte. Alles war in perfekter Proportion. Von den vollen Lippen zu den modellierten Wangenknochen und der designten Nase.

Ja, sie war das, was man sich unter einer First Lady vorstellte und genau das war sie ja auch. Sie war die Frau des Präsidenten der Vereinigten Staaten: William Cunninghams angetraute Ehefrau Katja.

Nur wenige wussten, wer sich hinter Mrs. Hancock verbarg. Katja Cunningham, geborene Michaels, zog hinter dem Rücken ihres Mannes des Öfteren die Fäden. Es wurde gemunkelt, dass sie eine Affäre mit dem Vizepräsidenten Archer pflegte. Allerdings ohne jeglichen Beweis.

»Vielen Dank für das Kompliment, Mr. Thorpe. Es ist jedoch nicht nötig, mir Honig ums Maul zu schmieren. Ich bin nicht der Typ Frau, der sich dadurch manipulieren lässt.« Das Lächeln, das bei ihren Worten ihre Lippen umspielte, war selbstsicher und sexy. Diese Frau war sich ihrer Wirkung auf Männer mehr als bewusst, was sie umso gefährlicher machte.

Er senkte entschuldigend den Kopf. »Ehre, wem Ehre gebührt, Madam. Sollte ich Ihnen jedoch zu nahegetreten sein, bitte ich um Verzeihung.«

Sie lachte gelöst, ging zu einem kleinen Trolly und griff nach einer geschliffenen Kristallflasche mit einer bernsteinfarbenen Flüssigkeit. Whisky oder Bourbon. Er hoffte auf ersteres. Vor allem, wenn es sich um schottischen Single Malt handelte.

Er beobachtete sie dabei, wie sie zwei Gläser einschenkte. Ihre Rückansicht war so einnehmend wie ihre Front. Ein rundes Hinterteil, welches sich in lange, wohlgeformte Beine fortsetzte, die in hochhackigen Sandalen endeten. Die Marke der Schuhe war ihm egal. Alles, was zählte, war, dass es sexy war.

»Sie schmeicheln mir und ich muss gestehen, dass das dieses Treffen noch vielversprechender macht als gedacht.« Sie gab ihm ein Glas und stieß mit ihm an. »Aber bevor wir zum angenehmen Teil übergehen, besprechen wir zuerst das Geschäftliche.« Sie setzte sich ihm gegenüber und legte betont lasziv die Beine übereinander. Und hallo…? Die First Lady machte einen auf Sharon Stone in Basic Instinct. Das konnte sehr spannend werden. Er lehnte sich zurück und trank einen Schluck. Ja, stellte er überrascht fest, sie hatte seine Vorlieben wohl im Vorfeld studiert. Der Sprit in seinem Glas war in der Tat ein schottischer Whisky. Wenn ihm sein Gaumen keinen Streich spielte, trank er gerade einen Oban.

»Also, Mr. Thorpe, beginnen wir mit den Verhandlungen. Ich habe erfahren, welchem Projekt Sie sich widmen und ich finde diese Sache äußerst interessant.« Sie machte eine kurze Pause und betrachtete einen Augenblick ihr Glas. »Ich bin bereit«, begann sie erneut, »dieses Unternehmen mit einer beträchtlichen, nennen wir es Spende, zu unterstützen.« Sie machte wiederum eine Pause und sah ihn prüfend an.

»Und von welcher Höhe dieser Spende sprechen wir hier?«

Sie begann zu schmunzeln. »Das hängt davon ab, wie die Gegenleistung aussieht.«

Wie üblich gab es bei dieser Art von Geschäft einen Haken, doch er war bereit, sich darauf einzulassen. »Darüber werden wir uns bestimmt einig.«

Sie musterte ihn erneut mit diesem kühlen, berechnenden Blick und Thorpe musste sich selbst eingestehen, dass ihn diese Frau mächtig anturnte. Normalerweise waren Mädchen wie Ginger sein Beuteschema: billig, leicht zu haben und am Ende komplikationslos loszuwerden. Mrs. Hancock aka Mrs. Cunningham jedoch hatte Klasse, einen wachen Verstand und bot einem Mann wahrscheinlich in jeder Lebenslage die Stirn. Eine buchstäbliche Herausforderung in sexy Verpackung.

Er betrachtete sie ebenfalls eingehend. Die langen, schlanken Beine, die Wespentaille, die nur eine Frau haben konnte, die keine Kinder geboren hatte.

»Nun gut. Ich muss sagen, Ihre Einstellung gefällt mir, Mr. Thorpe. Dann werde ich Ihnen nun mein Angebot unterbreiten.«

Ja, Baby, wird auch Zeit, und bitte lass den Zaster gewaltig fließen. Hoffentlich konnte die Dame keine Gedanken lesen.

»Ich werde eine anfängliche Zahlung von fünfzehn Millionen tätigen. Mit jedem fertiggestellten einsatzfähigen Soldaten bekommen Sie zweihundertzwanzigtausend Dollar ausgezahlt.«

Thorpe rechnete nach. Es war nicht gerade das, was er sich vorgestellt hatte. Jeder seiner Soldaten war nach Abschluss der Ausbildung mindestens eine Million wert.

»Mit Verlaub, Madam, aber das Rohmaterial in einen einsatzfähigen, funktionierenden Soldaten zu verwandeln, erfordert einiges mehr als zweihunderttausend Dollar.«

Mrs. Hancock stellte das Glas auf den kleinen Tisch neben sich und faltete entspannt die Hände in ihrem Schoß. Dann lächelte sie ihn mit einem Hauch Arroganz an. »Sie werden sich erst einmal damit begnügen müssen. Wenn ich mich selbst davon überzeugt habe, dass Ihr Produkt zuverlässig ist und in dem Rahmen funktioniert, wie Sie behaupten, werde ich die Zahlung eventuell anpassen.«

Die herablassende Art dieses Miststücks machte ihn langsam wütend. Er war doch kein Anfänger! »Ich dachte, Sie hätten sich vorrangig über meine Arbeit informiert«, konterte er in gespielt lockerem Ton.

Sein Gegenüber hob belustigt eine Augenbraue. »Aber natürlich, Mr. Thorpe. Aber Papier ist bekanntlich geduldig und ich sehe die Ergebnisse gern mit eigenen Augen.«

Thorpe zweifelte inzwischen an ihren Worten. Er befürchtete, dass sie von ihm erfahren wollte, wie er arbeitete und was sein Betriebsgeheimnis war. Doch so dumm war er nicht.

»Ich denke, Sie müssen mir in dieser Hinsicht vertrauen, Ma'am. Sobald ich einen Soldaten auf eine Mission schicke, werden Sie das Potenzial einer solchen Armee erkennen. Diese Kampfmaschinen haben gesteigerte Muskelkraft, verbesserte Seh- und Hörfähigkeit und verfügen über übermenschliche Geschwindigkeit. Bei der Produktion haben wir darauf geachtet, dass ihre Regenerationsfähigkeit verbessert wurde. Das heißt, dass sie sich von Verletzungen schneller erholen und nicht so leicht zu töten sind.«

Er nahm bedächtig einen Schluck Whisky und fuhr dann fort: »Was die Männer ebenfalls auszeichnet, ist, dass sie vollkommen loyal sind. Sie führen jeden Befehl aus und hinterfragen nichts. Sie haben keinen freien Willen und sie können sich nicht fortpflanzen. Ich konnte beobachten, dass sie kaum eine Libido haben, wodurch sie durch den Sexualtrieb nicht abgelenkt werden. Sollte jedoch einer plötzlich nicht mehr sauber funktionieren, können wir ihn schnell und effektiv aus dem Verkehr ziehen, weil wir eine Art Notschalter eingebaut haben.«

Er dachte dabei an Soldat 35 und an Ian. Wenn einer nicht spurte, reichte ein Druck auf eine App auf seinem Handy und er starb an Ort und Stelle an einer Hirnblutung. Ein Chip im Hirnstamm machte das möglich.

»Nun gut«, ergriff Mrs. President das Wort, »ich werde mich in dem Fall zwischenzeitlich mit ihrer Aussage begnügen müssen.

Aber dafür müssen Sie mir versichern, dass Sie meinen Auftrag ausführen und mit positivem Ergebnis abschließen werden. Wenn das der Fall ist, werde ich die Zweihunderttausend auf sechshundert erhöhen.«

Nun wurde Thorpe hellhörig. Ihr Auftrag schien dringlich zu sein und das machte sie angreifbar. Er konnte die Risse in der Fassade ihrer Schutzmauer deutlichen erkennen. Der entspannte, selbstgefällige Ausdruck auf ihrem Gesicht hatte einer ernsten, nachdenklichen Miene Platz gemacht. Nur das Leuchten in ihren Augen verhieß nichts Gutes.

»Und was kann ich für Sie tun, Mrs. Hancock?«

Sie atmete durch und schickte Callahan mit einem Fingerzeig aus dem Raum. Dann stand sie auf und schenkte sich noch einmal ein. Nachdem sie sich wieder gesetzt hatte, sah sie ihn eindringlich an. Bei dem Blick wuchs die Spannung in seinem Inneren. Er liebte schwierige Aufträge und dieser versprach, aufregend zu werden.

»Ich will, dass einer Ihrer Soldaten meinen Mann beseitigt. Schnell, sauber und ohne Spuren. Es soll am G7-Gipfeltreffen in einer Woche passieren.«

Thorpe richtete sich schlagartig auf. Den Präsidenten töten? Hatte die Frau sie noch alle? Nicht dass er mit dem jetzigen Amtsinhaber einverstanden gewesen wäre. Der Kerl war ein politischer Legastheniker und diplomatischer Analphabet. Es verging keine Woche, ohne dass er irgendein anderes Staatsoberhaupt vor den Kopf stieß. Aber ein Präsidentenmord war ziemlicher harter Tobak. Wollte sie am Ende ihren Mann aus dem Weg schaffen, damit sie und ihr Liebhaber, der Vize, freie Bahn hatten?

»Haben Sie etwa Skrupel, Mr. Thorpe? Wenn das der Fall sein sollte, werden wir leider keine Geschäftspartner.«

Das war die einzige Option, die für ihn nicht infrage kam. »Nein, kein Grund zur Sorge. Aber Sie müssen verstehen, dass ich mit Ihrem Wunsch ein enormes Risiko eingehe. Wenn der Anschlag auf mich oder meine Firma zurückgeführt wird, bin ich ruiniert und Sie ebenfalls.«

Sie lächelte süffisant. »Dann sehen Sie zu, dass Sie keine Spuren hinterlassen.« Sie stand erneut auf und stellte ihr Glas auf den Beistelltisch. »Dann wird es Zeit, unseren Deal zu besiegeln.«

Ihre Worte und der Klang ihrer Stimme fuhren ihm direkt in den Schwanz. Er beobachtete sie dabei, wie sie mit wiegenden Hüften auf ihn zukam und dann ihre Knie links und rechts von seinen Oberschenkeln auf das Polster stellte. Seine Hände legten sich aus purem männlichem Instinkt auf ihre nackten Beine und fuhren hoch bis zu ihrer weichen, unbedeckten Scham.

Sie seufzte leise und lehnte sich nach vorn. »Ich mag es hart«, raunte sie an seinem Ohr und er wähnte sich im Paradies. Vor allem, als sie vor ihm auf die Knie ging und seinen Schwanz bis zu ihren Mandeln in den Mund nahm.

●

Ian betrat gerade sein Zimmer, als sein Handy in der Tasche vibrierte. Was wollte der Boss denn nun schon wieder von ihm? Je mehr Zeit er mit Thorpe verbrachte, desto mehr widerte der ihn an.

Er warf einen Blick auf das Display. Die Nummer war unterdrückt. Er drückte auf den Annahmebutton. »Ja.«

»Ian Andrews?«, fragte eine fremde Männerstimme.

»Wer will das wissen?« Was ging hier vor?

»Aidan McGrath.«

Der Name sagte ihm nichts. Aber da er ihn so bereitwillig mitgeteilt hatte, ging Ian davon aus, dass hier kaum Gefahr herrschte. »Ja, ich bin Ian Andrews. Was wollen Sie von mir?« Und wie war dieser McGrath an seine Nummer gekommen?

»Ich habe ein paar Neuigkeiten, die dich brennend interessieren dürften.«

Ian setzte sich auf das Bett. »Und was könnte das sein?«

McGrath räusperte sich. »Informationen über deine Existenz und die deiner ehemaligen Truppe. Über Thorpe und seine Machenschaften und das Ende der Welt, wenn du es so willst.«

Ein Teil von ihm gierte nach dem, was McGrath zu sagen hatte. Doch ein anderer Teil hielt ihn zurück und zwang ihn zur Loyalität Thorpe gegenüber.

»Du fühlst dich unsicher, was du jetzt tun sollst. Stimmt's? Auch darauf kann ich dir eine Antwort geben.«

Ian erstarrte. Woher wusste der Kerl von seiner inneren Zerrissenheit?

»Das hat damit zu tun, dass Thorpe dich chemisch und elektronisch manipuliert«, fuhr der andere indes fort.

Wie manipuliert? Er wusste von dem explosiven Chip in seinem Kopf. Was war da noch?

»Triff dich mit mir, dann erfährst du alles.«

Bevor Ian etwas entgegnen konnte, war die Verbindung abgebrochen. Einen Augenblick später bekam er eine SMS mit Zeit und Ort für das Treffen. Erst zögerte er, doch dann schnappte er sich seine Jacke und verließ den Forschungskomplex. Der Teil in ihm, der sich nach Freiheit sehnte, hatte wohl gewonnen.

Zwei Stunden später machte er die Augen auf und fand sich in seinem Auto vor der Klinik wieder. Er konnte sich an das erschütternde Gespräch mit McGrath erinnern. Aber was danach geschehen war, lag im Dunkeln. Irgendeine klebrige Masse haftete an seinem Gaumen. Er öffnete die Wagentür und spuckte sie aus. Ein schwarzer Fleck breitete sich zu seinen Füßen auf dem Boden aus. Was war das?

•

Sie wand sich unter ihm, aber nicht auf die Art und Weise wie er es erwartet hatte. Sie versuchte ihn von sich zu schieben und er reagierte, indem er einfach innehielt. War er zu weit gegangen? Hatte er irgendetwas falsch verstanden?

»Geh runter von mir«, keuchte sie und drückte mit ihren Händen gegen seine Brust.

Kurz war er versucht, sie gegen ihren Willen zu nehmen, denn all die aufgestaute, unbefriedigte Lust drohte ihm den Verstand zu rauben. Er hatte ganz einfach viel zu lange keine Frau mehr gehabt und dieses warme, weiche Weibsbild unter ihm zeigte ihm mal wieder zu deutlich, was ihm fehlte. Am Ende riss er sich er sich jedoch zusammen, löste sich von ihr und stand auf.

Er war erfüllt von Wut, von der er im ersten Augenblick nicht wusste, woher sie kam. »Machst du das immer so? Erst das Feuer schüren und danach Wasser darüber kippen.« Die sexuelle Frustration gewann Oberhand und es war ihm ziemlich egal.

Sie antwortete nicht. Er sah im Augenwinkel, wie sie hastig ihre Kleider zusammensuchte. Er selbst trug nur noch die Boxershorts. Es stand ihm aber nicht der Sinn danach sich anzuziehen.

»Es tut mir leid«, hörte er sie murmeln. Als ob ihn das interessierte. Sein Schwanz schrie nach der Wärme, die ihm dieser Frauenkörper hätte geben können und seine Eier schienen nächstens zu explodieren. Also was, bitte schön, hatte er von dieser lahmen Entschuldigung.

Du bist ein fixfertiges Arschloch, Mann, flüsterte sein Gewissen in seinem Hinterkopf. Der Frust war jedoch stärker und schob sich wieder in den Vordergrund.

»Verschwinde.« Er sah sie bewusst nicht an, nahm aber wahr, wie sie abrupt innehielt.

»Und wohin soll ich verschwinden? Ihr habt mich als Geisel genommen. Hast du das schon vergessen?«, fauchte sie. »Ich weiß noch nicht mal, wo ich bin.«

Okay, da hatte sie recht. Aber verschwinden sollte sie trotzdem. »Ich werde Chris oder Danny bitten, dich nach Hause zu bringen.« War das eine kluge Idee? Er hatte sonst immer eine Lösung für fast alle Probleme parat, doch jetzt liefen seine Festplatte und sein Prozessor nur verzögert.

»Jetzt auf einmal lässt ihr mich gehen? Das soll noch einer verstehen!« Sie trat auf ihn zu und er war versucht zurückzuweichen. Er unterdrückte den Drang jedoch. Er würde vor dieser Frau nie zugeben, dass sie ihn verwirrte.

»Wie könnt ihr euch sicher sein, dass ich nicht zur Polizei gehe oder gleich zu diesem Thorpe?«

Sie würde es nicht wagen… *Reiß dich zusammen, Mann!* Er zwang sich seine geballten Fäuste zu entspannen. »Natürlich können wir uns diesbezüglich nicht sicher sein«, entgegnete er, als er sich wieder etwas im Griff hatte. »Du hast mir aber dein Wort als Ärztin gegeben. Und du solltest wissen, dass wir dich finden und töten, wenn du uns verpfeifst. Diese Sicherheit kann ich dir geben.«

Er stand auf und wies auf die Tür. Deborah sah elend aus. Das zerzauste Haar und in den Händen ihre zerknitterte Kleidung. Wäre er wirklich imstande diese Frau zu beseitigen, sollte sie sich als Verräterin erweisen? Das war sehr fraglich. Sie hatte etwas in ihm berührt, was er nicht benennen konnte.

Sie leistete seinem nonverbalen Befehl wortlos folge und verließ sein Zimmer. Er nahm sich unterdessen seinerseits seine Kleider und zog sich an. Wahrscheinlich hatte er überreagiert, aber nach all dem Mist war diese Abweisung der Tropfen, der das Fass zum Überlaufen gebracht hatte.

Er machte sich auf die Suche nach Chris, Danny oder Sean. Einer von ihnen musste Dr. Miller wegbringen. Er sah sich jetzt gerade nicht in der Lage.

Alec ging durch die Garage. Anscheinend hatten sich alle in ihre jeweiligen Zimmer verschanzt, denn er traf auf keine Menschenseele.

»Verflucht nochmal!« Er rieb sich genervt über das Gesicht. Der Gedanke einen anderen bei einem süßen Stelldichein zu unterbrechen, brachte in noch mehr aus dem Gleichgewicht. So blieb ihm wohl kaum etwas anderes übrig, als diese Frau selbst wegzubringen. Hier gab es nichts mehr zu erledigen und wenn sie noch länger mit ihm unter einem Dach war, war sie eine Gefahr für seinen Verstand. Sie brachte sein Blut zum Kochen und sabotierte seine Selbstkontrolle bis an die Grenze des Schmerzhaften.

Alec marschierte zum Krankenzimmer, wo er Dr. Miller vermutete. Auf dem Weg dahin griff er sich den Helm und den Motorradschlüssel. Er verklebte das Visier des Helms mit Klebeband, damit Deborah die Lage des Safe House nicht identifizieren konnte.

Tatsächlich fand er die Ärztin nun vollständig bekleidet, aber zusammengesunken auf dem Krankenbett sitzend vor. Bei ihrem Anblick bekam er ein schlechtes Gewissen. Der Druck, der sich in seiner Brust bildete, ließ ihn leer schlucken. Er hatte sie schlecht behandelt, soviel war klar. Wie hatte er von ihr erwarten können, dass sie sich bereitwillig ihrem Entführer unterwarf und sich von ihm vögeln ließ. Er hätte es mit Fassung tragen sollen. Verletzter Stolz war eben so eine Sache. In dieser Hinsicht war es besser für alle, wenn er die Frau gehen ließ. Zurück in die Freiheit und zurück in ihr Leben.

»Hier, zieh den an.« Er hielt ihr den Helm hin. Sie nahm ihn schweigend entgegen, ohne Alec anzusehen.

Die unsichtbare Distanz, die zwischen ihnen herrschte, drückte ihm auf bisher unbekannte Weise auf das Herz. Er verstand diese Gefühle nicht. Warum jetzt und warum gerade diese Frau? Er kannte sie eigentlich kaum und wusste nicht, ob er ihr vertrauen konnte. Dennoch verspürte er ein Reißen in seiner Brust, wenn er daran dachte, dass er sie wegbrachte und sie wahrscheinlich nie mehr sehen würde.

Bevor er mit ihr die Garage verließ, forderte er sie mit einem Nicken noch einmal auf, den Sturzhelm aufzusetzen. »Keine Sorge, ich passe auf, dass du nicht stolperst.« Es erstaunte ihn im ersten Augenblick, dass sie sich ihm so kampflos unterwarf. Ihm wäre eine aufsässige, angriffslustige Deborah Miller lieber, als dieses stille Mädchen, das jetzt vor ihm stand.

Draußen bestiegen sie die Honda CTX700N. Deborah schlang ihre Arme um seine Taille und brachte damit seine Beherrschung mächtig ins Wanken. Ihre Wärme, die durch seinen Rücken in sein Inneres strömte, sabotierte seinen Plan rücksichtslos. Dennoch genoss er ihre Nähe wie der größte Opportunist auf Erdboden.

Er fuhr auf Umwegen zum Krankenhaus und versuchte sich krampfhaft auf den spätnachmittäglichen Verkehr zu konzentrieren. Als sich jedoch Deborahs Hand unter den Saum seines T-Shirts schlich und sich auf seinen Plexus solaris legte, war es um seine Selbstdisziplin geschehen. Warum tat sie das nun wieder? Sie hatte doch ihren Standpunkt mehr als deutlich dargelegt. Dieses Weibsbild bescherte ihm noch ein Schleudertrauma.

Er fuhr beim Miami Beach Botanical Garden rechts ran und stieg ab. Deborah, noch immer blind durch das verklebte Visier, tat es ihm nach. Alec ließ auf einen Schlag alle Vorsicht fahren. Es war ihm egal, ob sie beobachtet wurden oder ob Thorpes Leute gleich um die Ecke gerannt kamen. Seine Nerven lagen blank und das alles nur wegen dieser Frau.

»Was soll das?«, fuhr er sie an.

Deborah erstarrte erst, dann zog sie den Helm aus. Das machte jetzt auch nichts mehr aus. Sie waren weit genug vom Safe House entfernt. Ihre braunen Locken wurden sofort vom sanften Wind erfasst und wehten ihr neckisch ins Gesicht. Er hatte noch nie eine Frau gesehen, die verführerischer war als Dr. Deborah Miller gerade jetzt, in diesem Moment. Die Unsicherheit über ihre eigene Kühnheit appellierte an seinen Beschützerinstinkt. Gerade als er sich in ihren schönen blau-grün-goldenen Augen zu verlieren drohte, senkte sie abrupt den Blick.

»Es tut mir leid«, murmelte sie. Dann straffte sie unversehens die Schultern und sah ihn direkt an. »Du verwirrst mich und das gefällt mir nicht. Aber…« Sie hielt kurz inne und holte tief Luft.

Alec musste den Drang sie in die Arme zu nehmen niederkämpfen. Alles in ihm zerrte in ihre Richtung.

»Aber«, griff sie den Faden erneut auf, »ich wollte dich genauso, wie du mich und das macht mir Angst. Du und deine Kumpels müssen aus meinem Leben verschwinden.«

Er konnte nur nicken. Statt einer Antwort griff er in seine Hosentasche und gab ihr ihr Mobiltelefon zurück, welches ihr die anderen bei ihrer Entführung abgenommen und deaktiviert hatten.

»Hier.« Er hielt es ihr hin. »Es funktioniert und ich habe unter Alexander Malcolm meine Nummer abgespeichert. Wenn du in Schwierigkeiten bist, ruf mich an. Versprich mir das.« Sie sah ihn mit großen Augen an, sagte jedoch nichts. »Du hast mein Leben gerettet, also stehe ich in deiner Schuld.«

»Alexander Malcolm?«, fragte sie verunsichert.

»Das ist ein Running Gag bei uns. Es steht für… Ach vergiss es einfach. Mein richtiger Name lautet Alexander McAllister.«

Sie zuckte mit den Schultern und ließ das Handy in ihrer Tasche verschwinden. »Da gibt es noch etwas, das du wissen musst. Die Kugeln, die ich aus De La Vegas Körper geholt habe, waren porös. Ich tippe auf Gift, weil…«

Er legte ihr den Finger auf die Lippen, um sie zu stoppen. Er hatte jetzt keine Kraft an diese ganze verfluchte Sache zu denken.

»Komm, ich bringe dich zum Krankenhaus«, sagte er stattdessen ausweichend und auch sie ließ dieses Thema auf sich beruhen. Dann stiegen sie wieder auf und er fuhr mit schwerem Herzen und auf seltsame Weise kurzatmig zu der Adresse, wo sein Leben drastisch verändert worden war. Er hielt erst, als er den Haupteingang erreicht hatte. Sie stiegen beide ab und blieben unschlüssig stehen. Was sollte er sagen? Gab es überhaupt Worte, die hier passten? Oder waren Gesten eher gefragt? In zwischenmenschlichen Dingen war er schon immer etwas schwierig gewesen.

»Nun denn«, begann er und wusste in dem Moment plötzlich, was er tun musste und noch viel mehr wollte. Er packte sie am Kragen ihres zerknitterten grünen Shirts und zog sie an sich. Er wollte sie noch einmal schmecken, noch ein letztes Mal ihren Atem trinken und ihre Wärme fühlen im ewigen Permafrost seines einsamen Lebens.

Der Kuss war geladen von Spannung und etwas, was er nur als Sehnsucht bezeichnen konnte. Er drückte sie so fest an sich, dass er jeden Quadratzentimeter ihres köstlichen Körpers spüren konnte. Er schien zu ersticken und gleichzeitig frei durchatmen zu können. Er fühlte sich wie ein Phönix, der dabei war aus der Asche zu steigen. Wiedergeboren durch das Feuer, das Deborah in ihm entfacht hatte.

Sie roch nach Sommerwiese und Sonnenschein. Er prägte sich alles ein: ihren Duft, ihren Geschmack, die sanften Laute, die sie von sich gab, die Rundungen ihres Körpers, die Farbe ihres Haares, das durch die Sonne glänzte, das Funkeln ihrer Augen…

Er nahm den Druck gegen seine Schultern kaum wahr, als sie ihn vorsichtig von sich schob. Er löste sich wie in Trance von ihr, noch immer nicht gesättigt und noch immer am Verhungern.

»Geh«, hauchte sie mit geröteten Wangen. »Es ist zu gefährlich.«

Sein Verstand übernahm schlagartig wieder die Kontrolle über sein Handeln. Sie hatte recht, doch alles in ihm sträubte sich dagegen.

»Geh«, sagte sie noch einmal mit Nachdruck.

Er nickte hölzern, hob jedoch erst die Hand, um sie ihr auf die Wange zu legen. Noch einmal ihre zarte Pfirsichhaut fühlen. Sie standen eine Ewigkeit so da. Beide unfähig sich voneinander zu lösen. Er konnte und wollte nicht weg.

Ein hupendes Auto auf der Straße löste die Starre und er blinzelte. Sie trat einen Schritt zurück und dann noch einen und einen weiteren.

Deborah drehte sich zögernd um und ging durch den Eingang, ohne sich noch einmal umzudrehen. Alec sah ihr hinterher und fühlte, wie sich in seiner Brust ein Loch auftat.

Die Schlinge zieht sich zu

Sean hatte das starke Bedürfnis, sich in den Laken hin und her zu werfen, weil er von einer beißenden Unruhe erfüllt war. Leider, nein, zum Glück lag Noa neben ihm. Er betrachtete sie und versuchte, dadurch wieder ins Lot zu kommen.

Sie schlief tief und ihre Züge entbehrten jeder Anspannung. Sie sah so unschuldig aus, dass es ihm fast den Atem nahm. Wenn er sie doch nur aus diesem ganzen Mist heraushalten könnte. Doch das würde bedeuten, dass er sie aus seinem Leben verbannen müsste und dafür war er ein zu großer verdammter Egoist. Vor allem jetzt, da sie sein Kind erwartete.

Er dachte an den Vorfall in der Küche. Die Männer hatten ihm erzählt, was mit Noa geschah, wenn sie von ihrer Gabe erfasst wurde. Ihren Anfall jedoch live und in Farbe mitzuerleben, gab dem Ganzen eine viel größere Dimension.

Sie hatte zitternd in seinen Armen gelegen und hatte geweint. Im Gegensatz zu dem, was man ihm berichtet hatte, war sie jedoch nicht bewusstlos geworden. Seine Hilflosigkeit hatte ihn an die Grenzen des Wahnsinns getrieben. Schlimmer noch als damals, als er noch besessen gewesen war.

Es kribbelte ihn in den Fingerspitzen, weil er so gern ihr Profil nachgezeichnet hätte. Die Wölbung ihrer Stirn, die gerade, perfekt geformte Nase, die vollen Lippen und das süße Kinn. Jetzt, im Schlaf, wirkte sie unbelastet, wie ein Kind und ihm wurde wieder einmal bewusst, dass er sie mit seinem Leben beschützen würde. Wenn es nötig wäre, würde er die ganze Welt zur Hölle schicken, um sie zu retten.

Da er beim besten Willen keine Ruhe fand, stand er so vorsichtig auf, als hätte er hochexplosives Nitroglycerin um den Körper geschnallt. Das Letzte, was er wollte, war, den mehr als wohlverdienten Schlaf seiner Liebsten zu stören. Das war auch besser für das Baby. Sein Kind. Wie jedes Mal traf ihn diese Erkenntnis wie Thors Vorschlaghammer. Er wurde Vater und das obwohl er einer Familie nicht das bieten konnte, was sie verdiente und brauchte.

Er zog sich leise an und verließ das Schlafzimmer. Es wurde Zeit, dass er und seine Leute ihr Leben wieder in den Griff bekam. Thorpe musste verschwinden und all seine Arschkriecher ebenfalls.

Er streifte durch die Küche und den Aufenthaltsraum und fand alles verwaist vor. Wahrscheinlich lagen die anderen in den Federn. Er kam am Badezimmer vorbei und hörte Wasser rauschen. Also war doch einer seiner Männer auf den Beinen. Vielleicht war es jedoch auch diese Ärztin. Sie hatte bei Alec gute Arbeit geleistet und hatte der geladenen Situation um Jesus De La Vega erstaunlich gut standgehalten.

Er fand, dass eine Ärztin im Team eigentlich von Vorteil war. Vielleicht konnte er Dr. Miller davon überzeugen, dass sie bei ihm gut aufgehoben war und einen abwechslungsreichen Job haben konnte. Natürlich war dieser Gedanke nicht ganz uneigennützig. Vor allem, wenn er an Noa und die fortschreitende Schwangerschaft dachte. Wenn die Geburt bevorstand, waren sie auf einen Arzt angewiesen.

An zweiter Stelle dieser ganzen Sache stand auch sein Freund Alec. Sean hatte beobachtet, wie Alec die Frau behandelt hatte und um sie herumgeschlichen war. Sie schien wichtig für das Wunderkind der Gruppe zu sein und Sean war froh darüber. Alec wirkte oft einsam, während alle anderen in der Familie ihre Partner gefunden hatten.

Er drehte dem Badezimmer den Rücken zu und wollte gerade zurück zur Küche, als links von ihm die Haustür aufging und Alec mit finsterem Gesicht eintrat. Sean blieb stehen und musterte den Ankömmling einen Moment.

Alec hatte ihn noch nicht bemerkt, denn er schleuderte den Motorradhelm, den er in der Hand hielt, energisch in die Ecke und den Schlüssel gleich hinterher. Alles begleitet von einem Schwall derber Flüche. Alec war sonst immer einer von der beherrschten Sorte. Sean hatte ihn in den vielen Jahren, in denen er ihn nun kannte, vielleicht ein oder zwei Mal so aufgebracht erlebt.

»Hey, Mann«, lenkte er deshalb die Aufmerksamkeit auf sich. »Was ist los?«

Alec drehte sich stolpernd um und Sean erkannte, dass etwas ganz und gar nicht stimmte.

»Nichts. Alles gut«, entgegnete Alec wortkarg.

»Ja klar. Darum siehst du auch aus, als würdest du nächstens Amok laufen.« Sean blieb bewusst auf Abstand. Er wusste, dass ein Kerl in einer solchen Verfassung jederzeit explodieren konnte.

Alec presste die Lippen aufeinander und blickte an ihm vorbei. Es schmerzte Sean, seinen Kumpel so zu sehen. Alec war ein guter Kerl, wenn auch hin und wieder etwas nerdig.

»Wo ist die Ärztin?«, fragte er schließlich, weil Alec keine Reaktion zeigte. Alecs Blick glühte kalt und distanziert und Sean wusste instinktiv, dass er verdammt noch mal die falsche Frage gestellt hatte.

»Sie ist weg.«

Sean erstarrte innerlich. Er wollte nicht denken, dass Alec die Frau beseitigt hatte. Doch seinem Verhalten nach zu urteilen, machte es fast den Anschein. Himmel Herrgott noch mal! Alec war noch nie ein kaltblütiger Killer gewesen. Hatte er die knisternde Energie zwischen den beiden falsch eingeschätzt?

»Ich habe sie nicht umgebracht, falls es das ist, was du gerade denkst.« Er warf genervt die Arme in die Luft. »Ach, egal. Sie ist zurück im Krankenhaus. Wir sollten aber so bald als möglich von hier verschwinden. Ich kann nicht garantieren, dass man mich nicht beobachtet hat oder mir gar gefolgt ist.« Er kratzte sich am Hinterkopf, als wäre er verlegen. »Ich war einfach nicht bei der Sache.«

Sean wusste nicht, was er darauf sagen sollte. Er hatte Alec noch nie zuvor so niedergeschlagen, ja fast schon orientierungslos gesehen. Aus Mangel an anderen Möglichkeiten legte er ihm die Hand auf die Schulter und drückte kurz zu. »Warum erzählst du mir nicht, was passiert ist?«

Alec schüttelte schwach den Kopf. Doch dann richtete er sich auf und holte tief Luft. »Deborah Miller, die Ärztin«, erklärte er unnötigerweise, »hat den Verdacht geäußert, dass Jesus De La Vega nur ein Köder war. Eines der Projektile, die sie aus seinem Körper entfernt hat, war präpariert. Sie tippt auf Gift.«

Er fühlte sich auf suspekte Art und Weise erleichtert, trotz der vertrackten Situation. Sie konnten somit davon ausgehen, dass Thorpe bis zu jenem Zeitpunkt nicht gewusst hatte, wo sie sich verschanzt hatten. Er hatte ihnen eine Falle stellen wollen und sie wären beinahe darauf hereingefallen. Einmal eine halbwegs gute Neuigkeit.

»Und weiter?«, forderte er Alec auf, weil dieser sich erneut in Schweigen hüllte.

»Was und weiter?« Alec war bis ins Mark gereizt, doch Sean nahm darauf keine Rücksicht. Jetzt war nicht die Zeit für Samthandschuhe.

»Warum hast du sie weggebracht?«

Alec räusperte sich und wirkte dabei ungewohnt verletzlich. »Ich habe ihr alles erzählt, Captain. Sie kennt unser Geheimnis.«

Das war allerdings weniger erfreulich. Alec war normalerweise nicht so vertrauensselig. Sie kannten diese Frau kaum. Sean hätte sie liebend gern im Team gehabt, ihr aber erst reinen Wein eingeschenkt, wenn sie sich als loyal erwiesen hätte.

»Weshalb das Risiko, Alec?«

Er zuckte kurz mit den Schultern. »Ich mag sie und ich glaube, das beruht auf Gegenseitigkeit.«

Also doch. Er hatte in dem Fall richtig gelegen. »Hast du was mit ihr?« Und wenn ja, weshalb ließ er sie dann gehen?

»Keine Ahnung.« Alec legte den Kopf in den Nacken und schloss die Augen. »Ich habe noch nie so gefühlt und ihr Kuss hat mir den Verstand vernebelt. Deshalb könnte es sein, dass ich vorhin unvorsichtig war.«

Heilige Scheiße! Alec war verliebt. Dass Sean das noch erleben durfte. »Warum bringst du sie dann weg? Sie könnte ins Visier von Thorpe geraten.«

Alec fluchte verhalten. »Das weiß ich auch. Deborah ist nicht unsere Gefangene. Sie wollte gehen und ich habe ihr diesen Wunsch erfüllt.«

Das war ein Argument. Aber es konnte nicht darüber hinwegtäuschen, dass Deborah nun zu einem Sicherheitsrisiko geworden war.

»Deborah ruft mich an, wenn sie Hilfe braucht. Ich habe ihr meine Nummer gegeben.«

Was sollte Sean darauf sagen? Er hoffte einfach, dass alles gut ging für Alec, denn er hatte ein bisschen Glück verdient.

»Weißt du was?«, begann er um einen Themenwechsel bemüht, »warum machst du dich nicht an deinem Computer nützlich und versuchst, herauszufinden, wo sich Thorpe verkrochen hat. Ich trommle in der Zwischenzeit die anderen zusammen.«

Alec nickte. »Treffen wir uns in einer Stunde?«

Sean nickte nun ebenfalls und beobachtete seinen Freund, wie der mit hängenden Schultern in sein Zimmer ging. Alec wirkte gebrochen und das machte Sean ziemlich zu schaffen. Auch wenn sein Beruf und das Leben, das er zu führen gezwungen war, nicht den Anschein machte, so war er doch sehr harmoniebedürftig. Vor allem, wenn es seine Familie betraf. Dafür, dass Dr. Miller Alec unglücklich gemacht hatte, würde er sie am liebsten in einem bodenlosen Loch verscharren. Auch wenn es nicht ihr Fehler war. Unterm Strich war es seine Schuld, dass diese Frau in Alecs Leben getreten war. Sean würde es Alec mehr als gönnen, wenn er endlich seinen Match finden würde.

●

Alec betrat sein Zimmer. Immer noch erfüllt von brennendem Verlangen nach Deborah. Er ertrug diese Einsamkeit nicht mehr. Deborah wollte ihn auch. Das hatte er gespürt und dennoch hatte sie gehen wollen.

Ja, verdammt! Er war schon immer gut in der Selbstanalyse seiner verfluchten Psyche gewesen. Scheiße, er war in allem gut. Besser als alle anderen. Wieso war er dann in zwischenmenschlichen Dingen ein solcher Loser? Er wünschte sich Nähe und Vertrautheit, in einer Form, die er von seinen Brüdern nicht bekommen konnte. War das denn zu viel verlangt?

War das am Ende der Grund, warum Chris und Danny ein Paar waren? Hatten sie auch Bindungsprobleme und hatten beschlossen, dass eine Schwulenkiste besser war als die Einsamkeit?

Alec schüttelte wegen dieser unfairen Gedanken über sich selbst den Kopf. Homosexualität war angeboren und ganz sicher nicht etwas, wofür man sich aus einer Laune heraus entschied. Chris und Danny liebten sich. Er hatte das deutlich erkannt, als Danny angeschossen worden war. Wie konnte er nur so schrecklich über die beiden denken? Na toll, jetzt kam zum ganzen anderen Müll auch noch Scham. Er war vom Scheitel bis zum kleinen Zeh erfüllt von Frustration.

Er gab sich einen mentalen Kinnhaken und fokussierte sich auf seine Aufgabe: Thorpe, die Ratte, aufspüren.

Als er sich an seinen Computer setzte, bemerkte er sofort, dass sich jemand unerlaubt daran zu schaffen gemacht hatte. Er konnte nicht sagen, woran er das erkannt hatte, aber wenn es um sein Arbeitsmaterial ging, hatte er eine Art sechsten Sinn entwickelt. Vielleicht lag es aber auch daran, dass der Laptop zugeklappt worden war und das war etwas, was er selten tat.

Er fuhr den Rechner hoch und versuchte, das bohrende Gefühl in seinem Hinterkopf zu ignorieren. Wer hatte in seinen Sachen herumgeschnüffelt? Auf welche Informationen war derjenige gestoßen?

Er hatte alle empfindlichen Daten durch ein Passwort geschützt, aber jeder der ein wenig Ahnung hatte, wusste, dass Passwörter geknackt werden konnten. Nachdem alle Programme gestartet waren, überkam ihn Erleichterung. Hier hatte niemand spioniert. Es war jemand gewesen, der einfach im Internet gesurft hatte. Derjenige hatte noch nicht einmal den Versuch unternommen, seine Spuren zu verwischen, in dem er zumindest den Browserverlauf löschte.

Erleichtert und neugierig klickte er durch die Internetsuche und beim Ergebnis war er mehr als verärgert. Was fiel Noa ein, seine Sachen ungefragt zu benutzen? Sie hatte kein Recht, seinen Computer ohne Erlaubnis anzufassen. Mit ihrer Erkundungstour nach ihrer Familie hätte sie alle hier in der Garage gefährden können. Man machte nicht einfach Google auf und begann mit der Schlagwortsuche.

Zuerst einmal leitete man die Verbindung über mehrere VPN-Server, damit man über die eigene IP-Adresse keinen Hinweis im Netz über seinen Standort hinterließ. Verfluchte Anfängerin! Okay, er war selbst schuld. Er hatte nicht wie üblich den Passwortschutz aktiviert, als er das letzte Mal seinen Laptop heruntergefahren hatte. Er deaktivierte ihn immer, wenn er länger zu tun hatte. Es nervte ihn, dass er ständig, wenn sich der Bildschirmschoner einschaltete, nachher den Code eingeben musste, wenn er weiterarbeiten wollte.

Sie war die Anfängerin und er der Dilettant. Mit Noa würde er auf jeden Fall ein Hühnchen zu rupfen haben, aber das musste warten.

Mit dem Rumoren der allgegenwärtigen Frustration machte er sich auf die Suche nach dem Hurenbock Thorpe und dem Verräter Ian.

Der Gedanke an seinen ehemaligen »kleinen Bruder« und Freund schürte die Zornesbrunst, die ohnehin schon in seinem Inneren tobte und alles zu Magma werden ließ, noch mehr.

Er hieb in die Tasten und durchforstete alle Informationen, die sie bisher hatten sammeln können. Gleichzeitig startete er eine Onlinesuche und glich diese Ergebnisse mit seinen Daten ab. Diese Beschäftigung konnte ihn jedoch nicht von Deborah Miller ablenken. Er fühlte sie überall, als wäre sie ihm unter die Haut gekrochen und er schmeckte sie noch immer auf seinen Lippen. Als Reaktion darauf begehrte die Latte in seiner Hose schmerzhaft auf.

»Verfickte Scheiße noch mal!« Er sprang auf und stapfte zum Badzimmer. Eine kalte Dusche würde ihm wieder einen klaren Kopf verschaffen. Die Hoffnung starb bekanntlich jedoch immer zuletzt.

•

Chris betrat mit Sean und Danny die Küche und sie warteten auf … ja, worauf eigentlich? Auf Alec, dass er des großen Rätsels Lösung präsentierte? Auf Thorpe, dass er das Safe House hochgehen ließ? Auf ein Wunder, das nie kam, wenn man es brauchte?

»Ich glaube, ihr beide seid mir noch eine Erklärung schuldig.« Bei Seans Worten erstarrte Danny neben ihm und ihm selbst wurde auch leicht flau in der Magengegend.

Er und Danny hatten sich viel zu lange vor diesem Gespräch gedrückt. Jetzt war es an der Zeit, Sean endlich reinen Wein einzuschenken. Er richtete sich auf und sah seinen Captain an.

»Ja, so ist es. Es tut uns leid, dass wir dir und Alec nichts gesagt haben.«

Sean winkte ab, worauf seine Anspannung etwas nachließ. »Wie lange läuft das schon zwischen euch beiden?«

Wenn das nur so einfach zu beantworten gewesen wäre. Er holte Luft, doch ergriff Danny das Wort.

»Es hat schleichend begonnen. Aber seit etwas mehr als sechs Monaten kann man es eine Beziehung nennen.« Chris atmete tief durch. Endlich war es raus. Endlich kein Versteckspiel mehr.

»Beziehung?«, fragte Sean schmunzelnd. »Für mich klang das eher wie eine waschechte Ehe.«

Danny errötete und Chris fühlte sich dadurch geschmeichelt, auch wenn es gerade etwas deplatziert war. »Ah, ja. Wir haben vor vier Monaten in Las Vegas geheiratet. Als du wieder einmal von der Bildfläche verschwunden warst.«

Sean fuhr sich mit der rechten Hand über das Gesicht. »Warum?«, fragte der Captain. »Versteht mich nicht falsch. Aber ihr habt doch ständig irgendwelche Frauen abgeschleppt. Zeitweise gemeinsam.«

Nun war es an Chris, den Blick verlegen abzuwenden. Ja, diese Zeit war intensiv gewesen und die Frauen waren um ehrlich zu sein nur eine Art Verbindung zwischen ihnen gewesen. Er hatte Danny immer dabei beobachtet, wie er mit den Frauen Sex gehabt hatte und es war das Erotischste gewesen, was er je gesehen hatte. Jedes Mal aufs Neue. Es war eine dieser Nächte gewesen, als er es gewagt hatte, sich Danny zu nähern. Und Danny hatte es zugelassen und ihm damit den Himmel auf die Erde geholt. Die beiden Mädels hatten sich irgendwann verkrümelt.

»Das ist Vergangenheit«, erklang Dannys sanfte Stimme fest neben ihm. »Bitte nimm uns unsere Geheimniskrämerei nicht übel. Wir lieben uns und wir wussten nicht, wie wir es dir und Alec hätten beibringen sollen.«

Sean strich sich mit der Hand über den Mund. Seine Miene war verschlossen. »Ihr könnt mir doch vertrauen«, begann er leicht vorwurfsvoll, schien sich dann jedoch zu besinnen. »Aber gut. Das ist Käse von gestern. Ich wünsche euch alles Glück dieser Welt. Passt gut aufeinander auf.«

Dann stand Sean auf und umarmte erst Danny brüderlich und dann ihn. Die Last, die Chris von den Schultern fiel, war fast greifbar. Er war froh, dass diese Sache endlich geklärt war.

●

Alec stieg aus seinen Klamotten und stieß dabei auf den Verband, den Deborah angebracht hatte. Wieder stiegen Bilder vor seinem inneren Auge auf, wie sie ihn untersuchte. Ihre leicht kühlen Fingerspitzen, die über die Haut seines Bauches glitten.

»Hör mit dem Bullshit auf!«, fluchte er laut über sich selbst. Gereizt riss er den Kleber des Verbandes ab. Darunter kam die sauber verkrustete Operationswunde zum Vorschein.

Die Naht war äußerst präzise und würde eine schöne Narbe bilden. Eine mehr in seiner Bilanz und eine ewige Erinnerung an die Frau, die sein Leben in wenigen Stunden aus den Angeln gehoben und dabei nur ein Trümmerfeld in seinem Inneren zurückgelassen hatte.

Das Wasser, das durch die verkalkte Brause wie Nadeln auf seinen Körper hämmerte, war so kalt wie das Polarmeer, doch es half ihm, sein Gehirn zu leeren und gab der Monstererektion zwischen seinen Beinen hoffentlich ebenfalls den Todesstoß.

Er blieb gefühlte fünf Stunden in dieser Folter. Alec verließ die Dusche erst, als er am ganzen Körper zu zittern begann und er Gefahr lief, nächstens Frostbeulen am Arsch zu bekommen.

Na toll, er hatte seine frischen Kleider im Zimmer vergessen. Jetzt musste er schlotternd vom Bad zurück zu seiner Bleibe gehen, und das mit einem feuchten Handtuch um die Hüften gewickelt. Früher hätte er sich keine Gedanken darüber gemacht, ob ihn jemand im Adamskostüm sah. Schon gar nicht einer seiner Brüder.

Doch jetzt lief hier seit neuestem eine Frau herum. Warum störte ihn das eigentlich? Schließlich war sie eine Nutte und Stripperin. Gewesen. Sie hatte bestimmt schon unzählige Kilometer an nackten Männerschwänzen gesehen. *Du bist ein Arsch,* schalt er sich stumm.

Nachdem er sich angezogen hatte und das Handtuch achtlos in die Ecke gepfeffert hatte, setzte er sich wieder an seinen Schreibtisch. Er überprüfte den automatisierten Suchlauf und hätte am liebsten ein Triumphschrei ausgestoßen.

Nachdem Thorpes Zuchtklinik sozusagen in die Luft geflogen war, war der Mistkerl natürlich gezwungen gewesen, sich eine neue Brutstätte für seine Frankenstein-Experimente zu suchen. Der Dummkopf hatte vor zwei Tagen eine Immobilie über eine Scheinfirma gekauft, die schon in frühere seiner Geschäfte verwickelt gewesen war.

Big mistake, Thorpy-Boy!

Alec hackte sich ins Pentagon und zog aktuelle Satellitenaufnahmen des entsprechenden Gebäudes auf seine Cloud. Dann ging er noch einmal durch die Datensammlung, um genauere Informationen über den Anschlag am kommenden G7-Gipfel zu bekommen. Viel gaben die geklauten Dateien nicht her. Nur so viel, dass Thorpe einen Angriff auf die anwesenden Staatsoberhäupter plante. Das Was, Wie, Wann genau war nicht vorhanden.

Halbwegs frustriert richtete er den Passwortschutz am Computer ein und fuhr den Rechner danach herunter. Den Fehler vom letzten Mal würde er nicht wiederholen.

Immerhin hatte er herausgefunden, wo sich das Aas mit seinem infernalen Club verkrochen hatte. Das war zumindest ein Anfang und etwas, womit man arbeiten konnte. Diesbezüglich guter Dinge verließ er sein Büro-Schrägstrich-Schlafzimmer und machte sich auf zur Küche, die gleichzeitig als Gemeinschaftsraum diente.

Im Korridor stieß er auf Noa. Bei ihrem Anblick kochte die Wut von vorhin wieder hoch. Er wusste in einem kleinen, sachlichen

Bereich seines Verstandes, dass das kindisch war, er konnte aber dennoch nichts dagegen unternehmen. Bevor er sich selbst aufhalten konnte, stürzte er sich auf sie und packte sie grob am Oberarm. Ein leises Stimmchen in seinem Hinterkopf wies ihn darauf hin, dass er fällig für die Klapsmühle war.

»Was fällt dir ein, einfach meinen Computer zu benutzen?«

Sie sah ihn mit großen Augen an und wirkte dabei ziemlich überrumpelt. Natürlich war er sich bewusst, dass er sie vielleicht voreilig verdächtigte. Es könnte sein, dass einer der anderen etwas im Netz gesucht hatte und es versäumt hatte, es ihm mitzuteilen. Aber trotzdem. Er konnte sich nicht vorstellen, dass einer seiner Brüder so leichtsinnig vorgehen würde.

»Mit deiner dilettantischen Aktion hättest du unseren Aufenthaltsort preisgeben können!« Sein Gewissen in seinem Kopf ermahnte ihn, einen Gang zurückzuschalten. Aber er konnte und wollte nicht. Er brauchte dieses Ventil, um Druck abzulassen. Es hatte sich einfach zu viel in ihm angestaut.

»Alec«, begann sie betroffen, »es tut mir leid. Ich hätte nicht ohne deine Erlaubnis dein Zimmer betreten dürfen.«

»Was zur Hölle ist denn hier los?«, donnerte die Stimme seines Captains durch den Gang. »Du lässt Noa sofort los, Alec. Das ist ein Befehl, Sergeant!«

Er unterstand schon sein ganzes bewusstes Leben Seans Kommando. All seine Zellen gehorchten unterschwellig seinen Befehlen und ehe er überhaupt darüber nachdenken konnte, war Noa wieder frei.

»Erklär mir bitte, weshalb du Noa attackierst.« Sean hatte sich vor Alec aufgebaut und Alec hätte schwören können, dass ihm Rauchwölkchen aus den Nüstern drangen. Dennoch brachte er es nicht über sich, sich etwas zurückzunehmen.

Er fühlte sich wie ein verfluchter Schizophrener. Ein Teil von ihm appellierte an seine Vernunft, ein beträchtlicher Rest jedoch führte sich auf wie ein pubertierender Teenager, der seine Grenzen auszuloten versuchte. Insgeheim wünschte er sich vielleicht eine Tracht Prügel, damit er endlich nicht mehr an Deborah denken musste.

»Sie vergreift sich an meinem Eigentum, dringt ungefragt in meine Privatsphäre ein und du stutzt mich zurecht, weil ich mich wehre?« Wie weinerlich klang das denn? Wenn er sich damit nicht komplett zum Affen gemacht hätte, hätte er sich selbst einen Kinnhaken verpasst.

»Du elender Depp«, ergriff Sean in erschreckend ruhigem Ton das Wort. »Wenn sie das nicht getan hätte, wärst du in diesem Krankenhaus als John Doe versauert, bis die Cops dich mitgenommen hätten. Oder noch besser, du in Thorpes Hände geraten wärst. Also, denk noch einmal über dein Verhalten gerade eben nach. So wie es nämlich aussieht, hat Noa dir den Arsch gerettet.«

Alec wusste nicht, was er dazu sagen sollte. Mit dem hatte er nicht gerechnet. Irgendwie war alle negative Energie mit einem Schlag verpufft. Er führte sich hier wie ein Hohlkopf auf. Was war nur in ihn gefahren?

»Ich denke, es ist dann wohl eine Entschuldigung fällig.« Er wandte sich an Noa. »Sorry, ich hoffe, ich hab dir nicht wehgetan.« Er hielt inne und rieb sich kurz mit der flachen Hand über das Gesicht. Er war einfach nicht gut in solchem zwischenmenschlichen Scheiß. Es hatte schon seinen Grund, weshalb er besser mit binären Dingen umgehen konnte.

Er brütete noch immer über seiner sozialen Inkompetenz, als ihn Noa unerwartet umarmte. Er war so perplex, dass er ganz vergaß, wie man atmete.

»Alles okay, Alec«, flüsterte sie leise. »Ich bin froh, dass es dir zumindest körperlich gut geht. Der Rest wird sich schon richten.«

Irgendwie löste sich bei ihren Worten ein Knoten in seiner Brust und er holte reflexartig Luft. Ihre Unbefangenheit und Freundlichkeit entzündeten einen Funken in seinem Herzen, der seine Kampfeslust aus ihrer Starre befreite. Der Angriff auf ihn durch Ian musste ein Trauma hinterlassen haben. Er fühlte sich verraten, verarscht und degradiert, weil ihn letztendlich auch die Frau abgewiesen hatte, die er mehr begehrte als etwas anderes zuvor. Das war die einzige auch nur annähernd plausible Erklärung seines derzeitigen Zustands. Das Schlimmste daran war, dass ihn eine ihm nahezu Unbekannte durchschaut und ihm die Spitze seiner Not genommen hatte. Mit nur wenigen netten Worten und es beschämte ihn, wie er reagiert hatte.

»Hast du etwas herausgefunden, mein Freund?«, holte ihn Sean aus seiner inneren Litanei und Selbstanalyse. Bevor er antworten konnte, schüttelte er den Kopf, um alle unwichtigen Gedanken zu vertreiben.

»Ja, ich habe seinen neuen Unterschlupf gefunden.«

Sean nickte und klopfte ihm auf die Schultern. »Wusste ich's doch, dass du ein Genie bist. Komm in die Küche und wir legen uns einen Plan zurecht, wie wir den Mistkerl zur Strecke bringen können.«

•

Noa saß am Rand der Versammlung. Sean, Chris, Danny und Alec unterhielten sich energisch über den Zugriff auf den Forschungskomplex. Alec hatte alle wichtigen Informationen wie Koordinaten und Baupläne in Erfahrung gebracht.

Obwohl sie gerade geschlafen hatte, fühlte sie sich wie gerädert. Das lag zum einen an der Trauer um Jesus und zum anderen an der Nebenwirkung der Scheiße, die sie hier vor kurzer Zeit in die Knie gezwungen hatte. Das Einzige, was sie aufrecht hielt, war die Sorge um Fleur. Sie hoffte, dass sie sie in diesem Gebäude, das Thorpe neu bezogen hatte, finden würden.

Wann hörte dieser Wahnsinn endlich auf? Seit bald vier Jahren befand sie sich nun schon in diesem Universum von Sklaverei, Gewalt, Lug und Betrug. Doch was kam danach? Was sollte sie mit ihrem Leben anfangen, wenn sie endlich zurück in die Legalität gefunden hatte? Sie hatte ihr Studium nicht abschließen können. Für ihre Eltern war sie tot und sie war sich nicht sicher, ob sie, als die Frau, die sie jetzt war, überhaupt noch über die Schwelle ihres Elternhauses treten wollte. Sie hatte sich prostituiert und war eine Mörderin, die das Baby eines Mannes in sich trug, der auch nur Mord und Totschlag erlebt und selbst gebracht hatte. Sean war ein herangezüchteter Killer, der nur deshalb ein guter Mann war, weil er gescheitertes Experiment war. Genau wie die anderen Anwesenden.

Die Generation von Kriegern, die jetzt auf sie Jagd machte, war ein ganz anderes Kaliber. Tödlich, skrupellos und ohne eigenen Willen.

»Wo bist du gerade mit deinen Gedanken, mein Schatz?« Seans Stimme und der Hauch seines Atems nahe an ihrem Ohr verschafften ihr ein wohliges Kribbeln. Seine Worte erdeten sie und halfen ihr, ihre Gefühle zu ordnen.

Aus purem Instinkt lehnte sie sich an ihn. Seine Wärme durchdrang den Stoff ihrer Kleidung und ihre Haut und brachte damit ihr Inneres zum Summen.

Er gab ihr Geborgenheit und sie fühlte sich sicher bei ihm. Sie wusste, dass sie sich mit ihm an ihrer Seite allem stellen konnte. Wenn sie jedoch daran dachte, was ihnen noch bevorstand, zog sich ihr Herz auf Erbsengröße zusammen.

Was geschah, wenn einem der Männer hier in diesem Raum etwas zustieß? Oder noch schlimmer, wenn Sean etwas passierte? Sean drückte sie an sich, als hätte er ihre trüben Gedanken gehört.

»Wann hört dieser Wahnsinn auf?«, sprach sie laut ihren Gedanken aus und beantwortete damit seine Frage mit einer Gegenfrage. Sie wünschte sich so sehr Ruhe und Frieden, dass es ihr die Luft zum Atmen nahm.

»Das weiß ich nicht. Aber ich verspreche dir, dass wir alles daransetzen, deine Schwester zu retten und Thorpe zu stoppen.«

Noa seufzte. Irgendwie wagte sie nicht, zu hoffen. Sie konnten nicht sicher sein, dass Fleur sich in der Gewalt dieser Teufel befand. Obwohl natürlich alles dafürsprach.

Sie verfolgte die ganze Debatte über die Vorgehensweise der Männer nur mit halbem Ohr. Ihre Gedanken sprangen von Fleur zu Alec, dann zu ihren Eltern und zurück zu sich selbst.

Sie legte ihre Hand auf ihren Bauch. Irgendwie hatte sie das Gefühl, dass sich ihre Bauchdecke bereits zu wölben begann. Sie musste sich das einbilden, denn die Schwangerschaft befand sich erst im ersten Trimester. Doch wer konnte schon sagen, wie diese Schwangerschaft verlief. Bei Eltern mit verpfuschter DNS.

Am darauffolgenden Abend stand Noa im Schlafzimmer und starrte auf die Tasche hinunter, die vor ihr auf dem Bett lag. Sie waren alle damit beschäftigt, ihre Zelte hier abzureißen. Die Garage war als Safe House nicht mehr geeignet.

Ihre wenige Habe lag bereits ordentlich gefaltet auf dem Boden des rechteckigen Beutels. Es hätte noch viel mehr darin Platz und gerade dieser Umstand machte ihr zu schaffen. Sie sehnte sich mehr denn je nach Sesshaftigkeit, einem Zuhause, wo sie sich wohlfühlte und ihrem Kind Sicherheit bieten konnte. Dieser Nestbautrieb hatte wahrscheinlich mit ihren verrücktspielenden Hormonen zu tun. Aber nicht nur. In letzter Zeit wollte sie nur noch Ruhe, Frieden und Kontinuität. Sie hatte schlicht und einfach zu lange in totalem Chaos gelebt.

Wieder wanderten ihre Gedanken zu ihrer Schwester und dem Rest der Familie. So sehr sie ihre Sippe auch vermisste, sie würde nie wieder mit ihnen unter einem Dach leben können. Dafür war zu viel passiert und dafür hatte sie sich zu sehr verändert.

Ein Leben mit Sean jedoch, das war für sie mehr als vorstellbar. Sie wünschte es sich insgeheim so sehr, dass sie nachts sogar davon träumte. Sie sah sich dann zusammen mit Sean im Wohnzimmer seines Blockhauses im Wald und ihr Kind spielte vor dem Kamin im warmen Schein des darin brennenden Feuers.

Seans starke Arme legten sich von hinten um ihre Taille und holten sie sanft aus ihrem Tagtraum. Sie lehnte sich an ihn und erlaubte sich, sich zu entspannen. Er küsste sie auf den Hals, auf die weiche Stelle hinter ihrem linken Ohr. Heißkalte Schauder liefen ihr über die gesamte Haut und schickten elektrische Impulse durch ihren Körper.

Er schien ihre Gedanken gelesen zu haben, denn sie hörte seine Stimme leise an ihrem Hals. »Wenn wir diese ganze Scheiße hinter uns gebracht haben, sorge ich dafür, dass du ein Dach über dem Kopf hast, wo du dich sicher und geborgen fühlen kannst. Du und das Kind.«

Die Vorstellung von einem normalen Leben trieb ihr das Wasser in die Augen. Doch jetzt war weder der richtige Ort noch der richtige Moment für Sentimentalitäten. Dennoch hatte sich die Idee von Sean, dem Baby und ihr vor seinem Haus in ihrem Kopf noch mehr festgesetzt.

»Komm jetzt, Darling. Alec wartet schon auf uns«, sagte Sean, ohne sie loszulassen. Er küsste sie zärtlich auf die Schläfe und griff mit der freien Hand nach ihrer Tasche.

Eine Stunde später bezogen sie ein leerstehendes Haus in Doral, einem Bezirk, der sich in der Nähe von Thorpes vermutlich neuem Aufenthaltsort befand.

Alec hatte sich durch Immobilieninserate geackert, um für sie für kurze Zeit eine möblierte Bleibe zu finden. Von dieser Bleibe aus war es ein Leichtes, die Lage vor Ort zu rekognoszieren.

Sean war mit Danny bereits losgefahren, während Chris und Alec dabei waren, das Haus zu sichern. Noa zog in der Zwischenzeit durch die Räume, um sich ein Bild des Gebäudes zu machen. Es handelte sich um ein zweistöckiges 6-Zimmerhaus. Oben befanden sich drei Schlafzimmer und ein großes Bad. Im Erdgeschoß lagen das Wohnzimmer, die Küche mit Essbereich, ein Büro und ein weiteres Schlafzimmer. Das Haus atmete datierten Wohlstand aus und hätte einer Grundrenovierung bedurft. Aber das spielte jetzt keine Rolle. Sie hatten nicht vor, sich hier häuslich niederzulassen.

Jetzt blieb nur noch zu hoffen, dass weder die Besitzer noch die Makler dem Haus einen Besuch abstatteten. Sie hatten nämlich keinen gültigen Mietvertrag für das Haus.

Noa konnte immer noch nicht glauben, dass sie sich noch weiter von der Legalität entfernt hatte. Früher war sie bloß eine illegale Einwanderin im Rotlichtmilieu gewesen. Jetzt lebte sie sogar im Untergrund, jenseits der gesellschaftlichen Grenzen und gerade eben war sie auch noch in die Hausbesetzerszene eingestiegen. Na, wenn das kein Karrieresprung war.

Im Korridor begegnete sie Chris. »Hey, Schätzchen.« Chris hatte sich bisher immer korrekt ihr gegenüber verhalten. Neben Sean war er der einzige, dem sie echt vertraute. »Ich brauche deine Hilfe.«

»Klar. Was kann ich für dich tun?«

Er lächelte sanft. »Wir werden bald Licht machen müssen und wir wollen nicht, dass gleich das gesamte Quartier bemerkt, dass sich jemand in dieser Hütte breit gemacht hat. Kannst du mir also dabei helfen, alle Vorhänge zuzuziehen und die Fensterläden runterzulassen?«

Sie nickte und machte sich daran, Chris' Auftrag in die Tat umzusetzen. Nachdem alles erledigt war, ging sie zurück zu den beiden anderen. Chris war gerade dabei, Alec zu helfen, an der Haustür Sensoren anzubringen. Dafür, dass sie nicht lange zu bleiben gedachten, betrieb Alec einen ziemlichen Aufwand. Sie beobachtete ihn. Er wirkte immer noch gespannt und gereizt. Was war in den letzten beiden Tagen mit ihm geschehen, das ihn dermaßen aus der Bahn geworfen hatte? Das Einzige, was ihr diesbezüglich in den Sinn kam, war diese Ärztin. Wo war sie überhaupt? Noa hatte bisher keinen Grund gehabt, danach zu fragen und jetzt fühlte sie deutlich, dass es kein guter Zeitpunkt war, das nachzuholen.

•

Er wollte dieser Ärztin keine Schmerzen zufügen. Sie war eine Unschuldige. Schon vor seinem Gespräch mit Aidan McGrath hatte er zunehmend an Thorpe gezweifelt. Jetzt hatte er Gewissheit. Thorpe war ein Wahnsinniger und er hatte ihn tatsächlich manipuliert. Ihn zu einer Marionette gemacht. Mittels neuester Biotechnologien.

In seinem Kopf trug er nebst der Bombe noch einen Mikrochip, der seinen Entscheidungswillen, das heißt den freien Willen, unterdrückte. Gleichzeitig kreisten in seinem Blut Naniten, welche diesen Prozess unterstützten. Da er und die anderen aus Seans, aber auch Aidans Gruppe nicht kompatibel mit diesen zweifelhaften Errungenschaften des Fortschritts waren, mussten die Naniten mittels regelmäßiger Injektionen erneuert werden. Die sogenannten Vitaminpräparate, die man ihm monatlich verabreichte.

Er hatte McGrath versprochen, sich erst einmal bedeckt zu halten und sich nichts anmerken zu lassen. Er sollte versuchen, zu verhindern, dass er weiterhin die Spritzen bekam. Ian hatte sich bereiterklärt, dass er ihm helfen würde, Thorpe zu stoppen. Insgeheim sah er endlich einen Weg, sein Mädchen zu befreien.

Er hatte die schockierenden Neuigkeiten völlig emotionslos aufgenommen und noch immer suchte er nach einem Gefühl des Schmerzes oder des Zorns. Doch er war diesbezüglich leer. Eine Folge der Manipulation, wie McGrath ihm erläutert hatte. Sobald er den Entzug von den Naniten hinter sich hatte, würde er wieder normal ticken. Falls das überhaupt möglich war, nach allem, was er getan und durchgemacht hatte.

Aber genau das war der Grund, dass die Frau, die sich gerade in seinem Griff wand, nichts von ihm zu befürchten hatte. Dafür würde er sorgen.

35 hatte den Befehl bekommen, sich die Frau beim Krankenhaus zu schnappen, sobald sie wieder auf der Bildfläche auftauchte. Da Ian befürchtet hatte, dass Thorpe der Ärztin etwas antun

könnte, war er mitgegangen und hatte gerade noch mitbekommen, wie sie und Alec einander geküsst hatten. Dieser Anblick hatte etwas in ihm ausgelöst. Plötzlich hatte er an sein Mädchen gedacht. Er konnte es kaum ertragen, dass sie Thorpes Gefangene war und er wünschte das keinem anderen Mann. Diese Machtlosigkeit trieb einen in den Wahnsinn.

Aber seine Stunde würde kommen.

•

Gut getarnt durch Kleidung und Natur saßen Sean und Danny auf einem Ast und beobachteten das Gelände, auf welchem sie Thorpe vermuteten. Die Dämmerung hatte bereits eingesetzt und tauchte die Welt in einen bläulichen Schimmer. Der zunehmende Mangel an Tageslicht hinderte sie jedoch nicht daran, die Lage zu sondieren. Sie waren gut ausgerüstet, denn ihre Ferngläser konnten auf Nachtsicht umgestellt werden.

Es war ein geschäftiges Kommen und Gehen. Zwar verließ keiner das Areal, dennoch überquerten in unregelmäßigem Rhythmus Leute den Innenplatz. Die Überbauung bestand aus einem dreistöckigen Hauptgebäude, welches von vier Nebenbauten flankiert war, die so einen Innenplatz bildeten.

Das Gelände war von einer circa vier Meter hohen Mauer mit Stacheldraht auf der Oberkante umgeben, die nur von der Zufahrt unterbrochen war. Die Einfahrt war durch ein Tor gesichert, welches so hoch wie die Mauer selbst war.

Sean entdeckte zwei Wachmänner neben dem Zugang zum Areal. An jeder Ecke der Sicherheitswand waren Hochsitze gebaut worden, in welchen jeweils zwei Soldaten Dienst taten.

Der ganze Komplex erinnerte mehr an ein Staatsgefängnis als an eine Forschungseinrichtung. Wenn man jedoch bedachte, dass hier Menschen gegen ihren Willen festgehalten wurden, war die Bezeichnung Gefängnis doch nicht so weit gefehlt.

Er hatte genug gesehen und gab Danny einen leichten Stoß, um ihm zu verstehen zu geben, dass es Zeit für den Aufbruch war.

Die Vorgehensweise war klar. Es bestand aber ein kleines Problem. Um die Klinik zu schließen und Thorpe endgültig das Handwerk zu legen, brauchten sie zusätzliche Unterstützung. So, wie die Dinge standen, konnten sie nicht in ein paar Stunden zuschlagen. Sean würde seinen Joker einsetzen müssen, um die nötige Ablenkung zu schaffen und er würde mit Noa sprechen müssen. Vielleicht konnte sie Jesus' Männer mobilisieren.

In Anbetracht dessen, dass bereits in drei Tagen der G7-Gipfel stattfand, war ihr Aktionsradius was das Zeitliche anging ebenfalls eingeschränkt.

Sean würde sein linkes Ei hergeben, wenn er dafür wüsste, was Thorpe für das Treffen der Staatoberhäupter geplant hatte.

Während sie zum Haus zurückfuhren, vibrierte sein Handy in seiner Hosentasche. Er fischte es heraus und gab es Danny. Das Letzte, was sie jetzt brauchen konnten, waren Querelen mit den Bullen, weil er am Steuer mit einem Mobiltelefon hantierte.

»Alec«, hörte er Danny neben sich auf dem Beifahrersitz. »Ja, verstehe … wie sicher ist diese Quelle? … Okay … wir sind bereits auf dem Rückweg … ist in Ordnung.« Dann legte Danny auf und atmete erst einmal geräuschvoll aus.

»Was ist los?« Die aschfahle Gesichtsfarbe seines Waffenbruders bereitete ihm Sodbrennen. Konnte ihre Lage noch beschissener werden, als sie schon war?

»Du willst nicht wirklich wissen, was einer von Alecs Informanten ihm gerade gesteckt hat.«

Sean drehte sich halb zu Danny um, ohne jedoch die Straße aus den Augen zu lassen. »Was ist?«

»Die First Lady ist auf Thorpes Zug aufgesprungen. Sie finanziert dieses Höllenexperiment.«

Sean trat voll auf die Bremse, riss das Lenkrad herum und brachte das Auto schlingernd am Straßenrand zum Stehen. Obwohl sein Herz heftig gegen seine Rippen schlug, hatte er das Gefühl, der Muskel hätte sich in einen Eisklumpen verwandelt. Erst, als er beinahe das Steuer aus dem Armaturenbrett riss, spürte er, wie seine Fingergelenke knackend aufbegehrten.

»Was hat die Cunningham davon? Weiß der Präsident davon?« Wenn der mächtigste Amerikaner davon wusste, und es stillschweigend hinnahm, waren sie definitiv geliefert.

»Angeblich weiß ihr Mann nichts davon. Gemäß Alecs Quelle hat sie für ihre Unterstützung die Ermordung Cunninghams gefordert.«

Ach du heilige Scheiße! Ging Thorpe wirklich so weit, ein Attentat auf den eigenen Präsidenten zu verüben? Die Antwort lag glasklar auf der Hand. Wer nicht davor zurückschreckte, verwerfliche Experimente an Menschen durchzuführen, war sich auf für einen Mord auf höchster Ebene nicht zu schade.

Natürlich würde sich Thorpe nicht selbst die Hände dabei schmutzig machen. Er würde Ian oder sonst einen seiner ferngesteuerten Zombies schicken.

Bei dem Gedanken daran, wie es sich angefühlt hatte, als er von Soldat 46 besessen gewesen war, stellten sich ihm die Nackenhaare auf. Fühlten sich alle anderen auch so? Er bekam Mitleid mit den Männern, die unter Thorpes Kontrolle standen.

Er hatte keine Ahnung, wie er mit den neuesten Entwicklungen umgehen sollte. Sein ursprünglicher Plan, Thorpes Taten an die breite Öffentlichkeit zu zerren, reichte nach diesen Informationen nicht mehr aus. Er hatte Beweise für Thorpes Tun, er konnte aber nicht belegen, dass Mrs. Katja Cunningham den Tod ihres Mannes gefordert hatte. Sie brauchten unbedingt mehr Leute. Zu fünft hatten sie keine Chance.

»Alec sagt, wir sollen so schnell wie möglich zurückkommen.« Danny war auch noch da. Sie mussten so schnell wie möglich eine Krisensitzung einberufen. Seans Gedanken sprangen von einer Ecke zur nächsten.

Wenn er doch nur den Hauch eines Plans hätte. In seinem Gehirn herrschte das ultimative Chaos. Sie konnten erst den G7-Gipfel vor der Katastrophe bewahren und danach die Klinik stürmen. Oder aber auch umgekehrt. Ihnen fehlte es jedoch an Zeit, um Option eins durchzuziehen und die Mannkraft für Möglichkeit zwei. Egal, wie sie es angingen, sie waren zum Scheitern verurteilt. Verfluchte Scheiße noch mal! Sie waren so was von angeschmiert.

Sean hatte zwar das Talent, in scheinbar ausweglosen Situationen einen Pfad zum Erfolg zu finden. Doch wenn so ziemlich alles und jeder gegen ihn sprach, waren ihm die Hände gebunden. Schließlich konnte er nicht zaubern. Null plus null blieb null. So simpel das auch sein mochte.

»Sean?« Danny holte ihn zurück in die Realität. »Wir müssen echt los.«

Scheiße! Sie standen immer noch an der gleichen Stelle? Er brachte ein Nicken zustande und riss sich innerlich am Riemen. Es gab eine Lösung. Es hatte bisher immer eine gegeben. Er war nicht der Typ, der so schnell aufgab. Aber jetzt hing einfach so viel am Ausgang dieser Geschichte: Noa, sein Kind, Noas Schwester, all die anderen Frauen, Ian, seine Kumpels und zu guter Letzt sein eigenes Leben.

Bis jetzt war ihm sein Leben nicht wichtig gewesen. Doch dann hatte er Noa gefunden und wurde jetzt Vater. Es war beeindruckend, welche Auswirkung so etwas auf einen Mann haben konnte.

Er wollte sein Kind aufwachsen sehen und mit Noa alt werden. Bei diesem Gedanken wurde ihm seltsam schwer ums Herz.

Noa würde wahrscheinlich zurück in ihre heile Welt gehen, wenn das alles durchgestanden war und er konnte es ihr nicht verübeln, nach allem, was sie in den letzten Jahren durchgemacht hatte. Wenn er Glück hatte, durfte er sie hin und wieder besuchen. Das konnte ihm ihre Familie nicht verwehren.

Diese Gedanken begleiteten ihn bis sich das Garagentor ihrer neuen Bleibe hinter ihm schloss. Als er das Entree des Hauses betrat, hörte er mehrere leise Stimmen. Alec, Chris, Noa und sonst jemand, den er nicht kannte. Sein inneres Alarmsystem schlug an und kribbelte in seinem Magen und im Nacken.

Er zog die Neunmillimeter und ging auf die Stimmen zu. Sie kamen aus der Küche. Danny folgte ihm, ebenfalls bereit für alles.

Sie betraten den Raum. Sean sah sofort den Fremden am Tisch. Er hob die Waffe, worauf alle verstummten. Außer Noa. »Nicht, Sean. Er ist auf unserer Seite.«

Es kostete ihn ein großes Maß an Mühe, seine Hand zu senken und wieder auf *Friedensmodus* umzuschalten. Als er sich einigermaßen im Griff hatte, ging er einen weiteren Schritt auf den Tisch zu. Er ließ den Fremden dabei keine Sekunde aus den Augen.

»Wer bist du?«

Der Mann stand auf. Er hatte unübersehbar die Statur eines Soldaten. Eines genmanipulierten Soldaten, um genau zu sein. Er war groß und stark. Er hätte einer seiner Leute sein können.

Sein kahlgeschorener Schädel glänzte matt im Licht der Lampe über ihnen. Mit grauen Augen musterte ihn der Fremde, als wollte er sich seine Chancen für einen allfälligen Kampf ausrechnen. Ja, der Mann war durch und durch an Gewalt gewöhnt. Ein Krieger bis ins Mark. Auch wenn er etwas schmaler war als der Rest der anwesenden Testosteron-Ausschütter.

»Er ist Aidan McGrath, mein zuverlässigster Kontakt. Ihr kennt ihn unter dem Namen Callahan«, antwortete Alec an der Stelle des Fremden.

Natürlich hatte Sean den Namen schon gehört. Doch wer sagte ihm, dass nicht trotzdem irgendwo der Hund begraben lag?

Sean nickte andeutungsweise. »Und was willst du hier?«

»Ich bewege mich offiziell unter einer Scheinidentität. Die Öffentlichkeit kennt mich als Steve Callahan, engster Mitarbeiter und Assistent der First Lady, Katja Cunningham.«

Na wenn das keine Bombe war, die gerade explodiert war. Sean zog wieder seine SIG, denn er traute dem Hurensohn keinen Millimeter über den Weg.

»Sean!«, rief Noa und Alec stellte sich in der gleichen Sekunde in die Schusslinie.

»Hör ihm erst mal zu, Captain. Die Lage ist ernst und er könnte uns behilflich sein.«

Sean zögerte. Sein Instinkt sagte ihm, dass er den Eindringling eliminieren sollte. Doch die Vehemenz, die in Alecs Worten mitgeschwungen hatte, appellierte an sein Vertrauen in Alec. Sein Freund hatte sich bisher nie als leichtsinnig erwiesen, was ihrer aller Sicherheit anging.

»Okay, du hast gerade eine Schonfrist von fünf Minuten bekommen, McGrath. Also, raus mit der Sprache, und zwar mit allem.«

Er spürte, wie sich die anderen etwas entspannten. Alle, nur er selbst nicht. Er beobachtete jede noch so kleine Bewegung dieses McGrath.

»Ich habe die Cunningham belauscht, wie sie mit Malcolm Thorpe einen Deal geschlossen hat. Sie finanziert seine abartigen Experimente, wenn er ihren Mann aus dem Weg räumt.« Jetzt wusste er auch, woher diese Hiobsbotschaft stammte.

»Das hat uns Alec bereits mitgeteilt. Wie kommt es, dass du von Thorpe und seine Machenschaften weißt?«

Aidan McGrath verzog kurz das Gesicht. »Ich weiß von ihm, wie ihr von ihm wisst. Ich bin ebenfalls eines seiner gescheiterten Testobjekte. Alle Mitglieder meine Truppe wurden von ihm und seinen Männern getötet. Ich bin der Letzte und seit einem Jahr auf der Flucht vor ihm.«

Sean empfand im ersten Moment so etwas wie Mitleid mit McGrath. Das Team zu verlieren war in etwa das Schlimmste, was einem Soldaten widerfahren konnte. Doch dann wurde er wieder von der Realität eingeholt. Wenn Thorpe Jagd auf den Typen machte, wie war es dann möglich, dass er als Assistent der First

Lady von Thorpe unerkannt geblieben war? Irgendwie ging das Ganze für ihn nicht auf.

»Wie bist du noch mal an diese Informationen gekommen?« Aidan McGrath sah ihn sichtlich entnervt an. Hatte er hier einen wunden Punkt getroffen?

»Du begehst einen großen Fehler, wenn du mich für dumm hältst!«, schnappte McGrath verärgert. »Ich lebe nicht nur unter einem falschen Namen, sondern auch mit falschem Gesicht. Ich kann ohne große Schwierigkeiten gefälschte Identitäten annehmen. Wenn ich in die Rolle des Callahan schlüpfe, erkennt mich niemand. Ich hatte den Auftrag, Thorpe zur Cunningham zu bringen.«

Sean glaubte, sich verhört zu haben. Wenn dieser Kerl so nahe an Thorpe herangekommen war, wieso atmete der Hurensohn denn überhaupt noch? Er selbst hätte sich so eine Gelegenheit nicht nehmen lassen.

»Ich wurde zwar aus dem Raum geschickt, doch meinem gesteigerten Gehörsinn entgeht nichts.«

Sean konnte sich nicht mehr zurückhalten und machte einen Schritt auf diesen Aidan zu. Er verschränkte die Arme vor der Brust und baute sich vor ihm auf. »Warum hast du Thorpe nicht unschädlich gemacht, als du die Chance dazu hattest? Das ist ziemlich verdächtig, wenn du mich fragst.«

McGrath richtete sich ebenfalls auf und erwiderte seinen herausfordernden Blick. Sean musste insgeheim zugeben, dass der Mann Eier in der Hose hatte. So etwas erfüllte ihn immer mit Respekt, auch wenn ihm das jetzt gerade ziemlich widerstrebte.

»Wenn ich ihn getötet hätte, und glaub mir, nichts hätte ich lieber getan, hätten wir keine Möglichkeit gehabt, herauszufinden, was er am G7 vorhat. Und wir wissen nicht, ob er im Fall seines Ablebens nicht einen Nachfolger ernannt hat.« Da war was Wahres dran. Himmel, wie sollten sie diese Sache beenden, ohne dass das Chaos noch größer wurde?

»Abgesehen davon wäre meine Tarnung aufgeflogen. Und das wollte ich nicht. Ich bin bei der Cunningham noch nicht fertig.«

Plötzlich schob sich Noa zwischen ihn und McGrath. Sean legte schützend seine Arme um sie. Er wollte diesem Eindringling einfach nicht vertrauen. Noch nicht zumindest.

»Aidan, bitte nimm es Sean nicht übel. Er ist nur vorsichtig. Wir haben in letzter Zeit einfach zu viel mitgemacht.« Seans Herz erwärmte sich und die Spannung, die seine Muskeln schmerzen ließ, wurde weniger. Auch McGrath entspannte sich sichtbar.

»Hör zu, Captain. Aidan ist schon länger mein Informant. Ich kannte ihn bisher nur als Callahan«, ergriff nun Alec das Wort. »Ich vertraue ihm und was sein Team angeht, so haben wir ja immer vermutet, dass es weitere Einheiten der ersten Generation gibt. Oder nicht? Uns hat bisher nur der Beweis gefehlt. Thorpe ist die Geschichte klug angegangen.«

Alecs Stichwort rüttelte Sean wach. Sie standen hier herum und vergeudeten wertvolle Zeit mit reden. Sie mussten diese Mission mit Bedacht planen. Mussten strategisch und exakt vorgehen. Sie durften nicht impulsiv handeln. Wenn Sean auf sein Herz hörte, war seine erste Priorität die Klinik. Er wollte all die armen Menschen dort von ihrer Qual befreien. Doch mit diesen neuen Entwicklungen lag der Plan schon fast auf der Hand. Der Gipfel und der Präsident hatten Vorrang. So sehr es ihm für Noa leidtat. Aber ihre Schwester, falls sie denn überhaupt dort war, musste warten.

»Weißt du irgendetwas über Thorpes Vorgehensweise?« Sean wusste, dass seine Frage schwer nach Verzweiflung schmeckte, doch es war ihm schnurz.

»Nein, leider nicht. Mein Kontakt in Thorpes Umfeld weiß auch noch nichts Genaues. Er wird es aber nicht selbst durchziehen. Wenn ich Thorpe wäre, würde ich auf eine Weise zuschlagen, bei der niemand etwas erwartet. Ich würde Unschuld vortäuschen, damit die Security nachlässig ist. Die Frage ist, wie?

Er kann wohl schlecht einen Soldaten unserer Art damit beauftragen. Das wäre zu auffällig.«

McGrath lehnte sich resigniert an den Tisch. Auch Sean hätte sich am liebsten die Haare gerauft, wenn es etwas gebracht hätte. Im Augenwinkel nahm er wahr, wie Noa sich plötzlich aufrichtete und die Hand vor den Mund schlug. Alle Alarmsirenen in seinem Kopf schrillten los. Er sah sich um, konnte jedoch keine Gefahr entdecken.

»Was ist los, Darling?« Irgendetwas stimmte nicht. Sie war erschreckend blass und in ihren Augen stand eine tiefe Traurigkeit.

»Ich glaube«, begann sie zögernd mit einem leichten Zittern in der Stimme, »ich habe eine Idee, wie er es anstellen wird.«

Sie schien zu würgen, so sehr litt sie unter ihren Worten. Er konnte nicht anders, als sie in seine schützenden Arme zu nehmen. Sie schob ihn jedoch von sich, als könnte sie zurzeit keine Berührung ertragen.

»Und was denkst du?«, half Chris ihr auf die Sprünge, weil es ihr die Sprache verschlagen zu haben schien. Noa nickte und holte kurz Luft.

»Er kann keine ausgewachsenen Soldaten nehmen, wie bereits erwähnt. Was ist aber, wenn er die Kinder nimmt?«

Von welchen Kindern sprach sie? Sean schaffte es nicht, den Gedanken zu Ende zu denken, denn mit der Wucht eines Donnerschlags wurde ihm klar, worauf Noa hinauswollte. Alle schienen die Luft anzuhalten.

»Kindersoldaten?«, fragte McGrath. »Du könntest recht haben. Bei einem Kind werden die Sicherheitsbeauftragten höchstwahrscheinlich nicht so genau hinsehen.«

»Kind hin oder her, es wird unmöglich sein, irgendwelche Waffen oder Sprengstoff in das Kongressgebäude zu bringen«, gab Sean zu bedenken.

»Korrekt«, meldete sich McGrath wieder zu Wort. »Thorpe könnte jedoch einen Sender mit einem der Kinder hineinschmuggeln und zum Beispiel zusammen mit einer mit Sprengstoff versetzten Drohne wäre der Anschlag machbar.«

·

Je länger die Männer alle möglichen und unmöglichen Horrorszenarien besprachen, desto schlechter ging es ihr. Kinder sollten getötet und Unschuldige einfach als Kollateralschaden hingenommen werden. Klar könnte man sagen, dass die Kinder sowieso keine normale Zukunft hatten, aber es waren doch keine hoffnungslosen Fälle. Ihre Hand legte sich ohne ihr bewusstes Zutun auf ihren Unterleib. Sie musste einfach glauben, dass ihr Baby eine Chance auf ein ganz gewöhnliches Leben hatte.

»Ich glaube, ich habe eine Ahnung, wie er es bewerkstelligen könnte.« Dieser Aidan McGrath war ein sympathischer Mensch, der mit seinem Intellekt mit dem der anderen locker mithalten konnte. Na ja, vielleicht nicht mit dem von Alec. Aber wer konnte das schon. Dennoch empfand Noa eine gewisse Zurückhaltung ihm gegenüber. Er war ein Fremder, ein Faktor der Unsicherheit, der eine Gefahr für ihre Familie darstellen konnte.

Bei diesem Gedanken runzelte sie über sich die Stirn. Vor ein paar Wochen war sie selbst die große Unbekannte in dieser Gruppe gewesen und es hatte sie verletzt, weil Alec ihr misstraut hatte.

»Thorpe wird bei der Endkontrolle der Sicherheit kurz vor Beginn der Tagung eine Bombe platzieren. Am ehesten am großen Tisch, wo alle VIPs Platz nehmen werden. Dort, wo sich der Stuhl des Präsidenten befindet. Sobald die Zielperson sich da hinsetzt, gibt das Kind ein Signal zur Fernzündung.«

Noa schüttelte den Kopf. Sie würde dieses militärisch-strategische Denken nie verstehen. »Warum um Himmels willen sollten Kinder erstens ein Interesse an einem solchen Gipfel haben und zweitens überhaupt da zugelassen werden? Ich weiß, ich habe vorhin den Verdacht auch geäußert, aber je länger ich darüber nachdenke, desto unsinniger konnte mir die Sache vor.«

McGrath rieb sich das Kinn und sah sie an. Unverhohlene Neugier lag in seinem Blick. »Du bist die Frau, die Thorpe unbedingt bekommen will. Stimmt's? Die Stripperin.«

Sie bemerkte, dass Sean kritisch zu Aidan hinüberschaute. Als wollte er ihn warnen, ja nichts Verkehrtes zu sagen. Noa stieß ihm den Ellbogen in die Seite.

Sean drehte seinen Kopf in ihre Richtung und sah sie an, als hätte sie den Verstand verloren. »Dieser Mistkerl respektiert dich nicht und beleidigt dich.«

Sie fühlte sich in dem Moment derart geliebt und beschützt, dass es ihr warm ums Herz wurde. Sie würde diesen Mann nie wieder aus ihrem Leben lassen. Erfüllt von der Macht dieser Liebe lehnte sie sich ihm und legte ihm die Hand auf den angespannten Unterarm. »Ich weiß es mehr als zu schätzen, Liebling, dass du meine Ehre beschützen willst. Aber Aidan McGrath hat nur eine Tatsache angesprochen. Ja, ich bin die Stripperin und Hure, die Thorpe haben will. Aber«, sie wandte sich an McGrath, »ich bin nicht so zerbrechlich und dumm, wie du vielleicht denkst. Ich habe zu viel Scheiße durchgemacht, um mich wie ein Barbiepüppchen an den Schminktisch verbannen zu lassen. Kapiert?«

»Also gut«, ergriff Aidan erneut das Wort, »ich denke, das mit den Kindern ist schon richtig. Die Cunningham hat einmal erwähnt, dass sich zwei Schüler für den Gipfel angemeldet haben. Angeblich schreiben sie für eine Schülerzeitung.«

Jetzt machte alles viel mehr Sinn. Trotzdem war es für Noa kaum vorstellbar, dass Thorpe alle Anwesenden töten wollte. Oder, besser gesagt, bereit war, so viele Unschuldige zu opfern.

»Thorpe wird während des Gipfeltreffens in seinem Penthouse bleiben. Er wird sich dort verkriechen, falls etwas schiefgeht. So hat er ein Alibi. Der Pförtner des Gebäudes wird seine Anwesenheit bestätigen.«

»Woher hast du alle diese Informationen? Alles wirst du nicht von deiner Chefin erfahren haben«, warf Chris ein.

Aidan senkte den Blick und schien einen Moment mit sich zu ringen. Er war sich allem Anschein nach nicht sicher, ob er all seine Geheimnisse preisgeben sollte. Dann atmete er tief durch und richtete sich auf. »Ich habe, wie bereits erwähnt, einen Mann in Thorpes Nähe. Einen seiner Soldaten, der in der Hierarchie recht weit oben steht. Er füttert mich so gut es geht mit Insiderwissen.«

Im Augenwinkel sah Noa, wie Alec sich scheinbar unbewusst mit der Hand über seinen Solarplexus rieb. Dann stand er unerwartet auf, murmelte eine Entschuldigung und verließ die Küche. Sie blickte zu Sean, der seinem Freund besorgt nachschaute.

Sie legte ihm kurz die Hand auf die Schulter und gab ihm so zu verstehen, dass sie sich um Alec kümmerte. Danach folgte sie Alec und fand ihn schließlich im Garten, das Handy am Ohr.

»Los, nimm schon ab«, hörte sie ihn sagen. Der leise, aber deutlich besorgte Unterton jagte kalte Eisspitzen durch ihre Blutbahnen. »Verdammt noch mal!« Alec schaute frustriert auf das Display seines Smartphones und tippte darauf herum. Er schien sie bemerkt zu haben, denn er brummte abwesend: »Es geht um die Ärztin. Deborah Miller.«

Sie hatte sich schon so was gedacht. Sie wollte jedoch nicht indiskret wirken und schwieg deshalb. Hoffentlich war der Frau nichts passiert. Ihr plötzliches Verschwinden hatte sie argwöhnisch gemacht.

»Ich … sie …« Er brach ab, fluchte tonlos und begann erneut. »Da ist etwas zwischen uns. Ich habe noch nie so in Gegenwart einer Frau empfunden.«

Heilige Scheiße! Hatte sich der allwissende, über alles erhabene Alec etwa verliebt?

»Wir sind uns nähergekommen.« Er hob abwehrend die Hände, als wollte er jeden voreiligen Schluss ihrerseits im Keim ersticken.

»Wir haben nicht miteinander geschlafen. Ich habe sie vorher weggebracht. Es wäre zu gefährlich gewesen.«

»Für wen gefährlich? Für sie oder für dich?« Eigentlich hatte sie ihn nicht unterbrechen wollen, doch diese Frage musste geklärt werden, und zwar für ihn.

»Für uns beide«, antwortete er in einem Ton, als hätte sie das Offensichtliche gefragt. »Wenn sie in meiner Nähe ist, bin ich nicht mehr ich selbst. Ich kann nicht mehr denken.« Er rieb sich mit den Handballen die Schläfen, als hätte er gewaltige Kopfschmerzen. »Es gibt dann nur noch eins, was ich will. Es beherrscht mich und meinen Körper.«

Noa musste sich zwingen, nicht breit zu grinsen. Das wäre alles andere als professionell. Egal, welchen Beruf sie hier gerade vertrat. Ihr war noch nie ein Mann begegnet, der es als schwere Krankheit betrachtete, eine bestimmte Frau zu begehren.

»Alec«, setzte sie an, musste sich dann aber räuspern, weil sie sich nicht sicher war, ob es ihr gelingen würde, ernst zu bleiben. »Wann warst du das letzte Mal mit einer Frau zusammen? Du weißt schon, das volle Programm. Nicht nur Sex, sondern auch Gefühle.«

Er schwieg und schwieg und schwieg, was eigentlich Antwort genug war. Dieser Mann hatte noch nie eine Beziehung gehabt.

»Und nur Sex?«, fragte sie zaghaft. Sie wollte ihm nicht zu nahetreten und sie konnte sich nicht vorstellen, dass er ein enthaltsames Leben führte. Dafür war er zu attraktiv und strahlte zu viel sexuelle Energie aus. Frauen mussten ihn umschwärmen wie Motten eine Lichtquelle.

Es war nicht die heiße, alles verzehrende Feuerwalze, die Sean umgab. Bei Alec war es mehr die Ausstrahlung einer Aurora borealis. Kalt, über alles erhaben und mysteriös.

Er machte eine wegwerfende Handbewegung und sie dachte schon, dass er ihr auch dieses Mal die Antwort schuldig blieb. Doch dann sah er sie energisch an. Sein Blick durchbohrte sie und sie hatte Mühe, nicht wegzusehen.

»Es geht dich zwar einen feuchten Dreck an, aber lass dir gesagt sein, dass es schon sehr lange her ist.« Er fing an, mit der Stiefelspitze über den Boden zu scharren. »In meinem Leben hat eine Frau einfach keinen Platz. Eigentlich solltest auch du es schon bemerkt haben. Mich und meine Brüder verfolgt der Tod.«

Sie beschloss, auf diesen Kommentar nicht weiter einzugehen. »Wo ist Dr. Miller jetzt?«

Er seufzte und sah zum Himmel. »Ich habe sie zum Krankenhaus gebracht. Zurück in ihre Welt. In Sicherheit.«

Noa sank der Mut. Was für eine Sicherheit denn? Wenn jemand von Thorpes Leuten das Krankenhaus überwacht hatte, weil sie den verletzten Alec darin vermuteten, dann konnte von Sicherheit nicht die Rede sein.

»Alec, bist du…« weiter kam sie nicht, weil im selben Moment sein Handy zu klingeln begann. Alec schien plötzlich unter Strom zu stehen, als er abnahm.

»Gott sei Dank, Debs. Ist alles okay?« Er hielt inne und Noa sah, wie er schlagartig erstarrte.

•

Thorpe sah auf die Frau hinunter, die neben ihm durch den Korridor zurück zu ihrer Zelle ging. In ihrem Gesicht standen deutlich Ekel und Abscheu wegen der Dinge, die er ihr gezeigt hatte.

Er hatte ihr seine Macht demonstrieren und sie so zum Reden bringen wollen. Doch diese Dame war nicht so leicht einzuschüchtern. Hier musste er härtere Saiten aufziehen. Insgeheim hatte er gehofft, sie an Bord holen zu können. Nicht als Inkubator, sondern als Mitglied des Forschungsteams. Sie hatte einen hervorragenden Ruf, diese Dr. Miller.

In ihrer Zelle nahm sie auf der Pritsche Platz und betrachtete ihn mit einer Mischung aus Argwohn, Arroganz und Sturheit. Bemerkenswert. Mal sehen, wie sie auf seinen nächsten Schachzug reagierte.

Er griff in seine Jackettasche und zog ihr Smartphone heraus. An ihrem Blick und den zusammengekniffenen Lippen war deutlich zu sehen, dass sie ihr Eigentum erkannt hatte. Er scrollte entspannt durch ihre Kontakte und fand schließlich die gewünschte Nummer und stellte auf Lautsprecher.

»Gott sei Dank, Debs. Ist alles okay?«, ertönte Alec McAllisters Stimme.

Thorpe lächelte. Er liebte es, zu spielen. »Thorpe hier«, meldete er sich zu Wort. Er hörte, wie McAllister die Luft anhielt.

»Was hat das zu bedeuten, Thorpe?«

Oh, wie er dieses zornige Knurren genoss. »Ich habe deine Frau, McAllister.« Dr. Miller hatte sich bis jetzt überraschenderweise noch nicht gerührt. Hatte er am Ende falsche Informationen?

»Du lügst«, brummte der andere ins Telefon.

»Keineswegs. Sie ist hier. Wenn du und dein Club nicht spurt, verfüttere ich sie deinem Daddy.« Es kam keine Reaktion. Weder von McAllister noch von Dr. Miller. »Glaub mir, das Mistvieh ist schon ganz geil auf sie. Du kennst die Bedingungen«, setzte er noch einen drauf.

»Nein, Alec!«, rief die Ärztin endlich. »Bleib weg von hier! Du darfst dich nicht auf sein Spiel einlassen.«

Wurde auch Zeit. Jetzt machte das Ganze langsam Spaß. Vor allem, als McAllister wütend aus dem Lautsprecher brüllte: »Deborah! Verfluchte Scheiße, Thorpe! Wenn du ihr nur ein einziges Haar krümmst, jage ich dich in die Luft.«

Ein Lachen fand seinen Weg durch seine Kehle an die Oberfläche. »Nun, ich würde behaupten, liegt bei dir. Wenn du sie zurückhaben willst, kommt ihr alle zu mir. Morgen früh, unbewaffnet und kooperativ in der Werft.«

Die Ärztin sprang auf und packte ihn am Kragen. »Du lässt die Männer in Ruhe!« Ihr Zorn war beinahe greifbar und entzückend. Thorpe wusste, dass er bald am Ziel war.

»Halt die Klappe«, befahl er ihr und wandte sich wieder dem Soldaten am anderen Ende der Verbindung zu. »Du wirst tun, was ich verlange, oder ihr Blut klebt an deinen Händen.« Er drehte sich um. »35.« Dieser hob sie unter Protest hoch. Ihre Gegenwehr war immens, weshalb 35 ihr einen Schlag versetzte. »Bring sie zu unserem Hausköter. Mal sehen, wie lange sie durchhält.«

»Nein!«, schrie McAllister.

Doch es interessierte ihn nicht mehr.

Des Jägers Braut

Genug war genug! Jetzt war Thorpe endgültig zu weit gegangen. Sean hatte Alec noch nie derart wütend gesehen. Es brach ihm das Herz, dass Alec so etwas durchmachen musste. Niemand sollte so etwas erleben. Sean spürte ein Echo der Gefühle in den Knochen, die er empfunden hatte, als man ihm Noa genommen hatte.

Als Alec in die Küche gestampft gekommen war und er das buchstäbliche Feuer in dessen Blick gesehen hatte, war alles klar gewesen. Selbst Noa war aschfahl im Gesicht gewesen.

Es machte den Anschein, als hätte Sean diese zusätzliche Tragödie gebraucht, um endlich einen Plan ins Auge fassen zu können. Er würde den Gipfel mittels Presse hochgehen lassen und gleichzeitig diese gottverdammte Klinik dem Erdboden gleichmachen. Er hatte bereits vor Wochen seine Freundin bei der *Times* kontaktiert und ihr Informationen über Thorpes Machenschaften zukommen lassen. Damals, als er Noa aus Thorpes Händen gerettet hatte. Jetzt hatte er zusätzliches Material, das er ihr übergeben konnte. Damit sollte das Gipfeltreffen sicher sein.

Wieso war er nicht schon früher darauf gekommen? Er kannte die Antwort und sie war wie ein Tritt in die Eier. Er hatte immer das Gefühl, für alles und jeden verantwortlich zu sein. Er war so arrogant, dass er immer den Helden spielen musste und dachte dabei zu wenig an die möglichen Konsequenzen.

Er saß ein paar Minuten später im Büro dieses annektierten Hauses und drehte das Smartphone zwischen den Fingern. Er hatte eben mit der Journalistin gesprochen und sie über alle Fakten in

Kenntnis gesetzt. Sie hatte sich sachlich gegeben, doch er hatte den unterschwelligen Schock in ihrer Stimme gehört. Er hatte nichts ausgelassen, ihr aber das Versprechen abgenommen, dass keiner seiner Leute namentlich erwähnt wurde. Gleichzeitig hatte er ihr die Erlaubnis erteilt, die Unterlagen zu benutzen, die er ihr früher schon geschickt hatte. Damals war die Bedingung gewesen, dass die Akten nur eingesehen werden durften, sollte ihm etwas passieren.

Morgen, in den Frühnachrichten, würde die Bombe platzen und damit auch das Treffen der sieben großen Köpfe der Welt. Hoffentlich ging sein Plan auf. Er war es nicht gewohnt, solche schwerwiegenden Dinge aus der Hand zu geben. Jetzt nur noch einen Anruf und dann konnte es losgehen. Erst hatte er Noa den Auftrag erteilen wollen. Doch nun begriff er, dass es seine Aufgabe war, mit den übrig gebliebenen Männern aus Jesus De La Vegas Gang in Kontakt zu treten. Sean wählte die Nummer vom Vize des verstorbenen Latinos. Er hoffte inständig, dass der Mann Thorpes Attacke überlebt hatte.

Tatsächlich wurde sein Anruf entgegengenommen. »Ja?«

Gott sei Dank klang die Stimme gesund und stark. Das hieß dann wohl, dass der Mann mit dem Namen Martin Dos Santos unverletzt war.

»Hier Sean Patrick.«

»Was willst du?«

»Ich habe einen Vorschlag für euch.«

Stille. Langes Schweigen. »Ein solcher Vorschlag hat unseren Boss das Leben gekostet«, entgegnete Dos Santos in emotionslosem Ton und mit hartem mexikanischem Akzent.

So etwas hatte Sean erwartet und er verstand den Mann. »Hör zu«, begann er langsam und bedacht. Er erklärte dem anderen alles. Am Ende des Gesprächs legte Sean teils zufrieden, teils besorgt auf und lehnte sich im Stuhl zurück.

Warme Hände legten sich plötzlich auf seinen Schultergürtel und begannen, die Muskeln zu massieren, die vor Verspannung hart wie Beton waren. Er ließ den Kopf nach vorn fallen und genoss Noas Zuwendung. Nur schon ihre Nähe und die Wärme, die sie ausstrahlte, verschafften ihm einen Zen-Moment. Er würde sie zu gegebener Zeit nicht gehen lassen können. Das wusste er so genau, wie er wusste, dass er Malcolm Thorpe bei lebendigem Leib die Haut abziehen würde.

Sie beendete ihre Arbeit und kam um den Sessel herum, auf dem er saß. Sie war so schön, so sanft und doch so stark, dass es ihn ängstigte. Diese Frau musste beschützt werden. Mit allem, was ihm zur Verfügung stand.

Er richtete sich auf, legte seine Hände auf ihr prächtiges Hinterteil und zog sie zu sich heran. Sie strich ihm zärtlich die Haare aus dem Gesicht, was ihn unpassenderweise daran erinnerte, dass er wieder einmal den Haartrimmer ansetzen musste.

»Du grübelst zu viel, Captain.« Oh, ihre Stimme war Balsam für seine Seele.

Er kniff sie auffordernd in die Pobacken. »Dann hilf mir, zu vergessen, Darling.«

Ihr Lächeln war die Sünde selbst und als sie anfing, sich langsam und lasziv auszuziehen, musste er sich beinahe selbst den Defibrillator ansetzen. Es hatte durchaus seine Vorteile, wenn die Liebste in ihrem früheren Leben Stripperin und Nackttänzerin gewesen war.

Ihre Bewegungen waren rund und gleichzeitig herausfordernd. Die geschwungenen Linien ihrer Brüste und ihrer Taille ließen seine Fantasie in andere Gefilde gleiten. Sein Blick wanderte bewundernd an ihr auf und ab. Es kostete ihn Unmengen an Selbstbeherrschung, dass er sie nicht zu Boden warf und bestieg wie der geile Bock, der er nun einmal war. Um ehrlich zu sein, war er das erst, seit er Noa kannte.

Sie drehte sich kurz zur Seite. Dabei fiel ihm auf, dass sich ihr Bauch bereits zu wölben begann. Es erfüllte ihn immer mit Stolz und gleichzeitig mit großer Sorge, wenn ihm wie jetzt bewusst wurde, dass sie sein Kind unter dem Herzen trug. Natürlich war es unter normalen Umständen noch zu früh, die Schwangerschaft zu sehen. Aber wer konnte in ihrem Fall schon von Normalität sprechen?

Noa kniete sich vor ihm nieder und fing an, seine Stiefel aufzuschnüren. Erst links, dann rechts. Sie zog ihm mit ruhigen Händen die Schuhe und Socken aus und knetete ihm kurz aber kräftig die Fußsohlen. Das Gefühl, das ihm dabei durch die Knochen fuhr, war einem Orgasmus nicht unähnlich. Er bäumte sich unwillkürlich im Sessel auf und fühlte, wie die Spannung, die ihn schon seit Tagen in festem Griff hatte, etwas weniger wurde.

Noa ließ ihn los und stand geschmeidig auf, nur um sich dann auf seinem Schoß wieder niederzulassen. Das spärliche Licht der Stehlampe in der Ecke zauberte einen samtigen Schimmer auf ihre cremefarbene Haut. Ihr Nippel reckten sich ihm entgegen, sodass er nicht widerstehen konnte, sie zu berühren. Ihre Brüste schmiegten sich voll und schwer in seine Hände, während er mit dem Daumen über die harten Spitzen strich.

Noa leckte sich über die Lippen und genoss deutlich seine Berührung. Er richtete sich auf und legte die Arme besitzergreifend um seine Frau. Er musste sie schmecken, wollte mit der Zunge in ihren Mund eindringen und ihr Stöhnen an seinen Lippen spüren. Sie öffnete sich für ihn, ließ ihn ein und kam ihm mit ihrer Zunge entgegen.

Stromstöße schienen ihm ins Rückgrat zu schießen und sich in seiner Lendengegend zu kumulieren, sodass sein Schwanz zu einem gierigen Monster mutierte. Er musste sie haben. Jetzt gleich.

Als hätte sie seine Begierde gespürt, zog sie ihm das T-Shirt über den Kopf. Doch anstatt sich auch um seine Hose zu kümmern, senkte sie den Kopf und begann, ihn mit zärtlichen Bissen und Küssen auf Brust und Bauch zu necken.

Himmel, wenn sie das noch lange so weitermachte, würde er an unerfüllter, auf den Siedepunkt gebrachter Geilheit sterben. Sein

Herz galoppierte und der Knüppel hinter dem Reißverschluss tobte vor Hunger nach diesem Frauenkörper und dessen Wärme und Hingabe.

•

Sie liebte Sean, wenn er sich so gehen ließ. Die Augen im Genuss glänzend, die Atmung schnell und der leichte Schweißfilm, der seine Stirn und Brust bedeckte. Sie bedachte jede seiner Narben mit Küssen und kleinen Bissen. Sie genoss das unterschwellige Keuchen, das ihm dabei über seine schönen, weichen Lippen kam.

Während sie auf seinem Schoß saß und das Becken kreisen ließ, nahm sie auch die Erektion wahr, die in seiner Hose um Freilassung bettelte. Bald, dachte sie, sehr bald.

Seine Hand wanderte unterdessen zwischen ihre Beine und streichelte sie sanft, ja beinahe vorsichtig, über die Schamlippen. Ihr Unterleib reagierte sofort mit kleinen Kontraktionen und die Hitze, die sich dort sammelte, ließ ihren Atem stockend den Lungen entweichen.

Sie wollte ihn so sehr, dass es ihr die Brust zuschnürte. Was war, wenn ihm etwas zustieß? Wenn beim Sturm auf die Klinik etwas schiefging? Sie konnte sich ein Leben ohne Sean nicht mehr vorstellen. Auch jedes andere Mitglied dieser Truppe gehörte jetzt zu ihrer Familie. Chris, Alec und Danny. Alle waren ihr lieb und teuer geworden.

Sie rückte von ihm ab und half ihm, seine Hose auszuziehen. Sein völlig erigiertes Glied lag auf seinem Bauch und Noa wusste, dass sie noch nie etwas Schöneres gesehen hatte. Sie ging in die Knie, nahm ihn zwischen ihre Lippen und labte sich an Seans Reaktion. Seine Finger vergruben sich in ihrem Haar. Er keuchte ihren Namen, während sie ihn tief in sich aufnahm. Ihre Zunge umkreiste die stumpfe Spitze, spielte mit dem Bändchen oder drang in die kleine Spalte ein.

Sie schmeckte das Salz seiner Leidenschaft und atmete tief seinen ihm eigenen, angenehmen Duft ein.

»Baby, stopp.« Er schob sie sanft von sich und kniete sich zu ihr auf den Boden. Er beugte sich über sie, sodass sie sich auf den Teppich legen musste. Seine Lippen nahmen ihre in Besitz und sie atmete seinen Atem. Sie genoss das Gefühl seiner heißen, samtigen Haut auf ihren Brüsten.

»Ich liebe dich, Baby«, flüsterte er und drang mit einem langsamen Stoß bis tief in ihre Mitte vor. In ihren Augen war er der schönste und begehrenswerteste Mann, der ihr je begegnet war. Sie betete zu Gott, dass das hier kein Abschied war.

Noa ließ sich in die weichen Kissen sinken und war dankbar für das bequeme Bett. Die Schlafgelegenheit in der Garage war im Vergleich dazu eher eine Pritsche gewesen. Sean hatte sie nach vollendeter Tat in die abgelegten Kleider gewickelt und sie nachher ins Schlafzimmer getragen.

Sie drehte sich zur Seite und schmiegte sich an seine warme Brust. Seine Finger zogen sanfte Kreise über die nackte Haut ihres Rückens. Er schien in Gedanken, wie so oft in letzter Zeit, meilenweit entfernt.

»Bleibst du bei mir?«, hörte sie ihn leise sagen.

Sie war sich nicht sicher, ob sie ihn richtig verstanden hatte. »Wohin sollte ich denn gehen?« Sie küsste ihn liebevoll auf seine Brust.

Sie hatte noch nie zuvor so viel und so intensiv für einen Mann empfunden. Er war alles für sie und sie hatte schon einmal alles verloren. Wieso zweifelte er an ihren Gefühlen?

»Zu deinen Eltern. Wenn wir deine Schwester gefunden haben, willst du sie sicher nach Hause bringen. Oder nicht?«

Ihre Schwester? Plötzliche Scham brachte Noas Gesicht zum Brennen. Sie hatte in diesem Bezug nicht an Fleur gedacht. Was würde sie tun, wenn sie sie fanden? Sie einfach in ein Flugzeug setzen? Aber kam es nicht auch darauf an, in welchem Zustand sich Fleur befand? Noa hätte am liebsten geheult. Sie kam sich schäbig vor. Sie lag hier in den Armen dieses fantastischen Mannes, hatte gerade fantastischen Sex gehabt und hatte sich erlaubt, die aktuellen Probleme zu vergessen. Das schlechte Gewissen drückte ihr auf den Magen.

»Was ist los, Liebling? Habe ich etwas Falsches gesagt?« Er strich ihr in langsamen, beruhigenden Bewegungen über den Rücken.

Sie schüttelte den Kopf. Sie wollte und konnte jetzt nicht darüber sprechen. Sie war ihm aber noch eine andere Antwort schuldig, welche sie ihm auch geben wollte.

»Egal, was auch passiert«, begann sie und wusste in diesem Augenblick, dass jedes ihrer Worte der Wahrheit entsprach, »ich bleibe bei dir. Bei dir und den anderen. Natürlich werde ich mich auch um Fleur kümmern, doch das ändert nichts daran, dass ich zu dir gehöre.«

Sie konnte seine Erleichterung beinahe körperlich spüren, weshalb sie sich noch enger an ihn schmiegte. Im Stillen hoffte sie, dass diese Nacht niemals endete, denn es bestand die Möglichkeit, dass es kein Morgen gab.

.

Thorpe knallte wütend seine Bürotür zu. Die Hancock hatte ihn eben angerufen und ihm die Hölle heiß gemacht. Verfluchte Typhus-Scheiße noch mal! Wie hatte die Presse von seinem Plan erfahren? Nur er, die Hancock, Soldat 21 und 35 hatten davon gewusst. War die Hancock so doof gewesen und hatte ihrem Assistenten davon erzählt? Wie hieß er nochmal? Callahan oder so. Bei diesem Kerl war sich Thorpe nicht sicher. Katja Cunningham hatte ihn zwar beim kritischen Teil der Besprechung auf die Reservebank geschickt. Aber man konnte niemandem vertrauen.

Auf jeden Fall war das Gipfel-Treffen auf unbestimmte Zeit vertagt worden und damit hatte er in naher Zukunft keine Chance, an den Präsidenten heranzukommen und seinen Teil des Deals zu erfüllen.

Deshalb war die First-*fucking*-Lady von der geschäftlichen Transaktion zurückgetreten. Er hatte fest mit dieser Finanzspritze gerechnet. Ohne das Geld dieser Schlampe geriet sein Unternehmen ziemlich in Schieflage. Schuld daran waren Sean Patrick und seine Hurensöhne, die er Brüder nannte. Da war er sich sicher.

Thorpe hatte in dieser Hinsicht versagt. Patrick und seine Jünger sollten schon lange unter der Erde liegen. *Six Feet Under*, um genau zu sein. Das würde sich schleunigst ändern. Erst aber musste er sich um diese Vertragsbrecherin kümmern.

Er zog sein Handy aus der Jackentasche und bestellte Ian zu sich. Er konnte sich kaum vorstellen, dass Ian Andrews ein Verräter war. Sollte es jedoch der Fall sein, würde er ihm im Handumdrehen eine fatale Hirnblutung bescheren.

Kurz nachdem er Ian zu sich gerufen hatte, klopfte es zwei Mal und die Tür ging auf. Ian Andrews trat ein, schloss die Tür und stellte sich militärisch korrekt vor ihm auf.

Thorpe betrachtete seinen Soldaten einen Moment. Grundsätzlich war er mit der Leistung von Nummer 21 zufrieden. War es aber dennoch möglich, dass er zum Verräter geworden war?

Es war eine Tatsache, dass dieser Mann bereits einmal das Vertrauen seines Vorgesetzten missbraucht hatte. Und trotz der Zweifel, die ihn gerade erfüllten, war er auch stolz auf 21. Er war der erste Soldat, den er unter komplette Kontrolle gebracht hatte. Wenn der Kerl nun bei den falschen Leuten gezwitschert hatte, käme das einer persönlichen Beleidigung gleich.

»Wir sind aufgeflogen«, begann er und beobachtete 21 eingehend. Dieser verzog jedoch keine Miene. »Der Einsatz morgen kann nicht durchgeführt werden.«

21 nickte knapp. »Wie lauten deine Befehle?«

Der Mann ihm gegenüber war verschlossen wie eine eiserne Jungfrau, was ihn aber nicht verwunderte. »Pfeif alle zurück. Wir werden in nächster Zeit die Füße stillhalten. Ich habe keine Ahnung, wie viel die Leute von der *Times* wissen. Vielleicht kennen sie meine Identität, vielleicht auch nicht.«

Wiederum ein knappes Nicken.

»Wenn das erledigt ist, wirst du Kontakt zu diesem Steven Callahan aufnehmen und ein Treffen mit der Hancock arrangieren.«

Er würde das verlogene Miststück höchstpersönlich in der Luft zerreißen, und das im wahrsten Sinn des Wortes.

Thorpe war kurz von seinen Rachegelüsten abgelenkt gewesen, weshalb ihm die veränderte Miene Ians erst nicht aufgefallen war. Doch jetzt bemerkte er die Anspannung in dessen Gesicht und wunderte sich darüber.

»Was ist los? War eine meiner Anweisungen nicht deutlich genug? Oder warum siehst du mich so an?« Wie gern würde er 21 jetzt disziplinieren? Einfach so, weil ihm gerade danach war. Vielleicht würde er dann ja erfahren, ob der Kerl ihn hintergangen hatte. Aber was nicht war, konnte ja noch werden. Jetzt allerdings gab es wichtigeres zu tun.

Er schickte Nummer 21 mit einer knappen Handbewegung weg.

•

Das absolut Schlimmste während einer Mission war dieses elende Warten auf das Einsatzsignal. Die Minuten verstrichen für gewöhnlich zäh wie Teer und wurden zu gefühlten Stunden. Unter Alecs Haut kribbelte es, als hätten sich ganze Kolonien von Ameisen zwischen seiner Dermis und den darunterliegenden Muskeln eingenistet.

So war es jedes Mal gewesen. Doch jetzt, mit dem Wissen, dass Deborah in dieser Klinik festsaß und den Launen dieses Psychopathen ausgeliefert war, war dieses Warten zehnmal schlimmer und die Symptome seines Zustands waren hoch akut.

Alec konnte nicht stillsitzen, geschweige denn sich die dringend benötigte Ruhe nehmen, um für den Einsatz fit zu sein. Wie hätte er schlafen sollen, mit dem Wissen, dass Deborah jetzt gerade durch die Hölle ging? Ein Ding der Unmöglichkeit.

Komm nicht, Alec! Du darfst dich nicht auf sein Spiel einlassen. Er hörte Deborahs Stimme durch das Telefon als Endlosschleife. Kurz bevor Thorpe sie geschlagen hatte.

Wenn du sie heil zurückhaben willst, kommt ihr alle zu mir. Ihr wisst genau, was ich will. Ich erwarte euch morgen Früh, unbewaffnet und kooperativ in der Werft.

Alec hatte das Einzige getan, wozu er fähig gewesen war: Er hatte dem Mistkerl gesagt, was er von ihm hielt und seine Forderung in den Wind geschlagen. Es hatte ihn so geschmerzt, Debs ihrem Schicksal zu überlassen, dass es sich angefühlt hatte, als hätte er sich selbst kastriert. Natürlich ließen er und und seine Kumpels die Frau nicht zurück. Doch der Einsatz musste zu ihren Bedingungen ablaufen, sonst standen sie auf der Verliererseite. Sie waren sogar leicht im Vorteil, da Thorpe nicht ahnen konnte, dass sie seinen jetzigen Standort kannten und dass sie Verstärkung hatten.

Sie saßen alle schweigend im Wohnzimmer und warteten auf den Zeitpunkt, um zu zuschlagen. Kurz vor Sonnenuntergang sollte es losgehen. Er beobachtete Sean, der tief in Gedanken sein Kampfmesser am Wetzstein schliff. Dieses träge, schabende Geräusch war nahezu das Einzige, was zu hören war. Die strenge Furche zwischen den Augenbrauen seines Captains war Alec Beweis genug, dass Sean mental den ganzen Einsatzplan durchging, und zwar als Endlosschleife.

Er sah zu Noa, die am Fenster stand. Reglos wie eine Statue. Auch sie hatte schwere Stunden vor sich. Ihre Schwester befand sich mit größter Wahrscheinlichkeit ebenfalls in dieser Klinik. Inzwischen konnte er sich sogar vorstellen, welche Sorgen sie sich um

Fleur machen musste. Dann kam noch hinzu, dass Sean in den Kampf zog und die Möglichkeit bestand, dass er da nicht mehr lebend herauskam. Dieser Gefahr waren sie alle ausgesetzt. Jedes Mal aufs Neue. Mit einem Schlag hatte er genug von diesem Leben in den Schatten. Diesem Bestehen ohne wirkliche Existenz. Immer auf Achse und niemals länger als ein paar Monate am selben Ort.

Er spürte plötzlich all das Gewicht der Toten, die sie auf ihrem Weg zurückgelassen hatten. Natürlich waren sie Soldaten und hatten auf Befehl gehandelt und dennoch waren sie nichts anderes als Auftragskiller. Wer dem Staat lästig war und nicht offiziell unschädlich gemacht werden konnte, musste verdeckt verschwinden. Drogenbarone und Waffenhändler, die hohe Tiere in Regierung und Wirtschaft erpressten und Politiker mit zu vielen falschen oder unbequemen Ambitionen.

Wie viele von Thorpes manipulierten Männern hatten sie wohl schon eliminiert, ohne zu wissen, mit wem sie es zu tun hatten? Wer konnte schon wissen, ob Thorpe sie über die Identität einer Zielperson angelogen hatte oder nicht.

Thorpe arbeitete für die Regierung, war jedoch Privatunternehmer, der auf zwei Hochzeiten gleichzeitig tanzte. Er führte die Staatsaufträge aus und verfolgte gleichzeitig seine eigenen Geschäftsinteressen. Dadurch, dass er die Unterstützung seines Busenfreundes Senator Stanton verloren hatte, hatte er die Exklusivstellung im Regierungsapparat auch eingebüßt.

Alec verstand in diesem Zusammenhang, dass er sich danach mit der First Lady eingelassen hatte. Eine ziemlich riskante Symbiose, wenn man ihn fragte. Wie war Thorpe überhaupt ins Blickfeld der Cunningham geraten? Schließlich war auch Malcolm Thorpe ein Mann, der sich am Rand der Gesellschaft bewegte. Ein Mensch, der zwei verschiedene Leben lebte – zwei verschiedene Rollen spielte im Zirkus von Politik und Wirtschaft.

Hatte Aidan McGrath die Verbindung gelegt, um Thorpe auffliegen zu lassen? Wenn ja, war dieser Schuss nach hinten losgegangen.

Das Klingeln eines Mobiltelefons zerriss die angespannte Stille wie eine Bombenexplosion. Alle zuckten zusammen und waren in absoluter Alarmbereitschaft. Es gab nur eine Ausnahme: Aidan McGrath. Es war sein Handy, das sich lautstark zu Wort gemeldet hatte.

Alec sah, wie Aidan die Stirn in Falten legte, bevor er den Anruf entgegennahm.

»Was gibt's?«, fragte Aidan ohne vorherige Begrüßungsfloskeln. Noch mehr Furchen entstanden in dessen Gesicht. »Moment, ich schalte dich auf Lautsprecher. Die Anderen sind auch hier und sollten das auch hören.«

Alec beobachtete McGrath, wie er den entsprechenden Button aktivierte und das Smartphone auf den Tisch legte.

»Du bist jetzt auf laut, Ian. Bitte wiederhole das von vorhin.«

Ian? Was zum Teufel? Ian war Aidan McGraths Kontakt? Alec wäre jetzt gerade sehr dankbar gewesen, wenn ihm jemand eine Flasche Scotch gebracht hätte. Er wandte seinen Blick zu Sean, der weiß wie ein Laken dasaß und den Griff seines Messers so fest umklammerte, dass Alec schon befürchtete, das Ding würde zerbröseln.

»Thorpe wünscht ein Treffen mit Mrs. Hancock«, erklang Ians Stimme so vertraut und dennoch fremd aus dem Lautsprecher des Telefons. Alecs Magen zog sich bei dem Ton zusammen. »Er hat mich beauftragt, Callahan zu kontaktieren. Er will die First Lady bluten lassen, weil sie sich nicht an die Abmachung hält. Dadurch, dass ihr dafür gesorgt habt, dass der Gipfel vertagt wird, kann Thorpe seinen Teil des Deals nicht einhalten. Er denkt jedoch, dass er diesbezüglich nach wie vor ein Anrecht auf das Geld hat, das sie ihm versprochen hat.«

Warum genau war das nun ihr Problem? Die Frage lag auf Alecs Zungenspitze, doch er hielt die Klappe. Doch dann dämmerte es ihm. Thorpe würde für dieses Treffen aus der Versenkung kommen und angreifbar sein. Aidan wäre in der Lage, Thorpe und die Frau des Präsidenten am selben Ort zusammenzubringen, wo man sie leichter eliminieren konnte.

»Ist gut, sag ihm, dass die Cunningham in drei Stunden bei ihm in der Klinik sein wird.« Es machte den Anschein, dass Aidan dieselbe Idee hatte. Der Kerl wurde ihm immer sympathischer.

»Wie kannst du dir sicher sein, dass die Dame sich fügt?«

Das Lächeln, das auf Ians Frage hin auf McGraths Gesicht breit machte, löste bei Alec Unbehagen aus. »Glaub mir, Freund, ich habe meine Mittel und Wege.«

Es folgte eine kurze Stille. Man hörte nur das leise Atmen der Anwesenden. Doch dann sprach Ian leise weiter: »Sean, es tut mir leid, wie ich euch das letzte Mal behandelt habe. Ja, ich hasse euch dafür, dass ihr mich auf dem Schlachtfeld zurückgelassen habt. Das werde ich vermutlich immer tun. Und ja, ursprünglich wollte ich euch alle dafür umbringen. Doch dann habe ich McGrath getroffen. Kurz nachdem ich Alec aus dem Weg räumen sollte. Als ich mit Aidan gesprochen habe, ist etwas mit mir passiert. Er hat mich aufgeklärt und seit da hat Thorpe keine Macht mehr über mich.«

Es entstand ein betroffenes Schweigen. Alec dachte unwillkürlich an die Naniten, die Sean ausgespien hatte. War Ian auf die gleiche Weise unterdrückt worden?

»Es tut mir leid, Sean, was ich dir während deiner Gefangenschaft angetan habe. Es ist unverzeihlich. Ich schwöre, ich konnte nichts dagegen tun. Ich denke, dass Thorpe bei mir das gleiche Dreckszeug eingesetzt hat wie danach bei dir. Ich habe keine Ahnung, wie, aber irgendwie konnte ich den Mist ebenfalls besiegen. Plötzlich war alles wieder klar in meinem Kopf, wo sich vorher eine Art Nebel und jede Menge Zweifel befunden haben. Aidan hat mir erklärt, was passiert ist. Mit ihm, mir, uns allen. Danach bin ich zusammengebrochen und als ich wieder zu mir gekommen bin, fühlte ich mich wie neu geboren.«

So also war Ian zu Aidans Insiderinformanten geworden. Er konnte nichts dafür, aber es blieben noch immer große Zweifel, die in seinem

Inneren nagten. Was war, wenn das Ganze nur ein Spiel war? Nur eine Scharade, um sie zu verwirren und vom Ziel abzubringen.

»Alec«, wurde er nun selbst von Ian angesprochen, »Dr. Miller lebt. Bis jetzt ist sie auch bei einigermaßen guter Gesundheit.«

Seine Eingeweide zogen sich zusammen und ehe er sich versah, hatte er Aidans Handgelenk gepackt, mit dessen Hand er das Smartphone inzwischen wieder genommen hatte.

»Und das wird so bleiben! Verstanden, Ian? Du wirst dafür sorgen, dass Thorpe ihr nichts antut. Machst du das, werde ich dich schnell und schmerzlos töten. Passiert ihr etwas unter deiner Aufsicht, stirbst du langsam und qualvoll.«

»Alec!«, rief Noa entsetzt.

»Still, Noa. Das ist nicht deine Sache.«

»Doch, das ist es sehr wohl. Alles, was Thorpe tut, geht mich etwas an.«

»Mach dir deswegen keine Sorgen, Alec«, unterbrach Ian den Streit zwischen Noa und ihm, »indem ich euch helfe, habe ich mein Todesurteil bereits unterzeichnet. In meinem Kopf ist eine Bombe, die im wahrsten Sinn des Worts hochgehen wird, sobald Thorpe kapiert, dass ich nicht mehr sein Schoßhündchen bin.«

Ein Räuspern unterbrach Ians schreckliche Erklärung abrupt. Alle drehten sich zu Aidan um. »Ich habe eine Idee.«

•

Ian steckte nach einer schier endlosen Ewigkeit das Telefon in die Tasche. Es war alles gesagt worden, was gesagt werden musste. Er lehnte sich mit rasenden Kopfschmerzen an die Außenseite der Mauer, die den Forschungskomplex umgab.

Er hatte sich davongeschlichen wie der Verräter, der er war. Thorpe hatte ihm den Auftrag gegeben, Callahan zu kontaktieren und das hatte er getan. Dass er dabei auch Sean und Alec hatte sprechen können, war eine Fügung des Schicksals gewesen. Es hatte ihm gutgetan, Sean die Wahrheit zu sagen. Alecs Versprechen, ihn zu töten, war auch nicht überraschend gekommen.

Oh, diese verdammten Kopfschmerzen. Sie plagten ihn schon seit man ihm den Schädel weggepustet hatte. Doch seit er mit Aidan in Berührung gekommen war, waren die Schmerzen beinahe unerträglich. Es war, als spalte ihm jemand mit einer Kreissäge den Schädel. Er konnte und wollte damit nicht zu einem von Thorpes Frankenstein-Doktoren. Die würden am Ende bemerken, dass er nicht mehr der Alte war.

Plötzlich wurde er von einem akuten Brechreiz überwältigt und er konnte sich gerade noch rechtzeitig in die Büsche schlagen. Er erbrach sich so heftig, dass er das Gefühl hatte, nächstens seine Eingeweide vor seinen Füßen wiederzufinden. Die schwarze Brühe, die er seit Tagen ausspuckte, war einfach nur ekelhaft. Selbst wenn er sich die Nase putzte, schied sein Körper dieses seltsame Zeug aus. Trotz der ganzen Kotzerei musste er zugeben, dass er sich von Tag zu Tag besser fühlte. Wenn man die Kopfschmerzen mal nicht beachtete.

»Was treibst du hier im Gestrüpp, 21?«

Ian erstarrte. Dieser verfluchte Teufel tauchte immer im falschen Augenblick auf. Er wischte sich unauffällig über den Mund und drehte sich dann um.

»Ich genieße die Aussicht.«

Soldat 35 hob zweifelnd eine Augenbraue. »Thorpe schickt nach dir. Er erwartet eine Antwort auf den Auftrag.«

War ja klar, dass Thorpe mal wieder keine fünf Minuten warten konnte. Ian ließ 35 gegenüber stets Vorsicht walten. Dieser Kerl war nicht im Geringsten vertrauenswürdig. Er leckte Thorpes Stiefel und war die größte Petze auf dem ganzen Areal.

35 war der Spross der neuen Generation. Diese Sorte war tödlich, gewissenlos und gehorchte ohne Widerrede oder ohne Zweifel. Das, was Sean und sie alle anderen hätten sein sollen. Marionetten ohne eigenen Willen.

Er wusste von der kleinen Bombe in seinem Kopf, weshalb er vorsichtig sein musste. Er hatte nur deshalb Kenntnis davon, weil der perfekte Thorpe einmal zu laut mit einem der Ärzte über ihn gesprochen hatte. Damals war er jedoch noch zu sehr unter dessen Kontrolle gewesen, um sich der Konsequenz dieser Aussage bewusst zu sein. Jetzt durfte er auf keinen Fall auffliegen. Es hing zu viel von ihm ab.

Erst wenn seine Mission erfüllt war, konnte er es sich erlauben, sich das Gehirn hochjagen zu lassen. Dann würde er den endgültigen Tod willkommen heißen. Er war schon einmal so gut wie tot gewesen, doch Thorpe hatte ihn von dieser Planke zurückgeholt.

Ian hatte sich seit jenem Tag nie ganz am Leben gefühlt. Mehr wie ein wandelnder Untoter. Erst als er die Gedankenkontrolle Thorpes abgeschüttelt hatte, war er wieder Mensch geworden. Dieser kleine Sieg und die Anwesenheit einer gewissen Frau hatten seinem Leben wieder einen Sinn gegeben.

Jetzt quälten ihn jedoch derartige Kopfschmerzen, dass er sich am liebsten den Lauf von Seans Barrett M82 in den Mund gesteckt und abgedrückt hätte. Einzig die Rettung all der Frauen und Kinder hier, vor allem die von Inkubator 51, trieben ihn an, den eingeschlagenen Pfad weiterzugehen. Ohne Zögern oder Zweifel, obwohl er wusste, was ihn am Ende erwartete.

»Wo ist Thorpe jetzt?«

Soldat 35 sah ihn mit unbeteiligter Miene an. »Du kannst mir die Nachricht geben und ich werde sie an den Boss weiterleiten.«

Ja, genau, du Arschkriecher. Damit du mir in den Rücken fallen kannst.

»Nein, ich gehe selbst zu ihm. Also, wo ist er?« Ian sah, wie 35 kurz die Hände zu Fäusten ballte. Er hoffte inständig, dass 35 seinem deutlichen Drang nachgab und auf ihn losging. Er würde ihm nur zu gern einmal die Fresse polieren. Aber auch das würde nicht passieren, denn auch dafür hatte Thorpe mit der Programmierung seiner Mannschaft gesorgt. Sie konnten nicht aufeinander losgehen. Außer auf einen deutlichen Befehl hin.

Ian beobachtete, wie 35igs Spannung langsam wieder nachließ. Er bedauerte es wirklich, dass es jetzt und hier zu keiner Schlägerei kam. Er hätte die Ablenkung von diesen Kopfschmerzen mehr als willkommen geheißen.

»Ich frage dich noch einmal: Wo ist der Boss?«

35 richtete sich auf und schien komplett ausgewechselt. So war das mit diesen Soldaten. Wenn sie sich auflehnen wollten, dauerte es einen Moment, danach waren sie nicht mehr wiederzuerkennen.

Ian konnte nur vermuten, dass dann in diesen Köpfen derselbe Kampf stattfand wie bei ihm. Ein Gefecht um Selbstbestimmung, eigenen Willen und Identität. Im Gegensatz zu ihnen hatte er jedoch den Kampf gewonnen.

»Mr. Thorpe ist auf dem Weg zu der neuen Gefangenen, dieser Deborah Miller.«

Ians Magen fühlte sich an, als hätte er Salpetersäure geschluckt. Er musste sich beeilen. Nur der Satan selbst wusste, welche Gemeinheiten sich Thorpe gerade wieder einfallen ließ.

Er drehte sich um und ließ 35 einfach stehen. Erst als der andere Soldat außer Sichtweite war, beschleunigte er seine Schritte. Er rannte so schnell er konnte und er wusste, dass die Sicherheitskameras ihn nur als verschwommene Linie aufzeichneten. Aber das machte nichts. Hier waren ihre gesteigerten Kräfte kein Geheimnis.

Er konnte sich nicht vorstellen, dass Thorpe diese Frau tötete, denn sie war sein Trumpf. Thorpe war jedoch so ein Hurensohn, dass er sie mit Freuden quälen würde.

Ian rannte die metallene Treppe in den unterirdischen Bereich hinunter. Wie es zu seinem Ritual geworden war, wenn er die Zuchtabteilung betrat, hielt er bei einer ganz bestimmten Tür und schaute durch das Drahtglasfenster. Inkubator Nummer 51 lag sediert auf ihrem Bett. Der Schwangerschaftsbauch hob sich beinahe grotesk von der eingefallenen Figur ab. Wie schön sie gewesen war, als er sie auf Thorpes Befehl hin auf dem Flughafen von Miami geschnappt hatte. Wann war das gewesen? Er wusste es nicht. Er hatte jedes Zeitgefühl verloren, was die Phase betraf, als er noch unter Thorpes Fuchtel gestanden hatte.

Das schlechte Gewissen schmeckte bitter. Er würde sie retten und seinen Fehler wiedergutmachen.

Plötzlich nahm er eine kleine Bewegung wahr. Es war wieder soweit. Das Sedativum verlor seine Wirkung, weil er es immer verdünnte, um Zeit mit ihr verbringen zu können. Dr. Miller musste kurz warten.

Er warf einen kurzen Blick durch den Korridor, dann schlüpfte er in das Zimmer, das sie mit fünf anderen Frauen teilte. Eigentlich dürfte er nicht hier sein. Doch das Sicherheitssystem war noch nicht komplett installiert worden und so konnte er ungesehen zu ihr.

Er ging zu ihrem Bett und strich ihr vorsichtig über die Wange, denn er wollte sie nicht erschrecken. Ihre Augenlider hoben sich zitternd. Die grünen Iriden brauchten einen Moment, um ihn klar sehen zu können.

»Ian?« Ihre Stimme hörte sich rau an, weil sie viel zu wenig benutzt wurde. »Was machst du hier?«

Er beugte sich zu ihr hinunter und küsste sie sanft. »Pst, ich wollte dich sehen. Nicht mehr lange und es geht los. Sobald du Kampfgeräusche hörst, versteckst du dich. Okay? Ich werde dich finden und dann verschwinden wir von hier.«

Eine einzelne Träne lief ihr aus dem rechten Augenwinkel. »Das wäre dein Tod, Ian. Das weißt du genau.«

Ihm wurde schwer ums Herz. Ja, Thorpe würde den roten Knopf drücken und sein Gehirn zu Hackfleisch verarbeiten. Doch er würde erst sterben, wenn sie in Sicherheit war. Egal wie.

»Ich werde einen Weg finden.« Er küsste sie noch einmal. »Tu, was ich dir gesagt habe. Versprich es mir. Hier wird in wenigen Stunden die Hölle losbrechen.«

Sie nickte und drückte dabei seine Hand. Er spürte, wie entkräftet sie war. Das konstante Liegen hatte ihre Muskeln schwinden lassen. Er hoffte, dass sie genug Willenskraft besaß, aus diesem Bett zu steigen, um sich dann zu verstecken. Er legte zum Abschied kurz seine Stirn auf ihre.

»Ich liebe dich.« Das tat er wirklich, auch wenn es keine Hoffnung für sie beide gab. Er würde diese Mission nicht überleben und sie würde die Geburt dieser parasitären Kreatur nicht überstehen. Seit Thorpe die Wachstumsgeschwindigkeit seiner Produkte noch weiter gesteigert hatte, starben drei von vier Frauen während der Niederkunft. Klar ließ Thorpe die Kinder per Kaiserschnitt holen, doch die Frauen waren dann so schwach, dass sie während des Eingriffs verstarben. Wenn er sie hier wegbrachte, musste sie das Ding auf normale Weise zur Welt bringen und dazu war sie deutlich nicht in der Lage. Sie hatte es aber verdient, in Freiheit zu sterben. Wenn möglich im Schoß ihrer Familie. Er war sich sicher, dass ein Teil ihrer Familie bald durch die Tür stürmen würde, um sie mitzunehmen.

»Ich liebe dich auch«, flüsterte sie.

Er trat mit rasendem Herzen und brennenden Augen in den Gang hinaus. Dort wandte er sich nach links und lief tiefer in die Eingeweide dieser von Thorpe geschaffenen Hölle. Er verbot sich jeden weiteren Gedanken an die Frau, die er liebte. Fleur De Wit.

Plötzlich hörte er einen gedämpften Schrei. Scheiße! Das war diese Ärztin und es klang so, als wäre sie in der Zelle dieses monströsen Wesens. Drehte Thorpe jetzt völlig durch? Diese Kreatur konnte Deborah Miller töten, und zwar in Sekundenschnelle. Was sollte dieser Mist?

Er rannte so schnell er konnte in die Richtung und fand die vermutete Zelle offen. Thorpe stand breitbeinig in der Mitte des Raums und hatte Dr. Miller brutal an den Haaren gepackt.

Der Außerirdische, wenn es denn ein solcher war, war zum Glück wie immer an die Wand gekettet. Ian konnte das Wesen kaum ansehen. Es wirkte so menschlich, dass es beängstigend war. Ian war sich nicht sicher, ob es sich wirklich um eine extraterrestrische Lebensform handelte. Es schauderte ihn aber wie üblich bei dem Anblick.

»Thorpe«, begann er leise und trat behutsam zu ihm hin, »Du hast nach mir geschickt?«

Thorpe sah ihn an und Ian erkannte den latenten Wahnsinn in dessen Augen. »Ja, 21.«

Ian hasste es, wenn er auf eine Nummer reduziert wurde. Aber auch das machte Sinn. Thorpe raubte so einem Mann seine Identität. Das tat er immer, wenn ihn die Gier nach Macht und Autorität übermannte. Also immer dann, wenn der Hurensohn am Unberechenbarsten war.

»Hast du Callahan erreicht?«

Ian nickte und bemühte sich um eine unbeteiligte Miene. »Ja, er bringt Mrs. Hancock in drei Stunden her.«

Thorpe zuckte zusammen. »Warum hierher?«

Genau diese Unsicherheit war Teil des Plans. »Du solltest jetzt nicht vom Gelände weg. Hier seid ihr in Sicherheit. Und hier kannst du dich ungestört mit ihr auseinandersetzen.«

Thorpe sah ihn kalkulierend an und nickte dann andeutungsweise. »Du hast vermutlich recht.«

Dann versetzte er seiner Gefangenen einen Stoß, sodass sie zu Boden ging. »Lass uns von hier verschwinden und uns vorbereiten.«

Ian blieb stehen und musste den Impuls, zu ihr zu eilen, unterdrücken. »Was ist mit ihr?« Er zeigte auf Deborah Miller, die sich benommen am Boden bewegte.

»Die lassen wir hier. Vielleicht löst der Anblick unserer Nummer 1 ihre Zunge. Er wird ihr nichts tun. Er ist schließlich angekettet.«

Dessen war sich Ian aber gar nicht so sicher.

•

Die Sache schmeckte Sean ganz und gar nicht und eigentlich wollte er McGrath für diese Scheißidee kastrieren. Aber der Kerl hatte recht. Es war ihre einzige Chance. Alec, Danny und Chris waren ebenfalls dieser Meinung.

Aidan McGrath hatte sich inzwischen zurückgezogen, um in die Rolle des Steven Callahan zu schlüpfen. Sean ging ins Schlafzimmer, wo er Noa auf dem Bett sitzend vorfand. Sie war blass und er hatte den Eindruck, dass sie im Gesicht etwas eingefallen war.

Er kniete sich vor sie hin und nahm ihre Hände in seine. »Du musst das nicht tun. Ein Wort von dir und wir blasen diesen verdammten Plan ab.«

Sie blickte ihn aus grenzenlos traurigen Augen an. Sie so zu sehen, brachte ihn fast um den Verstand. Sie sollte nicht mit so was konfrontiert werden. Sie sollte hier in Sicherheit bleiben und auf seine Rückkehr warten.

»Nein, du weißt selbst, dass wir so die größten Erfolgschancen haben. Thorpe wird dermaßen von mir abgelenkt sein, dass er alle Vorsicht fahren lassen wird. Aidan und ich kommen nur so in seine Nähe.«

Ja, genau und das war der Grund, weshalb er diese Strategie hasste. McGrath alias Callahan würde Noa als Pfand zu Thorpe bringen. Als Wiedergutmachungsgeschenk der Cunningham. Dann würden er und Noa erst die First Lady betäuben und Thorpe danach eliminieren. Dabei war es Noas Aufgabe, Thorpes Handy und Computer sicherstellen, damit dieser keine Gelegenheit bekam, Ian auszuschalten. Denn Ian würde ebenfalls da sein und helfen. Sean konnte nur hoffen, dass bei diesem Teil des Plans alles glatt ging. Für seinen Geschmack gab es da zu viele Variablen, die das Gelingen und damit ihren endgültigen Sieg gefährden konnten.

Katja Cunningham würden sie mit allen gesammelten Beweisen dem FBI übergeben. Sie hatten nicht vor, sich die Hände schmutzig zu machen, indem sie dieses Luder umbrachten. Wahrscheinlich würde dieser Skandal den Präsidenten die Position kosten. Nicht dass es schade wäre. Der Mann war für diesen Posten nicht geschaffen und hatte schon einiges an Chaos über die Welt gebracht.

»Auch auf die Gefahr hin, mich zu wiederholen, aber ich sage es noch einmal: Ich mag den Plan nicht. Bleib hier in Sicherheit. Wenn alles überstanden ist, komme ich dich holen.«

Sie strich ihm mit den Fingern durch das Haar. Diese liebevolle Berührung drückte ihm das Herz zusammen. Sie lächelte ein wenig und brachte ihn damit noch mehr in emotionale Schieflage.

»Weißt du, genau das Gleiche habe ich gerade über dich gedacht. Ich wüsste dich auch lieber in Sicherheit als in der Nähe dieses Hurensohns und seines Gefolges.«

Wie hatte er ein solches Prachtweib nur verdient? Er musste sie haben. Jetzt, in diesem Moment, denn es konnte das letzte Mal sein, dass sie Gelegenheit dazu bekamen. Er richtete sich auf und legte ihr eine Hand in den Nacken, um sie an sich zu ziehen.

»Wir haben noch etwas Zeit, Darling.«

Sie lächelte verheißungsvoll und küsste ihn. Erst langsam, dann aber feurig, als bräuchte sie die Energie, die sich gerade zwischen ihnen aufbaute, um die nächsten Stunden zu überstehen. Oder traf das mehr auf ihn zu?

Ihre Finger bewegten sich am Saum seines T-Shirts entlang und schoben den Stoff nach oben. Dort, wo sie ihn berührte, bildete sich kribbelnd Gänsehaut und sein Verlangen wuchs mit dem Maß ihrer Berührung.

Kleidung verschwand und das Gefühl von Haut auf Haut riss seine letzten Barrieren von Zurückhaltung nieder. Wie sehr er diese Momente von Sorglosigkeit mit ihr liebte. Sie gaben ihm die Kraft für das Kommende und spornten ihn noch mehr an, unversehrt zurückzukehren.

Ihre schönen, festen Brüste schienen seinen Mund zu locken und er konnte dieser Einladung nicht widerstehen. Als er eine ihrer Knospen zwischen seine Lippen nahm und sanft hineinbiss, bäumte sie sich ihm entgegen. Sie hob das Becken. Eine stumme Aufforderung, er möge sich beeilen. Er ging diesem Befehl nach, denn er war ausgehungert und lechzte nach ihrer Nähe und der Wärme, die ihr Körper ihm gab.

Noas warmer, weicher Kern umfing ihn und ließ ihn aufstöhnen. Er wähnte sich im Himmel und je länger er mit ihr verbunden war, je länger die Grenzen ihrer beiden Körper nicht existent waren, desto mehr fielen Stress und latenter Kummer von ihm ab.

Er verlor sich in ihr. Ihrem Duft, der Weichheit ihrer Haut und der Zärtlichkeit ihrer Berührungen. Die Intensität des Gefühlspektrums, das er in diesem Augenblick durchlebte, raubte ihm den Atem und trieb ihm das Wasser in die Augen.

»Ich liebe dich, Noa.«

Sie stöhnte auf und sah ihn dann mit glänzenden Augen an. »Ich liebe dich auch«, sagte sie und küsste ihn.

Später lag er neben ihr und betrachtete sie wie so oft in ihrem Schlaf. Sie war so schön und unschuldig, wenn sie sich im Land der Träume befand. Sie wirkte in solchen Augenblicken wie ein junges Mädchen und dieser Anblick kurbelte seinen Beschützerinstinkt an.

Das, was ihnen bevorstand, würde gegen diesen Trieb verstoßen. Er musste sie in die Höhle des Löwen schicken, ohne den bestmöglichen Schutz. Nämlich ihn. Er würde einem Fremden das Wohlergehen seiner großen Liebe und seines Kindes anvertrauen müssen. Dabei war er bekanntlich nicht von der Sorte, die schnell jemandem Vertrauen entgegenbrachte. Aber er hatte gelernt, sich rasch an gewisse Gegebenheiten zu adaptieren.

Als es Zeit zum Aufbruch war, strich er ihr sanft über die Wange. Sie öffnete zaghaft ihre grünen Augen und lächelte ihn an.

»Aufwachen, Dornröschen, es wird Zeit.« Wie gern wäre er bis zum Ende seines Lebens hier mit ihr in diesem Zimmer geblieben. Fernab von Gefahr und Sorge. Bisher hatte er nie auch nur eine Sekunde daran gedacht, eine Mission einfach fallen zu lassen.

Bald darauf stand er vor dem Haus, das sie besetzt hatten. Er blickte dem Wagen hinterher, in dem Noa und Aidan zur Cunningham fuhren, um diese Schlampe für das Treffen mit Thorpe abzuholen. Er hasste es, dass Noa als Köder hinhalten musste. Leider hatte er auch nichts Besseres in Petto gehabt. Alles, was ihm eingefallen war, war ein handfestes, brutales Vorgehen gewesen. Dadurch liefen sie natürlich auch Gefahr, dass ihnen der Hauptprotagonist entkam.

Eine Hand auf seiner Schulter befreite ihn aus seiner Starre. Chris sah ihn prüfend an. Er kannte diesen Blick nur zu gut. Er bedeutete: *Alles okay? Können wir los, oder verlierst du jeden Moment den Verstand?*

Ja, es war Zeit, ihren Teil des Plans zu erfüllen. Er nickte seinem Freund zu und ging zurück ins Haus. Im Wohnzimmer hatten sich bereits Alec und Danny daran gemacht, sich zu bewaffnen.

Alec sah furchterregend aus. Die Wangen fahl und ausgezehrt. Die Augen glühten dunkel und darunter hatten sich schwarze Ringe gebildet. Die eiskalte Entschlossenheit, die er ausstrahlte, ließ selbst Sean frösteln. Er konnte sich nicht entsinnen, Alec McAllister derart emotional und explosiv erlebt zu haben. Aber wenn sein Freund nur ansatzweise so viel für Deborah Miller empfand, wie er selbst für Noa, war dieses Verhalten nur verständlich.

Nachdem sie sich mit allem ausgestattet hatten und den Plan noch einmal durchgegangen waren, fuhren sie zu dieser gottverdammten Klinik. Dos Santos und dessen Leute kamen direkt zur Forschungsstation.

Sean hatte Mühe, sich zu konzentrieren. Auch eine Novität. *Reiß dich zusammen!* Alles hing davon ab, dass er hundertprozentig funktionierte. Seine Männer und Noa zählten auf ihn. Aber alles, was sein Gehirn gerade lieferte, waren Worst-Case-Szenarien, die im Moment nicht sehr hilfreich waren.

Er legte den Kopf gegen die Lehne des Beifahrersitzes, schloss die Augen und fokussierte sich auf seine Atmung. Mit jedem Ausatmen versuchte er, seinen Verstand zu leeren. Langsam kehrte dadurch eine fast angenehme Ruhe zurück. Er war nicht entspannt, aber war in dem Zustand, den er sonst immer hatte, wenn er kurz vor einem Einsatz stand. Ruhig, konzentriert und erfüllt von einer Art Gefühllosigkeit, die ihn in Notsituationen die richtige Entscheidung treffen ließ.

Sie stellten den Wagen in sicherer Entfernung ab. Unsichtbar für ihren Feind, aber in der Not schnell erreichbar. Danach bezogen sie Position. Sean kletterte auf eine nahegelegene Scheune, von der aus er freie Schusslinie auf die Wachposten der Mauer hatte.

Chris, Danny und Alec sicherten den einzigen Ausgang des Areals. Dann hieß es warten. Sean war froh, dass sie den Rest von Jesus De La Vegas Gang mobilisiert hatten.

•

Noa lag gefesselt und geknebelt im Kofferraum des 7er BMWs, der von Aidan, der wieder in die Rolle des Steven Callahan geschlüpft war, gefahren wurde. Auf der Rückbank vor ihr saß diese verfluchte Katja Cunningham.

Bis jetzt hatte alles wie geplant geklappt. Aidan hatte die arglose First Lady abgeholt und ihr mitgeteilt, dass es ihm gelungen war, die von Thorpe gesuchte Noa De Wit aufzuspüren und gefangen zu nehmen.

Erst hatten sie eine Querstraße vom Apartment, das offiziell von einer gewissen Mrs. Hancock bewohnt wurde, angehalten. Dort hatte Aidan sie gefesselt und geknebelt und sie danach in den Kofferraum gehoben. Er war dabei äußerst vorsichtig und rücksichtsvoll mit ihr umgegangen.

»Keine Sorge«, hatte er gesagt, »dir und dem Baby wird nichts passieren. Das habe ich Sean geschworen.« Dann hatte er ihr eine zusammengerollte Wolldecke unter den Kopf geschoben und die Heckklappe sanft geschlossen.

Sie wusste, dass die kritische Phase des Einsatzes noch bevorstand. Bei dieser Aussicht wurde sie mit jeder Minute unruhiger. Sie war nicht scharf darauf, dem Sadisten Thorpe gegenüberzutreten. Sie wusste aber auch, dass das ihre einzige Chance war, das Ganze zu einem guten und hoffentlich raschen Ende zu bringen.

Sie bemerkte, wie der Wagen sanft zum Stillstand kam. Kurz darauf hörte sie gedämpfte Schritte, dann eine Wagentür. Wahrscheinlich half Aidan gerade der Cunningham, auszusteigen.

Nach nur wenigen Sekunden wurde der Kofferraum geöffnet. Das Licht des fortgeschrittenen Nachmittags blendete sie, sodass sie reflexartig das Gesicht wegdrehte.

»Na, sieh einer an. Das ist also die heißbegehrte Noa De Wit.« Die Frau, die den Tod ihres Mannes, dem Präsidenten, in Auftrag gegeben hatte, schaute sie süffisant lächelnd an. Dann wandte sie sich an Aidan, der in der Rolle als Callahan kaum zu erkennen war. »Dafür hast du dir eine Belohnung verdient.«

Inzwischen kannte sie Aidan gut genug, um den kurzen Schatten zu erkennen, der seine Augen verschleierte. Wo er sonst graue Iriden hatte, trug er jetzt zur perfekten Tarnung braune Kontaktlinsen. Dennoch war der Ekel, der ihn für eine hundertstel Sekunde zu erfüllen schien, deutlich sichtbar.

»Komm, Mädchen«, sagte er, ohne auf das Angebot von Frau Cunningham einzugehen, und hob sie aus dem Kofferraum.

»Alles wird gut«, wisperte er ihr so leise ins Ohr, dass sie seine Worte letztendlich nur erahnen konnte. Wenn sie sich in dieser Hinsicht doch auch so sicher seine könnte …

Aidan schob sie am Arm sanft auf eines der Gebäude zu. Noa war zu nervös und aufgewühlt, um etwas von ihrer Umgebung wahrzunehmen.

Am Eingang entdeckte sie jedoch einen blonden Soldaten mit mehreren Narben im Gesicht und am Schädel. Ian Andrews. Das musste der verlorene Bruder und der Insiderkontakt sein.

Sie beobachtete ihn unauffällig, als er sie und die anderen tiefer in die Eingeweide dieser Horrorfabrik hineinführte. Sie wusste, sie sollte sich merken, welchen Weg sie nahmen, für den Fall, dass sie später allein fliehen musste. Es gelang ihr jedoch nicht, die nötige Konzentration aufzubringen. Zu sehr wurde sie mit jedem Meter von einer starken Unruhe ergriffen.

Ian und Aidan wechselten ein paar unbedeutende Worte, die noch nicht einmal zum Smalltalk reichten.

Noa fühlte bei jedem Schritt die Pistole, die ihr Sean mittels eines Holsters am Unterschenkel unter der Hose befestigt hatte. Wie zum Teufel sollte sie im Notfall an das Teil kommen, wenn Aidan ihr die Hände gefesselt hatte? Das ungute Gefühl, dass sich durch Gedärme wand, machte sich schließlich in ihrer Brust breit und drohte, sie zu ersticken.

Ian Andrews ließ sich mit einem Mal zurückfallen und ging nun hinter ihr. Aidan und die First Lady führten ihre kleine Karawane an. Plötzlich spürte sie in ihrem Rücken eine Bewegung und gleich darauf eine Berührung an ihren Handgelenken.

»Pass auf, dass die Handschellen immer noch an deinen Handgelenken hängen bleiben.« Ian hatte eine Seite der Fesseln gelöst. Damit war das Problem mit der Waffe auch geklärt.

»Warum behandelt ihr diese Schlampe, als wäre sie eine Prinzessin?«, fragte die Präsidentenfrau argwöhnisch.

Noa erstarrte innerlich. Hatte Katja Cunningham etwa mitbekommen, dass Ian ihr geholfen hatte? »Das tun wir nicht«, beantwortete Ian die Frage, »ich wollte mir nur ihren Arsch ansehen. Sie gehört Thorpe und bis sie bei ihm ist, muss sie leider heilbleiben. Ich amüsiere mich eben gern.«

Die First Lady lachte bösartig. »Ach so. Und weil du sie nicht haben kannst, holst du dir ein visuelles Andenken. Schön, schön.« Diese Frau war dermaßen falsch, dass Noa ihr am liebsten jedes Haar einzeln ausgerissen hätte.

Vor einer Tür kam die ganze Gruppe zum Stehen. Ian ging vor, klopfte an und öffnete danach umgehend den Eingang. Im Gänsemarsch traten sie ein und verteilten sich unwillkürlich mitten im Raum.

Thorpe stand breitbeinig vor seinem Schreibtisch und als er sie entdeckte, verlor er fast die Fassung. Seine Miene bekam für einen Sekundenbruchteil einen kalten, aber erfreuten Ausdruck. Er schien auch kurz zu schwanken, als würde er die Vorfreude kommender Qualen, die er ihr zukommen lassen würde, genießen. All das dauerte nur einen Wimpernschlag und dann hatte er sich wieder im Griff.

Noa kam bei seinem Anblick fast die Galle hoch. Ihre Haut zog sich zusammen und die Nackenhaare richteten sich auf. Die Welt um sie herum schien sich plötzlich zu drehen und Panik ergriff sie, sodass sie automatisch begann, durch den Mund zu atmen. Die Erinnerung an seine Hände auf und in ihr machte ihre Kehle eng.

Natürlich hatte sie gewusst, dass sie diesem Aas begegnen würde. Doch dass sie seine Anwesenheit dermaßen verunsichern würde, damit hatte sie nicht gerechnet.

All die Dinge, die er ihr angetan hatte, wühlten sich wieder an die Oberfläche und so, wie er sie gerade ansah, wusste er verdammt genau, was er bei ihr auslöste. Er schien ihre Angst regelrecht zu genießen.

»Ah, wie ich sehe, habt ihr mir ein Geschenk mitgebracht.« Seine Stimme durchbohrte sie wie Eissplitter und brachte ihre Augen zum Brennen. *Reiß dich zusammen!*

»Malcolm.« Die First Lady trat einen Schritt vor. »Ich freue mich, dass dir meine kleine Aufmerksamkeit zusagt. Nimm sie als Wiedergutmachung für unseren kleinen Disput.« Heimste die Kuh gerade die Lorbeeren ein? Wie es schien, ging der Plan auf.

Thorpe nahm die Hand der Präsidentengattin, hauchte ihr einen flüchtigen Kuss auf den Handrücken und zog sie dann in eine leidenschaftliche Umarmung. Er presste seine Lippen auf Katja Cunninghams Mund, als wollte er sie verschlingen.

Noas Kinnlade klappte sich bei diesem Anblick von selbst auf. Es konnte doch nicht sein, dass Thorpe das in Anwesenheit von Zeugen machte. Es sei denn … Dann ging alles so schnell, dass Noa erst gar nicht verstand, was Sache war.

Thorpe packte Katja Cunningham an den Haaren und verzog angewidert das Gesicht. »Ich lass mich nicht verarschen, Zuckerschnecke.« Mit einem berechnenden Lächeln zückte er ein Messer und rammte es der First Lady in den Bauch.

Noa war so geschockt, dass sie unfähig war, auch nur den kleinen Finger zu bewegen. Ihr Gehirn verarbeitete nur träge, was ihre Augen in Zeitlupe wahrnahmen. Selbst Aidan schien erstarrt, als Thorpe sich nun ihm zuwandte.

»Nun zu dir, Büro-Fatzke.« Thorpe hob erneut das Messer, was Noa den nötigen Arschtritt verschaffte, und sie endlich wieder Frau über ihre Motorik war. Sie riss ihre Hände los, bückte sich, zog fast zeitgleich die Pistole und zielte auf Thorpes Brust. Dieser hielt fasziniert inne.

»Was denn? Glaubst du, du könntest mich mit dieser mickrigen Knarre aus dem Weg räumen?«

»Ich nicht«, antwortete sie erstaunlich ruhig, »aber die beiden.«

Wie auf Kommando griffen Ian und Aidan an, doch zu Noas Schrecken war Thorpe ein hervorragender Kämpfer und schien die Oberhand zu behalten.

Plötzlich flog die Tür auf und weitere Krieger stürmten in das jetzt schon viel zu kleine Büro.

»Lauf, Noa!«, rief Aidan ihr zu. Sie nickte widerstrebend und wandte sich um.

»Zelle fünf! Geh zu Zelle fünf. Du musst sie befreien. Inkubator 51.« Ian sah sie flehend an und sie konnte wiederum nur nicken. Dann rannte sie davon und sie hatte keine Ahnung, wohin.

Sie lief durch den Korridor, der nach unten führte. Während sie die dunklen Stufen hinunterrannte, überkamen sie wellenartig Panikattacken, die sie nur mit Müh und Not niederringen konnte.

Wie ging es Aidan und Ian? Wurden sie gerade niedergemetzelt oder konnten sie sich erfolgreich gegen Thorpe und die anderen wehren? *Denk jetzt nicht darüber nach!* Sie verbot sich auch resolut alle Gedanken an Sean. Sie wäre sonst zu nichts mehr fähig gewesen aus Sorge um ihn.

Als sie am Fuß der Treppe angekommen war, entdeckte sie einen weiteren Gang, der von Leuchtstofflampen erhellt wurde. Die Wände waren steril grau gehalten und der Boden war mit Betonfarbe gestrichen worden. Drahtglasfenster waren in alle Türen eingelassen worden, die die rechte Seite dieses Flurs säumten.

Noa ging mit einem unguten Gefühl in der Magengegend zur ersten Tür und sah durch die Scheibe. Auch hier brannten Neonlampen von den Decken herunter und tauchten den Raum in kaltes, klinisches Licht.

Sie sah zehn Frauen, die in Spitalnachthemden entweder an Tischen saßen oder mit hängenden Köpfen herumschlenderten. Wahrscheinlich alles Kandidatinnen, die auf die künstliche Befruchtung vorbereitet wurden und deren Kampfgeist bereits gebrochen worden war.

Im Schloss der Tür steckte ein Schlüssel. Sie sah nach links und bemerkte, dass in jedem Schloss jeder anderen Tür ebenfalls ein Schlüssel befand. Wahrscheinlich für den Fall, dass man diesen Stützpunkt so schnell wie möglich evakuieren musste, sollte es zu einer Notsituation kommen.

Noa drehte den Schlüssel und riss die Tür auf. Die Frauen zuckten zusammen. Einige schrien sogar kurz auf. Es tat ihr weh, zu sehen, wie die Insassinnen sich ängstlich aneinanderschmiegten und sie mit großen Augen anstarrten.

»Ich tu euch nichts. Na los, kommt raus und rennt so schnell und soweit ihr könnt.« Als sich niemand bewegte, schlug sie mit der Hand gegen das Türblatt und rief: »Na los!« Dann erst schienen sie aus ihrer Trance zu erwachen. Sobald die Erste an Noa vorbeigeeilt war, folgte der Rest in schnellen Schritten wie Lemminge.

Noa ging inzwischen schleunigst zur zweiten Tür und fand dieselbe Situation vor. Hier war jedoch keine zusätzliche Überzeugungsmaßnahme nötig. Der Tumult, der jetzt im Gang herrschte, schien Motivation genug zu sein.

Bei Zimmer drei stieß sie auf ein Problem. Die Bewohnerinnen dieser Zelle waren sediert und lagen in Krankenhausbetten. Alles, was Noa hier tun konnte, war bei allen zehn Frauen die Infusionsnadeln zu entfernen und die Ledermanschetten an Hand- und Fußgelenken zu öffnen. Sie hoffte, dass die Frauen so bald wie möglich zu sich kamen und dann die Flucht ergriffen.

Sie blieb am Fußende eines Bettes stehen und warf einen Blick auf die Krankenakte, die am Gestell des Bettes hing. Die Frau mit Inkubatoren-Nummer 41 war in der zwölften Woche schwanger. Aus purem Beschützerinstinkt legte sie eine Hand auf ihren Leib. Das musste ein Ende haben. Sie hoffte inständig, dass Sean, Aidan und der Rest der Truppe erfolgreich waren. Dieses Drecksloch gehörte dem Erdboden gleichgemacht.

Sie eilte weiter. Das folgende Zimmer unterschied sich kaum vom vorhergegangenen. Nur dass die Frauen hier deutlich sichtbar in Erwartung waren. Auch hier verfuhr sie wie im Raum zuvor.

An der fünften Tür verharrte sie einen Moment. Sie betrachtete das Schild mit der klinisch anmutenden Ziffer darauf. Gleichzeitig echote Ians Stimme durch ihren Kopf. *Zelle fünf, Inkubator 51.* Wie sollte sie die Frau hier herausschaffen, wenn sie so betäubt war wie die anderen?

Verflucht noch mal! Diese ganze Scheiße stieg ihr über den Kopf. Nochmals laut fluchend stieß sie die Tür auf. Sie sah sich um und fand hier grundsätzlich die gleiche Situation vor. Das hier war wahrlich eine Fabrik. Sie wurde abermals von einem Schaudern ergriffen. Doch dann fiel ihr auf, dass eine Sache anders war. Eines der Betten, die an der linken Wandseite standen, war leer. Die Laken waren zerknautscht und das Kissen trug noch den Abdruck eines Hinterkopfs.

Noas Härchen an den Unterarmen stellten sich auf und die Haut kribbelte am ganzen Körper. Eine der Frauen war wach. Aber wie war das möglich? Alle anderen waren jedenfalls noch ausgeknockt.

Sie wagte es kaum, sich zu bewegen. Vielleicht tauchte ein panisches Mädchen plötzlich auf wie ein Schachtelteufel und schlug sie nieder. In einer solchen Umgebung musste man paranoid werden.

Noa zwang sich zur Bewegung, indem sie sich schüttelte. Jetzt war nicht der richtige Zeitpunkt, um zu zaudern. Sie betrat das Zimmer und sah sich um. Wo war die Frau, die in diesem Bett gelegen hatte?

Ein leichtes Schwanken der Infusionsschläuche neben der verwaisten Schlafstätte ließ ihr ohnehin schon rasendes Herz noch schneller schlagen. Sie ging vorsichtig um das Fußteil des Bettgestells herum und sah eine Frau am Boden kauern. Sie wirkte, als wollte sie sich so klein wie möglich machen oder als wollte sie unsichtbar werden.

Ihre dunklen Haare waren auf zwei Millimeter gestutzt. Was aus Sicht der Arschlöcher hier natürlich Sinn machte. Bewusstlosen Frauen die langen Haare zu pflegen war so gut wie unmöglich.

Noa wollte sie nicht erschrecken, weshalb sie es nicht wagte sich zu nähern. »Hab keine Angst«, flüsterte sie, »ich werde dir nichts tun.«

Die Frau zuckte zusammen und hob dann den Kopf. In dem Moment, als sich ihre Blicke trafen, kippte Noas Welt aus den Fugen.

•

Seit Sean gesehen hatte, wie McGrath mit der First Lady auf das Fabrikgelände gefahren war, schienen sich die Minuten ins Unendliche zu erstrecken. Sie sollten zehn Minuten, sechshundert lange Sekunden, warten und danach wie besprochen zuschlagen.

Er warf erneut einen Blick auf die Uhr. Bald, verdammt bald. Nur noch zweiundsiebzig Sekunden. Er kontrollierte seine Lady, prüfte das Zielfernrohr und die Stabilität seiner Position. Wie immer, wenn er länger als fünf Minuten in der gleichen Haltung verharren musste, fing sein Bein an, zu rebellieren. Inzwischen war das jedoch schon derart ein Teil von ihm, dass er dieses Ungemach ohne weiteres ignorieren konnte.

Noch vierzig Sekunden. Er bewegte seine Schultern, beugte und streckte die steifen Finger.

Zehn Sekunden ... Er blickte durch das Zielfernrohr, nahm den ersten Wachmann ins Visier und zwang seinen Herzschlag zu ruhigen fünfundvierzig Schlägen in der Minute. Auch seine Atmung veränderte sich. Ging flacher und langsamer.

Sean krümmte kontrolliert den Zeigefinger am Abzug und drückte ab. Ohne sich zu vergewissern, ob er sein Ziel getroffen hatte, nahm er den nächsten ins Fadenkreuz. Er hatte noch nie ein Ziel verfehlt, noch nie danebengeschossen.

Während er die Verteidigungslinien der Einrichtung ausschaltete, rückten Alec, Danny und Chris an. Ihnen folgten rund zwanzig Männer aus Dos Santos' Gruppe. Alle waren auf Rache für den Tod ihres Gangoberhauptes aus.

Er scannte die ganze Umgebung. Er wollte sichergehen, dass seinen Leuten keine bösen Überraschungen blühten. Alles schien so weit in Ordnung. Außer den unregelmäßigen Scharmützeln auf dem Vorplatz der Klinik war alles ruhig.

Der Plan schien aufgegangen zu sein. Die Gegenwehr war nur sporadisch und unkoordiniert. Sean verpackte sein Gewehr und verließ seinen Posten. Er legte den Koffer mit seiner Lady ins Auto. Dann stürzte er sich ebenfalls in den Kampf. Er musste Noa finden, und diese Ärztin. Alec und die anderen räumten ihm den Weg frei. So hatten sie es besprochen. Sean war der Stärkste von ihnen allen und hatte daher die besten Chancen.

Er ließ sich von seinem Instinkt leiten und folgte seinem Bauchgefühl, um seine Leute zu finden. Sie hatten eine wage Vermutung, wo sich Thorpes Büro befand. Aidan war nie dagewesen und Ian hatte ihnen nur eine Beschreibung per Telefon geben können.

Als sein innerer Gefahrenradar ausschlug, war er sich sicher, dass er in die richtige Richtung lief. Schon bald hörte er die vertrauten Geräusche eines Nahkampfs. Das Keuchen und schwere Atmen von Körpern, die entweder einstecken mussten oder austeilten. Das Quietschen von Gummisohlen auf dem Betonboden und laute Flüche und Verwünschungen. All das peitschte ihn noch mehr auf, brachte ihn in Fahrt und mobilisierte den Krieger in ihm. Er war für den Kampf geboren, so wie sie alle. So traurig es war, aber er und seine Männer lebten erst in solchen Momenten so richtig auf.

Seine Nebenniere lief zu Hochtouren auf und katapultierte Unmengen von Adrenalin in seine Blutbahn. Das Hormon schärfte seine Sinne, steigerte seine Kraft und trieb ihn voran wie eine Dampflok. Er bog in einen Korridor und fand, wonach er gesucht hatte.

Eine Gruppe feindlicher Soldaten lieferten sich ein Gefecht mit seinen Männern. Er erkannte sofort, dass seine Truppe schwer in der Unterzahl war. Das konnte er nicht durchgehen lassen. Keiner seiner Brüder würde heute sein Leben lassen. Er war ihr Anführer und deshalb für sie verantwortlich.

Sean rannte hin, packte den ersten, den er erreichen konnte und riss ihn von Aidan, der am Boden lag, weg. Er hatte seinen linken Arm von hinten um dessen Kehle geschlungen und mit der rechten Hand das Shirt seines Gegners im festen Griff.

Der Kerl war jedoch auch kein Greenhorn mehr und warf sich rücklings auf Sean. Der Typ schien eine Tonne zu wiegen und Sean befürchtete schon, dass sich sein Thorax in die Welt der Atome zerbröselt hatte. Alle Luft war seinen Lungen entwichen, als er als Matratze des anderen herhalten musste.

Aber all das spielte keine Rolle. Er lockerte den Griff um den Hals seines Kontrahenten keinen Millimeter. Stattdessen schob er sein linkes Knie zwischen dessen Beine. Dann schwang er seinen rechten Fuß um das rechte Bein des Zappelphilipps über ihm und benutzte die Hebelwirkung, um sie beiden herumzudrehen.

Sean kam rittlings auf seinem Gegner zu sitzen. Dieser begann als Reaktion darauf zu bocken wie ein Bulle beim Rodeo. Seans Lungen brannten und der Schweiß lief ihm in die Augen.

Es war das erste Mal, dass er sich einen echten Nahkampf mit einem Soldaten seiner Art lieferte. Die Typen waren echt die Härte. Stark wie Hulk, beinahe unzerstörbar und resistent gegen Schmerzen jeglicher Art. Alles, was ihn selbst auch ausmachte. Dieser Auftrag war schwer zu bewältigen. Bisher hatten sie sich immer nur mit normalen Menschen auseinandersetzen müssen …

Ein Rucken an seinem linken Arm holte ihn wieder in die Realität zurück. Jetzt war nicht der geeignete Zeitpunkt, die Konzentration zu verlieren.

Er zog seine Neunmillimeter pustete dem Soldaten das Gehirn aus dem Schädel. Ein Stich des Bedauerns durchzuckte sein Herz. Sein Gegner war genau genommen ein unschuldiges Wesen gewesen. Er hatte nicht gelernt, was richtig und was falsch war. Er war eine Marionette, die nie eine Chance auf einen eigenen Willen gehabt hatte.

Sean richtete sich auf und wandte sich wieder dem Kampf zu. Er konnte es sich nicht leisten, jetzt ein schlechtes Gewissen zu haben.

Aidan lag noch immer reglos am Boden. Sean packte ihn an beiden Fußgelenken und zog ihn auf dem Bauch aus dem Handgemenge. Vielleicht war das nicht die feine englische Art, doch diese Methode war jetzt gerade am effektivsten. Er positionierte Aidan an eine Wand und legte ihn in die stabile Seitenlage. Er überzeugte sich noch schnell davon, dass er noch lebte, dann kümmerte er sich wieder um das Chaos um sich herum. Sean hoffte, dass das neueste Mitglied des Teams sich bald erholte.

Die Sorge um Noa raubte ihm fast den Verstand und er musste sich am Riemen reißen, damit er seinen Job gut erledigte. Er musste sich konstant dazu ermahnen, bei der Sache zu bleiben. Hoffentlich war sie nicht in diesem Büro, dort, wo sich nächstes der Höllenschlund öffnen würde. Er konnte die gefährlichen Energien mit jeder Faser seines Daseins fühlen. Die gegnerischen Soldaten waren stark und alle hatten gesteigerte Fähigkeiten, von denen sie alle nichts wussten. Sein innerer Alarm schrie buchstäblich und ließ ihm die Haare zu Berge stehen.

Er griff sich den nächsten der gut zwanzig Kerle und brach ihm mit einer schnellen, kraftvollen Bewegung das Genick. Er musste da hin und sich vergewissern, dass Noa nicht da drinnen festsaß. In diesem Krater eines Vulkans, der kurz davor war, auszubrechen und die Welt als schwarze Einöde zurückzulassen.

Er wurde von einem von Thorpes Männern zu Boden gerissen. Fuck! Das hatte er nun davon, dass er seine Birne nicht beisammenhatte. Wenn er nicht endlich aufpasste, biss er hier ins Gras.

Eine Hand legte sich von hinten um seine Kehle. Die Absicht war klar: Zerschmettern des Zungenbeins.

Sean stemmte sich trotz der zehn Tonnen auf seinem Rücken auf alle viere. Was wurde diesen Männern nur verfüttert? Beton als Zusatz zum überdosierten Proteinshake? Diese Kerle wogen mindestens zwanzig Kilogramm mehr als er und seine Jungs.

»Verdammt!«, fluchte er laut, um seinem Ärger Luft zu machen. »Ich hab genug von der Scheiße!«

Er rammte seinem fleischgewordenen Rucksack den Ellbogen mit voller Wucht in die Seite und ergötzte sich an dem Grunzen, das der Klammeraffe auf seinem Rücken ausstieß.

Inzwischen hatte er sich auf die Füße hochgekämpft und packte nun den Arm seines Gegners, der noch immer um seinen Hals geschlungen war. Als er ihn mit der Rechten in festem Griff hatte, packte er mit der Linken die Haare am Hinterkopf seines Rivalen. Mit einem schnellen Schritt nach hinten und einem abruptem nach vorn Beugen flog die Klette über ihn hinweg.

Sean zog seine Waffe und spickte seinen Widersacher mit einer Ladung Blei, bevor dieser eine Chance bekam, noch einmal anzugreifen.

Dann nahm er sich den nächsten vor. Sean hatte all seine Emotionen hinter Schloss und Riegel verbannt. Sein Inneres war taub und er bestand nur noch aus Aktion und Reaktion. Eine menschliche Kampfmaschine. Genau das, wofür ihn Thorpes alter Herr entworfen hatte. Sein ehemals einziger Daseinszweck bis er … *Nicht an Noa denken!* Zum Glück war er fehlerhaft und hatte seinen eigenen freien Willen behalten.

Im Gewühl aus Körpern, tot aber auch lebendig, entdeckte er Danny, Chris, Ian und Alec. Letzterer glich einem Berserker. Er metzelte alles mit dem Messer nieder. Sean konnte kaum glauben, was er da sah. Alec war kaum wiederzuerkennen.

»Noa ist unten!«, rief ihm Ian zu. »Sie befreit die Frauen.« Sean nickte dankbar.

»Geh!« Chris war nun derjenige, der sich an ihn wandte. »Wir packen das schon.«

»Beeil dich! Thorpe ist entkommen und ich verwette mein linkes Ei, dass er ihr auf den Fersen ist.« Das kam noch einmal von Ian.

Verfluchter Scheißdreck! Ohne sich noch weiter mit dem Wohl seiner Männer aufzuhalten, rannte Sean los, als hinge sein Leben davon ab. Was in gewissem Maß ja stimmte. Sollte Noa oder seinem Baby auch nur das Geringste zustoßen, würde ihn das tatsächlich umbringen.

•

Ein Teil von Noa ermahnte sie zur Eile, ein anderer wollte vor Fleur auf die Knie sinken. Sie wollte sie in ihre Arme reißen und sie eine kleine Ewigkeit festhalten.

»Noa?« Fleur war immer die standhafte, wohlerzogene Tochter, während Noa die Rebellin und ein Wildfang gewesen war.

Die Stimme ihrer Schwester zu hören, ließ sie wieder klar denken. »Wir müssen hier weg, Fleur.« Sie überbrückte die letzten wenigen

Meter und half Fleur, sich von den Schläuchen zu befreien. Noa erschrak, als sie bemerkte, wie abgemagert Fleur war. Noa konnte nicht anders, als sie trotz allem schnell an sich zu drücken.

»Wo ist Ian?«, fragte Fleur mit zittriger Stimme.

»Er hat mich zu dir geschickt. Er ist noch beschäftigt.« Sie schaffte es nicht, die Dinge beim Namen zu nennen.

Fleur erstarrte in ihren Armen. »Sag mir die Wahrheit, Noa. Lebt er noch? Ich muss es wissen.«

Noa ließ sie los, nur um Fleurs Gesicht in ihre Hände zu nehmen. Die Augen ihrer Schwester waren sorgenvoll geweitet und wirkten unnatürlich groß in den hageren Zügen. Noa kannte dieses Gefühl der Hilflosigkeit und Sorge um den Liebsten allzu gut.

»Als ich ihn und die anderen verlassen habe, war er okay. Du darfst die Hoffnung nicht aufgeben.« *Und ich auch nicht ...* »Los jetzt, wir haben schon zu viel Zeit verloren.« Sie stand auf und hielt Fleur die Hand hin, um ihr auf die Beine zu helfen.

»Kannst du gehen?« Wenn Fleur diese Frage verneinte, hatte Noa keinen blassen Schimmer, wie sie sie hier wegschaffen sollte.

»Ich denke schon.«

»Gut.« Noa holte erleichtert Luft. »Setzt dich noch einmal kurz hin. Ich mache schnell die anderen frei.« Sie musste sich jetzt wirklich sputen.

»Wie kommt es eigentlich, dass du wach bist?«, fragte sie, als sie an den zwei hintersten Betten angekommen war und kam ins Stolpern. Dort lagen zwei ihr bekannte Gesichter reglos in ihren Kissen: Ginger und Amy.

Gingers Schwangerschaft schien noch nicht ganz so weit fortgeschritten wie die von Fleur und Amy. Was Noa nicht verstand, war, was die beiden hier machten. Soweit sie wusste, waren die zwei Frauen keine genmanipulierten Gebärmaschinen. Hatte Thorpe die Reihen der Frauen mit herkömmlichen Kandidatinnen aufgefüllt, weil er zu wenig passende Uteri gefunden hatte? Oder war er schlichtweg nur raffgierig geworden?

»Ian«, beantwortete Fleur ihre Frage, die sie eigentlich schon wieder vergessen hatte. »Er hat das Betäubungsmittel verdünnt, damit wir miteinander sprechen konnten.«

Mit Tränen in den Augen löste sie die Infusionsschläuche und rannte dann zur Tür, schnappte sich unterwegs aber noch schnell ihre Schwester. Fleur konnte nicht rennen, weil sie zu schwach war und der völlig deplatziert wirkende Babybauch ebenfalls im Weg war.

Noa legte den Arm und die Taille ihrer Schwester, um sie etwas mehr stützen zu können. So eilten sie im Watschelgang den Korridor hinunter. Noa war im Clinch mit sich selbst. Sollte sie die anderen Frauen, die, die in den weiteren Zimmern lagen, ebenfalls befreien oder sollte sie erst versuchen, Fleur in Sicherheit zu bringen? Ihr Verstand sagte ihr, dass es unfair wäre, jetzt einfach abzuhauen. Doch ihr Herz wollte Fleur weit weg von hier wissen. Schließlich wurde ihr die Entscheidung abgenommen.

»Halt, Noa.« Fleur blieb stehen und blickte zur nächsten Tür. »In diesem und im nächsten Raum sind auch noch Frauen. Die anderen Zimmer sind leer. Nur das Hinterste solltest du besser nicht betreten.«

Noa drehte sich zu ihr um. »Warum?« Reflexartig stellten sich ihr die Nackenhaare auf. Was oder wer befand sich dort?

»Dort halten sie Es gefangen.«

Noa wusste instinktiv, was Fleur mit *Es* meinte. Sie würde sich hüten, auch nur den kleinen Zeh in diese Zelle am Ende des Korridors zu setzen.

Sie hatte diesen Gedanken kaum zu Ende gedacht, als die Tür zu eben jener Zelle aufging und ein Mann auf den Flur trat. Bevor Noa wusste, was sie tat, hatte sie schon Fleur hinter sich geschoben.

Was trug der Typ über der Schulter? War das? Scheiße, das war eine Frau! Und nicht irgendeine Unbekannte, sondern Deborah Miller. Noa wurde schlecht. Was hatten die Mistkerle mit der Ärztin gemacht? Sie wollte sich nicht vorstellen, was für Qualen die arme Frau hatte durchstehen müssen.

Was würde aus Alec werden, sollte Deborah diese ganze Sache hier nicht überleben? Man musste nicht Psychologie studiert haben, um zu wissen, dass, wenn diese Frau verloren ging, sie Alec mit sich nahm. Er wäre für immer weg. Ob jetzt physisch oder psychisch spielte dabei keine Rolle.

Der Soldat blieb schlagartig stehen. Auf seiner Brust prangte die Zahl 35. Er legte den Kopf zur Seite, als müsste er sich erst einmal überlegen, was er jetzt zu tun hatte. Vielleicht aber wartete er auf irgendeinen virtuellen Befehl von diesem verdammten HMN.

»Leg Dr. Miller langsam auf den Boden und verschwinde!«, sagte sie mit fester Stimme. Der Saftsack sollte nicht merken, dass sie sich vor Angst fast in die Hosen machte.

Nummer 35 richtete sich auf und musterte sie mit amüsierter Miene. »Wieso denkst du, mir Befehle erteilen zu können? Das kann nur er.« Er wies mit dem Kopf auf jemanden, der anscheinend hinter ihr stand.

Sie bekam am ganzen Körper Gänsehaut, noch bevor sie sich umdrehte.

»Das ist ja wie ein gemütliches Familientreffen.« Sie brauchte ihn nicht zu sehen, um zu versteinern. Es reichte, seine Stimme zu hören. Wie war Thorpe entkommen? Was war mit Aidan, Ian und den anderen? Sean hätte doch schon längst eingreifen müssen. Was war schiefgelaufen?

Thorpe packte sie an den Haaren und drehte Fleur den Arm auf den Rücken. Ihre Schwester schrie kurz auf, während sie selbst die Zähne zusammenbiss. Sollte er sie doch mit bloßen Händen skalpieren. Sie würde ihm nicht die Genugtuung geben, zu schreien oder um Hilfe zu rufen. Sie waren auf sich allein gestellt und Fleur war nicht in der Lage, sich zu verteidigen.

Noas Herz drohte, den Dienst zu quittieren und kalter Schweiß lief ihr den Rücken hinunter. Sie durfte jetzt nicht daran denken, was ihr dieser Bastard alles angetan hatte. Wenn sie diese Erinnerungen zuließ, würde sie vor Angst gelähmt und dann waren sie beide verloren.

Ehe sie das letzte bisschen Mut verlassen konnte, nahm sie die Pistole zur Hand, die sie Thorpe schon vor Kurzem unter die Nase gehalten hatte. Sie musste schnell handeln, denn 35 hatte bereits zu einer Warnung angesetzt.

Noa drehte sich trotz Thorpes Griff in ihren Haaren herum und schoss ihm in den Fuß.

Thorpe jaulte, Noas Plan ging jedoch auf. Er ließ Fleur und sie los. Als Fleur sich auf Abstand zu Thorpe gebracht hatte, hob Noa erneut die Mündung der Waffe in seine Richtung. Sie zielte auf seine Stirn.

Eine seltsame Ruhe überkam sie. Alles schien in Zeitlupe abzulaufen. Endlich war der Augenblick ihrer Rache gekommen. Endlich konnte sie dem Mistkerl alles zurückzahlen, was er ihr angetan hatte. Den Missbrauch, die Vergewaltigung, die Drogen und den Psychoterror.

Ihr Zeigefinger beugte sich am Abzug. Ein plötzlicher Schlag gegen ihren Kopf holte sie von den Beinen und der Schuss, der eigentlich Thorpes verdammten Schädel hätte spalten sollen, ging ins Leere.

Noa prallte brutal auf den Boden, landete auf ihrem rechten Arm und hörte ein ekelerregendes Knacken. Gleichzeitig krachte sie mit dem Kopf auf den harten Beton. Sie blieb einen Moment benommen liegen, doch der Schmerz in ihrem Arm half ihr, das Bewusstsein zu behalten.

»Noa!«, hörte sie Fleur wie durch Watte. Die Stimme ihrer Schwester gab ihr den nötigen Tritt, hier nicht kampflos unterzugehen. Sie wusste, dass ihr rechter Arm ausgerenkt war und dem feuchten Gefühl auf ihrer Wange nach zu urteilen hatte sie bei dem Sturz eine Platzwunde davongetragen.

»Nimm sie und die andere da und folge mir.« Der Befehl galt wohl dem Soldaten mit der Nummer 35, der sie umgeworfen hatte, um Thorpes armseliges Leben zu retten.

Ein paar Kampfstiefel erschienen in ihrem Sichtfeld und sie zögerte keine Sekunde. Sie packte die Neunmillimeter, die neben ihr auf dem Boden lag, mit der linken Hand und schoss dem fleischgewordenen Kampfroboter in den Unterschenkel. Dieser grunzte jedoch nur mal kurz auf, als hätte ihn ein Moskito gestochen.

Er riss sie an den Haaren und zerrte sie auf die Beine. Was war nur mit diesen Idioten los, dass sie Frauen ständig an den Haaren rissen?

»Wag es nicht!«, hörte sie eine nur zu vertraute Stimme hinter sich. Vor Erleichterung stiegen ihr die Tränen in die Augen. Sean. Er war endlich hier. Sie hatte das Gefühl, zu fallen. Ihre Angst und die Schmerzen schienen die Oberhand zu gewinnen. Doch wenn sie diesem Drang nachgab, konnte sie gleich ihr Testament unterschreiben.

Sie bekam gerade noch mit, wie Thorpe das Weite suchte. Sean hob herausfordernd die Fäuste. »Komm schon, Arschloch. Oder kämpfst du nur mit Frauen und halb betäubten Männern?«

Das Brüllen, das 35 ausstieß, war ohrenbetäubend und drang ihr bis ins Mark.

Er ließ sie los und Noa eilte, ohne sich weiter umzusehen, zu Fleur, die weinend auf dem Boden kauerte. »Bist du okay?« Wieso fragte sie das eigentlich? Sie alle waren alles andere als okay. Ihre Schwester war schwer traumatisiert und sie selbst konnte ihren rechten Arm nicht mehr bewegen.

Fleur sah sie panisch an. Sie schien eine Sekunde zu brauchen, um zu realisieren, was Sache war. »Oh Gott, Noa, du blutest und dein Arm …«

Noa winkte mit links ab. »Lass gut sein. Wir müssen uns um Deborah kümmern.«

Sie versuchte, den Kampf, den Sean gerade ausfocht, zu ignorieren. Damit durfte sie sich jetzt nicht abgeben. Sean war mehr als fähig, um mit dem Scheißkerl fertig zu werden. Alles, was sie tun konnte, war, darauf zu vertrauen. So sehr sie der Liebe ihres Lebens auch beistehen wollte, er würde wollen, dass sie sich selbst und die beiden anderen Frauen in Sicherheit brachte.

Mit etwas Mühe stand sie auf und half dann Fleur auf die Beine. Bei Deborah Miller angekommen, schickte Noa an die zwanzig Stoßgebete gen Himmel, dass die Ärztin noch lebte.

Jeder Schritt, jedes Ein- und Ausatmen schickte schmerzhafte Blitze durch ihren Arm. Ihr war inzwischen speiübel und an den Rändern ihres Sichtfeldes wurde es allmählich gefährlich schwarz.

Noa schüttelte kurz den Kopf, um ihn wieder freizubekommen und die auftretende Benommenheit loszuwerden. Gemeinsam mit Fleur kniete sie sich bei Deborah nieder und strich der Frau die Locken aus dem Gesicht.

»Dr. Miller?«, fragte sie leise und hoffte auf ein Lebenszeichen. Als Deborah Miller jedoch nicht reagierte, wurde Noa die Brust eng.

»Verflixt und zugenäht! Mach verdammt noch mal die Augen auf!« Sie schüttelte sie dabei leicht. Ihr Bemühen blieb nicht unbemerkt. Deborah gab ein leises Stöhnen von sich und für Noa war das eines der schönsten Geräusche, das sie je gehört hatte. Dem Himmel sei Dank.

»Deborah, wach auf. Wir müssen verschwinden.« Endlich öffnete sie die Augen.

•

Alec drehte sich langsam um seine eigene Achse. Keiner seiner Kontrahenten war mehr in der Vertikalen und was noch besser war, kaum einer, der am Boden lag, atmete noch.

Sein ganzer Körper vibrierte durch die Nachwirkungen des Kampfes. Das Herz schlug kräftig gegen die Innenseite seiner Rippen. Adrenalin so pur, wie es nur sein Körper herstellen konnte, pumpte durch seine Adern. Es schärfte seine Sinne und betäubte die Schmerzen allfälliger Verletzungen.

Er liebte dieses machtvolle Gefühl, das ihn stets während und kurz nach einem Kampf erfüllte. Doch so intensiv wie dieses Mal hatte er es noch nie empfunden.

Deborah. Dieser Name tauchte schlagartig in seinem Geist auf und verdrängte den Nebel der Euphorie. Der Drang, zu ihr zu kommen, sie zu retten und nachher in die Arme zu schließen, überlagerte alles andere.

»Chris! Danny!« Wo waren seine Kumpel? Er sah sich in dem Chaos aus aufgehäuften, niedergetreckten Leibern um. Auf der anderen Seite der Tür hörte er leise, aber vertraute Stimmen. Er sprang über alle Hindernisse und gelangte so hinaus in den Korridor.

Er wollte gerade fluchen, weshalb sie hier so tatenlos herumstanden. Doch dann begriff sein Verstand, was Sache war. Chris und Danny standen Schulter an Schulter, während Ian am Boden kniete und Aidan ruhig zusprach. »Bleib noch einen Moment liegen. Du hast ziemlich was auf den Schädel bekommen.«

Seinen ehemaligen Informanten hatte es übel erwischt. Blut lief aus einer tiefen Platzwunde über die rechte Seite seines Kopfs und die blasse Gesichtsfarbe bestätigte seine Vermutung, dass der Mann eine heftige Gehirnerschütterung davongetragen hatte.

Neben McGrath lag die Leiche der First Lady. Das versprach Probleme. Eigentlich hätte die Dame an die Staatspolizei übergeben werden sollen. Und zwar lebend, damit sie für den geplanten Mord am Präsidenten zur Rechenschaft gezogen werden konnte. Zumindest war das, unter anderem, das Ziel dieser Aktion gewesen.

»Ich verfolge Thorpe und Sean. Kommt ihr hier zurecht?« Chris und Danny nickten.

»Wir kümmern uns um Ian und Aidan und sichern Laptops und Handys. Du musst Thorpes Smartphone finden, Alec. Um Ians willen.«

Als ob er das nicht wüsste. Wer von ihnen war hier der Technikguru? Er drehte sich auf dem Absatz um und rannte so schnell wie möglich zum Treppenhaus und dort die Stufen hinab. Er nahm immer zwei Tritte auf einmal. Er verbot sich jeden Gedanken über das Wohlergehen Deborahs, Seans oder Noas. Es musste den Dreien einfach gut gehen.

Er verdrängte jede Emotion und wählte das Register der Kälte. Kriegermodus. Permafrost erfüllte ihn ausgehend von seiner Körpermitte in alle Richtungen bis in alle Enden seines Bewegungsapparates.

Am Fuß der Treppe angekommen, hörte er leises Gemurmel von Frauen, die verwirrt aus diversen Zimmern in den Flur schauten. Es war, als trauten sie sich nicht, über die Schwelle zu treten.

Am Rande nahm er wahr, dass die ersten beiden Räume leer waren. Seine Aufmerksamkeit galt jedoch den Geschehnissen am Ende des Korridors.

Sean lieferte sich einen heftigen Ringkampf mit einem Hünen. Sean war schon ein großer Junge, doch der andere stand ihm in nichts nach.

Ein kleines Stück von Sean entfernt entdeckte er Noa, eine ihm Unbekannte mit kurz geschorenem Haar und Deborah, die mit gesenktem Kopf auf dem Boden saß.

Aus purem Beschützerinstinkt rannte er los. Jeder, der seiner Frau zu nahetrat, fraß seine eigenen Zähne.

Bei Sean angekommen, riss er den Kerl von seinem Captain weg, sodass dieser zum finalen Schlag ausholen konnte. Doch das tat dieser nicht. Stattdessen packte Sean den Kopf des Soldaten und drehte ihn ruckartig herum. Alec hörte ein Knacken und stellte sich vor, wie der Dens Axis, der Zahnfortsatz des zweiten Halswirbels, abbrach und sich danach ins obere Rückenmark quetschte. Als Folge der dadurch entstandenen allgemeinen Lähmung und des sofortigen Atemstillstands sackte der Mann augenblicklich tot zusammen.

Sean schien sich keine Pause gönnen zu wollen, denn er eilte zu Noa hin. Alec folgte ihm. Ein Auge auf die Umgebung gerichtet und das andere auf die Szene vor ihm. Doch als Deborah den Kopf hob und ihn endlich ansah, verschob sich sein gesamter Fokus auf sie.

Sie hatte ein paar Prellungen im Gesicht und war aschfahl. Was nur verständlich war. Zum Glück war ihr Blick einigermaßen klar.

»Alec?«, flüsterte sie und er konnte nicht anders, als vor ihr auf die Knie zu fallen und sie in seine schützende Umarmung zu schließen.

»Es tut mir so leid.« Die Worte hatten seine Lippen verlassen, bevor er wusste, was er sagte. Aber sie entsprachen der Wahrheit. Sie hätte niemals in diese Sachen hineingezogen werden dürfen. Es wäre besser gewesen, wenn sie ihnen nicht begegnet wäre.

»Das ist nicht wahr«, hörte er sie gegen seinen Hals sagen. Scheiße! Hatte er gerade laut gedacht? »Ich bin froh, dass ich dich getroffen habe.«

Bei ihren Worten löste sich der Krampf etwas, der ihm fast den Atem geraubt hatte. Deborah hob den Kopf und küsste ihn sanft auf die Lippen. »Mir tut es leid. Ich hätte dich nicht abweisen dürfen«, sagte sie flüsternd, nachdem sie den Kuss unterbrochen hatte.

Alles, was er wusste, war, dass er sie jetzt brauchte und später noch genug Zeit zum Reden war. Deshalb nahm er nun seinerseits von ihrem Mund Besitz und ließ sich einfach treiben.

Ein Räuspern holte ihn unsanft aus seiner momentanen Glückseligkeit.

»Sorry, Alec. Ich störe nur ungern, aber erstens ist Noa verletzt und ich wäre froh, wenn Dr. Miller sich um sie kümmern könnte. Und zweitens sind wir hier noch nicht fertig, Bruder.«

Natürlich, Sean hatte recht mit allem, aber er konnte sich nicht dazu durchringen, Deborah schon wieder loszulassen. Nicht jetzt, wo er sie endlich gefunden hatte und sie noch atmete und sich doch so verdammt gut in seinen Armen anfühlte.

Ein Aufschrei, es schien diese andere Frau gewesen zu sein, half ihm, sich aufzuraffen. Er kam auf die Beine und stellte sich, ohne weiter nachzudenken, gemeinsam mit Sean schützend vor die drei Frauen.

Am anderen Ende des Ganges stand eine riesenhafte Gestalt. Die graue Haut spannte sich über ein knochiges Skelett, was jedoch nicht darüber hinwegtäuschte, dass das Ding wahnsinnig stark sein musste. Es wirkte überraschend menschlich, trotz der grauen Hülle und der pupillenlosen Augen.

Plötzlich erklangen Schüsse und das Wesen drehte sich um. In der Tür, durch die es gekommen war, stand Thorpe, blutüberströmt und schwer atmend. Ein Bein hielt er in einem seltsamen Winkel von der normalen Achse ab. Er musste sich das Knie gebrochen haben.

Das Wesen schrie wütend auf und schlug Thorpe die Waffe aus der Hand. Alec konnte selbst aus der Distanz sehen, dass es mehrere Male in den Rücken getroffen worden war. Dennoch bewegte es sich geschmeidig und koordiniert.

Es packte Thorpe am Hals und hob ihn hoch, als wäre dieser lediglich eine zerschlissene Lumpenpuppe. Alec war wie erstarrt, als er die Szene vor sich beobachtete.

Im Augenwinkel erkannte er, dass es seinen Begleitern nicht anders zu ergehen schien. Einzig Noa war aufgestanden und ging langsam, um jeden Schritt bedacht, auf Thorpe und das Wesen zu.

Er sollte sie aufhalten. Oder noch besser, Sean sollte es tun. Oder sonst jemand. Doch sie alle waren wie versteinert. Was zur Hölle ging hier vor?

Die Wahrheit

Noas Arm war inzwischen taub. Nur wenn sie auf die dumme Idee kam, ihn zu bewegen, flammte ein Schmerz der Stärke zehn auf und ließ sie würgen.

Dr. Miller war noch nicht in der Verfassung gewesen, sich um diese Angelegenheit zu kümmern. Die Ärztin hatte einen zünftigen Schlag auf den Kopf bekommen.

All das war aber in gerade diesem Augenblick nebensächlich. Noa hatte nur Augen für das graue, menschenähnliche Wesen, der mit Thorpe umging, als wäre dieser ein wertloses Stück Müll. Was ja auch der Tatsache entsprach.

Sie ging Meter für Meter auf das ungleiche Paar zu. Sie wurde von dieser Kreatur angezogen wie eine Motte vom Licht. Ohne ihr bewusstes Zutun löste sich ihr Geist von ihrem Körper und nahm Kontakt zum Bewusstsein des Grauen auf. Sie fühlte seinen Zorn, aber zur gleichen Zeit auch eine große Verunsicherung.

Verschwinde von hier!, hörte sie ihn sagen, noch bevor sie ihn sehen konnte. Seine Seele, seine Essenz, mit der sie kommunizierte, sträubte sich gegen sie.

Wer bist du?, fragte sie unbeeindruckt. *Wo kommst du her?*

Sie bewegte sich durch den Nebel, den er ihr zum Schutz entgegengeworfen hatte. Sie ließ sich vom bekannten Sog leiten und plötzlich lichteten sich die Schwaden und sie erkannte das Wesen, als das, was es war.

Ein junger Mann stand vor ihr. Ein Menschenmann. Er vibrierte am ganzen Astralkörper. Aus Zorn, so viel war klar.

Du hast kein Recht, hier zu sein! Eine Welle aus Raserei rollte über sie hinweg und drohte, sie mit sich zu reißen. *Dieser Ort hier ist das Einzige, was mir von mir selbst geblieben ist!*

Noa blieb, wo sie war. Sie fühlte seinen Schmerz, als wäre es ihr eigener. *Ich nicht bin hier, um dir zu schaden. Ich möchte dir helfen.*

Die nächste Woge aus purem Jähzorn hatte die Wucht eines Tsunamis. Noa klammerte sich mit ihrem Bewusstsein an diesem Ort zwischen den Welten fest. Ein Ort ohne wirkliches Bestehen und dennoch in solchen Momenten so real wie der Beton unter den Füßen ihres Körpers. Jenseits dieser nicht physisch greifbaren Singularität.

Helfen?! Du willst mir helfen? Genau das haben die auch gesagt, bevor sie mich zu einem Monster gemacht haben!

Eine Flut von Bildern drang auf sie ein. Ein Film voller Grausamkeit. Er zeigte ihr schonungslos, was man ihm angetan hatte. Alles war so furchtbar, dass es sie emotional in die Knie zwang.

Der Mann mit dem Namen James Clarkson war Mitglied der US Army gewesen. Er war am Ende des zweiten Weltkriegs während eines Scharmützels schwer verletzt worden. Man hatte ihn in ein Militärkrankenhaus überführt, wo man ihn wieder zusammengeflickt hatte.

Leider hatte eine Kugel sein Rückenmark durchschlagen und ihn vom Bauchnabel abwärts gelähmt zurückgelassen. Während seiner Rehabilitation war ein Mann im Anzug an ihn herangetreten.

Thorpe Senior. Dieser hatte ihm den Vorschlag gemacht, an einem wissenschaftlichen Experiment teilzunehmen. Im Gegenzug war ihm versprochen worden, wieder gehen zu können und viel stärker und physisch besser aus diesem Projekt herauszukommen.

Natürlich war er so dumm gewesen, dem Hurensohn zu vertrauen. Kurze Zeit später hatte man ihn abgeholt und auf einen geheimen Stützpunkt nahe einer Inselgruppe gebracht.

Dort hatte man ihm über unzählige Monate hinweg viele verschiedene Injektionen gegeben. Eine schmerzhafter als die andere. Jede einzelne war wirkungslos geblieben.

Er hatte irgendwann erfahren, was sie ihm da in den Körper, genauer gesagt ins Knochenmark gepumpt hatten. Man hatte einen Meteoriten in der Arktis gefunden. Konserviert von Eis und Schnee. Auf diesem Stück Weltallgestein waren Mikroben von nichtterrestrischer Herkunft entdeckt worden. Bei der Erforschung dieser kleinen Alienpartikel hatte man herausgefunden, dass die DNS äußerst robust war und die Zellerneuerung in enorm rasantem Tempo vonstattenging. Das wiederum versprach erstens schnelles Wachstum, zweitens kurze Phasen der Heilung und drittens langsames Altern. Alles Vorteile, die einen zukünftigen Soldaten beinahe unbesiegbar machten.

Schließlich hatten Thorpe Senior und sein Team die Geduld verloren und alles auf eine Karte gesetzt. Man hatte Clarkson, der inzwischen nur noch als Nummer 1 oder Alien bezeichnet wurde, in ein Boot gesetzt und zum Nachbaratoll gefahren.

Noa wurde schlecht. Richtig übel, als sie das ganze Ausmaß dieser Experimente erkannte. Wie viele Menschen waren vor Clarkson von Vater Thorpe auf diese schreckliche Weise getötet worden?

Clarkson war im Rollstuhl an einen Strand an der Innenseite des Atolls gefahren und dann dort zurückgelassen worden. Eine gewaltige Explosion, unendliche Hitze und die Radioaktivität hatten Clarksons Leben in nicht mal einer Sekunde ein Ende gesetzt.

Thorpe Senior hatte den ehemaligen Soldaten mitten in einen Kernwaffentest verfrachtet, in der Hoffnung, so den Beweis für seinen Misserfolg und gleichzeitig die Existenz des James Clarkson zu vernichten.

Was ihm auch gelungen war. Der Mann, der früher einmal die Initialen JC getragen hatte, war gestorben. Doch an seine Stelle war das

Alien, *die Nummer 1, getreten. Die Injektionen, die man ihm gegeben hatte, waren durch die radioaktive Strahlung aktiviert worden.*

Es war zu den gewünschten Genmutationen gekommen und hatte die Kreatur geschaffen, von deren Erbgut sie alle zusammen abstammten. Das Einzige, was von James Clarkson noch übrig war, war dieses kleine Überbleibsel seines Bewusstseins.

Verschwinde endlich von hier, sagte er mit einem Mal müde und resigniert. Noa fiel das Atmen schwer, weil er ihr so sehr leidtat. Er hatte diesen Verrat nicht verdient. Niemand hatte das.

Es tut mir so leid. Was kann ich für dich tun?

Nichts. Lass mich in Ruhe. Ich werde diesen Bastard töten und danach werde ich für immer verschwinden.

Wusste er überhaupt, wie lange er unter Verschluss gehalten worden war? Wie die Welt heute aussah? Es waren inzwischen mehr als siebzig Jahre vergangen.

Geh und lass den Dingen ihren Lauf. Du kannst nichts für mich tun, sprach er nun ruhig.

Noa wusste, dass sie das akzeptieren musste. Sie nickte widerstrebend und ging mit schwerem Herzen davon. Er wollte keine Hilfe und sie konnte ihn nicht zwingen.

•

Was um Himmels willen tat Noa da? Sean konnte nichts tun, als ihr dabei zusehen, wie sie sich diesem Wesen und Thorpe näherte. Sie wirkte wie ferngesteuert. Schließlich blieb sie so nahe bei dem Grauen stehen, dass sie seine Körperwärme fühlen musste. Alles in Sean sträubte sich dagegen, dass Noa und sein Kind so nahe an dieser Gefahrenquelle standen. Er wollte sie dort wegholen, sich zwischen sie und den Feind stellen und den tödlichen Streich selbst einkassieren. Leider konnte er sich kaum bewegen. Alle außer Noa schienen die Befehlsgewalt über ihre Körper verloren zu haben.

Er rief nach ihr, denn seine Stimme war alles, was noch funktionierte. »Noa! Geh weg da! Wir wissen nicht, wozu dieses Ding fähig ist.«

Sie schien ihn nicht zu hören. Als er dann auch noch zusehen musste, wie sie diesem Ding die Hand auf die Schulter legte, wurde er durch diese gottverdammte Hilflosigkeit von glühendem Wahnsinn überrollt.

Sean wusste jetzt mit Gewissheit, was sie tat und es gefiel ihm ganz und gar nicht. Er wollte nicht, dass sie auf diese Weise mit diesem Monstrum in Berührung kam.

Als sie mit dem Fremden Kontakt aufgebaut hatte, ging ein Ruck durch sie hindurch. Sie schien jedoch keine Schmerzen oder dergleichen zu haben. Dies gab ihm wenigstens ein Mikrogramm Erleichterung.

Thorpe zappelte nach wie vor ihm Griff des angeblichen Außerirdischen. Je länger Sean das Wesen ansah, desto eher kam es ihm menschlich vor. Er studierte dessen Gesicht, während Noa und er in stummem Austausch verbunden waren. Er sah, wie sich die Mienen der beiden leicht veränderten. Wut, Trauer, Leid und Kummer wechselten sich ab.

Sean wurde mit einem Schlag bewusst, dass er gerade seinem Erzeuger gegenüberstand und genauso wusste er mit plötzlicher Klarheit, dass das Wesen nicht böse war. Es war ebenso ein Opfer dieser von Thorpe und HMN kreierten Hölle wie der Rest von ihnen. Mit dieser Erkenntnis fiel auch der Rest der übermäßigen Anspannung von ihm ab.

»Alec? Deborah? Wie geht es euch?«

»Wir sind okay«, antwortete Alec etwas gepresst. »Was ist hier los?«

Das war die Zehn-Millionen-Dollar-Frage. Hatte die Kreatur seine Gegner erstarren lassen? Aber weshalb konnten sich Noa und das Schwein Thorpe noch bewegen?

Plötzlich hörte er eine schwere Stimme, die sein Innerstes zum Vibrieren brachte. Das Geschöpf sprach zu ihm und sah ihn dabei direkt an. Diese pupillenlosen Augen ließen ihn erschaudern.

»Du und die anderen könnt euch nicht rühren, um die Frauen zu schützen. Wenn ihr mich und Thorpe bekämpft, kommen Unschuldige zu Schaden.«

Diese Aussage überraschte Sean. Natürlich wäre es zu einer wüsten Auseinandersetzung gekommen, aber er und Alec hätten dafür gesorgt, dass den Frauen nichts passierte.

»Das kannst du nicht mit Sicherheit wissen«, ergriff der Graue erneut das Wort. »Du weißt auch nicht, was der da kann.« Er schüttelte Thorpe etwas. »An diesem Kerl wurde, von seinem Vater genehmigt, ebenfalls experimentiert. Leider sind bei ihm die Versuche gescheitert. Deshalb ist er so skrupellos. Er kennt in seiner Grausamkeit keine Grenzen und ein Leben hat für ihn keinen Wert. Er wollte mich auf euch loslassen, weil er glaubte, er hätte mich unter Kontrolle.« Der Griff um Thorpes Hals verstärkte sich. »Doch diese Fesseln habe ich vor wenigen Stunden abgeworfen.«

Sein Blick wurde weich, als er zu Deborah Miller und Alec hinüberschaute. Dann wandte er sich wieder an Sean. »Ihr alle seid meine Kinder. Ich erwarte von euch, dass ihr aufeinander aufpasst. Kümmert euch um diejenigen, die es nicht selbst können.«

Instinktiv wusste Sean, dass Chris, Danny, Ian und sogar Aidan hinter ihm standen. Ebenso erstarrt wie er selbst. Er fühlte ihre Energiesignaturen als Echo in seinen Eingeweiden.

»Diese Frau wird dir alles berichten, was du wissen musst.« Er meinte damit Noa. »Und jetzt geht und bringt euch in Sicherheit. Ich werde dafür sorgen, dass niemals mehr jemandem so etwas Schreckliches angetan wird.

Die Luft um ihn herum schien mit einem Mal zu knistern und sich aufzuheizen.

»Geht!« Mit diesem einen Wort fielen die unsichtbaren Fesseln von ihm ab und er konnte sich wieder rühren. Jeder von ihnen sah sich verwundert um. Nur Noa fing an, zu schluchzen.

Sean hingegen beobachtete den Grauen dabei, wie er in Thorpes Hosentasche griff und ein Feuerzeug hervorholte.

»Bitte tu das nicht«, sagte Noa weinend zu dem Grauen. »Wir finden einen Weg, James. Bitte komm mit uns.«

James?

»Es ist besser so. Und jetzt verschwindet von hier. Die Zeit drängt.«

Bildete er es sich nur ein, oder begann der Graue, zu glühen? Er sah genauer hin. Thorpes Haut am Hals rötete sich und begann, Blasen zu werfen, während er durch die enge Kehle zu schreien versuchte. Mit Schrecken dachte Sean an die Gasleitungen, die Dos Santos' Leute geöffnet hatten, damit sie hier später alles in die Luft jagen konnten.

Shit! Dieser James hatte recht, sie mussten dringend von hier verschwinden. Er rannte zu Noa, hob sie hoch und sah den fremden Mann an. »Danke.«

Dann drehte er sich um und erkannte, dass Alec seine Deborah auf den Armen hatte und Ian die schwangere Frau, von der er aufgrund der Ähnlichkeit annahm, dass es Noas Schwester war.

»Chris, Danny, holt so viele von den Frauen in den Zimmern, wie ihr könnt. Wir müssen das Weite suchen.«

Dann rannte er los. So schnell, dass die Umgebung zu einem Nebel verschwamm. Er ließ seine gesamte Kraft vom Stapel und hoffte, dass sie es alle rechtzeitig nach draußen schafften.

Als er auf dem Vorplatz des Gebäudes ankam, begann die Erde unter seinen Füßen zu beben und er musste aufpassen, dass er nicht stürzte.

Er drückte Noa noch fester an sich und rannte weiter. Eine Hitzewelle erfasste ihn von hinten und warf ihn zu Boden. Im Reflex rollte er sich schützend um Noa zusammen. Und fing an, zu beten, bis er das Bewusstsein verlor.

•

Noas Lungen verweigerten ihr den Dienst. Sie versuchte, einzuatmen, bekam aber keine Luft in ihre Bronchien. Mit ihren Ohren schien auch etwas nicht zu stimmen. Sie hörte zwar den Tumult um sich herum, doch alles klang verzerrt und gedämpft, als befände sie sich hinter dickem Panzerglas.

Irgendetwas Schweres lag auf ihr und drohte, sie zu erdrücken. Ihre Gedanken sprangen ziellos umher, im verzweifelten Bestreben, die Situation zu erfassen und alle Reize einzuordnen.

Was ist passiert? Die Bilder aus James Clarksons Bewusstsein spülten an die Oberfläche und dienten ihrem verwirrten Verstand als Katalysator, um wieder in die richtige Spur zu kommen.

Scheiße! Es hatte eine Explosion gegeben. Was war mit Sean und den anderen? Wo war Fleur? Sie riss die Augen auf und erkannte, dass es Sean war, der sie beinahe zerquetschte.

Eiseskälte machte sich in ihrer Brust breit, als sie bemerkte, dass er sich nicht bewegte.

»Sean?«, fragte sie und schaffte es nur mit Mühe, eine Hand unter sich hervorzuziehen, um ihn an der Wange zu berühren. Sie fühlte kurz den schwachen Hauch seines Atems. Nur deshalb konnte sie die Panik, die sich unter ihrer Oberfläche wand, in Schach halten.

»Sean? Wach auf.« Sie kniff ihn leicht ins Ohrläppchen, in der Hoffnung, dass dieser Reiz ihn in seiner Bewusstlosigkeit erreichen würde.

Er gab aber nach wie vor kein Lebenszeichen von sich. Sie fing an, zu zappeln und sich zu winden. So lange, bis sie sich unter ihm hervorgekämpft hatte.

Sie kam keuchend auf die Knie und fand sich im Vorhof zur Hölle wieder. Überall lagen Trümmer verstreut, zwischen denen sich Menschen regten. Die Zuchtklinik schien dem Erdboden gleichgemacht. Rauchsäulen stiegen auf und vereinzelte Feuer fraßen sich gierig durch die Überreste der Gemäuer.

Wo war der Rest des Teams? Alles, was sie sah, waren ruß-geschwärzte Körper, die langsam zu sich kamen und aus diversen Wunden bluteten.

Sie blickte zu Sean. Er lag nach wie vor reglos auf dem Bauch. Er war grau im Gesicht und als sie ihn jetzt noch einmal berührte, fühlte er sich klamm an. Seine Atmung war flach und schnell.

Noa begann, ihn zu untersuchen und hätte am liebsten laut ge-schrien, als sie erkannte, was mit ihm los war. Ein Stück Metall hatte sich unter dem Bund seiner Schutzweste in seinen Rücken gebohrt. Wahrscheinlich durch die Wucht der Explosion.

Mit zitternden Händen griff sie nach der scharfkantigen Eisen-strebe. Wo waren die Energie und die Kraft, die Sean immer aus-gestrahlt hatte und die seinen Körper lebendig hielten? So sehr der Mensch vor ihr aussah wie Sean, so fremd erschien er ihr in seiner Leblosigkeit.

»Nicht anfassen!«, erklang eine heisere Frauenstimme neben ihr. »Wenn du das Stück herausziehst, verblutet er an Ort und Stelle.« Deborah legte ihr sanft die Hand auf die Schuler. »Lass mich das machen, okay?«

Richtig, eigentlich hatte sie das gewusst, oder? Doch in diesem Moment hatte sie von nichts eine Ahnung. Sie fühlte sich schwere-los in einem luftleeren Raum. Sie trieb dahin, ohne Halt. Der einzige Orientierungspunkt war Sean. Nur seine Präsenz schien zu verhindern, dass sie komplett abdriftete. Doch Sean lag bewusstlos vor ihr. Sterbend, und sie konnte nichts dagegen tun.

Sie war nicht bereit, ihn gehen zu lassen, nicht bereit, ein Leben ohne ihn zu führen. Ihr Baby musste seinen Vater kennenlernen. Es war doch Seans Aufgabe, mit dem Kleinen auf Bäume zu klettern und ihm oder ihr das Fahrradfahren beizubringen.

Sanfte Hände zogen sie von ihm weg, während sie ihren Augen befahl, keine Tränen zu vergießen. Tränen würden sie blind machen und sie hatte das Gefühl, keine Sekunde von Sean ver-passen zu dürfen.

Chris' Geruch drang in ihren amoklaufenden Verstand. Er hatte sie in die Arme genommen, damit die Ärztin ihren Job machen konnte. Wie auch immer er aussehen mochte.

»Bitte, Deborah, rette ihn.« Himmel, war das ihre Stimme? Sie klang so fremd in ihren eigenen Ohren.

»Das ist ja ein wirklich idyllisches Familientreffen«, höhnte eine Stimme, die klang wie brüchiges Pergament. Ihr Kopf drehte sich in die Richtung aus der die Worte kamen, während sich ihr die Nackenhaare aufstellten.

Chris ließ sie los, stand auf und stellte sich absolut synchron zu Danny, Aidan, Alec und Ian vor ihnen auf. Fleur kam hektisch zu ihr gekrochen und legte haltsuchend ihre Arme um Noa. Dr. Miller war ganz Profi und stabilisierte Sean weiter so weit, dass er transportfähig war.

Noa blickte zwischen den langen, starken Beinen der Krieger hindurch. Sie wusste instinktiv, dass diese Männer, die hier einen lebenden Schutzwall bildeten, alles tun und geben würden, um Sean, Deborah, Fleur und sie zu beschützen. Schließlich war es das, was man für eine Familie tat.

Das, was ihr Auge erfasste, konnte ihr Gehirn erst nicht rational begreifen. Ein aufrecht gehendes Etwas stand vor ihnen. Leicht gebeugt und in allgemein seltsamer Haltung, als wäre seine Haut zu starr. Um ehrlich zu sein, sah es aus, als hätte man es zu lange an einem Spieß gebraten. Ein Bein war allem Anschein nach gebrochen, doch das es schien es nicht zu stören.

Thorpe! Aber das konnte unmöglich sein. Niemand konnte dieser Explosion entkommen sein. Sie sah sich um. Vielleicht war James Clarkson auch mit dem Leben davongekommen.

Nun stand auch sie auf. Bei dieser Bewegung schmerzte ihr Arm und erinnerte sie daran, dass sie ebenfalls verletzt war. Das war jedoch momentan nur eine lästige Nebensächlichkeit.

Jemand legte ihr eine Pistole in die linke Hand. Wer es war, wusste sie nicht. Genauso wenig wusste sie, ob sie mit der Linken überhaupt auf diese Distanz einen brauchbaren Schuss abgeben konnte. Aber auch das war jetzt nicht wichtig. Sie stellte sich aufrecht zwischen Chris und Ian.

Thorpe, oder zumindest das, was von ihm übrig war, lachte. Die verbliebene Haut in seinem Gesicht platzte auf und Wundsekret und Blut traten aus den Rissen. Wie zum Teufel konnte der Hurenbock in diesem Zustand aufrecht stehen? Nach den gängigen Maßstäben hätte er tot sein müssen.

»Was denn? Wollt ihr etwa sagen, dass ich nicht zu Familie gehöre? Ihr habt doch unser Papilein gehört. Wir sind alle Brüderchen und Schwesterchen. Außer vielleicht die da.« Er deutete auf Deborah. »Sie gehört definitiv nicht zu unserem Clan.«

»Dich wird man einfach nicht los, was, Thorpe? Du bist so widerspenstig wie eine Erektionsstörung nach einem Tritt in die Eier.« Chris vibrierte regelrecht neben ihr.

Thorpe drehte seinen verkohlten Kopf. Sie erwartete beinahe, das Geräusch reißenden Papiers zu hören.

»Das aus dem Munde eines Mannes, der nur einen hochbekommt, wenn er einen anderen Mann in den Arsch ficken kann. Oder bist du derjenige, der hinhält?«

Danny, der neben Chris stand, hob die Waffe. »Sieh dich vor, Thorpe.«

Das Grillwürstchen lachte. »Ich habe keine Angst vor euch. Wenn mich dieses Purgatorium, das Nummer 1 mit Hilfe eures provozierten Gaslecks angerichtet hat, nicht umgebracht hat, dann können es ein paar Bleikugeln auch nicht.«

Noa dachte an James, der sich mithilfe seines Hitze ausströmenden Körpers und eines einfachen Feuerzeugs geopfert hatte. Wiederum stiegen diese unerwünschten Tränen in ihre Augen und vernebelten ihr die Sicht. Sie durchlebte im *Fast Forward* noch einmal alles, was ihr dieser Mistkerl Thorpe angetan hatte. Die Vergewaltigungen, die Misshandlungen und die Drogen. Dann Seans Zustand, nachdem er von ihm gefangen genommen worden war. Fleur. All das wurde ihr zu viel und als er es dann wagte, »Ich bin unsterblich!« zu rufen, zielte sie auf seinen Kopf und drückte ab, und drückte ab, und drückte ab.

Die Männer links und rechts neben ihr taten es ihr gleich. Im Gleichschritt gingen sie auf Thorpe zu und schossen auf ihn. Jeder von ihnen hatte seinen eigenen ganz persönlichen Grund, weshalb sie Thorpe tot sehen wollten.

Als Malcolm Thorpe vor ihr zusammenbrach, trat sie einen Schritt zurück und überließ den Männern den Rest. Ihre Aufgabe bestand nun darin, Sean beizustehen. Das Letzte, was sie sah, war, wie Ian Thorpes Kopf triumphierend in die Höhe hielt. Noa kam sich vor, als spielte sie in einem Albtraum die weibliche Hauptrolle.

Fünf Stunden später fand sie sich im Wohnzimmer des besetzten Hauses wieder. Sie wusste weder wie sie hierhergekommen war, noch wie es allen ging. Das Einzige, was Platz in ihrem Kopf hatte, war Sean. Deborah, Chris und Danny waren seit einer Ewigkeit im Büro, welches in einen improvisierten Operationssaal umfunktioniert worden war. Sie waren dabei, Sean zusammenzuflicken. Ihm das Leben zu retten.

Noa saß auf der Couch, das Gesicht in den Händen vergraben. Irgendwo waren Alec und Ian mit ihr im Raum. Alec versuchte, die kleine Bombe in Ians Kopf mit Hilfe der gesicherten Computer und Handys zu entschärfen. Ob das Implantat entfernt werden konnte, würde Deborah entscheiden müssen. Aber dafür musste das Ding deaktiviert werden. Sonst lief die Ärztin Gefahr, ein paar Finger zu verlieren, sollte der kleine Sprengkörper während der Entnahme detonieren. Was wiederum Alec nicht zulassen würde.

Ian, der verlorene Bruder, der wiederauferstandene Verräter und jetzt Schwager Noas war in den Schoß der Familie zurückgekehrt. Er war Fleurs auserwählter Mann und Noa hatte immer noch Probleme bei diesem Gedanken. Sie hatte verlernt, jemandem zu vertrauen.

Noa schwirrte der schmerzende Kopf. Sie war durch und durch müde. Doch sie war von einem unangenehmen Kribbeln erfüllt, das sie bis in alle Fasern erfasst hatte. Sie hätte geweint vor Sorge um ihren Mann, doch ihre Augen waren so trocken wie ihre Seele ein Ödland war. Er durfte nicht sterben. Das könnte sie nicht verkraften. Sie war kaum fähig zu atmen. Ihr Körper war trotz der Ameisen, die sich anscheinend unter ihrer Haut eingenistet hatten, so taub, als wäre er schon gestorben.

Jemand setzte sich neben sie, doch es war ihr einerlei, um wen sich handelte. Sie war wie erstarrt, in Permafrost eingefroren, abgedriftet in ein Paralleluniversum.

»Du kannst jetzt zu ihm.« Es war Chris' Stimme, doch was seine Worte bedeuteten, blieb ihr verschlossen. »Deborah musste ihm die linke Niere entfernen, da diese durch das Metallteil stark geschädigt war. Alle anderen Organe sowie das Rückenmark sind unverletzt.«

Sie hob den Kopf und sah ihn an. »Sean lebt?« Ihr Herz zog sich zusammen beim Versuch, die aufkeimende Hoffnung zu unterdrücken. Hoffnung war trügerisch. Sie konnte einem Kraft geben, doch wenn sie unerfüllt blieb, konnte sie einem den Todesstoß verpassen.

»Ja, meine Liebe, und er wartet auf dich.« Sein Lächeln war warm und offen und Noa konnte nicht anders, als ihm um den Hals zu fallen.

»Wo ist er?« Sie stand auf und war überrascht, wie weich ihre Knie waren.

»In eurem Zimmer. Er ist bereits wach.«

»Wie das?«

Er zuckte mit den Schultern. »Die OP hat nicht so lange gedauert. Deborah wollte nur abwarten, wie es ihm geht, wenn er aufwacht. Er ist stabil und ich glaube, du solltest ihn nicht länger warten lassen.«

Sie umarmte ihn nochmals, bevor sie losrannte. Sie hielt erst an, als sie vor dem besagten Zimmer stand. Ihr Herz hämmerte von innen gegen ihren Brustkorb und schien Purzelbäume zu schlagen.

»Warum stehst du da vor der Tür«, klang es aus dem Raum. »Komm endlich herein und küss mich.«

Zumindest sein verfluchtes Gehör schien gut zu funktionieren, bemerkte sie mit Erleichterung. Sie öffnete die Tür und trat ein. Sie suchte seinen Blick und war froh, dass dieser klar und lebendig war. Seine gold-braunen Augen leuchteten ihr liebevoll entgegen.

»Mach die Tür zu, schließ ab und komm zu mir.« Er streckte ihr die Hand entgegen.

Sie befolgte seinen Befehl und staunte über seine Kraft. Nach so einer Geschichte musste doch jeder Mensch geschwächt sein, oder nicht? Doch was redete sie sich hier eigentlich ein. Er war kein herkömmlicher Mann. Er war besser, in jeder Hinsicht, und er gehörte ihr.

Sie legte sich vorsichtig zu ihm ins Bett und kuschelte sich an ihn. Er legte seine starken Arme um sie und sie hörte, wie er ein erleichtertes Seufzen ausstieß. Sie hob den Kopf und sah ihm in die Augen.

»Ich liebe dich«, platzte es ihr heraus, worauf er ihr sein schönstes Lächeln schenkte.

»Ich liebe dich noch mehr.« Dann küsste er sie leidenschaftlich und legte dabei besitzergreifend die Hand auf ihren leicht gewölbten Unterleib.

»Alles klar mit dem Kleinen?«, fragte er, nachdem er die Verbindung ihrer Lippen kurz unterbrochen hatte.

Sie nickte und verstand seine Besorgnis. Sie war geschlagen worden. Sie hatte sich den Arm ausgekugelt, was Deborah kurz vor Seans Not-OP wieder gerichtet hatte, und sie war durch eine heftige Detonation durch die Luft geschleudert worden.

Dennoch wusste sie, dass es ihrem kleinen Untermieter gut ging. Woher? Keine Ahnung. Es war einfach so.

Seine Hand wanderte etwas höher unter den Saum ihres T-Shirts. Der Infusionsschlauch, der in seinem Unterarm steckte, schien ihn nicht zu behindern. Er strich sanft über die Spitzen ihrer Brüste.

»Ich würde dich jetzt so gern lieben«, begann er, »aber ich befürchte, dafür bin ich noch nicht fit genug.« In seiner Miene wechselten sich Verlangen und Frustration ab und sie musste lächeln.

»Ich hätte dich jetzt auch liebend gern in mir.«

Er knurrte zur Antwort und kniff sie in die Brustwarze. »Sag das nicht.«

Sie legte ihm den Zeigefinger auf die Lippen. »Keine Sorge. Wir haben alle Zeit der Welt. Und bis dahin kenne ich andere Mittel und Wege«, sagte sie und schob sich an ihm abwärts. Ihre Hand fand ihr Ziel und ihr Mund folgte diesem Beispiel.

Er lächelte und ließ sich in sein Kissen zurücksinken. »Du bist mein Engel mit dem Herz eines Kriegers.«

●

Alecs Rücken fühlte sich an, als hätte er und nicht Sean eine Eisenstange abbekommen. Jeder Muskel in seinem Körper war genauso steif.

Solche Schlägereien, und es gab wirklich nichts, wie man es hätte beschönigen können, waren immer mit ziemlichem Kollateralschäden verbunden. Scheiße, er war langsam echt zu alt für diesen Mist.

Es war kein sauberer Einsatz gewesen. Auch sein eigenes Verhalten war das eines wahnsinnigen Schlächters gewesen. Nicht das eines Elitesoldaten mit Spezialausbildung und Erfahrung.

Er hatte alles niedergemetzelt, was ihm in den Weg gekommen war. Er hatte kaum mehr zwischen Freund und Feind unterscheiden können. Alles, was gezählt hatte, war, so schnell wie möglich seine Frau zu retten.

Er hatte noch nie ein solches, alles vernichtendes Feuer in seinem Inneren verspürt. Niemals zuvor eine derart grenzenlose Mordlust gekannt. Er hatte erst wieder zur Vernunft gefunden, als er sich mit eigenen Augen davon überzeugt hatte, dass sie lebte und weitgehend unversehrt war.

Er klappte seinen Laptop zu und fuhr den anderen Computer ebenfalls herunter. Zeit, um sich auszuruhen, redete er sich ein. Aber eigentlich zog es ihn zu Deborah. Er wollte sie berühren und ihr nahe sein. Er hatte alle drängenden Probleme für den Moment gelöst. Die explosive Sonde in Ians Kopf war deaktiviert und die Entfernung des Objekts konnte noch einen Augenblick warten.

Seine Knie knackten, als er aufstand. Vom Garten her hörte er Ian und Fleur leise miteinander sprechen. Alec war froh, dass sein Bruder wieder da war und er wünschte ihm von Herzen Glück und Liebe.

Sein Weg führte ihn an Chris' und Dannys Zimmer vorbei. Die Geräusche, die sein superfeines Gehör aufnahm, waren mehr als eindeutig und Alec verfluchte diese Fähigkeit kurz. Er hatte nach wie vor Probleme mit dieser Verbindung. Ja, vielleicht war er altmodisch, aber beim Gedanken an zwei Männer beim Liebesakt, vor allem, da es sich um Chris und Danny handelte, schauderte es ihn. Wahrscheinlich lag es daran, dass er mit ihnen aufgewachsen war. Vielleicht war er aber auch ein verkorkster Heuchler.

Ihm wurde wieder bewusst, dass jeder von ihnen heute hätte sterben können. Er dachte an Sean. Der war wirklich knapp davongekommen. Und Aidan lag allein mit einer üblen Gehirnerschütterung auf der improvisierten Krankenstation. Alec hoffte, dass sein ehemaliger Informant bei ihnen blieb. Sie konnten jeden Mann an Deck gebrauchen.

Er kam am Badezimmer vorbei und hörte die Dusche laufen. Er wusste, dass es Deborah war, die sich da drinnen befand. Er fühlte sie.

Er drückte, ohne nachzudenken, die Klinke und betrat den Raum. Dann schloss er leise die Tür und drehte den Schlüssel. Es war Zeit für ein wenig Zweisamkeit.

Er drehte sich um, um sich davon zu überzeugen, dass er richtig gelegen hatte. Die Selbstsicherheit eines Mannes, der zu viel erlebt und gesehen hatte, durchströmte ihn, als er sich umwandte.

Als er das Bild erfasste, das sich ihm bot, wurden seine Knie weich. Deborah saß zusammengekauert auf den Fliesen der Dusche. Das Gesicht in den Unterarmen vergraben.

Ihm wurde das Herz schwer, als er sie so sah. Diese starke Persönlichkeit, seine Frau, schien gebrochen. Sein Beschützerinstinkt sprang an und er stieg mitsamt seinen Kleidern zu ihr unter die Brause. Er ließ sich vor ihr auf die Knie sinken und nahm sie vorsichtig in die Arme. Sie klammerte sich an ihn wie eine Ertrinkende und atmete dabei zitternd ein und aus.

Er wiegte sie sanft und genoss trotz der Situation und ihrer Verfassung ihre Nähe und ihr Vertrauen. Er kam sich deswegen zwar etwas schäbig vor, aber so war es nun mal.

»Ich bin froh, dass du da bist«, hörte er sie irgendwann sagen. Es mussten inzwischen Äonen vergangen sein. Oder aber auch nur wenige Minuten. Es spielte keine Rolle. Zeit war nicht wichtig. Nicht mehr.

Wenn du wüsstest, Baby. Doch anstatt das laut auszusprechen, küsste er lediglich ihren Scheitel.

»Ich habe gedacht«, begann sie müde und hob dabei ihren Kopf, um ihn anzusehen, »dass ich dich nie wiedersehe.«

Sein Herz setzte einen Schlag aus. Um sich selbst zu beruhigen, strich er ihr das nasse, lockige Haar dem Gesicht.

»Er wollte mich zwingen, ihm zu verraten, wo sich euer Aufenthaltsort befindet. Obwohl ich ihn nicht kannte. Doch lieber wäre ich gestorben, als dich und die anderen ans Messer zu liefern.«

Sie schlug die Lider nieder. Er versuchte, seinen Lungen zu erklären, wie man atmete.

»Dich zu retten, wäre jeden Preis wert gewesen.« Sie sah ihn schlagartig wieder an, mit einer Intensität, die sein Gehirn ins Stottern brachte. »Alec, ich liebe dich.«

Diese vier Worte, sechs Silben veränderten sein Weltbild, seine purste Essenz, grundlegend. Alles, was ihm noch wichtig war, war das Wohlergehen dieser Frau. Dann erst, vielleicht an dritter Stelle, folgten seine Brüder mit deren Frauen und zukünftigen Kindern.

»Ich liebe dich auch, Deborah.«

Noch nie zuvor waren diese Worte über seine Lippen gekommen. Und noch nie zuvor war es ihm so ernst mit etwas gewesen.

»Dann liebe mich wie ein Mann es tut. Lass mich diese ganze Scheiße vergessen, indem du mich ins Bett schaffst und so lange mit mir schläfst, bis ich den Verstand verliere.«

Na, wenn das keine Ansage war. Sein Schwanz zeigte sich sofort höchst dienstbeflissen und stand stramm wie eine Eins. Doch Alec wollte es langsam angehen. So, wie es seine Liebste verdient hatte. Deshalb küsste er sie erst sanft und hob sie dann hoch, um sie in sein Zimmer zu tragen.

Nur die weichsten Laken und die bequemste Matratze waren gut genug für sie.

Epilog

Ein Jahr später ...

Noa saß auf der Veranda des wunderschönen Holzhauses, das Sean für sie und ihre gemeinsame Familie gebaut hatte. Sie sah auf die kleine Lynn hinab, die tief und fest in ihren Armen schlief. Die kleinen Hände zu Fäustchen geballt und die süßen Lippen leicht geöffnet. Sie war einfach perfekt. Zehn Finger, zehn Zehen. Alles da, wo es hingehörte. Sie hatte einen dichten, dunklen Flaum auf dem Kopf und den aufgeweckten Blick ihres Vaters.

Ihre Geburt war nicht leicht gewesen und Noa war froh, dass Deborah Schützenhilfe geleistet hatte. Das Gleiche galt für Fleur und ihren Sohn Jasper. Diese Babys wuchsen zu schnell, weshalb die Geburten ein Risiko für die Mütter darstellten. Doch das war Thorpe damals egal gewesen.

Die Vereinigten Staaten hatten Sean und dem Rest der Gruppe als »Wiedergutmachung« ein großes Stück Land geschenkt, wo sie sich ungestört niederlassen konnten. Keiner der Politiker wollte einen Skandal. Wie sich herausgestellt hatte, hatte sich Thorpe von fast der Hälfte der Mitglieder des Kongresses bezahlen lassen. Jeder dieser Abgeordneten dachte, das Exklusivrecht zu haben und später die Lorbeeren des Erfolgs einstreichen zu können. Doch der Fall der First Lady hatte Neuwahlen erzwungen und viele Köpfe waren gerollt.

Unter dem Strich hatte jeder von den Experimenten an Menschen gewusst, doch es wurde konsequent in die andere Richtung geschaut.

Human Mind Network und *Genotech Inc.* wurden geschlossen und Alec wurde beauftragt, einen Algorithmus zu erstellen, um alle Naniten, die eventuell noch im Umlauf waren, zu vernichten.

Sean und die anderen Männer hatten auf dem ihnen zur Verfügung gestellten Land ein Dorf aufgebaut. Sie hatten den geretteten Frauen, Kindern und kooperativen Männern ein neues, sicheres Zuhause gegeben.

Die psychischen Schäden waren noch nicht absehbar, genauso wenig wie die physischen Folgen. Doch sie, Sean, Deborah und der Rest der Familie hatten sich zum Ziel gemacht, den Opfern von Thorpe eine Zukunft zu bieten. Aidan und Ginger hatten inzwischen geheiratet und kümmerten sich liebevoll um Gingers Baby. Amy, das Mädchen aus dem Jugendzentrum, hatte eine Fehlgeburt erlitten und war zu ihrer Familie zurückgekehrt. Alec und Deborah waren ebenfalls unzertrennlich und würden sich in wenigen Wochen das Ja-Wort geben. Noa freute sich sehr über das Glück der beiden.

Sean und seine Truppe arbeiteten nebenbei für die Regierung als Berater in militärischen Angelegenheiten.

In den letzten Monaten wurden noch drei weitere Forschungseinrichtungen von Thorpes Firma ausgehoben und die allfälligen Überlebenden waren zu ihnen gebracht worden. Unter ihnen ein zweijähriges Zwillingspaar, das von Chris und Danny kurzerhand adoptiert worden war.

Ihr Dorf zählte inzwischen achtzig Frauen, fünfundsechzig Männer und neunzig Kinder und Teenager. Wer wusste, wie viele es noch werden würden.

Sie hob den Kopf und sah Sean auf das Haus zukommen. Er war die letzten zwei Tage unterwegs gewesen, ohne ihr genauer zu sagen, wohin es ihn verschlagen hatte, oder was zu erledigen gewesen war. Sie hatte angenommen, dass es sich wieder um irgendeine Geheimniskrämerei der Regierung handelte.

Er lächelte ihr zu und wie immer bei seinem Anblick ging ihr das Herz auf. Als er bei ihr angekommen war, küsste er sie kurz, aber liebevoll.

»Wir haben Besuch, Darling«, begann er in seltsam vorsichtigem Tonfall. »Vielleicht solltest du Ian und deine Schwester dazu holen.«

Noa hatte noch nie etwas für solche Situationen übriggehabt, rief dann aber Fleur und deren Mann zu sich.

Als alle beisammen waren, ging Sean zu seinem Auto und öffnete die beiden Türen auf der Beifahrerseite. Drei Personen stiegen aus. Als Noa erkannte, um wen es ich dabei handelte, verschlug es ihr den Atem. Sie bekam am Rande mit, wie ihre Schwester ebenfalls nach Luft schnappte.

Neben Sean kamen ihre Eltern und ihr Bruder langsam über den Pfad zum Haus. Alle strahlten und als ihre Mutter die Arme ausbreitete, gab es für Noa kein Halten mehr. Sie rannte ihnen entgegen und stoppte erst, als sie gegen die Frau prallte, die sie geboren hatte.

Wie hatte Sean das gemacht, fragte sie sich, während sie den vertrauten Geruch ihrer Mutter tief einsog. Eins wusste sie aber mit Sicherheit. Er hatte das nur für sie und ihr Kind gemacht. Egal, was die Zukunft auch bringen mochte. Etwas war so sicher wie in Stein gemeißelt: Er liebte sie und sie liebte ihn. Gemeinsam konnten sie sich allem stellen.

ENDE

Amelia Blackwood wurde 1976 in Bern (Schweiz) geboren. Sie wuchs in Schaan im Fürstentum Liechtenstein auf und lebt heute in der Nähe des Zürichsees in der Schweiz. Zusammen mit ihrem Mann arbeitet sie als dipl. Physiotherapeutin in der eigenen Praxis. Sie ist ein bekennender Bücherwurm und Schreiben gehörte schon immer zu ihren Hobbys.

INFO-LINKS:
facebook.com/BlackwoodAmelia
Homepage: www.ameliablackwood.ch
Instagram: Amelia Blackwood-Autorin

Danksagung

Ich möchte mich zuerst wie so oft bei meinem Mann bedanken, der während meiner Schreibphasen oft auf mich verzichten muss. Er ist mein Held.

Dann gebührt natürlich auch meinen Freunden, die immer für mich da sind und sich auch ehrlich interessiert zeigen, großer Dank. Ihr seid die Besten.

Nachdem der Sieben Verlag 2024 seine Tätigkeit eingestellt hat, war mir sofort klar, dass meine Buchkinder weiterhin Teil der Buchwelt sein sollten. Deshalb erscheinen alle meine bisherigen Bücher als überarbeitete Neuauflage im Selfpublishing oder (mit etwas Glück) in einem neuen Verlag.

Hiermit komme ich zu euch, liebe Leser. Ich hoffe, dass Euch die Geschichte von Sean und seiner Bande gefallen hat und ich freue mich schon auf zahlreiche Rückmeldung und Rezensionen. Wenn Ihr über meine weiteren Projekte auf dem Laufenden bleiben wollt, schaut doch einfach mal auf meiner offiziellen Facebook-Seite »Amelia Blackwood-Autorin« nach.

Und ganz zum Schluss möchte ich mich wieder einmal beim Team der Coverboutique.de für das schöne Cover und den Buchsatz bedanken.